Tal como somos

Tal como somos

Nicholas Sparks

Traducción de Iolanda Rabascall

Rocaeditorial

Título original: *See Me*

© Willow Holdings, Inc., 2015

Primera edición en este formato: febrero de 2016

© de la traducción: Iolanda Rabascall
© de esta edición: Roca Editorial de Libros, S.L.
Av. Marquès de l'Argentera, 17, pral.
08003 Barcelona
info@rocaeditorial.com
www.rocaeditorial.com

Impreso en España

ISBN: 978-84-9918-778-5
Código IBIC: FA
Código producto: RE87785
Depósito legal: B-28627-2015

Diseño de la colección: Mario Arturo
Fotografía de la cubierta: Traxlergirl / Biletskiy
Fotografía del autor: Nina Subin

A Jeannie Armentrout

Prólogo

Le había bastado un solo día en Wilmington para constatar que no podría quedarse a vivir para siempre en aquella ciudad. Era demasiado turística, y parecía haber crecido sin ton ni son, sin planificación urbanística alguna. Aunque el casco antiguo estaba salpicado de las típicas casas que ya esperaba encontrar, con el porche en la fachada principal, con sus columnas y revestimientos ornamentados, y unos espléndidos magnolios en los jardines, aquellos barrios tan agradables daban paso de forma gradual a un área con centros comerciales, tiendas abiertas las veinticuatro horas, cadenas de restaurantes y concesionarios de automóviles. Un tráfico interminable serpenteaba por todo el distrito, una circulación que en verano se volvía aún más infernal.

Pero la Universidad de Wilmington había sido una grata sorpresa. Se había imaginado un campus recargado, con la arquitectura antiestética de los años sesenta y setenta. Había algunos edificios de ese estilo, sobre todo en las lindes de la universidad, pero las plazas centrales eran verdaderos oasis (con veredas a la sombra y parterres cuidados hasta el más mínimo detalle). Las columnas georgianas y las fachadas de obra vista de los edificios Hoggard y Kenan resplandecían bajo los últimos rayos de sol del atardecer.

Admiró las zonas verdes. Había una torre del reloj, y la primera vez que estuvo allí, había contemplado la imagen reflejada en el estanque situado justo detrás, con la hora ilegible a simple vista. Mientras tuviera un libro abierto sobre el regazo, podría permanecer sentado y observar la actividad, casi invisible a los ojos de los estudiantes que pasaban por allí absortos en sus propios trances.

Hacía calor para finales de septiembre. Las chicas lucían pantalones cortos y tops, mostrando su anatomía de forma generosa. Se preguntó si irían a clase vestidas de ese mismo modo. Al igual que ellas, él estaba en el campus para aprender. Había ido tres veces durante tres días seguidos, pero todavía había demasiada gente por allí; demasiadas personas que podrían identificarlo, y no quería que lo identificaran. Se debatió entre quedarse o ir a otra área, pero al final decidió que no había motivos para hacerlo. Por lo que veía, nadie se fijaba en él.

Ya faltaba poco, tan poco… De momento, sin embargo, lo importante era tener paciencia. Aspiró despacio y contuvo la respiración unos segundos antes de soltar el aire. En las veredas vio a un par de estudiantes que se dirigían a clase, con las mochilas colgadas al hombro, pero a esa hora del día los superaban con creces los jóvenes dispuestos a adelantar el inicio del fin de semana.

Por todas partes se podían ver grupitos de tres o cuatro estudiantes, departiendo y dando sorbos a botellas de agua que sospechaba que estaban llenas de alcohol. Un par de chicos que parecían modelos de Abercrombie se pasaban un Frisbee mientras sus novias charlaban animadamente. Se fijó en un chico y en una chica que discutían de forma acalorada; la chica tenía el rostro encendido. Vio que propinaba un empujón a su novio para crear un espacio entre ellos. Sonrió ante la escena, entendiendo la furia de la chica y el hecho de que, a diferencia de él, ella no se veía obligada a ocultar lo que sentía. Un poco más lejos, otro grupo de estudiantes se pasaba un balón con la absoluta parsimonia de los que no tienen ninguna responsabilidad seria en la vida.

Suponía que muchos de los estudiantes que veía estaban planeando salir aquella noche y la siguiente. Fiestas en fraternidades de estudiantes y hermandades de alumnas. Bares. Discotecas. Para muchos de ellos, el fin de semana empezaba aquella misma noche, ya que los viernes no había muchas clases. Le había sorprendido esa medida. Con lo caras que eran las carreras universitarias, habría esperado que los estudiantes exigieran a sus profesores más horas lectivas, y que los fines de semana no duraran tres días. Con todo, pensó que esos horarios debían ser convenientes tanto para el alumnado como para el profesorado. ¿Acaso la gente no quería que todo fuera más sencillo? ¿La ley del mínimo esfuerzo, de tomar un atajo en lugar del camino más largo?

Seguro que sí; eso era exactamente lo que los alumnos aprendían allí: que no era necesario optar por decisiones difíciles, que adoptar la opción correcta no era importante, sobre todo si exigía un trabajo extra. ¿Para qué estudiar o intentar cambiar el mundo un viernes por la tarde, cuando uno podía estar disfrutando del sol?

Miró a un lado, luego al otro, y se preguntó cuántos de aquellos alumnos se paraban a pensar en qué les depararía el futuro. Recordó que Cassie sí que solía hacerlo. Ella pensaba en el mañana todo el tiempo. Tenía planes. A los diecisiete años ya había planeado su futuro, aunque él recordó la sensación de provisionalidad que destilaban sus palabras; tenía la impresión de que ella no creía totalmente en sí misma ni en la imagen que proyectaba al mundo. ¿Cómo si no habría tomado las decisiones que tomó?

Había intentado ayudarla. Había hecho lo correcto; había acatado la ley, había rellenado denuncias en la policía, incluso había hablado con la ayudante del fiscal del distrito. Y hasta ese momento, había creído en las reglas que regían la sociedad. Había sostenido la ingenua visión de que el bien triunfaría sobre el mal, de que se podía acorralar el peligro, de que se podían controlar los acontecimientos. Las normas mantendrían a una persona libre de cualquier peligro. Cassie creía lo mismo; después de todo, ¿no era eso lo que se les enseñaba a los chiquillos? ¿Por qué si no los padres dirían las cosas que dicen? Antes de cruzar la calle has de mirar a ambos lados. Nunca te metas en el vehículo de un desconocido. Cepíllate los dientes. Acábate la verdura del plato. Abróchate el cinturón. La lista era interminable; normas para protegernos y salvarnos.

Pero había aprendido que las reglas podían ser peligrosas también. Las reglas se fundamentaban en promedios, no en datos específicos, y, dado que la gente estaba condicionada desde la infancia a aceptar normas, era fácil seguirlas a ciegas. Confiar en el sistema. Era más fácil no preocuparse por el azar. Significaba que la gente no tenía que pensar en las consecuencias posibles, y cuando el sol brillaba los viernes por la tarde, podían dedicarse a jugar con un Frisbee sin que nada les importara un comino.

La experiencia era el profesor más feroz. Durante casi dos años, no había podido pensar en otra cosa que en las lecciones aprendidas, unas lecciones que casi lo habían consumido, pero poco a poco la claridad había empezado a emerger.

Cassie era consciente del peligro. Él la había prevenido acerca de lo que sucedería. Y al final, ella se había limitado a seguir las reglas, porque era conveniente.

Miró el reloj y vio que ya era hora de irse. Cerró el libro y se puso de pie. Se quedó quieto unos instantes, pendiente de si su movimiento había provocado que alguien se fijara en él. Vio que no. Acto seguido, emprendió la marcha. Cruzó la zona verde con el libro bajo el brazo. En el bolsillo llevaba una carta que había escrito, y se desvió hacia el buzón situado al lado del edificio de Ciencias. Introdujo el sobre en la ranura y esperó; al cabo de unos minutos, vio a Serena, que salía por la puerta, puntual.

11

Sabía muchas cosas sobre ella. En la actualidad, todos los jóvenes tenían una cuenta en Facebook, Twitter, Instagram y Snapchat, por lo que sus vidas eran del dominio público para cualquiera que quisiera unir las piezas. Sus gustos, sus amigos, adónde iban a divertirse... Se había enterado por Facebook de que ella iría a comer a casa de sus padres con su hermana el próximo domingo, y mientras la observaba caminar delante de él, con el cabello castaño oscuro agitándose sobre los hombros, volvió a pensar en lo guapa que era. Tenía una gracia natural, y los chicos que se cruzaban por el camino le dedicaban gestos de aprecio, aunque ella, absorta en su conversación, no parecía darse cuenta. Iba andando con una compañera de clase rubia y bajita. Había coincidido con ella en un seminario y sabía que quería ser maestra de primaria. Planeando el futuro, tal como solía hacer Cassie.

Mantuvo la distancia, envalentonado por el poder que sentía cuando estaba cerca de ella, un poder que había estado sintiendo durante los dos últimos años. Ella no tenía ni idea de lo cerca que estaba él ni de lo que era capaz de hacer. Nunca miraba hacia atrás, por encima del hombro. Pero ¿por qué iba a hacerlo? Él no significaba nada para ella, solo otra cara entre la multitud...

12

Se preguntó si quizá Serena le estaría explicando a la chica rubia los planes para el fin de semana, enumerando los lugares adónde pensaba ir o las personas con las que quedaría. Él, por su parte, planeaba unirse a ese encuentro familiar el domingo al mediodía, aunque no como invitado. En vez de eso, los observaría desde una casa cercana, ubicada en un barrio de clase media. La casa llevaba un mes desocupada; los propietarios la habían perdido por una ejecución hipotecaria, pero todavía no estaba en venta. Aunque las cerraduras de las puertas eran sólidas, había conseguido entrar sin dificultad por la ventana de una de las paredes laterales. Sabía que desde la habitación de matrimonio tendría una buena visión del porche trasero y de la cocina. El domingo observaría cómo reía y bromeaba la familia reunida alrededor de la mesa en el porche.

Tenía información sobre cada uno de ellos. Félix Sánchez era el típico caso de emigrante con éxito; el artículo del periódico que mostraba con orgullo enmarcado en el restaurante que regentaba explicaba cómo había llegado al país de forma ilegal cuando era solo un adolescente, sin hablar ni una sola palabra de inglés, y cómo había empezado a trabajar de lavaplatos en un restaurante de la localidad. Al cabo de quince años, después de adquirir la ciudadanía estadounidense, había ahorrado bastante dinero como para abrir su propio establecimiento, un restaurante llamado La Cocina de la Familia, en un pequeño centro comercial, donde servían las recetas de Carmen, su esposa.

Mientras ella cocinaba, él se encargaba del resto, sobre todo durante los primeros años. Poco a poco, el negocio fue creciendo hasta convertirse en uno de los restaurantes mexicanos con más fama de la ciudad. Pese a tener más de quince empleados, muchos eran parientes, por lo que habían sabido mantener el aire de familia. Los dos progenitores todavía trabajaban allí, y Serena servía las mesas tres veces a la semana, igual que María, su hermana mayor, había hecho en su momento. Félix era miembro de la Cámara de Comercio y del Rotary Club. Él y su esposa iban todos los domingos a la misa de las siete de la mañana en la iglesia St. Mary, donde él, además, era el diácono. De Carmen no tenía muchos datos; solo sabía que seguía sintiéndose más cómoda hablando en español que en inglés, y que, al igual que su esposo, estaba orgullosa de que María se hubiera convertido en el primer miembro de la familia con un título universitario.

En cuanto a María...

Todavía no la había visto por Wilmington. Sabía que se había ausentado de la ciudad unos días para asistir a una conferencia sobre temas legales, pero era a la que conocía mejor de todos. Antes, cuando ella vivía en Charlotte, la había visto muchas veces. Había hablado con ella. Había intentado convencerla de que se equivocaba. Y al final, ella le había hecho sufrir lo que nadie había sufrido, y la odiaba por lo que había hecho.

Cuando Serena se despidió de su amiga y enfiló hacia el aparcamiento, él siguió caminando, sin detenerse. No había ninguna razón para seguirla; se sentía satisfecho con la idea de que el domingo vería a la pequeña familia feliz. Sobre todo a María. María era incluso más bella que su hermana, aunque, para ser sinceros, parecía que ambas habían ganado la lotería en el sorteo de la genética, con aquellos ojos oscuros y una estructura ósea casi perfecta. Intentó imaginarlas sentadas juntas, en la mesa; a pesar de los siete años de diferencia, mucha gente podría pensar que eran gemelas. Y, sin embargo, eran muy diferentes. Mientras que Serena era extrovertida, María siempre había sido más solitaria y silenciosa, la más seria y académica de las dos. Con todo, estaban muy unidas: mejores amigas además de hermanas. Especuló con la posibilidad de que quizá Serena pudiera detectar rasgos en su hermana que quisiera emular, y viceversa. Sintió un cosquilleo de emoción al pensar en el fin de semana, consciente de que podía ser una de las últimas veces que la familia se reuniera con aparente normalidad. Se preguntó cómo reaccionarían

13

cuando la tensión empezara a infectar a todos los familiares de esa familia unida y feliz, cuando el miedo se apoderase de ellos. Cuando sus vidas empezaran a desmoronarse, primero poco a poco, y luego de forma arrolladora.

Después de todo, por eso estaba allí. Y su propósito tenía un nombre: venganza.

Capítulo 1

Colin

Colin Hancock estaba de pie frente a la pila del lavabo en aquel bar de carretera, con la camisa subida para poder inspeccionar mejor los morados en las costillas. Estaba seguro de que a la mañana siguiente, cuando se despertara, serían aún más visibles. El mínimo roce suponía una tortura, y aunque por experiencia sabía que el dolor remitiría, se preguntó si a la mañana siguiente le dolería tanto como para que le costara respirar.

En cuanto a la cara…

Eso sí que podría ser un problema; no para él, sino para los demás. Sin lugar a dudas, sus compañeras de clase lo mirarían espantadas, con los ojos abiertos como naranjas, y cuchichearían a sus espaldas, aunque dudaba de que ninguna osara preguntarle qué le había pasado.

Durante las primeras semanas en la universidad, la mayoría de sus compañeras de clase se habían mostrado afables, pero estaba claro que ninguna sabía qué pensar acerca de él; tampoco ninguna había intentado entablar una conversación amigable. Aunque eso le traía sin cuidado. Para empezar, todas —sí, todas, porque no había ningún chico— eran seis o siete años más jóvenes que él, y sospechaba que en lo que concernía a recientes experiencias vividas, no tenían nada en común con él. Con el tiempo, como todo el mundo, acabarían por sacar sus propias conclusiones sobre él. La verdad, no valía la pena preocuparse por esas nimiedades.

Sin embargo, tenía que admitir que su aspecto era penoso. Tenía el ojo izquierdo hinchado, y la parte blanca del ojo derecho estaba teñida de un intenso color rojo sangre. En el centro de la frente tenía un buen corte, pero por suerte la piel ya había vuelto a unirse, y el moretón de color plomizo en el mentón derecho parecía una marca de nacimiento. Sus labios hinchados y partidos completaban el cuadro impactante.

Necesitaba aplicarse una bolsa de hielo en la cara tan pronto como fuera posible, si quería que las chicas en su clase fueran capaces de concentrarse. Pero lo primero era lo primero: en ese momento, estaba hambriento y necesitaba reponer fuerzas. No había comido mucho en los dos últimos días, y deseaba algo rápido, conveniente, y a ser posible, que no fuera comida basura. Por desgracia, a esas horas de la noche, la mayoría de los establecimientos ya habían cerrado sus puertas, así que había acabado en el típico bar de carretera, un local triste, con rejas en las ventanas, las paredes manchadas, el suelo de linóleo desgastado, y los bancos reparados con cinta adhesiva.

La única cosa que se salvaba en aquel lugar era que ni uno solo de los clientes prestó atención a su aspecto, cuando entró y se dirigió hacia la mesa. La gente que iba a esa clase de bares a aquellas horas de la noche no metía las narices en la vida ajena. En su opinión, la mitad de los allí presentes estaban intentando recuperar la sobriedad después de una noche empinando el codo, en tanto que la otra mitad —camioneros, sin lugar a dudas— también intentaban recuperar la sobriedad, aunque no estuvieran como cubas.

Seguro que no costaba meterse en líos en un tugurio como ese; después de entrar en el aparcamiento de gravilla con Evan, que le seguía con su Prius, había supuesto que su amigo se marcharía. Pero Evan debía de haber sospechado lo mismo acerca de los posibles problemas. Por eso —y solo por eso— había decidido entrar en el local a esas altas horas de la noche.

En medio de aquella fauna, Evan estaba fuera de lugar, con su camisa rosa, calcetines de rombos, mocasines de piel y el cabello rubio claro tan bien peinado y con la raya en medio. De hecho, su Prius bien podía considerarse un rótulo de neón que anunciaba que su objetivo era que uno de aquellos entrañables camioneros fornidos que no tenían otra cosa mejor que hacer que matar las horas de la noche le propinara una buena paliza.

Colin abrió el grifo y se mojó las manos antes de llevárselas a la cara. El agua estaba fría, justo lo que quería. Notaba la piel ardiendo. El marine con el que le había tocado luchar le había golpeado más de lo que esperaba, y eso sin contar los puñetazos ilegales. Pero ¿quién se lo iba a esperar, con el aspecto que tenía? Alto y delgado, con el típico corte de pelo militar, cejas pobladas… No hubiera debido subestimarle; no volvería a pasar. O se esmeraba más, o a sus compañeras de clase les daría un síncope, lo que podría truncar por completo la experiencia universitaria de todas esas jovencitas. Podía imaginarlas en medio de una conversación telefónica: «¡Mamá, en mi clase hay un tipo horrendo, con la cara llena de morados, y lleno de tatuajes! ¡Y he de sentarme a su lado!».

Se secó las manos. Salió del lavabo y vio a Evan sentado en un rincón. A diferencia de él, Evan habría encajado en la universidad. Todavía conservaba la cara de niño bueno; al acercarse a él, se preguntó cuántas veces tenía que afeitarse a la semana.

—¡Cuánto has tardado! —espetó Evan mientras Colin se sentaba en el banco de enfrente—. Pensé que te habías perdido.

Colin se arrellanó en la tapicería de escay.

—Espero que no lo hayas pasado mal, aquí solito.

—Ja, ja, ja.

—¿Puedo preguntarte algo?

—Adelante.

—¿Cuántas veces te afeitas a la semana?

Evan parpadeó, desconcertado.

—¿Pensabas en eso durante los diez minutos que has estado encerrado en el lavabo?

—Me lo he preguntado mientras caminaba hacia la mesa.

Evan lo miró sin pestañear.

—Me afeito todas las mañanas.

—¿Por qué?

—¿Qué quieres decir con «por qué»? Por la misma razón por la que tú te afeitas.

—Yo no me afeito todas las mañanas.

—¿Se puede saber por qué estamos hablando de afeitarnos?

—Porque sentía curiosidad, te he hecho una pregunta y tú has contestado —apostilló Colin.

Sin prestar atención a la expresión de Evan, asintió mientras miraba el menú y dijo:

—¿Has cambiado de idea y has decidido pedir algo de comer?

Evan sacudió la cabeza.

—Ni loco.

—¿No vas a comer nada?

—No.

—¿Reflujo ácido?

—Más bien la sospecha de que la última vez que un inspector entró en esa cocina, Reagan todavía era presidente.

—No hay para tanto.

—¿Has visto al cocinero?

Colin echó un vistazo a través de la rejilla que había detrás de la barra. El cocinero quedaba justo en el centro del encuadre, con un delantal grasiento que le oprimía el barrigón, una larga cola de caba-

17

llo y tatuajes que cubrían prácticamente cada centímetro de los antebrazos.

—Me gustan sus tatuajes.

—¡Vaya! ¡Menuda sorpresa!

—Es la verdad.

—Lo sé. Siempre dices la verdad. Ahí radica parte de tu problema.

—¿Por qué es un problema?

—Porque la gente no siempre quiere oír la verdad. Como cuando tu novia pregunta si tal o cual vestido la hace parecer más gorda, has de contestarle que no, que está la mar de guapa.

—No tengo novia.

—Porque probablemente a la última le dijiste que la hacía parecer más gorda, en vez de decirle que estaba guapa.

—Eso no es lo que pasó.

—Bueno, ya me entiendes, ¿no? A veces hay que... enmascarar la verdad para no tener problemas con la gente.

—¿Por qué?

—¡Porque eso es lo que hace la gente! ¡Así funciona la sociedad! No puedes ir por ahí soltando lo primero que se te pasa por la cabeza. Provoca incomodidad y hiere sentimientos. Y para que lo sepas, a los jefes no les gusta nada la franqueza.

—Vale.

—¿No me crees?

—Te creo.

—Pero te importa un pimiento.

—Así es.

—Porque prefieres decir la verdad.

—Sí.

—¿Por qué?

—Porque a mí me funciona.

Evan se quedó un momento callado.

—A veces me gustaría ser como tú. Poder decirle a mi jefe lo que realmente pienso de él sin que me importaran las consecuencias.

—Puedes hacerlo. Pero eliges no hacerlo.

—Necesito el sueldo.

—Excusas.

—Quizá. —Se encogió de hombros—. Pero es lo que a mí me funciona. A veces es necesario mentir. Por ejemplo, si te dijera que he visto un par de cucarachas debajo de la mesa mientras estabas en el lavabo, quizás a ti también te daría asco comer aquí, como a mí.

—Ya sabes que no has de quedarte, ¿vale? No me pasará nada.

—Eso es lo que dices tú.

—Será mejor que te preocupes por ti, no por mí. Además, se está haciendo tarde. ¿No tenías que ir mañana a Raleigh con Lily?

—A primera hora de la mañana. Iremos a misa a las once con mis padres, y luego almorzaremos juntos. Pero a diferencia de ti, no me costará nada levantarme mañana por la mañana. Por cierto, tienes un aspecto horroroso.

—Gracias.

—Sobre todo el ojo.

—Mañana no estará tan hinchado.

—El otro ojo. Creo que se te han roto unas venitas. O bien eso, o es que eres un vampiro.

—Ya lo he visto.

Evan se apoyó en el respaldo del banco y extendió los brazos hacia ambos lados.

—Hazme un favor, ¿quieres? Mañana no salgas de casa, para que no te vea ningún vecino. No me gustaría que pensaran que te he dado una paliza porque no me has pagado a tiempo el alquiler o algo parecido. No quiero ganarme mala fama como casero.

Colin sonrió. Pesaba unos quince kilos más que Evan, y le gustaba la broma de que si Evan entraba alguna vez en un gimnasio, era probablemente para llevar a cabo una auditoría.

—Te prometo que no me verá nadie —concedió Colin.

—Perfecto. Teniendo en cuenta mi reputación…

Justo en ese momento, la camarera se acercó y dejó un plato lleno de revuelto de claras de huevo con jamón, un cuenco de copos de avena de textura gelatinosa. Colin agarró el cuenco al tiempo que miraba de reojo la taza de Evan.

—¿Qué bebes?

—Agua caliente con limón.

—¿En serio?

—Son más de las doce. Si tomo café, no pegaré ojo en toda la noche.

Colin se metió una cucharada de copos de avena en la boca y los engulló.

—Vale.

—¿Cómo? ¿No piensas soltar ningún comentario mordaz?

—Me sorprende que tengan limón en un sitio como este.

—Y a mí me sorprende que preparen un revuelto de claras de huevo. Probablemente eres la primera persona en la historia que ha intentado comer algo saludable en este antro. —Agarró la taza—. Por cierto, ¿qué planes tienes para mañana?

—He de cambiar el interruptor de arranque del coche. No va bien. Después, cortaré el césped e iré al gimnasio.

19

—¿Quieres venir con nosotros?

—No me gustan las comidas familiares.

—No te estaba invitando a comer. Dudo mucho que te dejaran entrar en el club con este aspecto. Pero podrías ir a ver a tus padres, o a tus hermanas, en Raleigh. Está de camino a Chapel Hill.

—No.

—Bueno, de todos modos, quería preguntártelo.

Colin tomó otra cucharada de copos de avena.

—Olvídalo.

Evan volvió a recostarse en el banco.

—Por cierto, algunos combates han sido espectaculares, esta noche. El de después del tuyo ha sido impresionante.

—¿Ah, sí?

—Un tipo llamado Johnny Reese ha tumbado a su adversario en el primer round. Lo ha agarrado como si fuera un monigote y lo ha inmovilizado hasta estrangularlo. Ese tipo se mueve como un felino.

—¿Qué es lo que intentas decirme?

—Que es mucho mejor que tú.

—Pues me alegro.

Evan tamborileó en la mesa.

—Así que... ¿estás contento con tu combate de esta noche?

—Ya ha pasado.

Evan esperó.

—¿Y?

—Que ya se ha acabado.

—¿Todavía crees que lo que haces es una buena idea? Quiero decir..., ya me entiendes.

Colin ensartó una porción de los huevos revueltos con el tenedor.

—Todavía estoy aquí contigo, ¿no?

Media hora más tarde, Colin estaba de nuevo en la carretera. Los nubarrones que habían amenazado con tormenta durante las últimas horas habían decidido por fin descargar toda su furia en forma de lluvia torrencial, amenizada por fuertes ráfagas de viento, truenos y relámpagos. Evan se había marchado unos minutos antes que Colin; mientras se acomodaba detrás del volante del Camaro que llevaba varios años restaurando, se puso a pensar en su amigo.

Conocía a Evan desde la infancia. Cuando Colin era un niño, su familia solía pasar los veranos en una casita en la playa de Wrightsville, y la familia de Evan vivía justo al lado. Habían pasado interminables días soleados caminando por la playa, jugando a la pelota, pescando, haciendo surf o divirtiéndose con tablas de *bodyboard*. Cuántas noches habían pasado juntos en casa del uno o del otro, hasta que la familia de Evan se marchó a vivir a Chapell Hill y la vida de Colin se fue por completo al garete.

Los hechos no podían ser más simples: era el tercer hijo y único varón de unos padres ricos con una clara predilección por las niñeras y sin ningún deseo de tener otro hijo. Fue un bebé con cólicos, y luego un niño con una energía desbordante y un desesperante TDAH, la clase de niño que solía pillar rabietas incontrolables, que no sabía concentrarse, y al que le resultaba imposible estarse quieto.

En casa volvía locos a sus padres, se escapaba de las niñeras, y siempre tenía problemas en la escuela. En tercero de primaria tuvo un maestro que supo manejarlo, pero en cuarto volvió a recaer. En el patio se peleaba todos los días, y estuvo a punto de repetir curso. Fue por aquella época cuando se ganó la fama de niño conflictivo, y al final, sus padres, que ya no sabían qué hacer con él, lo enviaron a una academia militar, con la esperanza de que la disciplina fuera un factor positivo.

Su experiencia durante el primer año fue horrorosa; a mediados de primavera, lo expulsaron de la institución.

Después lo mandaron a otra academia militar en otro estado; a lo largo de los siguientes años, gastó sus energías en deportes de combate: lucha libre, boxeo y judo. Desahogaba su brutalidad con los demás, a veces con excesivo entusiasmo, a menudo simplemente porque era lo que quería. Le importaban un comino los grados y la disciplina. Cinco expulsiones más y cinco academias militares diferentes más tarde, se licenció —por los pelos—, convertido en un joven de agresividad incontrolable y con mal carácter que no albergaba ningún plan para su futuro ni ningún interés por nada.

Se instaló de nuevo en casa de sus padres, donde pasó siete malos años. Veía cómo su madre lloraba y escuchaba a su padre, que le suplicaba que cambiara, pero los ignoraba a los dos. Ante la insistencia de sus padres, accedió a iniciar unas sesiones de terapia con un especialista, pero continuó hundiéndose sin remedio. «Autodestrucción subconsciente como primer objetivo», según las palabras del terapeuta, que no las suyas, aunque había acabado por estar de acuerdo.

Cuando sus padres lo echaban de casa, en Raleigh, Colin se iba sin permiso a la antigua casita de la playa, donde mataba el tiempo antes de volver a casa, y el ciclo volvía a empezar. A los veinticinco años, recibió una última oportunidad para cambiar de vida. Inesperadamente, eso fue lo que hizo. Por eso estaba en esos momentos en la Facultad de Magisterio, con planes y esperanzas de pasar las próximas décadas dando clases a niños, lo que para la mayoría de la gente suponía un sinsentido.

Colin era consciente de la ironía de querer pasar el resto de su vida metido en una escuela —un lugar que tanto había odiado—, pero así eran las cosas. Decidió no analizar dicha ironía. Por lo general, no le daba demasiadas vueltas el pasado.

No se habría puesto a pensar en tales cuestiones si Evan no le hubiera preguntado si quería ir a ver a sus padres al día siguiente. Lo que Evan no comprendía era que el mero hecho de estar en la misma habitación resultaba angustioso tanto para Colin como para ellos, sobre todo si la visita no estaba planeada con suficiente antelación. Si se presentaba sin avisar, sabía que ellos se sentarían incómodos en el comedor, procurando hablar de nimiedades, mientras los recuerdos del pasado se propagaban por el aire como un gas venenoso. Habría notado la decepción y la actitud crítica, tanto en los comentarios de sus padres como en aquello que callaban, ¿y a quién le apetecía pasar por ese mal trago? A él no, y a ellos tampoco. En los últimos tres años, había procurado que sus escasas visitas duraran más o menos una hora, casi siempre durante las vacaciones, una solución que parecía agradar a todos.

Sus hermanas mayores, Rebecca y Andrea, habían intentado convencerle para que resolviera las desavenencias con sus padres, pero él zanjaba tales conversaciones de la misma forma que había hecho con Evan. Después de todo, sus vidas con sus padres habían sido distintas a la suya. Las dos habían sido «deseadas», mientras que él había sido un «pequeño error» después de siete años.

Sabía que sus hermanas obraban con buena intención, pero no tenía mucho en común con ellas. Las dos se habían licenciado en la universidad, estaban casadas y tenían hijos. Vivían en el mismo vecindario exclusivo que sus padres, y jugaban al tenis los fines de semana. Cuanto más mayor, más cuenta se daba de que las elecciones que ellas habían tomado en sus vidas habían sido mucho más inteligentes que las suyas. Pero, claro, ellas no tenían «problemas serios».

Sabía que sus padres, al igual que sus hermanas, eran en esencia buenas personas. Había necesitado muchos años de terapia para aceptar que era él quien tenía problemas, y no ellos. Ya no culpaba a su madre ni a su padre por todo lo que le había sucedido o por lo que habían o no habían hecho; la verdad era que se consideraba el hijo afortunado de dos personas con una paciencia infinita. ¿Y qué si se había criado con niñeras? ¿Y qué si sus padres habían tirado la toalla al final y lo habían facturado a una academia militar? Siempre que los había necesitado, allí donde otros padres habrían desistido, ellos jamás habían perdido la esperanza de que lograra reorientar su vida.

Y habían soportado todos sus desmanes durante años y años. Más que desmanes. Habían ignorado sus borracheras, los porros que fumaba y la música a tope a todas horas; habían soportado las fiestas que montaba en casa siempre que ellos se marchaban de viaje, unas fiestas que dejaban la casa arrasada. Habían hecho la vista gorda a las peleas en los bares y a los innumerables arrestos. Nunca llamaban a la policía cuando se metía sin permiso en la casita desocupada de la playa, incluso cuando provocaba graves desperfectos en el mobiliario. Lo habían avalado más veces de las que podía recordar; habían pagado sus deudas, y tres años antes —cuando Colin se enfrentaba a una pena de prisión después de una pelea en un bar en Wilmington— su padre había recurrido a algunos contactos influyentes para limpiar por completo el historial delictivo de su hijo. Eso condicionado, por supuesto, a que Colin no volviera a delinquir. Para no ingresar en prisión, uno de los requisitos fue que pasara cuatro meses internado en un centro psiquiátrico de Arizona donde aplicaban un tratamiento para controlar la violencia.

A su regreso, y puesto que sus padres no querían que se quedara en casa, había vuelto a instalarse sin permiso en la casita de la playa, que por entonces estaba en venta. También le ordenaron que pasara a ver al inspector Pete Margolis, en la comisaría de policía de Wilmington, de forma regular. El tipo que Colin había apaleado en el bar era, desde hacía mucho tiempo, uno de los soplones de Margolis, y de resultas de la pelea, uno de los casos más importantes en los que Margolis estaba trabajando se había ido al traste. Como consecuencia, Margolis odiaba a Colin con toda su alma. Al principio, el inspector se había mostrado reticente con el trato de favor, luego insistió en que quería interrogar a Colin con regularidad y de forma aleatoria, como parte del trato de su libertad condicional, según el cual se estipulaba que si Colin volvía a ser arrestado, por el motivo que fuere, restituirían su historial delictivo e ingresaría en prisión por unos diez años de forma automática.

A pesar de los requerimientos, a pesar de tener que aguantar a Margolis, que lo esposaba a la menor ocasión para provocarlo, no podía negar que había conseguido un trato magnífico —más que magnífico; extraordinario— y todo gracias a su padre..., aunque a los dos les costara tanto hablar cara a cara.

A Colin le prohibieron explícitamente volver a pisar la casita de la playa, si bien en los últimos tiempos su padre había suavizado su posición respecto a esa condición. Desde que había regresado de Ari-

23

zona, el hecho de que lo echaran cada vez que se colaba en la casita desocupada mientras estaba en venta, y que después se dedicara a observar desde la calle cómo se instalaban los nuevos inquilinos, lo obligó a revaluar su vida. Acabó durmiendo en casas de amigos en Raleigh, de sofá en sofá.

Poco a poco había llegado a la conclusión de que, si no cambiaba de vida, se autodestruiría sin remedio. Aquel ambiente no le convenía, y su círculo de amigos estaba tan descontrolado como él. Sin ningún otro sitio adonde ir, había conducido de vuelta a Wilmington y se había sorprendido a sí mismo llamando a la puerta de Evan. Evan se había mudado allí después de licenciarse en la Universidad Estatal de Carolina del Norte, y se mostró igual de sorprendido al ver a su viejo amigo. Con cautela y un tanto nervioso, también, pero Evan era Evan, y no tuvo inconveniente en que Colin se quedara una temporada en su casa.

Necesitó tiempo para volverse a ganar la confianza de Evan. En aquella época, sus vidas eran muy distintas. Evan se parecía mucho más a Rebecca y a Andrea; se había convertido en un ciudadano responsable cuya única experiencia con la cárcel eran las imágenes que había visto por la tele. Trabajaba de contable y gestor financiero, y, siguiendo la línea de los ideales fiscalmente prudentes de su profesión, se había comprado una casa, con una vivienda separada en la planta baja con entrada independiente, para pagar menos hipoteca, un apartamento que estaba libre en el momento en que Colin apareció.

Colin no pensaba quedarse mucho tiempo, pero una cosa llevó a la otra. Así, cuando consiguió un empleo de camarero en un bar, se instaló de forma definitiva. Transcurridos tres años, seguía pagando el alquiler al mejor amigo que tenía en el mundo.

Hasta ese momento, no había surgido ningún problema. Él cortaba el césped y recortaba el seto; a cambio, pagaba un alquiler razonable. Disponía de su propia vivienda con entrada independiente, pero Evan estaba a su lado, y eso era precisamente lo que Colin necesitaba en esos momentos de su vida. Evan vestía con traje y corbata para trabajar, su casa decorada con buen gusto siempre estaba impecable, y jamás bebía más de dos cervezas cuando salía. Asimismo, era el tipo más afable del mundo y aceptaba a Colin tal como era, con sus virtudes y defectos. Además —aunque solo Dios supiera la razón—, creía en él, incluso cuando Colin sabía que no siempre merecía tal voto de confianza.

Lily, la novia de Evan, parecía cortada con el mismo patrón. Aunque trabajaba en una empresa de publicidad y tenía su propio apartamento en la playa —regalo de sus padres—, pasaba casi todo el tiempo en casa de Evan, por lo que se había convertido en una parte importante de la vida de Colin. Le había costado bastante aceptarlo. Cuando se conocieron, Colin lucía una cresta rubia y llevaba pírsines en ambas orejas, y su conversación inicial se centró en la pelea en un bar de Raleigh y cómo el otro tipo había acabado en el hospital.

Durante un tiempo, Lily no podía comprender la amistad entre Evan y Colin. Era una chica remilgada que pertenecía a la alta sociedad de Charleston; había estudiado en la selecta Universidad Meredith, y además hablaba como si fuera de otra época. También era la chica más guapa que Colin había visto en su vida, por lo que no le extrañaba que tuviera a Evan a sus pies. Con su pelo rubio, sus ojos azules y ese acento meloso incluso cuando estaba enfadada, parecía la última persona en el mundo capaz de dar a Colin una oportunidad. Sin embargo, se la dio. Y al igual que Evan, al final terminó por creer en él.

Había sido Lily quien había sugerido que estudiara Magisterio dos años atrás, y había sido ella quien le había ayudado a hacer los deberes por las noches. Y en dos ocasiones, habían sido Lily y Evan los que habían evitado que Colin cometiera la clase de error impulsivo que podría haberlo llevado a la cárcel. La quería por esas cosas, de la misma forma que adoraba la relación entre ella y Evan. Hacía mucho tiempo que había decidido que si alguien se atrevía a amenazar a cualquiera de los dos, intervendría, sin que le asustaran las consecuencias, aunque ello significara pasar el resto de su vida entre rejas.

Pero todo lo bueno tiene un final. ¿No es eso lo que la gente decía? La vida que había disfrutado durante los tres últimos años estaba a punto de cambiar: Evan y Lily se habían prometido y tenían planes para casarse en primavera. Aunque los dos insistían en que Colin podría continuar viviendo en la planta baja después de que se casaran, sabía que la pareja había pasado el fin de semana previo visitando casas de muestra en un vecindario más próximo a la playa de Wrightsville, las típicas casas con doble porche en Charleston. Los dos querían tener hijos, los dos deseaban una propiedad rodeada con la clásica valla de maderos blancos. Colin no albergaba ninguna duda de que la casa en la que Evan vivía en esos momentos estaría a la venta en menos de un año. Después, Colin volvería a quedarse solo, y aunque sabía que no era justo esperar que Evan y Lily se responsabilizaran de él, a veces se preguntaba si eran conscientes de lo importantes que habían llegado a ser para él en los últimos años.

Como aquella noche, por ejemplo. No le había pedido a Evan que fuera a ver el combate; su amigo había ido por iniciativa propia. Tampoco le había pedido que se sentara con él mientras comía. Pero Evan probablemente sospechaba que, de no haberlo hecho, Colin po-

25

dría haber terminado en una discoteca de mala muerte en lugar de comiendo a medianoche en un bar de carretera. Y aunque Colin trabajaba de camarero, perdía el control cuando se colocaba al otro lado de la barra.

Abandonó la carretera principal y se metió en una serpenteante carretera secundaria, festoneada con pinos y robles rojos; el kuzdu, esa planta invasora, no mostraba preferencia por ninguna de las dos especies de árboles. No era tanto un atajo como un intento de evitar la interminable serie de semáforos. Los relámpagos seguían iluminando el cielo, otorgando a las nubes un tono refulgente e iluminando los alrededores con una luz estroboscópica sobrenatural. La lluvia y el viento arreciaron, los limpiaparabrisas apenas conseguían mantener el cristal limpio, pero conocía bien aquella carretera. Desaceleró al entrar en una de las numerosas curvas cerradas antes de pisar instintivamente el freno.

Más adelante, un coche con una baca en el techo estaba parado en el arcén, algo inclinado, con las luces de emergencia encendidas y el maletero abierto. Al aminorar la marcha bruscamente, Colin notó que el Camaro culeaba antes de que las ruedas volvieran a adherirse al pavimento mojado. Invadió el carril contrario para disponer de una mejor visión del vehículo accidentado mientras pensaba que el conductor no podría haber elegido peor momento ni peor lugar para sufrir una avería.

«¡Qué mala pata, pobre!», pensó, pero a la vez se dijo que no era asunto suyo. Su trabajo no era ir por ahí auxiliando a desconocidos, aunque probablemente tampoco sería de gran ayuda. Entendía cómo funcionaba su coche, pero solo porque el Camaro tenía más años que él; los motores modernos se asemejaban a ordenadores. Además, seguro que el conductor ya había pedido ayuda.

Sin embargo, al pasar junto al coche accidentado, se fijó en que la rueda trasera estaba pinchada y que detrás del maletero, una chica —empapada hasta los huesos, y vestida con pantalones vaqueros y una blusa de manga larga— forcejeaba para sacar la rueda de recambio del compartimento. Un relámpago iluminó la escena, como una larga serie de flashes intermitentes de una cámara de fotos que captó la enorme angustia de la chica. En aquel instante, Colin cayó en la cuenta de que el pelo oscuro y los grandes ojos le recordaban a una de las chicas de su clase, y dejó caer pesadamente los hombros.

¿Una chica? ¿Por qué había una chica con problemas en medio de la carretera? Estaba seguro de que era la chica que iba a su clase, y no podía fingir que no se había dado cuenta de que necesitaba ayuda. No le apetecía intervenir, pero ¿qué opción le quedaba?

Resopló y aparcó en el arcén, un poco más adelante del coche accidentado. Agarró la chaqueta del asiento trasero y se apeó del vehículo. En esos momentos llovía a cántaros; en cuestión de segundos quedó empapado, como si lo acabaran de rociar a presión con una manguera de jardín. Se pasó una mano por el pelo, aspiró hondo y emprendió la marcha hacia el coche, calculando cuánto tiempo tardaría en cambiar la rueda y volver a estar sentado detrás del volante de su Camaro.

—¿Necesitas ayuda? —gritó.

Colin se quedó un tanto sorprendido al ver que ella no contestaba. En vez de eso, se lo quedó mirando fijamente con cara de susto, soltó la rueda y empezó a retroceder despacio.

Capítulo 2

María

María Sánchez había estado en la sala de juicios con numerosos delincuentes, cuando trabajaba en la oficina del fiscal del distrito del condado de Macklenburg. Algunos de ellos habían sido condenados por esos crímenes violentos que le provocaban angustiosas pesadillas por la noche. Tenía con frecuencia pesadillas, y había recibido amenazas de un sociópata, pero la verdad era que nunca se había sentido tan asustada como en aquellos momentos, en medio de una carretera desierta, cuando el vehículo que conducía un desconocido se detuvo en el arcén.

No importaba que tuviera veintiocho años, ni que se hubiera graduado en UNC Chapel Hill con matrícula de honor, ni que después hubiera estudiado Derecho en la Universidad de Duke. No importaba que hubiera sido una promesa emergente en la oficina del fiscal del distrito antes de encontrar trabajo en uno de los más prestigiosos despachos de abogados de Wilmington, ni que, hasta ese momento, siempre hubiera sido capaz de controlar sus emociones. Tan pronto como él se apeó del coche, todas aquellas verdades se desvanecieron: la única cosa en la que pensó era que estaba sola, en una carretera desierta. Cuando el desconocido empezó a andar hacia ella, sintió un ataque de pánico. «Me moriré aquí, y nadie encontrará mi cuerpo», se dijo angustiada.

Unos momentos antes, cuando el coche había pasado despacio junto al suyo, había visto cómo él la miraba —con lascivia, como si la estuviera evaluando—, y su primera impresión fue que el tipo llevaba una máscara, una idea terrorífica, aunque menos pavorosa que el súbito pensamiento de haber visto esa cara antes. Estaba llena de morados, con un ojo cerrado a causa de la hinchazón y el otro teñido de rojo sangre. Estaba segura de que le goteaba más sangre por la frente, y tuvo que contenerse para no ponerse a chillar. Afortunadamente, por alguna razón, no consiguió emitir sonido alguno. Tan pronto como él pasó por delante de ella pensó: «Por el amor de Dios, no te pares, por favor, sigue conduciendo».

Pero, por lo visto, Dios no la escuchaba. ¿Por qué iba a intervenir para evitar que acabara asesinada y su cuerpo tirado en la cuneta en medio de la nada? En vez de eso, Dios había decidido que ese tipo parase; en esos momentos, un hombre con la cara desfigurada se acercaba a ella como una imagen salida de una película de terror de bajo presupuesto. O de la cárcel, de la que acababa de escapar, porque el tipo estaba fornido. ¿Acaso los presos no se dedicaban a eso, a levantar pesas todo el tiempo? Su corte de pelo era exagerado, casi al estilo militar —¿la marca de una de las bandas en la prisión de las que tanto había oído hablar?—, y la andrajosa camiseta negra de concierto acentuaba más su aspecto intimidador, igual que los vaqueros rasgados y su forma de sostener la chaqueta. Con el aguacero que estaba cayendo, ¿por qué no la llevaba puesta? Quizá la utilizaba para esconder…

Un cuchillo.

O algo peor…, una pistola…

Se le escapó un gritito y su mente empezó a procesar todas las opciones sobre qué podía hacer. ¿Lanzarle la rueda? Si ni siquiera podía sacarla del maletero. ¿Pedir ayuda a gritos? No había nadie cerca; en los últimos diez minutos no había pasado ni un solo coche; además, ¿quién sabía dónde se había dejado el móvil? De haberlo tenido, no habría intentado cambiar la rueda. ¿Correr? Quizá, pero la agilidad con la que ese tipo se movía sugería que no le costaría nada atraparla. Lo único que podía hacer era meterse en el coche y poner el seguro en las puertas, pero él ya estaba allí, y no había forma de pasar por delante de él…

—¿Necesitas ayuda?

Fue el sonido de su voz lo que la sacó del trance. Soltó la rueda y empezó a retroceder, con la intención de mantener la distancia entre ellos. Un relámpago volvió a iluminar el cielo. María se fijó en la falta de expresión en la cara del desconocido, casi como si le faltara algo elemental en su personalidad, la pieza del rompecabezas que indicaba que no tenía predisposición a violar o asesinar mujeres.

—¿Qué quieres de mí? —balbuceó María con dificultad.

—No quiero nada —contestó él.

—Entonces, ¿qué haces aquí?

—Pensé que necesitarías ayuda para cambiar la rueda.

—No, gracias, puedo apañarme sola.

Colin la miró, luego miró la rueda, y volvió a mirarla.

—Vale, en tal caso, adiós.

Dio media vuelta y enfiló hacia su coche. De repente, su figura empezó a desvanecerse bajo la lluvia. Su reacción había sido tan inesperada que por un segundo María se quedó paralizada. ¿Se iba? ¿Por qué se iba? En cierto modo, se sentía aliviada de que se fuera; sí, la verdad era que estaba encantada. Sin embargo...

—¡No puedo sacar la rueda del maletero! —gritó, consciente del pánico que transmitía su tono.

Él se dio la vuelta cuando llegó al Camaro y respondió:

—Ya me había dado cuenta.

Sin embargo, abrió la puerta del Camaro, dispuesto a entrar.

—¡Espera! —gritó ella sin poder contenerse.

Colin la observó a través de la cortina de agua.

—¿Por qué? —espetó.

«¿Por qué?» No estaba segura de si había oído bien. Pero, claro, unos momentos antes le había dicho que no necesitaba ayuda. Y no la necesitaba, aunque la verdad era que sí, pero no estaba tan apurada como para recurrir a alguien. En la vorágine de pensamientos incontrolables, las siguientes palabras se le escaparon de la boca.

—¿Tienes un teléfono? —gritó.

Él acortó la distancia. Se detuvo cuando pensó que ella podría oírlo sin necesidad de alzar la voz, pero sin acercarse más. Qué alivio.

—Sí —contestó.

María repartió el peso de su cuerpo entre una pierna y otra mientras pensaba: «¿Y ahora qué?».

—He perdido el móvil —se excusó—. Quiero decir..., bueno, no es que lo haya perdido..., no sé dónde lo he dejado.

Sabía que estaba balbuceando, pero él la miraba fijamente, y eso le impedía hablar con naturalidad.

—O me lo he dejado en el trabajo, o en casa de mis padres, pero no lo sabré hasta que tenga mi MacBook.

—Vale.

Colin no añadió nada más. En vez de eso, se quedó inmóvil, sin apartar la vista de ella.

—Utilizo la opción «Buscar mi teléfono». Me refiero a la aplicación. Puedo saber dónde está mi móvil porque lo tengo sincronizado con el ordenador.

—Vale.

—¿Y bien?

—¿Y bien qué?

—¿Me prestas el móvil un minuto? Quiero llamar a mi hermana.

—Claro —contestó él.

30

Buscó el teléfono entre los pliegues de la chaqueta, pero cuando empezó a acercarse, ella retrocedió otro paso en un acto reflejo. Colin depositó la chaqueta sobre el capó del coche y la señaló con el dedo.

María vaciló. Sin lugar a dudas, era un tipo extraño, pero agradeció que se hubiera apartado. Hurgó en la chaqueta hecha un ovillo y encontró un iPhone, el mismo modelo que el suyo. Cuando pulsó el botón, la pantalla se iluminó. Qué suerte, daba señal de estar operativo. Pero de nada le serviría a menos que...

—Cinco, seis, ocho, uno —ofreció Colin.

—¿Me estás dando tu contraseña?

—No puedes acceder al teléfono si no la tienes —apuntó él.

—¿No tienes miedo de que se lo diga a un desconocido?

—¿Piensas robarme el móvil?

María pestañeó.

—No, claro que no.

—Entonces no estoy preocupado.

Ella no sabía qué responder, así que no dijo nada. Marcó el código con dedos temblorosos y llamó a su hermana. Al tercer timbre, supo que saltaría el contestador de Serena. María intentó contener su frustración mientras dejaba un mensaje, explicando lo que había sucedido con el coche y pidiendo a su hermana que fuera a buscarla. Guardó el teléfono de nuevo en la chaqueta sobre el capó y luego retrocedió un paso sin apartar la vista de Colin.

—¿No contesta?

—Ya viene.

—Vale. —Cuando un relámpago volvió a iluminar el cielo, él señaló hacia la parte trasera del vehículo—. Mientras la esperas, ¿quieres que cambie la rueda?

María abrió la boca para rechazar el ofrecimiento, pero quién sabía cuándo —o si— Serena oiría su mensaje. Además, ella no había cambiado una rueda en su vida. En lugar de contestar resopló procurando mantener la compostura al tiempo que decía:

—¿Te puedo hacer una pregunta?

—Adelante.

—¿Qué... te ha pasado en la cara?

—Me lo he hecho en un combate de artes marciales.

Ella esperó a que él aportara más detalles antes de darse cuenta de que no pensaba añadir nada más. «¿Eso es todo? ¿Nada más?» Su actitud se le antojaba tan extraña que no sabía qué pensar. Mientras él permanecía inmóvil, obviamente esperando una respuesta a su pregunta anterior, ella desvió la vista hacia el maletero y pensó: «Lástima que no sepa cambiar una rueda».

31

—Sí —aceptó al final—. Si no te importa, me encantaría que me ayudaras a cambiar la rueda.

—Vale —asintió él.

María lo observó mientras agarraba la chaqueta hecha un ovillo del capó y se guardaba el móvil en el bolsillo antes de ponerse la chaqueta.

—Me tienes miedo —dijo él.

—¿Qué?

—Tienes miedo de que te haga daño.

Como ella no contestó, él prosiguió:

—No te haré nada, pero si prefieres seguir pensando que sí, es problema tuyo.

—¿Por qué lo dices?

—Porque voy a cambiar la rueda, y tendré que acercarme al maletero, lo que quiere decir que también tendré que acercarme a ti.

—No te tengo miedo —mintió.

—Vale.

—De verdad, no te tengo miedo.

—Vale —repitió él, que, acto seguido, se le acercó.

María notó que se le encogía el corazón cuando él pasó a escasos centímetros de ella, pero se sintió como una verdadera idiota cuando él siguió caminando sin aminorar la marcha. Desenroscó algo, luego sacó la rueda de recambio y la depositó en el suelo antes de desaparecer de nuevo detrás del capó, seguro que para sacar el gato.

—Uno de los dos tendrá que mover el coche para colocarlo otra vez en la carretera —explicó—. Necesita estar nivelado antes de que ponga el gato; si no, el coche podría resbalar.

—Pero tengo una rueda pinchada.

Colin echó un vistazo a la rueda, con el gato en la mano.

—No dañará el coche. Solo has de conducir unos momentos despacio.

—Pero ocuparé todo el carril.

—Ahora ya ocupa la mitad.

Él tenía razón, pero...

Pero ¿y si era parte de su plan? ¿Distraerla de algún modo para que ella le diera la espalda?

«¿Un plan que incluía dejarle usar el móvil y sacar la rueda del maletero?»

Nerviosa y avergonzada, se metió en el coche y arrancó el motor. Avanzó despacio hasta ocupar el carril y luego puso el freno de mano. Cuando abrió la puerta, él estaba haciendo rodar la rueda de recambio con una mano mientras que con la otra sostenía la llave de cruz.

—Puedes quedarte en el coche, si quieres. No tardaré mucho.

María se debatió antes de cerrar la puerta; después pasó varios minutos observando por el espejo retrovisor cómo él aflojaba los tornillos con la llave de cruz antes de colocar el gato en su sitio. Al cabo de un momento, notó que el coche se elevaba a trompicones, hasta que el movimiento cesó. Observó cómo terminaba de desenroscar las tuercas antes de sacar la rueda, justo en el momento en que se intensificaba la tormenta, con el agua inclinada por el viento racheado. Colocó la rueda de recambio sin dificultad, y después las tuercas. De repente, el coche empezó a bajar. Guardó la rueda pinchada en el maletero junto con el gato y la llave de cruz; después cerró la puerta del maletero con suavidad. De repente, ya había terminado. Sin embargo, María se sobresaltó cuando él propinó unos golpecitos en la ventana. Bajó el cristal y la lluvia empezó a colarse dentro. Incluso con la cara entre las sombras era posible entrever los morados, el ojo hinchado y el ojo rojo. Casi, aunque no del todo.

—Ya puedes irte tranquila —gritó él para hacerse oír en medio del temporal—, pero será mejor que cuando puedas vayas al taller para arreglar o reemplazar la rueda pinchada. No esperes muchos días; la rueda de recambio no está pensada para usarla de forma permanente.

Ella asintió, pero antes de poder darle las gracias, él ya había dado media vuelta y se alejaba corriendo hacia su coche. Abrió la puerta con energía y se sentó al volante. María oyó el rugido del motor y después —antes de que se diera cuenta— estaba de nuevo sola en la carretera, aunque ahora en un coche que la llevaría a casa.

—He oído el teléfono, pero no he reconocido el número, así que he dejado que se activara el buzón de voz. Lo siento —se disculpó Serena entre sorbito y sorbito de zumo de naranja.

María estaba sentada a su lado, en la mesa del porche de la parte trasera de la casa de sus padres, con una taza de café entre las manos. Los rayos de sol de la mañana ya caldeaban el aire.

—La próxima vez contesta, ¿vale?

—No me pidas eso. —Serena sonrió—. ¿Y si se trata de un psicópata que intenta acosarme?

—¡Ese era el problema! ¡Era yo la que estaba con un psicópata, y necesitaba que me rescataras!

—Pues no lo parece. Por lo que me has contado, parece un tipo simpático.

María la acribilló con la mirada por encima del borde de la taza de café.

—No lo viste. Te lo aseguro, he visto a gente que da miedo, pero él daba más que miedo.

—Te comentó que se lo había hecho en un combate de artes marciales.

—Por eso. Te digo que se trataba de un tipo violento.

—Pero no se comportó de forma violenta contigo. Dijiste que al principio ni se te acercó. Y luego te prestó el móvil. Y, después, te cambió la rueda, se montó en su coche y se largó.

—No lo entiendes.

—¿Qué es lo que no entiendo? ¿Qué no debería juzgar un libro por la cubierta?

—¡Oye! ¡Que hablo en serio!

Serena rio.

—No te pongas a la defensiva. Ya sabes que solo lo hago para pincharte. De haber estado en tu lugar, seguramente me habría hecho pis encima. El coche averiado, una carretera desierta, sin teléfono, un desconocido con la cara llena de sangre… Todos los ingredientes de la típica pesadilla para cualquier chica.

34

—¡Exacto!

—¿Has encontrado tu móvil?

—Está en el despacho. Probablemente me lo dejé sobre la mesa.

—¿Quieres decir que ha estado allí desde el viernes? ¿Y no te diste cuenta de que te faltaba hasta el sábado por la noche?

—Sí, ¿qué pasa?

—Supongo que no recibes muchas llamadas de amigos, ¿verdad?

—Ja, ja, ja.

Serena sacudió la cabeza antes de agarrar su móvil.

—Pues yo no podría vivir sin el mío.

Le hizo una foto a María.

—¿A qué viene eso?

—Es para mi cuenta de Instagram.

—¿De veras?

Serena ya estaba tecleando un título para la foto.

—No te preocupes. Es en plan divertido —añadió antes de mostrar la imagen y la frase—: María después de sobrevivir a Pesadilla en Dark Street.

—No pensarás colgar eso, ¿verdad?

—Ya lo he hecho. —Serena le guiñó el ojo.

—No me gusta que cuelgues fotos mías. De verdad. ¿Y si uno de mis clientes las ve?

—Entonces échame a mí la culpa. —Se encogió de hombros—. Por cierto, ¿dónde está papá?

—De paseo con *Copo*.

Copo era un shih tzu con el pelaje blanco. Unas Navidades, después de que Serena se hubiera mudado a la residencia universitaria, cuando ella y María regresaron a casa se enteraron de que sus padres habían comprado un perrito. Ahora *Copo* iba con ellos a todas partes: al restaurante —donde tenía su propia cama en el despacho—, e incluso al supermercado. *Copo* estaba mucho más mimado que ellas dos en toda su vida.

—Todavía me cuesta creer lo mucho que quieren a ese perro —murmuró Serena.

—¿Por qué lo dices?

—¿Te has fijado en el collar con brillantitos que mamá le ha comprado? Casi me da un patatús.

—No seas mala.

—¡No soy mala! —se defendió Serena—. Pero es que nunca los habría imaginado con un perro. Nunca tuvimos un perro cuando éramos niñas, y mira que se lo pedí muchas veces. Incluso prometí que me ocuparía de él.

—Pero ellos sabían que no lo harías.

—Quizá no haya entrado en la universidad un año antes de lo que me tocaba, a los diecisiete años, como tú, pero te aseguro que no soy tan tonta como para no saber ocuparme del perro. Y para que te enteres, he solicitado la beca Charles Alexander para el año que viene.

—No me digas.

María enarcó una ceja de escepticismo.

—Lo digo en serio. Es para un programa de educación bilingüe. Rellené el cuestionario, escribí una redacción, obtuve recomendaciones de dos de mis profesores y completé el resto de los requisitos. Se trata de una beca que promueve una fundación privada, y el próximo sábado tengo una entrevista con el director. ¿Qué te parece? —Cruzó los brazos con porte orgulloso.

—¡Vaya! Fantástico.

—No se lo cuentes a papá. Quiero que sea una sorpresa.

—Se pondrá muy contento si consigues la beca.

—Ya lo sé. Imagina cuántos collares más podrán comprarle a *Copo* si no han de pagarme los estudios.

María se echó a reír. Podía oír a su madre en la cocina, tarareando una canción. El aroma a huevos rancheros se colaba por la ventana abierta.

—De todos modos —continuó Serena—, volviendo a lo que te

35

pasó anoche, ¿qué hacías por ahí tan tarde? A esas horas ya sueles estar acostada.

María miró fijamente a su hermana antes de decidir si le contaba la verdad.

—Había quedado con un chico.

—¡Anda ya!

—¿Por qué te sorprende?

—Oh, por nada. Creía que habías tomado la decisión de quedarte soltera de por vida.

—¿Por qué lo dices?

—Porque te conozco como si fueras mi hermana.

—Pero si salgo con amigos.

—Sí, a practicar surf de remo, pero no sales de noche. Solo trabajas, lees y miras telebasura. Ya ni tan solo sales a bailar, y eso que te encantaba. Te pedí que me acompañaras a las sesiones de salsa los sábados por la noche, ¿recuerdas?

—Creo recordar que dijiste que había un montón de tíos raros en esas sesiones.

—Ya, pero me lo pasaba la mar de bien. Y eso que bailo fatal, no como tú.

—No todos tenemos la suerte de que nuestra jornada empiece a las doce del mediodía, con las clases en la universidad, ni de disponer de los viernes por la tarde libres, ¿sabes? Algunos tenemos responsabilidades...

—Ya, ya, eso ya me lo habías dicho antes —la cortó Serena, con un ademán para quitarle importancia—. Supongo que la cita no salió bien, ¿no?

María miró con disimulo por encima del hombro hacia la ventana de la cocina parcialmente abierta para asegurarse de que su madre no estaba escuchando.

Serena esbozó una mueca de fastidio.

—Ya eres adulta. No has de ocultar tu vida social a papá ni a mamá.

—Lo sé, pero tú y yo siempre hemos sido diferentes en ese sentido.

—¿Acaso crees que se lo cuento todo?

—Espero que no.

Serena se contuvo para no echarse a reír.

—Siento que tu cita no saliera bien.

—¿Cómo lo sabes? A lo mejor sí que salió bien.

—No lo creo —concluyó Serena, sacudiendo la cabeza—. Si no, no habrías vuelto a casa sola.

36

«Tiene razón», pensó María. Serena siempre demostraba una gran agudeza mental, pero, más que eso, estaba dotada del sentido común que a veces le faltaba a María.

—¿Hola? ¿Me escuchas? —añadió Serena—. Te estaba preguntando por tu cita.

—No creo que vuelva a llamarme.

Serena fingió compasión, aunque no pudo ocultar una sonrisa burlona.

—¿Por qué? ¿Es que llevabas el ordenador y las tareas laborales encima?

—No. Y no fui yo. Solo es que... no salió bien.

—Cuéntame, hermanita mayor, vamos, cuéntame qué pasó.

María echó un vistazo al jardín mientras pensaba que Serena era la única persona en el mundo con la que podía sincerarse.

—No hay mucho que contar. Para empezar, no había planeado salir con él.

—¿De veras? ¡No me digas!

—¿Quieres saber lo que pasó o no?

Serena soltó una risita de niña traviesa y dijo:

—Perdona, sigue.

—¿Te acuerdas de Jill? ¿Mi compañera de trabajo?

—¿La que roza los cuarenta, es superinteligente, superdivertida y está desesperada por casarse? ¿La que invitaste a comer a casa, y a papá casi le da un ataque de corazón al ver que cogía a *Copo* y lo alzaba en brazos?

—Sí.

—No, no la recuerdo.

—Bueno, da igual —continuó María—, hace unos días almorzamos juntas y me convenció para quedar con ella y Paul, un amigo suyo, para cenar, cuando volviera de la conferencia. Pero sin decírmelo, también invitaron a uno de los amigos de Paul y...

—Espera, ¿estaba bueno?

—Sí, era guapo. Pero el problema era que se lo tenía muy creído. Un tipo arrogante y maleducado, que se pasó la noche flirteando con la camarera. Creo que incluso consiguió su número de teléfono mientras yo estaba sentada a su lado.

—Todo un caballero.

—Jill estaba tan incómoda como yo, pero lo más fuerte es que no creo que Paul se diera cuenta de lo que sucedía. Quizá fuera por el vino, pero propuso que fuéramos los cuatro juntos a una discoteca, y dijo que se alegraba de que su amigo y yo hubiéramos congeniado, que ya sabía que éramos tal para cual. Lo que me parece extraño, ya

37

que normalmente Paul no se comporta de ese modo. Suele estar callado mientras Jill y yo hablamos todo el rato.

—Quizá le guste su amigo. O a lo mejor pensó que su amigo y tú engendraríais bebés preciosos y que a uno de ellos le pondríais su nombre.

María soltó una carcajada.

—Quizá, pero, de todos modos, no creo que yo sea su tipo. Estoy segura de que se sentiría mucho más cómodo con una chica…

Cuando María se quedó callada, Serena completó la frase:

—¿Más tontita?

—Estaba pensando en una chica rubia, como la camarera.

—Ya, bueno, no sé si lo sabes, pero ese ha sido siempre parte de tu problema, por lo que se refiere a los hombres. Eres demasiado inteligente. Y a los chicos ese es un factor que intimida.

—No a todos los chicos. Luis y yo estuvimos juntos durante más de dos años.

—«¿Estuvisteis juntos?»—repitió Serena—. ¡Menuda forma de definir vuestra relación! Y para que lo sepas, quizá Luis estuviera más bueno que el queso, pero era un fracasado.

—No hay para tanto.

38

—No te pongas nostálgica evocando las cualidades de Luis. No tenías futuro con él, y lo sabes.

María asintió. Sabía que Serena tenía razón, pero se permitió solazarse en unos momentos de nostalgia antes de zanjar el tema.

—Sí, bueno, vive y aprende.

—Me alegro de que hayas decidido volver a salir con chicos.

—No lo hice. Jill y Paul decidieron por mí.

—Vale. De todos modos, necesitas ser…

Mientras Serena buscaba las palabras correctas, María sugirió:

—¿Más como tú?

—¿Por qué no? Salir, disfrutar de la vida, hacer amigos… Compensa por todas las horas de trabajo.

—¿Cómo lo sabes? Si solo trabajas un par de días a la semana.

—Tienes razón. Solo es una suposición, y me baso en tu falta de vida social.

—Lo creas o no, la verdad es que me gusta trabajar.

—Me aseguraré de incluir la frase en tu epitafio —remató Serena—. Y hablando de trabajo, ¿qué tal te va?

María cambió de postura en la silla al tiempo que se preguntaba qué debía contarle a su hermana.

—Bien.

—Pero si acabas de decir que te gusta.

—Así es, pero...

—A ver si lo averiguo: la conferencia, ¿no? Fuiste con tu jefe, ¿verdad?

María asintió. Serena continuó:

—¿Fue una situación tan horrorosa como suponías?

—No tan horrorosa, pero...

—¿Te tiró los tejos?

—Más o menos —admitió María—. Aunque no se pasó de la raya.

—Está casado, ¿verdad? Y tiene tres hijos.

—Así es.

—Has de decirle que te deje en paz. Amenázalo con denunciarlo por acoso sexual o algo parecido.

—Es más complicado de lo que crees. De momento, lo mejor será que intente no prestarle atención.

En los labios de Serena se perfiló una sonrisita mordaz.

—¿De qué te ríes? —quiso saber María.

—Pensaba que estás gafada con los hombres. Tu exnovio te engañó, tu última cita se pone a flirtear con otra chica, y encima, tu jefe te acosa.

—Bienvenida a mi mundo.

—Pero, bueno, no pasa nada. Anoche conociste a un tipo simpático. La clase de chico que presta ayuda a una mujer cuando esta la necesita, sin que le importe el temporal...

María la acribilló con la mirada. Serena se echó a reír y continuó:

—¡Cómo me gustaría haber podido ver tu cara!

—No era muy agradable, que digamos.

—Sin embargo, aquí estás, sana y salva —le recordó Serena—. Y me alegro, aunque solo sea porque así podré seguir dándote la vara con mis sabios consejos.

—De verdad, creo que tienes un problema de autoestima —refunfuñó María.

—Lo sé. Pero, hablando en serio, me alegro de que hayas regresado a Wilmington. Las comidas familiares serían soporíferas sin ti. Ahora que has vuelto, mamá y papá ya tienen a alguien más de quien preocuparse.

—Me alegro de poder serte útil.

—Y yo te lo agradezco. Además, así tendremos la oportunidad de conocernos mejor.

—Pero si ya nos conocemos.

—Te marchaste a la universidad cuando yo tenía diez años.

—Pero volvía a casa prácticamente todos los fines de semana, y también todas las vacaciones.

—Es cierto. Pero volvías fatal, anímicamente. Los dos primeros años estabas tan nostálgica que te pasabas los fines de semana llorando.

—Me costaba horrores estar lejos de casa.

—¿Por qué crees que he decidido ir a la universidad local? En ese sentido, soy casi tan lista como tú.

—Eres lista. Igual consigues una beca, ¿recuerdas?

—No soy tan lista como tú. Pero no me importa. Así no me costará tanto encontrar novio. —Aunque de momento no me interese una relación seria—. Pero, oye, si quieres, estaré más que encantada de buscarte pareja. No paro de conocer a chicos.

—¿En la universidad?

—Bueno, seguro que a algunos les gustaría salir con una mujer madura.

—Estás como una cabra.

—No sé…, acostumbro a tener bastante buen gusto.

—¿Te refieres a Steve?

—Solo somos amigos. Nada serio. Pero parece un buen chaval. Incluso es voluntario en una protectora de animales; los domingos se encarga de la adopción de mascotas.

—¿Te gusta?

40

—¿Te refieres a si me gusta de verdad? ¿O solo si me gusta un poco?

—¡Ni que estuviéramos en secundaria!

Serena rio.

—Aun no estoy segura de mis sentimientos, pero es muy mono, lo que me da más margen para considerar si vale la pena.

—¿Cuándo me lo presentarás?

—Bueno, ya veremos, según vaya la relación. Porque, si te lo presento, mamá y papá también querrán conocerle, y perderé el control de la situación. Pase lo que pase después, él creerá que yo pienso que lo nuestro va en serio, y soy demasiado joven para casarme, no como otras.

—Yo tampoco quiero casarme.

—Quizá. De todos modos, necesitas salir con alguien.

—¿Es que no piensas dejar el tema?

—Vale, de acuerdo. No necesitas salir con nadie. Lo que necesitas es un poco de suerte.

Al ver que María no contestaba, Serena se puso a reír como una niña traviesa.

—Ahí te ha dolido, ¿eh? —gorjeó—. Vale, ya lo dejo. ¿Qué planes tienes para hoy? ¿Saldrás a practicar surf de remo?

—Es una posibilidad.

—¿Sola?

—A menos que quieras volver a intentarlo.

—No, gracias. Todavía no entiendo por qué te gusta tanto. No es como bailar. Es aburrido.

—Es una buena forma de hacer ejercicio físico. Y me relaja.

—Pues eso es lo que he dicho: relajante, o sea, aburrido.

María sonrió.

—¿Y tú? ¿Qué planes tienes?

—Voy a disfrutar de una buena siesta, y luego ya veremos.

—Espero que lo pases bien. No me gustaría que te perdieras un alocado domingo por la noche en tu hermandad universitaria.

—Huy, los celos son una bestia fea, muy fea —replicó Serena. Apuntó con el dedo pulgar hacia la ventana y comentó—: —Mira, papá ya ha vuelto. ¡Qué bien! ¡Me muero de hambre! ¡Vamos a comer!

Un poco más tarde, mientras Serena dormía plácidamente la siesta, María estaba montada en la tabla de surf de remo en Masonboro Sound, su lugar favorito desde hacía mucho tiempo para pasar una tarde del fin de semana. Masonboro Island era la isla barrera más grande de la costa sudeste de Carolina del Norte. Algunas veces le daba por remar hacia la zona atlántica de la isla, pero normalmente prefería las aguas cristalinas de la marisma, donde la naturaleza ofrecía un espectáculo inigualable.

Durante su primera hora en el agua, había visto águilas pescadoras, pelícanos y garzas, y había sacado lo que pensaba que eran unas buenas fotos. En junio, para su cumpleaños, se había autorregalado una cámara acuática de alta calidad, y a pesar de que había tenido que pedir un crédito que todavía estaba pagando, no se arrepentía en absoluto. Aunque no habían aparecido en el *National Geographic*, algunas de sus fotos eran lo bastante interesantes como para colgar en las paredes de su apartamento, lo que suponía una opción decorativa sensata, ya que a duras penas podía asumir el coste de la casa.

Pero allí fuera era fácil pensar en tales cosas sin agobiarse. Aunque solo se había aficionado al surf de remo desde que había regresado a Wilmington, le proporcionaba el mismo efecto balsámico que bailar. Había llegado al punto de que no le costaba mantenerse de pie sobre la tabla, y la actividad de remar rítmicamente aplacaba el estrés. Normalmente, unos pocos minutos en el agua y tenía la impresión de que el mundo era un lugar armónico. Notaba una agradable

41

sensación cálida, relajante, que empezaba en el cuello y los hombros antes de expandirse por todo el cuerpo, y a su regreso a casa, cuando se metía en la ducha, se sentía con fuerzas para enfrentarse a otra semana en el despacho.

Serena se equivocaba acerca de ese deporte: no era aburrido; además de ser vital para su salud mental tenía que admitir que la ayudaba a mantener la forma física. En el último año había modelado el cuerpo sin mucho esfuerzo, incluso había tenido que entrar las costuras de sus trajes porque algunos le bailaban por la cintura y las caderas.

Tampoco era que le importara demasiado su aspecto físico. Quizá Serena se equivocaba acerca del surf de remo, pero había acertado de lleno en lo de no ser afortunada en amores, empezando por Luis. Él había sido el primer chico con quien había salido en serio, el primer chico al que había querido de verdad. Habían sido amigos durante casi un año antes de que decidieran salir juntos, y, a simple vista, parecía que tenían muchas cosas en común. Al igual que ella, Luis era hijo de emigrantes mexicanos y soñaba con ser abogado; al igual que ella, le gustaba bailar, y tras salir juntos un par de años, a María no le costaba imaginar un futuro con él.

42

Por su parte, Luis le había dejado claro que le gustaba salir con ella —y acostarse con ella—, mientras no esperase nada más de aquella relación. Incluso le aterraba que María sacara a colación el tema del matrimonio; aunque al principio ella había intentado autoconvencerse de que eso no era importante, en el fondo sabía que sí lo era.

Con todo, al final, la ruptura llegó de forma inesperada. Luis llamó una noche y le dijo que ya no quería seguir con aquella relación. María intentó consolarse pensando que los dos buscaban objetivos diferentes en la vida, y que Luis no estaba preparado para ser la clase de compañero que ella quería. Pero, al cabo de un año, después de haber aprobado el examen de abogacía, se enteró de que Luis se había comprometido con otra chica.

Los siguientes seis meses los pasó sumida en una gran depresión, intentando comprender qué tenía la otra chica para que Luis quisiera casarse, y que en cambio con ella no hubiera sido capaz ni de hablar del tema. ¿En qué se había equivocado? ¿Había insistido demasiado? ¿Demasiado aburrida? ¿O demasiado... vete a saber qué?

Por más que analizó los hechos, no llegó a ninguna conclusión. Por supuesto, de haber conocido a otro chico después de Luis, la experiencia habría sido más llevadera; pero los años pasaban y lo único que hacía era preguntarse dónde estaban los hombres que valían la pena. O incluso si aún existían esos especímenes. ¿Dónde estaban los chicos que no esperaban que te acostaras con ellos a la primera o segunda cita? ¿O los que creían que invitarte a todo en la primera cita era un acto caballeroso? ¿O incluso los que tenían un trabajo decente y planes para el futuro? Después de romper con Luis, había intentado conocer a otros chicos. A pesar de las largas horas estudiando en la Facultad de Derecho, y luego trabajando en Charlotte, salía todos los fines de semana con sus amigas, pero ¿algún chico medio decente le había pedido para salir?

Dejó de remar un momento, permitiendo que la tabla navegara sola mientras se ponía erguida y estiraba la espalda. Pensó que, en realidad, sí que lo habían hecho, pero en aquella época ella se fijaba sobre todo en la apariencia, y podía recordar que había rechazado a algunos chicos porque no eran atractivos. Quizás ese había sido el problema. Tal vez había rechazado a «Míster 10» porque no era lo bastante alto o por cualquier otra sandez, y ahora —porque se trataba de «Míster 10»— lo había cazado otra y ya no estaba disponible. En aquella época le parecía que los chicos que valían la pena desaparecían rápidamente de circulación, quizá porque eran tan insólitos como el cóndor californiano.

Por lo general, la idea no le quitaba el sueño. Era diferente a su madre, quien creía que una mujer se definía por su estado civil. Ella tenía su propia vida, podía entrar y salir cuando le apeteciera, y pese a no tener un compañero que se preocupara por ella, ella tampoco tenía que preocuparse por nadie.

Sin embargo, en los dos últimos años —cuando se aproximaba ya a la treintena— había momentos en que pensaba que le gustaría tener novio para salir a bailar con él, o para practicar surf de remo juntos, o incluso alguien dispuesto a escuchar sus quejas después de un mal día en el trabajo. De haber tenido un amplio círculo de amigos, como Serena, seguro que habría llenado tal vacío, pero la mayoría de sus amigas vivían, o bien en Raleigh, o bien en Charlotte, y quedar con ellas suponía un viaje de varias horas y acabar durmiendo en un sofá.

Aparte de su familia más próxima, otros parientes, Jill y unos pocos compañeros de trabajo —y sí, incluso Paul, a pesar de la otra noche—, en Wilmington solo conocía a alguna gente de la etapa del instituto, y dado que había estado fuera de la ciudad muchos años, había perdido el contacto con ellos.

Pensó que podría intentar retomar la amistad, pero cuando acababa de trabajar, normalmente solo le apetecía relajarse en la bañera con una copa de vino y un buen libro. O, si se sentía con suficiente energía, quizá salir a practicar un rato el surf de remo. Incluso la amistad requería cierta dosis de energía, y últimamente no se sentía con fuerzas para salir por ahí. Aunque ello significaba que su vida no fuera muy emocionante, por otro lado era la clase de vida cómoda que necesitaba. Su último año en Charlotte había sido traumático y...

Sacudió la cabeza, procurando desterrar el recuerdo de aquel último año. Aspiró hondo y se ordenó a sí misma que se centrara en los aspectos positivos, tal como había aprendido con aquel método para ser más feliz. Había un montón de cosas buenas en su vida. Tenía a su familia, su propio hogar y un trabajo que le gustaba...

«¿Segura? Porque ya sabes que no es verdad», la contradijo de repente la vocecita interior.

Había empezado muy bien, pero ¿acaso no siempre pasaba lo mismo? Martenson, Hertzberg y Holdman era una empresa de abogados de tamaño medio, y ella trabajaba básicamente para Barney Holdman, el principal abogado litigante, como apoyo de defensa en materia de seguros. Barney tenía sesenta y pocos años, y era uno de los jefazos de la firma, un genio en su campo, que vestía trajes de algodón de rayas y tenía el dejo sosegado y pesado propio de las montañas. A los clientes y jurados les parecía el típico abuelito afable, pero detrás de aquella fachada se escondía un ser tenaz, preparado para cualquier adversidad y sumamente exigente. Al trabajar para él, María gozaba del privilegio de contar con la experiencia y el dinero para preparar sus casos, una posición muy diferente a la que tenía en su anterior trabajo como fiscal.

Jill era una bendición. La única mujer en la oficina aparte de las secretarias y asistentes legales, que tenían sus propias camarillas. Jill y María se habían caído bien desde el primer momento, aunque trabajaban en departamentos distintos. Almorzaban juntas tres o cuatro veces a la semana. Jill se dejaba caer a menudo por el despacho de María, solo para pasar a verla unos minutos. Era muy ingeniosa y la hacía reír, pero era muy incisiva en su trabajo, y estaba considerada uno de los principales valores de la firma. Por qué todavía no la habían invitado a asociarse con ellos era un misterio. María a veces se preguntaba si Jill deseaba quedarse mucho tiempo en la firma, aunque su amiga nunca hubiera comentado nada al respecto.

El verdadero problema era Ken Martenson, el director asociado de la empresa, que parecía contratar asistentes legales en función de su apariencia física, en vez de por sus aptitudes, y se pasaba las horas rondando por las mesas. Esa actitud no incomodaba a María, ni tampoco el hecho de ver cómo Ken trataba a ciertas asistentes legales de una forma que no le parecía en absoluto profesional. Jill le había contado un montón de cotilleos acerca de la reputación de Ken durante la primera semana de María en la empresa, sobre todo su interés por las asistentes legales atractivas, pero María ni se había inmutado. Bueno, no se había inmutado hasta que Ken empezó a fijarse en ella.

La relación se había ido volviendo cada vez más tensa y complicada. Una cosa era intentar evitar a Ken en la oficina, donde siempre estaban rodeados de gente, pero la conferencia en Winston-Salem a la que habían ido juntos la semana anterior había ampliado sus temores de perder el control de la situación.

Aunque Ken no se había atrevido a acompañarla hasta la puerta de su habitación en el hotel —por lo que María daba gracias a Dios—, la había invitado a cenar las dos noches. ¿Y después? Le había soltado la típica parrafada de que «mi mujer no me hace caso» mientras le preguntaba sin parar si quería otra copa de vino, a pesar de que María apenas había probado la primera. Él le había descrito su casita en la playa y le había dicho que era un lugar tranquilo y relajante, y que, además, solía estar desocupada. Si a ella le apetecía ir algún día, solo tenía que pedírselo. Además, había mencionado lo raro que le parecía trabajar con una mujer que fuera inteligente y bella a la vez.

¿Podía ser más obvio? Sin embargo, en los momentos en que él había sido más explícito, ella se había hecho la sueca y había reconducido la conversación hacia temas relacionados con la conferencia. Y había funcionado, por lo menos durante la mayor parte del tiempo, pero no le había mentido a Serena cuando le había dicho que era complicado.

A veces deseaba que alguien le hubiera advertido antes de entrar en la Facultad de Derecho de que la abogacía no suponía ninguna garantía de optar a un trabajo tal como ella había imaginado. En los últimos años, firmas de todos los tamaños estaban recortando personal, rebajando salarios, y en esos momentos había demasiados abogados buscando empleo. Tras abandonar la oficina del fiscal del distrito, había invertido casi cinco meses en encontrar trabajo, y, por lo que sabía, no había ningún puesto vacante en las otras firmas de la ciudad. Si se le ocurría pronunciar las palabras «acoso sexual» o simplemente mencionar la posibilidad de una denuncia, probablemente no encontraría trabajo en todo el estado. Los abogados detestaban a otros abogados que pudieran denunciarlos.

De momento no le quedaba más remedio que aguantar en aquella empresa. Había salido airosa de la conferencia, pero se había jurado que no volvería a ponerse en esa clase de situación. Evitaría la sala de descanso y procuraría no quedarse a trabajar hasta tarde, so-

45

bre todo porque sabía que Ken estaría allí. De momento eso era todo lo que podía hacer, aparte de rezar para que él volviera a fijarse en alguna de las asistentes legales.

Sin embargo, aquel conflicto era otro ejemplo de cómo su vida se complicaba más de lo que habría podido imaginar. Cuando empezó a trabajar en su primer empleo serio, no era más que una joven idealista. La vida se le antojaba una aventura. Creía que podría desempeñar un papel relevante en la sociedad, para mantener las calles a salvo y proporcionar a las víctimas una forma de justicia y compensación. Pero con el paso del tiempo, había empezado a desanimarse ante las expectativas. Había visto incluso cómo a menudo dejaban en libertad a criminales peligrosos; los palos en las ruedas del sistema hacían que este se volviera increíblemente lento, y los casos se acumulaban. Ahora vivía de nuevo en la ciudad donde había crecido, y aplicaba una clase de ley totalmente distinta a la que había aprendido en la oficina del fiscal del distrito.

Pese a intentar autoconvencerse de que las cosas irían mejor cuando se hubiera aclimatado de nuevo a la vida en Wilmington, poco a poco se había dado cuenta de que el estrés que le provocaba el trabajo tenía un sabor diferente, aunque no era mejor que el amargo sabor que había experimentado en el trabajo previo.

Aquella aseveración la había sorprendido. De hecho, casi todo lo que le había sucedido en los últimos siete años la había sorprendido. Quizás el mundo la viera como una joven profesional privilegiada, aunque había momentos en que tenía la impresión de estar todo el tiempo fingiendo. En parte se sentía así por su situación financiera —tras pagar las facturas a final de mes, le quedaba menos dinero en el bolsillo que a una adolescente—, pero, por otra parte, era porque la mayoría de sus amigas de la universidad ya se habían casado, y algunas ya tenían hijos. Cuando hablaba con ellas, tenía la impresión de que sus vidas fluían de la forma que habían planeado, mientras que en la suya, en cambio, tenía a un obseso sexual por jefe, una casa que le costaba un ojo de la cara, y una hermanita más joven que parecía más sabia y a la vez más despreocupada que ella. Si en eso consistía ser adulto, se preguntaba por qué había tenido tanta prisa en crecer.

Durante la siguiente hora, remó rítmicamente; la tabla se deslizaba despacio mientras María intentaba disfrutar del entorno. Se fijó en las nubes, que se desplazaban lentamente por el cielo, y en el reflejo de los árboles en el agua. Se concentró en el aroma a agua salada que transportaba la brisa y se solazó con la sensación de calidez del sol en los brazos y en los hombros. De vez en cuando, tomaba una foto. La hizo feliz una instantánea de un águila pescadora en el momento en que se elevaba del agua con un pez entre las garras. Estaba demasiado lejos del objetivo, y la imagen había quedado un tanto oscura, pero con un poco de maña con el Photoshop, el resultado quizá valiera la pena.

Cuando regresó a casa, se duchó y se sirvió una copa de vino, luego se sentó en la mecedora del rincón del porche y se dedicó a observar a la gente que pasaba por Market Street, preguntándose cómo serían sus vidas. Le gustaba inventarse historias sobre los transeúntes: «Ese seguro que viene de Nueva York» o «Me apuesto lo que quieras a que esa madre ha salido a tomar un helado con sus hijos». Era una práctica inofensiva, una forma relajante de saborear el fin de semana, con sus alegrías y también sus penas.

Como el incidente de la rueda. Lo que le recordó que al día siguiente tenía que ir a un taller para cambiar la rueda. Pero ¿cuándo? Sabía que mientras había estado fuera de la oficina, en la conferencia, Barney le había llenado la bandeja de entrada con varios casos. Además, tenían dos reuniones importantes el lunes por la tarde, por lo que no iba a ser fácil encontrar un hueco en la agenda. Tampoco tenía ni idea de cuál iba a ser el próximo movimiento de Ken.

La sensación de angustia se incrementó a la mañana siguiente, cuando vio a Ken hablando con Barney, mientras ella charlaba con Lynn, la voluptuosa asistente legal, aunque no muy eficiente, asignada al equipo de Barney. Ken y Barney solían reunirse antes de la reunión del lunes por la mañana, pero le pareció raro que después de que Ken saliera del despacho de Barney, la saludara con sequedad, sin sonreír, antes de alejarse por el pasillo. En parte se sintió aliviada por la brevedad del encuentro, pero, al mismo tiempo, aquella actitud tan repentinamente fría le provocó una desagradable sensación en el estómago, porque, sin lugar a dudas, significaba que estaba enfadado con ella.

Al cabo de unos minutos, Jill asomó la cabeza para disculparse por la cita a ciegas, visiblemente avergonzada. Hablaron unos minutos —Jill estaría el resto de la semana de viaje, para tomar unas declaraciones sobre un caso— y María le repitió la historia que ya le había contado a Serena acerca del incidente con la rueda pinchada y el desconocido que la había ayudado, con lo que únicamente consiguió que Jill se sintiera peor.

Tan pronto como Jill se marchó, María empezó a llamar a varios talleres, intentando encontrar uno cercano donde pudieran cambiarle la rueda, pero no tardó en descubrir que todos los talleres estarían cerrados a la hora que ella saliera de la oficina. La única op-

47

ción era intentar quedar a la hora del almuerzo. Probó seis veces antes de conseguir hora en un taller, al mediodía, lo que significaba que tendría que darse prisa para no llegar tarde a la cita que tenía programada con un cliente a la una y media. Avisó a Barney de que quizá llegaría unos minutos tarde. Él frunció el ceño, pero se limitó a pedirle que intentara ser puntual, que su presencia era importante. María salió de la oficina a las doce menos cuarto, esperando que el mecánico pudiera ocuparse del coche tan pronto como llegara.

Pero no fue así. Ni tampoco se puso a trabajar en la rueda a la hora que habían quedado. Al final, María perdió la siguiente hora esperando, alternando el pánico con la cólera, llamando a la secretaria y a la asistente legal de Barney, así como también a Barney. Le entregaron el coche a las dos de la tarde y salió disparada hacia la oficina. Cuando llegó a la sala de reuniones, ya llevaban casi cuarenta y cinco minutos reunidos. Barney la fulminó con una mirada glacial mientras la saludaba en su tono grave y pausado.

Después de la reunión, María se apresuró a pedir disculpas. Barney estaba visiblemente enojado; ni rastro del abuelito afable al que los clientes estaban acostumbrados. La relación entre ellos siguió siendo tensa el resto de la tarde. Tampoco mejoró al día siguiente. María se concentró en diversas tareas y se puso al día en los asuntos que habían quedado pendientes mientras estaba en la conferencia. Además, preparó los documentos que sabía que Barney necesitaría para un juicio a la semana siguiente. Trabajó hasta pasada la medianoche tanto el lunes como el martes, y dado que Jill no estaba en la oficina, también trabajó toda la semana durante la hora del almuerzo, comiendo en la mesa del despacho mientras preparaba varios casos. Barney no parecía fijarse en su dedicación completa al trabajo, y hasta el jueves no cedió en su conducta gélida.

El jueves por la tarde, sin embargo, mientras María hablaba con Barney en su despacho sobre una reclamación del pago de un seguro que ambos sospechaban que era fraudulenta, oyó una voz a sus espaldas. Al alzar la vista, vio a Ken de pie, en el umbral.

—Disculpad que os interrumpa —dijo, dirigiéndose a los dos, pero sobre todo centrándose en Barney—, ¿puedo hablar un momento con María?

—Por supuesto —contestó Barney arrastrando la voz. Miró a María y dijo—: Llámalos y diles que necesitamos organizar una conferencia telefónica mañana mismo.

—De acuerdo, ya te diré qué contestan —respondió María.

Podía notar la mirada penetrante de Ken, podía notar la opresión

48

en el pecho, cuando se dio la vuelta hacia él. En ese momento, Ken ya se disponía a irse; sin mediar palabra, ella lo siguió por el pasillo hasta la recepción. María empezó a arrastrar los pies cuando se dio cuenta de que él caminaba hacia su despacho. Al acercarse, la secretaria evitó mirarla a los ojos.

Ken abrió la puerta y la invitó a pasar, luego la cerró tras él. Sin perder tiempo, avanzó hasta su sillón al tiempo que le ordenaba que se sentara en el sillón situado al otro lado de la mesa. Él, en cambio, se quedó de pie. Desvió la vista hacia la ventana antes de volver la cara para mirarla.

—Barney me ha comentado que el lunes faltaste a una reunión muy importante.

—No falté. Llegué tarde…

—Bueno, no te he llamado para puntualizar los detalles —la atajó él—. ¿Puedes explicarme qué pasó?

Desprevenida, María le contó con patéticos aspavientos sus intentos por encontrar un taller y todo lo que había pasado después.

Cuando terminó, Ken no dijo nada durante las horas de trabajo.

—Entiendes lo que hacemos aquí, ¿verdad? ¿Y por qué te contratamos? Nuestros clientes esperan determinado nivel de profesionalidad.

—Sí, por supuesto que lo entiendo. Y sé que nuestros clientes son importantes.

—¿Sabías que Barney estaba considerando la posibilidad de delegarte por completo el caso en cuestión? ¿Y que has echado a perder esa oportunidad por tu repentina y desesperada necesidad de cambiar la rueda de recambio durante horas laborales?

María se sonrojó. Sus pensamientos se desbocaron ante la nueva revelación.

—No…, no me había dicho nada —tartamudeó—. Y tal como he dicho, quería hacerlo cuando saliera de la oficina, pero a esa hora los talleres ya han cerrado. Le aseguro que creí que llegaría a tiempo. Sabía que corría el riesgo, pero…

—Un riesgo que estabas más que dispuesta a correr —observó él.

María abrió la boca para contestar, pero en esos momentos ya sabía que no había nada que pudiera alegar para calmarlo. En el incómodo silencio, sintió un nudo en la garganta cuando Ken se sentó por fin en su sillón.

—He de admitir que estoy decepcionado contigo —la censuró él, sin perder la compostura—. Nos arriesgamos al contratarte porque yo, entre otros, confié en ti. Tu trabajo en la oficina del fiscal del distrito no era muy relevante para nosotros, por el tipo de trabajo que

49

desempeñamos aquí, y lo sabes. Pero pensé que tenías potencial. Ahora ya no estoy seguro de qué pensar ni si tomé la decisión equivocada.

—Lo siento de veras. No volverá a suceder.

—Espero que no. Por tu bien, no por el mío.

El nudo en la garganta amenazaba con asfixiarla.

—¿Qué puedo hacer para enmendar el error?

—De momento, nada. Hablaré con Barney y luego te comunicaré nuestra decisión.

—¿Debería llamar a los clientes, para disculparme?

—Creo que de momento es mejor que no hagas nada. Ya te he dicho que hablaré con Barney. Pero si volviera a repetirse…

Se inclinó hacia delante y encendió la lamparita que había sobre la mesa.

—No volverá a suceder —susurró ella, intentando no desmoronarse.

¿Barney estaba pensando en darle más responsabilidad? ¿Por qué no se lo había dicho? En aquel instante, sonó el teléfono sobre la mesa y Ken contestó. Después de anunciar su nombre, asintió con la cabeza antes de cubrir el aparato con la mano.

—He de ocuparme de un asunto. Ya hablaremos en otro momento.

Por su forma de decirlo, a María no le quedó ninguna duda de que «hablarían en otro momento». Se levantó de la silla, humillada y presa del pánico. Abandonó el despacho en un estado de aturdimiento. Al pasar por delante de la secretaria, agradeció que la mujer ni la mirara. Llegó a su despacho, cerró la puerta y repasó la conversación con Ken. A pesar de la conmoción, se preguntó hasta cuándo sería capaz de continuar trabajando allí. O si tendría la oportunidad de elegir.

Capítulo 3

Colin

*E*l lunes siguiente a la velada pugilística, Colin salió de su apartamento y se dirigía hacia el viejo Camaro cuando, de repente, avistó al inspector Pete Margolis. El poli había aparcado al otro lado de la calle y estaba apoyado en el capó de su sedán, con una taza desechable de café en la mano y un mondadientes en la boca.

A diferencia de la mayoría de los policías con los que había tratado en el pasado, Margolis pasaba tanto tiempo en el gimnasio como él. Llevaba la camisa remangada y la tela se le pegaba a los bíceps. No le debía faltar mucho para cumplir los cuarenta; llevaba el pelo negro peinado y fijado hacia atrás con gomina o quién sabía con qué. Una o dos veces al mes, se dejaba caer por allí sin avisar para vigilar a Colin como parte del trato de su libertad provisional. A Margolis le encantaba el poder que ostentaba sobre el acusado.

—Menudo aspecto, Hancock —resopló cuando Colin se le acercó—. ¿Hay algo que deba saber?

—No —contestó Colin.

—¿Estás seguro?

Colin observó a Margolis sin contestar. Sabía que ese tipo al final le sonsacaría la información que buscaba.

Margolis se pasó el mondadientes de un lado al otro de la boca.

—El sábado por la noche hubo jaleo en el aparcamiento del Crazy Horse. Un puñado de borrachos se atizaron con botellas. Algunos vehículos sufrieron desperfectos, y un hombre quedó inconsciente. Los testigos dicen que le dieron un puntapié en la cabeza cuando cayó al suelo. De momento está en el hospital con fractura craneal. Eso es una agresión grave, para que lo sepas, y cuando me he enterado de lo sucedido, he pensado que el caso me resultaba familiar. ¿No te arresté por algo parecido en Wilmington, hace unos años? ¿Y no has intervenido en un par de peleas desde entonces?

Margolis ya sabía las respuestas, pero Colin contestó:

—Sí a lo primero. No a lo segundo.

—Ah, claro, porque tus amigos te frenan. El tipo tontorrón y esa tía rubia que está tan buena, ¿verdad?

Colin no dijo nada. Margolis se lo quedó mirando fijamente. Colin continuó esperando a que continuara.

—Por eso estoy aquí, para que lo sepas.

—Ya.

—¿Solo «ya»?

Colin no dijo nada. Había aprendido a decir lo mínimo en presencia de la policía.

Al final, Margolis prosiguió:

—Ponte en mi lugar. La cuestión es que prácticamente todos se esfumaron cuando oyeron las sirenas de los coches de policía. Pude hablar con un par de testigos, pero creo que perdí el tiempo. Es más fácil ir directamente a la fuente, ¿no te parece?

Colin se acomodó la mochila en el hombro.

—¿Hemos acabado?

—No. Me parece que no entiendes lo que pasa.

—Lo entiendo. Pero no es asunto mío. Yo no estaba allí.

—¿Puedes probarlo?

—¿Puede probar lo contrario?

Margolis tomó un sorbo de café, después sacó otro mondadientes del bolsillo. Se tomó su tiempo para colocarlo en la boca tal como quería.

—No sé por qué, pero me parece que intentas ocultarme algo.

—Solo era una pregunta —puntualizó Colin.

—Muy bien, entonces vayamos al grano: ¿dónde estabas la noche del sábado?

—En Jacksonville.

—Ah, sí. El combate. Ese campeonato de Artes Marciales Mixtas del que ya me habías hablado, ¿verdad? ¿Ganaste?

A Margolis le traía sin cuidado el resultado. Colin lo sabía. Observó cómo el inspector tomaba otro sorbo de café.

—La cuestión es que conseguimos un par de descripciones por parte de unos testigos, y por lo visto el chico que propinó la patada tenía unos veintitantos años, musculoso, con tatuajes en los brazos y el pelo castaño corto, casi al estilo militar. ¿Y a que no sabes qué? Por lo visto, iba magullado incluso antes de que empezara la pelea. La gente lo había visto dentro del local. Y puesto que yo sabía que tú habías estado en un combate en Jacksonville..., bueno, no hay que ser un genio para atar cabos.

Colin se preguntó hasta qué punto era cierta la historia de Margolis, si es que había algo de cierto.

—¿Tiene más preguntas?

Margolis se pasó el mondadientes al otro lado de la boca mientras dejaba la taza en el capó.

—¿Estabas en el Crazy Horse el sábado por la noche?

—No.

—¿Ni siquiera pasaste por allí unos minutos?

—No.

—¿Y si tengo un testigo que dice que te vio?

—Entonces miente.

—Pero tú no mientes.

De nuevo, Colin no contestó. No había motivos para hacerlo. Y en parte sospechaba que incluso Margolis lo sabía, pues, después de una larga pausa, el policía cruzó los brazos.

Sus músculos se tensaron de forma involuntaria... ¿o los tensó a propósito? Si Margolis hubiera tenido información fehaciente, ya lo habría arrestado.

—De acuerdo. Entonces contesta —lo apremió—: ¿dónde estabas el sábado, entre la medianoche y la una de la madrugada?

Colin se concentró, tratando de recordar.

—No estaba pendiente del reloj. Pero, o estaba a punto de salir del bar Trey, el que hay al lado de la carretera, o estaba conduciendo de vuelta a casa, o cambiando la rueda a una señorita durante la tormenta. Sé que a eso de la una y media ya estaba en casa.

—¿El bar Trey? ¿Qué diantre hacías ahí?

—Tenía hambre.

—¿A qué hora saliste de Jacksonville?

—Pasada la medianoche. Quizá cinco minutos después, aunque no estoy seguro.

—¿Tienes testigos?

—Docenas.

—¿Y supongo que cenaste solo, en el bar Trey?

—Estaba con mi casero.

Margolis resopló con una mueca divertida.

—¿Evan? ¿La otra mitad del dúo implacable? ¡Qué oportuno!

A Colin se le tensó la mandíbula.

—Estoy seguro de que la camarera se acordará de nosotros.

—¿Porque parece como si hubieras pasado la cara por un rallador de carne?

—No, porque Evan cantaba como una almeja en ese sitio.

A Margolis se le escapó una risotada, pero rápidamente recuperó la seriedad.

—¿Saliste del bar y te marchaste solo?

53

—Sí. Evan se fue unos minutos antes que yo. Había ido con su coche.

—¿Así que no hay nadie más que pueda atestiguar dónde estuviste después?

—Ya le he dicho lo que pasó después.

—Ah, es verdad. Cambiaste la rueda a una señorita.

—Sí.

—¿En medio de la tormenta?

—Sí.

—¿La conocías?

—No.

—Entonces, ¿por qué te paraste?

—Porqué me pareció que necesitaba ayuda.

Margolis consideró la respuesta de Colin, sin duda pensando que había incurrido en un error.

—¿Cómo podías saber si ella necesitaba ayuda si no te habías parado?

—Vi que no podía sacar la rueda de recambio del maletero. Me paré y salí del coche. Le ofrecí mi ayuda. Al principio ella dijo que no. Me pidió si le podía prestar el teléfono para llamar a su hermana. Se lo dejé y ella llamó. Después me pidió que la ayudara a cambiar la rueda. Se la cambié. Después me subí al coche y conduje directamente hasta casa.

—¿Qué hora era?

—No lo sé. Pero ella llamó a su hermana desde mi móvil. Si quiere, le enseño la lista de llamadas.

—Adelante.

Colin hurgó en el bolsillo trasero y extrajo el móvil; después de unos toques en la pantalla, encontró su coartada y se la mostró a Margolis.

Margolis sacó su bloc de notas y escribió el número de teléfono que aparecía en pantalla. Sin duda la llamada coincidía con la hora en que se había desencadenado la pelea, pues sus bíceps se flexionaron de nuevo.

—¿Cómo sé si este número es de la hermana de esa chica?

—No puede saberlo.

—¿Te parece bien si llamo y confirmo lo que me has contado?

—Haga lo que quiera. Usted sabrá cómo gasta su tiempo.

Margolis achicó los ojos.

—Te crees muy listo, ¿verdad?

—No.

—¡Vaya si no! Pero ¿sabes qué? Que no eres tan listo.

Colin no contestó; durante unos instantes, continuaron mirándose fijamente. Margolis agarró la taza de café y rodeó el coche de policía hasta la puerta del conductor.

—Pienso confirmar tu coartada. Los dos sabemos que estarías mejor entre rejas, ¿verdad? ¿A cuántas personas has enviado al hospital en tu corta vida? Eres de naturaleza violenta, y aunque creas que puedes controlar tus impulsos, no es verdad. Y cuando te descontroles, yo estaré allí. Y seré el primero en decir: «Te lo había advertido».

De repente, el sedán se puso en marcha. Colin lo observó hasta que lo perdió de vista.

—¿Qué quería ese?

Colin se dio la vuelta y vio a Evan en el porche. Su amigo ya estaba vestido para ir a trabajar. Bajó los peldaños del porche y se le acercó.

—Lo de siempre.

—¿De qué se trataba esta vez?

—De una pelea en el Crazy Horse.

—¿Cuándo?

—Cuando estaba contigo. O cambiando la rueda de un coche.

—¿Puedo ser tu coartada?

—Lo dudo. Sabe que no fui yo. De lo contrario, me habría llevado a la comisaría y me habría interrogado.

—Entonces, ¿a qué venía el numerito?

Colin se encogió de hombros. Era una pregunta retórica, ya que ambos sabían la respuesta. Colin le hizo una señal a su amigo.

—¿No es esa la corbata que Lily te regaló el día de tu cumpleaños?

Evan bajó la vista para examinarla. Era una corbata de seda Paisley, un calidoscopio de colores.

—Sí, así es. Buena memoria. ¿Qué opinas? ¿Un poco exagerada?

—Mi opinión no importa.

—Pero no te gusta.

—Pienso que me parece perfecto que te la pongas si quieres ponértela.

Evan se mostró indeciso un momento.

—¿Por qué lo haces?

—¿El qué?

—Negarte a contestar una pregunta directa.

—Porque mi opinión no cuenta. Deberías ponerte lo que quieras.

—Mira, dime qué opinas.

—No me gusta tu corbata.

55

—¿De veras? ¿Por qué no?

—Porque es fea.

—No es fea.

Colin asintió.

—Vale.

—No tienes criterio.

—Es probable.

—Tú no llevas nunca corbata.

—Tienes razón.

—¿Por qué debería importarme tu opinión?

—No lo sé.

Evan frunció el ceño.

—Hablar contigo resulta exasperante, ¿lo sabías?

—Lo sé. Ya me lo habías dicho antes.

—¡Claro que te lo había dicho antes! ¡Porque es la verdad! ¿Acaso no hablábamos de lo mismo la otra noche, en el bar? ¡No puedes decir lo primero que te pase por la cabeza!

—Tú has preguntado.

—Mira…, olvídalo. —Dio media vuelta y enfiló hacia la casa—. Ya hablaremos después, ¿vale?

56

—¿Adónde vas?

Evan dio un par de pasos más antes de contestar sin darse la vuelta.

—A cambiarme la dichosa corbata. Ah, por cierto, Margolis tiene razón. Parece como si hubieras pasado la cara por un rallador de carne.

Colin sonrió.

—¡Oye, Evan!

Su amigo se detuvo y se dio la vuelta.

—¿Qué?

—Gracias.

—¿Por qué?

—Por todo.

—No hay de qué. Pero tienes suerte de que no piense contarle a Lily lo que has dicho de la corbata.

—Hazlo si quieres. Yo ya se lo dije.

Evan se lo quedó mirando fijamente.

—¡Cómo no!

Sentado en la tercera fila, Colin tomaba notas e intentaba concentrarse en lo que decía la profesora. Tocaba clase de Lengua. En las primeras semanas en la Facultad de Magisterio le habían asaltado serias dudas: en primer lugar, al pensar que la mayoría de las cosas que les enseñaba la profesora le parecían de sentido común, por lo que se preguntaba qué sacaba con ir a clase; en segundo lugar, al pensar que debía haber alguna ventaja (que todavía no había descubierto) en eso de cuantificar el sentido común en forma de estrategia como agente cohesionador del grupo, de modo que todos pudieran seguir las lecciones al mismo ritmo. El único problema era que la profesora —una neurótica de mediana edad con voz de sonsonete— mostraba una tendencia a saltar de un tema a otro, por lo que a Colin le costaba mucho no perder el hilo.

Estaba en el tercer año de sus estudios universitarios, pero era su primer semestre en UNC Wilmington. Había estudiado los dos primeros años en el centro de estudios superiores Cape Fear Community College, de donde había salido con un promedio académico perfecto. De momento, no podía afirmar si las clases eran más difíciles en la Universidad de Wilmington o en el otro centro; al final se vería en la dificultad de los exámenes y en la calidad esperada de sus trabajos universitarios.

Estaba tranquilo. Había decidido leer todo el material que pudiera con antelación, y sabía que Lily le ayudaría con los deberes, no solo a la hora de editar los trabajos que tenía que presentar, sino también a prepararse para los exámenes. Por norma, le gustaba dedicar unas veinticinco horas a la semana a sus estudios, aparte del tiempo en clase. Cuando tenía un rato libre en el campus, se iba a la biblioteca, y de momento ya se notaban los resultados. A diferencia de muchos alumnos que estaban allí por otros motivos —básicamente, para conocer a gente y pasarlo bien, y para obtener un título universitario—, él estaba allí para aprender tanto como pudiera y obtener las mejores notas posibles. Ya había dedicado muchos años a divertirse; en esa etapa de su vida, sin embargo, su intención era escapar de la vida social.

De todos modos, se sentía orgulloso de hasta dónde había llegado. Contaba con Evan y con Lily; tenía su entrenamiento de artes marciales mixtas y un lugar al que denominaba hogar. No estaba encantado con su trabajo, pues el restaurante en el que hacía de camarero era demasiado turístico para su gusto, pero no era la clase de local en el que pudiera meterse en líos. La mayoría de los clientes iban a comer, incluso acudían muchas familias con niños, y los que se sentaban en la barra lo hacían, o bien para cenar, o bien para esperar el turno de su mesa. Sin lugar a dudas, no se asemejaba a la clase de bares que Colin solía frecuentar antaño. Durante sus años de desmadre, le encantaba ir a establecimientos «para alcohólicos profesionales», o sea, tugurios oscuros y malolientes en algún callejón o aleja-

57

dos del centro, con o sin música estridente de fondo. Atraía los problemas con tan solo cruzar el umbral. Ahora, en cambio, evitaba esos lugares a toda costa. Era consciente de sus impulsos y de sus límites, y aunque había trabajado duro para mantener a raya su rabia, siempre podía existir la posibilidad de verse en una situación que rápidamente se le fuera de las manos y perdiera el control.

Además, no le quedaba la menor duda de que, en el caso de verse implicado en un incidente en otro estado, Margolis lo descubriría y pasaría una década entre rejas, rodeado de gente con la misma incontinencia violenta que él.

Colin se dio cuenta de que estaba divagando y se obligó a sí mismo a centrarse de nuevo en la lección. La profesora decía que algunos profesores consideraban beneficioso leer fragmentos de libros apropiados según la edad, a diferencia de libros que estaban adaptados a estudiantes mayores o más jóvenes. Se preguntó si debía anotar esa consideración en la libreta —¿debería acordarse de esa reflexión en el futuro?— antes de decidir: «¡Qué más da!». Si ella creía que era importante como para decirlo en voz alta en medio de la clase, lo anotaría y punto.

Fue más o menos en ese momento, sin embargo, cuando se fijó en una chica con el pelo oscuro que lo miraba por encima del hombro. Aunque había esperado caras de asco cuando entró en la clase —incluso la profesora había tartamudeado y había perdido el hilo en mitad de una frase—, la conmoción ya había pasado y todas sus compañeras habían vuelto a centrar la atención en la materia.

Salvo por aquella chica, que lo miraba con descaro. Colin no tuvo la impresión de que estuviera flirteando. Con todo, le traía sin cuidado cuál era su intención. Si ella quería, podía mirarlo tanto como le diera la gana.

Cuando la clase terminó unos minutos después, Colin cerró la libreta y la guardó en la mochila. Se la colgó al hombro y esbozó una mueca de dolor cuando esta chocó contra sus magulladas costillas. Después de las clases había planeado ir directamente al gimnasio para entrenar, pero su forma física no le permitía combatir con los compañeros del gimnasio; solo podría levantar pesas, hacer ejercicios básicos y saltar a la comba durante media hora. Después se tomaría un descanso, se pondría los auriculares y saldría a correr ocho kilómetros mientras escuchaba la clase de música que sus padres siempre habían odiado. Cuando terminara, se ducharía y se prepararía para ir a trabajar. Se preguntó cómo reaccionaría su jefe cuando lo viera; seguro que no le haría la menor gracia. Su cara no encajaba con la atmósfera turística, pero ¿qué podía hacer?

Faltaba una hora para su próxima clase. Enfiló hacia la biblioteca. Tenía que escribir una redacción, y aunque ya había empezado a redactarla a principios de la semana anterior, quería acabar el primer borrador en los siguientes dos días, lo que no iba a ser fácil. Entre los entrenos y el trabajo, tenía que utilizar su limitado tiempo libre de forma eficiente.

Caminaba despacio, todavía entumecido por el combate. No se le escapaban las reacciones de las chicas que se cruzaban con él. Casi todas actuaban igual: lo veían y se volvían a mirarlo, por si no lo habían visto bien, con cara de susto y miedo, para acto seguido fingir que no lo habían visto. Sus expresiones le parecían divertidas. Un solo «¡Bu!» y habrían salido corriendo despavoridas en dirección contraria.

Al cambiar de sendero, oyó una voz a sus espaldas:

—¡Eh! ¡Espera! ¡Eh, tú! ¡Para!

Seguro que el aviso no iba dirigido a él. Siguió caminando sin mirar atrás.

—¡Eh, tú! ¡El de la cara magullada! ¡He dicho que esperes!

Colin necesitó un segundo para asegurarse de que había oído bien, pero, cuando se detuvo y se dio la vuelta, vio a una chica con el pelo oscuro, que le hacía señas con el brazo. Colin miró por encima del hombro; no había nadie más detrás de él. Cuando ella se acercó, la reconoció como la chica que lo miraba en clase.

—¿Me hablabas a mí?

—¿A ti qué te parece? —espetó ella, deteniéndose a escasos pasos—. ¿Quién más tiene la cara magullada por aquí cerca?

No sabía si sentirse ofendido o reír, pero ella lo dijo de tal modo que era imposible tomárselo mal.

—¿Te conozco?

—Somos compañeros de clase.

—Lo sé. Te he visto antes, mientras me mirabas con descaro. Pero no sé quién eres.

—Tienes razón. No nos conocemos. Pero ¿puedo hacerte una pregunta?

Colin ya sabía lo que le iba a preguntar: seguro que era acerca de la cara magullada. Se colocó bien la mochila sobre el hombro.

—Fue en un combate de artes marciales.

—Ya, es obvio. Pero no era eso lo que quería preguntarte —alegó—. ¿Cuántos años tienes?

Él parpadeó desconcertado.

—Veintiocho. ¿Por qué?

—¡Perfecto! —exclamó ella, sin contestar a la pregunta—. ¿Adónde vas?

59

—A la biblioteca.

—Qué bien. Yo también. ¿Te importa si vamos juntos? Me gustaría hablar contigo.

—¿Por qué?

Ella sonrió. Colin pensó que su cara le recordaba a alguien.

—Si hablamos, lo descubrirás.

Capítulo 4

María

—¿Adónde has dicho que vamos? ¿Y por qué me has pedido que pase a buscarte? —preguntó María desde el asiento del conductor.

Había recogido a Serena media hora antes en South Front Street, una calle paralela al río Cape Fear. Serena la esperaba de pie en una intersección, en una zona salpicada de antiguos edificios de oficinas y esporádicas barracas y casitas para barcas, arracimadas a la vera del río, sin prestar atención a los albañiles al otro lado de la calle que se la comían con los ojos. Poco a poco, la zona se estaba revitalizando, como el resto del paseo marítimo, pero, de momento, se trataba de una zona en desarrollo.

—Ya te lo he dicho. Vamos a un restaurante —contestó Serena—. Y te he pedido que pases a buscarme porque esta noche no quiero conducir, ya que es posible que luego tome un par de copas. —Se apartó el pelo del hombro—. La entrevista ha ido bien, por cierto. Charles comentó que le parecía que mis preguntas eran «meditadas». Gracias por preguntar.

María esbozó una mueca de fastidio.

—¿Cómo has llegado hasta aquí?

—Me ha traído Steve. Creo que le gusto. He quedado con él después de cenar.

—Seguro que le gustas, si acepta aguantar este tráfico infernal para estar contigo.

Aunque ya había pasado la mitad de septiembre, el calor era más intenso que a principios de agosto, y la costa estaba a rebosar. María ya había dado un par de vueltas a la manzana en busca de un sitio donde aparcar.

—¿Y a quién le importa? Estamos en la playa.

—Hay mejores restaurantes en el centro de la ciudad.

—¿Cómo lo sabes? ¿Has estado en la playa de Wrightsville desde que te instalaste de nuevo en Wilmington?

—No.

—¡Pues eso! Vives en Wilmington. Necesitas ir de vez en cuando a la playa.

—Practico surf de remo, ¿recuerdas? Voy a la playa muchas más veces que tú.

—Me refiero a un sitio donde haya gente, no solo pájaros, tortugas y algún pez despistado que salte del agua. Necesitas ir a sitios donde haya diversión, con magníficas vistas y mucho ambiente.

—¿Cómo el restaurante Crabby Pete's?

—Es toda una institución, aquí.

—Es un sitio para turistas.

—¿Y qué? Nunca he estado, y quiero descubrir por qué es tan popular.

María frunció los labios.

—¿Por qué tengo la impresión de que hay algo más de lo que me estás contando?

—Porque eres abogada. Desconfías de todo.

—Quizás. O a lo mejor es que tienes algún plan.

—¿Por qué lo dices?

—Porque es sábado por la noche. Nunca salimos juntas los sábados por la noche. Nunca has querido salir conmigo un sábado por la noche.

—Por eso vamos a cenar tan temprano —apostilló Serena—. Este fin de semana hay un montón de bandas tocando en los bares de moda, y Steve y yo, junto con unos amigos, habíamos pensado ir a escuchar un poco de música antes de salir de fiesta. La juerga no empieza hasta las diez o las once, más o menos, así que tenemos tiempo de sobra.

María sabía que Serena se traía algo entre manos, pero no acertaba a adivinar el qué.

—No esperarás que aguante toda la noche, ¿verdad?

—No —resopló Serena—. Ya no estás para esos trotes; eres demasiado vieja. Además, sería como salir con nuestros padres.

—Vaya, muchas gracias.

—No te ofendas. Has sido tú la que has dicho que eras demasiado mayor para salir con niñatos de mi edad. ¿Acaso estás cambiando de idea?

—No.

—Por eso solo iremos a cenar.

De repente, María vio un espacio vacío en la calle y aminoró la marcha. Estaban a un par de manzanas del restaurante, pero dudaba que encontrara otro sitio más cerca. Mientras aparcaba, no pudo zafarse de la sensación de que Serena se mostraba demasiado misteriosa; su hermana pareció darse cuenta de su desconfianza.

—Deja de preocuparte. Aguarás la fiesta. ¿Qué hay de malo en pasar unas horas con tu hermana?

María vaciló.

—Vale, pero para que quede claro, si has planeado invitar a un amigo para que cene con nosotras o alguna tontería similar, te aviso de que no me hará ninguna gracia.

—No soy Jill y Paul, ¿vale? No te montaría una cita a ciegas sin consultártelo antes. Pero, por si te sientes mejor, te aseguro que ningún chico cenará con nosotras. De hecho, cenaremos en la barra. Por lo que sé, la vista es mejor desde la barra. ¿Trato hecho?

María se debatió unos instantes, antes de apagar el motor.

—Trato hecho.

El restaurante Crabby Pete's, situado junto a uno de los embarcaderos de la playa de Wrightsville, llevaba cuarenta años abierto. A duras penas había logrado sobrevivir a un huracán tras otro. La estructura estaría seriamente dañada de no ser por las numerosas reparaciones de diversa consideración que habían hecho a lo largo de los años. El edificio tenía la pintura ajada, el tejado de cinc, y más de una contraventana rota.

A pesar de su apariencia destartalada, estaba lleno a rebosar. María y Serena tuvieron que abrirse paso entre el gentío que aguardaba para sentarse en las mesas hasta llegar a las escaleras que conducían al bar de la azotea. Mientras seguía a su hermana, María se fijó en las mesas de madera, en las sillas desiguales y en los grafiti personalizados que cubrían las paredes. Del techo colgaban objetos que, por lo visto, el primer Pete (el dueño que había fallecido hacía años) había encontrado en las redes mientras pescaba: tapacubos y zapatillas de tenis, balones deshinchados, un sujetador, juguetes y una serie de placas de matrícula de más de diez estados.

—Interesante, ¿verdad? —gritó Serena por encima del hombro.

—¡Está a tope!

—¡Me encanta! ¡Vamos!

Los peldaños crujían bajo sus pies de camino a la azotea. Cuando llegaron a la terraza, María tuvo que achicar los ojos para poder admirar la maravillosa vista en la tarde soleada, bajo un cielo sin una sola nube. A diferencia de la planta baja, allí arriba las mesas estaban ocupadas por adultos que se relajaban con una botella de cerveza en la mano o cócteles. Tres camareras vestidas con pantalo-

63

nes cortos y tops negros sin tirantes se movían entre los clientes, recogiendo con eficiencia las copas vacías y sirviendo bebidas. En la mitad de las mesas se veían cubos de hojalata llenos de patas de cangrejo. María observó cómo los clientes rompían las cáscaras para comerse la carne.

—Tenemos suerte —comentó Serena—. Hay dos sillas en la barra.

La barra quedaba en la otra punta de la terraza, semicubierta por una oxidada marquesina de cinc y con una hilera de diez taburetes. María siguió a Serena, sorteando las mesas bajo el implacable sol. Bajo la marquesina se estaba mejor; mientras ocupaban los taburetes, María se solazó con la brisa marina que jugueteaba con su melena y la apartaba del cuello. Por encima del hombro de Serena, podía ver las olas que rompían en la orilla, de color azul, adoptando de pronto un tono blanco… y de nuevo azul.

Pese a ser ya casi la hora de la cena, cientos de bañistas invadían todavía la playa, bien en el agua, o bien tumbados sobre toallas. El embarcadero estaba abarrotado de gente que se apoyaba en la barandilla con cañas de pescar, a la espera de un pez que mordiera el anzuelo. Serena admiró la escena antes de volver la vista hacia María.

—Admítelo: es exactamente lo que necesitabas. Di que yo tenía razón —la exhortó.

—De acuerdo. Tenías razón.

—Me encanta cuando lo dices —se jactó—. Y ahora, ¿qué tal si pedimos algo para beber? ¿Qué te apetece?

—Una copa de vino.

—¡Nooo! —exclamó Serena, sacudiendo la cabeza con vigor—. Aquí la gente no viene a tomar una copa de vino. No es el lugar apropiado; tenemos que pedir algo… playero, como si estuviéramos de vacaciones. Una piña colada o un margarita, o algo por el estilo.

—¿En serio?

—Has de aprender a vivir un poco, hermanita. —Serena se inclinó sobre la barra—. ¡Hola, Colin! ¿Nos sirves un cóctel?

María no se había fijado en el camarero, y sus ojos siguieron los de Serena. Vestido con pantalones vaqueros desgastados y camisa blanca remangada hasta los codos, el chico estaba acabando de atender el pedido de una camarera en la otra punta de la barra. María se fijó automáticamente en su cuerpazo, con los hombros bien definidos y estrechas caderas. Llevaba el pelo muy corto, tan corto que dejaba ver el enrevesado tatuaje de unas hojas de hiedra que se extendían por la nuca. Aunque estaba de espaldas, María se quedó impresionada por sus eficientes movimientos mientras preparaba los cócteles. Se inclinó hacia su hermana.

—Pensaba que habías dicho que no habías estado antes aquí.

—Así es.

—Entonces, ¿cómo sabes su nombre?

—Es un amigo que trabaja aquí.

En ese preciso instante, el camarero se dio la vuelta. Con la cara entre las sombras, sus rasgos no eran inmediatamente visibles; hasta que María se acercó más no se fijó en el morado de su mejilla. De repente, lo reconoció. El camarero también se sobresaltó, como si reflejara los propios pensamientos de María: «No es posible». En esos incómodos segundos, María tuvo la impresión de que, aunque él no estaba contento con la sorpresa de Serena, tampoco estaba enfadado. Reanudó sus pasos hasta colocarse justo delante de ellas. Se inclinó hacia delante, apoyó una mano en la barra, revelando los llamativos tatuajes esculpidos en el músculo de su antebrazo.

—¿Qué tal, Serena? —la saludó. Su voz confiada y pausada era tal como María la recordaba—. Al final has decidido venir.

Serena parecía encantada con la idea de actuar como si no hubiera planeado aquel encuentro.

—Me he dicho: ¿por qué no? ¡Hace un día precioso! —Extendió los brazos al máximo—. ¡Qué lugar más bonito! Tenías razón sobre lo de las vistas desde aquí arriba. Son increíbles. ¿Ha sido un día muy ajetreado?

—No he parado ni un segundo.

—No me extraña. ¿Quién no querría pasar un rato en esta maravillosa terraza en un día como hoy? Por cierto, te presento a María, mi hermana.

Los ojos de Colin se cruzaron con los de María. Ilegibles, excepto por un leve brillo que parecía denotar que le divertía la situación. Así de cerca, su apariencia no era tan intimidante como lo había sido la noche de la rueda. Con los pómulos altos, los ojos azul grisáceos y largas pestañas, era fácil imaginar que no le costaba nada seducir a la mujer que quisiera.

—Hola, María, soy Colin —se presentó, al tiempo que extendía la mano por encima de la barra.

Ella le estrechó la mano y sintió la fuerza controlada en su agarre. Cuando retiró la mano, miró cómo él desviaba la vista hacia Serena y después volvía a mirarla a ella.

—¿Qué os pongo? —preguntó.

Serena los estudió a los dos antes de apoyar los codos en la barra.

—¿Qué tal un par de piñas coladas?

—Enseguida —contestó él, sonriente.

Colin se dio la vuelta, agarró la coctelera y se agachó para abrir

65

la nevera. Los vaqueros se le pegaron a los muslos. María contempló cómo mezclaba los ingredientes; después apartó la vista y la fijó en su hermana, en actitud molesta.

—¿De veras? —espetó María, más en un tono asertivo que de pregunta.

—¿Qué? —preguntó Serena, satisfecha consigo misma.

—¿Por eso hemos venido? ¿Porque querías que nos volviéramos a encontrar?

—Fuiste tú quien dijiste que no habías tenido ni tiempo de darle las gracias. Ahora puedes hacerlo.

María sacudió la cabeza, sorprendida.

—¿Cómo has…?

—Colin está en mi clase. —Agarró un cubo con cacahuetes de la barra y estrujó uno para romper la cáscara—. De hecho, coincidimos en dos asignaturas, pero no nos hemos conocido hasta esta semana. Mientras nos presentábamos y hablábamos, mencionó que trabajaba aquí y que hoy le tocaba el turno de tarde. Pensé que sería divertido que pasáramos a saludarlo.

—Muy ocurrente.

—¿Qué te pasa? Pronto nos iremos, y tú puedes ir directamente a casa y ponerte a tejer calcetines para mininos o lo que quieras. No le des un sentido que no tiene.

—¿Por qué iba a hacerlo, si ya lo has hecho tú?

—Habla con él, o no hables con él —sugirió Serena mientras cogía otro cacahuete—. A mí no me importa. Es tu vida, no la mía. Además, ya estamos aquí, así que será mejor que te relajes y te diviertas, ¿vale?

—No sabes cómo detesto cuando te pones…

—Por si te interesa —la interrumpió Serena—, Colin es un tipo encantador. Y, además, ingenioso. Y no me negarás que está como para mojar pan. —Bajó la voz hasta convertirla en un susurro—: Sus tatuajes son seductores —dijo, apuntando hacia él—. Qué te juegas a que tiene más en sitios no visibles.

María se puso tensa.

—Creo que…, que… —Le costaba encontrar las palabras. Experimentaba la misma confusión que la noche que había conocido a Colin—. ¿Qué tal si tomamos el cóctel y nos vamos?

Serena torció el gesto.

—Pero tengo hambre.

Colin regresó con las bebidas y puso las copas exóticas delante de ellas.

—¿Algo más? —preguntó.

Antes de que María pudiera decir que no, Serena alzó la voz por encima de la multitud:

—¿Nos traes el menú?

Durante la cena, Serena ignoró adrede la obvia incomodidad de María.

Con todo, María tenía que admitir que no estaba tan incómoda como había temido, en parte porque Colin estaba demasiado ocupado para dedicarles más atención que la que prestaba a cualquier otro cliente. No mencionó nada acerca de la rueda ni de las clases con Serena. A causa de la multitud, apenas tenía tiempo para atender los pedidos.

Iba de un lado al otro de la barra, anotando los pedidos y preparando bebidas, cerrando las cuentas de los clientes que la pedían y dando a las camareras todo lo que necesitaban para atender las mesas. Durante la siguiente hora, la terraza se llenó aún más; a pesar de una segunda camarera que se había puesto en la barra pocos minutos después de que ellas llegaran —una rubia guapa, quizá un año mayor que Serena—, la demanda de bebidas seguía en aumento. La única muestra de que Colin conocía a Serena era que les sirvió pronto la cena, igual que la segunda ronda de bebidas. Retiró los platos tan pronto como acabaron y les dejó la cuenta en la barra; cuando María puso la tarjeta de crédito en la bandejita, Colin se apresuró a cobrar. Entre tanto, Serena seguía con su cháchara.

En algunos momentos, María incluso llegó a olvidarse de Colin por completo, si bien de vez en cuando no podía contenerse y lo miraba con disimulo. Serena no había dicho nada acerca de él, pero María pensó que parecía demasiado maduro para ser estudiante universitario. Se dijo que podía pedirle a Serena que le contara más cosas, pero no quería darle esa satisfacción, ya que la había arrastrado hasta allí con pretextos.

Muy a su pesar, María tenía que admitir que Serena tenía razón en que Colin —cuando no estaba lleno de morados, sangrando, y completamente empapado en medio de una carretera desierta— era increíblemente atractivo. Con una apariencia sorprendentemente impecable, a pesar de los tatuajes y del cuerpo tan musculoso, tenía una sonrisa encantadora, y, por lo que veía, a las tres camareras se les caía la baba con él. Igual que al grupito de mujeres en la otra punta de la barra que habían llegado veinte minutos antes. Lo adivinaba por la forma en que le sonreían mientras él les preparaba los cócteles y en cómo lo miraban cuando él se daba la vuelta. Lo mismo pasaba con la otra camarera que atendía la barra; aunque estaba tan ocupada como Colin, se ensimismaba cada vez que se acercaba a ella para coger una copa o una botella de licor.

Los camareros y las camareras guapos son un cliché, igual que la práctica de flirtear con ellos, pero a María le sorprendió la reacción de Colin frente a las señales sutiles y no tan sutiles. Aunque se mostraba cordial con todo el mundo, ignoraba las muestras de atención de sus admiradoras. O, por lo menos, «actuaba» como si las ignorara. Mientras estaba intentando entender los motivos que lo movían a comportarse de tal modo, otro camarero de más edad se puso a servir también en la barra, y le bloqueó en parte la visión privilegiada de Colin. A su lado, Serena había sacado el móvil y estaba escribiendo un mensaje.

—Les estoy diciendo a Steve y a Melissa que ya casi hemos terminado de cenar —comentó Serena, mientras sus dedos bailaban sobre las teclas.

—¿Están aquí?

—Vienen caminando, y ya están cerca.

Como María se limitó a asentir, Serena agregó:

—Tiene veintiocho años.

—¿Steve?

—No —contestó Serena—. Steve es de mi edad. Colin tiene veintiocho años.

—¿Y?

—Que tú también tienes veintiocho años.

—Ya.

Serena apuró el contenido de la copa.

—Pensé que debía mencionarlo, ya que no has dejado de mirarlo en toda la noche.

—Eso no es cierto.

—A mí no me engañas.

María agarró su copa. Se sentía como flotando por los efectos del alcohol.

—De acuerdo —admitió—. Quizá lo he mirado de soslayo una o dos veces. Pero es un poco mayorcito para estar todavía en la universidad, ¿no te parece?

—Depende.

—¿De qué?

—De cuando empezara. Colin no comenzó hasta hace un par de años, así que no ha repetido ningún curso. Quiere ser maestro de primaria, como yo. Para que lo sepas, sus notas son probablemente mejores que las mías. Se toma las clases muy en serio. Se sienta en la primera fila y anota todo lo que dice la profesora.

—¿Por qué me cuentas todo eso?

—Porque es obvio que te interesa.

—No me interesa.

—¡Anda que no! Se nota a la legua —replicó Serena, fingiendo inocencia—. Sin lugar a dudas, no es la clase de chico con el que saldrías a bailar, ¿verdad? ¿Un chico tan guapo? ¡Por favor!

María abrió la boca para protestar, pero volvió a cerrarla, consciente de que, si decía algo más, solo animaría a su hermana a seguir hurgando en la llaga. El teléfono de Serena tintineó y ella bajó la vista hacia la pantalla.

—Steve está abajo. ¿Nos vamos? ¿O prefieres quedarte un rato?

—¿Por qué lo dices? ¿Porque quieres que me enamore de Colin?

—Ya no está.

María echó un vistazo a la barra. Era verdad, Colin se había ido.

—Le tocaba el turno de tarde, así que probablemente haya terminado —informó Serena mientras se levantaba del taburete. Se colgó el bolso al hombro y dijo—: Por cierto, gracias por la cena. ¿Quieres que bajemos juntas?

María agarró su bolso.

—¿No me habías dicho que no querías presentarme a Steve?

—Era broma. Quiere ser abogado, ¿sabes? Quizá podrías disuadirlo.

—¿Por qué haría tal cosa?

—¿De veras quieres que te conteste, después de todo lo que has pasado?

María se quedó callada. Serena, al igual que sus padres, sabía lo duros que habían sido sus dos últimos años.

—Pero bueno, es una pena, ¿no? —se lamentó Serena.

—¿El qué es una pena?

—Sé que Colin tenía mucho trabajo esta noche, pero no has tenido la oportunidad de darle las gracias por haberte cambiado la rueda. Quizá no quieras hablar con él, pero es de agradecer que te ayudara, y podrías habérselo dicho.

De nuevo, María se quedó en silencio. Sin embargo, mientras seguía a Serena hacia las escaleras, no pudo evitar pensar que, como de costumbre, su hermana tenía razón.

Steve era muy mono, con sus bermudas a cuadros y un polo azul cielo a juego con sus zapatos náuticos. Se mostró muy cordial desde el primer momento, aunque en tan solo unos minutos quedó patente que él estaba más interesado en Serena que ella en él, ya que su hermana se pasó casi todo el rato hablando con Melissa.

María no tardó en despedirse, pero cuando enfiló hacia su coche se reprendió a sí misma por envidiar la facilidad con que su hermana pequeña parecía afrontar cualquier faceta de su vida.

Pero, claro, ¿acaso la vida era difícil para una estudiante de veintiún años? La universidad era una burbuja que mantenía a los estudiantes ajenos al mundo. Los universitarios tenían mucho tiempo libre, amigos que vivían, o bien con ellos, o bien en el piso de al lado, y una desbordante sensación de optimismo respecto al futuro, aunque no tuvieran ni idea de qué implicaba eso en concreto. En la universidad, todo el mundo aceptaba que sus vidas acabarían siendo tal y como las habían planeado, alentados por los incontables buenos recuerdos que se sucedían en una cascada de fines de semana de tres días de duración, tres días sin una sola preocupación.

María vaciló. Bueno, por lo menos para estudiantes como Serena. La experiencia de María había sido diferente porque se había tomado los estudios más en serio que la mayoría (recordaba los innumerables ataques de pánico y el estrés). Viéndolo con perspectiva, se dijo que probablemente había pasado demasiado tiempo estudiando y preocupándose por los exámenes. Recordó las horas que invertía en los proyectos, hasta altas horas de la madrugada, editándolos una y otra vez hasta encontrar las palabras correctas. En aquellos tiempos, le parecía la cosa más importante del mundo, pero en los últimos años había empezado a preguntarse por qué se lo había tomado tan en serio. Bill Gates, Steve Jobs, Michael Dell y Mark Zuckerberg habían abandonado sus estudios universitarios, y no les había ido tan mal, ¿no? Intuitivamente, habían comprendido que al mundo no le importaban los títulos universitarios, ni tan solo si habías acabado los estudios, o al menos no a largo plazo, sobre todo si se comparaba con habilidades como la creatividad y la perseverancia.

No negaba que sus notas la habían ayudado a conseguir su primer empleo en la oficina del fiscal del distrito, pero ¿a alguien le habían importado, desde entonces? Cuando la contrataron en la empresa actual, solo mostraron interés en su experiencia profesional; en cambio, obviaron sus primeros veinticuatro años de vida, como si fueran irrelevantes. En la firma de abogados, las conversaciones con Barney se centraban en el trabajo que desarrollaba para la empresa, y los intereses de Ken eran de una índole totalmente diferente.

En retrospectiva, se lamentaba de no haberse tomado un año libre tras licenciarse para recorrer Europa con una mochila a la espalda, o haber trabajado de voluntaria en alguna ONG. La verdad era que no importaba lo que había hecho previamente, siempre y cuando hubiera sido algo interesante. Pero tenía tanta prisa en madurar y convertirse en una persona adulta cuando terminó los estudios que nunca se le ocurrieron tales ideas.

No siempre se sentía como si estuviera «viviendo», y a veces se lamentaba de las elecciones que había tomado. Aunque, ¿no era demasiado joven para albergar esa clase de remordimientos? ¿No se suponía que esos sentimientos tenían que aflorar a partir de la mediana edad? Su padre y su madre no parecían tenerlos, y eso que estaban en la mediana edad. Serena, por su parte, actuaba como si nada le importara en el mundo, así que ¿en qué se había equivocado ella?

Echó la culpa de su bajo estado anímico a las piñas coladas, cuyos efectos todavía podía notar. Decidió darse un poco de tiempo antes de conducir; echó un vistazo al embarcadero y se dijo: «¿Por qué no?». Anochecía, pero todavía quedaba una hora de luz antes de que cayera la noche.

Dio media vuelta y enfiló hacia esa dirección, contemplando la actividad caótica mientras las familias empezaban a abandonar la playa en masa. Niños con la piel quemada, lloriqueando de puro cansancio, arrastraban los pies detrás de sus padres, también exhaustos y con la piel quemada, que cargaban con tablas de *bodyboard*, neveras, sombrillas y toallas.

En la playa, María se detuvo para quitarse las sandalias, preguntándose si reconocería a alguien del instituto, o si alguien la reconocería a ella, pero no vio ninguna cara que le resultara familiar. Caminó por la arena; al llegar al embarcadero, subió los peldaños justo cuando el sol iniciaba su lento descenso. A través de las tablas bajo sus pies, contempló cómo la arena daba paso al agua poco profunda, y luego a las olas que se precipitaban en cascada hacia la orilla. En ambas direcciones, los surfistas todavía disfrutaban del oleaje. Admiró sus gráciles movimientos, pasó por delante de gente que se dedicaba a pescar; hombres y mujeres, jóvenes y viejos, todos perdidos en sus propios mundos. Recordó que, de adolescente, un chico que le gustaba la había convencido para que probara. Aquel día hacía un calor tremendo, y lanzar la caña era más difícil de lo que había pensado. Se marcharon del embarcadero con las manos vacías, y más tarde ella se dijo que ese chico le gustaba mucho más que lo que jamás le gustaría pescar.

A medida que se abría paso por el embarcadero, los grupos de gente se iban dispersando; cuando llegó a la punta, se fijó en que solo quedaba un pescador solitario, de espaldas a ella. Iba vestido con vaqueros desgastados y una gorra de béisbol; a simple vista le pareció que estaba de muy buen ver. Se zafó de dicho pensamiento y se puso a contemplar el horizonte. Vio la luna, que emergía del mar. A lo le-

71

jos, un catamarán se deslizaba por la superficie; se preguntó si podría intentar convencer a Serena para que se apuntaran a una salida en velero un fin de semana.

—¿Me estás siguiendo? —La voz llegó desde la punta del embarcadero.

Cuando María se dio la vuelta, necesitó unos segundos para darse cuenta de que era Colin. El pescador con la gorra de béisbol. Un intenso calor se apoderó de sus mejillas. ¿Había planeado también Serena ese segundo encuentro? No, ir hasta allí había sido idea suya. ¿O no? Serena no había dicho nada acerca de que Colin estaba en el embarcadero, lo que significaba que en aquella ocasión se trataba de una coincidencia, como la noche que Colin se había detenido en la carretera y le había cambiado la rueda. ¿Cómo era posible que el azar volviera a unirlos? Demasiado increíble, y, sin embargo…, allí estaban los dos. María podía ver que él aguardaba una respuesta.

—No…, no —farfulló—. No te estoy siguiendo. Se me ha ocurrido venir hasta aquí para admirar la vista.

Colin pareció sopesar su respuesta.

—¿Y?

—¿Y qué?

—La vista. ¿Qué tal?

Ruborizada, tuvo que procesar la pregunta antes de poder contestar.

—Espectacular —acertó a decir.

—Mejor que desde el restaurante.

—Diferente, más pintoresca.

—Estoy de acuerdo. Por eso vengo aquí.

—Pero ¿estás pescando…?

—No, igual que tú, estoy aquí para admirar la vista. —Sonrió antes de inclinarse sobre la barandilla—. No quería molestarte —le aseguró—. Que disfrutes de la vista, María.

De alguna manera, al oírle pronunciar su nombre, tuvo una sensación de mayor intimidad con él que cuando estaban en el bar. Se quedó mirando cómo Colin bobinaba el carrete. Volvió a lanzar la caña: el sedal se perdió a lo lejos. María se preguntó si debía marcharse o quedarse. A él no parecía molestarle su presencia, igual que la noche que se habían conocido. Lo que le recordó que…

—Colin…

Él volvió la cabeza.

—¿Sí?

—Debería haberte dado las gracias por cambiarme la rueda la otra noche. La verdad es que me salvaste de un mal trago.

—De nada. Encantado de haber podido ayudar. —Sonrió—. Y también me alegra que hayas venido esta noche al restaurante.

—Bueno, eso ha sido idea de Serena.

—Lo sé. No parecías muy contenta de volver a verme.

—No es eso. Solo es que… no me lo esperaba.

—Ni yo.

María podía notar cómo la repasaba de arriba abajo antes de volver a fijar la vista en el horizonte. No estaba segura de qué responder; por un momento, los dos permanecieron en silencio. Colin parecía perfectamente relajado y tranquilo; María, en cambio, intentaba concentrarse en la vista. Un pesquero surcaba las aguas oscuras; por encima de su hombro, las luces titilaban en Crabby Pete's. De uno de los restaurantes llegaban amortiguadas notas de rock clásico, que indicaban el paso al ambiente nocturno.

María escudriñó a Colin por el rabillo del ojo, intentando descifrar por qué le parecía tan diferente a otros hombres. En su experiencia, los hombres de su edad solían encajar en una de las siguientes cinco categorías: tipos arrogantes que creían ser una de las creaciones favoritas de Dios; chistosos que podían ser una buena compañía, pero que no estaban interesados en relaciones serias; tipos tímidos que apenas abrían la boca; hombres que no mostraban el mínimo interés en ella por la razón que fuera; y los chicos buenos de verdad, genuinos, si bien, lamentablemente, por su propia experiencia, casi todos tenían novia.

Colin no se asemejaba a la primera clase, y por lo que había podido ver en el bar, tampoco encajaba en la segunda ni en la tercera. Lo que significaba, obviamente, que, o bien pertenecía a la cuarta, o bien a la quinta. No mostraba interés en ella; sin embargo, en el fondo, sospechaba que quizá se equivocaba acerca de esa suposición, aunque no sabía por qué. Así pues, solo quedaba una posibilidad: que perteneciera a la quinta categoría, pero, por desgracia, ella había dado por cerrada la conversación con él, así que quizás el silencio de Colin era una reacción a su porte estirado.

Después de cambiar la rueda. Después de que Colin le mostrara su eficiencia cordial en la barra. Después de que Serena le asegurase que era un buen chico. Y después de que él hubiera iniciado una conversación tan solo unos momentos antes.

Dejó caer los hombros. No era de extrañar que pasara los fines de semana sola.

—¿Colin? —Volvió a intentarlo.

Él seguía apoyado en la barandilla; cuando se dio la vuelta, María detectó el mismo gesto de asombro que ya había visto en la barra.

73

—¿Sí?

—¿Puedo hacerte una pregunta?

—Adelante. —Sus ojos azul grisáceos destellaron como cristal de mar.

—¿Por qué te gusta pescar?

Colin alzó la barbilla y ladeó la cabeza levemente.

—La verdad, no lo sé. Tampoco se me da muy bien. Casi nunca pesco nada.

—Entonces, ¿por qué lo haces?

—Es una buena forma de desconectar del trabajo, sobre todo después de un día duro. Me gusta tener unos minutos para mí, ¿sabes? Vengo aquí en busca de paz, y el mundo se ralentiza durante un rato. Empecé a traer la caña para tener algo que hacer, en vez de quedarme solo de pie, mirando el horizonte.

—¿Justo lo que yo estaba haciendo?

—Exactamente. ¿Quieres que te preste la caña?

María se echó a reír. Colin continuó:

—Además, creo que algunos se ponían un tanto nerviosos, cuando me veían aquí solo, como si planeara algo malo. Y, a principios de esta semana, con todos los morados, probablemente habría asustado a más de uno.

—Yo habría pensado que estabas aquí por pura afición contemplativa.

—Lo dudo. En cambio, tú sí que pareces una persona que se dedica a la vida contemplativa. Con objetivos, sueños...

María se puso roja y se le trabó la lengua. Muy a su pesar, no podía estar más de acuerdo con Serena: Colin era... superatractivo. Se libró de tal pensamiento; no quería divagar por esos derroteros.

—¿Te importa? —dijo él, señalando hacia el otro lado de María, antes de inclinarse para coger la caja de anzuelos y cambiar de sitio.

—En este rincón no tengo suerte.

Su sugerencia pilló a María desprevenida.

—Ah..., no, no me importa. Pero si no eres bueno pescando, no puedo prometerte que este lado sea mejor.

—Probablemente tengas razón —admitió él, que se acercó más a ella. Depositó la caja de anzuelos a su lado, en el suelo, y de nuevo dejó una distancia cómoda entre ellos—. Pero por lo menos no tendré que hablar a voces.

A diferencia de ella, parecía totalmente relajado. María miró cómo lanzaba la caña de nuevo hacia otra dirección. Colin se inclinó sobre la barandilla y tensó la caña.

74

—Tu hermana es una persona curiosa —comentó al cabo de un momento.

—¿Por qué lo dices?

—Cuando se presentó, incluyó las palabras: «¡Eh, tú! ¡El de la cara magullada!».

María soltó una risita al tiempo que pensaba que era muy propio de Serena.

—Sí, tiene carácter, eso seguro.

—Pero se porta más como una amiga que como una hermana, ¿no?

—¿Te lo ha dicho ella?

—No. Pero me he fijado mientras os servía en la barra. Se nota que estáis muy unidas.

—Así es —convino María—. ¿Tienes hermanos?

—Dos hermanas mayores.

—¿Estáis unidos?

—No como Serena y tú —admitió él mientras ajustaba el sedal—. Las quiero mucho y son dos personas muy importantes en mi vida, pero llevamos vidas muy diferentes.

—¿Qué quieres decir?

—Que no nos vemos mucho. Quizás una vez cada dos meses, más o menos. Últimamente nuestra relación ha mejorado, pero es un proceso gradual.

—Qué pena.

—Así son las cosas —dijo él.

Su respuesta sugería que no quería seguir hablando del tema.

—¿Serena me ha dicho que vais juntos a la misma clase? —preguntó María, intentando apuntar hacia un terreno más seguro.

Colin asintió.

—Se me presentó de camino a la biblioteca. Supongo que tú le habías contado lo que pasó aquella noche y le describiste mi aspecto, y ella encajó las piezas. Lo que no costaba mucho, la verdad, con mi cara magullada.

—No fue para tanto. Tampoco le di demasiadas vueltas a lo que pasó. —Cuando Colin enarcó una ceja, ella se encogió de hombros—. Bueno, vale, quizá me asusté un poco cuando te acercaste a mi coche.

—No es de extrañar. Era de noche y estabas en una carretera desierta. Fueron dos de los motivos por los que me detuve.

—¿Qué otros motivos tenías?

—Que eras una chica.

—¿Crees que las chicas necesitamos ayuda para cambiar una rueda?

—No todas las chicas. Pero mis hermanas y mi madre habrían necesitado ayuda. Y me pareció que no lo estabas pasando bien.

María asintió.

—Gracias de nuevo.

—Ya me lo has dicho.

—Lo sé, pero lo que hiciste merece que te dé las gracias dos veces.

—Vale.

—¿Solo «vale»? —Las comisuras de su boca se curvaron hacia arriba.

—Es mi palabra favorita cuando alguien hace una declaración. María arrugó la frente.

—Supongo que tiene sentido.

—Vale —repitió él.

Esta vez, a pesar suyo, María se rio y empezó a relajarse.

—¿Te gusta trabajar en un bar? —le preguntó.

—Está bien —contestó Colin—. Me sirve para pagar las facturas mientras estudio; puedo elegir el horario y las propinas son buenas. Aunque espero que no tenga que hacerlo durante muchos años. Hay otras cosas que quiero hacer con mi vida.

—Serena me ha dicho que quieres ser maestro de primaria.

—Así es. Por cierto, ¿adónde ha ido?

—Había quedado con unos amigos. Saldrán por ahí a escuchar música, supongo, y después acabarán en alguna fiesta universitaria.

—¿Por qué no has ido con ellos?

—Soy un poco mayor para fiestas universitarias, ¿no te parece?

—No lo sé. ¿Cuántos años tienes?

—Veintiocho.

—Yo tengo veintiocho y todavía estoy en la universidad.

«Sí, lo sé», pensó María.

—¿Y vas a fiestas universitarias?

—No —admitió él—. Pero no porque crea que sea demasiado mayor. Simplemente, no voy a fiestas, ni tampoco frecuento bares.

—Trabajas en un bar.

—Es distinto.

—¿Por qué?

—Porque trabajo allí. Y, aunque no lo hiciera, no es la clase de local en el que podría acabar metido en líos, ya que es un restaurante.

—¿Te metes en líos en los bares?

—Antes sí. Ahora ya no.

—Pero dices que, de todos modos, no frecuentas bares.

—Por eso no me meto en líos.

—¿Y te gustan las discotecas?

Se encogió de hombros.

—Depende de la discoteca y de la compañía. Normalmente, no. De vez en cuando, sí.

—¿Porque también te metes en líos, en las discotecas?

—Antes sí.

María se quedó desconcertada con su respuesta, antes de volver a desviar la vista hacia el horizonte. La luna resplandecía sobre un cielo que empezaba su lenta progresión de gris a negro.

Colin siguió su mirada. Durante unos instantes, ninguno de los dos dijo nada.

—¿Qué clase de líos? —preguntó ella al final.

Colin tensó la caña antes de contestar.

—Peleas.

Por un momento, María no supo si había oído bien.

—¿Solías ir a bares para pelearte?

—Sí, hasta hace unos años, eso es lo que solía hacer.

—¿Por qué te metías en peleas?

—Los chicos solemos ir a bares por cuatro motivos: para emborracharnos, para pasar un rato con los amigos, para ligar o para pelear. Yo iba por los cuatro motivos.

—¿Buscabas pelea?

—Normalmente, sí.

—¿Cuántas veces?

—No estoy seguro de si he entendido la pregunta.

—¿Cuántas veces te metiste en peleas?

—No te lo puedo decir con exactitud. Probablemente más de cien.

María pestañeó.

—¿Te metiste en más de cien peleas?

—Sí.

María no sabía qué decir.

—¿Por qué me cuentas todo eso?

—Porque me has preguntado.

—¿Y respondes a todo lo que la gente te pregunta?

—A todo no.

—Pero ¿crees que es apropiado contarme esa clase de cosas?

—Sí.

—¿Por qué?

—Supongo que eres abogada, ¿no?

María aspiró hondo, sorprendida ante el repentino cambio de tema.

—¿Te lo ha dicho Serena?

—No.

—Entonces, ¿cómo sabías que soy abogada?

77

—No lo sabía. Pensé que era una posibilidad, porque haces muchas preguntas. Y eso es lo que hacen la mayoría de los abogados.

—Y con tantas peleas, probablemente hayas tenido mucho trato con abogados, ¿verdad?

—Sí.

—Todavía no puedo creer que me estés contando esto.

—¿Por qué no iba a hacerlo?

—Porque admitir que solías enfrascarte en peleas a diario no es algo que la gente cuente cuando habla con alguien por primera vez.

—Vale, pero que conste que ya no me peleo.

—¿Y la otra noche?

—Eso fue un combate de artes marciales mixtas. Es completamente diferente a lo que hacía antes.

—Pero sigues peleando, ¿no?

—Es un deporte, como el boxeo o el taekwondo.

Ella lo miró con recelo.

—¿Te subes a un cuadrilátero, y allí todo vale?

—Sí a lo primero, no a lo segundo —dijo él—. Hay reglas. De hecho, hay un montón de reglas, aunque puede ser un deporte violento.

—¿Y te gusta la violencia?

—Me va bien.

—¿Por qué? ¿Quizá para descargarte y mantenerte alejado de ambientes conflictivos?

—Entre otras cosas.

Colin sonrió, y, por primera vez desde hacía mucho tiempo, María se quedó sin saber qué decir.

Capítulo 5

Colin

Colin ya había sido testigo de reacciones como la de María, y sabía que ella se debatía entre quedarse o marcharse. Por lo general, la gente reaccionaba de forma negativa al oírle hablar de su vida anterior. Aunque él ya no se flagelaba por los errores cometidos en el pasado, tampoco estaba orgulloso de ellos. Él era él, con sus aspectos buenos y malos, y lo aceptaba. Ahora le tocaba a ella tomar una decisión.

Sabía que Evan no habría aprobado la forma en que había contestado a las preguntas de María, pero, además, de su deseo de ser honesto, lo que Evan no comprendía era que intentar ocultar la verdad sobre su pasado no servía de nada, por más que le hubiera gustado que así fuera. La gente era curiosa y cauta a la vez, y sabía que una búsqueda rápida en Internet de su nombre conducía a un puñado de artículos de prensa sobre él, ninguno con noticias buenas. ¿Y si no lo hubiera dejado claro desde el principio? María o Serena podrían haberlo «googleado» de la misma forma que había hecho Victoria.

Había conocido a Victoria en el gimnasio, un par de años antes; después de charlar de vez en cuando durante unos meses, habían acabado por entrenar juntos algunos días. Él pensaba que a ella le caía bien y la consideraba una buena compañera de entreno, hasta que, de repente, empezó a evitarlo. Dejó de contestar a sus llamadas y mensajes, y empezó a ir al gimnasio por las mañanas en lugar de por las noches. Cuando consiguió hablar de nuevo con Victoria, ella le confesó que se había enterado de su pasado, e insistió en que no volviera a contactar con ella. No había intentado recurrir a excusas; Colin tampoco le ofreció ninguna, pero se preguntó por qué había hecho esa búsqueda por Internet. Ni que estuvieran saliendo juntos; ni siquiera estaba seguro de si habían llegado a la fase de amistad. Al cabo de un mes, ella dejó de ir al gimnasio, y ya no volvió a verla.

Victoria no había sido la única que lo había esquivado después de saber la verdad sobre su pasado. Aunque Evan bromeaba acerca de que Colin explicara voluntariamente toda su historia de forma inmediata a cualquiera que le preguntara, no era tan fácil. Normalmente, mantenía dicha información para sí, a menos que alguien formara parte (o pudiera hacerlo) de su vida de algún modo.

Aunque todavía era muy pronto para saber si María se incluía en tal categoría, Serena era compañera de clase; si se había atrevido a hablar con él una vez, era muy probable que volviera a hacerlo. Colin no negaba que había algo en María que le atraía. En parte era su aspecto físico, por supuesto (una versión madura, más interesante que Serena, con el mismo pelo y ojos oscuros), pero, en el bar, se había fijado en su falta de vanidad. Aunque había atraído las miradas de bastantes hombres en la terraza, ella ni se había fijado, algo que le parecía del todo inusual. Pero sus impresiones iniciales eran aún más profundas: a diferencia de Serena (tan parlanchina y avispada, lo que no era para nada su estilo), María era más comedida, más silenciosa y, obviamente, inteligente.

¿Y ahora? Colin observó a María mientras ella intentaba decidir si se quedaba o no, si continuaba la conversación o decía adiós. Él se quedó callado, concediéndole tiempo para que tomara una decisión. Entretanto, Colin se concentró en la sensación de la brisa y en el susurro de las olas. Con la vista fija en el embarcadero, se fijó en que ya se había ido la mayoría de la gente que antes estaba pescando; los que quedaban estaban recogiendo el material o limpiando la pesca obtenida.

María se apartó y se apoyó en la barandilla. El cielo oscuro sumía su cara en sombras y le otorgaba una apariencia misteriosa, ignota. La observó mientras ella soltaba un largo suspiro.

—¿Qué otras cosas? —preguntó ella al final.

Colin sonrió para sí.

—Por mucho que me guste entrenar, a veces no tengo ganas de hacerlo. Pero si tengo un combate a la vista, sé que he de entrenar para estar a la altura; eso me obliga a levantarme del sofá y a ir al gimnasio.

—¿Todos los días?

Él asintió.

—Normalmente, dos o tres sesiones diferentes. Requiere muchas horas de preparación.

—¿Qué haces?

—Casi de todo —dijo al tiempo que se encogía de hombros—. Una buena parte del entreno consiste en lucha y en defensa personal, pero, además, procuro mezclar tantas modalidades como puedo. Hago halterofilia, pero también clases de *spinning*, yoga, kayak, circuitos guiados, correr, trepar por una soga, subir y bajar escaleras, pliomé-trica, lo que sea. Mientras sude, estoy contento.

—¿Practicas yoga?

—No solo es bueno para la flexibilidad y el equilibrio, sino que es una gran ayuda mental. Es como meditar. —Asintió con la vista fija en el agua, que con los últimos rayos del sol había adquirido un tono bruñido rojo-dorado—. Es como estar aquí después del trabajo.

María lo miró con curiosidad.

—No pareces la clase de persona que practique yoga. Los chicos que hacen yoga son...

Él terminó la frase por ella.

—¿Delgados? ¿Barbudos? ¿Tipos a los que les gusta el incienso y los abalorios?

Ella se rio.

—Iba a decir que no suelen ser violentos.

—Ni yo tampoco. Ya no. Es cierto que cuando lucho puede pasar que tanto yo como el contrincante salgamos heridos, pero no es que necesariamente quiera herir a alguien. Solo quiero ganar.

—¿Las dos cosas no van juntas?

—A veces, pero no siempre. Si consigues someter al adversario inmovilizándolo, este saldrá del cuadrilátero tan fresco.

María se retorció la pulsera en la muñeca.

—¿Da miedo? ¿Meterte en esa jaula?

—Si tienes miedo, es mejor que no te subas al cuadrilátero. Para mí es más como un subidón de adrenalina. La clave está en mante-ner la adrenalina bajo control.

Él empezó a bobinar el carrete.

—Supongo que eres muy bueno.

—Soy bueno en la categoría *amateur*, pero lo pasaría mal con los profesionales. Algunos de esos tipos son boxeadores olímpicos, y no están en mi liga. Aunque lo que hago ya me está bien. Mi sueño no es llegar a combatir en la categoría de los profesionales; solo es algo que hago mientras termino los estudios. Cuando llegue el momento, no me importará dejarlo.

En lugar de volver a desviar la vista, engarzó el cabo y miró la caña con atención, luego tensó el sedal.

—Además, dar clases y combatir en un cuadrilátero no son una buena combinación. Probablemente asustaría a los más pequeños como te asusté a ti.

—¿Niños pequeños?

81

—Quiero dar clase a niños de tercero de primaria. —Se inclinó hacia delante y cogió la caja de anzuelos—. Se está haciendo tarde —añadió—. ¿Estás lista para irnos, o quieres que nos quedemos más rato?

—Podemos irnos —dijo ella.

Mientras Colin encajaba la caña en el hombro, María se fijó en los restaurantes iluminados, con colas de personas en cada una de las puertas. Unas suaves notas de música llenaban el ambiente.

—Esto empieza a llenarse de gente —comentó María.

—Por eso pedí el turno de tarde. De noche, la terraza es un verdadero zoo.

—No está mal para las propinas, ¿no?

—No compensa por la cantidad de trabajo. Hay demasiados universitarios.

Ella se rio, con una carcajada cálida y melódica. Empezaron a desandar los pasos que habían dado antes. Ninguno sentía la necesidad de ir rápido. Bajo la tenue luz, María estaba guapísima. Al verla sonreír levemente, Colin se preguntó en qué estaría pensando.

—¿Siempre has vivido aquí? —se interesó él, rompiendo la relajante tregua.

—Crecí aquí, y regresé el pasado mes de diciembre —contestó—. Entre la universidad y mi trabajo en Charlotte, he estado unos diez años fuera. Tú no eres de aquí, ¿verdad?

—Soy de Raleigh —contestó Colin—. De pequeño pasaba los veranos aquí. También viví aquí algunos meses durante unos años, después del instituto; iba y venía. Ahora ya hace tres años que me he instalado aquí de forma permanente.

—Quizás hayamos sido vecinos y ni lo sabíamos. Yo fui a la Universidad de Carolina del Norte y a la de Duke.

—Vecinos o no, seguro que no nos movíamos en los mismos ambientes.

Ella sonrió.

—Así que… ¿has venido aquí para ir a la universidad?

—Al principio, no. La universidad llegó más tarde. Vine porque mis padres me echaron de casa y no sabía adónde ir. Mi amigo Evan vivía aquí, y me alquiló un apartamento.

—¿Tus padres te echaron de casa?

Él asintió.

—Necesitaba un toque de atención, y ellos me lo dieron.

—Ah. —María intentó mantener la voz neutra.

—No los culpo. Me lo merecía. Yo también me habría echado de casa.

—¿A causa de las peleas?

—Y por más motivos, pero las peleas solo suponían una parte del problema. Era un chico conflictivo. Y después, cuando acabé de estudiar en el instituto, fui un adulto conflictivo durante un tiempo. —La miró con curiosidad—. ¿Y tú? ¿Vives con tus padres?

María negó con la cabeza.

—Tengo un apartamento en Market Street. Aunque los quiero mucho, no podría vivir con mis padres.

—¿A qué se dedican?

—Regentan La Cocina de la Familia. Es un restaurante.

—He oído hablar de él, pero no he estado.

—Deberías ir. La comida es muy buena. Mi madre todavía cocina buena parte de lo que sirven, y el local siempre está a tope.

—Si menciono tu nombre, ¿me harán descuento?

—¿Necesitas un descuento?

—La verdad es que no. Solo me preguntaba hasta qué punto había progresado nuestra relación.

—Ya veré lo que puedo hacer. No creo que pueda conseguirte un trato de favor.

Ya habían llegado a la parte del embarcadero que quedaba sobre la arena; bajaron los peldaños. Él la siguió mientras ella descendía dando unos graciosos saltitos.

—¿Quieres que te acompañe hasta el coche? —ofreció él, mirándola a los ojos.

—No hace falta, no está muy lejos.

Colin se pasó la caña de un hombro al otro, sin ganas de que la noche tocara a su fin.

—Si Serena había planeado salir con sus amigos, ¿qué planes tenías tú para el resto de la noche?

—No tenía planes, ¿por qué?

—¿Quieres que vayamos a algún bar a escuchar música? Ya que estamos aquí y que todavía no es tarde…

Su propuesta pareció tomarla por sorpresa; por un momento, María pensó en decir que no. Se ajustó el bolso al hombro y jugueteó con la hebilla. Mientras Colin esperaba, volvió a pensar que era guapa, con aquellas largas pestañas negras envolviendo sus pensamientos.

—Pensaba que ya no ibas a bares.

—Y no lo hago. Pero podríamos caminar un rato por la playa y escuchar buena música desde donde estemos.

—¿Sabes si hay alguna banda buena?

—No tengo ni idea.

La cara de María reflejaba sus dudas hasta que, de repente, Colin vio que ella cedía.

83

—De acuerdo. Pero no quiero quedarme hasta muy tarde. Quizá solo un paseo por la playa, ¿vale? No quiero estar aquí cuando toda esa gente decida irse a casa.

Colin sonrió, sintiendo una especie de liberación. Alzó la caja de pesca y dijo:

—Solo déjame que pase un momento por el restaurante, para dejar esta caja, ¿vale? No quiero cargar con ella todo el rato.

Regresaron al restaurante; después de que él guardara sus trastos en la zona de los empleados, enfilaron de nuevo hacia la playa. Las estrellas estaban empezando a emerger, como brillantes puntitas de alfiler en el cielo aterciopelado. Las olas continuaban su rítmica danza; la brisa cálida era como una silenciosa bocanada. Mientras caminaban despacio, Colin era consciente de lo cerca que estaba de ella, tan cerca que podía tocarla, pero desechó el pensamiento.

—¿Qué tipo de derecho ejerces?

—Básicamente, defensa en materia de seguros. Investigación y depósitos, negociación, y, como último recurso, litigio.

—¿Y defiendes a compañías de seguros?

—Normalmente, sí. De vez en cuando, nos ponemos del lado de la parte demandante, pero no suele pasar.

—¿Te mantiene ocupada?

—Mucho —asintió ella—. Hay una estrategia para cada caso, y por más que las reglas intentan anticiparse a cualquier posibilidad, siempre existen áreas grises. Digamos que alguien resbala y cae en tu tienda y te denuncia, o que un empleado te denuncia después de que lo hayas despedido, o quizás estáis celebrando la fiesta de cumpleaños de tu hijo y uno de sus amigos sufre un accidente en tu piscina. La compañía de seguros es responsable de la indemnización, pero a veces decide responder a una demanda. Ahí es donde intervenimos nosotros. Porque la otra parte siempre tiene abogados.

—¿Siempre acabáis en los tribunales?

—Yo no. No es mi trabajo. Todavía estoy aprendiendo. El abogado para el que trabajo sí que va de vez en cuando a los tribunales, pero, por suerte, en la mayoría de nuestros casos llegamos a un acuerdo antes de ir a juicio. Al final es más barato, y supone menos molestias para todos los implicados.

—Supongo que sabrás un montón de chistes sobre abogados.

—No tantos. ¿Por qué? ¿Conoces tú alguno?

Colin avanzó un par de pasos. Adoptó un porte serio y dijo:

—El juez le pregunta al acusado: «¿Insiste usted en qué no quiere un abogado que le defienda?» «No señoría, estoy decidido a decir la verdad.»

—Ja, ja, ja.

—Solo estaba bromeando. Soy el primero en apreciar a un buen abogado. Yo he tenido algunos que han sido verdaderos profesionales.

—¿Porque los necesitabas?

—Sí —contestó. Colin sabía que eso suscitaría más preguntas, pero cambió de tema, con la vista fija en el océano—. Me encanta caminar de noche por la playa.

—¿Por qué?

—Es diferente al día, sobre todo cuando hay luna. Me gusta el misterio de pensar que allí dentro puede haber cualquier cosa, nadando justo por debajo de la superficie.

—Un pensamiento estremecedor.

—Por eso estamos aquí, y no en el agua.

Ella sonrió, sorprendida de con qué facilidad habían ido caminando hasta alcanzar la orilla. Ninguno de los dos sentía la necesidad de hablar. Colin se centró en la sensación de sus pies hundiéndose en la arena y la cálida brisa en la cara. Al ver el pelo de María ondulándose al aire, se dio cuenta de que estaba disfrutando de aquel paseo mucho más de lo que habría podido imaginar. Se recordó que eran un par de desconocidos, pero, por alguna razón, no tenía tal impresión.

—Tengo una pregunta, aunque no sé si es demasiado personal —se atrevió María a decir al final.

—Adelante —contestó él, si bien ya sabía qué le iba a preguntar.

—Has dicho que fuiste un adulto conflictivo y que te metiste en un montón de peleas. Y que contaste con el servicio de magníficos abogados.

—Sí.

—¿O sea que te arrestaron?

Colin se ajustó la gorra.

—Sí.

—¿En más de una ocasión?

—Bastantes veces —admitió—. Durante una época, me convertí en una pesadilla para bastantes polis en Raleigh y en Wilmington.

—¿Te condenaron?

—Varias veces.

—¿Fuiste a la cárcel?

—No. Probablemente pasé el equivalente a un año en un centro correccional. No un año seguido, sino un mes, luego dos meses… Nunca pisé la cárcel. Me iban a encerrar (la última pelea acabó muy mal), pero tuve mucha suerte, y aquí estoy.

María bajó la barbilla, sin duda cuestionándose su decisión de pasear con él.

—Cuando dices que tuviste mucha suerte...

Colin dio unos pasos antes de contestar.

—He pasado los últimos tres años en libertad condicional, y todavía me quedan dos años más. Forma parte del trato de favor que recibí. Básicamente, si no me meto en líos durante los próximos dos años, limpiarán mi historial delictivo. Lo que significa que podré dar clases de primaria, y eso es importante para mí. La gente no quiere a un delincuente como maestro de sus hijos. Por otro lado, si meto la pata, el trato quedará invalidado e iré derechito a la cárcel.

—¿Cómo es posible? Me refiero a que limpien por completo tu historial.

—Me diagnosticaron un trastorno violento y un trastorno por estrés postraumático, se consideran atenuantes. ¿Sabes a qué me refiero?

—Es otra forma de decir que no podías dominarte —contestó ella.

Colin se encogió de hombros.

—Eso es lo que dijo el psiquiatra, y, por suerte, yo disponía de mi historial médico para demostrarlo. Hacía años que iba a terapia; había estado tomando medicación de forma periódica, y, como parte del trato, tuve que pasar varios meses en un centro psiquiátrico en Arizona especializado en trastornos violentos.

—Y... cuando volviste a Raleigh, ¿tus padres te echaron de casa?

—Sí, pero todo eso junto (las peleas y la condena a la cárcel, el trato de favor, el tiempo que pasé en el centro psiquiátrico, y de repente verme forzado a apañarme por mí mismo) me llevó a una introspección seria, y me di cuenta de que estaba cansado de la vida que llevaba. Estaba cansado de ser quien era. No quería ser el chico con fama de dar una patada a alguien que estaba tendido en el suelo, quería que me conocieran como... un amigo, alguien en quien se puede confiar. O, por lo menos, un chico con un futuro por delante. Así que dejé de salir de juerga y centré toda mi energía en entrenar, ir a la universidad y trabajar.

—¿Así de sencillo?

—No es tan sencillo como suena, pero sí... ese era el plan.

—La gente no cambia de la noche a la mañana.

—No me quedaba otra alternativa.

—Sin embargo...

—No me malinterpretes. No intento excusarme por lo que hice. A pesar de lo que los médicos decían sobre si era posible o no que controlara mi conducta, sabía que no estaba bien de la cabeza, pero me importaba un bledo mi posible rehabilitación. En vez de eso, fumaba porros, bebía, destrozaba coches, entraba sin permiso en la casa de veraneo de mis padres y me arrestaban una y otra vez por pelear-me en locales públicos. Durante mucho tiempo, lo único que me im-portó fue pasarlo bien a toda costa.

—¿Y ahora sí que te importa tu bienestar?

—Mucho. Y no tengo ninguna intención de volver a caer en vie-jos hábitos no saludables.

Colin sintió la mirada crítica de María; notó que intentaba entre-lazar el pasado que le había descrito con el hombre que tenía delante.

—Puedo entender el trastorno violento, pero ¿un trastorno por estrés postraumático?

—Sí.

—¿Qué te pasó?

—¿De verdad quieres que te lo cuente? Es una larga historia. —Cuando ella asintió, él continuó—: Tal como he dicho, fui un niño conflictivo: a los once años era incontrolable. Al final, mis padres me enviaron a una academia militar, un sitio de pesadilla. Entre los alumnos de los últimos cursos circulaba esa horrenda mentalidad de *El señor de las moscas*, sobre todo con los recién llegados. Al princi-pio se trató de pequeñas novatadas: quitarme la leche o el postre en la cafetería, u obligarme a lustrarles los zapatos o a hacerles la cama mientras otro chico ponía mi habitación patas arriba; pero algunos de esos tipos eran diferentes…, verdaderos sádicos. Me azotaban con toallas mojadas después de la ducha, o se acercaban a mí con sigilo por la espalda, mientras estaba estudiando, y me cubrían con una manta, para acto seguido molerme a palos. Al cabo de unos meses, empezaron a atacarme por la noche, mientras dormía. En aquella época, era bajito y cometía el error de llorar mucho, lo que los incita-ba a ser más crueles. Se podría decir que me convertí en su blanco preferido. Venían a verme dos o tres noches por semana, siempre con una manta, siempre con puñetazos; me daban unas palizas tre-mendas, mientras me decían que estaría muerto antes de que acaba-ra el año. Yo estaba al borde de un ataque de nervios todo el tiempo. Intentaba mantenerme despierto, y daba un respingo ante el míni-mo ruido, pero no podía evitar quedarme dormido. Ellos se tomaban su tiempo y esperaban hasta que caía rendido. Esa clase de salvajadas duraron meses. Todavía tengo pesadillas al respecto.

—¿Se lo contaste a alguien?

—Por supuesto que lo hice. Se lo conté a todo el mundo: al co-mandante, a mis profesores, al terapeuta, incluso a mis padres. Na-die me creía. Me decían que dejase de mentir y de gimotear, y que me curtiera.

—Es terrible…

87

—Sin duda. Solo era un chiquillo. Un día decidí que tenía que salir de allí antes de que esos desalmados se pasaran de la raya y no pudiera contarlo, así que actué en rebeldía. Robé un bote de aerosol, me fui al pueblo y pinté el edificio de la Administración. Terminaron por echarme, que era precisamente lo que yo quería. —Aspiró hondo—. De todos modos, al cabo de dos años cerraron la academia, después de que la prensa local aireara las malas prácticas en aquella institución. Un chico murió. Un chico joven, de mi edad. Yo no era uno de los estudiantes mencionados en el artículo, pero salió en las noticias nacionales durante unos días. Penas criminales y civiles. Algunos terminaron en prisión. Y mis padres se sintieron fatal cuando se enteraron, porque no me habían creído. Tal vez por eso aguantaron todas mis locuras durante tanto tiempo después de que me graduara. Porque todavía se sentían culpables.

—Así que después de que te echaran...

—Fui a otra academia militar; me juré a mí mismo que no permitiría que nadie me golpeara de nuevo. En el futuro, sería yo quien propinaría el primer puñetazo. Así que aprendí a luchar de forma profesional. Estudiaba, practicaba; si alguien me agarraba, perdía el mundo de vista. Era como si fuera un niño pequeño otra vez. Me expulsaron de varias academias, a duras penas conseguía sacar adelante los estudios, y cuando por fin me gradué, la bola se hizo más grande. Ya te he dicho que no estaba muy bien de la cabeza. —Dio unos pasos en silencio—. Resumiendo, todo eso salió a la luz durante el juicio.

—¿Qué tal es tu relación con tus padres, ahora?

—Al igual que con mis hermanas, es un proceso lento. De momento tienen una orden de alejamiento contra mí.

María se quedó boquiabierta. Colin continuó:

—Estaba discutiendo con mis padres la noche antes de ir al centro psiquiátrico en Arizona, y acabé por estampar a mi padre contra la pared. No pensaba hacerle daño, y se lo dije repetidas veces, solo quería que me escuchara, pero los dos se asustaron mucho. No presentaron cargos (si no, no estaría aquí), pero consiguieron una orden de alejamiento que me prohíbe estar en su casa. Ahora se han relajado, pero la orden sigue vigente, probablemente para que no se me ocurra pensar en volver a instalarme en su casa.

Ella lo estudió.

—Aún no comprendo cómo has podido... simplemente cambiar. Quiero decir, ¿y si vuelves a ponerte violento?

—Todavía me enfado. Todo el mundo se enfada. Pero he aprendido a controlar mis impulsos de forma diferente. Como, por ejemplo, no ir a bares ni tomar drogas, y nunca bebo más de un par de cervezas cuando salgo con amigos. Además, el hecho de estar en buena forma física, de entrenar duro, de ponerme a prueba en el gimnasio, me ayuda a controlarme. También aprendí un montón de técnicas útiles en el centro psiquiátrico, diferentes formas de abordar los problemas. Al final, fue una de las mejores experiencias de mi vida.

—¿Qué aprendiste, en ese centro?

—A respirar hondo, a apartarme de los conflictos, a dejar que los pensamientos se diluyan o a intentar identificar una emoción cuando aparece con la esperanza de reducir su poder... No es fácil, pero después de cierto tiempo se convierte en un hábito. Requiere mucho esfuerzo y mucho pensamiento consciente, pero, de no recurrir a todas esas prácticas, probablemente tendría que volver a medicarme con litio, y detesto esa droga. A mucha gente le funciona, pero yo no me sentía bien cuando la tomaba. Era como si una parte de mí no estuviera viva. Y siempre tenía hambre, por más que comiera. Al final engordé bastante. Prefiero entrenar varias horas al día, hacer yoga, meditar y evitar lugares donde podría meterme en líos.

—¿Funciona?

—De momento, sí —contestó él—. Gano la batalla día a día.

Mientras seguían caminando por la playa, la música se iba gradualmente amortiguando con el sonido de las olas que rompían en la orilla. Más allá de las dunas, los locales cedían protagonismo a las casas, con las luces encendidas. La luna se había elevado en el cielo, bañando el mundo con un brillo etéreo. Cangrejos fantasma correteaban de un agujero al siguiente, esquivando a la pareja que se acercaba con paso lento.

—No tienes reparos en hablar de tu pasado —observó María.

—Me limito a contestar tus preguntas.

—¿No te preocupa lo que pienso?

—La verdad es que no.

—¿No te importa lo que los demás piensen de ti?

—Hasta cierto punto. Todo el mundo lo hace. Pero si vas a juzgarme, necesitas saber quién soy en realidad, no solo la parte que decida contarte. Prefiero ser honesto y dejar que tú decidas si quieres seguir hablándome o no.

—¿Siempre has sido así? —Lo observó con genuina curiosidad.

—¿A qué te refieres?

—¿Honesto respecto... a todo?

—No —dijo—. Eso fue después de salir del centro psiquiátrico. Junto con todos los otros cambios que decidí aplicar a mi vida.

—¿Cómo reacciona la gente?

—La mayoría no sabe qué pensar. Sobre todo al principio. Evan todavía no lo sabe. Y creo que tú tampoco. Pero para mí es importante ser sincero. Sobre todo con los amigos, o con alguien que creo que puedo volver a ver.

—¿Por eso me lo has contado? ¿Porque crees que nos volveremos a ver?

—Sí —contestó él.

Durante unos segundos, María no supo qué pensar.

—Eres un tipo interesante —concluyó.

—Ha sido una vida interesante —admitió él—. Pero tú también eres interesante.

—Te aseguro que, comparada contigo, me definiría como la persona menos interesante que hay sobre la faz de la Tierra.

—Quizá, o quizá no. Pero todavía no has salido corriendo.

—Aún puedo hacerlo. En cierto modo, intimidas.

—No es verdad.

—¿Para una chica como yo? Créeme, intimidas. Probablemente es la primera vez que paso una noche con un chico que habla de pisotear la cabeza de otros en peleas o de estampar a su padre contra la pared.

—O al que han arrestado. O que ha estado internado en un centro psiquiátrico...

90

—Eso también.

—¿Y?

María se apartó unos mechones que la brisa le pegaba a la cara.

—Todavía estoy decidiendo. De momento, no tengo ni idea de qué pensar sobre todo lo que me has contado. Pero, si salgo corriendo de repente, no intentes seguirme, ¿de acuerdo?

—Trato hecho.

—¿Le has contado algo de esto a Serena?

—No —dijo Colin—. A diferencia de ti, ella no preguntó.

—Pero ¿lo habrías hecho?

—Probablemente sí.

—Claro que sí.

—¿Y si hablamos un rato de ti, para cambiar de tema? ¿Te sentirías mejor si lo hiciéramos?

María esbozó una sonrisa mordaz.

—No hay mucho que contar. Ya te he hablado un poco de mi familia; ya sabes que crecí en esta ciudad y que fui a la Universidad de Carolina del Norte y a la de Duke, y que trabajo de abogada. Mi pasado no es tan... colorido como el tuyo.

—Eso es bueno —admitió él.

Ambos dieron media vuelta a la vez e iniciaron el camino de regreso.

De repente, María se detuvo un momento, con una mueca de dolor. Se agarró al brazo de Colin para mantener el equilibrio y levantó un pie de la arena.

—Espera un momento. Estas sandalias me están matando.

Él observó cómo se quitaba las sandalias. Cuando, finalmente, María se soltó de su brazo, siguió notando el contacto de su piel.

—Mejor, gracias —dijo ella.

Reanudaron la marcha, esta vez más despacio. En la terraza de Crabby Pete's, el grupo de gente era más numeroso. Colin pensó que el resto de los bares estarían igual de llenos. Sobre sus cabezas, la mayoría de las estrellas habían desaparecido bajo el resplandor de la luna. En el cómodo silencio, se encontró admirando los rasgos de María: los pómulos y los labios carnosos, la curva de las pestañas sobre su piel perfecta.

—Estás muy callada —comentó.

—Estoy intentando asimilar todo lo que me has contado. Es mucha información.

—Lo entiendo.

—Diría que eres diferente.

—¿En qué sentido?

—Antes de aceptar el puesto de trabajo en Wilmington, era la ayudante del fiscal del distrito en Charlotte.

—¿En serio?

—Durante un poco más de tres años. Fue mi primer trabajo después de licenciarme.

—¿Así que estás más acostumbrada a lidiar con tipos como yo que a salir con ellos?

María asintió con la cabeza y continuó:

—Más que eso. La mayoría de la gente elige la forma como quiere contar sus historias. Siempre hay una parte positiva en el relato, y de ese modo enmarca las historias, pero tú…, tú eres tan objetivo… Es casi como si estuvieras describiendo a otra persona.

—Algunas veces incluso yo tengo esa impresión.

—No sé si yo sería capaz de hacerlo. —Frunció el ceño y continuó—: La verdad es que no sé si querría hacerlo, por lo menos, hasta el punto en que lo haces tú.

—Hablas como Evan. —Colin sonrió—. ¿Te gustó trabajar en la oficina del fiscal del distrito?

—Al principio estaba bien. Y he de admitir que fue una gran experiencia. Pero, después de un tiempo, me di cuenta de que no era lo que pensaba.

—¿Como pasear conmigo?

91

—Más o menos —contestó ella—. En la Facultad de Derecho pensaba que estar en una sala de audiencia sería más o menos como lo que uno ve en la tele. Quiero decir, sabía que sería diferente, pero no estaba preparada para algo tan distinto. Tenía la impresión de estar siempre juzgando a la misma persona, con el mismo historial, una y otra vez. El fiscal del distrito se quedaba con los casos más gordos, pero los sospechosos con los que yo trataba eran como clichés; normalmente, era gente pobre y desempleada con pocos estudios, y solía haber drogas y alcohol de por medio. Y así todos los días. Siempre había casos, muchos casos. Detestaba ir a la oficina los lunes por la mañana porque sabía lo que me aguardaba sobre la mesa. La gran cantidad de carpetas me obligaba a posicionarme, a tener que dar prioridad a unos casos y a estar continuamente negociando acuerdos judiciales. Todos sabemos que los asesinatos y los intentos de asesinato o crímenes con armas son un tema serio, pero ¿cómo das prioridad al resto de los casos? ¿Es un chico que roba un coche peor que un chico que entra sigilosamente en casa de alguien y roba algunas joyas? ¿Y cómo compararías uno de esos casos en que una secretaria malversa fondos de la empresa donde trabaja? Pero hay tanto margen en el expediente judicial… Incluso cuando el caso más extraño va a juicio, no es lo que sabes que había sucedido, sino lo que puedes probar más allá de una duda razonable, y ahí es donde se complica el asunto.

»La gente cree que tenemos recursos ilimitados para procesar, con capacidad forense y testigos expertos a mano, pero no es así. El cotejo de datos de ADN puede llevar meses, a menos que sea un caso flagrante. Los testigos son increíblemente inconsistentes. Las pruebas son ambiguas. E insisto: hay tantos casos…, aunque realmente quisiera ahondar en un delito en particular, tendría que olvidarme del resto de las carpetas que había sobre mi mesa. Así que lo más normal, lo más pragmático era llegar a un trato con el abogado de la parte contraria, para que el sujeto declarase un delito menos grave.

María propinó un puntapié a la arena y luego arrastró los pies.

—Me veía constantemente atrapada en situaciones en las que la gente esperaba resultados que yo no podía ofrecer, y acababa por ser la mala de la película. Según su punto de vista, los sospechosos habían cometido un delito y debían pagar por ello, lo que para las víctimas casi siempre quería decir un tiempo en prisión o una indemnización, lo cual no era posible. Por consiguiente, los oficiales encargados de la detención no quedaban satisfechos, las víctimas tampoco, y yo me sentía como si fallara a todos por igual. Y, en cierto modo, lo hacía. Al final caí en la cuenta de que yo no era más que una tuerca en la rueda del engranaje de aquella averiada máquina gigantesca.

María ralentizó sus pasos y se arrebujó en el jersey para protegerse del viento.

—En este mundo no hay más que… maldad. No te creerías los casos que llegaban a mi despacho. Una madre que prostituía a su hija de seis años para comprar drogas, o un hombre que había violado a una mujer de noventa años. Es suficiente como para perder la fe en la humanidad. Y dado que existe esa enorme carga de que has de perseguir a los sospechosos más terribles, eso significa que otros delincuentes se salvan del castigo que merecen y acaban de nuevo en la calle. Y a veces…

Sacudió la cabeza.

—Bueno, la cuestión es que en los últimos meses que estuve allí, apenas dormía y empecé a sufrir extraños ataques de pánico cuando estaba en el trabajo. Una mañana, entré en la oficina y supe que no lo soportaba más, así que fui al despacho de mi jefe y presenté la dimisión. Ni siquiera había tenido tiempo de encontrar otro trabajo.

—Suena como la clase de empleo que te chupa la sangre.

—Así es. —Sonrió con tristeza; su cara mostraba un cúmulo de emociones enfrentadas.

—¿Y?

—¿Y qué?

—¿Quieres hablar de ello?

—¿Hablar de qué?

—¿De la verdadera razón por la que dimitiste? ¿Lo que originó los ataques de pánico?

Sorprendida, María se volvió hacia él.

—¿Cómo puedes saber una cosa así?

—No lo sé. Pero si llevabas varios años en el puesto, es posible que pasara algo específico. Algo malo. Y supongo que se trataba de algún caso, ¿no?

María se detuvo y desvió la vista hacia el agua. La sombra de la luz de la luna acentuaba su expresión, una mezcla de tristeza y de sentimiento de culpa que derivó en una pena fugaz que a Colin le sorprendió.

—Eres muy intuitivo. —María entornó los ojos y los mantuvo cerrados durante un momento—. No puedo creer que esté a punto de contarte esto.

Colin no dijo nada. En ese momento, habían casi llegado al punto por donde habían entrado en la playa, donde una cacofonía de mú-

93

sica era ahora audible por encima del sonido de las olas. Ella señaló hacia la duna.

—¿Te importa si nos sentamos?

—En absoluto.

María se desprendió del bolso y de las sandalias y se sentó. Colin se acomodó a su lado.

—Cassie Manning —pronunció María—. Ese era su nombre… Casi nunca hablo de ella. Es una historia que no me gusta revivir. —Su voz era tensa y controlada—. Recibí el caso unos tres o cuatro meses después de empezar a trabajar en la oficina del fiscal del distrito. Al leerlo me pareció otro caso más. Cassie salía con un chico, un día discutieron, la discusión subió de tono y el chico se puso violento. Cassie acabó en el hospital con un ojo morado, el labio partido, un corte y magulladuras en el pómulo. En otras palabras, no se trataba de un puñetazo, sino de una paliza. El tipo se llamaba Gerald Laws.

—¿Laws? ¿Cómo «leyes» en inglés?

—He intentado encontrar la ironía, aunque no la veo por ninguna parte. El caso no terminó de la forma típica, ni por asomo. Por lo visto, llevaban seis meses saliendo, y al principio de la relación, Cassie pensó que Laws era increíblemente encantador. La escuchaba, le abría la puerta, todo un caballero, pero, al cabo de unos meses, empezó a fijarse en ciertos aspectos de su personalidad que no le gustaron. Él empezó a ponerse celoso y a mostrarse posesivo. Cassie me dijo que él se enfadaba si ella no contestaba inmediatamente cuando la llamaba; empezó a presentarse en la consulta cuando ella salía del trabajo (era enfermera en una consulta pediátrica), y una vez, mientras Cassie estaba almorzando con su hermano, vio a Laws en la otra punta del bar, solo, sin apartar la vista de ella. Sabía que él la había seguido hasta allí y eso la asustó.

»Cuando él volvió a llamarla, Cassie le dijo que quería interrumpir la relación. Él accedió, pero no tardó en darse cuenta de que él la seguía. Lo veía en la oficina de correos, o cuando salía de la consulta del pediatra, o cuando salía a correr. Además, empezó a recibir llamadas en las que nadie hablaba al otro extremo de la línea. Entonces, una noche, Laws se personó en su casa y le dijo que quería disculparse, y contra su buen criterio, lo dejó pasar. Una vez dentro, él intentó convencerla para que volvieran a salir juntos. Cuando ella dijo que no, él la agarró del brazo y ella opuso resistencia. Cassie terminó por atizarle con un jarrón. Acto seguido, él la tiró al suelo y… se ensañó con ella. Por suerte, había un policía en la zona; después de recibir una llamada del 911 (los vecinos habían oído gritos), se presentó en la casa al cabo de unos minutos. Laws la tenía inmovilizada en el suelo y la estaba moliendo a puñetazos. Había sangre por doquier. Más tarde se supo que la sangre provenía de un corte en la oreja de Laws, que Cassie le había causado cuando le había golpeado con el jarrón. El policía tuvo que usar una pistola paralizante para reducirlo. Cuando inspeccionaron su coche, encontraron cinta adhesiva, una cuerda, un par de cuchillos y material para filmar. Todo muy aterrador. Cuando hablé con Cassie, me dijo que ese tipo estaba loco y que ella temía por su vida. Su familia también. Su madre, su padre y su hermano pequeño pedían que encerraran a Laws en prisión tanto tiempo como fuera posible.

María hundió los pies en la arena.

—Yo también esperaba que lo encerraran. No me cabía la menor duda de que ese tipo tenía que estar apartado de la sociedad. Pero, según la ley en Carolina del Norte, Laws podía ser acusado, bien de delito menor clase C, lo que significa que había intención de homicidio, o bien de delito menor clase E, o sea, que no había intención de homicidio. La familia, el padre en particular, quería que lo acusaran de un delito menor clase C, para que pasara entre tres y siete años en la cárcel. El policía que se había encargado de la detención también creía que Laws era peligroso. Pero, por desgracia, el fiscal no pensaba que pudiéramos aportar pruebas de intento de homicidio, ya que era refutable que los objetos encontrados en el coche estuvieran relacionados con Cassie. Ni tampoco sus heridas eran una muestra de amenaza para su vida. Cassie también tenía un pequeño problema de credibilidad… Aunque prácticamente todo lo que había contado sobre el comportamiento de Laws en el pasado era cierto, también lo acusó de cosas que, en realidad, no había hecho. En cuanto a Laws, tenía aspecto de hombre pacífico. Trabajaba en un banco, en la sección de créditos, y carecía de historial delictivo. Para el fiscal habría sido una pesadilla en el estrado. Así que tras la negociación de los cargos y las penas, acabamos por admitir que Laws se declarara culpable de un asalto, considerado delito menor, por el que fue condenado a un año de prisión, y allí fue donde me equivoqué. Porque Laws era muy peligroso.

María hizo una pausa para recomponer los pensamientos y seguir narrando la historia.

—Laws estuvo nueve meses en prisión, ya que había cumplido tres meses mientras estaba pendiente de juicio. Le escribía cartas a Cassie día sí y día no, pidiéndole perdón por lo que había hecho y suplicándole que le diera otra oportunidad. Ella nunca contestó; al cabo de un tiempo, ya ni siquiera las abría, pero las guardó porque toda-

NICHOLAS SPARKS

vía tenía miedo de él. Más tarde, cuando examinamos las cartas con detenimiento, detectamos un cambio en el tono a medida que transcurrían los meses. Laws se estaba enojando más y más porque ella no contestaba. Si Cassie las hubiera leído y las hubiera llevado al Departamento del Fiscal del Distrito...

Clavó la vista en la arena.

—Tan pronto como salió de prisión, Laws se presentó en su casa. Ella le cerró la puerta en las narices y llamó a la policía. Tenía una orden de alejamiento contra él; cuando la policía habló con Laws, prometió que no se acercaría a Cassie. Lo único que sacó de aquel intento fallido fue que tenía que actuar con más cautela. Empezó a enviarle flores de forma anónima; envenenó a su gato. Ella encontró ramos de rosas muertas en la puerta de su casa; incluso le reventó las ruedas del coche.

María tragó saliva, visiblemente afectada. Cuando continuó, su voz era más ronca:

—Y entonces, una noche, mientras Cassie se dirigía a casa de su novio (por entonces, salía con otro chico), Laws la estaba esperando. Su novio vio cómo Laws la agarraba en medio de la acera y la obligaba a entrar en su coche, y no pudo hacer nada por detenerlo. Al cabo de dos días, la policía encontró el cuerpo de Cassie en una vieja cabaña junto al lago. Laws la había atado y la había golpeado sin piedad, luego incendió la cabaña, y después se suicidó de un tiro, pero no se sabe si ella todavía estaba viva cuando la cabaña ardió... —María cerró los ojos—. Tuvieron que identificar los cuerpos a través de las dentaduras.

Colin permaneció en silencio, consciente de que ella estaba reviviendo el pasado e intentando superarlo.

—Fui a su funeral —consiguió continuar María—. Sé que probablemente no debería haberlo hecho, pero sentía que tenía que ir. Llegué tarde y me senté en la última fila. La iglesia estaba llena, pero, con todo, podía ver a la familia. La madre no paraba de llorar. Estaba casi histérica, y el padre y el hermano estaban... pálidos. Yo estaba a punto de vomitar; solo esperaba que la familia pudiera cerrar aquel trágico capítulo. Pero no fue así.

María se volvió hacia Colin.

—La tragedia... destrozó a la familia. Quiero decir, todos ellos eran un poco peculiares, pero aquello se convirtió en una catástrofe. Al cabo de unos meses del asesinato, la madre de Cassie se suicidó, y a su padre le retiraron el seguro médico. Siempre pensé que su hermano era bastante raro... Bueno, de todos modos, fue entonces cuando empecé a recibir aquellas notas terribles.

Las recibía en casa y en el despacho, en sobres distintos, normalmente con solo una o dos frases. Eran horribles..., me insultaban, exigían saber por qué odiaba a Cassie o por qué quería herir a su familia. La policía habló con el hermano y las notas cesaron. Al menos, durante un tiempo. Pero cuando empecé a recibirlas de nuevo, eran... distintas. Más amenazadoras. Aterradoras. Así que la policía volvió a hablar con él. Negó que fuera responsable e insistió en que yo tenía una manía persecutoria contra su familia, y que la policía estaba compinchada conmigo. Terminó internado en un centro psiquiátrico. Entre tanto, el padre amenazó con denunciarme. La policía teorizó que quizás el novio de Cassie fuera responsable de las notas. Por supuesto, cuando la policía habló con él, también lo negó. Entonces empezaron los ataques de pánico. Tenía la impresión de que, fuera quien fuese el autor de dichas notas, nunca me dejaría en paz, y por eso decidí que tenía que volver a casa.

Colin no dijo nada. Sabía que no había nada que pudiera decir para que ella interpretara lo sucedido bajo un prisma diferente.

—Debería haber escuchado a la familia. Y al policía.

Colin clavó la vista en las olas, en su ritmo incesante y sosegado. Ante su silencio, ella se volvió para mirarle.

—¿No te parece?

Él eligió las palabras con cuidado.

—Cuesta mucho contestar esa pregunta.

—¿Por qué?

—Por tu forma de formularla, es evidente que opinas que sí, pero si te doy la razón, probablemente te sentirás peor. Si digo que no, desestimarás mi respuesta porque ya has decidido que la respuesta debería ser que sí.

María abrió la boca para protestar, pero volvió a cerrarla.

—No estoy segura de cómo encajar tu comentario.

—No digas nada.

Ella suspiró y apoyó la barbilla en las rodillas.

—Debería haber presionado al fiscal del distrito e insistir para que acusáramos a Laws de felonía.

—Quizá. Pero aunque lo hubieras hecho (y aunque Laws hubiera pasado más tiempo en prisión) es probable que el resultado hubiera sido el mismo. Estaba obsesionado con ella. Y, por si te interesa, de haber estado en tu lugar, probablemente yo habría hecho lo mismo.

—Lo sé, pero...

—¿Has hablado con alguien sobre este caso?

—¿Te refieres a un terapeuta? No.

97

Él asintió.

—Vale.

—¿No vas a decirme que debería hacerlo?

—Yo no doy consejos —dijo él.

—¿Nunca?

Colin sacudió la cabeza.

—De todos modos, no necesitas mi consejo. Si consideras que unas sesiones de terapia pueden ayudarte, inténtalo. Si no lo crees, no lo hagas. Solo puedo decir que, en mi experiencia, ha sido beneficioso.

María no se movió. Colin no sabía si le había gustado su respuesta.

—Gracias —dijo al final.

—¿Por qué?

—Por escucharme… y por no intentar darme consejos.

Colin asintió, estudiando el horizonte. En esos momentos se podían ver más estrellas. Venus resplandecía en la zona más meridional del cielo, brillante y constante. Un grupo de gente se había acercado a la playa; sus risas inundaban el aire de la noche. Sentado al lado de María, Colin tenía la impresión de conocerla desde hacía mucho más que apenas una hora. Sintió una punzada de tristeza al pensar que la noche tocaba a su fin.

98

Pero no le quedaba ninguna duda, a juzgar por la postura rígida que María había adoptado de golpe. La observó mientras ella resoplaba despacio antes de que desviara la vista hacia el paseo marítimo.

—Será mejor que me vaya —dijo María.

—Yo también —convino él, intentando ocultar su reticencia—. Todavía he de ir al gimnasio esta noche.

Se levantaron del suelo y él la observó mientras María se sacudía la arena antes de ponerse las sandalias. Iniciaron el camino de vuelta hacia las dunas que flanqueaban el paseo marítimo; la música subía de volumen con cada nuevo paso. Cuando abandonaron la playa y pisaron terreno sólido, el paseo marítimo estaba a rebosar; un hervidero de gente ya disfrutaba de la noche del sábado.

Él permaneció pegado a su lado, abriéndose paso entre los transeúntes hasta que llegaron a la calle, donde el ambiente era más tranquilo. Para sorpresa de él, María no se separó; sus hombros se rozaban de vez en cuando. Colin aún podía notar la sensación de su mano en el brazo, cuando ella se había apoyado para quitarse las sandalias.

—¿Tienes planes para mañana? —preguntó él al final.

—Los domingos siempre almuerzo con mis padres; después, probablemente salga a practicar surf de remo.

—¿Ah, sí?

—Es divertido. ¿Lo has probado alguna vez?

—No. Tengo ganas de probarlo, pero aún no he tenido la ocasión.

—¿Demasiado ocupado con los entrenos serios?

—Demasiado vago —admitió él.

María sonrió.

—¿Y tú? ¿Tienes planes?

—No. Saldré a correr, cortaré el césped, cambiaré el alternador en mi coche. Todavía no arranca bien.

—Quizá sea la batería.

—¿No crees que ya he revisado eso primero?

—No lo sé. ¿Lo has hecho?

Colin detectó cierto retintín en su tono.

—Y además del arduo trabajo en el jardín y con el coche, ¿qué otras actividades tienes programadas?

—Ir al gimnasio. Los domingos por la mañana hay una sesión especial. Probablemente también haga un poco de lucha y abdominales, y practique con el saco de boxeo, ejercicios por el estilo. Todd Daly, el dueño del gimnasio, suele darnos caña. Es un luchador retirado de la UFC, la Ultimate Fighting Championship, una organización de combates de artes marciales mixtas, de las más importantes del mundo. Nos entrena como si fuera un sargento sin piedad.

—Pero, si quisieras, probablemente lo tumbarías, ¿no?

—¿A Daly? ¡Imposible!

A María le gustó que él lo hubiera admitido.

—¿Y después del gimnasio?

—Nada. Probablemente, estudiaré un rato.

En ese momento, llegaron a otra calle cercana al Crabby Pete's. Colin reconoció el coche de María de la noche en que le había cambiado la rueda. Cuando llegaron al vehículo, ninguno de los dos parecía saber qué decir. Colin notó la mirada intensa de María, casi como si lo viera por primera vez.

—Gracias por acompañarme hasta el coche.

—Gracias por el paseo por la playa.

Ella alzó la barbilla levemente.

—Una pregunta más.

—Dime.

—¿Hablabas en serio cuando decías que te gustaría probar el surf de remo?

—Sí.

María le regaló una mirada tímida.

—¿Te gustaría ir conmigo, mañana?

—Sí —contestó él, sintiendo un placer inesperado—. Me encantaría. ¿A qué hora?

99

—¿A eso de las dos? Podemos ir a Masonboro Island. Cuesta un poco llegar hasta allí, pero vale la pena.

—Me parece genial. ¿Dónde quieres que nos encontremos?

—El aparcamiento no es una buena idea. La única forma de llegar allí es conducir a lo largo de la playa de Wrightsville, hasta el final de la isla. Será mejor que aparques en la calle. No olvides llevar algunas monedas para el parquímetro. Nos encontraremos allí.

—¿Hay algún lugar donde alquilen tablas?

—No te preocupes. Tengo dos. Puedes usar la mía de principiante.

—Fantástico.

—Te advierto de que es de color fucsia. Con adhesivos de conejitos y flores.

—¿Lo dices en serio?

Ella rio como una niña traviesa.

—Era broma. ¿Sabes? Lo he pasado muy bien esta noche, y eso que no me lo esperaba.

—Yo también. Y me apetece mucho el plan de mañana.

María accionó el seguro del coche, él le abrió la puerta y la observó mientras ella se metía dentro. Al cabo de un momento, el vehículo daba marcha atrás y salía del aparcamiento mientras Colin se quedaba de pie. La noche podría haber terminado allí, pero ella frenó de repente, bajó la ventana y asomó la cabeza.

—¡Colin! —gritó.

—¿Sí?

—Cuando entrenes mañana por la mañana en el gimnasio, procura que no te golpeen en la cara, ¿de acuerdo?

Él sonrió, mirando cómo el coche ascendía por la avenida, preguntándose en qué embrollo se estaba metiendo. Le había sorprendido su propuesta; mientras enfilaba hacia el Camaro, revivió la noche, intentando averiguar el porqué de aquella invitación. Fueran cuales fuesen los motivos de María, no podía negar que se había alegrado.

Quería volver a verla.

No le quedaba ninguna duda al respecto.

Capítulo 6

María

—¡*S*abía que te gustaría! —exclamó Serena—. ¿Tenía o no razón?

Era domingo por la mañana, y, como de costumbre, María estaba con su hermana en el porche trasero de la casa de sus padres, mientras su madre preparaba el almuerzo. Su padre había sacado a pasear a *Copo*, que estaba limpio y esponjoso, con un lazo rosa al lado de la oreja.

—No he dicho que me guste —respondió María—, he dicho que me parece interesante.

—Pero también has dicho que has quedado con él hoy. En biquini.

—No pienso ir en biquini.

—¿Por qué?

—Porque no soy como tú, ¿vale? Me sentiría incómoda.

—Pues será mejor que muestres un poco de piel, porque, créeme, querrás que él se quite la camiseta. Y eso de la curiosidad funciona en ambos sentidos.

—No quiero que se lleve una idea equivocada.

—Tienes razón. Será mejor que te pongas un chándal viejo o algo por el estilo. No importa cómo vayas vestida. Pero me alegro de que tengas una cita.

—No intentes convertir este encuentro en algo que no es. No es una cita. Solo saldremos a practicar surf de remo.

—Sí, ya… —asintió Serena—. Lo que tú digas.

—No sé ni por qué intento hablar contigo sobre estas cosas.

—Me lo cuentas porque sabes que te diré la verdad. Ese es el motivo por el que, por supuesto, los dos os lleváis tan bien. Porque Colin es como yo.

—Sí, claro, tienes razón. O sea, que saldré con mi hermanita pequeña.

—A mí no me culpes. Yo no lo seguí hasta el embarcadero.

—¡No lo seguí hasta el embarcadero!

Serena rio divertida.

—Últimamente estás muy irritable. Pero, si quieres mi consejo, yo llevaría puesto el biquini debajo del viejo chándal, ¿vale? Por si hace demasiado calor. Porque hoy será un día caluroso.

—¿Podemos cambiar de tema y hablar de ti? ¿Qué tal el resto de la noche?

—No hay mucho que contar. Fuimos a varios bares, y luego a una fiesta. El típico sábado por la noche.

—¿Qué tal con Steve?

—Es un tanto pegajoso. No sé si me interesa una relación así. Pero volvamos a Colin. Está buenísimo.

—Sí, ya me he dado cuenta.

—¿Te dio un beso de despedida?

—No, y yo no quería que lo hiciera.

—Eso está bien. Mejor hacerte de rogar. A los chicos les gusta esa actitud. —María esbozó una mueca de fastidio, y Serena volvió a reír divertida—. Vale, vale, ya lo dejo. Pero estoy encantada con vuestro plan. No solo tienes una cita, una cita de verdad, por más que te niegues a aceptarlo, sino que además fuiste tú quien le pidió a él para quedar. Eres la encarnación de la mujer moderna. Y, para que lo sepas, estoy totalmente celosa de que vayas a verlo sin camisa. No creo que tenga ni un gramo de grasa en todo el cuerpo.

—No puedo confirmarlo. Anoche estaba oscuro, y Colin caminaba a mi lado.

—¡Quiero fotos! De todos modos, siempre llevas encima tu cámara, ¿no? Hazle alguna sin que él se entere.

—No.

—Pensaba que no le negarías a tu hermanita ese pequeño favor, tu hermanita que, mira por dónde, fue quien te lo presentó.

María se quedó pensativa.

—Bueno, quizá.

—Increíble. O mejor aún, saca alguna con el móvil y envíamela para que la cuelgue en Instagram.

—Ni hablar.

—¿Estás segura? No me gustaría tener que decirle a papá que estás saliendo con un exconvicto que está en libertad provisional.

—¡Ni se te ocurra!

—¡Solo bromeaba! De hecho, espero no estar en el mismo estado cuando le sueltes esa bomba. Así que avísame con antelación, ¿de acuerdo?

—Lo haré.

—De todos modos, como mínimo deberías hacerte un selfi con él. Antes de anunciar vuestra relación. De ese modo, estarás segura de que saliste con él, que no fue un sueño, porque nunca volverás a cruzarte con un espécimen similar.

—¿Has terminado?

Serena rio como una niña traviesa.

—Sí, he terminado.

María se fijó en un ruiseñor que acababa de posarse en el comedero que su madre había colgado, con una gracia que la hipnotizó, igual que le pasaba de pequeña. Dentro de casa, podía oír a su madre, que canturreaba para sí, y mientras el aroma a huevos y a judías fritas debería haberle despertado el apetito, en realidad se sentía un tanto nerviosa con los planes de la tarde. Se preguntó si sería capaz de probar bocado.

—Todavía estoy sorprendida del modo en que él... te lo contó todo —dijo Serena.

—Si hubieras estado allí, te habrías quedado pasmada, te lo aseguro.

—Es extraño. Creo que nunca he conocido a alguien así antes.

—¿Me lo dices o me lo cuentas?

103

Al cabo de dos horas, María estaba en su casa, sin saber qué ponerse. El consejo de Serena resonaba en su mente, por lo que le costaba más decidirse. Normalmente no se lo pensaría dos veces: se pondría unos pantalones cortos y un top o la parte de arriba del biquini, y, desde luego, no se habría duchado antes ni se habría puesto maquillaje, ni tampoco habría sentido nervios en el estómago, pero no lo podía remediar. De pie delante de la consola, se debatió entre qué clase de impresión quería dar. ¿Atrevida? ¿Desenfadada? ¿Sexy?

Pensó que para los hombres era mucho más fácil: se ponían una camiseta, chancletas, unos pantalones cortos y enfilaban hacia la puerta. Ella, en cambio, tenía que pensar en cómo de largos debían ser sus pantalones cortos, y decidir hasta qué punto debían ser ceñidos o desgastados, o si debería ponerse los más atrevidos, esos con los bolsillos traseros rotos, o mostrarse un poco más conservadora. ¡Y eso solo hablando de los pantalones! Decidir lo que se pondría arriba aún era más difícil, en especial porque no había decidido si llevaría el biquini o una camiseta de tirantes. A pesar de lo que le había dicho a Serena, era una cita, y dejando de lado el fiasco del fin de semana previo con Jill y Paul, llevaba tiempo sin salir con chicos. Si a ello añadía que desde la noche previa no había dejado de pensar en Colin, María tenía la impresión de que nunca antes se había sentido tan nerviosa.

De todos modos, ¿hasta dónde quería llegar con él? Colin era el tipo de chico que ella solía «procesar» en un juicio. Hasta el día anterior, si alguien le hubiera sugerido que saldría con un tipo con ese historial delictivo, se habría echado a reír a carcajadas, o —lo más probable— se habría sentido ofendida. Debería haberse despedido de él cuando Colin la acompañó hasta el coche la noche anterior y terminar allí la relación. La mera idea de salir juntos aquella tarde se le antojaba absurda, y, sin embargo, había sido ella la que había propuesto el plan, y le costaba recordar exactamente cómo había sucedido o en qué estaba pensando.

Con todo, Colin era... magnético. Fue la palabra que le vino a la mente mientras se duchaba; cuanto más lo pensaba, más apropiado le parecía el adjetivo. Mientras que algunas de sus respuestas la habían dejado descolocada, tenía que admitir que su actitud de «así soy yo en realidad; o me aceptas o no» le parecía sana. Más que eso, tenía la impresión de que el arrepentimiento que mostraba Colin era sincero, y una prueba de ello era lo mucho que había cambiado. No era tan ingenua como para ignorar la posibilidad de que él hubiera estado mintiendo, pero le resultaba imposible casar tal noción con el chico que le había cambiado la rueda, o que había paseado por la playa con ella, o que iba a clase con su hermana con la esperanza de convertirse en maestro. Colin no había intentado seducirla; de no haber ella sugerido que quedaran para practicar surf de remo, no le quedaba la menor duda de que él se habría despedido de ella en el coche sin proponer quedar otra vez.

Tenía que admitir que apreciaba el hecho de que él hubiera sido tan abierto y honesto sobre su pasado. Si Colin hubiera esperado hasta esa tarde para revelar todas las sorpresas, se habría sentido manipulada y enojada, quizás incluso asustada. La química que había sentido de entrada con él habría desaparecido al instante, y se preguntaría en qué más le había mentido. A nadie le gusta que le den gato por liebre.

La verdad era que no conocía a mucha gente que fuera capaz de dar un giro a su vida de ciento ochenta grados, como Colin había hecho. Y aunque ella no sabía en qué desembocaría aquella nueva amistad (ni siquiera si se podía considerar como tal) al final se puso el biquini negro, eligió los pantalones cortos vaqueros más atrevidos (los ajustados con los bolsillos traseros rotos) y una camiseta entallada con el escote en forma de V.

104

Después de todo, Serena tenía razón acerca de algo más: si Colin se quitaba la camiseta —y eso, tenía que admitirlo, no le molestaría lo más mínimo—, entonces, al menos, ella tendría la opción de hacer lo mismo.

Colin estaba apoyado en su coche cuando ella aparcó justo detrás; cuando la saludó, María no pudo evitar quedárselo mirando sin pestañear. Colin llevaba una camiseta gris que le marcaba el torso, desde los hombros tan bien perfilados hasta la estrecha cintura. Las mangas se le aferraban a los brazos bien definidos, e, incluso desde lejos, el intenso color azul grisáceo de sus ojos era visible, resaltado por sus pómulos afilados.

Por más improbable que pudiera parecer, la primera reacción de María fue pensar que cada día estaba más guapo. Cuando él se apartó del coche y sonrió, ella sintió que el corazón le daba un vuelco mientras una vocecita le susurraba: «Si no ando con cuidado, podría acabar metida en un problema serio con este chico».

Apartó el pensamiento de la mente y lo saludó desde dentro del coche. Acto seguido, aspiró hondo y apagó el motor. Cuando abrió la puerta, el calor la asaltó casi de forma inmediata. Por suerte, la humedad era mínima, y la leve brisa era de agradecer.

—¿Qué tal? —dijo ella—. Eres muy puntual.

Vio que Colin llevaba una mochila, una nevera pequeña y un par de toallas. Él se inclinó hacia delante para coger la mochila y se la colgó al hombro.

—He llegado temprano. No sabía si había aparcado en el sitio correcto. Por aquí no hay más coches.

—En la punta de la isla siempre está así de tranquilo —explicó ella—. A la gente no le gusta tener que poner monedas en el parquímetro, lo cual es bueno, porque significa que no hemos de caminar mucho. —Se resguardó del sol con una mano sobre los ojos—. ¿Qué tal en el gimnasio?

—El entreno ha sido un poco más intenso que de costumbre, pero sin morados ni narices rotas.

—Ya lo veo —aseveró ella con una sonrisa—. ¿Y los otros chicos? No habrás lesionado a alguno, ¿no?

—Están bien. —Colin achicó los ojos por el resplandor del sol—. Ahora te toca a ti. ¿Qué tal el almuerzo familiar?

—Tampoco ha habido ningún lesionado ni ninguna nariz rota —bromeó ella, y cuando lo oyó reír, se apresó un mechón de pelo detrás de la oreja al tiempo que se recordaba que no debía dejarse em-

105

belesar—. Lo más grave, sin embargo, es que le he dicho a Serena que había quedado contigo. Pensé que debería avisarte, por si después de clase te persigue para sonsacarte un montón de detalles personales.

—¿Se atreverá a hacerlo?

«No te quepa la menor duda», pensó María, pero contestó:

—Probablemente.

—¿Por qué no te interroga a ti?

—Estoy segura de que me llamará más tarde. Considera que su obligación es entrometerse en mi vida personal.

—Vale. —Colin rio socarronamente—. Por cierto, estás muy guapa.

María notó un intenso rubor en las mejillas.

—Gracias. ¿Estás listo?

—Me muero de ganas.

—Tenemos suerte de que no haya mucho viento. El agua estará perfecta.

Empezó a desatar una de las correas que mantenían las tablas de surf de remo sujetas a la baca del coche. Al ver lo que ella hacía, Colin se acercó para desatar las otras correas. Los músculos en sus antebrazos se movían como las cuerdas de un piano, provocando que su tatuaje se ondulara mientras los dos seguían enfrascados en la labor, uno al lado del otro. Colin olía a sal y a viento, limpio y fresco. Levantó la tabla que estaba encima y la apoyó en el coche antes de hacer lo mismo con la otra.

—¿Qué tal tu equilibrio sobre la tabla? —se interesó él.

—Muy bien. ¿Por qué?

—Porque he traído una nevera pequeña —dijo él, señalando a su espalda—. Me preguntaba si serías capaz de llevarla en la tabla. No creo que mi equilibrio sea lo bastante bueno al principio.

—No cuesta tanto —aclaró ella—. Ya verás cómo le coges el tranquillo. Pero, contestando a tu pregunta, sí, puedo poner la nevera en mi tabla. De hecho, me parece perfecto, porque así me permitirá llevar las toallas. Detesto las toallas mojadas.

Abrió la puerta, sacó la cámara de fotos y las correas para llevar las tablas. Tuvo que hacer un esfuerzo para no mirarlo con descaro. Puso en el suelo las correas, luego las enganchó a las tablas, consciente de que Colin observaba cada uno de sus movimientos. Le gustó sentirse observada. Cuando terminó, él agarró la mochila y las dos tablas. María cogió las toallas y la nevera, y se dirigieron hacia la punta.

—¿Qué hay en la nevera?

—Fruta fresca, frutos secos y un par de botellas de agua.

—Muy sano —comentó ella.

—Soy muy estricto en mi dieta.

—¿Y en la mochila?

—Un Frisbee, una pelota de tela para hacer malabares y protección solar. Por si después nos quedamos un rato en la playa.

—No soy muy buena con el Frisbee. Y, para que lo sepas, nunca he cogido una de esas pelotas de tela para hacer malabares.

—Bueno, los dos probaremos algo nuevo esta tarde.

En la playa, la arena resplandecía bajo la luz del sol, casi blanca. Salvo por un hombre que lanzaba una pelota a su golden retriever en la orilla, esa zona de la playa en la punta de la isla estaba desierta. María levantó la nevera en dirección a la cala.

—Eso es Masonboro Island —dijo.

—Hasta anoche, cuando dijiste el nombre, no había oído hablar de ese lugar.

—Es agreste. No hay carreteras ni merenderos. En verano se llena de barcas, pero últimamente dispongo de todo el espacio para mí. Es tranquilo y bonito, y es una magnífica forma de reponer fuerzas después de la semana laboral, sobre todo después de una semana como esta. Mi jefe tiene un juicio a finales de la semana que viene, y probablemente me tocará trabajar hasta tarde todas las noches para asegurarme de que cuente con todo lo que necesita. También me tocará ir más temprano a la oficina.

—Eso son muchas horas.

—No me puedo quedar atrás, ¿sabes?

—¿Por qué?

—Porque, si no, me echarán.

—No te preguntaba por hacer bien tu trabajo. Eso ya lo supongo. Me preguntaba por qué es importante para ti no quedarte atrás.

María frunció el ceño al tiempo que caía en la cuenta de que Colin era la primera persona que le formulaba esa pregunta. Se sintió desconcertada.

—No lo sé —contestó al final—. Supongo que es mi forma de ser. O eso, o es culpa de mis padres. ¿No es lo que la gente dice en las sesiones de terapia?

—A veces. Y a veces incluso es cierto.

—¿Tú quieres quedarte atrás?

—No sé si entiendo bien el significado de esa expresión. ¿Tener una casa más grande? ¿Mejores coches? ¿Vacaciones más exóticas? Mis padres tienen todo eso; sin embargo, no tengo la impresión de que sean felices. Siempre parecen insatisfechos. ¿Dónde está el límite? No quiero vivir como ellos.

—¿Cómo quieres vivir?

—Quiero vivir en equilibrio. El trabajo es importante porque he de valerme por mí mismo, pero también la amistad es importante, y la salud, y otras cosas. Disponer de tiempo para disfrutar de aquello que te gusta, y a veces no hacer nada.

La nevera chocó suavemente contra la pierna de María.

—Un pensamiento muy... sensato.

—Vale.

Ella sonrió. «Podría haber predicho que él iba a decir eso.»

—Tienes razón, por supuesto. El equilibrio es importante, pero siempre me ha gustado la sensación de superar alguna dificultad, tanto si eran los estudios de pequeña, o una presentación bien escrita ahora. Establecer objetivos y luego alcanzarlos me hace sentir que no solo sigo la dinámica de la vida. Y, al final, si lo hago bien, la otra gente se fija, y me siento recompensada. También me gusta esa idea.

—Tiene sentido.

—Pero no para ti...

—Somos diferentes.

—¿Acaso tú no estableces objetivos también? ¿Como terminar los estudios universitarios o ganar un combate?

—Sí.

—Entonces, ¿por qué dices que somos diferentes?

—Porque no me importa quedarme atrás. Y normalmente no dedico mucho tiempo a pensar en la opinión de la gente.

—¿Crees que yo lo hago?

—Sí.

—¿Puedes ser más explícito?

Colin dio un par de pasos antes de contestar.

—Creo que te importa mucho lo que la gente opina de ti, pero, para mí, es un error. Al final, solo puedes complacerte a ti mismo. Lo que piensen los demás está de más.

María frunció los labios. Sabía que él tenía razón, pero se había quedado un tanto sorprendida de que lo hubiera dicho sin ambages. Pero, claro, Colin era siempre directo en todo. ¿Por qué, entonces, se sorprendía?

—¿Aprendiste a contestar de ese modo tan directo en las sesiones de terapia?

—Sí, pero me llevó mucho tiempo conseguirlo.

—Quizá debería hablar con tu terapeuta.

—Quizá —convino él.

María se rio.

—Para que lo sepas, no es únicamente por mi forma de ser. El hecho de que necesite tanta valoración externa es por culpa de mis padres —argumentó ella.

Cuando Colin enarcó una ceja con escepticismo, ella se encogió de hombros, divertida, con un gesto gracioso.

—Siento curiosidad. Quizá nací con empuje o ambición, o como quieras llamarlo, pero mis padres alimentaron esa forma de ser. Tanto mi padre como mi madre tuvieron que abandonar los estudios a los catorce años, y abrir el restaurante les supuso un enorme sacrificio. Tuvieron que aprender una nueva lengua, contabilidad y un montón de cosas desde cero, cuando ya eran adultos; por esto, para ellos todo se resumía en una buena educación. Crecí hablando español en casa, así que desde el principio tuve que esforzarme más que los otros niños porque no entendía todo lo que decía la maestra. A pesar de que mis padres trabajaban sin parar quince horas al día, nunca se saltaron una entrevista con mis maestros, y se aseguraron de que siempre hiciera los deberes. Cuando empecé a llevar a casa buenos resultados académicos, se sintieron tan orgullosos que invitaban a mis tíos y primos el fin de semana (tengo un montón de parientes en la ciudad) y les enseñaban mis notas, sin parar de hablar de lo buena estudiante que era. Yo era el centro de atención, y me gustaba sentirme así, por lo que empecé a aplicarme todavía más en los estudios. Me sentaba en la primera fila y alzaba la mano siempre que el profesor hacía una pregunta, y me quedaba despierta hasta medianoche, estudiando para los exámenes. Así que ya tienes mi perfil: fui una empollona durante toda la etapa del instituto.

—¿Ah, sí? —Colin esbozó de nuevo aquella expresión divertida.

—Pues... sí —admitió ella con recato—. A los ocho años llevaba gafas, esas monstruosidades con las varillas de color marrón, y llevé aparatos dentales durante tres años. Era tímida y patosa, y no miento cuando digo que me gustaba estudiar. No salí de fiesta hasta que estuve en el último año del instituto, e, incluso entonces, salí con un grupo de otras chicas que tampoco salían nunca con chicos. La primera vez que besé a un chico fue un mes antes de empezar la universidad. De verdad, sé lo que es ser un bicho raro, y yo era uno de ellos.

—¿Y ahora?

—Lo sigo siendo. Trabajo demasiado, no salgo con mis amigas tanto como debería y no hago nada los fines de semana, salvo practicar surf de remo y pasar tiempo con mi familia. Los viernes por la noche, normalmente me encontrarás leyendo en la cama.

—Pero eso no significa que seas rara. Yo tampoco salgo mucho de noche. Si no estoy trabajando o compitiendo, me paso el rato escuchando música o estudiando, o con Evan y Lily.

109

—¿Lily?

—La novia de Evan.

—¿Cómo es?

—Rubia. Más o menos de la misma altura que tú. Con una personalidad arrolladora. Y muy pero que muy del sur. Es de Charleston.

—¿Y Evan? ¿Se parece a ti?

—La verdad es que se parece más a ti. Es muy espabilado.

—¿Crees que soy espabilada?

—Sí.

—Entonces, ¿por qué yo no me siento así?

—No tengo ni idea —contestó él—. Pero creo que la mayoría de la gente estaría de acuerdo conmigo en mi definición.

Ella lo miró con los ojos entrecerrados. Le gustaba lo que acababa de decir. Habían llegado a la orilla y se quitó las sandalias, sin apartar la vista del agua.

—Tiene buena pinta —declaró—. La marea está subiendo, así que será más fácil. Si estuviera baja, nos costaría mucho más. ¿Estás listo?

—Casi —contestó él.

110   Colin dejó las tablas en el suelo, guardó las chancletas en la mochila y sacó el protector solar. Se quitó la camisa y también la guardó en la mochila. Lo primero que pensó María fue que parecía una escultura viviente. Su pecho y su estómago eran un paisaje de contornos y surcos; todos los músculos estaban perfectamente definidos. En su pecho, el tatuaje de un dragón de vivos colores se abría paso hacia uno de sus hombros, entrelazándose ingeniosamente con un carácter chino. Miró el agua mientras se ponía la loción.

—Es espectacular —comentó Colin.

—Totalmente de acuerdo —dijo ella, intentando no devorarlo con la mirada.

Se echó más crema solar en la palma de la mano antes de ofrecerle la botella.

—¿Quieres?

—Quizá más tarde. Ya me he puesto en casa, y normalmente no me quemo. Piel latina, ¿sabes?

Él asintió al tiempo que se aplicaba parte de la crema en los muslos. Luego se dio la vuelta.

—¿Te importaría ponerme crema en la espalda?

María asintió. De repente, notó una gran sequedad en la boca.

—Claro.

Sus dedos se rozaron cuando ella cogió la botella. Se echó un poco en ambas manos y, lentamente, deslizó los dedos por su espalda, sintiendo los músculos y la piel tersa, intentando no prestar atención a la extraña sensación de intimidad que aquello le provocaba. A Serena le iba a encantar la descripción de aquel momento.

—¿Veremos delfines o marsopas? —se interesó Colin, que parecía no darse cuenta de los pensamientos de María.

A ella le costó un momento contestar, mientras seguía deslizando las manos por los extremos de su espalda.

—Lo dudo. En esta época del año, normalmente están en el lado del océano. —Entonces, con una sensación de decepción, terminó y cerró la tapa de la botella—. Bueno, ya está.

—Gracias —dijo él al mismo tiempo que guardaba la crema. —¿Y ahora qué?

—Ya casi estamos listos.

María desató las correas y se las dio a Colin para que las guardara en la mochila mientras ella agarraba la más pequeña de las dos tablas.

—¿Puedes seguirme con la nevera y las toallas? Te enseñaré a montarte en la tabla.

Se adentró en el océano; cuando el agua le llegaba a las rodillas, se tumbó sobre la tabla y se acomodó hasta que estuvo centrada. Dejó el remo perpendicular a la tabla, luego lo agarró rápido mientras se ponía de rodillas, hasta que con un movimiento ágil se puso de pie.

111

—¡Tachán! ¡Ya está! La clave está en encontrar el punto propicio, en el que ni el morro ni la cola de la tabla queden bajo el agua. Y, luego, mantener las rodillas dobladas. Te ayudará a ponerte de pie.

—De acuerdo.

—Coloca la nevera detrás de mí, y luego apila las toallas encima. ¡Ah! ¿Me pasas la cámara?

Él se metió en el agua, siguiendo sus instrucciones. María se pasó la cinta de la cámara alrededor del cuello mientras él preparaba su propia tabla y repetía los movimientos. Cuando estuvo de pie, buscó el equilibrio de su peso y la tabla se tambaleó levemente.

—Es más estable de lo que pensaba —remarcó Colin.

—Cuando quieras dar la vuelta, puedes remar hacia delante y dibujar un amplio giro, despacio, o puedes remar hacia atrás si has de girar con menos espacio.

María le hizo una demostración, y luego otra, rotando y alejándose un poco de la orilla en el proceso.

—¿Estás listo?

—Sí.

—Vamos —dijo él.

Dándose impulso se colocó al lado de María y empezaron a remar uno al lado del otro hasta que llegaron a las aguas fértiles y tranquilas del pantano. Sobre sus cabezas, el cielo azul estaba pintado con suaves pinceladas de nubes finas. Con discreción, ella observó cómo Colin se fijaba en todo; su mirada iba desde los pelícanos marrones y las garzas blancas hasta un águila pescadora que pasaba volando. No parecía tener la necesidad de romper el silencio; de nuevo, María pensó que no había conocido a nadie como él.

Mientras sus pensamientos seguían su curso, María fijó la vista en la isla, en las raíces nudosas de los árboles, grises y cubiertas de sal, retorciéndose como las hebras deshilachadas de un viejo ovillo. Unos senderos serpenteantes se abrían paso a través de las dunas salpicadas de hierba, atajos por el lado del océano, hasta la tarima de madera manchada de negro que llegaba a la orilla.

—¿En qué estás pensando? —María le oyó preguntar.

No se había dado cuenta de que Colin había acercado su tabla a la de ella.

—En que me encanta este sitio.

—¿Vienes todos los fines de semana?

—Casi todos los fines de semana —dijo ella, manteniendo el ritmo de remo—. A menos que llueva o haga mucho viento. El viento fuerte provoca la impresión de que no vas a ninguna parte, y puede haber marejada. Cometí ese error una vez, cuando salí a remar con Serena. Aguantó veinte minutos antes de insistir en que regresáramos a la playa. Desde entonces, no ha vuelto a venir. Cuando se trata de la playa, a Serena le va más eso de tumbarse al sol o relajarse en una barca. Aunque nos queremos mucho, tenemos gustos muy distintos.

La curiosidad en la forma en que él la miraba y la escuchaba la animó a seguir. Hundió el remo en el agua y dijo:

—Serena siempre ha sido más extrovertida que yo. Ha tenido varios novios y tiene un montón de amigos. Su móvil nunca para de sonar; gente que quiere pasar el rato con ella. Yo, a su edad, era más callada, supongo que más tímida, y de adolescente siempre tenía la impresión de no encajar en ningún grupo.

—Pues no pareces tímida.

—¿No? ¿Cómo me ves?

Colin ladeó la cabeza.

—Solícita. Inteligente. Sensible. Guapa.

Su forma de hablar, sin vacilar, como si hubiera revisado la lista de antemano, hizo que María se sintiera cohibida de repente.

—Gracias —murmuró—. Eres muy… amable.

—Estoy seguro de que ya te lo habrán dicho antes.

—La verdad es que no.

—Entonces, eso quiere decir que sales con gente que no te conviene.

María ajustó los pies a la tabla, intentando ocultar lo adulada que se sentía.

—¿Y tú no tienes novia?

—No —contestó él—. Durante bastante tiempo no fui el típico chico agradable como novio, y últimamente he estado muy ocupado. ¿Y tú?

—Todavía soltera. Tuve una relación seria en la universidad, pero no funcionó. Y últimamente parece que tengo tendencia a atraer a la clase equivocada de hombres.

—¿Cómo yo?

Ella soltó una risita tímida.

—No pensaba en ti cuando lo decía. Estaba pensando en uno de los jefes en la empresa donde trabajo. Un tipo que está casado y tiene hijos. No para de tirarme los tejos, y eso provoca que la situación en el trabajo sea bastante tensa.

—Ya lo supongo.

—Pero no tienes ningún consejo para mí, ¿verdad? Nunca das consejos.

—No.

—¿Te das cuenta de que hablar contigo requiere un tiempo para acostumbrarse a tu forma de ser? Serena, por ejemplo, siempre está dispuesta a dar consejos.

—¿Y te sirven?

—La verdad es que no.

La expresión de Colin denotaba que ella acababa de probar que tenía razón.

—¿Qué pasó con tu novio?

—No hay mucho que contar. Llevábamos un par de años saliendo, y yo tenía la impresión de que íbamos hacia algo más serio.

—¿Matrimonio?

María asintió.

—Eso pensaba yo. Pero, de repente, decidió que yo no era lo que buscaba. Quería otra clase de chica.

—Tuvo que ser duro.

—En aquella época, fue terrible —convino ella.

—¿Y desde entonces no has tenido novio?

—No. He salido con algunos chicos, pero nada importante.

113

—Hizo una pausa al tiempo que recordaba—. Salía a bailar con mis amigas a un club de salsa en Charlotte, pero la mayoría de los chicos que conocí allí solo buscaban una cosa. Para mí, acostarse con alguien significa un gran paso, y a muchos chicos solo les interesa un revolcón.

—Es su problema.

—Lo sé, pero… —Intentó encontrar la mejor forma de expresarlo—. A veces es difícil. Quizá sea porque veo a mis padres tan felices, y eso simplifica la relación. Siempre había creído que sería capaz de encontrar al chico perfecto sin problemas. Y de adolescente, tenía tantos planes… Pensaba que cuando tuviera la edad que tengo, estaría casada y viviríamos en una casa victoriana restaurada, y que estaríamos pensando en tener hijos. Pero todos esos sueños quedan lejos, ahora; mucho más lejos que hace un par de años.

Colin no contestó y ella sacudió la cabeza.

—No puedo creer que te esté contando estas tonterías.

—Me interesan.

—Sí, ya. —Se rio, desestimando su comentario—. A mí me parece aburrido.

—No es aburrido —rebatió él—. Es tu historia, y me gusta escucharla.

Colin soltó el comentario y, acto seguido, cambió bruscamente de tema:

—Una discoteca para bailar salsa, ¿eh?

—¿Eso es lo que más te ha llamado la atención de todo lo que he contado? —Él se encogió de hombros y ella continuó, preguntándose por qué le parecía tan fácil hablar con él—: Solía ir casi todos los fines de semana.

—Pero ¿ya no vas?

—No, desde que me he vuelto a instalar en Wilmington. Aquí no hay esa clase de discotecas. Por lo menos, que yo sepa. Serena intentó arrastrarme a un local y le dije que iría, pero en el último momento cambié de opinión.

—A lo mejor te lo habrías pasado bien.

—Quizá. Pero no es una discoteca. Es un local en una nave industrial abandonada, y estoy segura de que no tienen los papeles en regla.

—A veces son los mejores lugares.

—Supongo que hablas por experiencia, ¿no?

—Sí.

María sonrió.

—¿Sabes bailar salsa?

—¿Es como el tango?

—No. El tango es como un baile de salón, en el que te mueves alrededor de la pista. La salsa, en cambio, es más un baile de fiesta con muchos giros y cambios de mano, sin moverte del sitio en la pista. Es una buena forma de pasar un par de horas con amigos, sobre todo si tu pareja es buena. Fue la única vez que sentí que me podía soltar y ser yo misma.

—¿Acaso no eres tú misma, ahora?

—Por supuesto —contestó—. Pero es una versión más tranquila de mí, la más típica.

María alzó el remo por encima de la cabeza para estirar la espalda un momento, luego hundió de nuevo la punta del remo en el agua.

—Cambiando de tema —anunció ella—, tengo una pregunta. No he podido quitármela de la cabeza desde que lo mencionaste. —Cuando él se dio la vuelta para mirarla, ella prosiguió—: ¿Por qué quieres dar clases precisamente a niños de tercero de primaria? Diría que la mayoría de los chicos preferirían dar clases en el instituto.

Colin hundió el remo en el agua.

—Porque a esa edad los niños son ya bastante mayores como para comprender todo lo que les cuenta un adulto, pero todavía son lo bastante jóvenes como para creer que los adultos dicen la verdad. También es el año en que los problemas de conducta empiezan a manifestarse de verdad. Si añadimos los exámenes de nivel que estipula el Gobierno, tercero de primaria es un año crítico.

Se deslizaban por el agua lisa como un cristal.

—¿Y? —preguntó ella.

—¿Y qué?

—Lo mismo me dijiste anoche. Cuando pensaste que no te lo estaba contando todo. Así que te lo vuelvo a preguntar: ¿cuál es el verdadero motivo por el que quieres enseñar a niños de tercero de primaria?

—Porque fue mi último año bueno en el colegio —admitió—. De hecho, hasta hace un par de años, había sido mi último buen año. Y fue gracias al señor Morris, un oficial retirado del Ejército que se metió a dar clases en su última etapa laboral, y que sabía exactamente qué era lo que yo necesitaba: no la disciplina irracional que encontré luego en la academia militar, sino un plan específico personalizado. Desde el primer momento, no aceptó ninguna tontería en clase; tan pronto como empecé a hacer el tonto, me castigó a quedarme un rato después de clase. Pensé que me diría que me sentara con un libro o que me haría ordenar la clase o algo parecido, pero, en vez de eso, me hizo dar vueltas corriendo por el patio y hacer abdominales

115

cada vez que pasaba por delante de él. Y, durante todo el tiempo, no paraba de decirme que lo estaba haciendo muy bien, que era muy rápido o fuerte o cosas por el estilo, así que no me lo tomé como un castigo. Hizo lo mismo durante la hora de recreo al día siguiente, y entonces me pidió si podía ir todos los días un poco antes porque estaba claro que tenía un don para correr. Que era más fuerte que otros niños. «Mejor» que otros niños. En retrospectiva, entiendo que lo hacía por mi TDAH y por otras cuestiones emocionales, y que lo que pretendía conseguir era quemar mi exceso de energía para que fuera capaz de estarme sentado en clase sin moverme.

Su voz se volvió más suave a medida que continuaba:

—Pero, en aquella época, era la primera vez que podía recordar que alguien me halagara, y, por consiguiente, lo único que quería hacer era que él estuviera aún más orgulloso de mí. Me concentré y la escuela empezó a ser más fácil. Me puse al día en Lengua y en Matemáticas, y también me comportaba mejor en casa. Pero al año siguiente tuve a la señorita Crandall y todo lo que había conseguido se fue al garete. Era una mala persona, con muy mal carácter, y odiaba a los niños, así que volví a convertirme en el niño conflictivo de antes. Después, mis padres me enviaron a la academia militar, y ya sabes el resto de la historia.

Resopló antes de mirarla a los ojos.

—Por eso quiero enseñar a niños de tercero de primaria. Porque quizá, solo quizá, encuentre a un niño como yo, y sabré exactamente qué hacer. Y, a largo plazo, sé lo que un año puede significar para un niño. Porque sin el señor Morris, nunca habría considerado volver a la universidad y estudiar para ser maestro.

Mientras Colin hablaba, María lo miraba sin pestañear.

—Sé que no debería estar sorprendida, teniendo en cuenta todo lo que ya me has contado, pero lo estoy.

—¿Por qué?

—Cuando me tocó ir a la universidad, no estaba segura de qué era lo que quería estudiar. Pensé en Empresariales; incluso me debatí entre estudiar o no Medicina. Me costaba mucho elegir una especialidad, e incluso en el último año del instituto no tenía ni idea de qué quería hacer con mi vida. Mi compañera de habitación, en cambio, tenía claro que quería estudiar Derecho; en cierto modo, me convencí de que la idea era mucho más glamurosa de lo que es en realidad. Al cabo de unos días, me apunté a Derecho; al cabo de tres años, estaba trabajando en la oficina del fiscal del distrito y estaba preparándome para los exámenes finales para ejercer de abogada. Y aquí estoy. No me malinterpretes, se me da bien mi trabajo, pero a veces me cuesta imaginar que me pasaré el resto de la vida haciendo lo mismo.

—¿Quién dice que tienes que hacerlo?

—No puedo echar por la borda mis estudios. Ni mi experiencia laboral. ¿Qué haría?

Colin se rascó la mandíbula.

—Creo que puedes hacer lo que quieras. Al final, cada uno vive la vida que ha elegido vivir.

—¿Qué opinan tus padres de que hayas decidido volver a estudiar?

—Creo que todavía se preguntan si es verdad que he cambiado, o si volveré a convertirme en el chico que era.

María sonrió. Le gustaba que él dijera lo que pensaba sin que le preocupara lo que ella pudiera pensar.

—No sé por qué, pero me cuesta imaginar al otro Colin, al chico que eras.

—No te habría gustado en absoluto.

—Probablemente no. Y, probablemente, no se habría detenido a cambiarme la rueda.

—Seguro que no —convino él.

—¿Qué más debería saber del nuevo Colin? —se interesó ella.

Su pregunta dio paso a una tranquila conversación sobre los años pasados en Raleigh; le habló un poco más sobre su amistad con Evan y Lily. Le habló de sus padres y de sus hermanas mayores, y de la experiencia de haber sido criado por varias niñeras. Le habló de las primeras peleas en las que se había metido, de los colegios por los que había pasado, y ofreció más detalles sobre los años después del instituto, aunque admitió que tenía muchas lagunas de aquella época. Le habló de las artes marciales mixtas; cuando ella quiso saber más, revivió algunos de los combates, incluido el más reciente con el marine, que lo había dejado magullado y ensangrentado. Aunque muchas de las anécdotas que le contó acentuaban las aristas más duras de su pasado, estaban en consonancia con lo que ella ya sabía.

Mientras hablaban, la marea empezó a subir, empujándolos hacia delante. El sol iniciaba su lenta curva hacia el horizonte; el agua empezaba a adquirir destellos cobrizos. La fina capa de nubes suavizaba el brillo; el cielo empezó a cambiar de colores: rosa, naranja y magenta.

—¿Quieres que echemos un vistazo a la playa? —preguntó María.

Colin asintió. Mientras se ponían a remar hacia la orilla, María avistó los dorsos oscuros y lustrosos de tres marsopas, que se acercaban despacio. Se arquearon sobre el agua; cuando ella las señaló, Co-

117

lin soltó una risita de niño contento. Sin necesidad de hablar, ambos dejaron de remar, permitiendo que las tablas se deslizaran solas. María se sorprendió al ver que las marsopas cambiaban de rumbo y se dirigían hacia ellos. Instintivamente, María cogió la cámara y empezó a hacer fotos, ajustando el objetivo con cada fotografía. Tuvo suerte y captó una imagen de las tres marsopas en la superficie antes de que pasaran por su lado en fila, tan cerca como para poder tocarlas, expulsando agua a través de los espiráculos.

María se dio la vuelta y las observó cómo se alejaban nadando hacia la cala y el océano, preguntándose qué las había llevado hasta ese lugar en ese preciso momento.

Cuando se perdieron de vista, se dio cuenta de que Colin la estaba observando. Sonrió e, instintivamente, alzó la cámara y le hizo una foto, intentando captar un instante de la vulnerabilidad que Colin había mostrado unos minutos antes. A pesar de la gran confianza que destilaba, María comprendía que, al igual que ella, Colin solo quería que lo aceptaran; a su manera, se sentía tan solo como ella. Aquella certeza le provocó una punzada de dolor; de repente, le pareció que eran las dos únicas personas en el mundo. En aquel momento íntimo, silencioso, María supo que quería pasar más tardes con él como aquella, una tarde normal y corriente que se le antojaba mágica.

118

Capítulo 7

Colin

*E*n la playa, Colin se sentó en una toalla, con María a su lado, intentando no prestar atención a la preciosa imagen de ella con su biquini negro, que había mantenido oculto debajo de la ropa. La noche anterior le había parecido una desconocida intrigante; en cambio, aquella tarde, mientras practicaban surf de remo, la había visto como una amiga. Pero ahora ya no estaba seguro de cuál sería el siguiente paso. Lo único que sabía era que, a causa del biquini negro, le costaba mucho pensar con claridad.

María era más que guapa, de eso no le cabía la menor duda; pese a que Colin notaba que algo había cambiado entre ellos a lo largo de aquella tarde, no se atrevía a definir el estado de la relación.

No tenía mucha experiencia con mujeres como María. En lugar de universitarias y pertenecientes a familias unidas, las mujeres con las que él había salido solían llevar numerosos pírsines y tatuajes, eran toscas y con graves problemas familiares. No esperaban mucha atención por su parte; normalmente, ese era el trato que les dedicaba. La mutua falta de expectativas desembocaba en algo parecido a una cómoda relación. Una comodidad dañada, desde luego, pero la mala vida ama la compañía. Solo un par de ellas habían durado tres meses, pero, a diferencia de Evan, a Colin nunca le había interesado contar con una persona especial en su vida. No estaba hecho para eso. Le gustaba la libertad que comportaba estar soltero, sin tener que dar explicaciones a nadie. Ya le costaba mantener su vida encauzada por la vía recta, así que solo le faltaría tener que cumplir las expectativas de otra persona.

O, por lo menos, eso era lo que siempre había creído. Pero ahora, mientras admiraba a María con disimulo, se preguntó si simplemente se había estado dando excusas a sí mismo. Quizá, solo quizá, no había mimado ninguna relación porque nunca le había interesado la persona con la que estaba, o porque no había encontrado a la perso-

119

na correcta. Sabía que se estaba precipitando con sus conclusiones, pero no podía negar que quería pasar más tiempo con ella. No comprendía cómo era posible que todavía estuviera soltera. Tuvo claro que no había ninguna posibilidad de que María se interesara por un tipo como él.

Y, sin embargo...

En el centro psiquiátrico había hecho bastante terapia de grupo; intentar averiguar qué era lo que atraía a la gente era parte integral del tratamiento.

Comprender a los demás significaba comprenderse a uno mismo —y viceversa— y hacía tiempo que se había habituado al lenguaje corporal y a las pistas del lenguaje que la gente exhibía mientras compartía sus temores, faltas y remordimientos. Y a pesar de que no podía interpretar a María con exactitud, sospechaba que ella estaba tan confundida acerca de lo que estaba pasando como él. Lo cual tenía sentido.

Aunque a él le iban bien las cosas —de momento—, ella tenía que ser consciente de que el antiguo Colin siempre formaría parte de él. Eso sería motivo de preocupación para cualquiera. (¡Qué diantre! A él también le preocupaba.) Aunque su rabia explosiva estaba dormida de momento, era como un oso en estado de hibernación, por lo que Colin sabía que tenía que estructurar su vida de cierta forma para evitar la llegada de la primavera y que, de ese modo, el oso pudiera seguir durmiendo.

Eso se traducía en entrenar duro para mantener su rabia a raya, complacerse con los pocos combates de artes marciales mixtas para purgar su agresión, estudiar duro y trabajar mucho para llenar las horas y evitar la tentación de ir a lugares conflictivos, mantenerse lejos de las drogas y limitar el alcohol, pasar tiempo con Evan y Lily, que no solo eran ciudadanos modélicos, sino que además siempre estaban a su lado para brindarle su apoyo y mantenerlo alejado de la senda equivocada.

En su vida no había sitio para María. Ni tiempo. No tendría energías para esa relación.

Y, sin embargo...

Estaban solos en aquella playa solitaria, y de nuevo pensó que era superatractiva. Lógicamente, María debería haber salido corriendo despavorida, pero parecía estar encajando su pasado sin dificultad; muy a su pesar, no podía dejar de pensar en ella.

La observó mientas se reclinaba bajo el resplandor del sol de la tarde, apoyándose en los codos. Pensó de nuevo en que era genuinamente bella; en un esfuerzo por desviar la atención, se puso de lado y alargó el brazo por encima de ella para coger la nevera. Abrió la tapa y sacó dos botellas de agua; le pasó una a María.

—¿Plátano o naranja? —le preguntó.

—Plátano —eligió ella. Se incorporó con elegante languidez—. Las naranjas me dejan las manos pringosas.

Le pasó un plátano y sacó un par de bolsas con frutos secos.

—¿Te apetecen?

—Sí, gracias.

María aceptó una bolsa y se echó un par de almendras a la boca.

—Justo lo que necesitaba —dijo mientras guiñaba un ojo—. Ya noto cómo me baja el colesterol e incremento la masa muscular.

Colin sonrió y empezó a pelar la naranja. Ella hizo lo mismo con el plátano y le dio un bocado antes de volverse a tumbar.

—Nunca hago esto —murmuró—, quiero decir, venir a la playa cuando estoy aquí. He pasado por delante con la tabla, pero nunca me había quedado a relajarme.

—¿Por qué no?

—En verano siempre hay mucha gente. Me sentiría rara si viniera sola.

—¿Por qué? No le veo el problema.

—Seguro que tú sí que vendrías. Para ti no supone un inconveniente, pero para las mujeres es diferente. Algunos chicos podrían interpretarlo como una invitación, eso de ver a una chica sola en la playa. ¿Y si se me sienta al lado un loco y empieza a golpearme? Como, por ejemplo, un sujeto que hubiera estado metido en drogas y que tiene un historial de pelearse con desconocidos y darles puntapiés en la cabeza... ¡Uy, un momento! —Fingió horror mientras de repente se daba la vuelta para mirarlo.

Él rio.

—¿Y si él dijera que ha cambiado?

—Al principio, probablemente no lo creería.

—¿Y si fuera encantador?

—Tendría que ser muy pero que muy encantador; aunque, aun así, probablemente preferiría estar sola.

—¿Incluso si él te cambiara la rueda en medio de una tormenta?

—Le estaría del todo agradecida por haberme ayudado, pero no creo que eso cambiara las cosas. Incluso un loco puede hacer algo agradable de vez en cuando.

—Probablemente es una sabia decisión. Un chico así podría ser peligroso y, desde luego, no sería la persona con la que uno desearía quedarse a solas.

—Es cierto —asintió ella—. Con todo, siempre hay la posibilidad

121

de que él haya cambiado de verdad y que sea un chico agradable, lo que significaría que habría dejado escapar una oportunidad. Dado que no le di ninguna oportunidad, me refiero.

—Ya entiendo el dilema.

—Bueno, de todos modos, ya te he contado el motivo por el que no vengo a la playa sola. Así descarto cualquier posibilidad de peligro.

—Es lógico. Sin embargo, he de admitir que no estoy muy seguro de cómo interpretar lo que acabas de decir.

—Bien —contestó ella al tiempo que le propinaba un suave puñetazo en el hombro—. Entonces estamos a la par. No sé cómo encajar muchas de las cosas que me has contado.

Aunque Colin no estaba seguro de si ella estaba flirteando, le gustó que lo hubiera tocado. Aquel efímero contacto físico le pareció de lo más natural.

—¿Qué tal si cambiamos de tema hacia un terreno más seguro?

—¿Como qué?

—Háblame de tu familia. ¿Dijiste que tienes muchos familiares en Wilmington?

—Mis abuelos por ambas partes todavía viven en México, pero tres tías y cuatro tíos viven en Wilmington, junto con más de veinte primos. De vez en cuando, nos reunimos en alguna fiesta familiar.

—Parece divertido.

—Lo es. Muchos de ellos trabajan o han trabajado en La Cocina de la Familia, por lo que el restaurante era como nuestro segundo hogar. Durante mi infancia, probablemente pasé más tiempo allí que en casa.

—¿De veras?

María asintió.

—De pequeña, mis padres montaron una zona de juego en la parte trasera para que mi madre pudiera vigilarme; cuando empecé a ir al colegio, hacía los deberes en el despacho. Cuando nació Serena, me quedaba vigilándola en la zona de juego hasta que mi madre terminaba su turno; después, cuando Serena ya fue un poco mayor, empecé a trabajar en el restaurante. Pero lo extraño es que nunca tuve la sensación de que fuera una jaula, ni siquiera que ese lugar dominara mi vida. No solo porque toda mi familia estaba allí, sino porque mis padres siempre estaban pendientes de mí, para confirmar que estaba a gusto. Y en casa tampoco notaba mucha diferencia. Siempre había algún familiar. Muchos de ellos vivían con nosotros hasta que ahorraban suficiente dinero para alquilar una vivienda. Para una niña, no hay nada mejor. Siempre había algo que hacer; gente hablando, jugando, cocinando o escuchando música. Siempre había ruido, pero era una buena energía. Una energía positiva.

Él intentó casar su descripción con la mujer sentada a su lado; no le costó nada conseguirlo.

—¿Cuántos años tenías cuando empezaste a trabajar en el restaurante?

—Catorce años. Trabajaba después de la escuela, durante las vacaciones de verano y de Navidad, hasta que me gradué. Mis padres pensaron que sería bueno para mí que ganara mi propio sueldo.

—Pareces muy orgullosa de ellos.

—¿Tú no lo estarías? Aunque he de admitir que no estoy muy segura de qué pensarían si supieran que estoy aquí contigo.

—Pues yo sí que puedo imaginar qué pensarían.

María rio, despreocupada y relajada.

—¿Te apetece jugar con el Frisbee?

—Lo intentaré, pero que conste que ya te he advertido que no soy buena.

No mentía. Lanzar no se le daba muy bien; el disco se desviaba de su trayectoria, algunas veces se estrellaba contra la arena y otras lo atrapaba la brisa. Colin zigzagueaba con gracia, intentando rescatar el disco antes de que tocara el suelo mientras oía que ella gritaba: «¡Lo siento!». Las pocas veces que conseguía lanzarlo bien o cogerlo al vuelo, se regocijaba y daba saltitos como una cría.

María no dejó de parlotear durante todo el rato que estuvieron jugando. Le contó sus viajes a México para ir a ver a sus abuelos y describió las diminutas casas de bloque de hormigón donde las dos familias habían vivido toda la vida. Mencionó los años en el instituto, junto con varias anécdotas de su paso por la oficina del fiscal del distrito. Colin no entendía cómo era posible que su primer novio la hubiera dejado y que no hubiera habido ningún chico más en su vida desde entonces. ¿Cómo se podía ser tan ciego? No, no lo entendía. Lo único que sabía era que se consideraba increíblemente afortunado de que ella hubiera ido caminando hasta el final del embarcadero.

Colin dejó el Frisbee, agarró la pelota de tela para hacer malabares y la oyó reír con ganas.

—Ni hablar —resopló antes de desplomarse sobre la toalla.

Colin se sentó a su lado, sintiendo la fatiga de un día activo al sol. Se fijó en que la piel de María había adquirido una luminosidad mantecosa. Apuraron el resto del agua, sorbiendo despacio mientras contemplaban las olas.

—Creo que me gustaría verte luchar —dijo ella, al tiempo que se daba la vuelta para mirarlo.

123

—De acuerdo.

—¿Cuándo es tu próximo combate?

—Aún faltan unas semanas. Es en House of Blues, en la playa de North Myrtle.

—¿Contra quién combates?

—Todavía no lo sé.

—¿Cómo es posible que no sepas contra quién vas a combatir?

Colin deslizó los dedos por la arena.

—En los combates para *amateurs*, a veces no terminan de organizarlo todo hasta el día antes. Depende de quién quiera luchar, de quién esté disponible para luchar, de quién esté dispuesto a luchar. Y, por supuesto, de quién se inscriba en el combate.

—¿Y eso no te pone nervioso? ¿Qué no sepas contra quién lucharás?

—No.

—¿Y si es… un gigantón o un matón?

—Las categorías van por peso, así que no es un tema que me quite el sueño. Mi mayor preocupación es si el tipo se asusta y rompe las reglas. Algunos de los que se presentan en los combates para *amateurs* no tienen mucha experiencia en el cuadrilátero, y es fácil perder el control. Eso fue lo que pasó en mi último combate, cuando mi adversario me dio un cabezazo. Tuvieron que parar el combate para que yo pudiera cortar la hemorragia, pero el árbitro no lo vio. Mi entrenador estaba que mordía.

—¿Y eso te gusta?

—Son gajes del oficio —alegó—. Lo bueno es que en la siguiente ronda conseguí hacerle una guillotina, que es una técnica de estrangulación, y él tuvo que retirarse. Esa parte sí que me gustó.

—Te das cuenta de que no es normal, ¿no?

—Vale.

—Y solo para que te quede claro, me da igual si ganas o pierdes, pero no quiero que salgas ensangrentado y magullado.

—Lo intentaré.

María frunció el ceño.

—Un momento… ¿House of Blues? ¿No es un restaurante?

—Entre otras cosas. Pero dispone del espacio necesario. Los combates de la categoría *amateur* no suelen atraer a una gran multitud.

—¡No me digas! ¿Quién querría ir a ver a un par de hombres que intentan darse una paliza descomunal? ¿Qué le pasa a la sociedad, hoy en día?

Colin sonrió.

Ella se envolvió las rodillas con los dos brazos, tal como había hecho la noche anterior, pero, esta vez, él podía notar el roce de su hombro contra el suyo.

—¿Han salido bien, las fotos de las marsopas? —se interesó.

María cogió la cámara y la encendió antes de pasársela.

—Creo que esta es la mejor. Aunque hay otras. Usa el botón de la flecha para ver las siguientes.

Colin miró con atención las imágenes de las tres marsopas.

—Es increíble —suspiró—. Parece como si estuvieran posando.

—A veces tengo suerte. La luz era perfecta. —Se inclinó hacia él; lo rozó con el brazo—. Hay otras fotos que he hecho en el último mes y que también me gustan.

Colin usó la flecha hacia atrás; examinó una larga serie de instantáneas: pelícanos y águilas pescadoras, un primer plano de una mariposa, un salmonete pillado en pleno salto. Cuando se inclinó más hacia él para ver mejor las fotos, Colin notó el aroma a flores silvestres en el aire.

Cuando llegaron a la última foto, María se apartó.

—Deberías enmarcar algunas —sugirió él, mientras le entregaba la cámara.

—Ya lo hago, pero solo las mejores.

—¿Mejor que estas?

—Tú mismo podrás juzgarlo —contestó ella—. Bueno, para eso tendrás que venir a mi casa, ya que las tengo colgadas en las paredes.

—Me encantaría verlas.

María se volvió de nuevo hacia el agua, con una leve sonrisa dibujada en los labios. Le parecía curioso que fuera el día anterior que él la había reconocido en la punta del embarcadero, o cómo habían congeniado en tan poco tiempo, y el interés que él mostraba por saber más de ella.

—Será mejor que nos vayamos antes de que oscurezca —sugirió María, con una nota de desgana en la voz.

Él asintió al tiempo que sentía una punzada de frustración. Recogieron las cosas y regresaron a la playa de Wrightville remando, justo cuando aparecían las primeras estrellas. Colin ayudó a María a atar las tablas y los remos en la baca del coche antes de volverse para mirarla a la cara. Al ver cómo se apartaba los mechones de pelo de los ojos, se sintió extrañamente nervioso, una sensación que no recordaba haber experimentado nunca antes con una mujer.

—Lo he pasado muy bien —dijo él.

—El surf de remo es muy divertido —convino ella.

—No estaba hablando del surf de remo.

Colin apoyó todo el peso de su cuerpo primero en un pie y luego

125

en el otro, y tuvo la impresión de que ella estaba esperando a que él terminara.

—Hablaba de pasar la tarde contigo.

—¿Ah, sí? —dijo ella con voz suave.

—Sí. —Colin estaba seguro de que María era más guapa que cualquier otra mujer que hubiera conocido.

—¿Qué haces el próximo fin de semana?

—Aparte de almorzar con la familia el domingo, no tengo planes.

—¿Quieres ir a la nave industrial abandonada de la que te habló Serena, el sábado por la noche?

—¿Me estás invitando a salir a bailar?

—Me gustaría conocer a la María menos típica, la que le permite ser ella de verdad.

—¿Porque la versión más tranquila no es tu tipo?

—Al revés, justo lo contrario. Y sé qué es lo que siento al respecto, María.

Los grillos cantaban desde las dunas, ofreciéndoles una serenata, como si fuera una orquesta de la naturaleza. Estaban solos; mientras ella lo miraba a los ojos, Colin dio un paso hacia delante, dejándose llevar por su instinto. María no se movió mientras él se acercaba más. Deslizó un brazo por su espalda, la atrajo hacia sí y sus labios se unieron. Por un momento, él supo que aquello era lo que había deseado toda su vida. La quería a ella, en sus brazos, tal como estaban, para siempre.

Colin se tomó su tiempo para regresar a casa, conduciendo a través de las calles apartadas más bonitas de Wilmington, rememorando aquel día con María en la calidez de los últimos rayos de sol. Notaba el cuerpo en plena forma, después del ejercicio con la tabla; su mente seguía dándole vueltas al misterio de María. Al llegar a casa, aparcó y se apeó del coche. Estaba a punto de rodear la hierba recién cortada hacia su apartamento cuando oyó que Lily lo llamaba desde el porche, con el móvil en la mano.

—¡Ah! ¡Aquí estás! —dijo ella con una cantinela que parecía un sonsonete.

Como siempre, iba perfectamente peinada. Aquella noche, sin embargo, por algún motivo extraño, llevaba pantalones vaqueros, aunque con zapatos de tacón, un collar con una perla, que quedaba bien con los pendientes de diamantes, y una gardenia fijada con gracia en el pelo.

—¿Qué haces aquí? —le preguntó Colin al tiempo que se volvía hacia ella.

—Estaba hablando con mi madre mientras te esperaba —contestó mientras bajaba los peldaños a saltitos con elegancia.

Lily era la única chica que conocía que daba saltitos cuando estaba contenta. Se inclinó para abrazarlo.

—Evan me ha dicho que tenías una cita hoy, y quería saber todos los detalles antes de que entremos.

—¿Dónde está Evan?

—En el ordenador, buscando una compañía farmacéutica para sus clientes. Ya sabes que se toma muy en serio su trabajo, bendito currante. Pero no intentes cambiar de tema. De momento, nos sentaremos en los peldaños para que me cuentes la historia de esa joven especial, y no aceptaré un no por respuesta. ¡Ah! Y no omitas ningún detalle. Quiero oírlo todo.

Ella se acomodó en los peldaños y propinó unas palmaditas al sitio que quedaba a su lado. Colin sabía que no le quedaba más remedio que hacer lo que le pedía: le contó lo básico. Lily lo interrumpía con frecuencia, pidiéndole detalles. Cuando él terminó, ella lo miró con los ojos como un par de rendijas, obviamente decepcionada.

—Está claro que has de trabajar tus habilidades narrativas, Colin —lo reprendió ella—. Lo único que has hecho ha sido recitar una lista de actividades y los temas de los que habéis hablado.

—¿Qué más quieres que te cuente?

—¡Menuda pregunta más absurda! Se suponía que tenías que conseguir que, además, «me enamorara» de ella.

—¿Por qué querría algo así?

—Porque por más que cuentes la historia con tan poca gracia, es obvio que te gusta.

Colin no dijo nada.

—¿Colin? A eso me refiero. Deberías haberme contado algo como: «Cuando estoy con María…, no sé…, yo…» y entonces callarte y sacudir la cabeza porque las palabras son inadecuadas para expresar la intensidad de lo que estás experimentando.

—Eso me suena más a ti que a mí.

—Lo sé —admitió ella, en un tono como si sintiera pena por él—. Por eso eres un pésimo narrador, pobrecillo.

Solo Lily podía insultarlo de tal modo que conseguía que sonara como si a ella le costara más decirlo que a él oírlo.

—¿Cómo sabes que me gusta?

Lily suspiró.

—Si no estuvieras a gusto con ella, me habrías mirado con una de tus miradas en blanco y habrías dicho: «No hay nada que contar», cuando te he preguntado por ella. Y eso, por supuesto, me lleva a formular la pregunta básica: ¿cuándo podré conocerla?

—Tendré que hablarlo con ella.

—¿Y tienes planes para pasar más tiempo con tu señora amiga?

Colin vaciló, preguntándose si alguien más usaba la expresión «señora amiga».

Hemos quedado el próximo fin de semana.

—No para ir a un bar, espero.

—No —contestó, y le contó lo de la sala de fiestas en la nave industrial abandonada.

—¿Crees que es una decisión acertada? ¿Teniendo en cuenta lo que pasó la última vez que fuiste a una discoteca con Evan y conmigo?

—Solo quiero sacarla a bailar.

—Bailar puede ser muy romántico —admitió ella—. Sin embargo…

—Me comportaré. Lo prometo.

—De acuerdo. Te tomo la palabra. Por supuesto, también deberías dejarte caer por su despacho algún día de la semana que viene y sorprenderla con un ramo de flores o chucherías. A las mujeres nos encanta recibir esa clase de atenciones, aunque siempre he pensado que las chuches son más adecuadas para los meses de más calor. Así que quizá solo flores.

—No es mi estilo.

—Ya lo sé, por eso he hecho la sugerencia. Créeme. Le encantará.

—Vale.

Con su respuesta, Lily le dio unas palmaditas en la mano.

—¿No hemos hablado ya sobre eso? ¿Contestar «vale» cuando la gente quiere hablar contigo? Es una costumbre bastante fea que deberías dejar. Resulta muy poco atractiva.

—Vale.

—Ni caso. —Suspiró—. Un día, comprenderás la sabiduría de mis palabras.

A sus espaldas, Evan abrió la puerta y vio que Lily y Colin estaban cogidos de la mano, pero comprendía su relación tan bien como Colin.

—A ver si lo averiguo. ¿Estás intentando sonsacarle información sobre su cita? —le preguntó a su novia.

—Yo no haría tal cosa. —Lily fingió sentirse ofendida—. Las damas no «sonsacamos». Simplemente, quería saber su opinión acerca de la cita, y aunque Colin (pobrecillo) casi me deja dormida al principio, creo que nuestro amigo está enamorado.

Evan se rio.

—¿Colin? ¿Enamorado? Esas dos palabras no combinan bien.

—Colin, por favor, ¿puedes informar a mi novio del estado de la situación?

Colin la señaló con un dedo.

—Ella cree que estoy enamorado.

—Así es —asintió Lily, en un tono satisfecho—. Ahora que hemos definido el estado de la situación, ¿cuándo piensas llamar a tu nueva señora amiga?

—No lo había pensado.

—¿No has aprendido nada de mí? —Lily sacudió la cabeza—. Antes de que te duches, tienes que (obligatoriamente, «tienes que») llamar a tu señora amiga. Y también has de decirle que lo has pasado fenomenal y que te sientes honrado con el placer de su compañía.

—¿No te parece un tanto excesivo?

Lily adoptó un tono triste.

—Colin..., sé que te cuesta expresar tu lado sensible, y es una lacra en tu carácter a la que siempre intento no prestar atención, por respeto a nuestra amistad. Pero tú la llamarás esta noche. Tan pronto como te metas en casa. Porque los caballeros, los caballeros de verdad, siempre llaman, y yo solo te asocio con los caballeros.

Evan enarcó ambas cejas y Colin supo que no tenía alternativa.

—Vale.

129

Capítulo 8

María

*E*l lunes, María pensó que era mejor esconderse en su despacho, donde podría concentrarse en paz. El nivel de estrés de Barney por el próximo juicio iba en aumento, y ella no quería convertirse en un objetivo involuntario. Cerró la puerta y se puso a escribir notas para la siguiente reunión con clientes, también hizo varias llamadas telefónicas y respondió los mensajes de correo electrónico, deseando que la semana tocara a su fin. Con todo, a pesar de su ansia por ser eficiente, de vez en cuando desviaba involuntariamente la vista hacia la ventana y evocaba imágenes del fin de semana.

En parte, su distracción tenía que ver con la llamada telefónica de Colin el domingo por la noche. Según las amigas y las revistas, los chicos no llamaban enseguida, incluso muchos de ellos no llamaban nunca. Pero, claro, con Colin todo adquiría un matiz inesperado. Después de colgar, examinó la foto que le había hecho e imaginó que veía tanto el Colin que conocía como el Colin desconocido. Su expresión era afable, pero su cuerpo era un mapa de cicatrices y tatuajes. Aunque le había prometido a Serena que se la mostraría, al final había decidido que aquella foto solo sería para sus ojos.

—Alguien está de buen humor.

María volvió la vista y vio a Jill en el umbral.

—¡Ah! Hola, Jill. ¿Todo bien?

—Supongo que esa pregunta debería hacértela a ti —respondió mientras entraba en el despacho—. Estabas ensimismada en tu propio mundo de los sueños cuando he asomado la nariz, y nadie muestra esa ensoñación un lunes por la mañana.

—He pasado un buen fin de semana.

—¿Ah, sí? Por tu forma de decirlo, supongo que ha ido mejor que mi viaje la semana pasada para tomar declaraciones. Creo que es la primera vez que he rezado de verdad para poder volver a la oficina.

—¿Tan mal?

—Horroroso.

—¿Quieres que hablemos?

—Solo si quieres morirte de aburrimiento. De todos modos, dentro de unos minutos tengo una teleconferencia. Solo he pasado para saber si tienes planes para comer. Me apetece mucho un plato de sushi y buena compañía, ahora que he vuelto al ruedo.

—Me apunto.

Jill se ajustó la manga de la camisa.

—Quizás esté haciendo una mala lectura, pero entiendo que ya no estás enfadada conmigo.

—¿Por qué debería estarlo?

—¿Quizá por mi emboscada con la peor cita a ciegas de la historia?

—¡Ah, sí! —exclamó María, sorprendida de haber olvidado tan rápido el mal trago—. Eso.

—Lo siento mucho —se disculpó Jill—. No puedes imaginar lo mal que me he sentido durante toda la semana, sobre todo porque no tuve la opción de hablar contigo sobre lo que había pasado.

—Ya habíamos hablado, ¿recuerdas? Y me habías pedido perdón.

—No lo bastante.

—Ya está, no te preocupes. Además, la noche no acabó tan mal.

—No es posible.

—Conocí a alguien.

Pasaron un par de segundos antes de que Jill encajara las piezas.

—¿Te refieres al tipo que te cambió la rueda? ¿El que tenía la cara magullada y llena de sangre y te dio un susto de muerte?

—El mismo.

—¿Cómo es posible?

—No es fácil de explicar.

Jill sonrió socarronamente.

—Ay, ay, ay…

—¿Qué?

—Ya vuelves a sonreír.

—¿Yo?

—Sí, tú. Y me encantaría poder cancelar la teleconferencia, agarrar una silla y ser todo oídos.

—No puedo. Barney y yo tenemos una reunión con un cliente dentro de unos minutos.

—Pero quedamos para almorzar, ¿no? ¿Y entonces me lo contarás todo?

—Te lo prometo.

Υ

Al cabo de diez minutos, Serena la llamó al móvil. Cuando María vio que era su hermana, se asustó. Serena nunca llamaba antes de las diez de la mañana. La mitad de las veces, a las diez todavía ni estaba despierta.

—¿Serena? ¿Estás bien?

—¿Dónde está?

—¿El qué?

—La foto de Colin. No me la has enviado.

María pestañeó, confundida.

—¿Me llamas al trabajo, en horario laboral, para preguntar por una foto?

—No habría tenido que hacerlo si me la hubieras enviado. ¿Qué tal la cita? Dime que no te escapaste corriendo.

—No. De hecho, hemos quedado para salir el sábado por la noche.

—Bueno —dijo Serena—, la entrada no será tan impactante sin la foto. Aunque…, ahora que lo pienso, supongo que podría usar una foto tuya de cuando eras niña, si no me mandas la…

—Adiós, Serena.

Colgó el teléfono, pero, al cabo de unos minutos, volvió a cogerlo, sin poder contener su morbosa curiosidad.

Y allí, en Instagram, estaba su foto. En secundaria, con aparatos dentales, acné, gafas y con aspecto desmañado. La peor foto escolar en toda la historia de las fotos escolares.

«No os pongáis celosos, chicos, ¡pero mi hermana María tiene una cita el próximo sábado por la noche!»

María cerró los ojos. Pensaba matar a su hermana. De eso no le quedaba la menor duda.

Aunque tenía que admitir que Serena era muy graciosa.

Al cabo de un par de horas, mientras saboreaban un surtido de sushi y sashimi, María le contó a Jill gran parte de lo que había pasado con Colin. La historia le parecía increíble incluso a ella.

—¡Vaya! —suspiró Jill.

—¿No te parece que estoy loca, teniendo en cuenta su pasado?

—¿Y quién soy yo para juzgar? Fíjate en la cita a ciegas que te montamos. En un caso como el que me cuentas, que ha sucedido de forma fortuita, creo que lo mejor que puedes hacer es dejarte guiar por tus instintos.

—¿Y si mis instintos fallan?

—Entonces, como mínimo, te habrás llevado una rueda cambiada, y habrás pasado un buen rato con él, lo que espero que te haga olvidar la incómoda situación en la que te metí con el fiasco de la cita a ciegas y haga que no me guardes rencor.

María sonrió.

—¿Así que las declaraciones fueron aburridas?

—Lo bastante como para volver loco a un monje, ya que la mitad de la gente está muy dispuesta a mentir bajo juramento, y la otra mitad dice que no recuerda nada de nada. Y después de malgastar mi precioso tiempo durante toda la semana, probablemente acabemos resolviendo el incidente de forma amistosa. Forma parte del juego, lo sé, pero te aseguro que no me gusta nada esa vía. —Ensartó otro trozo de sushi—. ¿Qué tal con Barney?

—Mejor.

—¿Qué significa «mejor»?

—Ah, claro, tú no estabas.

María le contó lo sucedido sobre el cambio de la rueda en el taller y que llegó tarde a la reunión, más todo el trabajo que había tenido que preparar durante el resto de la semana. También le comentó el rapapolvo de Barney, pero omitió la confrontación con Ken.

—Barney olvidará el incidente. Siempre se pone tenso antes de un juicio.

—Sí, pero… —María se removió inquieta en la silla— la cuestión es que me he enterado de que Barney iba a delegarme el caso.

—¿Dónde lo has oído? —Jill se quedó con los palillos a medio camino, entre el plato y su boca—. No me malinterpretes; eres una gran profesional, pero aún te falta experiencia en el bufete para que Barney te asigne esa clase de responsabilidad.

—Rumores —contestó María.

—No pondría mucha fe en esos rumores. A Barney le gusta demasiado estar en el candelero; le cuesta mucho ceder el control (y aún más el crédito), incluso a los asociados más veteranos. Por eso me trasladaron al Departamento de Derecho Laboral. Pensé que nunca sería capaz de escalar puestos, ni siquiera de obtener la experiencia en las salas de audiencia que necesitaba.

—Todavía no puedo creer que pudieras cambiar de departamento.

—La suerte de estar en el sitio adecuado en el momento adecuado. Ya sabes que había trabajado en derecho laboral varios años antes de empezar a trabajar aquí, ¿no? —Cuando María asintió, Jill prosiguió—: En esa época no estaba segura de qué era lo que quería hacer, así que aproveché la oportunidad de trabajar en litigios en materia de seguros. Trabajé con Barney nueve meses, y prácticamente me dejé la piel antes de darme cuenta de que estaba en un callejón sin sa-

133

lida. Me habría ido, pero, en ese momento, la empresa estaba organizando su departamento de derecho laboral y me necesitaba.

—En cambio, yo estoy encallada. A menos que empecemos a dedicarnos a defensa criminal.

—Puedes cambiar de empresa.

—No es tan fácil como crees.

—¿Has estado buscando?

—No, aunque he empezado a plantearme si debería hacerlo.

Jill la escrutó mientras cogía el vaso.

—Sabes que puedes sincerarte conmigo, ¿verdad? Sobre cualquier tema que te preocupe. Aunque no sea una asociada, dirijo mi propio departamento, lo que me da cierta autonomía.

—En estos momentos tengo demasiados quebraderos de cabeza.

—Espero que te refieras a Colin.

Al oír su nombre, María se puso a recordar más momentos del fin de semana, pero cambió de tema.

—¿Qué tal está Paul?

—Bien. Me mostré distante con él durante un par de días a modo de castigo por lo de la cita a ciegas, pero ya lo ha superado. El fin de semana fuimos a Asheville, a una cata de vinos.

—¡Vaya! Suena divertido.

—Lo fue. Excepto, por supuesto, que todavía no me ha regalado un anillo, y el reloj biológico sigue avisando de que se me acaba el tiempo. Por lo visto, eso de fingir que no pasa nada no funciona, así que quizá sea el momento de usar una nueva estrategia.

—¿En qué estás pensando?

—No tengo ni idea. Si sabes de algún plan infalible, avísame, por favor.

—Lo haré.

Jill tomó otro trozo de sushi.

—¿Cómo tienes la agenda esta tarde?

—Lo mismo de siempre. Todavía queda mucho trabajo para preparar bien el juicio, sin, por supuesto, demorarme en mis otros proyectos.

—Lo que te decía, que Barney espera mucho de sus empleados.

«Y Ken espera algo más.»

—¿Estás segura de que todo va bien? ¿Incluso con nuestro otro jefe lascivo?

—¿Por qué lo preguntas?

—Porque fuiste a esa conferencia con él, y conozco bien a ese pájaro; sé perfectamente cómo las gasta.

—La conferencia fue bien.

Jill la miró fijamente antes de encogerse de hombros.

—Muy bien, lo que digas, aunque noto que hay algo que te preocupa.

María carraspeó. De repente, se sentía como si la estuvieran interrogando.

—No hay nada que contar —respondió—. Intento hacer mi trabajo lo mejor que puedo.

Los días siguientes estuvieron tan cargados de trabajo que María no pudo permitirse el lujo de soñar despierta. Barney entraba en su despacho cada media hora con paso impetuoso, pidiéndole que examinara detalles adicionales o que hiciera alguna llamada, perjudicando el trabajo de María en los temas con otros clientes. Apenas tenía tiempo de ir al baño, y el miércoles por la tarde, mientras estaba elaborando un borrador con el pequeño discurso introductorio de Barney, no se dio ni cuenta de la disminución de la luz del sol en las ventanas, ni de la marcha, una a una, de sus compañeras. Estaba totalmente concentrada en la pantalla de su MacBook cuando unos golpes en la puerta de su despacho la sorprendieron. Vio que la puerta se abría despacio.

135

Ken.

Con una sacudida de pánico, miró más allá del umbral, hacia el vestíbulo. Lynn ya no estaba en su mesa. El despacho de Barney estaba a oscuras y no se oía a nadie más en el pasillo.

—He visto que todavía había luz —dijo él al tiempo que entraba en el despacho—. ¿Tienes unos minutos?

—Estaba acabando algo importante —improvisó ella, consciente del matiz de inseguridad en su tono—. He debido perder la noción del tiempo.

—Entonces me alegro de haberte encontrado aún aquí —continuó Ken con la voz suave y controlada—. Quería terminar la conversación que iniciamos la semana pasada.

María sintió una punzada de angustia en el pecho. Empezó a recoger las hojas de la mesa antes de archivarlas en sus respectivas carpetas. Lo último que quería era quedarse a solas con él. Tragó saliva.

—¿Podemos hablar mañana? Ya es tarde, y mis padres me esperan para cenar.

—Seré breve —dijo él, ignorando su excusa.

Rodeó la mesa y se colocó delante de la ventana. María se fijó en que el cielo había oscurecido detrás del cristal.

—Para ti quizá sea más fácil resolverlo hoy, dado que no hay oídos indiscretos. No es necesario que el resto del personal tenga que saber lo que pasó con los clientes de Barney.

Sin saber qué decir, ella se mantuvo en silencio.

Ken miró por la ventana y fijó la vista en un punto a lo lejos.

—¿Te gusta trabajar con Barney? —preguntó al final.

—Estoy aprendiendo mucho a su lado —apuntó María, eligiendo las palabras con mucho cuidado—. Tiene un magnífico instinto estratega, los clientes confían en él, y como compañero, sabe explicar muy bien lo que piensa.

—Entonces, lo respetas.

—Por supuesto.

—Es importante trabajar con gente a la que respetas. Es importante que los dos podáis trabajar como un equipo. —Ken ajustó las cortinas venecianas, las cerró un poco y luego volvió a dejarlas en su posición inicial—. ¿Sabes trabajar en equipo?

La pregunta se quedó flotando en el aire antes de que ella fuera capaz de contestar.

—Lo intento.

Ken esperó unos segundos antes de continuar.

—El viernes volví a hablar con Barney sobre la situación, y he de decir que me quedé un tanto sorprendido de que todavía estuviera tan enfadado con lo que había sucedido. Por eso te he preguntado lo de trabajar en equipo. Porque salí en tu defensa y creo que he podido salvar la situación. Pero quiero estar seguro de si he hecho lo correcto.

María tragó saliva, preguntándose por qué Barney no había hablado con ella si todavía estaba enfadado.

—Gracias —acertó a murmurar.

Ken se dio la vuelta y dio un paso hacia ella.

—Lo he hecho porque quiero que tengas una larga carrera con éxito en la empresa. Necesitarás a alguien capaz de defenderte en esta clase de situaciones, y estoy aquí para ayudar siempre que pueda.

Ken se había colocado a su lado, de pie. María sintió que le ponía la mano en el hombro y deslizaba la punta de los dedos hacia su nuca.

—Deberías considerarme un amigo, bueno, un amigo muy influyente.

María se apartó instintivamente. De repente entendió que todo aquello —la bronca del lunes, la actitud más relajada el jueves, y ahora aquel numerito de «tú y yo contra el mundo»— formaba parte del último plan de Ken para acostarse con ella. Se preguntó cómo era posible que no lo hubiera visto venir.

136

—Podríamos quedar para almorzar mañana —sugirió él, con los dedos todavía rozando su piel desnuda en el escote en forma de V de su blusa—. Hablaremos de otras formas de ayudarte a sortear los pormenores en la empresa, sobre todo si esperas convertirte en una asociada algún día. Creo que tú y yo podríamos formar un buen tándem, ¿no crees, María?

Fue el sonido de su nombre lo que la sacó de su estado de parálisis. De repente comprendió el sentido de aquellas palabras.

«Ni loca», pensó, pero en cambio contestó, intentando mantener la voz firme:

—Mañana ya tengo planes para almorzar.

A Ken se le iluminó la cara.

—¿Con Jill?

Ken sabía que María quedaba normalmente con Jill. Seguro que le sugeriría que cambiara de planes. Por su propio bien.

—No, he quedado con mi novio.

María notó que él retiraba la mano del hombro.

—¿Tienes novio?

—¿No le hablé de Colin, en la conferencia?

—No —contestó él—, no lo mencionaste.

Al ver la oportunidad, María se levantó de la silla y se alejó. Empezó a recoger documentos y a guardarlos en archivos, aunque no era consciente de dónde los estaba metiendo. Ya los ordenaría otro día.

—¡Qué extraño! Pensé que lo había hecho —remarcó ella.

Por la sonrisa forzada de Ken, podía adivinar que él estaba intentando decidir si creerla o no.

—Háblame de él.

—Es luchador de artes marciales mixtas —contestó María—. ¿Sabe esos tipos en el cuadrilátero? Creo que es una locura, pero a él le encanta. Entrena y entrena durante horas, y le encanta combatir, por lo que creo que he de apoyarle.

Podía imaginar cómo Ken estaba procesando aquella información mientras se colgaba el bolso en el hombro.

—Aunque no pueda quedar para almorzar, ¿quiere que hablemos en su despacho mañana? Estoy segura de que sabré encontrar un espacio en mi agenda, por la mañana o por la tarde —propuso ella.

«Cuando haya más gente por aquí», pensó para sí.

—No creo que sea necesario.

—Entonces, ¿quizá sea mejor que hable con Barney?

Ken sacudió la cabeza, con un movimiento casi imperceptible.

137

—Será mejor que zanjemos el tema.

«Ahora lo dices. Porque todo este numerito era una patraña. Tú nunca has hablado con Barney.»

—De acuerdo. En tal caso, buenas noches.

María enfiló hacia la puerta y resopló aliviada cuando atravesó el umbral. La historia del novio le había salido bordada, pero ya no podría volver a usar esa carta. Ya no lograría pillar a Ken por sorpresa; él estaría preparado. A largo plazo —o quizás a corto plazo— dudaba que la historia de su novio consiguiera frenar el acoso de Ken, incluso si hubiera sido cierta.

«¿O se convirtiera en realidad?»

Todavía bajo el efecto del encuentro, se preguntó si quería que fuera verdad. Lo único que sabía era que cuando Colin la había besado, había notado como una descarga eléctrica, y eso le provocaba una inmensa alegría y pánico a la vez.

Aunque le había mentido a Ken sobre lo de cenar con sus padres, no estaba de humor para quedarse sola, así que condujo por las carreteras familiares hacia el lugar donde había crecido.

138

El vecindario era más obrero que de clase alta, con casas que mostraban cierta falta de mantenimiento y algunas con carteles de «EN VENTA». Había viejos modelos de automóviles y camionetas aparcados prácticamente al lado de cada casa. Los vecinos siempre habían sido fontaneros y carpinteros, empleados administrativos y secretarias. Era la clase de comunidad donde los niños jugaban en los jardines que daban a la calle y las parejas jóvenes empujaban cochecitos, donde la gente recogía el correo del vecino cuando este se ausentaba de la ciudad. A pesar de que sus padres nunca hablaban de ello, María había oído rumores cuando era pequeña de que, cuando su padre había comprado la casa, un buen número de vecinos que vivía en aquella parte del barrio se había inquietado. Los Sánchez eran la primera familia no blanca en la calle, y la gente había especulado con que eso afectaría al valor de las propiedades y que incrementaría el número de delitos, como si todo el mundo nacido en México estuviera de algún modo conectado con los cárteles de la droga.

María suponía que era uno de los motivos por los que su padre siempre había mantenido el jardín inmaculado y el seto bien recortado; pintaba la fachada del mismo color cada cinco años, siempre aparcaba el coche en el garaje, en lugar de dejarlo fuera, y mantenía una bandera de Estados Unidos en el porche delantero. Decoraba la casa tanto por Halloween como por Navidad, y en los primeros años repartía cupones del restaurante entre los vecinos que encontraba por la calle, invitándolos a comer a mitad de precio. Su madre solía preparar bandejas con comida las tardes de los fines de semana, cuando no estaba en el restaurante —burritos y enchiladas, tacos o carnitas—, que servía a los niños que jugaban al fútbol en la calle. Poco a poco, fueron aceptados en el vecindario. Desde entonces, la mayoría de las casas circundantes se habían vendido más de una vez, y en todos los casos, sus padres habían recibido a los nuevos propietarios con un regalo de bienvenida, con la esperanza de evitar futuros chismes.

A veces a María le costaba imaginar cuán duro debía de haber sido para sus padres. Incluso, en la escuela, durante más de dos años, ella había sido la única mexicana en su clase. Dado que era una estudiante aplicada, aunque muy callada, no podía recordar ninguna señal de discriminación similar a las que habían experimentado sus padres, pero, aunque las hubiera sufrido, ellos le habrían dicho que actuara del mismo modo. Le habrían dicho que fuera ella misma, que se mostrara amable y educada con todo el mundo, y le habrían aconsejado que no se rebajara al nivel de otros. Por último, pensó con una sonrisa en los labios, le habrían pedido que estudiara.

A diferencia de Serena, que todavía estaba disfrutando de los primeros años fuera del control de sus padres, a María le gustaba ir a aquella casa antigua, con sus paredes verdes y naranjas, las baldosas de cerámica de vivos colores en la cocina, el mobiliario ecléctico que su madre había ido hacinando a lo largo de los años, la puerta de la nevera decorada con un sinfín de fotos e información sobre la familia, cualquier cosa de la que Carmen se sintiera especialmente orgullosa. Le gustaba el hábito de su madre de canturrear cuando estaba contenta y, sobre todo, mientras cocinaba. Durante la infancia, María había tomado todo aquello como lo normal, pero al empezar la universidad, aún podía recordar el sentimiento de confort cada vez que atravesaba el umbral de la puerta principal, incluso después de tan solo pasar unas semanas fuera.

Dado que sabía que sus padres se ofenderían si tocaba el timbre, entró sin llamar. Atravesó el comedor y fue a la cocina, donde dejó el bolso sobre la encimera.

—¿Mamá? ¿Papá? ¿Dónde estáis? —gritó.

Como siempre que iba a casa de sus padres, hablaba en español. El cambio de inglés a su lengua materna le resultaba tan sencillo como respirar, y lo hacía de forma inconsciente.

—¡Aquí! —Oyó que su madre contestaba.

139

María fue hacia el porche trasero, donde vio a sus padres que se levantaban de la mesa.

Se inclinó para abrazarlos con semblante feliz, y los dos empezaron a hablar al mismo tiempo:

—No sabíamos que vendrías...

—Qué grata sorpresa...

—Tienes buen aspecto...

—Estás demasiado delgada...

—¿Tienes hambre?

María besó a su madre, luego a su padre, después otra vez a su madre, y una segunda vez a su padre. Para ellos, ella siempre sería su pequeña; pese a que durante los años de su pubertad aquella idea la había mortificado —sobre todo cuando estaban en público—, ahora, en cambio, tenía que admitir que le gustaba.

—Estoy bien, ya comeré más tarde.

—Te prepararé algo —anunció su madre con decisión al tiempo que se dirigía hacia la nevera.

Su padre observó a su esposa con satisfacción. Siempre había sido un romántico empedernido.

A sus cincuenta y tantos años, su padre no estaba ni gordo ni delgado. Tenía el pelo un poco cano, pero María se fijó en su aspecto cansado, como de costumbre, el efecto de un exceso de trabajo durante demasiados años. Aquella noche parecía incluso con menos energía que de costumbre.

—Prepararte la cena hace que sienta que todavía es alguien importante para ti —comentó su padre.

—Por supuesto que todavía es importante para mí. ¿Por qué habría mamá de pensar lo contrario?

—Porque ya no la necesitas de la forma que la necesitabas antes.

—Ya no soy una niña.

—Pero ella siempre será tu madre —aseveró él con firmeza. Señaló hacia la mesa en el porche—. ¿Quieres sentarte fuera y relajarte con un poco de vino? Tu madre y yo estábamos tomando una copa.

—Ya me sirvo yo —contestó—. Deja que primero hable un rato con mamá, y luego saldré a charlar contigo.

Mientras su padre volvía a salir al porche, María sacó una copa del armario y se sirvió vino antes de acercarse a su madre. Carmen había preparado una cacerola con carne asada, puré de patatas y judías verdes, todo recubierto con pan rallado —suficientes calorías para un par de días, pensó María—, y la estaba metiendo en el horno para gratinar. Por alguna razón —quizá porque era un plato que nunca servían en el restaurante—, a su padre le encantaba la carne asada con puré de patatas.

—Qué contenta estoy de que hayas venido —dijo su madre—. ¿Pasa algo malo?

—No, nada —respondió María. Se apoyó en la encimera y tomó un sorbo de vino—. Solo quería daros una sorpresa.

—Lo que digas, pero seguro que ha pasado algo. Nunca vienes a vernos durante la semana.

—Por eso es una sorpresa.

Carmen la miró con atención antes de cruzar la cocina y coger su copa de vino.

—¿Se trata de tu hermana?

—¿Qué pasa con Serena?

—No ha conseguido la beca, ¿verdad?

—¿Sabes lo de la beca?

Carmen señaló una carta que había pegada en la nevera.

—Qué ilusión, ¿no? Nos lo contó anoche. El director vendrá a cenar el próximo sábado.

—¿De veras?

—Queríamos conocerle —explicó—. La carta dice que Serena es una de las semifinalistas. Pero, volviendo a tu hermana, ¿qué pasa? Si no se trata de la beca, entonces debe de ser algo relacionado con un chico. No se habrá metido en ningún problema, ¿no?

Su madre hablaba tan rápido que incluso María tenía dificultad para seguirla.

—A Serena no le pasa nada; por lo menos, que yo sepa.

—¡Ah! —Su madre suspiró—. Bien. Entonces es algo sobre tu trabajo. Eres tú quien tiene problemas.

—El trabajo… va bien. ¿Por qué piensas que tengo problemas?

—Porque has venido directamente hacia aquí después del trabajo.

—¿Y?

—Eso es lo que haces siempre que algo te preocupa. ¿No te acuerdas? Incluso en la universidad, si pensabas que habías sacado una mala nota, o cuando tuviste problemas con tu compañera de habitación el primer año, o cuando te peleaste con Luis, viniste a vernos. Las madres recordamos esa clase de detalles.

«¡Vaya! Nunca lo habría dicho», pensó María.

Decidió cambiar de tema.

—Creo que te preocupas demasiado, mamá.

—Pues yo creo que conozco a mi hija.

María sonrió.

—¿Cómo está papá?

—Ha estado muy silencioso desde que ha vuelto. Esta semana ha tenido que echar a dos personas.

—¿Qué habían hecho?

—Lo mismo de siempre. Uno de los limpiaplatos se saltó un par de turnos, y una de las camareras estaba invitando a comer gratis a sus amigos. Ya sabes cómo son esas cosas. De todos modos, a tu padre le cuesta mucho despedir a alguien. Quiere confiar en todo el mundo, y siempre se decepciona cuando la gente le falla. Se desmoraliza. Cuando ha llegado a casa hoy, ha dormido la siesta en lugar de sacar a *Copo* a pasear.

—Quizá debería ir a ver al médico.

—De eso estábamos hablando precisamente cuando has llegado.

—¿Qué opina él?

—Dice que irá. Pero ya le conoces. A menos que le pida yo la hora, no lo hará.

—¿Quieres que llame por ti?

—¿Te importaría?

—En absoluto —contestó María.

142 A causa de la falta de habilidad de su madre con el inglés, era ella la que pedía cualquier cita desde que era niña.

—Es el doctor Clark, ¿verdad?

Su madre asintió.

—Pide una revisión completa, si puedes.

—A papá no le gustará.

—Lo sé, pero necesita una. Han pasado casi tres años desde la última.

—No debería esperar tanto. Tiene la presión alta. Y, el año pasado, sufrió esos fuertes dolores en el pecho y no pudo trabajar durante una semana.

—Lo sé, y tú también, pero es más terco que una mula, e insiste en que a su corazón no le pasa nada. Quizá puedas hablar con él y convencerle.

Su madre volvió a colocarse delante del horno y lo abrió. Satisfecha, se puso un guante acolchado y sacó la cazuela antes de empezar a servir un plato para María.

—Ya tengo bastante, gracias —dijo, intentando limitar la cantidad.

—Tienes que comer —insistió su madre, sin dejar de apilar comida en el plato mientras María sacaba los cubiertos—. Vayamos a sentarnos con tu padre.

Fuera, en la mesa, una vela de citronela ardía para mantener los mosquitos a distancia. La noche era perfecta, con una ligera brisa y un cielo bordado de estrellas.

Copo estaba sentado en el regazo de su dueño, roncando suavemente mientras este le acariciaba el pelaje con movimientos rítmicos. María empezó a cortar un trozo de la carne asada en rodajas más pequeñas.

—Me he enterado de lo que ha pasado hoy —empezó a decir María.

De ese modo iniciaba el hilo de una conversación que atañía al restaurante, a las noticias locales y a los últimos cotilleos de la familia. En una familia tan extensa como la suya, siempre había algún tipo de tragedia sobre la que valía la pena hablar o diseccionar. Cuando María terminó de cenar —no comió más de un cuarto de lo que había en el plato—, los grillos habían empezado con su melodía nocturna.

—Se ve que te tocó el sol el fin de semana.

—Estuve con la tabla de surf de remo, después de almorzar.

—¿Con tu nuevo amigo? —se interesó su madre—. ¿El del embarcadero?

Al ver la expresión sorprendida de María, su madre se encogió de hombros.

—Os oí a Serena y a ti hablando. Tu hermana puede ser bastante escandalosa, a veces.

«Otra vez Serena», pensó María.

No quería sacar el tema a colación, pero tampoco podía negarlo, aún más cuando su padre parecía demostrar un repentino interés en la conversación.

—Se llama Colin. —Entonces, consciente de que sus padres le pedirían más información, aunque no quería ahondar en el tema, continuó—: Serena lo conoce porque es un compañero de clase, y cuando ella y yo salimos a cenar el sábado, nos lo encontramos; trabaja en el restaurante donde fuimos a cenar. Empezamos a hablar en el embarcadero y decidimos quedar el domingo.

—¿Está en la universidad? ¿Cuántos años tiene?

—Es de mi edad. No empezó a estudiar hasta hace un par de años. Quiere ser maestro de primaria.

—Serena dijo que es muy guapo —comentó su madre con una sonrisa.

«Gracias, Serena. La próxima vez, baja la voz».

—Sí, así es.

—¿Y te lo pasaste bien?

—Muy bien.

143

—¿Cuándo nos lo presentarás?

—¿No te parece que es un poco precipitado? —cuestionó María.

—Depende. ¿Vais a volver a salir?

—Mmm..., sí. El sábado.

—Entonces deberíamos conocerlo. ¿Por qué no le invitas a almorzar el domingo?

María abrió la boca y volvió a cerrarla. Imposible que sus padres estuvieran preparados para conocer a Colin, sobre todo dado que Colin no tendría escapatoria. La idea de que Colin contestara a cualquier pregunta con su típica franqueza le bastaba para provocarle un patatús. Le sonrió a su padre con una mueca de desesperación.

—¿Por qué ha esperado tanto para ir a la universidad? —se interesó su padre.

María consideró la mejor forma de contestar sin mentir.

—No sabía que quería ser maestro hasta hace un par de años.

De sus padres, él siempre había sido más sagaz a la hora de leer entre líneas, y María sospechaba que continuaría presionando para obtener más detalles sobre el pasado de Colin. Pero la conversación se interrumpió con el sonido apagado de un móvil en la cocina.

—¡Es mi móvil! —dijo María al tiempo que daba gracias a Dios por la vía de escape—. Ahora vuelvo.

Se levantó de la mesa y entró corriendo en la cocina. Al sacar el móvil del bolso, vio el nombre de Colin en la pantalla. Se sintió como una colegiala mientras apretaba el botón y se llevaba el teléfono al oído.

—Hola, precisamente estaba hablando de ti —lo saludó María.

Se puso a pasear por el comedor mientras hablaban, explicándose qué tal habían ido sus respectivos días. Igual que en persona, Colin era un interlocutor que sabía escuchar; cuando detectó algo en el tono de su voz, María no pudo evitar contarle el incidente con Ken. Colin se quedó callado; cuando le propuso quedar al día siguiente para almorzar, él contestó que le encantaría y le preguntó a qué hora debía pasar a buscarla por el despacho. María sonrió, pensando que eso le daría a su historia un mayor toque de credibilidad con Ken. En secreto se alegró de poder ver a Colin tan pronto. Cuando colgó el teléfono, tenía la impresión de que, a pesar de lo que pudieran pensar sus padres, Colin quizá fuera lo que necesitaba en su vida en ese momento.

Regresó al porche.

—Lo siento —dijo mientras cogía la copa de vino—. Era Colin.

—¿Te ha llamado solo para decir hola?

María asintió.

—Hemos quedado para almorzar mañana.

Tan pronto como anunció la nueva cita, se arrepintió de haberles informado. Su madre jamás comprendería que alguien considerara la posibilidad de salir a comer a otro sitio que no fuera el restaurante familiar.

—Fantástico. Os prepararé un plato especial.

Capítulo 9

Colin

—¿*D*e veras? —gritó Evan, inclinado sobre la barandilla del porche mientras Colin cruzaba el jardín—. ¿Has vuelto a salir a correr? ¿Otra vez?

Colin todavía resollaba cuando viró hacia el porche, hasta que finalmente se detuvo y acabó la marcha andando. Se quitó la camiseta para secarse la cara antes de levantar la vista hacia su amigo.

—Antes no había salido a correr.

—Has entrenado por la tarde y por la mañana.

—Pero eso ha sido en el gimnasio.

—¿Y?

—No es lo mismo —rebatió, sabiendo que a Evan realmente no le importaba si entrenaba en un sitio o en otro. Señaló hacia la puerta principal—. ¿Por qué no estás dentro con Lily?

—Porque mi casa atufa.

—¿Qué tiene eso que ver conmigo?

—¿Qué tal si te digo que puedo oler el tufo de tu ropa que se cuela por los respiraderos como una niebla verde y pútrida? En vez de salir a correr, deberías haber hecho la colada. O mejor aún, deberías empezar a quemar la ropa que usas en los entrenos diarios. Lily pensaba que había una rata muerta en la galería. O que el tufo venía de la alcantarilla.

Colin sonrió.

—Ahora mismo lo soluciono.

—Date prisa. Y luego ven a mi casa. Lily quiere hablar contigo.

—¿Por qué?

—No tengo ni idea. No ha querido decírmelo. Pero si no me falla el olfato, supongo que se trata de tu novia.

—No tengo novia.

—Lo que sea. La cuestión es que quiere hablar contigo.

—¿Por qué?

—Porque ella es así —replicó Evan con una nota de exasperación—. Probablemente quiera preguntarte si ya le has escrito a María una carta de tu propio puño y letra, con una bonita caligrafía. O
se ofrezca a seleccionar el pañuelo de seda perfecto para el cumpleaños de María. O quiera asegurarse de que utilizas la cuchara adecuada para la sopa si vais a cenar a un restaurante caro. Ya sabes cómo
es. Pero ha traído a casa una bolsa extra, y no ha querido decirme lo
que contiene.

—¿Por qué no?

—¡Deja de hacerme preguntas que no puedo contestar! —resopló Evan—. Lo único que sé es que cada vez que he intentado averiguarlo, ella me ha dicho que espere a que llegues. ¿Y sabes qué? Que
eso no me gusta. Tenía muchas ganas de que llegara la noche. Necesitaba esta noche. He tenido un día horroroso.

—Vale.

Evan acribilló a Colin con la mirada por su escueta respuesta.

—¿Me has preguntado que por qué ha sido un día horroroso?
¡Vaya! ¡Gracias por preguntar! ¡Me encanta tu interés por mi bienestar! —Lo miró con cara de pocos amigos—. Por lo visto, esta mañana el informe sobre empleos era terrible, y el mercado ha bajado.
Y aunque yo no tengo ningún control sobre tales asuntos, me he
pasado toda la mañana atendiendo llamadas telefónicas de clientes
que estaban preocupados. Y después, llego a casa y esto huele como
un vestuario de jugadores de fútbol, y ahora he de esperar a que
«ella» hable «contigo» antes de que pueda empezar a disfrutar de
«mi» noche.

—Deja que primero me cambie. Saldré dentro de un par de minutos.

—De eso nada —dijo Lily, que apareció de repente en el porche.

Lucía un veraniego vestido amarillo. Agarró cariñosamente a su
novio por el brazo y le sonrió con dulzura.

—No permitirás que entre en casa sin haberse duchado, ¿no?
Míralo. ¡Angelito! Pero si está empapado de sudor. Seguro que podemos esperar unos minutos más. No sería correcto que solo se cambiara de ropa.

Evan no contestó y Colin se aclaró la garganta.

—Lily tiene razón. No sería correcto.

Evan volvió a fulminarlo con una mirada asesina.

—De acuerdo. Dúchate. Y pon una lavadora. Y luego ven a vernos.

—Oh, no seas tan duro con él —lo regañó Lily—. No es culpa
suya si has invertido el dinero de tus clientes en las compañías equivocadas.

147

Lily le guiñó el ojo a Colin con disimulo.

—¡No he invertido en las compañías equivocadas! ¡No es culpa mía! El mercado se ha desplomado.

—Solo te estaba tomando el pelo, cariño —gorjeó ella—. Ya sé que has tenido un día horroroso y que no ha sido culpa tuya. Míster Mercado, ese malvado y viejo señor, se ha aprovechado de ti, ¿no es cierto?

—No me estás ayudando —protestó Evan.

Lily volvió a centrar su atención en Colin.

—¿Has hablado con tu señora amiga hoy? —quiso saber.

—Sí, antes de salir a correr.

—¿Le has enviado flores a la oficina, tal y como te aconsejé?

—No.

—¿Y chuches?

—No.

—¿Qué voy a hacer contigo?

—No lo sé.

Ella sonrió antes de estrujarle la mano a Evan.

—Nos vemos dentro de unos minutos, ¿de acuerdo?

Colin se los quedó mirando mientras se metían de nuevo en casa antes de entrar él en su apartamento. Se fue desnudando de camino al cuarto de baño y añadió su ropa sudada a la pila de la colada. Evan tenía razón: la pila apestaba. Puso una lavadora y saltó a la ducha. Cuando terminó, se puso unos pantalones vaqueros y una camiseta antes de ir a casa de su amigo.

Evan y Lily estaban sentados uno al lado del otro en el sofá. De los dos, era evidente que Lily era la única que se alegraba de su presencia.

—¡Colin! ¡Qué bien que hayas venido! —dijo Lily, que se levantó del sofá, ignorando que hacía tan solo unos minutos habían estado hablando—. ¿Te apetece beber algo?

—Agua, por favor.

—¿Evan? ¿Por qué no vas a buscar un vaso de agua para Colin?

—¿Por qué? —preguntó Evan, que se arrellanó en el sofá, con el brazo por encima del respaldo—. Él ya sabe dónde está. Puede servirse él mismo.

Lily se volvió hacia su novio.

—Es tu casa. Y tú eres el anfitrión.

—No he sido yo quien le ha pedido que venga. Has sido tú.

—¿Evan?

Por la forma de pronunciar su nombre, era obvio que Evan no tenía elección. Eso y la forma de mirarlo, por supuesto. No era solo la mujer más guapa con la que Evan había salido, sino que además sabía cómo controlar la situación usando su apariencia para su propio beneficio.

—De acuerdo —rezongó él, al tiempo que se levantaba del sofá—. Iré a buscarle un vaso de agua.

Se marchó con la espalda encorvada.

—Con hielo, por favor —gritó Colin.

Su amigo lo miró mal por encima del hombro antes de que Colin se acomodara en un sillón delante de Lily.

—¿Cómo estás esta noche? —le preguntó ella.

—Bien.

—¿Y María?

Un rato antes, por teléfono, María le había contado lo que había pasado con su jefe Ken Martenson y, mientras él la escuchaba, había notado una fuerte tensión en la mandíbula. Aunque había mantenido la voz serena, Colin había imaginado que mantenía una breve conversación con Ken para dejarle claro que, por su propio interés, dejara a María en paz. No se lo dijo a ella, pero, después de colgar, cuando se dio cuenta de que seguía con la mandíbula tensa, decidió ponerse el chándal y salir a correr. Hasta casi el final del recorrido no empezó a recuperar la serenidad de nuevo.

Pero eso no era lo que Lily le había preguntado.

—He hablado con ella hace un rato.

—¿Y está bien?

Colin pensó en la situación laboral de María, pero no le pareció adecuado compartir la información. No era su vida ni su historia.

—Creo que se ha alegrado al oír mi voz —contestó con total sinceridad.

—¿Todavía no la habías llamado?

—La llamé el domingo por la noche, después de hablar contigo y con Evan.

—Pero ¿no la llamaste el lunes ni el martes?

—Estaba trabajando.

—Podrías haberla llamado de camino al trabajo. O durante el descanso. O de camino a clase o al gimnasio.

—Sí.

—Pero no lo hiciste.

—No. Pero hemos quedado para almorzar mañana.

—¿De veras? Espero que la lleves a un sitio especial.

—Todavía no lo he decidido.

Lily no se esforzó por ocultar su decepción. Evan entró en el comedor con un gran vaso de agua con hielo. Se lo ofreció a Colin con brusquedad.

149

—Gracias. No tenías que hacerlo. Podría haberme servido yo mismo.

—Ja, ja, ja —contestó su amigo mientras volvía a sentarse.

Evan se volvió hacia Lily y le preguntó:

—¿Qué era eso tan importante que querías hablar con Colin?

—Estábamos hablando de su almuerzo con María mañana. Colin me ha dicho que han quedado para comer juntos.

—¿Quieres mi consejo? Asegúrate de que tu coche arranca —dijo Evan.

Lily miró a su novio con aire de reprobación.

—Lo que más me preocupa es su cita el próximo fin de semana, y por eso quería hablar con él.

—¿Por qué? —preguntó Evan.

—Porque la primera cita es un momento crítico en cualquier relación —contestó, como si fuera lo más obvio del mundo—. Si Colin hubiera invitado a María a cenar o quizá a pasear por el paseo marítimo, no estaría preocupada. O si él hubiera sugerido que saliéramos los cuatro juntos, estoy segura de que la conversación sería tan interesante que María también se lo pasaría bien. Pero Colin estará solo, y piensa llevar a María a una discoteca.

Evan enarcó una ceja. Colin no dijo nada.

Lily volvió a poner toda su atención en Colin.

—Te he pedido que pases a vernos esta noche porque sentía curiosidad sobre una cuestión: ¿tienes experiencia o por lo menos sabes cómo bailar salsa?

—No.

—Entonces, lo más seguro es que no sepas que es un baile en pareja.

—Bailar es eso —la atajó Evan.

Lily no hizo caso a su novio.

—Bailar salsa puede ser muy divertido si hay complicidad entre la pareja —explicó—. Pero, dado que no es posible en vuestra situación, tendrás que hacer todo lo que puedas, y tengo unos consejos que te ayudarán. Como, por ejemplo, cómo mover los pies o guiar a tu pareja para que dé vueltas, u ofrecerle la opción de separaros y que ella baile unos momentos sola, todo eso mientras consigues que parezca que el baile fluye con naturalidad. Si no haces tales cosas, te costará mucho impresionarla.

Evan rio.

—¿Quién dice que quiera impresionarla? A Colin no le importa lo que piensen los demás…

—Sigue —lo cortó Colin, dirigiéndose a Lily.

Evan se volvió hacia su amigo con cara de sorpresa mientras Lily erguía más la espalda.

—Me alegro de que te des cuenta de la encrucijada en la que te has metido. Lo que intento decirte es que has de aprender lo más básico de ese baile.

Durante un momento, ni Colin ni Evan dijeron nada.

—¿Y cómo quieres que aprenda lo más básico? —preguntó Evan al fin—. Vivimos en Wilmington. Dudo mucho que haya profesores de salsa que decidan cancelar todas sus obligaciones para dedicarse a mi amigo, para que no haga el ridículo.

Lily se inclinó hacia delante. Cogió la bolsa que había dejado junto al sofá y sacó un puñado de CD.

—Son álbumes de salsa. Será mejor que los escuches. He llamado a mi vieja profesora de baile y ha estado encantada de enviarme unas muestras. No hay nada muy reciente, pero no importa. La salsa tiene más que ver con la velocidad y el ritmo, o sea, el compás, que con la melodía. En cuanto a un profesor, estaré más que encantada de ayudar a Colin a aprender lo que necesite saber.

—¿Sabes bailar salsa? —preguntó Evan.

—Claro —contestó—. Fui a clases de baile durante casi doce años, y a veces aprendíamos danzas alternativas.

—¿Alternativas? —repitió Evan.

—Crecí en Charleston. Cualquier otro baile que no sea el shag o el vals se considera alternativo —contestó, como si esa información fuera del dominio público—. Pero, Evan, deja que Colin haga las preguntas. Apenas ha podido decir ni una sola palabra. —Se dio la vuelta hacia Colin—. ¿Quieres que sea tu profesora durante los dos próximos días?

—¿De cuánto tiempo estamos hablando?

—Te daré una primera clase esta noche: los pasos básicos y el movimiento, los giros y cómo guiar a tu pareja para que dé vueltas; para sepas a qué atenerte. Además, necesitaremos tres horas mañana por la noche, y otras tres horas el viernes por la noche. Después de que salga de trabajar y me cambie: empezaremos hacia las seis. Y, obviamente, tú deberías practicar durante tu tiempo libre antes de venir aquí.

—¿Con eso bastará?

—No te convertirás en un gran bailarín. Ni siquiera en uno del montón. Se necesitan años para convertirse en un verdadero profesional. Pero si te centras y haces exactamente lo que yo te diga, será suficiente para tu cita del sábado.

Colin tomó un sorbo de agua, sin contestar de inmediato.

—No me digas que te lo estás pensando —intervino Evan.

151

—Claro que se lo está pensando. Sabe que tengo razón.

Colin apoyó el vaso en el regazo.

—Vale. Pero tendré que conseguir que alguien me sustituya en mi turno del viernes por la noche.

—Fantástico. —Lily sonrió.

—Un momento —volvió a intervenir Evan—. Pensaba que habíamos quedado para salir el viernes.

—Lo siento mucho, pero tendré que cancelar nuestra cita. Un amigo necesita mi ayuda y, de verdad, no puedo decirle que no. Me lo ha suplicado, ¿sabes?

—¿De veras? ¿No tengo ni voz ni voto en esta cuestión? —se lamentó Evan.

—Claro que la tienes —dijo Lily—. Estarás aquí las dos noches. Y esta noche también.

—¿Aquí?

—¿Dónde, si no?

—No lo sé. ¿En la sala de un gimnasio, quizá?

—No seas ridículo. No es necesario. Pero necesitaré que arrincones los muebles del comedor. Necesitamos espacio. Además, te encargarás de la música, para adelantarla o rebobinarla cuando te lo pida y poner la canción desde el principio. Necesitamos sacar el máximo partido de nuestro tiempo. Serás mi pequeño ayudante.

—¿Pequeño ayudante?

Ella le regaló una sonrisa.

—¿No te había dicho que bailar salsa puede hacer que una mujer se sienta… sensual? ¿Y que esa sensación puede durar horas, después de bailar?

Evan tragó saliva mientras la miraba sin pestañear.

—Será un placer ayudarte.

—Te has doblegado sin ofrecer resistencia —le recriminó Colin a su amigo.

Él y Evan estaban moviendo el sofá hacia un lado de la sala mientras Lily se había ido a la habitación a buscar un adecuado par de zapatos, con el tacón apropiado, y a cambiarse de ropa. Lily nunca hacía las cosas a medias.

—Lo que haga falta para ayudar a un amigo.

Colin sonrió.

—Vale.

—Y a ti ni se te ocurra sugerir que quieres quedarte un rato más, después de la clase. Te largas a las nueve, ¿entendido?

—Vale.

Dejaron el sofá en el suelo.

—No sé cómo permito que me meta en estos tinglados.

Colin se encogió de hombros.

—Creo que sé el porqué.

Cuando los muebles estuvieron arrinconados y la alfombra enrollada, Lily arrastró a Colin hasta el centro de la estancia. Evan se sentó taciturno en el sofá, con una pila de libros, una lámpara y diversos objetos sobre el cojín que había a su lado.

Lily se había cambiado y se había puesto pantalones vaqueros ajustados, una blusa de seda de color rojo y un par de zapatos que probablemente costaban más de lo que Colin ganaba en una semana. Aunque era la novia de Evan y la amiga de Colin, este era consciente del atractivo sexual que rezumaba.

—No te acerques demasiado, Colin —gritó Evan.

—¡Chist! —lo acalló Lily, concentrada en lo que hacía—. Te preguntarás por qué me he cambiado —le dijo a Colin.

—La verdad es que no —contestó él.

—Me he cambiado para que puedas ver cómo se mueven mis pies. Ya te he dicho que te enseñaré el paso más básico, en el que se basa la salsa. Siempre puedes recurrir a ese paso, aunque María use otros. ¿Lo entiendes?

—Sí.

—Antes de empezar, supongo que María sabe bailar salsa.

—Me dijo que bailaba a todas horas.

—Perfecto. —Lily se colocó a su lado, los dos mirando hacia la ventana, permitiendo que Evan los viera de perfil—. Eso significa que ella será capaz de seguirte. ¿Estás listo?

—Sí.

—Entonces fíjate en mis pies y repite lo que hago —le ordenó—. Uno: da un paso hacia delante con tu pie izquierdo. Dos: apoya el peso en el dedo gordo del pie derecho. Tres: lleva el pie izquierdo hacia atrás, a la posición inicial. Cuatro: pausa.

Lily le hizo una demostración y Colin la imitó.

—Seguimos. Cinco: ahora da un paso hacia atrás con el pie derecho. Seis: apoya el peso en el dedo gordo del pie izquierdo. Siete: lleva el pie derecho de nuevo hacia delante, a la posición inicial. Ocho: pausa. Ya está.

De nuevo, Colin la imitó.

—¿Ya está?

153

Ella asintió.

—Volvamos a ensayar, ¿de acuerdo?

Repitieron los pasos, una y otra vez, mientras Lily contaba del uno al ocho. Ensayaron docenas de veces. Acto seguido, fueron incrementando la velocidad y siguieron sin contar. Se tomaron un descanso, luego empezaron despacio desde el principio, acelerando de forma gradual. Cuando Colin creyó que le estaba cogiendo el tranquillo, Lily se paró y lo observó mientras él continuaba.

—¡Perfecto! —exclamó ella—. Ahora ya sabes los pasos, pero la clave está en no brincar demasiado. De momento te mueves como un villano avanzando por una ciénaga. Necesitas ser más delicado, como una flor que empieza a abrirse en primavera. Mantén los hombros a la misma altura durante todo el baile.

—¿Cómo lo consigo?

—Usa más las caderas. Así.

Lily le hizo una demostración, con unos sensuales movimientos de cadera, hacia delante y hacia atrás, con los hombros al mismo nivel todo el rato.

Ella tenía razón en que era un baile sensual.

Con el rabillo del ojo, Colin vio que Evan estaba sentado con la espalda más erguida y miraba a Lily sin parpadear, aunque ella no parecía darse cuenta.

—Vamos a repetirlo, esta vez con música, y concentrándote en moverte con más suavidad. —Lily se volvió hacia Evan—. ¿Amor mío? ¿Te importaría volver a poner la canción desde el principio?

Evan sacudió la cabeza, como un hombre que intentaba despertar de un sueño.

—¿Qué? ¿Has dicho algo?

Bailaron durante más de dos horas. Además del paso básico, Colin aprendió a dar la vuelta; en ese momento, empezaron a bailar juntos. Lily le mostró dónde colocar la mano derecha (en la parte superior de su espalda, justo por debajo de su brazo, se recordó Colin) y le enseñó cómo guiarla para que ella diera tres vueltas diferentes por medio de pequeñas señales con la mano derecha, lo que requería que él diera unos pasos que diferían un poco de los básicos antes de volver a repetir los iniciales.

Durante todo el rato, ella le recordó que tenía que moverse al ritmo de la música y usar las caderas, mantener el contacto visual, dejar de contar en voz alta y sonreír. Requería más concentración de lo que Colin había imaginado. Después volvieron a colocar los muebles en su sitio y él se despidió. Lily le cogió la mano a Evan mientras Colin salía al porche.

—Lo has hecho muy bien —lo felicitó Lily—. Tienes un ritmo natural.

—Se parece un poco al boxeo —observó él.

—Espero que no —dijo ella, en un tono casi ofendido.

Colin sonrió.

—¿Nos vemos mañana por la tarde?

—A las seis en punto —especificó ella. Le pasó un CD—. Para ti. Mañana, si tienes un rato libre durante el día, insisto en que practiques los pasos básicos y los giros, y que imagines que estás guiando a tu pareja para que dé vueltas. Concéntrate en las señales de la mano e intenta ser delicado. No me gustaría que tuviéramos que empezar de nuevo.

—Vale. ¿Lily?

—¿Sí?

—Gracias.

—Un placer. —Sonrió ella—. ¡Huy! Casi se me olvida. Quería comentarte otro tema que se me ha ocurrido hace poco.

Colin la miró con atención.

—Sobre tu almuerzo con María mañana, estoy segura de que no tengo que recordarte que quedarás con ella en un ambiente profesional, lo que significa que has de ir vestido más formal. Y tampoco espero que tenga que recordarte que, por más que estés enamorado de tu coche, no hay nada más desmotivador que uno sucio por dentro o que no arranque. ¿A que no me equivoco?

«He intentado arreglar el coche por otras razones, nada que ver con María, pero ahora que lo mencionas...»

—No te equivocas —contestó Colin.

—Me alegro —dijo ella, asintiendo con la cabeza—. Después de todo, una mujer espera un trato determinado por parte del chico que intenta conquistarla. Por último, sobre las flores, ¿has decidido qué le llevarás? ¿Sabías que cada flor tiene un significado distinto?

Lily hablaba en un tono tan serio que a Colin le costaba contenerse para no sonreír.

—¿Qué me recomiendas?

Ella se llevó la mano, con una manicura perfecta, hasta la barbilla.

—Bueno, teniendo en cuenta que aún os estáis conociendo, y que solo es una cita para almorzar, un ramo de rosas sería demasiado formal, y los lirios (aunque sean preciosos) son más adecuados para la primavera. Los claveles, por supuesto, solo son una elección barata, así que descartados.

155

—Tienes razón —asintió Colin.

—Quizás un simple ramo de otoño. Con una mezcla de rosas amarillas, margaritas, y quizás un tallo de hierba de San Juan. —Lily se quedó pensativa—. Sí, me parece el ramo más apropiado para la ocasión. Necesitarás pedir que te pongan las flores en un jarrón, claro, de modo que María pueda colocarlo en su despacho. Sí, sin lugar a dudas, es la elección correcta para esta ocasión, ¿no te parece?

—Sin lugar a dudas.

—Encarga el ramo en la floristería Michael's. El dueño es un artista, cuando se trata de preparar ramos. Llámalo a primera hora de la mañana y dile que vas de mi parte. Te atenderá muy bien.

Evan le dedicó una mueca burlona a su amigo. Era evidente que estaba disfrutando al ver que, al igual que él, Colin no se libraba de las órdenes de Lily. Y dado que Evan lo conocía mejor que cualquier otra persona en el mundo, Colin acabó por asentir.

—Vale.

Por la mañana, Colin se levantó temprano y se alegró al ver que el viejo Camaro arrancaba a la primera. En el gimnasio, se aplicó a fondo: pliométrica, barra de pesas, saltar a la comba y largos intervalos de sacos pesados y sacos de velocidad. De vuelta a su apartamento pasó por un tren de lavado de vehículos y limpió el interior del Camaro. En casa, con los músculos relajados, puso el CD de Lily y se pasó media hora practicando los pasos de salsa, sorprendido al ver que se había olvidado de todo. Volvió a llamarle la atención la gran concentración que exigía.

Se tomó un batido de proteínas y se duchó; luego se vistió con pantalones oscuros, mocasines y una camisa, un atuendo que guardaba de los días que había tenido que pasar por las salas de audiencias. Había desarrollado mucho la musculatura desde entonces, por lo que la camisa le quedaba demasiado ajustada en el pecho y los brazos, pero no tenía otra ropa alternativa. Se plantó delante del espejo y pensó que, salvo por la camisa, que le quedaba un poco justa, parecía que lo hubiera vestido Evan. La indumentaria era ridícula, sobre todo porque estaría en un campus donde los pantalones cortos y las chancletas eran la norma. Aunque sabía que a Lily no le habría parecido bien, se arremangó, exponiendo parte de los antebrazos. Mejor. Más cómodo, también.

Sus compañeras de clase no se fijaron en él o no se dieron cuenta del cambio. Colin se dedicó a escuchar y a tomar notas, como siempre. Después no vio a Serena, ya que las únicas clases en las que coincidían eran las de los lunes y los miércoles. Cuando tuvo unos minutos libres, llamó a la floristería y pidió un ramo de otoño, fuera lo que fuera eso. Acto seguido, le tocaba una clase sobre dirección del aula. Colin era consciente de que no había parado de moverse desde que había sonado la alarma del despertador; su rutina hecha añicos.

La última clase del día acabó a las doce menos cuarto. Por entonces, el sol ya estaba alto en el cielo; con la cálida temperatura del veranillo, enfiló despacio hacia su coche, intentando no sudar. Se detuvo en la floristería de camino a la dirección que María le había dado; como si la fortuna estuviera de su parte, solo necesitó un par de intentos con la llave y aplicar un poco de gas para que arrancara el motor. Mantuvo los dedos cruzados.

Martenson, Hertzberg y Holdman ocupaba todo un edificio, una estructura relativamente moderna a un par de manzanas del río Cape Fear y a un paso del centro del barrio antiguo, con aparcamiento a ambos lados del edificio. A cada lado, y al otro lado de la calle, los edificios constituían una cadena irrompible, todos seguidos, con tiendas entoldadas en las plantas bajas. Aparcó muy cerca del coche de María, detrás de un impecable Corvette rojo.

Cogió el jarrón con el ramo de flores —recordando a Lily y su frase sobre «un determinado trato»— y después pensó en Ken y en los problemas que estaba causando. Se preguntó si ese tipo estaría por allí; quería ponerle cara a su nombre. Mientras cerraba con llave la puerta del coche, de repente vio la mañana entera como una cuenta atrás hasta el momento en que por fin vería a María.

Se sorprendió al darse cuenta de que la había echado de menos.

Capítulo 10

María

Con Barney encerrado en su despacho, preparándose para el juicio, María tenía el doble de trabajo. Se había pasado la mañana contactando con clientes, procurando transmitirles la impresión de que su caso seguía siendo una prioridad. Cada media hora, aproximadamente, Lynn, la asistente legal, entraba con aún más documentos o formularios que tenía que rellenar; aunque a María le costaba mantener el ritmo, permanecer ocupada le permitía no ponerse nerviosa pensando en la cita a la hora del almuerzo. O, más exactamente, en cómo reaccionarían sus padres cuando conocieran a Colin.

Para empezar —y a diferencia de Luis—, Colin era un gringo, y, aunque eso no fuera un grave problema para la generación de María, seguro que sus padres se iban a sorprender. Presentarles a Colin significaba que la relación adoptaba un cariz serio; probablemente, ellos siempre habían creído que María solo saldría con mexicanos. Todos los miembros de su familia —incluso los emparentados por matrimonio— eran mexicanos, y existían diferencias culturales. Celebraban cualquier reunión familiar con una piñata para los niños, escuchaban mariachis, miraban telenovelas de forma obsesiva, y entre ellos solo hablaban en español. Algunas de sus tías y tíos no hablaban ni una palabra de inglés. Sabía que eso no sería necesariamente un problema para sus padres, aunque probablemente se preguntaran por qué María no les había comentado el origen de Colin. El resto de las opiniones de la familia dependerían probablemente de la edad: a los familiares más jóvenes, les parecería inconsecuente. Con todo, no le cabía la menor duda de que sería un tema de conversación entre la familia en el restaurante, un tema que lo más seguro continuaría mucho después de que María y Colin se hubieran marchado.

Aquello no le quitaba el sueño. De lo que ya no estaba tan segura era de si podría enfrentarse a cualquier comentario sobre el pasado de Colin, una cuestión ineludible. Cualquier conversación derivaría en su vida, ¿y qué sucedería cuando su madre o su padre empezaran a hacerle preguntas? Pensó que podría desviar la atención aludiendo a que solo eran amigos y dirigiendo la conversación hacia otros derroteros más seguros, pero ¿cuánto tiempo podría hacerlo? A menos que su relación se acabara después del sábado —y María admitía que no quería que eso sucediera—, el pasado de Colin afloraría tarde o temprano.

¿Y qué había dicho Serena al respecto? «De hecho, espero no estar en el mismo estado cuando les sueltes esa bomba.» Para sus padres, no importaría que fuera una mujer hecha y derecha; expresarían su malestar con la conciencia tranquila de estar haciendo lo que debían, ya que era obvio que María no sabía dónde se metía.

Y lo más grave era que sus padres probablemente tenían razón.

—Tienes visita —anunció Jill.

María estaba hablando por el interfono con Gwen, la recepcionista, quien le acababa de comunicar la misma información, cuando Jill apareció en el umbral, con el bolso ya colgado en el hombro.

—¡Vaya! No sé adónde han ido a parar las horas, esta mañana. Si parece que acabo de llegar —comentó María mientras echaba un vistazo al reloj y veía que eran las doce y cuarto.

Jill sonrió.

—¿Has quedado con Colin para almorzar?

—¡Huy, sí! Lo siento, no he tenido ocasión de avisarte de que ya tenía planes para hoy, pero es que he estado muy ocupada toda la mañana. Apenas he tenido un segundo para respirar.

—No te preocupes —dijo Jill, agitando el brazo para restarle importancia—. Ya recuerdo el estado de pánico cuando Barney se prepara para un juicio. De hecho, pasaba para decirte que planeaba darle una sorpresa a Paul: ir a su despacho y pedirle que me invite a comer.

—¿De verdad no te importa?

—No por lo del almuerzo. Pero me habría gustado que me hubieras dicho que Colin iba a venir. Habría avisado también a Paul, para que viera con sus propios ojos los beneficios de comer de forma saludable y hacer ejercicio físico.

—Paul está en buena forma física.

—Para ti es fácil decirlo. Mira quién te está esperando en el vestíbulo. Paul, en cambio, se está descuidando un poco, y no le importa. Lo sé porque últimamente le lanzo indirectas, como: «Por el amor de Dios, deja de comer tantas galletas y súbete a la cinta de andar».

159

—No creo que le digas eso.

—No, pero lo pienso, lo que es lo mismo.

María rio mientras recogía sus cosas y se ponía de pie.

—¿Quieres que salgamos juntas?

—Por eso te estoy esperando. También quiero ver tu cara cuando lo descubras.

—¿Descubrir el qué?

—Ya lo verás.

—¿De qué estás hablando?

—Vamos —la apremió Jill—. Y preséntamelo, ¿eh? Quiero contarle a Paul todos los detalles, sobre todo si tu bombón flirtea conmigo.

—Colin no es de esos a los que les guste flirtear.

—¿Y a quién le importa? La verdad es que solo quiero acercarme, verlo de cerca, para asegurarme de que es lo bastante bueno para ti, claro.

—¡Qué detalle!

—¿Para qué están las amigas?

Mientras recorrían el pasillo, María aspiró hondo, sintiendo que sus preocupaciones se reafirmaban. Por suerte, Jill no se dio cuenta; parecía tener la mente en otro sitio.

—Espera un segundo —dijo Jill.

María vio que su amiga sacaba el pintalabios y repasaba el carmín antes de volverlo a guardar en el bolso.

—Ya está, ya podemos seguir —dijo Jill.

María se la quedó mirando sin pestañear.

Jill le guiñó el ojo.

—¿Qué puedo decir? La primera impresión es muy importante.

Al final del pasillo, María vio que dos asistentes legales salían del vestíbulo, cuchicheando emocionadas como un par de colegialas. Jill las señaló con la cabeza.

—¿Ahora entiendes a qué me refiero? No me lo habías dicho. Es un pedazo de bombón.

—No está mal.

—Sí, ya. Bueno, vamos, que tienes una cita y no deberías llegar tarde.

Tan pronto como María vio a Colin en el vestíbulo, su corazón le dio un vuelco. Colin miraba hacia la dirección opuesta —esperándola, sí, esperándola a ella— y por detrás podría haber pasado por un joven abogado, aunque increíblemente musculoso y con tatuajes visibles. María desvió la vista hacia la recepcionista y vio que Gwen estaba haciendo un enorme esfuerzo por no mirar a Colin con descaro mientras contestaba al teléfono.

Colin debió notar su presencia; cuando se dio la vuelta, María vio el bonito ramo de flores: tonos naranjas y amarillos, con una nota roja en el centro. Se quedó boquiabierta.

—Sorpresa —susurró Jill, pero María estaba demasiado alucinada como para oírla.

—Oh —acertó a decir—. Hola.

Se acercó a él, sin ser consciente de que Jill se había quedado atrás. Al llegar a su lado, su aroma limpio se mezcló con el de las flores.

—¿Traje nuevo?

—Traje de libertad —contestó él—. Probablemente me ha librado de la cárcel.

Ella sonrió, divertida, y acto seguido pensó: «No puedo creer que su respuesta no me haya molestado». Pero no quería pensar en su pasado. En vez de eso, admiró las flores.

—¿Para mí?

—Sí —contestó él al tiempo que se las ofrecía—. Es un ramo de otoño.

—Son preciosas. Gracias.

—De nada.

—Deja que las ponga en mi despacho. Enseguida vuelvo.

—Vale.

A su espalda, oyó que Jill carraspeaba y se dio la vuelta.

—¡Oh! Te presento a mi amiga Jill. También es abogada del despacho.

Jill se acercó y él le ofreció la mano.

—Hola, Colin —lo saludó al tiempo que le estrechaba la mano, intentando no perder la compostura—. Encantada de conocerte.

María los dejó charlando y se apresuró a volver a su despacho. Por el pasillo se fijó en las dos asistentes legales, que la miraban con evidente envidia. Intentó recordar la última vez que alguien le había comprado flores. Salvo una rosa que Luis le regaló el Día de San Valentín, cuando hacía un año que salían, no pudo recordar ninguna otra ocasión.

Puso el jarrón en un sitio destacado del despacho y regresó al vestíbulo justo a tiempo para oír la última parte de la conversación que Jill mantenía con Colin.

Jill se dio la vuelta.

—Me he enterado de que eres mejor fotógrafa de lo que cuentas. Colin afirma que sacaste unas fotos increíbles de unas marsopas.

—Me parece que se excede en los halagos —dijo María—. De vez en cuando tengo suerte.

—De todos modos, me gustaría verlas.

161

—Ya te las enviaré por correo electrónico. —María miró a Colin—. ¿Nos vamos?

Colin asintió; después de despedirse de Jill, enfilaron hacia el aparcamiento.

—Tu amiga es muy simpática —remarcó Colin.

—Es fantástica —convino María—. De no ser por ella, habría comido todos los días sola en mi despacho desde que empecé a trabajar aquí.

—Hasta hoy —indicó Colin con una sonrisa—. ¿Qué tal en la oficina?

—A tope de trabajo —admitió ella—. Pero espero que el ritmo se calme. Mi jefe estará fuera esta tarde y mañana.

—En tal caso, no te recomiendo que montes una megafiesta y que destroces la oficina en su ausencia. Por experiencia sé que eso suele irritar a la gente.

—Lo tendré en cuenta —dijo ella mientras Colin le abría la puerta del coche.

María se metió en el Camaro. Cuando Colin se sentó detrás del volante, se inclinó hacia ella, con las llaves en la mano.

—Pensaba que podríamos ir a uno de los restaurantes del centro. Es posible que consigamos una mesa fuera, con una buena vista.

«Ay, claro, el restaurante», pensó ella. María jugueteó con el cinturón de seguridad, preguntándose cuál era la mejor forma de decírselo.

—Suena genial —se aventuró a decir—, y la verdad es que me encantaría. Pero el hecho es que… anoche fui a ver a mis padres, y cuando tú llamaste aún estaba allí, y se me ocurrió mencionar que habíamos quedado para comer y… —Suspiró, decidida a soltarlo de una vez por todas—: Nos esperan en su restaurante.

Colin propinó unos golpecitos con la llave en el asiento.

—¿Quieres que conozca a tus padres?

«La verdad es que no. Al menos, de momento no. Pero…».

María arrugó la nariz, sin saber cómo reaccionar, esperando que él no se enfadada.

—Más o menos.

Colin hundió la llave en el interruptor de arranque.

—Vale.

—¿De veras? ¿No te molesta? ¿Aunque acabamos de conocernos?

—No.

—Pues para que lo sepas, a muchos chicos sí que les molestaría.

—Vale.

—Bueno, de acuerdo —remató ella.

Colin no dijo nada durante unos momentos, hasta que al final soltó:

—Estás nerviosa.

—No te conocen como yo.

María inhaló despacio, pensando: «Ahora viene lo difícil».

—Quiero que comprendas que están chapados a la antigua. Mi padre siempre ha sido muy protector, y mi madre se preocupa por todo. Tengo miedo de que empiecen a hacer preguntas…

Cuando no continuó, Colin terminó la frase por ella.

—Te preocupa lo que pueda decirles. Y cómo reaccionarán ellos.

Aunque María no contestó, sabía que él había captado sus pensamientos.

—No les mentiré —dijo él.

—Lo sé —dijo María; «ese es el problema», pensó—. Y no te pediré que mientas. No quiero que mientas. Sin embargo, estoy nerviosa.

—Por mi pasado.

—Cómo me gustaría no haberte dicho nada al respecto. Lo siento. Ya sé que soy una persona adulta y que debería ser capaz de salir con quien quiera, y que no debería importarme lo que opinen mis padres. Pero me importa. Porque todavía quiero su visto bueno. Y, créeme, sé que eso suena fatal.

—No suena fatal. Es normal.

—Tú no necesitas el visto bueno de nadie.

—Evan probablemente diría que yo no soy normal.

A pesar de la tensión, ella se rio antes de volver a ponerse seria.

—¿Estás enfadado conmigo?

—No.

—Pero lo más probable es que te sientas ofendido.

—No —repitió.

—¿Cómo te sientes?

Colin no contestó de inmediato.

—Me siento… adulado —dijo al fin.

María pestañeó desconcertada.

—¿Adulado? ¿Cómo es posible que te sientas adulado?

—Es complicado.

—Pues me gustaría oírlo.

Él se encogió de hombros.

—Por tu sinceridad; porque me has contado cómo te sientes, aun cuando piensas que puedes herir mis sentimientos. Y lo has hecho desde una posición de vulnerabilidad y preocupación, porque quieres que yo les caiga bien a tus padres. Porque te importo. Me siento adulado.

163

Ella sonrió, en parte sorprendida y en parte porque pensaba que Colin tenía razón.

—Creo que a partir de ahora dejaré de intentar predecir cualquier aspecto sobre ti.

—Vale.

Colin hizo girar la llave y el motor rugió lleno de vida. Antes de poner una marcha, se volvió hacia ella y le preguntó:

—Así, pues, ¿qué quieres hacer?

—¿Ir a comer? ¿Y cruzar los dedos para que todo salga bien?

—Me parece un buen plan.

La Cocina de la Familia estaba en un pequeño y viejo centro comercial a pocas manzanas de Market Street, pero el aparcamiento delante del restaurante estaba lleno. Cuando se acercaron a la puerta principal, María se fijó en que Colin estaba tan calmado como de costumbre, lo que aún la puso más nerviosa. Él le cogió la mano. Ella se la estrujó a modo de respuesta, como si se agarrara a un salvavidas en medio de un naufragio.

—Había olvidado preguntarte si te gusta la comida mexicana.

—Recuerdo que me gustaba mucho.

—Pero ¿ya no la comes? Porque no es sana, ¿no?

—Seguro que en el menú encuentro algo que me gusta.

Ella volvió a estrujarle la mano. Le gustaba su tacto.

—Mi madre dijo que nos prepararía algo especial. Lo que quiere decir que quizá no tengas oportunidad de elegir. De todos modos, le dije que te gustaba la comida sana.

—Seguro que me gustará.

—¿Nunca te preocupas por nada?

—Intento no hacerlo.

—Bueno, cuando hayamos terminado de comer, te agradeceré que me des clases, ¿vale? Porque últimamente tengo la impresión de que eso es lo único que hago: preocuparme.

Colin abrió la puerta y la invitó a pasar. Su tío Tito se les acercó de inmediato, visiblemente emocionado al verla, diciendo algo en español.

Después de saludarla con un beso, le tendió la mano a Colin y agarró dos menús antes de conducirlos hasta la mesa del rincón. Era la única disponible, lo que quería decir que sus padres debían de haberla reservado para la pareja.

Solo cuando se hubieron sentado, su prima Ana les llevó dos vasos llenos de agua y una cesta con tortitas y salsa. María inter-

164

cambió unas palabras con su prima y presentó a Colin por segunda vez. Cuando Ana se alejó, María se inclinó por encima de la mesa.

—Lo siento, no vengo tan a menudo como debería. Están tan contentos de verme como mis padres.

—¿Cuántos familiares trabajan aquí?

María echó un rápido vistazo, vio a otro de sus tíos en la barra y a un par de sus tías sirviendo las mesas.

—Unos seis o más. Pero tendría que preguntarles a mis padres.

Colin examinó el local.

—Está lleno.

—Siempre lo está. Con el paso de los años han tenido que ampliar el restaurante tres veces. Cuando empezaron, solo había ocho mesas. —Mientras contestaba, vio que sus padres salían de la cocina e irguió más la espalda—. Ya vienen. Mis padres, quiero decir.

Sus padres se acercaron a la mesa. María besó a su madre y luego a su padre, temerosa de que montaran un espectáculo.

—Os presento a mi amigo Colin —dijo—. Colin, estos son mis padres, Félix y Carmen.

—Hola —saludaron Félix y Carmen, casi al mismo tiempo y mirándolo con interés.

—Es un placer conocerlos —dijo él.

—María dice que eres estudiante y que trabajas en un bar —lo asaltó Félix sin vacilar.

—Sí —contestó Colin—. Coincido con Serena en un par de asignaturas. Trabajo en Crabby Pete's, uno de los restaurantes que hay en el paseo marítimo.

Entonces, pensando en las preocupaciones de María y sin ganas de entablar una conversación sobre su pasado, señaló a su alrededor.

—¡Menudo restaurante! Enhorabuena. ¿Cuánto tiempo lleva abierto?

—Treinta y un años —contestó Félix, con una nota de orgullo.

—María me ha contado que lo habéis ido ampliando con el paso de los años. Impresionante.

—Hemos sido afortunados —admitió Félix—. ¿Habías venido antes a comer?

—No —se excusó Colin—, pero María dice que su esposa es una magnífica cocinera.

Félix irguió la espalda.

—¡La mejor! —exclamó, mirando a Carmen con orgullo—. Por supuesto, a causa de ello, a veces se cree la jefa.

—¡Soy la jefa! —apostilló Carmen en un inglés imperfecto.

165

Colin sonrió. Tras charlar unos minutos más, María vio que su padre cogía a su madre por el brazo.

—Bueno, será mejor que reanudemos el trabajo y dejemos que disfruten del almuerzo —comentó.

Después de despedirse, María los miró mientras enfilaban hacia la cocina.

—Seguro que ahora mismo están ahí dentro hablando de ti con Tito y Ana, y con el resto del personal. Aparte de Luis, eres el único chico al que he traído aquí.

—Me siento honrado —dijo, y ella tuvo la impresión de que lo decía en serio.

—No ha sido tan terrible como pensaba —añadió ella.

—Son una pareja muy afable.

—Sí, pero sigo siendo su hija. Y no han hecho preguntas demasiado indiscretas.

—Quizá no lo hagan.

—Huy, sí que lo harán, un día u otro. A menos, por supuesto, que tú y yo no volvamos a vernos más.

—¿Es eso lo que quieres?

María bajó la vista un momento.

—No; me alegro de que estemos aquí. Y también me alegro de haber quedado contigo el sábado.

—Y eso significa que...

—Que la próxima vez que estemos todos juntos, si es que hay una próxima vez, yo estaré aún más nerviosa.

Al cabo de unos minutos, Carmen y dos de las primas de María empezaron a llevar comida a la mesa: platos de tacos, burritos, mole poblano y enchiladas; tamales, carne asada, chile relleno, tilapia Veracruz y un bol con ensalada. Mientras su madre disponía los platos en la mesa, María agitó las manos.

—¡Mamá, es demasiado! —protestó María.

Incluso Colin parecía sorprendido al ver tantos platos.

—Comed lo que queráis —contestó Carmen en español—. Si queda algo, ya nos lo acabaremos nosotros.

—Pero...

Carmen miró a Colin, luego a María.

—Tu hermana tenía razón. Es muy guapo.

—¡Mamá!

—¿Qué? No me entiende.

—Pero de todos modos...

—Me encanta verte feliz. Tu padre y yo estábamos preocupados. Lo único que haces es trabajar. —Sonrió antes de volver a mirar a Colin—. Colin, ¿es un nombre irlandés?

—No tengo ni idea.

—¿Es católico?

—No se lo he preguntado.

—¿De qué habláis?

«Ni te lo imaginas, no quieras saberlo», pensó María.

—Mamá, no es de buena educación hablar de él cuando está presente.

—Tienes razón —contestó su madre, buscando un último espacio para añadir otro plato entre los vasos de agua. Miró a Colin y se dirigió a él en inglés—: Buen provecho.

—Gracias.

Al cabo de un momento, la pareja se quedó sola, con un montón de comida delante de ellos.

—¡Qué bien huele! —exclamó Colin.

—¿Bromeas? ¡Es una barbaridad! ¿Cómo esperan que comamos todo esto?

—No te pongas tensa.

—¡Claro que me pongo tensa! Deberíamos haber podido elegir del menú, pero, no, mi madre ha tenido que hacerlo a su manera.

—¿Cómo que «a su manera»?

—Supongo que para impresionarte, para asegurarse de que te sientes como en casa.

—Son unos buenos sentimientos.

—Lo sé, pero se excede.

María observó cómo la mirada de Colin iba de un plato al otro, y señaló la tilapia.

—Creo que mi madre lo ha preparado especialmente para ti. Es pescado asado, con tomates, olivas y uvas pasas. Adelante, sírvete.

Colin cogió un par de filetes y añadió un poco de ensalada al plato; ella también se decantó por uno de los filetes y ensalada, pero añadió la mitad de una enchilada. No tocaron nada más. Cuando Colin probó el pescado, propinó unos golpecitos en el plato con el tenedor.

—Está delicioso. No me extraña que sea la jefa.

—Es buena cocinera.

—¿Tú cocinas igual?

María sacudió la cabeza.

—Ya me gustaría. No soy tan buena como mi madre, ni por asomo, pero sé cocinar; lo básico para preparar cualquier cosa. Me gustaba cocinar cuando trabajaba aquí, pero mis padres decidieron que

167

sería mejor que aprendiera a servir las mesas. Pensaron que de ese modo me vería obligada a hablar con desconocidos, lo que me ayudaría a superar mi timidez.

—¿Otra vez con lo de la timidez?

—Por lo visto, según tú, la técnica de mis padres funcionó. Y para tu información, soy una excelente camarera.

Él se rio, y durante la siguiente hora fueron saltando de un tema a otro: sus películas favoritas y los lugares que les gustaría visitar; él le contó un poco más sobre su familia, y ella hizo lo mismo. Cuando María hablaba, Colin la escuchaba con una gran concentración, sin apartar los ojos de ella. La conversación manaba con facilidad, sin forzarla, y durante todo el rato, María tuvo la impresión de que a él realmente le importaba lo que ella decía. A pesar de la presencia de su familia y las conversaciones entrecortadas que les llegaban de otras mesas, a María el almuerzo se le antojó como un acto increíblemente privado. Cuando sus padres pasaron por la mesa por segunda vez —y a pesar de la decepción de su madre al ver lo poco que habían comido—, María se sentía relajada y satisfecha.

Tras una serie de cálidas despedidas, regresaron a la oficina en coche. El viejo Camaro no les falló. Colin la acompañó hasta la entrada del edificio; cuando le cogió la mano por segunda vez, María pensó que le parecía el gesto más natural del mundo. En la puerta, notó que él tiraba de ella con delicadeza, para que se detuviera un momento.

—¿A qué hora el sábado? —preguntó ella, dándose la vuelta hacia él.

—Tengo entreno a las cuatro; termino a las seis. ¿Qué tal si paso a recogerte por tu casa a eso de las siete y media? Podemos ir a cenar primero, y luego a bailar.

—Me parece genial. ¿Qué clase de entreno?

—Lucha libre.

—¿Puedo ir a verte entrenar?

—Supongo que sí. Estoy seguro de que al dueño del gimnasio no le importará, pero tendré que preguntarle. ¿Por qué? ¿Quieres ir?

—Ya que vamos a salir a bailar, me gustaría verte hacer algo que te guste a ti, también.

Colin no ocultó su sorpresa.

—Vale. Pero tendré que pasar por casa para ducharme antes de salir, así que si quieres que quedemos en el gimnasio...

María asintió, él le dio el nombre del gimnasio y ella anotó su dirección en el dorso de su tarjeta de visita.

Colin se guardó la tarjeta en el bolsillo; antes de que ella se die-

168

ra cuenta de lo que sucedía, él se había inclinado hacia delante y había rozado los labios con los suyos. Fue un beso delicado. Aunque no despertó una descarga eléctrica como el del domingo anterior, María notó una sensación cálida y reafirmante. De repente, no le importaba lo que opinaran sus padres. En ese momento, lo único que le importaba era Colin; cuando él se apartó, deseó que el beso hubiera durado un poco más. En aquel instante, sin embargo, María detectó cierto movimiento en su visión periférica: vio que Ken acababa de doblar la esquina —seguro que después de aparcar al otro lado del edificio— y se había quedado paralizado, observándolos desde una distancia prudente. Se puso tensa. Colin siguió su mirada.

—¿Es él? ¿Ken? —preguntó Colin en voz baja.

—Sí —contestó ella, mientras veía que la expresión de Colin se volvía rígida.

Sin separarse de ella, fijó la vista en Ken. Aunque no le estrujó la mano, María podía notar la tensión en sus músculos, como una violencia contenida y controlada por un tenue hilo. No estaba asustada, pero tuvo la certeza de que Ken sí que lo estaba.

Ken siguió mirándolos sin moverse. Colin no apartaba la vista de él. Era como un combate de resistencia. Colin solo miró a María cuando Ken se dio la vuelta. Volvió a besarla, esta vez con un punto de posesión, antes de apartarse.

—No te ofusques con Ken. No vale la pena —dijo ella.

—Pero te está molestando.

—Me las apañaré.

—De todos modos, no me gusta.

—¿Por eso has vuelto a besarme?

—No.

—Entonces, ¿por qué lo has hecho?

—Porque me gustas —contestó Colin.

Su comentario —tan directo, tan obviamente sincero— hizo que a María el corazón le diera otro de esos ridículos vuelcos. Sin poder contenerse, sonrió como una niña traviesa.

—¿Qué haces esta noche y el viernes?

—Tengo planes con Evan y Lily.

—¿Las dos noches?

—Sí.

—¿Qué hacéis?

—No quiero contártelo.

—¿Por qué?

—Tampoco quiero responder a esa pregunta.

Ella le estrujó la mano antes de dejar que se marchara.

169

—Sé que dices la verdad, pero en este caso no me estás contando nada, en realidad. ¿Debería preocuparme? ¿Has quedado con otra chica?

—No —respondió él, sacudiendo la cabeza—. No tienes que preocuparte por eso. Me lo he pasado genial durante el almuerzo. Y me ha encantado conocer a tus padres.

—Me alegro.

Colin sonrió antes de retroceder un paso.

—Será mejor que vuelvas al trabajo.

—Lo sé.

—¿Todavía nos está observando?

María miró por encima del hombro de Colin con disimulo y negó con la cabeza.

—Creo que ha entrado por la puerta de atrás.

—¿Se habrá incomodado al vernos juntos?

Ella vaciló.

—Probablemente. Pero ahora sabe que existes, y eso es bueno. Si vuelve a molestarme, le soltaré que eres un tipo muy celoso.

Capítulo 11

Colin

*E*l sábado por la mañana, Colin se levantó temprano y salió en bicicleta justo cuando salía el sol. Su bici —un viejo trasto que había adquirido en una tienda de empeño a un precio irrisorio— tenía como mínimo diez años, pero funcionaba y le permitía estimular la sudoración antes de ir al gimnasio. Una vez allí, pasó una hora en una sesión de entreno, trepando por sogas, levantando planchas con pesas, mejorando el equilibrio con el entrenamiento de balones medicinales, y otros varios ejercicios. Luego se montó en su bici para volver pedaleando a casa. Cortó el césped y recortó los setos, mientras pensaba que aunque desde que había conocido a María no se la había podido quitar de la cabeza, esos pensamientos no eran nada comparados con los que ahora le asaltaban respecto a ella, de forma obsesiva. Incluso Evan se había dado cuenta; un poco antes, cuando había salido al porche, lucía una sonrisa burlona que Colin había interpretado como que su amigo era plenamente consciente del efecto que María le estaba provocando. El propio Evan se había mostrado exuberante tanto la noche del jueves como la del viernes, y Colin sospechaba que quizá tenía algo que ver con eso de que «la salsa es un baile sensual», aunque no le pareció apropiado preguntar.

Lily también se había fijado en que Colin había desarrollado unos sentimientos por María, pero permaneció centrada en las clases de baile. Con todo, le recomendó un restaurante en el centro de la ciudad y le recordó dos veces que reservara mesa. Le había enseñado más sobre salsa de lo que él habría considerado posible, pero todavía no estaba muy confiado en sus habilidades. No quería imaginar lo poco preparado que habría ido a la discoteca si Lily no hubiera intervenido.

Después de completar sus quehaceres, Colin se tomó su segundo batido de proteínas del día mientras ordenaba el apartamento, luego se puso con el borrador de un trabajo para su clase sobre dirección del aula. Solo eran cinco páginas, pero estaba demasiado distraído como para preparar el esquema, así que al final decidió abandonar el intento.

Se puso un chándal, agarró la bolsa del gimnasio y se dirigió a la puerta. Aunque el Camaro había funcionado como un campeón últimamente, aquel día el motor rugió con agonía antes de arrancar, lo que quería decir que el problema no era ni del interruptor de arranque ni del alternador. Debería haberse dedicado a buscar una solución, pero, en lugar de eso, se quedó ensimismado, pensando en María, deseando que todo saliera perfecto en su próxima cita. La había llamado el jueves y el viernes después del trabajo, y habían hablado durante más de una hora cada noche, lo cual suponía una nueva experiencia para Colin. No recordaba haber hablado tanto rato por teléfono. Hasta que había conocido a María, no sabía que fuera posible mantener una conversación tan larga con nadie. Pero con ella era fácil; en más de una ocasión, se sorprendió sonriendo ante cualquier comentario que hacía. María mencionó que Ken había mantenido la distancia; cuando le contó la cita a ciegas la noche del pinchazo de la rueda, Colin se rio a carcajadas. Tras colgar el teléfono, le costó bastante conciliar el sueño. Normalmente, se derrumbaba sobre la cama al final del día, incapaz de mantener los ojos abiertos.

172

Por primera vez en mucho tiempo, consideró la posibilidad de llamar a sus padres. No estaba seguro de qué mosca le había picado, pero pensó que quizá tuviera algo que ver con la forma en que María hablaba de sus padres y de lo bien que se llevaban. Se preguntó si su vida habría sido diferente de haber crecido en una familia como la de ella. A lo mejor no habría sido diferente —él ya era tremendo incluso antes de dar los primeros pasos—, pero si la dinámica de la familia desempeñaba un pequeño papel, entonces seguro que su vida habría adoptado una dirección distinta. Y aunque se sentía satisfecho con el camino que estaba siguiendo, hasta hacía muy poco la senda todavía había estado plagada de baches y pedruscos. Que María fuera capaz de obviar tales inconvenientes, teniendo en cuenta la propia historia respetable de ella, aún se le antojaba curioso, aunque una curiosidad de lo más agradable.

Al aparcar junto al gimnasio, vio a María, que lo esperaba junto a la puerta. Iba vestida con pantalones cortos y una camiseta; de nuevo pensó que era una de las mujeres más bellas que había conocido.

—¿Qué tal? —saludó ella mientras él se acercaba—. ¿Listo para machacar a unos cuantos?

—Solo es un entreno.

—¿Estás seguro de que puedo entrar a mirar?

Colin llegó a la puerta y asintió.

—Ya he hablado con el dueño esta mañana y me ha dicho que no hay ningún problema. Y, a menos que decidas subir al cuadrilátero, le he pedido que no te haga pagar la cuota.

—Menudo negociador estás hecho.

—Lo intento —dijo.

Mantuvo la puerta abierta y se fijó en su figura mientras ella pasaba delante. La observó mientras María examinaba el espacio a su alrededor. A diferencia de muchos gimnasios, aquel sitio se parecía más a una nave industrial. Dejaron atrás hileras ordenadas de pesas y más material para entrenamiento combinado, hacia la sala de entreno al final del edificio. Al atravesar otra puerta, Colin la guio hacia una estancia más espaciosa con las paredes acolchadas y enormes colchonetas, con material apilado en cada esquina. A la izquierda estaba el cuadrilátero. Algunos compañeros de Colin estaban realizando estiramientos o ejercicios de calentamiento; él los saludó con un golpe de cabeza mientras dejaba la bolsa en el suelo. María arrugó la nariz.

—Aquí huele fatal.

—Pues solo hará que empeorar —le prometió él.

—¿Dónde me siento?

173

Colin señaló hacia un puñado de trastos en la esquina: cajas de guantes de boxeo, colchonetas, cuerdas para saltar a la comba, bandas elásticas y cajas de pliométrica.

—Puedes sentarte sobre las cajas, si quieres —sugirió—. Normalmente no utilizamos esa parte de la sala.

—¿Dónde estarás tú?

—Por todas partes, lo más seguro —contestó.

—¿Cuántos sois, entrenando?

—Ocho o nueve. Los sábados no viene tanta gente. Durante la semana, somos unos quince o dieciséis.

—En otras palabras, ¿estáis aquí solo los que os dedicáis por pasión?

—Yo diría que se trata de los cuatro pesados de turno, o chicos que acaban de empezar e intentan entrenar tanto como pueden. Los sábados, muchos de los buenos están fuera de la ciudad, en algún torneo.

—Me alegro, porque esta noche toca salir a cenar y a bailar, quiero decir. No me gustaría que acabaras magullado como la primera vez que te vi.

—¿Piensas olvidar eso algún día?

—No creo que pueda —contestó ella, poniéndose de puntillas

para besarlo en la mejilla—. Es una imagen que se me ha quedado grabada en el cerebro para siempre.

Colin realizó un rápido calentamiento; movimientos circulares con los brazos y estiramientos de piernas, más unos minutos de saltar a la comba. Al cabo de poco llegó Todd Daly, el principal entrenador, luchador retirado de la UFC, y también Jared Moore, que combatía de forma profesional, aunque no al nivel de la UFC. Daly se puso a entrenar a todo el grupo proponiendo más ejercicios de calentamiento.

Mientras esperaba su turno en el cuadrilátero, Colin entrenó en el suelo: varias series seguidas de flexiones de brazos y piernas, y movimientos que constituían la base de las artes marciales y la lucha, donde la velocidad, el instinto y el equilibrio eran mucho más importantes que la fuerza bruta. Tal como era normal en las clases de los sábados, Daly realizaba los movimientos primero —de vez en cuando usando a Colin como pareja— antes de que el grupo se dividiera en dos. Dejó tiempo para que cada grupo practicara el movimiento, repitiéndolo diez o doce veces antes de cambiar la posición con la pareja. Luego ejercitaban otra serie de habilidades. Al cabo de diez minutos, Colin ya resollaba; al cabo de media hora, tenía la camisa empapada de sudor. Daly se pasó todo el rato aleccionándolos, indicándoles dónde tenían que colocar el pie para lograr un mayor equilibrio, o cómo apoyarse de forma más eficaz en las piernas; las sutiles variantes parecían interminables.

Uno a uno, los chicos rotaron en el cuadrilátero; después de una hora, fue el turno de Colin. Se puso un casco protector y unos guantes más pesados, y empezó a practicar con su pareja, mientras Moore —un antiguo campeón de los Guantes de Oro de Orlando— les gritaba consejos. Colin aguantó siete rondas de dos minutos, saltando y dando vueltas, sacando ventaja de los espacios abiertos para atacar o dar patadas mientras intentaba evitar los golpes del contrincante. Dominaba el combate, pero no tanto por su propia habilidad como por la falta de pericia de los adversarios: el primer chico con el que combatió no estaba en buena forma física y era novato, por lo que a Colin le bastó un asalto para ganar.

Después, vuelta a las colchonetas, donde practicaron ejercicios de retirada en los que la pareja tenía la espalda pegada a la pared; luego cambió posiciones e intentó evitar que lo acorralaran. Al final de la clase, los músculos de Colin estaban contraídos por el cansancio.

A lo largo de la tarde, no consiguió contener las ganas de desviar la vista hacia ella. Suponía que se aburriría, pero María no perdía detalle de lo que hacía, por lo que la sesión resultó más dura que de costumbre. Normalmente, no le costaba centrarse en el adversario, pero la presencia de María provocaba que adquiriera más conciencia de sí mismo, de una forma que nunca había experimentado antes. En un combate, esa falta de atención le provocaría graves problemas. Al final de la clase se sentía como si hubiera retrocedido dos pasos mentalmente; sabía que tendría que esmerarse para recuperar el terreno perdido. Después de todo, era un deporte en el que tan importante era la resistencia física como la mental, aunque la mayoría de la gente no se diera cuenta.

Cuando terminó el entreno, se dirigió directamente hacia su bolsa y guardó el material antes de colgársela al cuello. María se había levantado y ya estaba a su lado.

—¿Qué te ha parecido? —preguntó mientras se ajustaba la correa de la bolsa.

—Parece duro. Y cansado. Y hace sudar.

—De eso se trata, si te esmeras.

—¿Contento con el resultado de hoy?

—No ha ido mal —respondió él—. Aunque no estaba muy concentrado.

—¿Por mi culpa?

—Sí.

—Lo siento.

—No te preocupes. —Colin sonrió antes de alisarse la camiseta—. ¿Me das unos minutos para que enjuague la ropa de entreno y me cambie? Necesito hacerlo, o mi coche apestará cuando llegue a casa.

María arrugó la nariz.

—Adelante. Te esperaré en la puerta.

Cuando Colin salió del vestuario, vio a María junto a la puerta de salida, hablando por teléfono. Con sus gafas de sol, parecía una glamurosa estrella de cine de los años cincuenta. Colgó justo cuando él se le acercó.

—Era Serena.

—¿Está bien?

—Hoy cena en casa de mis padres con el director de un programa de becas que le interesa, así que está un poco nerviosa, pero, aparte de eso, está bien. —Se encogió de hombros—. ¿Cómo te sientes?

—Más limpio. Por lo menos, un poco. Todavía estoy sudando.

Ella le acarició el brazo.

—Me alegro de haber venido. Ha sido mucho más interesante de lo que pensaba.

—¿Todavía sigue en pie lo de quedar a las siete y media?

—Eso espero. Pero quiero avisarte de que estoy un poco desentrenada en cuanto a bailar salsa.

—Tranquila, para mí será la primera vez. ¡Ah! Otra cosa.

—Dime.

—Gracias por venir hoy. Significa mucho para mí.

Tan pronto como Colin se apeó del coche, Evan salió al porche con una bolsa de plástico en la mano.

—Toma —le dijo al tiempo que le ofrecía la bolsa—. Es para ti. Y me debes dinero.

Colin se detuvo delante del porche.

—¿Por qué?

—Lily ha pensado que necesitarías ponerte guapo esta noche.

—Pero si ya tengo ropa.

—A mí no me culpes. Es exactamente lo que le he dicho a ella. Pero ya sabes cómo es Lily. Me ha hecho seguirla por varias tiendas, y, como ya te he dicho, me debes dinero. El recibo está en la bolsa.

—¿Qué me ha comprado?

—No está tan mal como podría haber sido. Por un momento he temido que eligiera algo con flecos o cenefas, pero no lo ha hecho. Son unos pantalones negros, una camisa roja y zapatos negros.

—¿Cómo sabía mi talla?

—Porque te compró ropa las pasadas Navidades.

—¿Y se acordaba?

—Ya sabes cómo es Lily. Se acuerda de ese tipo de detalles. ¿Quieres coger la bolsa de una vez? Se me está cansando el brazo.

Colin agarró la bolsa.

—¿Y qué pasa si no me lo pongo?

—Para empezar, igualmente tendrás que pagarme. Además, herirás sus sentimientos, y eso es lo último que querrías hacer, después de todas las lecciones de baile, ¿verdad? Y, por supuesto, tendrás que explicarle a Lily por qué no te lo has puesto.

—¿Cómo sabrá si me lo pongo o no?

—Porque está aquí. E insiste en que pases a verla antes de irte. Quiere hablar contigo.

Colin se sentía un poco abrumado, así que no dijo nada.

—Mira, ponte el dichoso traje, ¿de acuerdo?

Colin no contestó y Evan achicó los ojos.

—Me lo debes.

Υ

Colin estaba de pie, delante del espejo en el cuarto de baño, consciente de que podría haber sido mucho peor. La camisa era de un tono más granate que rojo; aunque no fuera la prenda que él habría elegido, no estaba mal, sobre todo con las mangas arremangadas. Había planeado ponerse pantalones negros —otra prenda de los días en los juzgados— y los zapatos se parecían mucho a otros que ya tenía, sin las borlas. Bueno, de todos modos, necesitaba un nuevo par. No sabía cómo era posible que Lily lo hubiera adivinado, pero ya hacía mucho tiempo que no le sorprendía nada de lo que ella hacía.

En la cocina, garabateó un cheque para Evan, agarró las llaves y apagó las luces de camino a la puerta. Rodeó la casa, subió los peldaños hasta el porche y vio que la puerta principal estaba entornada. La empujó y vio a Lily y a Evan en la cocina, cada uno con una copa de vino. Lily dejó su copa en la encimera con una sonrisa.

—¡Vaya! ¡Estás guapísimo! —exclamó mientras se le acercaba. Se inclinó y le dio un beso en la mejilla—. El color te queda perfecto; estoy segura de que María te encontrará muy elegante.

—Gracias —dijo Colin.

—No hay de qué. Solo espero que recuerdes todos los pasos que hemos practicado. Supongo que hoy también habrás ensayado, ¿no? 177

—Hoy no.

—¿Se puede saber por qué?

—Porque he ido al gimnasio.

—¡Eres un caso perdido! —exclamó Lily sin ocultar su decepción—. De verdad, has de aprender a priorizar, y no pienso dejarte marchar hasta que tenga la certeza de que recuerdas todos los pasos.

—Estoy seguro de que lo haré bien. He quedado en pasar a buscar a María dentro de unos minutos.

—Entonces tendremos que ensayar rápido. ¿Evan? ¿Te importa poner la música?

—¡Ahora mismo! —contestó su novio. Agarró el teléfono y tecleó varias teclas—. Tengo la canción grabada en el móvil.

Por lo visto, Lily había planeado ese último ensayo. Agarró a Colin por la mano y le ordenó:

—Repasemos todos los pasos, ¿de acuerdo? A cámara rápida.

Colin accedió. Cuando hubo terminado, se apartó de Lily y le preguntó:

—¿Qué te parece?

—La deslumbrarás. —Lily le guiñó el ojo—. Igual que con las flores.

—¿Y sabes qué más la deslumbrará? —terció Evan. Cuando Colin se volvió hacia él, supo que los pensamientos de su amigo eran serios—. Primero, que tu coche arranque, y segundo, y muy importante, que no te arreste la policía.

María abrió al cabo de unos segundos de que Colin llamara a la puerta. Durante un largo momento, él no pudo hacer otra cosa que admirarla. Su blusa matizaba sus curvas; la falda solo le llegaba a medio muslo; los zapatos de tacón con tiras la hacían casi tan alta como él. Con un toque de rímel y de pintalabios, no tenía aspecto de la mujer profesional con la que había ido a almorzar hacía solo un par de días, ni tampoco se asemejaba a la mujer bronceada sobre la tabla de surf de remo. De pie delante de ella, no estaba seguro de qué versión prefería, aunque tenía que admitir que aquella era sin lugar a dudas deslumbrante.

—Justo a tiempo —gorjeó ella, y le dio un beso en la mejilla—. Estoy impresionada.

Sin poderse contener, Colin puso ambas manos en las caderas de María.

—Estás preciosa —murmuró.

178

Al acercarse más, aspiró el suave perfume floral.

—Gracias —dijo ella al tiempo que le propinaba una palmadita en el pecho—. Me gusta la camisa.

—Es nueva.

—¿Ah, sí? ¿Para esta noche?

—Sí.

—Me siento especial. Y he de admitir que tienes garbo a la hora de arreglarte.

—A veces —admitió él—. ¿Estás lista?

—Deja que coja el bolso y estaré lista. ¿Adónde vamos?

—A Pilot House.

—¡Vaya! Un sitio magnífico. La comida es fabulosa.

—Eso me han dicho. Lily me lo recomendó.

—Pues es obvio que tiene buen gusto.

El restaurante no quedaba lejos, pero Colin conducía despacio, con las ventanillas bajadas. Los dos admiraron las estrellas titilantes esparcidas por el horizonte y la agradable brisa que suavizaba el persistente calor del día.

Cerca del río, Colin dejó Market Street y entró en el aparcamiento del restaurante. Rodeó el coche para abrirle la puerta a María, le ofreció la mano y la escoltó hasta la entrada. Una vez dentro, se quedó sorprendido al ver que era menos formal de lo que había esperado; una sala limpia, sin pretensiones, con mesas blancas y una vista que quitaba el hipo. El restaurante estaba abarrotado de clientes, que se arracimaban cerca de la barra mientras esperaban a que les dieran mesa dentro o en la terraza. Después de hablar con la camarera, Colin la siguió junto con María hasta una mesa en un rincón, con una vista espectacular del río Cape Fear. La luz de la luna se reflejaba en la ondulante superficie del agua, formando una vena líquida de luz entre las orillas negras como el carbón.

Mientras María contemplaba el agua, Colin trazó mentalmente el grácil contorno de su perfil, mientras la brisa le agitaba el pelo. ¿Cómo era posible que hubiera pasado a significar tanto para él en tan poco tiempo?

Como si percibiera sus pensamientos, ella lo miró a los ojos y sonrió con dulzura antes de alargar las manos por encima de la mesa. Colin las apresó entre las suyas. Le gustaba su suavidad y calidez.

—Qué noche más bonita, ¿no te parece? —dijo ella.

—Preciosa —contestó él, consciente de que se refería a ella, y no a la noche.

Sentado frente a María, Colin tenía la extraña sensación de que vivía la vida de otra persona, una persona muy afortunada, merecedora de aquella experiencia más que él. Al terminar la cena, cuando ya habían retirado los platos, se había acabado el vino y las velas estaban a punto de apagarse, Colin tuvo la certeza de que se había pasado toda la vida buscando a María, y que había sido muy afortunado al encontrarla.

Capítulo 12

María

*L*a nave industrial estaba situada en un vecindario ruinoso en los confines de la ciudad; y la única pista de que servía para un propósito diferente al del resto de los almacenes cercanos abandonados era el gran número de coches aparcados de forma irregular en la punta más alejada del edificio, fuera de la vista desde la carretera principal.

El ambiente ruidoso no parecía ser un problema. Además de la multitud en el interior del local, había una cola de personas —casi todos hombres— que esperaban para entrar. Muchos llevaban neveritas portátiles, sin duda llenas de alcohol; otros bebían cerveza o daban sorbos a vasos de plástico mientras avanzaban despacio hacia la entrada y la música estridente del interior. A menos que fueran con pareja, las chicas no tenían que hacer cola. María vio que un grupo tras otro enfilaba directamente hacia la puerta con sus tops ajustados, faldas cortas y tacones de aguja, sin prestar atención al entorno lleno de basura, a los pitidos y abucheos.

A pesar de que él era el único tipo blanco en la cola, Colin parecía relajado, asimilando la escena en silencio. Cuando llegó a la puerta, se encontraron con un portero con gafas de sol que se encargaba de cobrar la entrada. El gorila estudió a Colin de arriba abajo —sin duda intentando decidir si cumplía los requisitos de admisión—, luego hizo lo mismo con María, antes de aceptar con desgana los billetes que Colin le ofrecía y señalar hacia la puerta.

Una vez dentro, se mezclaron entre una sólida masa de cuerpos que se movían al son de la música a todo volumen; el lugar temblaba con una incontenible energía vibrante. A nadie parecía importarle el suelo de cemento manchado de aceite ni la falta de elementos decorativos, ni tampoco la mala calidad de la iluminación. Los chicos hacían corro alrededor de sus neveritas térmicas, bebiendo y gritando para hacerse oír por encima de la música, intentando captar la atención de alguna chica que pasaba por allí. Como en la mayoría de las discotecas, los hombres superaban en número a las mujeres, y la mayoría parecía tener entre veinte y cuarenta años.

María supuso que se trataba de gente trabajadora en busca de diversión el sábado por la noche. Tal como había dicho Serena, había tipos con un aspecto intimidante, con tatuajes y grandes pañuelos en la cabeza que representaban a diversas bandas, y con pantalones caídos y holgados en los que podían ocultar un arma con facilidad. Normalmente, la situación la habría puesto nerviosa, pero la atmósfera indicaba que la mayoría de los allí presentes solo tenía intención de pasar un buen rato. Con todo, María no pudo evitar ponerse a buscar posibles salidas del local, por si surgían problemas.

A su lado, Colin también observaba la escena. Se inclinó hacia su oreja y le dijo:

—¿Quieres que nos acerquemos más a la pista?

Ella asintió. Colin empezó a adentrarse en la nave industrial. Se apretujaron entre la multitud, con cuidado de no pisar ni chocar con nadie; paso a paso, fueron acercándose a la pista de baile, situada al final del local, donde la música era todavía más ensordecedora. A lo largo del paseo, algunos chicos intentaron captar la atención de María —preguntándole su nombre, piropeándola o incluso tocándole el culo—, pero por miedo a darle a Colin un motivo de confrontación, se limitó a acribillar con la mirada en silencio a esos tipos.

181

La sala de baile estaba separada del resto de la nave por una improvisada barrera de tablones de madera clavados entre sí y sujetos a unas barras de metal. Justo enfrente, en unos palés apilados contra la pared del fondo, estaba el *disc jockey*, con todo el material organizado en una mesa plegable. Estaba flanqueado por dos altavoces del tamaño de una nevera. La música estaba tan alta como para que a María le retumbara el pecho. En la pista vio a parejas que se movían y daban vueltas; de repente, la invadió un cúmulo de recuerdos de una etapa en que la vida parecía más llevadera.

Se acercó más a Colin. Al hacerlo, inspiró el aroma de la colonia que debía haberse puesto un rato antes.

—¿Estás seguro de que quieres probar?

—Sí —dijo él, rodeando la barrera.

Antes de que María se diera cuenta, se encontró rodeada por parejas. Estaba a punto de indicarle a Colin lo que tenía que hacer cuando, de repente, él le apresó la mano derecha con su izquierda y colocó su mano derecha sobre el hombro izquierdo de María. Acto seguido, empezó a guiarla, moviéndose al compás de ella mientras la música los envolvía.

María abrió los ojos asombrada; cuando él la invitó a dar una vuelta, seguida casi inmediatamente de un segundo giro, se quedó tan pasmada que no pudo decir nada. Colin se limitó a enarcar las cejas en actitud divertida, lo que provocó que María estallara en una carcajada. Poco a poco, mientras una canción daba paso a la siguiente, ella fue soltándose, entregándose a la música, con él.

Pasaba ya de la medianoche cuando abandonaron la abarrotada nave industrial y regresaron a casa de María. Ninguno de los dos habló mucho; se sentían arropados por la calidez y una leve sensación de rubor mientras conducían por las silenciosas calles. Tal como había hecho durante las últimas horas, Colin le cogía la mano; con el dedo pulgar le acariciaba la piel y le provocaba cosquillas. A medida que se acercaban a su casa, María imaginó lo que pasaría si invitaba a Colin a entrar, y se sintió asustada y a la vez excitada ante tales pensamientos. Aún no se conocían bien; no estaba segura de si estaba lista. Sin embargo, tenía que admitir que quería que él entrara en su casa. No quería que aquella noche tocara a su fin; quería que él volviera a besarla y que la estrechara entre sus brazos. A pesar de las emociones mezcladas, le indicó cómo ir al aparcamiento situado detrás de la casa.

182

Después de cerrar el coche con llave, caminaron hacia las escaleras, uno al lado del otro, en silencio. Cuando llegaron a la puerta, María buscó las llaves y la abrió con manos temblorosas. Entraron y fueron hacia el comedor. María encendió la lámpara junto al sofá, pero, cuando se dio la vuelta, vio que Colin se había detenido en el umbral. Era como si detectara su confusión y quisiera ofrecerle una oportunidad de terminar la noche en ese instante, antes de que fueran demasiado lejos. Pero algo se había apoderado de ella; mientras se colocaba un mechón de pelo detrás de la oreja, le sonrió tranquila.

—Pasa —lo invitó, con voz gutural y ajena a sus propios oídos.

Colin cerró la puerta despacio y echó un vistazo al comedor, con el suelo de madera oscura, las molduras de corona y las puertas de cristal que daban al balcón. Aunque ella suponía que a él no le importaba si todo estaba ordenado o no, de repente se alegró de haber pasado la mañana limpiando y colocando bien los mullidos cojines decorativos sobre el sofá.

—Es muy acogedor.

—Gracias.

Colin se acercó a las fotos enmarcadas en la pared sobre el sofá y preguntó:

—¿Las has hecho tú?

María asintió.

—A principios de verano.

Las estudió en silencio, sobre todo el primer plano del águila pescadora con un pez entre sus garras y rodeada de gotas de agua.

—Eres muy buena —dijo, visiblemente impresionado.

—No sabes cuántas fotos malas hice hasta conseguir esta, pero gracias. —De pie, podía notar el calor que todavía irradiaba del cuerpo de Colin—. ¿Quieres tomar algo? Tengo una botella de vino en la nevera.

—Quizá media copa. No suelo beber vino. Y si tienes agua, te lo agradeceré.

María lo dejó solo y se fue a la cocina. Sacó un par de copas del armario. En la nevera guardaba una botella que había abierto la pasada noche. Sirvió dos copas y tomó un sorbo antes de sacar un vaso para el agua.

—¿Quieres hielo?

—Sí, gracias.

Le pasó el vaso con agua y observó cómo Colin se la bebía de un trago. Cogió el vaso vacío y lo depositó en la barra del desayuno antes de señalar hacia las puertas de cristal.

—¿Quieres que salgamos al balcón? No me iría nada mal un poco de aire fresco.

—Me parece perfecto —convino él, al tiempo que se llevaba la copa de vino.

María abrió las cristaleras y salieron al balcón. El aire era un bálsamo de frescura en su piel; la bruma empezaba a mezclarse con la brisa. Había poco tráfico y las aceras estaban vacías. Las luces de las farolas en la calle emitían un destello amarillo; del bar de la esquina llegaban las notas amortiguadas de una melodía de los años ochenta.

Colin señaló hacia las mecedoras situadas a un lado.

—¿Sueles sentarte aquí?

—No mucho. Es una pena, ya que el balcón fue uno de los motivos por los que compré esta casa. Creo que tenía la idea de que me relajaría aquí después del trabajo, pero no suele ser así. La mayoría de las noches, ceno rápido y, o me siento en el comedor, o trabajo en la mesita de mi habitación con mi MacBook. —Se encogió de hombros—. Ya sabes, esa idea de no quedarme atrás..., pero ya hemos hablado de ello, ¿verdad?

—Hemos hablado de un montón de cosas.

—¿Significa que empiezas a aburrirte conmigo?

Colin se volvió hacia ella; sus ojos reflejaban la luz nocturna.

—No.

183

—¿Sabes lo que me fascina de ti? —le preguntó ella.

Colin esperó, sin decir nada.

—No sientes la necesidad de dar explicaciones. Vas directo al grano. Las únicas veces que has sido más explícito es porque te lo he pedido. Eres un hombre de pocas palabras.

—Vale.

—¿Ves? ¡A eso me refería! —bromeó ella—. Pero he de admitir que eso ha despertado mi curiosidad. ¿Por qué no eres más explícito?

—Porque es más fácil. Y no necesito tanto tiempo para contestar.

—¿No te parece que incluir a otros en tu proceso de razonamiento les ayuda a comprenderte mejor?

—Das a entender que los demás quieren comprenderme mejor. Yo opino que, si eso es lo que quieren, me piden que sea explícito y entonces lo soy.

—¿Y si no te lo piden?

—Señal que no les importa mi razonamiento. Solo quieren saber la respuesta. Es lo que les doy. Si pregunto la hora a alguien, no necesito la historia de la fabricación de relojes y no me importa quién les ha regalado el reloj, o si es caro o no, o si fue un regalo de Navidad. Solo quiero saber la hora.

—No me refería a eso. Me refería a intentar conocer a alguien. A entablar una conversación.

—Y lo hago. Pero no todo el mundo necesita, o quiere, saber qué te impulsa a hacer algo. A veces es mejor no saber toda la historia.

—¿Cómo dices? ¿No fuiste tú quien me contó toda tu historia la primera noche en la playa?

—Tú me preguntaste y yo contesté.

—¿Y crees que es un buen método?

—A nosotros nos funciona. No nos cuesta hablar.

—Pero eso es porque yo te hago un montón de preguntas.

—Sí.

—¡Pues qué suerte que lo haga! O acabaríamos como algunas de esas parejas de ancianos que veo en las cafeterías y que no se dirigen la palabra mientras desayunan. Por supuesto, supongo que a ti no te parece mal. No me cuesta imaginarte todo un día sin decir ni una palabra a nadie.

—A veces lo hago.

—Eso no es normal.

—Vale.

María tomó un sorbo de vino e hizo un movimiento con la mano, como invitándolo a continuar, al tiempo que decía:

—Sé más explícito, por favor.

—No sé lo que significa ser normal. Creo que cada uno tiene su propia definición, y esta se ve afectada por la cultura, la familia y los amigos, por el carácter y la experiencia, por acontecimientos y mil cosas más. Lo que es normal para una persona no lo es para otra. Para algunos, saltar de un avión es una locura. Otros opinan que la vida no vale nada si no asumes riesgos.

María asintió, dando a entender que estaba de acuerdo. Sin embargo...

—Muy bien, sin que tenga que formular una pregunta primero, quiero que me expreses tus sentimientos sobre una cuestión. Algo inesperado, que no venga a cuento. Algo que me sorprendería que dijeras. Y quiero que seas explícito, sin tener que hacer ni una sola pregunta.

—¿Por qué?

—Solo a modo de prueba —contestó ella, dándole un golpecito en el brazo—. A ver si eres capaz.

Colin movió la copa de vino entre sus dedos antes de alzar los ojos y mirar a María.

—Eres sorprendente. Eres inteligente y guapa, y no debería costarte nada conocer a alguien que no tenga mi pasado, que no haya cometido los mismos errores que yo. No puedo evitar preguntarme qué hago contigo, o por qué me invitaste a practicar surf de remo. En parte creo que todo esto es demasiado bueno para ser verdad, y que de repente nuestra amistad se hará añicos, pero, aunque eso suceda, no cambiará el hecho de que has influido en mi vida, me has hecho ver que me faltaba algo.

Colin hizo una pausa. Cuando volvió a hablar, su voz era más sosegada.

—Te has convertido en una persona muy importante para mí. Antes de conocerte, tenía a Evan y a Lily, y pensaba que con ellos me bastaba. Pero no es así. Ya no. No desde el fin de semana pasado. Estar contigo hace que me sienta vulnerable otra vez, y no me había sentido así desde que era niño. No puedo decir que siempre me guste esa sensación, pero la alternativa sería peor, porque significaría no volver a verte.

María se dio cuenta de que había estado conteniendo la respiración. Cuando Colin terminó, se sentía casi mareada, abrumada por su respuesta; intentó no perder la compostura.

Colin, en cambio, seguía mostrando una confianza tranquila en sí mismo. Fue su actitud, más que nada, lo que le permitió a María recuperar el equilibrio.

—No sé qué decir —admitió ella.

185

—No has de decir nada. No lo he dicho porque busque una respuesta. Lo he dicho porque quería decirlo.

Ella envolvió el pie de la copa de vino con ambas manos.

—¿Puedo hacerte una pregunta? —aventuró con timidez.

—Por supuesto.

—¿Por qué me dijiste que no sabías bailar salsa?

—Cuando hablamos, no sabía bailar. Lily se ha pasado una semana dándome clases. Por eso estuve ocupado el jueves y el viernes por la noche.

—¿Has aprendido a bailar por mí?

—Sí.

María se dio la vuelta y tomó otro sorbo de vino, intentando ocultar su sorpresa.

—Gracias. Supongo que también debería darle las gracias a Lily.

Colin esbozó una amplia sonrisa.

—¿Te importa si vuelvo a llenarme el vaso con agua? Todavía tengo sed.

—No, claro que no.

Colin se apartó y María sacudió la cabeza, preguntándose, cuándo —o incluso si algún día— dejaría de sorprenderla.

Luis nunca le había hablado como Colin acababa de hacerlo. Apoyada en la barandilla, de repente cayó en la cuenta de que le costaba recordar qué era lo que la había fascinado de Luis. A simple vista, era atractivo y avispado, pero por dentro era un tipo arrogante y superficial. A menudo se ofrecía excusas a sí misma por su comportamiento, y si alguien le cuestionaba sus sentimientos, reaccionaba a la defensiva. Con la perspectiva del tiempo, admitía que había deseado desesperadamente su beneplácito, y Luis no solo era consciente de eso, sino que con frecuencia se aprovechaba de la situación. No era una relación sana, lo sabía, y cuando intentó imaginarlo comportándose como Colin —llamándola, llevándole flores, aprendiendo a bailar— no lo consiguió. Con todo, había amado a Luis con una intensidad de la que todavía era consciente.

Un rato antes, mientras bailaba con Colin, se había dicho que la noche no podía ser más perfecta. Y entonces, de repente, él había conseguido que aún fuera más especial. Mientras escuchaba cómo expresaba sus sentimientos sin temor ni vergüenza, se había quedado sin habla. Se preguntó si ella misma sería capaz de hacer algo así. Probablemente no, pero recordó que Colin no era como la mayoría de la gente. Se aceptaba a sí mismo, con defectos incluidos, y se perdonaba por los errores que había cometido. Más que eso, parecía vivir el presente sin pensar en el pasado ni en el futuro.

La revelación más espectacular era la intensidad con que Colin era capaz de experimentar las emociones que lo embargaban, quizás incluso de una forma más intensa que ella. Contemplándolo mientras cenaban y en la pista de baile, y después de oír aquella declaración sin ambages, María tenía la certeza de que él todavía no estaba enamorado de ella: estaba a punto, sí, pero todavía no. Al igual que ella, Colin deseaba rendirse a lo inevitable, una idea que le provocaba incontenibles temblores en las manos.

Colin volvió a salir al balcón. María aspiró hondo, saboreando la ola de deseo que la embargaba. Él se apoyó en la barandilla a su lado; cuando las dos respiraciones se acompasaron, ella tomó otro sorbo de vino. Notó la calidez del alcohol primero en la garganta y luego en el estómago y en las extremidades.

María estudió su cara de perfil y, de nuevo, pensó en la calma externa que envolvía el torbellino de emociones internas; de repente imaginó el aspecto de Colin desnudo, encima de ella, con los labios sobre los suyos, mientras se entregaban el uno al otro. Notó una agradable tensión en el estómago mientras su boca iniciaba una sonrisa.

—¿Hablabas en serio, antes?

Colin no contestó de forma inmediata. En lugar de eso, bajó la cabeza antes de volver a alzarla para mirarla a los ojos.

—Cada palabra iba en serio.

Presa de una cascada de emociones, se acercó más a él y lo besó en los labios con ternura. Eran cálidos y suaves; al apartarse, vio en su expresión algo parecido a un hilo de esperanza. Volvió a besarlo por segunda vez; notó que su piel cobraba vida cuando Colin la envolvió con sus brazos. Con exquisita suavidad, Colin pegó su cuerpo al de ella. En aquel instante, María empezó a perder el mundo de vista. Podía notar la dureza de su pecho y de los brazos con los que la envolvía, así como la cálida necesidad de su lengua. En ese momento supo sin sombra de duda que necesitaba a Colin. Continuaron besándose en el balcón, debajo del cielo brumoso y lleno de estrellas, hasta que al final ella le cogió la mano. Sus dedos se entrelazaron mientras él la besaba en el cuello, una sensación hipnótica y erótica. María se estremeció, gozando de la sensación antes de conducirlo sin decir nada hacia la habitación.

187

Al despertar a la mañana siguiente, María sintió la cálida caricia del sol de principio del otoño; las imágenes de la noche se sucedieron en su mente a cámara rápida. Se dio la vuelta y vio a Colin a su lado, parcialmente cubierto por la sábana, ya despierto y alerta.

—Buenos días —susurró él.

—Buenos días —contestó ella—. ¿Hace mucho rato que estás despierto?

—Una hora, más o menos.

—¿Por qué no te has vuelto a dormir?

—No estaba cansado. Además, me gusta mirarte.

—Eso que acabas de decir tiene el peligro de provocar que me asuste, ¿lo sabías?

—Vale.

María sonrió.

—Bueno, pues ya que me has estado mirando, espero que no haya hecho nada raro ni tampoco ningún ruido extraño.

—No. Solo estabas durmiendo; una imagen increíblemente sensual.

—Tengo el pelo revuelto y necesito cepillarme los dientes.

—¿Precisamente ahora?

—¿Por qué? ¿Estás pensando en algo?

Colin se le acercó más y trazó la línea de su cuello con el dedo índice. Después de aquello, no fueron necesarias más palabras.

188

Más tarde, se ducharon juntos y se vistieron. María se secó el pelo y se puso un poco de maquillaje mientras Colin, a su lado, se apoyaba en la repisa del cuarto de baño, con una taza de café entre las manos.

—¿Vamos a algún sitio? —preguntó él.

—A desayunar. Con mis padres.

—Me parece bien. Pero primero tendré que cambiarme. ¿A qué hora?

—A las once.

—En tal caso, supongo que no iremos juntos en el mismo coche.

—No creo que sea una buena idea. Ya no será fácil prepararlos para tu visita… Porque esta vez seguro que te acribillarán a preguntas.

—Vale.

María bajó el cepillo del rímel y le cogió la mano.

—¿Te importa? ¿O te incomoda?

—No.

—Pues yo sí que estoy inquieta —admitió, retomando la aplicación del maquillaje—. De hecho, toda la situación me parece terrorífica.

Colin dio un sorbo al café.

—¿Qué vas a contarles de mí?

—Lo mínimo posible. Cualquier detalle solo provocará más preguntas que te tocará contestar a ti, no a mí.

—¿Qué esperas que pase?

—Que mi madre no acabe llorando y que mi padre no te pida que te vayas de su casa.

—No es pedir mucho.

—Te aseguro que es mucho más de lo que crees.

189

Capítulo 13

Colin

Colin aparcó junto a la casa de los padres de María justo antes de las once. No tenía ni idea de cómo había ido la conversación de ella con sus padres; cuando salió del coche, se dijo que no valía la pena especular, ya que muy pronto lo averiguaría.

Si Lily hubiera estado en casa, le habría preguntado qué debía llevar para un desayuno familiar, pero ella y Evan ya estaban en misa cuando llegó a casa. De todos modos, tampoco le habría servido de gran ayuda. Como el resto del mundo, los padres de María adoptarían sus propias opiniones, y una cesta de magdalenas no iba a alterar sus impresiones.

Sin embargo, a medida que se acercaba a la puerta, esperó que María estuviera bien. Un rato antes, de camino a su casa, no había podido dejar de pensar en ella, con una serie de imágenes que se sucedían hasta la siguiente serie, cada una más encantadora que la anterior. Eso era lo más importante para él, «ella» era lo más importante. Aspiró hondo, recordándose que, aunque no pensaba mentir en ninguna de las preguntas que le formularan los padres de María, procuraría dar las respuestas de tal modo que pudieran interpretarse de diferentes formas sin faltar a la verdad.

Llamó a la puerta y Serena abrió casi de inmediato. Se fijó de nuevo en el enorme parecido de las dos hermanas, aunque Serena parecía más alterada que de costumbre, lo que no era una buena señal.

—¿Qué tal, Colin? —dijo, dando un paso hacia atrás para dejarlo entrar—. Te he visto llegar en coche. Pasa.

—Gracias. ¿Qué tal la cena, anoche?

—Fantástica —contestó—. Pero debería ser yo la que preguntara.

—Lo pasamos muy bien.

—Ya lo supongo. —Serena le guiñó el ojo—. María está en la cocina con mamá —anunció al tiempo que cerraba la puerta—. Estoy sorprendida de que consiguieras sacarla a bailar.

—¿Por qué?

—Si todavía no lo sabes, creo que necesitas pasar más tiempo con ella —alegó—. Solo un consejo: yo no sería demasiado descriptivo sobre anoche, en particular sobre cualquier aspecto relacionado con lo que pasó después de la discoteca. El ambiente está bastante tenso, en casa. Tengo la impresión de que mis padres te toman por un terrorista.

—Vale.

—Quizás exagere, pero quién sabe. Cuando he llegado, los tres ya habían terminado de hablar, y mis padres casi ni me han saludado. Lo único que sé es que mi padre no sonreía y que mi madre no paraba de santiguarse, a pesar de lo bien que salió ayer la cena con el director de la fundación. Bueno, pero ahora no es el momento de hablar de mis posibilidades de conseguir la beca. De todos modos, he pensado que era mejor esperarte en el comedor.

Entraron en la cocina. María estaba de pie delante de una sartén mientras su madre sacaba un molde del horno. El aire olía a panceta frita y a canela.

—Ya ha llegado Colin —anunció Serena.

María se dio la vuelta y él se fijó en que llevaba un delantal.

—Hola —lo saludó con una tensión evidente—. ¿Te acuerdas de mi madre?

191

Carmen esbozó una sonrisa forzada; aunque Colin debería haberlo imaginado, parecía más pálida que un par de días antes.

—Buenos días, señora Sánchez —saludó él, pensando que un poco de formalidad no estaría de más.

—Buenos días —asintió ella con la cabeza; visiblemente incómoda, volvió a fijar su atención en el molde que había depositado sobre una rejilla de metal en la encimera.

Serena se inclinó hacia él.

—Mi madre ha decidido preparar un desayuno americano expresamente para ti —susurró—. Panceta frita y huevos, tostadas y rollitos de canela. Por supuesto, eso ha sido antes de que María le hablara de ti.

María sacó un par de tiras de panceta de la sartén y las puso en un plato cubierto con papel absorbente que había al lado del horno.

—Serena, ¿puedes terminar lo que estoy haciendo?

—Encantada —gorjeó su hermana—. Pero solo si me dejas ese delantal, que es el más chulo.

María se dirigió hacia ellos mientras se quitaba el delantal. Se lo entregó a Serena, como si delegarle el trabajo fuera normal. Colin pensó que en aquella cocina debía serlo. Serena se puso a charlar con su madre en español mientras se abrochaba el delantal.

Al tenerla más cerca, Colin detectó la tensión en los movimientos de María. Ella le dio un beso fugaz en la mejilla, procurando mantener la distancia entre ellos.

—¿Te ha costado encontrar la casa?

—Google —contestó él.

Mirando por encima del hombro, a Colin no se le escapó la mueca de desagrado de Carmen. Ya tenía suficientes pistas como para no tener que preguntar cómo había ido la conversación. Decidió quedarse callado. María bajó la voz y lo miró con abatimiento.

—¿Te importaría hablar con mi padre antes del desayuno?

—Vale.

—Y... esto... —María hizo una pausa.

—Es tu padre —la reconfortó él—. No lo olvidaré.

Ella asintió con un movimiento casi imperceptible.

—Me quedaré aquí y ayudaré a mi madre en la cocina. Mi padre está fuera, en el porche de la parte trasera. ¿Quieres una taza de café?

—No, gracias.

—¿Agua?

—No gracias —repitió él.

—De acuerdo. —María retrocedió un paso—. Entonces, supongo que será mejor que vuelva a la cocina.

192

Colin la observó mientras se alejaba de espaldas a él. María pasó por delante de la nevera decorada con docenas de fotos, cartas y otros recuerdos, antes de darse la vuelta. Él enfiló hacia el porche; tan pronto abrió la puerta corredera, Félix se volvió para mirarlo. Su cara reflejaba menos enojo del que había esperado, aunque la consternación y la decepción eran evidentes, igual que su antagonismo. En su regazo descansaba un pequeño perro blanco.

Colin cerró la puerta tras él y avanzó hacia Félix, con aire cordial. Al acercarse a la mesa, le ofreció la mano.

—Buenos días, señor Sánchez. María me ha dicho que quiere hablar conmigo.

Félix miró la mano tendida antes de aceptarla, con una clara reticencia. Colin permaneció de pie, a la espera de que Félix lo invitara a sentarse a la mesa. Al cabo de unos momentos, Félix señaló hacia una silla. Colin se sentó. Entrelazó las manos y las apoyó en el regazo, mientras seguía callado. De nada serviría intentar entablar una conversación trivial o fingir que no sabía de qué quería hablar Félix.

El padre de María no parecía tener prisa por hablar, y se tomó su tiempo mientras lo escrutaba.

—María me ha contado que has tenido problemas con la ley —habló por fin—. ¿Es cierto?

—Sí —contestó Colin.

A lo largo de la siguiente media hora, Colin fue contando toda la historia, tal como había hecho con María aquella primera noche en la playa. No edulcoró su pasado ni intentó engañar a Félix; era quien era y no podía evitarlo. Al igual que con María, a veces Félix se escandalizaba; en tales ocasiones le pedía que fuera más explícito. Cuando Colin le contó lo que le pasó en la primera academia militar, le pareció atisbar un poco de comprensión. Cuando terminó, Félix no estaba tan incómodo como cuando Colin había salido al porche, aunque quedaba claro que necesitaba tiempo para asimilar toda la información que acababa de recibir. A Colin le pareció una reacción normal. Al fin y al cabo, era el padre de María.

—Dices que has cambiado y me gustaría creerte, pero no estoy seguro de si puedo.

—Vale —asintió Colin.

—¿Y si te vuelven a arrestar?

—No pienso en esa posibilidad.

—Ese es el problema, que la gente no piensa en lo que le puede pasar.

Colin no dijo nada. No había nada que decir.

Félix continuó acariciando al perrito blanco; luego añadió:

—Si te arrestan, ¿qué sucederá?

—Que romperé la relación con ella. Lo peor para María sería pensar que debería esperarme.

Ante la respuesta, Félix asintió levemente con la cabeza, satisfecho, pero todavía indeciso.

—Si le haces daño a mi hija o la pones en peligro…

No terminó la frase, pero no era necesario. Colin sabía lo que Félix quería oír; dado que era verdad, no le costó nada pronunciar las palabras.

—No sucederá.

—Te tomo la palabra.

—Sí.

Justo en ese momento, María asomó la cabeza, visiblemente nerviosa, pero también aliviada de no haber oído gritos.

—¿Habéis terminado? El desayuno está listo.

Félix resopló.

—Hemos terminado. Será mejor que comamos.

Después de un opíparo desayuno, Serena y sus padres empezaron a recoger la mesa mientras María se quedaba con Colin.

193

—¿Qué le has dicho? —se interesó ella.

—La verdad —contestó Colin.

—¿Toda la verdad?

—Sí.

María parecía desconcertada.

—Entonces ha ido mejor de lo que esperaba.

María tenía razón. El desayuno había transcurrido de una forma relativamente agradable, con Serena parloteando sobre la beca, Steve y las escapadas de sus numerosos amigos. Félix y Carmen formulaban de vez en cuando alguna pregunta, incluso se las hacían a Colin, aunque trataran del trabajo o de los estudios. Cuando él mencionó las artes marciales mixtas, le pareció que Carmen palidecía un poco.

—Sin embargo... —dijo María—, supongo que tenías razón. Lo mejor es ser franco desde el principio.

«A veces; no siempre», pensó Colin.

Félix se había mostrado cordial, pero sin ninguna muestra de afecto ni de confianza. Colin sabía que necesitaría un tiempo para lograr tales méritos, si es que algún día lo conseguía. Sin embargo, no compartió sus pensamientos con María. En lugar de eso, fue hacia la puerta.

—¿Quieres que quedemos para practicar surf de remo más tarde? —sugirió él.

—¿Qué tal si hacemos algo distinto, como... probar motos acuáticas? Podemos alquilarlas en la playa. ¿No te parece divertido?

Colin recordó la imagen de ella en biquini.

—Me parece una idea genial.

Quedaron en la playa de Wrightsville por la tarde; pasaron un par de horas divirtiéndose con las motos acuáticas antes de que Colin regresara a su casa para dedicar unas horas a los estudios. Después fue a ver a María a su casa. Prepararon la cena, como la noche anterior, y pasaron las siguientes horas enredados el uno en los brazos del otro.

El lunes por la mañana llegó demasiado rápido, pero aquella semana pasaron tanto tiempo juntos como pudieron. Colin quedó con María para almorzar dos días, y el miércoles ella estuvo toda la tarde en Crabby Pete's, acunando una Pepsi Diet mientras preparaba un informe legal para Barney con su MacBook apoyado en la barra, delante de ella. Salvo por sus turnos de trabajo y sus clases en la universidad, unas pocas horas para entrenar, y un almuerzo familiar, no se separaron ni un minuto. Incluso fueron a un mercado de pro-

194

ductos ecológicos y al acuario, opciones que a Colin no se le habrían ocurrido nunca.

Durante todo el tiempo, simplemente procuró disfrutar de lo que sentía por ella. No le daba vueltas a la relación, ni se preocupaba por lo que les depararía el futuro, ni tampoco intentaba razonar sus sentimientos. En vez de eso, se solazaba al verla reír, se derretía cuando ella entrecerraba los ojitos de esa forma tan sensual para concentrarse en alguna actividad, y saboreaba la sensación de la mano de María entrelazada con la suya cuando paseaban y hablaban, unas conversaciones que oscilaban desde temas serios a otros superficiales.

El domingo por la noche, en la cama, después de hacer el amor, María estaba tumbada sobre el estómago, con las rodillas dobladas y los pies alzados mientras saboreaba unas uvas. Colin no podía apartar la vista de ella, hasta que María le tiró una uva contra el pecho en actitud juguetona.

—Deja de mirarme. Me pones nerviosa.

Colin cogió la uva y se la metió en la boca.

—¿Por qué?

—¿Porque soy católica y no estamos casados, quizá?

Él soltó una carcajada.

—Tu madre preguntó si yo era católico, ¿verdad? ¿El primer día que fuimos a comer al restaurante?

—¿Entiendes español?

—No mucho. Lo estudié en el instituto y aprobé por los pelos, pero oí mi nombre y la palabra «católico» cuando ella estaba de pie junto a la mesa. No cuesta tanto entenderlo. Pero sí —continuó—, me educaron bajo la doctrina católica. Estoy bautizado y he recibido la confirmación, aunque dejé de ir a misa cuando me cambiaron de colegio, así que no sé en qué posición me deja eso frente a tus padres.

—Mi madre todavía se alegrará.

—Perfecto.

—¿Cómo es que hiciste la confirmación, si dejaste de ir a misa?

—Gracias a los donativos de mis padres a la iglesia, supongo. Probablemente bastante generosos, ya que el cura me dejó hacer el curso de preparación en tan solo un verano; aunque no hice nada de lo que me pedían, al año siguiente recibí el sacramento.

—A eso le llamo hacer un poco de trampa.

—No es un poco de trampa. Es hacer trampa por completo. Además, me regalaron un kart, así que yo encantado.

—¿Un kart?

—O me lo regalaban, o no hacía la confirmación. Algo bueno saqué de ello. Me duró un par de semanas, y me negué a hablar con

195

mis padres el resto del verano porque no querían comprarme otro nuevo.

—¡Menuda pieza estabas hecho!

—Nunca he ocultado mis defectos.

—Lo sé —María sonrió—, pero a veces me gustaría que me sorprendieras con algún aspecto positivo cuando hablas de tu niñez y tu juventud.

Colin se quedó pensativo.

—Una vez le di una paliza al exnovio de una de mis hermanas. ¿Eso cuenta? Es que era un verdadero imbécil.

—No, no cuenta.

Él sonrió.

—¿Quieres que quedemos para almorzar mañana?

—Me encantaría, pero le he prometido a Jill que comeríamos juntas. Me ha enviado un mensaje hace un rato y no he pensado en mencionártelo. De todos modos, estoy disponible para la cena, si es tarde.

—No puedo. He de trabajar —se lamentó él.

—¿Quieres decir que mañana no nos veremos? No sé si sobreviviré.

196   Quizá fuera el tono jocoso o el hecho de que un largo y maravilloso fin de semana tocaba a su fin, pero Colin no contestó. En lugar de eso, se la quedó mirando embelesado, contemplando las curvas sensuales de su cuerpo que rozaban la perfección.

—Eres increíblemente bonita —susurró.

Una leve sonrisa seductora y adorable se dibujó en los labios de María.

—¿Ah, sí?

—Sí —repitió él.

Siguió contemplándola, sin poderse zafar de la sensación de que un largo viaje llegaba a su punto final. Sabía lo que eso significaba, y aunque el sentimiento habría sido inimaginable incluso un mes antes, no había ninguna razón para negarlo. La abrazó y le acarició el pelo con ternura; la sensación era un verdadero lujo. Colin suspiró.

—Te quiero —murmuró al fin.

Observó cómo la sorpresa inicial en el rostro de María se trocaba en comprensión.

—Yo también te quiero —susurró ella.

Capítulo 14

María

A la mañana siguiente, hicieron el amor a primera hora. Después, Colin le dijo que quería ir a entrenar antes de las clases; aunque todavía no había salido el sol cuando él se marchó, María no consiguió volver a conciliar el sueño. Al final se levantó de la cama, dispuesta a adelantar un caso que había postergado durante demasiado tiempo.

Se sirvió una taza de café, se duchó y se vistió, y con las mejores intenciones abrió el MacBook para ponerse a trabajar durante la hora y media que tenía antes de ir a la oficina. Sin embargo, mientras se acomodaba, tuvo la desagradable sensación de que algo iba mal. Intentó desechar tales pensamientos, pero se preguntó qué podía haberlos originado. Sospechaba que quizá tuviera algo que ver con Colin; la relación la había arrollado como un remolino, aunque no se arrepentía. Se habían enamorado y no había nada de malo en ello. Era normal. Le pasaba a un montón de gente todos los días. Y teniendo en cuenta las horas que habían pasado juntos para conocerse mejor, tampoco le parecía tan descabellado.

Entonces, ¿qué era lo que la preocupaba?

Se sirvió más café, abandonó la mesa y enfiló hacia el balcón. Contempló cómo la ciudad portuaria cobraba vida lentamente. La bruma cubría el paseo marítimo, lo que le daba un aspecto desenfocado. Mientras sorbía el café, recordó que había estado en ese mismo lugar con Colin la noche en que hicieron el amor por primera vez; aunque la imagen consiguió dibujarle una sonrisa en la cara, el recuerdo vino acompañado de una extraña ansiedad.

De acuerdo, quizá sus sentimientos por Colin no eran tan simples ni directos como quería creer. Pero ¿qué era lo que le provocaba aquel desasosiego? ¿El hecho de que durmieran juntos? ¿Las palabras que él le había dicho la noche anterior? ¿Que sus padres no lo aceptaran? ¿O que un mes antes no habría podido imaginar que fuera capaz de enamorarse de alguien como él?

«Acabo de resumir todos mis temores», admitió. Pero ¿por qué aquella ansiedad en ese momento? No tenía sentido pensar que solo porque él le hubiera dicho «Te quiero» se hubiera alterado de ese modo. Apuró el café y decidió ir a la oficina antes, segura de que le estaba dando demasiada importancia a la cuestión.

Con todo, a lo largo de la mañana, el sentimiento no desapareció; al revés, adquirió más fuerza. A las diez sentía incluso náuseas. Cuanto más intentaba convencerse de que no tenía sentido preocuparse por Colin, más difícil le resultaba concentrarse. Cuando el reloj indicó la hora de comer, María tenía una necesidad terrible de hablar con Jill.

Se lo contó todo, incluso cómo se sentía, mientras veía que Jill se servía unas piezas de sushi en el plato y empezaba a engullirlas. Por su parte, María puso una sola pieza en su plato antes de darse cuenta de que no sería capaz de probar bocado. Cuando terminó de hablar, Jill asintió con la cabeza.

—A ver si lo entiendo —dijo su amiga—, has conocido a un chico hace poco, os habéis acostado, se lo has presentado a tus padres y ellos no se han mostrado entusiasmados, y él te ha dicho que te quiere. Y entonces, esta mañana, de repente has empezado a cuestionarte vuestra relación. ¿Lo he resumido correctamente?

—Sí.

—¿Y no sabes por qué?

María esbozó una mueca de fastidio al tiempo que replicaba:

—A ver si tú eres capaz de decírmelo.

—Es la mar de sencillo. Estás atravesando una versión adulta de *La peor noche de mi vida*.

—¿Cómo dices?

—Sí, mujer, como en la universidad, cuando te excedes con el alcohol en una fiesta y te lo montas con un chico que te parece que es perfecto, y entonces, a la mañana siguiente, no puedes dar crédito a lo que ha sucedido. Entonces te paseas por el campus hasta tu habitación, preguntándote en qué diantre estabas pensando, todavía vestida con la ropa de la noche anterior.

—Ya conozco esa historia. Pero lo mío no tiene nada que ver.

Jill usó los palillos para coger el último rollo de maki.

—Quizá no de forma específica, pero me sorprendería si tus emociones no oscilaran de un extremo al otro. Como en «¿De verdad ha pasado eso? ¿Fue tan espectacular como lo recuerdo? ¿Qué he hecho?». Enamorarse puede ser aterrador. Por eso dicen «caer rendido a los pies de alguien» en lugar de «flotar sobre alguien». Caer da miedo. Flotar es parecido a soñar. —Sacudió la cabeza con tristeza mientras miraba el plato de María—. Me he zampado toda nuestra comida; cuando me pese, te echaré a ti la culpa.

—En otras palabras, ¿crees que lo que me pasa es normal?

—Estaría más preocupada si no te cuestionaras nada. Porque en tal caso significaría que estás loca.

—¿Te pasó lo mismo con Paul, cuando te enamoraste de él?

—¡Pues claro! Un día no podía dejar de pensar en él, y al día siguiente me preguntaba si estaba cometiendo el error más grave de mi vida. ¿Y te cuento un secreto? A veces, todavía me pasa. Sé que le quiero, pero no estoy segura de si le quiero lo bastante como para estar toda la vida saliendo con él. Quiero casarme y tener hijos, o, como mínimo, uno. ¿Y sabes otra cosa? A sus padres no les gusto mucho, y eso es algo que me cuesta digerir.

—¿Por qué no les gustas?

—Opinan que hablo demasiado. Y que soy muy porfiada.

—¿Bromeas?

—Sí, lo sé.

María se rio antes de volver a ponerse seria.

—Creo que me cuesta porque todo lo referente a Colin y a mí me parece… extraño. Con Luis, todo tenía sentido. Antes de salir fuimos amigos, e incluso cuando ya salía con él, tardé unos seis meses en decirle que le quería. A mis padres les gustaba, y provenía de una buena familia; además, no había nada turbio en su pasado.

—Si no me falla la memoria, me parece que me contaste que a Serena no le gustaba Luis, y que al final resultó ser un botarate egoísta.

«Ah, sí, eso», pensó María; sin embargo, empezó a objetar:

—Pero…

—Luis fue tu primer amor. No puedes comparar lo que pasó entonces con tu experiencia actual.

—Eso es justo lo que he dicho yo.

—No me entiendes. La cuestión es que el primer amor «siempre» será especial porque no conocías nada mejor. Todo lo que sientes es novedoso, y la novedad de la situación hace que todo parezca un cuento de hadas, al menos al principio. Ahora eres más madura y más sabia, y necesitas a alguien en tu vida más maduro y más sabio. Quieres a alguien que no juegue contigo, y con Colin, lo que ves es lo que hay. Confías en él y lo pasáis bien cuando estáis juntos. O, por lo menos, eso es lo que me has dicho.

—Pero ¿no crees que vamos demasiado rápido?

199

—¿Comparado con quién? Es tu vida. Mi consejo es que te dejes llevar por la corriente y disfrutes del día a día. Además, te repito que lo que sientes es totalmente normal.

—Preferiría no sentirme así.

—¿Y quién no? Pero tengo la impresión de que te sentirás mejor tan pronto como vuelvas a hablar con él. Así es como funciona.

María ensartó con el tenedor la única pieza de sushi en su plato, empezando a sentir por fin las primeras dentelladas del hambre.

—Espero que tengas razón.

—Por supuesto que la tengo. El amor lo complica todo, y las emociones siempre se disparan al principio. Pero, cuando es real, deberías aferrarte a él; las dos somos lo bastante maduras como para saber que el verdadero amor no llama a la puerta muy a menudo.

Después del almuerzo con Jill, María se sentía mejor. Quizá no del todo recuperada, pero por lo menos más centrada. Cuantas más vueltas le daba a la cuestión, más segura estaba de que su amiga tenía razón en casi todo lo que habían hablado. Enamorarse era lo bastante aterrador como para hacer que cualquiera se trastornara un poco al principio. Había pasado tanto tiempo desde la última vez que había olvidado qué se sentía.

Jill también había acertado cuando había asegurado que vencería sus temores cuando hablara con Colin. Él la llamó un poco después de las cuatro, de camino al trabajo. Aunque no hablaron mucho rato, el mero hecho de oír su voz sirvió para amortiguar la tensión que María sentía en el cuello y en los hombros. Y cuando él le preguntó si tenía algo que hacer al día siguiente por la noche y sugirió que cenaran juntos, ella se dio cuenta de las enormes ganas que tenía de verlo.

La idea de pasar un rato con Colin después del trabajo consiguió que el día siguiente transcurriera más deprisa. Incluso Barney —que solía pasar a verla por su despacho o llamarla una docena de veces para que le entregara los informes actualizados de varios casos— no consiguió aguarle el buen humor. Cuando el teléfono sonó a media tarde, contestó de forma automática, esperando oír la voz de Barney, pero era Jill quien llamaba.

—Esta vez se ha pasado de la raya —anunció su amiga.

María necesitó un segundo para identificar la voz.

—¿Jill?

—O bien os peleasteis anoche y quiere que le perdones, o bien está decidido a eclipsar a cualquier otro hombre.

—¿De qué estás hablando?

—De Colin. Y del ramo de rosas que te ha enviado.

—¿Me ha enviado rosas?

—¿De qué creías que estaba hablando? El chico que las ha traído te está esperando.

María miró la pantalla del teléfono y se fijó en la extensión.

—¿Por qué me llamas desde el teléfono de Gwen, en el vestíbulo?

—Porque da la casualidad de que estaba hablando con Gwen cuando ha entrado el chico con el ramo, y he insistido en que quería llamarte yo porque esto ya pasa de castaño a oscuro. ¿Sabes con qué frecuencia Paul me ha enviado rosas a la oficina? La respuesta es nunca. Y si no vienes dentro de un segundo, soy capaz de coger el ramo y salir corriendo, porque su visión me está provocando que de nuevo me cuestione mi relación con Paul. Y, créeme, no querrás cargar con ese peso en tu conciencia, ¿verdad?

María se rio.

—No salgas corriendo, ¿de acuerdo? Ahora mismo voy.

Cuando entró en el vestíbulo, vio a Jill de pie junto al chico que sostenía una cesta llena de rosas de color rosa. Antes de que pudiera darle las gracias, el chico le entregó la cesta y dio media vuelta con celeridad. Al cabo de un momento, la puerta del vestíbulo se cerró tras él, como si nunca hubiera estado allí.

—¡Qué chico más encantador! —comentó Jill—. No ha sido capaz ni de entablar una conversación básica. Lo único que hacía era repetir tu nombre cada vez que le preguntaba algo. Pero no me negarás que el ramo es espectacular.

María estaba totalmente de acuerdo. Los capullos de las rosas, envueltos con tallos de paniculata, estaban, o bien cerrados, o bien empezaban a abrirse; cuando se inclinó para olerlos, se dio cuenta de que la florista había tenido la consideración de cortar las espinas.

—Es increíble que haya hecho esto —comentó mientras seguía inhalando el delicado aroma.

—¡Qué pena! —dijo Jill, sacudiendo la cabeza—. Debe tener graves problemas de autoestima. Lo digo porque siempre busca complacerte.

—No creo que Colin tenga problemas de autoestima.

—Entonces es que está muy desesperado. Deberías romper con él antes de que la situación empeore. Necesitas a alguien como Paul, un tipo que primero piensa en él, y después también piensa en él.

María miró a su amiga con condescendencia.

—¿Has terminado?

—¿Te doy la impresión de tener envidia?

—Sí.

201

—Pues sí, he terminado. Supongo que al final hablasteis y que todo va bien, ¿no?

—Hemos quedado para esta noche. —Le ofreció la cesta a Jill—. ¿Te importaría sostenerla mientras abro la tarjeta?

—Claro. Puedes estar tranquila, que no lo estropearé.

María esbozó una mueca de fastidio mientras abría la tarjeta y la leía. Pestañeó y frunció el ceño antes de leerla una segunda vez.

—¿Qué pasa? —preguntó Jill.

—Me pregunto si se han equivocado de tarjeta. Esta no tiene sentido.

—¿Qué pone?

María se la mostró a Jill.

—Dice: «Sabrás qué se siente».

Jill arrugó la nariz.

—¿Se trata de una broma personal?

—No.

—Entonces, ¿qué significa?

—No tengo ni idea —contestó María, desconcertada.

Jill le devolvió la cesta.

—Qué nota más extraña, ¿no te parece?

202   —Muy extraña —convino María.

—Quizá deberías llamar a Colin y preguntarle qué quiere decir.

«Quizá», se dijo María.

—Probablemente esté en el gimnasio.

—¿Y qué? Supongo que llevará el móvil encima. ¿O sabes qué podría ser? Quizá la florista se haya equivocado de tarjeta. O ha puesto la tarjeta equivocada o ha escrito mal el mensaje.

—Supongo que es posible —admitió María.

Aunque intentó convencerse de que podía ser, se preguntó si tanto Jill como ella misma de verdad creían eso.

Después de poner las rosas en el mismo jarrón donde había estado el primer ramo de flores, María releyó la nota hasta que al final decidió llamar a Colin. Sacó el móvil del bolso y marcó el número.

—¿Qué tal? —la saludó él—. No me digas que me llamas para cancelar la cena de esta noche.

Colin resollaba, y como ruido de fondo María podía oír la música y el sonido de la gente ejercitándose en la cinta de correr.

—¡Qué va! Tengo ganas de verte. ¿Te pillo en un mal momento?

—No, ¿qué pasa?

—Solo una rápida pregunta, sobre tu mensaje.

—¿Qué mensaje?

—La tarjeta con las rosas que acabo de recibir. En la tarjeta pone: «Sabrás qué se siente», y no sé a qué te refieres.

María podía oír la fuerte respiración de Colin al otro lado de la línea.

—Yo no te he enviado rosas hoy. Ni ninguna tarjeta.

María sintió un repentino pinchazo en la nuca. «Sabrás qué se siente.» Ya le parecía extraño que Colin hubiera escrito eso, pero si no había sido él, el mensaje era…

«Extraño, incluso escalofriante».

—¿Qué quiere decir? —preguntó Colin, rompiendo el silencio.

—No lo sé. Estoy intentando descifrarlo.

—¿Y no sabes quién te lo ha enviado?

—No había ningún nombre en la tarjeta.

Colin no dijo nada. María, intentando ocultar su inquietud, cambió de tema.

—Ya sé que has de seguir entrenando, y será mejor que yo siga con lo que estaba haciendo. ¿A qué hora vendrás hoy?

—¿Qué tal a las seis y media? ¿Qué te parece si vamos a algún bar a escuchar música? Me apetece un poco de ambiente. Y podemos comer algo por ahí.

—Me parece genial. Llevo dos días pegada a la silla, así que un paseo me sentará de maravilla.

Al colgar, María imaginó el aspecto de Colin en el gimnasio, pero entonces volvió a fijarse en las rosas y en la tarjeta. Una tarjeta anónima.

«Sabrás qué se siente.»

Volvió a examinar la nota, preguntándose si podía llamar a la florista y preguntar quién las había encargado, pero entonces cayó en la cuenta de que ni la tarjeta ni el sobre llevaban ningún distintivo.

203

—Estás como ausente —dijo Colin mientras caminaban cogidos de la mano por Riverwalk, el famoso paseo marítimo a lo largo del río Cape Fear.

Dado que era un día entre semana, las calles no estaban abarrotadas de gente; aunque todavía hacía buen tiempo, la brisa del norte apuntaba a una posible bajada de las temperaturas en las semanas siguientes. Por primera vez en varios meses, María se alegró de haberse puesto pantalones vaqueros.

Ella sacudió la cabeza.

—Es que estoy intentando averiguar quién me ha enviado las rosas.

—Quizá tengas un admirador secreto.

—Eres el único chico con el que he salido en mucho tiempo. Y tampoco es que salga mucho por ahí. Mi actividad se limita a ir a ver a mis padres, practicar surf de remo o estar en casa.

—Salvo cuando estás en el trabajo.

—Nadie en el trabajo me habría enviado un ramo de rosas —contestó.

Sin embargo, mientras pronunciaba las palabras, la imagen de Ken apareció en su cabeza. Pero él no sería capaz de hacer algo así, ¿no?

—Además, el mensaje no refleja la intención de adularme. Al revés, me provoca escalofríos.

—¿Y algún cliente, quizá?

—Supongo que es posible —admitió, aunque le costaba creerlo.

Colin le apretó la mano.

—De una forma u otra, seguro que al final descubrirás de quién se trata.

—¿Crees que es un hombre?

—¿Tú no?

María asintió. Sí, estaba completamente segura de que el ramo se lo había enviado un hombre, a pesar de que no hubiera ninguna pista.

—El mensaje… me preocupa.

Esperaba que Colin dijera algo para que se sintiera mejor. En vez de eso, avanzó unos pasos antes de mirarla a los ojos.

—A mí también me preocupa.

Estar con Colin la ayudó a calmarse. O, por lo menos, evitó que María siguiera dándole vueltas a quién podía haberle enviado las rosas y haberle escrito la nota. No tenía ninguna idea de quién podía ser, a menos que se tratara de Ken; pero, aunque ese hombre no fuera de su agrado, no podía imaginarlo haciendo algo así.

Mientras paseaba con Colin, la conversación saltaba de un tema a otro. Al cabo de un rato, se pararon a comprar un cucurucho de helado. Colin la sorprendió al pedir también uno para él. Los saborearon de pie, apoyados en la barandilla mientras miraban el *USS North Carolina*, un acorazado que había desempeñado un papel relevante en la Segunda Guerra Mundial y que llevaba años fuera de servicio, atracado en el otro lado del río. María recordó la vez que fue a ver la embarcación: se acordó del reducido espacio en las cubiertas inferiores, la sensación claustrofóbica de los angostos pasillos y las diminutas habitaciones. Se preguntó cómo los marineros habían podido vivir a bordo durante varios meses seguidos sin perder la chaveta.

Recorrieron todo el paseo marítimo mientras el sol poniente transformaba el río en oro líquido; luego se solazaron mirando los escaparates de las tiendas que les llamaban más la atención. Cuando la luna empezó a brillar en el horizonte, entraron en un restaurante para cenar; mientras María estaba sentada frente a Colin, deseó que sus padres pudieran conocer algún día aquella faceta de él, la que conseguía que se sintiera cómoda y relajada. Quería que fueran testigos de lo feliz que era cuando estaba con Colin. De vuelta a su casa, lo invitó de nuevo a un desayuno familiar, a pesar de no estar segura de si sus padres estarían preparados para otra visita.

Aquella noche hicieron el amor despacio y con ternura, una danza deliberada mientras él se movía encima de ella, susurrando su nombre y lo mucho que significaba en su vida. María se entregó por completo, perdida en el momento, entre los brazos de su amante. Después se quedó dormida con la cabeza apoyada en su pecho, acunada por el ritmo estable de los latidos de su corazón. Se despertó dos veces —una, poco antes de la medianoche; la segunda vez, cuando faltaba una hora para que amaneciera— y en la quietud de aquellos momentos, contempló a Colin, todavía fascinada de que fueran pareja, y más segura que nunca de que Colin era precisamente la persona que necesitaba a su lado.

205

Cuando entró en la oficina el miércoles por la mañana, su primer pensamiento fue que necesitaba tirar la tarjeta. La rompió en pequeños pedazos y los lanzó a la basura; luego encendió el ordenador que descansaba sobre la mesa. Al revisar sus mensajes, buscó si algún cliente mencionaba algo sobre las flores, pero no encontró nada.

Barney la esperaba en la sala de reuniones, por lo que no volvió a su despacho hasta el mediodía. En la bandeja de entrada encontró otro archivo que le había enviado Barney, acompañado de un mensaje en el que le sugería que se pusiera las pilas porque necesitaba un informe al día siguiente. Eso quería decir que tendría que almorzar en el despacho otra vez. Levantó la vista y miró las rosas, y se dijo que no las quería en su despacho. Cogió el ramo y el bolso, salió del edificio y dobló la esquina en dirección a los contenedores de basura.

Tiró el ramo en uno de los contenedores; cuando enfiló hacia su coche, tuvo la impresión de que alguien la estaba observando. Examinó el espacio a su alrededor, pero no vio a nadie, así que al principio descartó aquella extraña sensación. Pero mientras buscaba las llaves del coche en el bolso, volvió a sentirse observada. Alzó la vista hacia el edificio

Allí, de pie junto a la ventana de su despacho, estaba Ken.

María, de nuevo, bajó la vista hacia el bolso, fingiendo no haberlo visto. ¿Qué hacía allí? ¿Cuánto tiempo llevaba observándola? Suponía que había alguien más con él en aquel despacho, pues se hallaba de pie junto a la ventana, dándole la espalda a quien fuera. Si había estado allí cuando ella salió de la oficina, seguro que la había visto tirar las rosas al contenedor. Y eso no era bueno. Si se las había enviado, probablemente estaría enfadado; si no se las había enviado él, quizá pensaría que ella y Colin habían cortado. De una forma u otra, la preocupaba que Ken sintiera ganas de pasar a verla por su despacho de nuevo para ahondar en el tema de si sabía trabajar en equipo.

Sin embargo, él no se apartaba de la ventana. Y aunque estaba demasiado lejos como para que María pudiera estar totalmente segura, tuvo la desapacible sensación de que llevaba un buen rato observándola.

Al regresar de la tienda, aparcó en el mismo espacio que antes y decidió dejar las ventanillas abiertas para refrescar el interior del vehículo. El coche de Ken ya no estaba. A no ser que tuviera algo importante, sabía que él no volvería hasta la una y media, más o menos. Aliviada, intentó concentrarse en el trabajo. Entre las rosas, el mensaje y ahora Ken, sentía ganas de recoger sus cosas y marcharse a casa. Quizá podría alegar que tenía migraña y marcharse antes... pero ¿de qué serviría? Barney aún esperaría el informe a la mañana siguiente, e incluso en casa, sabía que continuaría obsesionada por los acontecimientos del día.

«Sabrás qué se siente.»

—¿A qué se refería?

¿Acaso, Ken, por el hecho de que ella hubiera rechazado sus atenciones, planeaba hacerle la vida laboral aún más insoportable?

Y, en tal caso, ¿qué pretendía hacerle?

Intentó no pensar en aquellas cosas mientras revisaba la hora en que un cliente que había sufrido una caída había interpuesto una denuncia a unos grandes almacenes. Necesitaría casi toda la tarde para hacer los cálculos necesarios a partir de la información que tenía; mientras empezó a tomar notas, pensó que su profesión era como una gran partida de un juego en la que el objetivo era acumular horas facturables, una partida en la que los abogados eran los únicos ganadores seguros.

Era una perspectiva cínica, pero ¿cómo, si no, podía explicar que siempre estuviera tan ocupada, a pesar de que la justicia no siempre era ágil ni justa? Todavía estaba dedicando horas a casos que habían sido archivados muchos años atrás; el caso que Barney le acababa de asignar no tenía ninguna posibilidad de llegar a los juzgados como mínimo antes de dieciocho meses. Y eso si las cosas iban bien, lo cual era prácticamente imposible, ya que no siempre salían bien. Así que, ¿por qué Barney necesitaba saber al día siguiente la hora exacta de la denuncia? ¿Cómo justificaba esa urgencia?

La imagen de Ken en la ventana, observándola, seguía provocándole escalofríos. No iba a permitir que la pillara de nuevo desprevenida, si se le acercaba otra vez con la excusa de querer hablar de su futuro laboral. Decidió dejar la puerta del despacho completamente abierta, aunque la incordiara el ruido proveniente del pasillo. De ese modo, si Ken decidía ir a verla a su despacho, dispondría de unos segundos para prepararse.

Desde la ventana no podía ver el espacio donde Ken aparcaba todos los días, pero sabía que conducía un Corvette rojo y que a la una y media en punto aparcaba junto al edificio. Suponía que pasaría a verla tan pronto llegara a la oficina; sintió un gran alivio al constatar que no lo hacía. Ni tampoco más tarde; ni siquiera pasó por la sección de las asistentes legales. A las cinco todavía no había ni rastro de Ken. María se recordó que no pensaba quedarse en la oficina hasta tarde. Cerró el MacBook, recogió los papeles, los archivó y los guardó en la cartera. Echó un vistazo por la ventana: el coche de Ken no estaba en el aparcamiento.

Qué alivio.

Ya vería qué sorpresas le deparaba el día siguiente.

Salió del despacho, se despidió de Jill y enfiló hacia su coche. Como siempre, pasó primero por delante de la puerta del pasajero para dejar la cartera sobre el asiento, pero, tan pronto como abrió la puerta, gritó angustiada.

El ramo de rosas, reseco por las horas que había estado al sol, descansaba en el asiento del pasajero, bien colocado, como si intentara burlarse de ella.

Colin estaba sentado en el comedor de María, frente a ella, con los codos apoyados en las rodillas. María lo había llamado después de volver a tirar las rosas en el contenedor; al llegar a casa, lo encontró de pie, esperándola junto a la puerta.

—No lo entiendo —dijo ella, todavía azorada—. ¿Qué quiere Ken?

—Ya sabes lo que quiere.

—¿Y cree que es la mejor forma de conseguirlo? ¿Enviándome rosas y una nota escalofriante? ¿Y luego dejando el ramo en mi coche y dándome un susto de muerte?

—No puedo contestar a tus preguntas —se lamentó Colin—. Creo que lo que realmente importa es qué piensas hacer al respecto.

Él continuó sosteniéndole la mirada, sin moverse, pero la visible tensión en su mandíbula dejaba claro que estaba tan afligido como ella.

—No sé si hay algo que pueda hacer. La nota no estaba firmada, y tampoco le he visto poner las rosas en mi coche. No puedo probar nada.

—Pero ¿estás segura de que ha sido Ken?

—¿Quién si no? No había nadie más en el aparcamiento.

—¿Estás segura?

María abrió la boca para contestar, pero la cerró rápidamente porque no había considerado tal alternativa. Solo porque no hubiera visto a nadie no significaba que no hubiera alguien más, pero la idea le parecía demasiado terrorífica como para aceptarla.

—Es él —concluyó—. Tiene que ser él.

Con todo, incluso María tuvo la sensación de que lo había dicho como si intentara convencerse a sí misma.

Capítulo 15

Colin

Colin pasó la noche con María. Aunque no le había pedido que se quedara, sabía que ella no quería que se marchara. Estuvo inquieta casi toda la noche, incapaz de probar bocado. Colin notaba que tenía la mente muy lejos de allí. Cuando por fin se quedó dormida, él permaneció despierto, con la vista clavada en el techo, intentando recomponer el rompecabezas.

María le había contado suficientes cosas acerca de Ken como para que Colin pudiera hacerse a la idea de la personalidad de aquel sujeto, y había estado controlando una imperiosa necesidad de ir a hablar con él. El acoso sexual era ya de por sí terrible, pero a Ken le gustaba además intimidar. Colin sabía por experiencia propia que la gente de esa calaña no dejaba de abusar de su poder a menos que alguien la obligara. O le metiera miedo.

Con todo, María le había dejado claro que no quería que se acercara a Ken, aunque solo fuera por el bien de Colin. Lo comprendía: ese tipo era un reputado abogado, e incluso una amenaza creíble podría bastar para meter a Colin entre rejas. No dudaba de que Margolis y los jueces de la localidad se asegurarían de que así fuera.

Sin embargo, cuantas más vueltas le daba, más confuso le parecía el caso. La nota, combinada con dejar las rosas en el coche de María, parecía una clara amenaza personal; aunque Ken tuviera problemas para controlar su libido y hubiera estado observándola a través de la ventana, el resto de la historia no tenía sentido. ¿Cuál era el objetivo de la nota? ¿Cómo iba Ken a saber que María tiraría las rosas en ese preciso momento? O si Ken había planeado dejarlas en el coche, ¿por qué había continuado observándola desde la ventana, sabiendo que María sospecharía que había sido él? Ese hombre tenía que saber que asustar a María podría incitarla a denunciar su acoso. ¿Y si otro empleado en la oficina lo había visto mientras sacaba las rosas del contenedor y las metía en el coche de María? ¿Se habría arriesgado a correr tal riesgo? La mayoría de los despachos tenían ventanas.

Lo que significaba que..., si había sido Ken, había tenido que salir del edificio furtivamente y haberse acercado al contenedor con sigilo para que nadie le viera, lo que querría decir que ese tipo no estaba muy bien de la cabeza.

¿Y si no había sido Ken?

Aquella posibilidad le ponía los pelos de punta.

Cuando María se despertó por la mañana, Colin se ofreció a seguirla hasta el trabajo, pero ella le dijo que no hacía falta. Mientras conducía de vuelta a su apartamento, Colin se dio cuenta de que estaba tan nervioso por el incidente como lo había estado María la pasada noche. Preso de una rabia incontenible, al llegar a casa se puso el chándal y salió a correr, con la música de los cascos a todo volumen. Cuando por fin notó que había vencido la rabia, experimentó una lenta recuperación de la lucidez.

Haría lo que María le había pedido y se mantendría alejado de Ken, pero eso no significaba que pensara quedarse con los brazos cruzados.

Nadie iba a asustar a María y salir airoso de la situación.

—¿Habéis pensado en llamar a la policía? —preguntó Evan.

Estaban sentados a la mesa de la cocina de Evan, unos minutos después de que Colin le hubiera contado a su amigo lo que había sucedido, incluido lo que pensaba hacer.

Colin sacudió la cabeza.

—La policía no hará nada.

—Pero alguien ha abierto su coche sin su permiso.

—María no lo había cerrado con llave, las ventanillas estaban abiertas, no se llevaron nada y no causaron ningún desperfecto. Lo primero que la policía preguntará es cuál es el delito. Luego le preguntarán quién lo ha hecho, y ella solo podrá ofrecerle sus conjeturas.

—¿Y el mensaje? ¿No hay leyes contra el acoso?

—La nota es extraña, pero no supone una clara amenaza. Y no existen pruebas de que la persona que envió las flores fuera la misma que las metió en el coche.

—A veces olvido que has tenido mucha experiencia en estas cuestiones. Pero todavía no estoy seguro de por qué crees que has de intervenir en el asunto.

—No necesito hacerlo. Quiero hacerlo.

—¿Y si a María no le gusta tu plan?

Cuando Colin no contestó, Evan prosiguió:

—Porque piensas contárselo, ¿verdad? Ya que eres un tipo que defiende la sinceridad a capa y espada.

—No hay para tanto.

—No has contestado a mi pregunta.

—Sí, se lo diré.

—¿Cuándo?

—Hoy.

—¿Y si ella no está de acuerdo con tu plan?

Colin no contestó. Evan irguió más la espalda.

—Lo harás de todos modos. Porque ya has tomado la decisión. ¿Me equivoco?

—Quiero saber qué pasa.

—Eres consciente de los errores que has cometido en el pasado, ¿verdad? ¿Piensas arriesgarte y perjudicar tu futuro?

—Solo estoy hablando de hacer unas llamadas telefónicas. Hablar con gente. —Colin se encogió de hombros—. Eso no es ilegal.

—Hasta ahí estamos de acuerdo. Pero me refiero a lo que podrías decidir hacer más adelante.

—Sé lo que hago.

—¿Seguro?

Como Colin no respondió de inmediato, Evan se arrellanó en la silla.

—¿Te he dicho que Lily quiere que salgamos los cuatro este fin de semana?

—No.

—El sábado por la noche. Quiere conocer a María.

—Vale.

—¿Quieres consultárselo a María primero?

—Hablaré con ella, pero estoy seguro de que dirá que sí. ¿Qué os apetece hacer?

—Salir a cenar. Y luego ya encontraremos algún lugar donde divertirnos. Creo que con todas esas lecciones de baile le han entrado ganas de salir de fiesta.

—¿A bailar salsa?

—Lily dice que yo no tengo el ritmo adecuado. Sería otra clase de música.

—¿Ir a una discoteca?

—Ya que la última vez no te metiste en ningún lío, opina que puedes volver a ir.

—Vale.

—Tengo otra pregunta.

211

Colin esperó mientras Evan lo miraba desde el otro lado de la mesa con la cara muy seria.

—¿Qué pasará si encuentras al tipo que lo ha hecho?

—Hablaré con él.

—¿Aunque sea el jefe de María?

Colin no contestó. Evan sacudió la cabeza.

—Ya sabía yo que tenía razón.

—¿Sobre qué? —preguntó Colin.

—No tienes ni idea de dónde te estás metiendo.

Colin comprendía que Evan estuviera preocupado, pero no pensaba que su inquietud estuviera justificada. ¿Qué le costaría averiguar si Ken había enviado las rosas? Solo tenía que hacer unas llamadas, algunas preguntas concisas, una foto y... ¡Solo él sabía cuántas veces había estado en el otro lado en innumerables interrogatorios! Por eso sabía que, a menudo, el mejor método para obtener repuestas era recurrir a una presencia seria y un tono oficial. La mayoría de la gente quería hablar; la gente no podía quedarse callada, incluso cuando era mejor para sus intereses. Pensó que con un poco de suerte tendría la respuesta a media tarde.

De vuelta a su apartamento, encendió el ordenador en la cocina y realizó una búsqueda rápida de Ken Martenson. No le costó nada encontrarlo. Ese tipo tenía más contactos de lo que Colin había supuesto, pero las fotos que encontró no eran lo que realmente buscaba: demasiado desenfocadas, demasiado lejos. Incluso la de la página web de la empresa tenía más de diez años. En esa época, Ken llevaba perilla, lo que alteraba considerablemente su apariencia. Decidió que no le quedaría más remedio que hacerle él mismo una foto; pero no tenía una buena cámara, con objetivo. Tampoco creía que Evan tuviera una cámara decente; su amigo no se gastaría tanto dinero, era un rácano.

Pero María tenía una.

La llamó al móvil y le dejó un mensaje preguntándole si tenía planes para la hora de almorzar. Cuando ella le contestó, proponiéndole quedar a las doce y media, él estaba en clase. Pero cuando leyó el mensaje en un momento en que la profesora estaba de espaldas, se dio cuenta de que había acumulado más tensión en la nuca de la que era consciente.

Se obligó a respirar hondo y despacio.

—¿Quieres que te preste mi cámara?

Estaban sentados en la terraza de un pequeño café, esperando a que les sirvieran la comida. Aunque Colin no había probado bocado desde la noche anterior, no tenía apetito.

—Sí —asintió él.

—¿Para qué?

—Para hacerle una foto a Ken.

María pestañeó.

—¿Cómo dices?

—Para averiguar quién te envió las flores, hay que encontrar primero la floristería. Cuando lo descubra, puedo enseñarles la foto y preguntar si fue él quien encargó el ramo.

—Pero ¿y si lo hizo por teléfono?

—Si pagó con tarjeta, conseguiré el nombre.

—No te lo darán.

—Quizá sí, quizá no. De todos modos, ¿me prestas la cámara?

María se debatió antes de negar con la cabeza.

—No.

—¿Por qué no?

—Para empezar, porque es mi jefe. Y te ha visto, sabe qué aspecto tienes. Si te ve, la situación se pondrá más fea para mí en la oficina. Además, he visto a Ken esta mañana y tengo la impresión de que ha abandonado el juego.

—¿Has visto a Ken?

—Ha pasado a primera hora para hablar con Barney y conmigo acerca de uno de nuestros casos, para comunicarnos que ha oído que ya se ha iniciado el sumario.

—No me lo has dicho cuando me has llamado...

—No sabía que tuviera que hacerlo.

Colin detectó la primera muestra de tensión en el tono de María.

—¿Cómo se ha comportado?

—Bien, normal —contestó ella.

—¿Y no te has puesto tensa ante su presencia?

—Claro que sí. El corazón casi se me sale por la boca, pero ¿qué querías que hiciera? Barney estaba a mi lado. De todos modos, Ken no ha intentado hablar conmigo a solas, y tampoco se ha quedado después en la sección de las asistentes legales.

Colin entrelazó las manos por debajo de la mesa.

—Con tu cámara o sin ella, pienso descubrir quién te envió las flores.

—No necesito que resuelvas mis problemas.

—Lo sé.

213

—Entonces, ¿por qué seguimos hablando de lo mismo?

Colin mantuvo la expresión serena.

—Porque todavía no sabes con absoluta seguridad si fue Ken u otro quién lo hizo. Solo te guías por conjeturas.

—No son conjeturas.

—¿No sería mejor saberlo con certeza?

Colin sabía que en el pasado no habría movido ni un solo dedo para averiguar quién había sido. No había motivos para implicarse. María tenía razón: era su problema, y, con franqueza, Colin ya tenía bastantes problemas personales como para meter las narices en los de otra persona.

Sin embargo, se consideraba un experto en agresividad incontrolada. Y algo le decía que de eso se trataba en aquel caso. En el centro psiquiátrico, había aprendido la diferencia entre la rabia abierta y la encubierta; él mismo había experimentado ambas modalidades.

En los bares, cuando tenía ganas de pelea, su violencia era abierta. No había motivos ocultos, ni vergüenza, ni arrepentimiento. En el primer par de semanas en el centro psiquiátrico, de nada le sirvieron los ataques de rabia. Los médicos le dejaron claro que, si reaccionaba de forma violenta —aunque tan solo fuera alzando la voz—, acabaría en el pabellón de cuidados especiales, lo que quería decir compartir sala con una docena de pacientes, y que le administraran litio de forma obligatoria en dosis que lo atontaban, mientras los médicos y las enfermeras no perdían detalle de ninguno de sus movimientos. Eso era lo último que quería, así que empezó a tragarse la rabia, intentando ocultarla, aunque pronto descubrió que la rabia no desaparecía; lo único que hacía era transformarse: de abierta a encubierta. De forma no consciente, empezó a manipular a la gente. Detectaba exactamente qué teclas necesitaba pulsar para cabrear a alguien y jugaba con esas teclas hasta que finalmente conseguía el objetivo. Uno a uno, fue enviando a todos sus compañeros al pabellón de cuidados especiales mientras él adoptaba un aire inocente, hasta que un día uno de los médicos habló con él sobre lo que había estado haciendo. Un sinfín de horas de terapia más tarde, Colin comprendió por fin que la rabia era rabia, ya fuera abierta o encubierta, e igual de destructiva de un modo que del otro.

Eso era lo que alguien estaba haciendo con María: usar la rabia con la intención de manipular. Quienquiera que fuera pretendía erosionar las emociones de María; aunque, de momento, lo hacía de forma encubierta, tenía la impresión de que solo era el principio.

El razonamiento llevaba a Colin a deducir que Ken no era el sospechoso que buscaba, pero era el único nombre que tenía, así que no le quedaba más remedio que empezar por ahí. Después de que María le hubiera entregado con reticencias la llave de su casa cuando terminaron de almorzar, Colin condujo hasta allí y se llevó la cámara de fotos. La encendió para asegurarse de que la batería estaba cargada e inspeccionó los diferentes ajustes. Hizo pruebas para acercar el objetivo y tomó algunas fotos desde el balcón, antes de caer en la cuenta de que necesitaba enfocar rostros para averiguar a qué distancia debía situarse.

Después de esconder la llave en una maceta cerca de la puerta, tal como María le había pedido que hiciera, condujo hasta la playa, donde nadie se fijaría en un tipo con una cámara. No estaba abarrotada, pero había suficiente gente como para conseguir lo que se proponía: pasó cerca de una hora fotografiando a gente desde diversas distancias. Al final, calculó que tenía que estar como máximo a cuarenta y cinco metros del objetivo. Una distancia correcta, aunque no fuera la más idónea. Pero tendría que andarse con cuidado, ya que a esa distancia Ken podría reconocerlo. Necesitaría buscar un punto estratégico desde donde no pudiera descubrirlo.

La mayoría de los edificios históricos a ambos lados del bloque donde María trabajaba eran de dos o tres plantas, con tejados planos. Los coches se alineaban a ambos lados de la calle; aunque había unos pocos árboles, ninguno era lo bastante voluminoso como para esconderse detrás. El tráfico peatonal no era denso, pero era constante. Descartó la posibilidad de deambular por la zona durante una hora o más con una cámara en la mano, ya que era muy probable que no pasara desapercibido.

Alzó la vista y se fijó en los edificios que acababa de dejar atrás, los que quedaban justo enfrente de la entrada principal del edificio donde trabajaba María. La distancia era buena; el ángulo, perfecto; pero Colin se preguntó cómo conseguiría subir hasta allí.

Volvió a cruzar la calle, con la esperanza de encontrar una salida de incendios. Los edificios modernos de entre dos y tres plantas no disponían de esa clase de salidas, y, tan pronto como llegó al angosto callejón que había justo al lado del bloque, vio que tenía suerte solo a medias.

Desde los edificios justo enfrente del bufete no se podía acceder al tejado, pero el edificio aledaño de tres plantas disponía de una de esas escaleras desplegables antiguas a unos tres metros del suelo por la que se accedía a una pasarela de metal en la segunda planta. Aunque no fuera imposible encaramarse hasta la escalera, y aunque el

215

ángulo que ofrecía el edificio no fuera ideal, era su única opción. Entró en el callejón, se colgó la cámara al cuello y se la metió dentro de la camisa para protegerla. Dio un par de zancadas hacia la pared, esperando usarla como trampolín para propulsarse más alto, hasta la altura necesaria para poder agarrarse a la escalera.

Lo consiguió. Se agarró a la parte inferior con las dos manos. Se impulsó hacia delante y agarró el siguiente peldaño. Repitió el proceso hasta alcanzar la pasarela. Por suerte, la escalera conectaba con el edificio superior; al cabo de unos momentos, Colin llegó al tejado. En la calle nadie parecía haberse dado cuenta de su extraña maniobra.

De momento, todo estaba saliendo bien.

Se dirigió hacia la esquina más cercana al edificio de María. El alero del tejado no era muy ancho, pero pensó que mejor disponer de un poco de protección que nada. Por suerte, la gravilla que constituía el pavimento en el tejado estaba apisonada en ese rincón. Sin embargo, había un puñado de papeles de goma de mascar esparcidos por el suelo; cuando se tumbó sobre el estómago, los apartó. Enfocó la cámara y se dispuso a esperar. Se sorprendió al darse cuenta de que podía ver a María sentada junto a la mesa de su despacho; también podía ver su coche y, un poco más lejos, los contenedores de basura. El coche estaba aparcado en su puesto habitual; unas cuantas plazas más abajo, distinguió el Corvette de Ken.

Al cabo de una hora, las primeras personas empezaron a salir del edificio, normalmente de una en una, aunque a veces en grupos. Asistentes legales (sí, tal como María había mencionado, todas eran atractivas), un par de tipos de unos cuarenta años, Jill, la amiga de María. Salió más gente. Al cabo de unos minutos, apareció María. La siguió con el teleobjetivo, pensando que se movía más despacio que de costumbre. Cuando llegó a la esquina del edificio, miró a su alrededor, sin duda intentando encontrar a Colin. Observó cómo fruncía la frente antes de enfilar hacia el coche.

Colin volvió a enfocar la cámara hacia la puerta del edificio y no vio ninguna señal de Ken. Justo cuando empezaba a preguntarse si la disminución de la luz a última hora de la tarde desdibujaría el detalle que buscaba, Ken por fin empujó la puerta. Colin contuvo el aliento, sacó una docena de fotos antes de que Ken se metiera en el aparcamiento, luego se dio la vuelta hacia un lado para examinar las imágenes, con la esperanza de que fueran lo bastante buenas.

Lo eran.

Esperó hasta que Ken hubo abandonado el aparcamiento antes de ponerse de pie y descender por la misma vía por la que había subido al tejado. De nuevo, nadie pareció fijarse en él. Cuando llegó a su co-

216

che, empezaba a oscurecer. Se paró en una droguería de camino a casa y seleccionó dos de las fotos para revelarlas antes de ir al encuentro de María.

Le había prometido que pasaría por su casa para devolverle la cámara.

—No me extraña que no te viera —le dijo ella más tarde, con las fotos sobre la mesa de la cocina—. Así que mañana…

—Empezaré a llamar a floristerías. Y espero descubrir la verdad.

—¿Y si encargó las flores por teléfono?

—Les diré la verdad: que tú te preguntas si la tarjeta que iba con las flores correspondía a otro pedido, y que te preguntas quién te las envió.

—Quizá no te lo digan.

—Solo pido un nombre, no el número. Estoy seguro de que la mayoría de la gente estará dispuesta a colaborar.

—¿Y si descubres que fue Ken?

Era la misma pregunta que le había planteado Evan unas horas antes; le había estado dando vueltas a qué haría si averiguaba que había sido Ken.

—La decisión sobre el siguiente paso estará en tus manos.

María asintió, con los labios fruncidos, hasta que al final se levantó de la mesa y se acercó a las cristaleras del balcón. Permaneció allí de pie, sin decir nada, durante un largo momento. Colin se levantó de la silla, se le acercó; al apoyar la mano en la parte inferior de su espalda, notó su enorme tensión.

—Estoy tan cansada de hablar de este tema… Estoy incluso cansada de pensar en ello —confesó María, abatida.

—¿Qué tal si salimos un rato? Así despejarás la mente.

—¿Estás pensando en ir a algún lugar en particular?

—Es una sorpresa.

María miró por la ventanilla del Camaro, aparcado entre un par de monovolúmenes, sin intención de salir del coche.

—¿Esta es tu sorpresa?

—Creí que sería divertido.

—¿Minigolf? ¿En serio?

María miró con evidente escepticismo las llamativas luces que rodeaban la entrada. Más allá de las puertas de cristal se adivinaba un pequeño centro comercial; a la izquierda estaba el campo de golf

217

en miniatura, adornado con unos molinos de viento cuyas aspas daban vueltas sin parar. Colin supuso que formaban parte de la recreación de una escena escandinava.

—No es tan solo un minigolf. Es el minigolf que brilla en la oscuridad —bromeó él.

—Y... supongo que me has tomado por una niña de doce años, ¿no?

—Es una buena forma de divertirte. ¿Cuándo jugaste por última vez?

—Ya te lo he dicho. Cuando tenía doce años. Los padres de Kevin Ross organizaron su fiesta de cumpleaños aquí. Invitaron a toda la clase... y mi madre también vino, así que no fue una cita romántica.

—Pero fue memorable. Después, si quieres, podemos probar el laberinto láser.

—¿Laberinto láser?

—Vi el anuncio hace un par de meses, cuando pasé un día por delante, en coche. Creo que se trata de cruzar una sala sin fragmentar los rayos láser. —Al ver que María no contestaba, Colin continuó—: No me gusta pensar que tienes miedo de que te gane y que por eso no quieres entrar.

—No tengo miedo de que me ganes. Si no me falla la memoria, creo que fui la mejor de mi clase.

—¿Entonces, entramos?

El viernes por la mañana, Colin se despertó temprano y salió a correr antes de que saliera el sol. Corrió diez kilómetros y luego se fue al gimnasio antes de sentarse delante del ordenador para ponerse a buscar por Internet los números de teléfono que necesitaba. Se quedó sorprendido al ver que en Wilmington había más de cuarenta floristerías, aparte de las tiendas de comestibles donde también vendían flores, lo que quería decir que estaría un buen rato ocupado.

Sonrió al pensar en la noche anterior. Aunque María necesitó unos cuantos hoyos antes de empezar a relajarse, cuando terminaron la partida, reía divertida, incluso bailó sobre la hierba después de meter la pelota en el hoyo número dieciséis, una pelota que le dio la victoria. Estaban hambrientos, así que, en lugar de entrar en el laberinto láser, Colin la llevó a un tenderete situado en la carretera cerca de la playa, cuya especialidad eran los tacos de pescado, que engulleron con la ayuda de una cerveza bien fría. Él le preguntó si le apetecía salir con Evan y Lily. María contestó que «encantada». Cuando se despidieron con un beso, tuvo la sensación de que la noche había sido justo lo que ella necesitaba.

En la barra del desayuno, empezó a hacer las primeras llamadas, con la esperanza de completar la lista en un par de horas, pero, cuando se dio cuenta de que la persona encargada no siempre estaba inmediatamente disponible, comprendió que eso significaba una segunda o incluso una tercera llamada al mismo número. Con todo, dio la explicación e hizo las preguntas pertinentes: sobre si se habían dado cuenta de haber puesto una tarjeta equivocada en uno de sus envíos, de si habían enviado un ramo a un bufete, de si les habían encargado una cesta con rosas de color rosa. La mayoría de la gente con la que habló mostraba una clara predisposición a ayudar. Eran ya las dos cuando casi terminó la ronda de llamadas; solo le quedaba un puñado de floristerías; seguramente le dirían lo mismo que en las otras tiendas: que no habían sido ellos los que habían preparado y enviado el ramo.

Colin tenía razón. Mientras se preguntaba qué iba a hacer a continuación, decidió probar con algunas floristerías fuera de la ciudad. La única duda era qué dirección elegir. Eligió el norte. Llamó a todas las floristerías de Hampstead, luego descubrió otras dieciocho en Jacksonville.

En su sexto intento, en una tienda que se llamaba Floral Heaven, cerca de Camp Lejeune, dio en el blanco. El encargado le dijo que recordaba al hombre que había encargado el ramo. Había pagado en efectivo, añadió. Y sí, la tienda estaría abierta al día siguiente, y él estaría allí.

Más tarde, aquella noche, mientras Colin atendía a los clientes en la barra, no pudo evitar volver a pensar que alguien se había tomado la inmensa molestia de intentar ocultar su identidad.

El viernes por la noche descargó una fuerte tormenta que suavizó la temperatura. El sábado por la mañana, después de salir a correr y de cortar el césped, Colin condujo hasta la tienda Floral Heaven en Jacksonville, a poco más de una hora de camino. Ya en la tienda, sacó la foto de Ken y se la mostró al dueño.

—¿Fue este hombre quien encargó el ramo?

El propietario, un hombre corpulento de unos sesenta años con gafas, solo necesitó un segundo antes de negar con la cabeza.

—El hombre de la foto es mucho más mayor. El tipo que encargó el ramo no tenía ni treinta años. Me fijé bien en él.

—¿Ah, sí?

—Bueno, era un tipo extraño, por eso me acuerdo de él. Llevaba una gorra de béisbol y mantenía la vista fija en el mostrador mien-

219

tras hablaba, o, mejor dicho, en lugar de hablar, murmuraba. Me dijo lo que quería y se fue. Al cabo de una hora volvió, pagó en efectivo y se marchó.

—¿Se fijó si iba solo?

—No, no me fijé —contestó el dueño—. ¿A qué vienen tantas preguntas?

—Tal como le comenté por teléfono, la nota anexa al ramo era extraña.

—No me pidió ninguna tarjeta. Eso también lo recuerdo, porque todo el mundo quiere escribir algún mensaje. Ya le he dicho que era un tipo extraño.

La sesión de entreno por la tarde en el gimnasio consistió sobre todo en técnicas de ataque y de defensa. Se sorprendió al ver que Daly se dedicaba casi exclusivamente a él, forzándolo más de lo normal. En su época, Daly había sido una verdadera bestia sobre el cuadrilátero; en más de una ocasión, Colin se encontró fuera de posición, sintiéndose como si luchara por su vida. Cuando terminó el entreno, se dio cuenta de que no había pensado en el tipo con la gorra de béisbol ni una sola vez.

Quienquiera que fuera.

La preocupación volvió a apoderarse de él tan pronto como bajó del cuadrilátero. Antes de llegar a su taquilla, Daly corrió tras él y lo llevó a un rincón.

—¿Podemos hablar un par de minutos?

Colin usó su camiseta empapada de sudor para secarse la cara.

—¿Te iría bien luchar el próximo fin de semana? En Havelock. —Antes de que Colin pudiera contestar, Daly continuó—: Ya sé que llevas tres semanas sin combatir, pero Bill Jensen me ha llamado esta mañana. Conoces a Bill, ¿verdad?

—El promotor —especificó Colin.

—Ya sabes cuánto ha hecho por nuestro equipo a lo largo de los años…, tu incluido. Pues bien, está en apuros. Johnny Reese encabeza la noche, y el tipo contra el que tenía que combatir se rompió la mano hace un par de días. Reese necesita un nuevo adversario.

Tan pronto como Daly mencionó el nombre, Colin recordó la conversación con Evan en el bar de carretera: «Ese tipo se mueve como un felino.»

—Jensen ha buscado posibles adversarios —continuó Daly—, pero, por lo visto, tú eres el único en su categoría que podría estar a su altura. Es el último combate de Reese antes de pasar a la categoría profesional y tiene todos los números para convertirse en uno de los grandes. Ha sido campeón de lucha libre deportiva; es muy bueno cuando ataca, un tipo valiente. Dicen que logrará llegar a la Ultimate Fighting Championship dentro de un año o dos; por eso Jensen no quiere cancelar el combate. Por eso he sido tan implacable contigo hoy, en el entreno. Quería saber si estabas preparado para enfrentarte a él.

—No soy lo bastante bueno para luchar con Reese.

—Me has puesto a la defensiva en varias ocasiones. Te digo que estás listo.

—Perderé.

—Es probable —admitió Daly—. Pero será el mejor combate de su vida hasta el momento, porque eres mejor de lo que crees. —Retorció la parte baja de la camiseta y derramó gotas de sudor—. Ya sé que te estoy pidiendo que asumas un riesgo, pero será positivo. Para ti también. Jensen es el tipo de persona que nunca olvida un favor. Y tú estarás ayudando a hacer buena publicidad de mi gimnasio.

Colin volvió a secarse la cara antes de decidir.

—De acuerdo —aceptó.

Cuando salió del gimnasio, su mente estaba centrada en Johnny Reese. Sin embargo, la noticia no le había emocionado; a medio camino de su casa, ya no pensaba en el combate. En lo único que podía pensar era en el desconocido que le había enviado el ramo de rosas a María y en cómo era posible que otra persona que no era Ken supiera que María había tirado las flores en el contenedor.

221

—¡Vaya notición! —exclamó Evan.

Estaban sentados en el porche. Colin bebía agua; Evan, una cerveza.

—Conque Reese, ¿eh? Es muy bueno.

—Gracias por omitir el tema que de verdad interesa.

—¿Te refieres a María y al tipo que le envió las flores? ¿De eso quieres hablar? —Evan hizo una pausa antes de proseguir—. De acuerdo. ¿Has considerado la idea de que Ken contratara a alguien para comprar y entregar las rosas?

—En tal caso, ¿por qué las encargaría a una floristería que está a una hora de Wilmington?

—Quizás el tipo que contrató viva allí.

Colin tomó un buen trago de agua.

—Quizás, aunque no lo creo.

—¿Por qué no?

—Porque no creo que Ken tenga nada que ver con esto.

Evan empezó a pelar la etiqueta de su botella.

—Si te sirve de consuelo, creo que tienes razón. El acosador no es su jefe. Por lo menos, tu papel de investigador, sacando fotografías desde el tejado, no ha sido en balde. Lo que significa que no eres tan tonto como pareces, aunque todavía no tengas ni idea de quién es.

—También he descubierto otro dato.

—¿Ah, sí?

—Sí, que quienquiera que fuera estaba observando a María desde el mismo sitio desde donde saqué las fotos, en el tejado.

—¿Y cómo diantre has llegado a tal conclusión?

—Porque la gravilla estaba apisonada y había varios papeles de goma de mascar por el suelo, que el viento no se había llevado volando. Lo que significa que alguien había estado allí hacía poco. Y, desde ese punto aventajado, podía ver directamente el despacho de María. Igual que el coche y los contenedores de basura. Quienquiera que fuera la había estado espiando durante horas. Hasta hace poco rato, justo antes de hablar contigo, no había atado cabos.

Por primera vez, Evan se quedó callado.

—¡Uf! —exclamó al final.

—¿Nada más?

—Quizá tengas razón o quizá no. No tengo la respuesta que buscas.

—Encima tengo el combate el próximo fin de semana.

—¿Y qué?

—Que no sé si decirle a Daly que se busque a otro.

—¿Por qué?

—Por todo lo que pasa con María.

—Entrenas para luchar. Te gusta luchar. Te han ofrecido participar en un combate. ¿Qué tiene eso que ver con María?

Colin abrió la boca para contestar, pero no se le ocurrió nada.

—¿Sabes qué? Siempre tengo que aguantar tus sermones de que Lily me tiene en sus manos, pero me parece que tengo mi relación más controlada que tú con María. Porque, en este preciso momento, estás intentando vivir la vida en función de lo que pueda pasar o de si eres capaz de resolver su problema, aun cuando ella te ha dicho que no quiere que lo hagas. ¿Te das cuenta del lío en el que te estás metiendo? Me dijiste que ella quería verte combatir, ¿no es cierto? Pídele que vaya a verte, sácala a cenar después, y mata así dos pájaros de un tiro. Pum. Tema resuelto.

Colin esbozó una sonrisa desganada.

—Creo que quieres que luche porque estás seguro de que perderé.

—¿Y? De acuerdo, lo admito. Eres un verdadero coñazo, y no estaría mal ver cómo alguien te vapuleaba un poco—. Colin se rio y Evan continuó—: Bien, veo que nos vamos entendiendo. Cambiando de tema, ¿estás nervioso por esta noche?

—¿Esta noche?

—¿María y tú? ¿Con Lily y yo? Habíamos quedado, ¿recuerdas? Tengo una reserva hecha en el Caprice Bistro para las siete y media, y después iremos a una discoteca donde pongan música de los ochenta.

—¿Música de los ochenta?

—¿Hay eco en el porche? Sí, música de los ochenta. Lily es una gran admiradora de Madonna y de su armario. Dice que son reminiscencias de sus supuestamente años de adolescente rebelde. Así que ¿el plan todavía sigue en pie? Siempre y cuando María aún esté de humor, quiero decir.

—¿Y por qué no habría de estarlo?

—¿Quizá porque la has deprimido con lo que has averiguado?

—Todavía no se lo he dicho.

—¿Qué pasa con míster Honesto? Estoy alucinado.

—Pensaba decírselo esta noche.

—Si lo haces, asegúrate de no darle demasiada importancia. No quiero que estropees la noche. De todos modos, ha sido un único incidente… y ya ha pasado.

—Yo no estaría tan seguro —murmuró Colin.

Capítulo 16

María

Colin había estado callado desde que había pasado a recogerla, por lo que María se sentía incómoda, pues sabía lo que él había estado haciendo durante casi todo el día. Aunque Colin no le había comentado nada, sabía que estaba pensando en las flores. Mientras veía que él respondía a sus comentarios triviales con aire ausente, la presión en el estómago fue en aumento. Cuando aparcaron delante del restaurante, María no pudo aguantar más.

—¿Quién envió las rosas?

Colin apagó el motor y le contó lo que había averiguado.

Ella frunció el ceño, pensativa.

—Si no fue Ken, y no crees que Ken contratara a nadie, ¿entonces quién es?

—No lo sé.

María desvió la vista hacia la ventanilla del pasajero. Al otro lado del cristal, contempló a una pareja mayor que se dirigía hacia el restaurante; ambos sonreían con cara de satisfacción. «Como si nada les importara en el mundo.»

—Volví a coincidir con Ken ayer, en una reunión con Barney —explicó con voz vacilante—. Salvo que parecía abstraído, se comportó como un verdadero profesional. De hecho, apenas se fijó en mí. Lo que me lleva a pensar que…

«No ha sido Ken.» Por el silencio de Colin, María supo que él había sido capaz de completar sus pensamientos.

—¿Qué tal si intentamos no pensar en el tema esta noche? —sugirió él.

María asintió, con el peso de la tensión en los hombros.

—Lo intentaré. Aunque me costará.

—Lo sé. Pero te aconsejo que dediques unos momentos a prepararte para conocer a Lily. La adoro, pero digamos que… es un poco especial.

María esbozó una sonrisa forzada.

—Una definición muy diplomática, ¿no te parece?

—Adivina de quién he aprendido a hablar así.

Al entrar en el restaurante, a María le bastó un segundo para identificar a Lily. Tan pronto como ella y Colin atravesaron el umbral, una rubia despampanante, con ojos de color turquesa y un aspecto impecable se acercó a ellos. Llevaba un elegante vestido hasta las rodillas y un collar de perlas. Prácticamente, todos los hombres en el restaurante la siguieron con la mirada. Evan, que vestía con buen gusto y que podría haber pasado perfectamente por un estudiante universitario, la seguía de cerca. María se fijó en el aire de confianza de Evan; parecía encantado de cederle todo el protagonismo a Lily.

Lily lucía una amplia sonrisa; no dudó en estrechar las dos manos de María con ademán afectuoso. Las manos de Lily eran increíblemente suaves, como una sedosa sábana de bebé.

—¡Es un verdadero placer conocerte! Colin me ha contado tantas cosas maravillosas de ti. —En ese momento, Evan se plantó a su lado—. ¡Huy! ¡Pensarás que soy una maleducada! Soy Lily, y este apuesto caballero que está a mi lado es mi prometido, Evan. ¡Cómo me alegro de conocerte, María!

—¿Qué tal? —saludó Evan con genuina calidez—. Y, por favor, no te ofendas si Lily no me deja pronunciar ni una palabra más durante el resto de la noche.

—¡Evan! —lo reprendió Lily—. ¿Acaso quieres que nuestra nueva amiga se lleve una mala impresión de mí? —Volvió a fijar la vista en María—. No le hagas caso. Es un trozo de pan, y mucho más inteligente de lo que aparenta, pero el pobre no fue a una buena universidad, ni tuvo buenas compañías. Supongo que ya me entiendes.

—Por lo menos, mi universidad era mixta —se defendió Evan.

—Y tal como le he repetido un millar de veces —contraatacó Lily, mientras le guiñaba el ojo a María—, no le tendré en cuenta ese defecto.

María sonrió.

—Es un placer conoceros a los dos.

Lily, que todavía sostenía las manos de María entre las suyas, se volvió hacia Colin.

—Me parece que no has sido del todo justo al describírmela. ¡Es preciosa! —Se volvió de nuevo hacia María—. ¡Ahora entiendo por qué no puede dejar de pensar en ti! ¿Sabes que Colin no ha hablado

225

de nada ni de nadie más que de ti, en las últimas semanas? Y ahora entiendo el porqué.

Le soltó las manos a María y le propinó a Colin un beso en la mejilla.

—Estás muy guapo esta noche. ¿Es la camisa que te compré?

—Gracias —contestó Colin—. Y sí, es la camisa.

—Me encanta. Si no me tuvieras cerca, probablemente llevarías una de esas camisetas horrorosas con algún eslogan.

—Pues a mí me gustan esas camisetas —alegó Colin.

Lily le dio unos golpecitos en el brazo.

—¡Lo sé, angelito! Te conozco bien. Bueno, ¿vamos a sentarnos? Llevo todo el día de pie, además, quiero saberlo todo sobre la mujer que te ha conquistado y te tiene en sus manos.

—No creo que eso sea cierto —protestó María.

—Sí que lo es. A pesar de su porte estoico, Colin puede ser bastante expresivo en cuanto a sus emociones, cuando le conoces. Bueno, ¿vamos a sentarnos?

Cuando Lily enfiló hacia la mesa, Colin miró a María y se encogió de hombros, como diciéndole «Ya te había avisado». A pesar de que María había entrado en contacto con las bellezas rubias sureñas en su hermandad universitaria en Chapell Hill, Colin tenía razón: Lily llevaba la experiencia a un nuevo nivel por completo. María pensó al principio que estaba haciendo comedia, pero, a lo largo de la conversación distendida durante la cena, cambió de opinión. Le parecía interesante que, hablara del tema que hablara —Lily podía hablar de cualquier cosa—, también fuera capaz de transmitir información a través de su forma de prestar atención. Tenía una forma especial de inclinarse levemente hacia delante y de asentir cuando era necesario, y mostraba su empatía y comprensión a través de pequeños ruidos que emitía, seguidos de preguntas para demostrar su interés.

En ningún momento, María tuvo la impresión de que Lily estuviera pensando en el siguiente comentario que quería hacer mientras ella todavía estaba hablando, y se sorprendió a sí misma al contar a Lily y a Evan lo del ramo de rosas y lo que había sucedido después. Al sacar el tema a colación, sus tres interlocutores se quedaron callados, e impulsivamente Lily cubrió la mano de María con la suya.

Más tarde, mientras las dos chicas se acicalaban en el lavabo después de la cena, María miró a Lily a través de su reflejo en el espejo.

—Me parece que no he parado de hablar durante casi toda la cena. Lo siento —se disculpó María.

—No tienes por qué disculparte. Te ha pasado algo desagradable, y me siento honrada de que hayas confiado en nosotros.

María se aplicó una nueva capa con el pintalabios antes de volver a hablar, esta vez con la voz más suave.

—No te ha sorprendido lo que ha hecho Colin, ¿verdad? Me refiero a lo de la foto y a investigar de dónde provenían las rosas.

—No —contestó Lily—. Él es así. Cuando ama a alguien, es capaz de hacer cualquier cosa por esa persona.

—Aún estoy intentando comprender su personalidad.

—No me sorprende —dijo Lily—. Y dado que has sido honesta con Evan y conmigo, yo también quiero serlo contigo: has de saber que, antes de la cena, estaba preocupada por Colin. Quería conocerte para asegurarme de que eras tal como él te describía.

—Te importa mucho, ¿verdad?

—Le quiero como si fuera mi hermano —admitió Lily—. Y sé lo que estás pensando, que no podríamos ser más diferentes. Al principio tampoco comprendía qué veía Evan en él. Todos esos tatuajes y músculos, y toda esa violencia en su pasado… —Lily sacudió la cabeza—. Creo que, hasta la cuarta o quinta vez que coincidí con Colin en casa de Evan, no le dirigí la palabra; cuando lo hice, lo primero que se me ocurrió decirle fue que pensaba que sería adecuado que se buscara otro sitio para vivir. ¿Y sabes qué me contestó Colin?

—¿«Vale»? —imitó María, y Lily se rio.

—¿También usa esa expresión contigo? ¡Angelito! He intentado que abandone ese hábito, pero sin éxito, aunque al final he de admitir que encaja con él y con su forma de ser. Al principio me ofendía. Se lo dije a Evan, y me prometió que hablaría con Colin, pero solo con la condición de que yo lo hiciera primero. Por supuesto, me negué en redondo.

—Así que, ¿quién terminó rompiendo el hielo? ¿Tú o él?

—Colin. Yo le había comprado a Evan un televisor para su cumpleaños; lo tenía en el coche. Colin pasó por allí y vio que tenía dificultades para sacarlo del maletero; inmediatamente, me ofreció su ayuda. Lo entró en el comedor y me preguntó si quería que lo montara o que lo dejara en la caja. Yo no había considerado esa opción. Le dije que ya lo haría Evan, pero él se echó a reír y dijo que Evan no sabría cómo hacerlo. Acto seguido, Colin se fue en coche a la ferretería; al cabo de veinte minutos, lo estaba montando en la pared. También compró un enorme lazo, y fue eso, más que cualquier otro detalle, lo que despertó mi curiosidad sobre si había alguna faceta de él que valiera la pena conocer. Así que nos pusimos a hablar. Solo necesité treinta segundos de preguntas para darme cuenta de que Colin no se parecía a nadie que hubiera conocido antes.

227

—Colin me dijo que fuiste tú quien lo animó a retomar los estudios y que le ayudabas con los deberes.

—Alguien tenía que hacerlo. El pobrecito llevaba años sin abrir un libro. Pero no fue difícil, porque, cuando Colin decidió volver a estudiar, lo hizo con la mejor predisposición posible. Y es inteligente. A pesar de haber cambiado varias veces de colegio, tenía muy buena base.

—¿Y será el padrino de vuestra boda?

Lily sacó un pañuelo del bolso y se limpió los restos del pintalabios de las comisuras de la boca mientras asentía con la cabeza.

—Sí, mis padres están horrorizados con la idea. Dicen que es amigo de Evan, y no mío, y no paran de lanzarme indirectas de que lo mejor sería mantener la distancia. La primera vez que mi padre vio a Colin, se quedó sin habla, y mi madre incluso fue más lejos, hasta el punto de sugerir que no deberíamos invitarle a la boda, y que ni hablar de que fuera nuestro padrino. Por más que les digo que es mi amigo, fingen no oírme. Están anclados en el pasado, y para ellos siempre seré su muñequita. ¡Angelitos!

—Mi madre y mi padre tampoco se alegraron al conocer a Colin.

—Es comprensible. Pero, a diferencia de mis padres, me apuesto lo que quieras a que le darán una oportunidad y que al final cambiarán de parecer. Yo lo hice. Incluso ahora, a veces me cuesta entenderlo. Con toda franqueza, Colin y yo no tenemos mucho en común.

—De eso ya me he dado cuenta.

Lily sonrió a la vez que se recolocó las perlas antes de volverse hacia María.

—Con todo, hay algo en su forma de ser tan honesta, junto con esa actitud de no importarle en absoluto lo que la gente piense sobre él, que me atrae.

María sonrió para mostrar que estaba de acuerdo.

—Has de creerme cuando te digo —añadió Lily— que no es tan reservado como parece al principio. Mi esfuerzo por pulir sus modales ha dado sus frutos, pero no hace falta que me des las gracias. —Le guiñó el ojo—. ¿Estás lista? Seguro que ya nos echan de menos.

—No creo que Colin me eche de menos.

—Quizá no lo admita, pero te echa de menos.

—No te echaba de menos —dijo Colin de camino al coche. Más adelante, Lily caminaba con Evan hacia su Prius—. Estaba hablando con Evan sobre mi próximo combate.

—¿El de la playa de North Myrtle?

—No, el del próximo fin de semana.

—¿Qué combate?

Colin la puso al corriente y luego añadió:

—Evan irá a verme. Quizá tú también quieras ir.

—¿Irá Lily?

—No. No le gustan los combates.

—Me sorprende que a Evan sí le gusten.

—Siempre va a mis combates. Se lo pasa bien.

—¿De veras? Pues no parece la clase de persona que frecuente esos ambientes.

—¿A qué clase de persona te refieres?

—A la gente que se parece a ti —bromeó María—. Todo múscu-lo y con un montón de tatuajes, pero sobre todo personas que tienen pinta de desmayarse en cuanto ven un poco de sangre.

Colin sonrió.

—¿Irás a verme?

—De acuerdo. Pero siempre y cuando no te den una paliza, o re-cordaré el primer día que nos conocimos.

—Vale.

—Ahora es fácil decirlo, pero, por la descripción que me has dado de Johnny Reese, quizá no puedas garantizármelo.

—Vale, no te lo garantizo —admitió él—. ¿De qué habéis habla-do Lily y tú, mientras estabais en el baño?

—Básicamente de ti.

—Vale.

—¿No sientes curiosidad?

—No.

—¿Cómo es posible que no sientas curiosidad de lo que hemos dicho de ti?

—Porque ha sido una conversación entre Lily y tú. No es asunto mío. Además, no me habréis criticado tanto; si no, no iríamos cogi-dos de la mano.

—¿A qué discoteca vamos?

—Lo único que sé es que es un local donde ponen música de los ochenta. Es una de las peculiaridades de Lily. Evan me contó que es-cuchar a Madonna era su forma de rebelarse cuando era adolescente.

—¡Pues vaya rebelión!

—Quizá no para ti ni para mí. Pero ¿para los padres de Lily? Es-toy seguro de que se tiraban de los pelos. Tampoco yo les gusto mu-cho, que digamos.

—Quizá deberías invitarlos a uno de tus combates —propuso ella—. Seguro que cambiarían de idea.

229

María lo oyó reír mientras Colin le abría la puerta, y él siguió riendo mientras rodeaba el coche hasta el lado del conductor.

A pesar de la música estridente de la banda de rock REO Speedwagon, el ambiente en la discoteca no era el que María había esperado. En lugar de mujeres divorciadas y cuarentones con el pelo ralo intentando revivir su juventud, el local estaba lleno sobre todo de universitarios; María incluso buscó a Serena y a sus amigos entre la multitud. Grupos de chicas universitarias bailaban en corro, cantando o tarareando la música.

Colin se inclinó hacia María y le dijo al oído:

—¿Qué te parece?

—Me siento vieja —admitió ella—, pero me gusta la música.

Evan señaló hacia la barra, y Colin asintió antes de sujetarle la mano a María y guiarla hacia la barra concurrida, sorteando mesas y grupos de gente. Cuando consiguieron captar la atención del camarero, Colin pidió agua (nadie se sorprendió), Evan pidió una cerveza, y tanto María como Lizy, un cóctel *seabreeze*. Al cabo de unos minutos empezó a sonar una canción de Madonna y a Lily se le iluminó la cara. Agarró a Evan y lo llevó corriendo a la pista. María se quedó un momento parada, pero luego agarró la mano de Colin y siguió a la pareja.

La noche pasó rápida, mientras bailaban entre tres o cuatro canciones seguidas y luego paraban para descansar antes de volver a la pista. María pidió otro *seabreeze*; aunque ni siquiera se había acabado el primero, se sentía acalorada y un pelín achispada. Por primera vez en una semana, se estaba divirtiendo.

A las once y media, por fin consiguieron ocupar una de las mesas del local. Estaban descansando y comentando cuánto rato más se quedarían cuando una joven camarera se les acercó con una bandeja en la que llevaba varias bebidas. Puso otro *seabreeze* delante de María.

—Creo que te equivocas. No he pedido nada —aclaró María.

—Tu amigo te ha invitado —explicó la camarera, alzando la voz para que la oyera por encima de la música.

María miró a Colin con cara de no comprender.

—¿Me has pedido otro cóctel?

Cuando él negó con la cabeza, María miró a Evan, quien parecía tan sorprendido como Colin. Lily también la miraba desconcertada.

—¿Quién me ha invitado? —se interesó María.

—Tu amigo, el de la barra —contestó la camarera, señalando hacia la barra con la cabeza—. El de la gorra de béisbol. —Se inclinó hacia María—. Me ha pedido que te diga que siente mucho que no te gustaran las rosas que te envió.

María se quedó helada. Un segundo más tarde, vio un movimiento repentino cuando Colin se levantó de un salto y del impulso derribó la silla. En los instantes siguientes, María solo fue consciente a medias de una serie de imágenes, como instantáneas bajo una luz estroboscópica.

Colin dando dos pasos hacia la camarera, con la mandíbula desencajada..., acercándose tanto que la chica, asustada, tiró la bandeja con los cócteles y las bebidas volaron por los aires... Evan y Lily levantándose de la mesa..., con la ropa mojada por las bebidas...

Otros camareros volviéndose hacia ellos ante el alboroto...

Colin con la cara crispada, exigiendo a la camarera que le dijera exactamente quién era el tipo de la gorra, repitiendo la pregunta una y otra vez...

La camarera retrocediendo, aterrorizada...

Los gorilas de la discoteca dirigiéndose hacia ellos...

Evan dando un paso hacia Colin, con la mano alzada...

María estaba paralizada, anclada en la silla, las palabras de la camarera seguían retumbando en sus oídos. «Gorra de béisbol..., siente mucho que no te gustaran las rosas...»

Él estaba allí. La había seguido. La estaba siguiendo...

Le costaba respirar. Una cascada de imágenes empezó a erosionar su mundo interior.

Los gorilas de la discoteca se abrían paso entre la multitud, avanzando con dificultad...

Colin gritaba, exigiendo saber quién era el hombre que había pedido el cóctel...

La camarera retrocediendo mientras rompía a llorar...

La gente formando un corro alrededor de ellos...

Evan abalanzándose sobre Colin y agarrándolo por el brazo...

Lily acercándose a María...

María notó que alguien le ponía las manos sobre los hombros. No tenía energía para reaccionar. De repente, se dio cuenta de que era Lily quien la estaba ayudando a levantarse de la silla. Podía oír a Colin gritar, incluso mientras Evan seguía tirando con insistencia de su manga. La camarera lloraba desconsolada y asustada; el grupo de desconocidos que los rodeaban observaba la escena con expectación; los gorilas se acercaban...

—¿Qué diantre pasa? —gritó un desconocido con camisa azul.

—¿Qué aspecto tenía? —le gritaba Colin a la camarera.

—¡Cálmate, tío! ¡Déjala en paz! —intervino otro desconocido con el pelo engominado.

—¡No lo sé! ¡Llevaba una gorra! ¡No lo sé! —sollozaba la camarera, entre lágrimas.

—Pero ¿qué te pasa, chaval? —gritó otro desconocido con tatuajes.

—¡Será mejor que nos marchemos! —gritó Evan.

—¿Era joven o viejo? —insistió Colin.

—¡No lo sé! ¡Unos veinte o treinta años! ¡No lo sé! —gimoteaba la camarera.

—¡Vámonos, Colin! ¡Ahora mismo! —ordenó Evan.

En ese momento, Lily alejó a María de la mesa, pero por el rabillo del ojo María vio que Evan zarandeaba a Colin hasta hacerle perder el equilibrio. Colin reaccionó instintivamente, zafándose de la garra de su amigo y alzando las manos en actitud de ataque. Tenía el rostro acalorado y crispado; los músculos del cuello, tensos. Por un instante, pareció como si Colin no reconociera a Evan.

—¡Colin! ¡No! —gritó Lily.

Evan retrocedió un paso; la ira de Colin desapareció tan pronto como había surgido.

Justo en ese instante llegaron los gorilas. Mientras María los miraba asustada, Colin deslizó las manos hasta la espalda y se agarró la muñeca izquierda con la mano derecha. Un gorila lo agarró por los brazos, tan enfadado y tan lleno de adrenalina como lo había estado Colin unos momentos antes.

—Iré contigo —se entregó Colin sin ofrecer resistencia—. Te aseguro que no armaré ningún escándalo.

Acto seguido, se volvió hacia la camarera, que todavía lloraba, y le pidió disculpas.

—Lo siento, no quería asustarte.

Sin embargo, ni la camarera ni los gorilas mostraron compasión. Lo arrastraron hasta la calle. Al cabo de unos minutos, vieron un coche de la policía, con las luces intermitentes del techo encendidas. Acto seguido, llegó un sedán oscuro, que se detuvo al lado del coche de la policía.

—¿Quién es? —preguntó María, de pie junto a Evan, con los brazos cruzados.

Mientras tanto, Lily había entrado otra vez en la discoteca. En el aparcamiento, Colin estaba rodeado por dos policías, uno de los gorilas y un hombre con una vieja chaqueta deportiva que mascaba un mondadientes.

El tono de Evan no podía ocultar su angustia.

—El inspector Margolis. Lleva tiempo esperando que Colin vuelva a delinquir.

—¿Por qué?

—Porque cree que Colin debería estar en la cárcel.

—¿Eso es lo que pasará?

—No lo sé —contestó Evan.

—Pero si no ha hecho nada —protestó María—. Ni siquiera la ha tocado.

—Por suerte, porque, si no, a estas horas ya estaría esposado. Y aún pueden esposarlo, a menos que Lily consiga obrar un milagro.

—¿Qué está haciendo?

—Resolviendo el conflicto —contestó Evan—. Su especialidad.

Lily no tardó en salir por la puerta principal. Se detuvo para estrechar la mano a uno de los gorilas que había arrastrado a Colin hasta el exterior. Luego se acercó a los policías, sonriendo con candidez.

María vio que Margolis la veía y alzaba la mano para detenerla. Lily no le hizo caso y siguió avanzando hasta que estuvo lo bastante cerca como para que la oyeran. Durante unos interminables minutos, tanto Evan como María se dedicaron a observar la escena, preguntándose qué les estaría contando Lily. Al final, uno de los policías siguió al gorila hasta el interior de la discoteca mientras Margolis y el otro agente se quedaban con Colin.

233

María estaba abatida, con las emociones por los suelos. Él la había seguido hasta la discoteca, lo que quería decir que también debía de haberla seguido hasta el restaurante, lo que quería decir que debía de haberla seguido desde casa.

«Sabe dónde vivo y me ha seguido hasta aquí.»

Contuvo el aliento y oyó la voz de Evan como si le llegara desde muy lejos.

—¿Estás bien?

Ella se abrazó a sí misma. Quería que Colin la abrazara, pero estaba enfadada porque había perdido el control. ¿O acaso estaba asustada por lo que pudiera pasarle a Colin? No estaba segura.

«Sabe dónde vivo y me ha seguido hasta aquí.»

—No —admitió, consciente de que estaba temblando—. No estoy bien.

Sintió que Evan deslizaba un brazo a su alrededor.

—Todo esto es una pesadilla. Si estuviera en tu lugar, estaría con los nervios deshechos.

—¿Qué le pasará a Colin?

—No le pasará nada.

—¿Cómo lo sabes?

—Porque Lily parece calmada, y Margolis, cabreado.

María analizó las dos caras y se dio cuenta de que tenía razón. Pero todo había salido mal aquella noche.

Al cabo de un minuto, el policía que había entrado en la discoteca se acercó a Margolis. Hablaron un par de minutos antes de que los dos agentes enfilaran hacia el coche patrulla. En ese momento, Lily se dirigió hacia Evan y María con paso confiado. Evan soltó a María y estrechó a Lily entre sus brazos.

—No van a detenerlo —anunció.

—¿Cómo lo has conseguido? —quiso saber María.

—He hablado con la camarera y con el dueño del local, y les he contado la verdad —explicó Lily—: que estás sufriendo acoso por parte de un desconocido y que Colin ha reaccionado de esa forma tan exagerada porque estás asustada, y Colin ha pensado que podrías estar en peligro. Se han mostrado comprensivos, sobre todo cuando le he dado a la camarera una sustanciosa propina, he pagado las bebidas que hemos derramado y le he ofrecido al dueño más dinero por las molestias ocasionadas.

María se la quedó mirando boquiabierta.

234

—¿Los has sobornado?

—Yo no lo diría así. Solo he hecho todo lo que se me ha ocurrido para arreglar la situación de un modo que satisfaga a todo el mundo. Cuando el policía ha ido a hablar con ellos, ambos tenían muy claro que no querían presentar cargos contra Colin. Con todo, debo admitir que ha habido un momento en que he dudado de si el método funcionaría esta vez.

—¿Esta vez?

—No es la primera vez que sucede —confesó Evan.

Margolis siguió a Colin cuando este se aproximó a sus amigos. A los ojos de cualquiera, Colin probablemente parecía tan sereno como de costumbre, pero María vio algo en su expresión que reflejaba la tristeza de saber lo cerca que había estado de echarlo todo a perder. Ella se puso a su lado mientras Margolis estudiaba todas las caras del grupo. Colin le sostuvo la mirada, sin miedo, igual que Evan y Lily.

—El dúo implacable ataca de nuevo —soltó el inspector con desdén—. ¿Cuánto os ha costado la broma esta vez?

—No sé de qué habla —mintió Lily en un tono edulcorado, tan seductora como siempre.

—No, claro que no —espetó Margolis—. Me pregunto qué dirían el dueño y la camarera si les hiciera hablar bajo juramento. —Dejó el comentario en el aire, con todas sus implicaciones, antes de proseguir—: Pero no habrá necesidad de llegar a tal punto, ¿no? Ahora que habéis rescatado de nuevo al bueno de vuestro amigo.

—No había necesidad de rescatarlo —gorjeó Lily—. No ha hecho nada malo.

—Qué curioso. Porque recuerdo un par de situaciones muy similares, ¡y, mira por dónde, vosotros dos estabais con él!

Lily fingió confusión.

—¿Se refiere a esas ocasiones en que Colin había salido con nosotros y, de nuevo, no hizo nada malo?

—Sigue repitiéndote esa excusa, si quieres. Solo estás posponiendo lo inevitable. Colin se conoce a sí mismo. Pregúntale. Él te lo dirá. —Se volvió hacia Colin—. ¿No es cierto? Dilo, dado que te gusta tanto convencer a todo el mundo de que eres tan honesto. Admítelo, siempre estás a punto de explotar.

María vio que Colin achicaba los ojos cuando Margolis desvió la vista rápidamente hacia Evan.

—Dale las gracias a Evan por haberte sacado del aprieto. Si alguno de esos tipos ahí dentro te hubiera tocado, tú y yo sabemos que habríamos pasado mucho tiempo juntos, tú entre rejas y yo ordenándole al vigilante que tirara la llave de tu celda tan lejos como fuera posible.

—Colin no ha tocado a nadie —terció Evan.

Margolis se pasó el mondadientes al otro lado de la boca.

—No, pero me han dicho que la camarera estaba aterrada porque Colin le estaba gritando como un energúmeno, y tengo una docena de testigos que podrían confirmarlo.

—Solo quería saber quién había pagado la bebida —protestó María.

Tan pronto como los ojos de Margolis se posaron en ella, María vaciló.

—Ah, sí, claro, señorita, se refiere al tipo que la acecha, ¿verdad? Puede estar segura de que revisaré su declaración.

María tragó saliva. De repente, se arrepintió de haberse entrometido.

—Ahora que caigo... Pero si no ha declarado. ¿Ha hablado con un abogado? —la pinchó Margolis.

—Ella es abogada —dijo Lily.

—Entonces aún es más raro, ¿no os parece? Lo único que hacen los abogados es llenar informes. —Se volvió hacia María—. Le diré lo que vamos a hacer: si decide prestar declaración, avíseme, ¿de acuerdo?

—No la metas en esto —gruñó Colin.

—¿Me estás diciendo lo que tengo que hacer? —lo provocó Margolis.

—Sí —dijo Colin.

—¿O qué? ¿Piensas golpearme?

Colin siguió aguantándole la mirada antes de coger la mano a María.

—Vamos —dijo al tiempo que empezaba a andar.

Evan y Lily los siguieron.

—¡Sí, vete! ¡Pero no olvides que te estaré vigilando! —gritó Margolis a sus espaldas.

—¿Cuánto te debo? —preguntó Colin.

—Ya hablaremos de eso más tarde, ¿de acuerdo? —contestó Lily.

Siguieron a Evan y a Lily hasta su casa. Los cuatro se reunieron de nuevo en el porche. El trayecto había transcurrido en silencio. Los pensamientos de María estaban demasiado fragmentados como para iniciar una conversación, y Colin no estaba de humor para romper el silencio. Incluso en esos momentos, María se sentía como una observadora de su propia vida.

—¿Qué mosca te ha picado esta noche? —lo reprendió Evan—. ¡Ya habíamos hablado de esto! ¡Y Margolis tiene razón! ¿Qué habría pasado si Lily y yo no hubiéramos estado contigo?

—No lo sé —contestó Colin.

—¡Sabes perfectamente lo que habría sucedido! —Evan se pasó la mano por el pelo—. ¿Por qué diantre sigues comportándote así? ¡Tienes que aprender a controlarte!

—Vale.

—¡No digas «vale»! —gritó Evan, enfadado—. Al igual que Lily, estoy harto de oírte decir eso todo el tiempo, porque es una forma de salirte por la tangente. Creía que ya habíamos dejado esa cuestión clara el año pasado, después de que ese tipo le echara la bebida a Lily por encima sin querer.

—Tienes razón —admitió Colin sin perder la calma—. Me he equivocado. He perdido el control.

—¡No me digas! ¿De veras? —espetó Evan. Se dio la vuelta y se dirigió hacia la puerta de la entrada—. Mira, no quiero oír nada más. Os dejo.

La puerta se cerró a sus espaldas, y los tres se quedaron en el porche.

—Sabes que Evan tiene razón —dijo Lily.

—No pensaba hacerle daño a esa chica.

—Eso no importa —matizó ella, en un tono suave—. Eres corpulento y estás muy fuerte; cuando te enfadas, la gente puede notar la innata violencia que llevas dentro. La pobre camarera estaba temblando y llorando, pero tú no la dejabas en paz, hasta que Evan ha tenido que intervenir para alejarte de ella. Y luego he temido que fueras a atizar a Evan.

Colin bajó la vista hacia el suelo antes de volverla a alzar despacio. Por un momento, su confianza había desaparecido. En su lugar, María detectó vergüenza y remordimiento, quizás incluso cierta desesperanza.

—No volverá a suceder.

—Quizá. —Lily le dio un beso en la mejilla—. Pero ya dijiste lo mismo la última vez.

Lily se volvió hacia María y la abrazó.

—Supongo que te sientes abrumada y asustada a la vez. Si alguien me estuviera acosando y acechando, ya me habría ido a Charleston, a refugiarme en casa de mis padres, y conociéndolos, seguro que me enviaban a un lugar remoto donde estuviera a salvo. Siento mucho, muchísimo, lo que te está pasando.

—Gracias —contestó María.

De repente, se sentía tan exhausta que apenas reconoció el sonido de su propia voz.

—¿Queréis entrar? —preguntó Lily mientras empujaba la puerta—. Estoy segura de que Evan ya se habrá calmado, y podemos analizar las opciones o los hechos…, o simplemente sentarnos y escucharte, si sientes que tienes la necesidad de hablar.

—No sabría qué decir —confesó María.

Lily la comprendía; con un suave golpe cerró la puerta tras ella y dejó a María y a Colin solos en el porche.

—Lo siento —murmuró él.

—Lo sé.

—¿Quieres que te lleve a casa?

En ambas direcciones, la mayoría de las casas estaban a oscuras.

—No quiero ir a casa —suspiró con voz temblorosa—. Sabe dónde vivo.

Colin alargó la mano.

—Puedes quedarte conmigo —sugirió.

Bajaron del porche y fueron hacia el lado de la casa, hacia las escaleras que conducían a su apartamento. Ya dentro, Colin encendió la luz. María se dedicó a observar el comedor, con ganas de relajar la tensión que sentía en el estómago. La estancia era de unas dimensiones normales, con la cocina en un rincón a la derecha y un pequeño

237

pasillo a la vista que sin duda conducía a la habitación y al cuarto de baño. Estaba sorprendentemente ordenado; no había nada apilado sobre la mesa ni tampoco en la mesita rinconera. El mobiliario era de color neutro; no había fotografías ni objetos personales, como si nadie viviera allí.

—¿Quieres beber algo? —le ofreció Colin.

—Sí, agua, por favor.

Lleno dos vasos en la cocina y le ofreció uno. María tomó un sorbo; de repente, recordó que alguien la estaba siguiendo. También revivió la escena en la discoteca, con Colin fuera de sí, con los músculos tensos, exigiendo respuestas a la camarera. Recordó los segundos después de que Evan le hiciera perder el equilibrio y la aterradora ira incontrolable en su expresión.

—¿Cómo te sientes? —le preguntó él.

María intentó zafarse de aquellas imágenes y se dio cuenta de que no podía.

—Mal, muy mal.

238   Ninguno de los dos parecía saber qué decir en el comedor, ni tampoco después, cuando se acostaron. María sentía la necesidad de sentirse arropada, por lo que apoyó la cabeza en el pecho de Colin, consciente de la tensión que aún persistía en aquel cuerpo tan fornido.

Pensó que, si se quedaba allí, con Colin a su lado, estaría segura.

Pero no se sentía segura. Ya no. Y mientras permanecía despierta, con la vista fija en la oscuridad, empezó a preguntarse si algún día volvería a recuperar la tranquilidad.

A la mañana siguiente, Colin llevó a María a su casa en coche y esperó en el comedor mientras ella se duchaba y se cambiaba, pero no fue a la comida familiar en casa de los padres de María. Comprendía que, en esos momentos, ella necesitaba estar sola con su familia, un refugio de estabilidad y previsibilidad en medio de una vida que, de repente, parecía haberse descontrolado fuera de su curso. La acompañó hasta el coche, pero, mientras se abrazaban, María se sentía muy lejos de él.

Sus padres no parecieron darse cuenta de nada, pero Serena detectó que su hermana estaba preocupada por algo en cuanto la vio entrar, algo que María no quería compartir con sus padres. Serena no hizo ningún comentario y mantuvo una conversación animada mientras cocinaban y comían, llenando los silencios con el sonido de su voz y procurando que el tema no se desviara hacia derroteros más serios.

Después, María y Serena salieron a dar un paseo. Tan pronto como estuvieron a una distancia prudente de la casa, Serena se volvió hacia su hermana y dijo:

—Suéltalo.

En un banco cerca de un olmo con las hojas que habían empezado a adoptar un matiz dorado, María le contó a Serena todo lo que había sucedido, reviviendo el terror de los dos últimos días. Cuando rompió a llorar, Serena también lloró. Al igual que María, Serena estaba angustiada y asustada; al igual que María, tenía más preguntas que respuestas, unas preguntas a las que María solo podía contestar con un leve gesto de abatimiento.

Más tarde, Serena y sus padres fueron a casa del tío de María, un encuentro familiar informal como tantos otros, pero ella se disculpó con el pretexto de que tenía dolor de cabeza y quería dormir una siesta. Su padre aceptó la excusa sin objetar, pero la madre de María se mostró suspicaz, aunque no la presionó para que fuera con ellos. De camino hacia la puerta, abrazó a María durante más rato de lo normal y le preguntó qué tal iba la relación con Colin. Al oír el nombre, a María le entraron ganas de llorar, y de camino al coche, pensó: «Me parece que me he convertido oficialmente en un caso perdido».

Ya en la carretera, se dio cuenta de que le costaba horrores concentrarse para conducir. A pesar del tráfico, no podía dejar de pensar que alguien la vigilaba, esperando que regresara a su casa..., o quizá la estaba acechando en ese preciso instante. Impulsivamente, cambió de carril y giró rápido para tomar una calle lateral, con los ojos pegados al retrovisor. Volvió a girar, y luego otra vez antes de detenerse. Aunque quería ser fuerte —le rogaba a Dios que la ayudara a serlo—, no pudo evitar inclinarse sobre el volante y ponerse a llorar.

¿Quién era él y qué pretendía? El hombre sin nombre, sin cara, con una gorra de béisbol. ¿Por qué no lo había buscado entre la multitud de la discoteca? Todo lo que recordaba eran sombras y fragmentos, nada más...

Sin embargo, había algo más, algo que la alteraba y que la incitaba a llorar. Sin pensar, pisó el embrague y reanudó la marcha, en dirección a un tramo tranquilo de la playa.

Había refrescado y la brisa anunciaba la llegada del invierno mientras caminaba por la playa. Las nubes habían cubierto el cielo, blancas y grises; parecía que no tardaría en llover. Las olas retrocedían con un ritmo pausado; mientras caminaba, por fin sintió que sus pensamientos se apaciguaban como para permitir que emergiera un poco de claridad.

No solo estaba alterada porque alguien la seguía. Ni tampoco por el hecho de revivir los temores que la habían embargado mientras estaba con los agentes de policía, con el resto de la vida de Colin pendiente de un hilo. En ese momento, se dio cuenta de que también tenía miedo de Colin; aunque aquel pensamiento le provocara náuseas, no podía zafarse de él.

Consciente de que tenía que hablar con él, condujo hasta la casa de Evan. Cuando Colin abrió la puerta de su apartamento, vio que había estado estudiando en la mesita de la cocina. Aunque la invitó a pasar, dijo que no. De repente, el interior de aquel apartamento le parecía claustrofóbico. Fueron al porche de Evan y tomaron asiento en las mecedoras mientras empezaban a caer las primeras gotas de lluvia.

Colin se sentó en el borde de la silla y apoyó los codos en las piernas. Parecía cansado. Era obvio que las últimas veinticuatro horas le habían pasado factura. No hizo nada por romper el silencio; por un momento, María no estuvo siquiera segura de por dónde empezar.

—Aún estoy descentrada, desde anoche —empezó a decir—, así que si lo que digo no tiene mucho sentido, probablemente sea porque mis pensamientos todavía están hechos un lío. —Resopló—. Sé que solo intentabas ayudarme, pero Lily tenía razón. Aunque te creo cuando dices que no ibas a hacerle daño a la camarera, tu forma de comportarte indicaba todo lo contrario.

—Casi perdí el control.

—No —lo corrigió ella—, perdiste el control.

—No puedo controlar mis emociones. Lo único que puedo controlar es mi conducta, y no toqué a la chica.

—No intentes suavizar lo que pasó.

—No intento minimizarlo.

—¿Y si te enfadas conmigo?

—Nunca te haría daño.

—Pero, de todos modos, lo más probable es que acabe aterrorizada y llorando como la camarera. Si reaccionaras de ese modo conmigo, nunca querría volver a hablarte. Y luego está tu reacción con Evan…

—No le hice nada.

—Pero, si en lugar de él hubiera sido otro el que te sujetó, un desconocido, no habrías sido capaz de parar, y lo sabes. Tal como dijo

240

Margolis. —María le sostuvo la mirada—. ¿O piensas mentirme por primera vez y decirme que me equivoco?

—Tenía miedo por ti. Porque ese tipo estaba allí.

—Pero tu reacción no hizo más que empeorar las cosas.

—Solo quería averiguar qué aspecto tenía.

—¿Acaso crees que yo no quería lo mismo? —contraatacó María, alzando la voz—. Pero dime una cosa: ¿y si ese tipo aún hubiera estado allí? ¿Crees que serías capaz de mantener una conversación razonable con él? No. No habrías podido contenerte, y ahora estarías en prisión.

—Lo siento.

—Ya me pediste perdón. —María vaciló—. Aunque habíamos hablado de tu pasado y pensaba que te conocía, me doy cuenta de que no es así. Anoche no eras el chico del que me enamoré, ni siquiera un chico con el que habría salido. Anoche vi a alguien de quien, en mi pasado, me habría apartado sin dudar.

—¿Qué intentas decirme?

—No lo sé. Lo único que sé es que no tengo la energía para empezar a preocuparme por si cometes alguna tontería que eche a perder tu vida, ni si acabarás asustándome porque suceda algo que dispare tus alarmas internas.

—No tienes que preocuparte por mí.

Ante aquel comentario, María notó que perdía la paciencia. Todos sus temores, rabia y ansiedades emergieron a la superficie como una burbuja de aire en el agua.

—¡No seas hipócrita! ¿De qué crees que se trataba anoche? ¿O es más, la semana pasada? ¡Te ocultaste en un tejado durante horas para tomar unas fotos de mi jefe, incluso llamaste a todas las floristerías de la ciudad y condujiste dos horas para mostrarle una foto a un desconocido! Lo hiciste porque estabas preocupado por mí. ¿Y ahora me dices que yo no tengo derecho a preocuparme por ti? ¿Por qué tú puedes preocuparte por mí, pero yo no?

—María…

—¡Deja que termine! —le exigió ella, exaltada—. ¡Te dije que no era asunto tuyo! ¡Te pedí que no te metieras! Pero estabas completamente decidido a hacer tu dichosa voluntad, ¿verdad? Y vale, quizá me convenciste para que te dejara hacer esas fotos, porque me presentaste el plan como si supieras lo que hacías, como si controlaras la situación. Pero, por lo que vi anoche, es obvio que no puedes. ¡Casi te arrestan! ¿Y qué habría pasado, entonces? ¿Tienes idea de lo que me habrías hecho? ¿De cómo me habría sentido?

Se presionó los párpados con los dedos; estaba intentando orga-

241

nizar sus pensamientos cuando oyó que sonaba su móvil. Lo sacó del bolso y reconoció el número de Serena. Se preguntó por qué la llamaba. ¿No le había dicho que había quedado con un chico?

Contestó e inmediatamente oyó el pánico en la voz de su hermana, que a gritos le dijo en español:

—¡Ven a casa ahora mismo! —Serena sollozó antes de que María pudiera decir ni una palabra.

María sintió que se le encogía el corazón.

—¿Qué pasa? ¿Papá está bien? ¿Qué ha pasado?

—Mamá y papá… ¡*Copo* está muerto!

Capítulo 17

Colin

A Colin le preocupaba ver a María tan temblorosa detrás del volante, así que condujo él hasta la casa de sus padres, intentando interpretar su estado de ánimo mientras ella mantenía la vista fija en la lluvia que chocaba contra la ventana. Entre sus sollozos, Serena no había sido capaz de contarle a María mucho más. Lo único que sabía era que *Copo* estaba muerto. Tan pronto como aparcaron, María corrió hacia la casa. Colin la siguió. Sus padres estaban sentados en el sofá, abrazados, demacrados y con los ojos enrojecidos. Serena estaba en la cocina, secándose las lágrimas.

Félix se levantó del sofá tan pronto como María entró; ambos empezaron a llorar. La familia entera se reunió y se fundió en un abrazo, llorando mientras Colin permanecía callado en el umbral de la puerta.

Cuando el llanto cesó, los cuatro se desmoronaron en el sofá. María seguía agarrándole las manos a su padre. Hablaban en español, así que Colin no pudo seguir el relato, aunque oyó lo suficiente como para saber que no sabían explicarse la repentina muerte del perro.

Más tarde, se sentó con María en el porche trasero y ella le contó lo que le habían dicho, lo cual no era mucho. Sus padres y Serena habían ido a casa de unos parientes después del almuerzo; aunque normalmente se llevaban al perro, sabían que habría un montón de niños y tenían miedo de que no dejaran en paz a *Copo*, o peor, que le hicieran daño sin querer. Serena había regresado a casa al cabo de una hora porque había dejado el móvil cargándose sobre la encimera de la cocina. Cuando Serena vio a *Copo* tendido cerca de la puerta trasera —que habían dejado abierta—, pensó que estaba durmiendo. Pero el perro no se movió cuando ella ya iba a marcharse. Serena lo llamó. *Copo* no reaccionó, así que la chica se le acercó; entonces vio que estaba muerto. Llamó a sus padres, que fueron directamente a casa, y luego a María.

—*Copo* estaba bien antes de que se marcharan. Había comido y su comportamiento era normal. No es posible que se haya atragantado; mi padre le ha examinado la garganta. Tampoco había sangre ni vómitos... —María se estremeció—. Es como si hubiera muerto sin razón aparente, y mi padre..., nunca lo había visto llorar antes. Iba a todas partes con *Copo*; casi nunca lo dejaban solo. No puedes comprender cómo quería a ese perrito.

—Me lo imagino —contestó Colin.

—Quizá sí, pero has de comprender que, en el pueblo de mis padres, los perros no son animales de compañía, sino que ayudan a sus dueños: o con el rebaño, o pasan las horas en el campo. Mi padre nunca comprendió ese amor que los estadounidenses demostraban por los perros. Tanto Serena como yo le pedimos varias veces un perrito cuando éramos pequeñas, pero siempre se oponía. Y, entonces, cuando Serena y yo nos marchamos de casa, sintió un inmenso vacío en su vida... Un día alguien le sugirió que se comprara un perro: fue como su tabla de salvación. *Copo* era como su hijo, pero más obediente y devoto. —Sacudió la cabeza y se quedó en silencio un momento—. No tenía ni cuatro años. Quiero decir... ¿puede un perro morirse así, sin ninguna razón? ¿Has oído algún caso similar?

—No.

María ya esperaba la respuesta, pero no sintió alivio. Sus pensamientos viraban a una velocidad vertiginosa. De repente, recordó que necesitaba hablar con Colin por otro motivo.

—Sobre lo que hablábamos antes...

—Tienes razón. En todo.

Ella suspiró.

—Te quiero, Colin. Te quiero y lo único que deseo es estar contigo, pero...

La palabra «pero» se quedó suspendida en el aire.

—No soy la persona que creías.

—No. Eres exactamente la persona que creía, y me avisaste desde el principio. Pensé que podría aceptarlo. Sin embargo, anoche me di cuenta de que no creo que pueda.

—¿Qué significa eso?

María se colocó un mechón de pelo detrás de la oreja.

—Creo que, de momento, será mejor que vayamos un poco más despacio. En nuestra relación, quiero decir. Con todo lo que está pasando...

No terminó la frase, pero no era necesario.

—¿Qué piensas hacer respecto al tipo que te sigue?

—No lo sé. En estos momentos me cuesta mucho pensar con claridad.

—Eso es lo que él quiere. Quiere que te preocupes y que tengas miedo, que estés alterada todo el tiempo.

María se llevó ambas manos a las sienes para darse un masaje. Cuando volvió a hablar, lo hizo con voz trémula.

—Me siento como si estuviera atrapada en una horrorosa pesadilla de la que quiero despertar a toda costa… Y, para colmo, he de consolar a mis padres. Mi padre quiere enterrar a *Copo* esta noche, lo que significa que aún se deprimirá más. Igual que mi madre. Y esta lluvia… De todos los fines de semana, ¿por qué ha tenido *Copo* que elegir precisamente este para morir?

Colin echó un vistazo al jardín.

—¿Quieres que os ayude a enterrarlo?

María sacó una pala del garaje; después de un tira y afloja entre María y Félix, Colin empezó a cavar un hoyo a los pies del roble. La lluvia le empapó la camisa en apenas unos segundos. Recordó cuando había hecho lo mismo por su propio perro, *Penny*, una miniatura de dachshund melenudo. El perro había dormido con él en su cama cuando todavía vivía en casa de sus padres; mientras estaba en la academia militar, le echaba más de menos que a cualquier miembro de su familia.

Recordaba lo duro que había sido cavar la tumba aquel verano, después de su segundo año fuera de casa. Fue una de las pocas veces que recordaba haber llorado desde el primer año lejos del hogar. Con cada palada de tierra, recordaba alguna imagen de *Penny* —corriendo por la hierba o persiguiendo a una mariposa—, y quería ahorrarle a Félix aquel mal trago.

El trabajo físico casi consiguió que dejara de pensar en María. Comprendía que, en ese momento, necesitara su espacio, aunque no le gustaba pensar en la razón. Sabía que había metido la pata; probablemente María quería decidir si su relación con él merecía correr el riesgo.

Cuando terminó de cavar el hoyo debajo del árbol, la familia enterró a *Copo*. De nuevo, los cuatro lloraron e intercambiaron abrazos. Cuando regresaron al interior de la casa, Colin empezó a cubrir el hoyo con tierra; sus pensamientos viraron nuevamente hacia el acosador y el hecho de que estuviera acechando a María. En ese momento decidió que, tanto si María lo quería en su vida como si no, estaría a su lado si lo necesitaba.

245

—¿Estás seguro? —le preguntó María, de pie junto a él en el porche—. No me cuesta nada llevarte a casa.

En la cocina, Carmen y Serena preparaban la cena. Félix seguía en el porche trasero, sentado, sosteniendo el collar de *Copo*.

—Me irá bien. Necesito correr.

—Pero sigue lloviendo.

—Ya estoy mojado.

—¿No está un poco lejos? ¿A unos ocho kilómetros?

—Tú has de quedarte aquí, con tu familia —dijo él.

Durante un momento, los dos se quedaron callados.

—¿Puedo llamarte? —preguntó Colin al final.

María desvió la mirada hacia la casa antes de volver a mirarlo.

—¿Qué tal si te llamo yo?

Colin asintió al tiempo que retrocedía un paso; sin decir nada más, dio media vuelta y se alejó corriendo.

María no le llamó durante el resto de la semana, y, por primera vez en su vida, Colin se dio cuenta de lo que significaba «morir de amor». Se deprimía en los momentos menos esperados, y daba un brinco cada vez que sonaba el teléfono, lo cual no pasaba muy a menudo.

No pensaba llamarla. Quería hacerlo; en más de una ocasión, había cogido el móvil antes de recordarse que ella le había pedido que no lo hiciera. Tenía que ser María quien le llamara.

Para evitar caer en un estado depresivo, intentó mantenerse ocupado. Añadió otro turno extra a su trabajo; además, después de las clases y antes de empezar su turno, pasaba las horas en el gimnasio, entrenando con Daly y Moore.

Sus dos entrenadores estaban más entusiasmados con el próximo combate que él. Aunque luchar contra alguien como Reese suponía una oportunidad única para medir su propio nivel de habilidad, ganar o perder no significaba mucho para él. Para Daly y Moore, un buen combate podía reportar publicidad para el gimnasio. No era de extrañar, pues, que pasaran las primeras dos horas del lunes mirando con Colin vídeos de combates previos de Reese, estudiando sus técnicas y evaluando sus puntos fuertes y sus puntos débiles.

—Es bueno, pero no es invencible —insistía Daly.

Moore asentía. Colin prestaba atención a las imágenes mientras intentaba no escuchar los comentarios de sus dos entrenadores, que le parecían demasiado ingenuos y optimistas. Sabía que ese luchador podía comérselo vivo en el cuadrilátero.

Sin embargo, había un aspecto positivo: los vídeos mostraban que Colin superaba a Reese en técnicas de ataque. Sobre todo con las patadas. Por lo visto, hasta ese momento, ningún luchador había atacado a Reese con patadas en las rodillas, a pesar de que el luchador descuidaba esos dos puntos de su cuerpo. Reese también dejaba abierto el flanco de las costillas después de cualquier combinación, un dato importante a la hora de planear una estrategia. El problema era que, cuando empezaba el combate, a menudo las estrategias se quedaban en el camino, pero esa era la mejor baza de Colin para ganar, según Daly y Moore.

—Reese no ha luchado contra nadie que acumule una experiencia de más de seis o siete combates a sus espaldas, lo que significa que sus adversarios eran inferiores y se sentían intimidados. Tú no te sentirás intimidado, y eso le hará más daño que cualquier otra cosa.

Daly y Moore tenían razón. Luchar —ya fuera en bares, en la calle o incluso en el cuadrilátero— no suponía solo una habilidad, sino que además había que tener confianza y control. Se trataba de esperar el momento adecuado y saber sacar ventaja; se trataba de experiencia cuando subía la adrenalina, y Colin había intervenido en más peleas que Reese. Él había sido un atleta, alguien que estrechaba manos con el adversario después de un combate; Colin era la clase de luchador que primero golpeaba y, al final, rompía botellas de cerveza en las cabezas, con la única intención de causar el mayor daño en el menor tiempo posible.

Con todo, si a Reese se lo conocía como invencible era porque se había ganado la fama. En su mejor día, Colin pensó que solo tendría una oportunidad entre cuatro de ganar; eso si era capaz de aguantar el primer par de rounds. Los dos entrenadores seguían insistiendo en que, cuanto más durara el combate, lo que tenía que hacer para desgastar a Reese era insistir con las patadas en las rodillas y los golpes en las costillas.

—A la tercera ronda será tuyo —le prometieron.

Entrenaron sin tregua el martes, el miércoles y el jueves, dedicando una hora y quince minutos cada día a practicar golpes específicos. Daly se subió al cuadrilátero con protectores de rodillas y un chaleco, y le pidió a Colin que le diera patadas en las rodillas, ofreciendo oportunidades y luego negándole esas mismas oportunidades. De forma simultánea, Moore entrenó a Colin para mantener la distancia y concentrarse en las costillas después de cualquier combinación que propusiera Daly, que, acalorado, se mostraba muy exigente. En los últimos cuarenta y cinco minutos, Colin se centró en el trabajo preliminar, para mejorar las técnicas defensivas. Los tres

247

eran conscientes de que Reese gozaba de una significativa ventaja en esa área; lo mejor que Colin podía esperar era sobrevivir.

Nunca había entrenado para combatir contra un adversario específico, por lo que aquellas prácticas se le antojaban frustrantes. No acertaba en algunas patadas, y era demasiado lento con los golpes en las costillas; además, a menudo, permitía que su entrenador lo inmovilizara, exactamente lo que Reese querría. No fue hasta el jueves que empezó a ver los frutos de su trabajo, aunque de forma sutil; cuando salió del gimnasio, pensó que ojalá dispusiera de un par de semanas para prepararse mejor.

El viernes descansó. Era el primer día que Colin no entrenaba desde hacía más de un año: necesitaba una tregua. Le dolía todo el cuerpo. Dado que tampoco tenía clases, dedicó la mañana y la tarde a terminar dos presentaciones para la universidad. Después, en el trabajo, como las temperaturas empezaban a descender, casi no hubo clientes en la terraza; ni siquiera durante la hora punta. A las nueve no quedaba ni un cliente. Colin estaba solo en la terraza. Prácticamente no había recibido propinas, pero el tiempo desocupado lo dedicó a reflexionar sobre lo que había pasado la semana anterior. O, más específicamente, a una pregunta en la que no había podido dejar de pensar desde que María la había formulado.

248

«De todos los fines de semana, ¿por qué ha tenido *Copo* que elegir precisamente este para morir?».

No había nada que sugiriera que el tipo que la seguía fuera el responsable de la muerte de *Copo*, pero tampoco había nada que indicara que la idea no fuera plausible. Si ese tipo sabía dónde vivía María, era más que posible que también supiera dónde vivían sus padres. Habían dejado la puerta del porche trasero abierta. *Copo* estaba bien cuando se marcharon; sin embargo, al cabo de tres horas, estaba muerto sin ninguna razón aparente. Colin sabía que no habría costado mucho romperle el cuello o asfixiarlo hasta la muerte.

Por otro lado, el perro podría haber muerto por causas naturales, aunque inexplicables.

Se preguntó si a María se le habían ocurrido los mismos terribles pensamientos. De ser así, ella también sospecharía que el acoso había escalado a un nuevo nivel; se preguntó si ella le llamaría. Aunque no pensara en él como su amante, al menos como un amigo que le había prometido que estaría a su lado para lo que necesitara.

Colin echó un vistazo al móvil.

María no había llamado.

Υ

Se pasó el sábado por la mañana intentando avanzar en las lecturas de la universidad, aunque al mediodía no estaba seguro de por qué lo había intentado. Los nervios impedían que retuviera la más mínima información. Tampoco tenía hambre. Lo único que había podido beber a la fuerza habían sido dos batidos de proteínas.

Aquella sensación de tener los nervios a flor de piel también era nueva para él. Se recordó que no le importaba ganar, pero, al mismo tiempo, también admitía que se mentía a sí mismo. Si no le importaba su papel en el cuadrilátero, ¿por qué vigilaba tanto su dieta? ¿Por qué entrenaba dos o tres veces al día? ¿Y no habría firmado por poder pasar una semana más preparándose para el combate contra Johnny Reese?

La verdad era que nunca se había subido al cuadrilátero pensando que iba a perder. Los *amateurs* eran *amateurs*. Pero Reese era diferente. Reese podía derrotarlo si Colin se equivocaba en un solo movimiento. No podía negar que Reese era mejor.

«A menos que mi estrategia salga bien.»

De repente, sintió un inesperado subidón de adrenalina. Empezaba mal. Demasiado temprano. Estaría agotado incluso antes de que comenzara el combate; tenía que prepararse mentalmente. Lo mejor que podía hacer era salir a correr para aclarar las ideas, aunque sus entrenadores prefirieran que conservara la energía.

Salió a correr. Aunque solo consiguió su objetivo a medias.

Al cabo de unas horas, Colin estaba sentado solo en el vestuario improvisado. Lo acababan de pesar, así como también habían pesado sus guantes y habían inspeccionado sus zapatos. Daly se aseguró de que la cantidad de cinta atlética en sus manos cumpliera la normativa. Montones de normas, incluso en la categoría *amateur*. Solo quedaban diez minutos para que empezara el combate; pidió a Daly y a Moore que lo dejaran solo, a pesar de que sabía que ellos querían quedarse.

La actitud de sus entrenadores lo sacaba de quicio. Y es que en los minutos previos a cualquier combate, la presencia de cualquiera lo sacaba de quicio, que era precisamente lo que quería. Pensó en los golpes en las rodillas y en las costillas; pensó en defenderse de Reese hasta la tercera ronda. La adrenalina le tensaba los músculos, se le agudizaron los sentidos. Más allá de las paredes del vestuario, oyó el rugido de la multitud, cuyo furor ascendía poco a poco. Sin duda, un luchador estaba venciendo a su contrincante; el combate se acercaba a su final; un adversario estaba recibiendo una lluvia de golpes...

Colin respiró hondo.
Había llegado el momento del espectáculo.

Cuando quiso darse cuenta, ya estaba cara a cara con Reese en el centro del cuadrilátero, cada uno midiendo al otro mientras el árbitro enumeraba las reglas: no se valía morder ni dar patadas en los genitales, etcétera. Mientras los dos se miraban fijamente, el mundo empezó a encogerse y los sonidos se amortiguaron. Entonces, los luchadores se separaron para ir cada uno a su esquina. Daly y Moore gritaban palabras de ánimo, pero Colin apenas oía sus voces. Sonó la campana y avanzó hacia el centro del cuadrilátero.

Colin le dio a Reese una patada en la rodilla cuando no habían transcurrido ni los primeros veinte segundos, seguida de otras dos. Los tres ataques parecieron pillar a Reese desprevenido; cuando Colin le golpeó en la rodilla por cuarta vez, vio la primera expresión fugaz de rabia de su adversario. Tras la quinta patada, Reese empezó a mantener la distancia; ya había descifrado una parte del plan de Colin. Durante los siguientes dos minutos intercambiaron golpes; Colin consiguió encajar tres puñetazos certeros en las costillas y otra patada fuerte en la rodilla. Las habilidades de boxeo de Reese eran las que había esperado, pero sus puñetazos eran más crueles; cuando Reese le golpeó en la sien, vio estrellas y acabó tendido en el suelo. Él era quien tenía el control, pero Colin fue capaz de mantener la línea defensiva hasta que sonó la campana. Los dos luchadores resollaban.

Según Daly, el siguiente asalto podía ser favorable tanto para uno como para el otro, aunque pensaba que Colin tenía ventaja.

El segundo asalto siguió el mismo patrón que el primero: Colin encajó tres patadas más en la rodilla; tras la última patada, Reese no pudo ocultar una mueca de dolor. Colin le atacaba sin tregua en las costillas cuando se terciaba. A mitad del asalto, ambos estaban de nuevo en el suelo. Reese le propinó dos fuertes puñetazos mientras Colin hacía todo lo que podía por defenderse. En los últimos veinte segundos, Reese le dio un codazo justo en el puente de la nariz y le abrió un corte. A Colin le entró sangre en uno de los ojos, perdió la concentración. Reese aprovechó para retorcerle la pierna hasta que Colin estuvo a punto de tirar la toalla. Mientras regresaba a su esquina, Colin sabía que, aunque no se había dejado dominar por completo, había perdido el asalto.

También se fijó en que Reese cojeaba de forma exagerada mientras se dirigía a su esquina.

Al empezar el tercer asalto, Colin atacó de nuevo la rodilla, luego fintó un par de ataques simples directos antes de volver a atacar la rodilla de forma repetida. Tras la última patada, Reese cerró los ojos y se inclinó hacia delante; Colin aprovechó para cebarse con dureza en las costillas. Fuera de posición, Reese intentó bloquear a Colin, pero este alzó la rodilla, sintió el contacto con la frente de Reese; por primera vez en el combate, Reese cayó de espaldas al suelo.

Colin se ensañó tanto como pudo, golpeando con los puños y con los codos. Reese no se había encontrado en aquella posición a menudo. Colin notó que a su adversario le entraba el pánico. Le continuó atacando, con puñetazos tan potentes como sus fuerzas le permitían. Le propinó un puñetazo en la mandíbula; el cuerpo de Reese se quedó sin nervio; Colin le golpeó tres veces más, unos puñetazos que dejaron a Reese aturdido. Cuando el asalto casi tocaba a su fin, Reese cometió un error táctico. Colin estuvo a punto de terminar el combate con una llave de brazo, pero su adversario consiguió liberarse. Pasaron unos valiosos segundos antes de que Colin consiguiera colocar a Reese en una posición para otra llave de mano. Cuando empezó a aplicar presión, sonó la campana, el árbitro saltó al cuadrilátero y dio por terminado el combate.

Colin se levantó tambaleándose y vio que Daly y Moore agitaban los puños, bien arriba; en sus mentes, estaba más que claro quién había ganado. Para Reese también. Cuando se levantó, evitó mirar a Colin a los ojos.

Los jueces, sin embargo, no puntuaron como era de esperar. Cuando con un visible escepticismo el árbitro alzó el brazo de Reese para indicar que era el ganador, Colin supo que acababa de perder por primera vez. Colin le estrechó la mano a Reese, y Daly y Moore saltaron al cuadrilátero enfurecidos. La multitud empezó a abuchear a los jueces.

Colin desconectó, estaba exhausto. Abandonó el cuadrilátero y enfiló hacia el vestuario solo, decepcionado, aunque no sorprendido.

251

—Si te sirve de consuelo, no tienes tan mal aspecto como en el último combate —comentó Evan.

Tal y como venía siendo costumbre después de los combates de Colin, ambos acabaron en un ruinoso bar de carretera. Evan observaba a Colin mientras este comía.

—Solo el corte en el puente de la nariz, pero, aparte de eso, estás bien. Lo que supone una mejora. La última vez podrías haber pasado por Rocky después del combate con Apollo Creed. Y ese tipo no ha jugado limpio.

—Me ha dado un cabezazo.

—Puede que haya hecho trampas en el combate, pero su decisión de darte un cabezazo ha sido justa; tú le habías dado una patada en el culo. De todos modos, no había duda de quién era el ganador. La multitud lo sabía, y el árbitro también. ¿Has visto su cara cuando los jueces han votado por Reese?

—No.

—No daba crédito a sus ojos. Incluso el entrenador de Reese estaba desconcertado.

Colin usó el tenedor para cortar los panqueques y ensartó un buen trozo.

—Vale.

—De haber durado otros veinte segundos más, Reese habría tirado la toalla. Quizá diez. De ninguna manera podía zafarse de esa llave de brazo, estaba totalmente frito. Apenas podía reaccionar.

—Lo sé.

—Entonces, ¿por qué no estás enfadado? Tus entrenadores están cabreadísimos. Tú también tendrías que estarlo.

—Porque ya se ha acabado —contestó Colin—. Ya no se puede hacer nada.

—Pero podrías haber dicho que no estabas conforme.

—No.

—Pues, como mínimo, deberías haberle dado una colleja a Reese cuando se ha puesto a bailar de ese modo tan ridículo después de que anunciaran que era el ganador. ¿Has visto cómo bailaba?

—No.

—El combate estaba amañado. Seguro que ellos querían que Reese acabara su paso por la categoría *amateur* sin una sola derrota.

—¿Quiénes son «ellos»?

—No lo sé. Los jueces, el promotor, quienquiera. La cuestión es que estaba amañado.

—Hablas como uno de esos gánsteres en las películas.

—Lo que quiero decir es que, por más que te esforzaras, aunque lo hubieras noqueado o Reese hubiera tirado la toalla, habría ganado el combate.

Colin se encogió de hombros.

—Reese pasa a la categoría profesional. Ha sido un combate organizado casi en el último minuto. Es mejor para todos que él termine la categoría *amateur* sin ninguna derrota.

—¿Bromeas? ¿De veras tienen en cuenta eso?

—No de forma oficial. Pero contar con un luchador de esta área que llega a la UFC es bueno para todos.

—Hablas como si se tratara de un negocio, en lugar de un deporte.

—Es la verdad.

Evan sacudió la cabeza.

—De acuerdo. Puedes ponerte todo lo filosófico que quieras con esta cuestión. Pero ¿consideras que has ganado?

Colin ensartó un trozo de huevo con el tenedor y contestó sin alzar la vista:

—Sí.

Tras un momento, Evan sacudió la cabeza.

—Sigo pensando que deberías haberle dado una colleja cuando se ha puesto a bailar. ¡Incluso yo quería dársela!

—Vale.

Evan se arrellanó en la silla.

—Muy bien, puesto que no te importa haber perdido, quiero que sepas que me alegro de ver cómo te han dado una patada en el culo. Sobre todo después del desastre de la semana pasada.

—Vale.

—¡Ah! Y otra cosa.

—¿Sí?

—María estaba en el combate esta noche.

Colin alzó la barbilla, mostrando un repentino interés.

—Fue con otra chica que podría haber sido su hermana gemela —añadió Evan—. Bueno, no era exactamente como ella, pero se parecía mucho. Ya me entiendes, ¿no? Estaban al otro lado del cuadrilátero, hacia el fondo. Pero era ella; no me cabe la menor duda.

—Vale.

—Por cierto, ¿qué pasa entre vosotros dos?

Colin ensartó un trozo de salchicha.

—No lo sé.

253

Capítulo 18

María

—Gracias de nuevo por acompañarme —le dijo María a Serena en el coche, de regreso a Wilmington.

La lluvia formaba una fina cortina de agua en el parabrisas; el brillo de las luces de los faros de los vehículos que circulaban en dirección contraria la deslumbraban.

—Ha sido divertido —comentó Serena desde el asiento del conductor, con una botella de soda entre las piernas—. De hecho, ha sido una de las noches más interesantes desde hace mucho tiempo. Creo que conozco a uno de los luchadores.

—Por supuesto —contestó María—. Fuiste tú quien me lo presentó.

—No hablaba de Colin. Hablo de otro. Creo que lo he visto en el campus. Por supuesto, desde tan lejos no podía estar del todo segura. ¿Me puedes explicar otra vez por qué no querías que nos acercáramos?

—Porque no quería que Colin supiera que estaba allí.

—Y de nuevo… ¿por qué?

—Porque no hemos hablado desde el fin de semana pasado —explicó María—. Ya te lo he dicho.

—Lo sé. Le gritó a la camarera, la policía llegó y tú te asustaste, y blablablá.

—Me encanta que me entiendas.

—Te comprendo. Pero creo que cometes un error.

—El domingo pasado no opinabas lo mismo.

—Bueno, he tenido la oportunidad de darle vueltas. Y también de pensar en la nota; gracias por no haberme contado hasta el domingo lo del degenerado que te sigue.

Su voz rezumaba sarcasmo, pero María no la culpaba.

—Hasta ese momento no estaba segura de si se trataba de una única acción.

—Y, cuando lo descubriste, Colin estaba a tu lado, intentando obtener respuestas.

—Hizo algo más que eso.

—¿Acaso saldrías con un chico que no reaccionara en una situación similar? ¿Que se quedara sentado como un pasmarote? ¿No prefieres a alguien que se haga cargo de la situación? Si yo hubiera estado en la discoteca, probablemente también le habría pegado un berrido a esa camarera atontada. ¿Cómo es posible que no recuerde la cara de alguien que hace apenas unos minutos le ha pedido una bebida?

—Vi una faceta de Colin que no me gustó.

—¿Y qué? ¿Crees que mamá no ha visto una faceta de papá que no le guste? ¿O viceversa? Yo también he visto una faceta de ti que no me gusta, pero no por eso te he apartado de mi vida.

—¿Qué faceta?

—¿Acaso importa?

—Sí.

—De acuerdo. Siempre crees que tienes razón. Eso me saca de quicio.

—No es verdad.

—Me lo estás demostrando ahora mismo.

—Y tú estás empezando a irritarme.

—Alguien ha de cantarte las cuarenta y decirte cuándo te equivocas. En cuanto a la nota, creo que ahí también te equivocas con Colin. Deberías llamarle. Ese chico te conviene.

—No estoy tan segura.

—Entonces, ¿por qué has insistido en que vayamos a verlo luchar esta noche?

¿Por qué había querido ir a verlo luchar aquella noche? María había contestado a Serena que se lo había prometido a Colin, pero su hermana había enarcado una ceja.

—Admite que todavía te gusta —la pinchó.

El pasado fin de semana, María había sentido la necesidad de disponer de cierto espacio para pensar. Sus emociones enmarañadas —sobre el acosador, sobre Colin—, la habían puesto al límite, un sentimiento que solo se había acrecentado con el paso de los días durante la semana.

Incluso la atmósfera en el trabajo era asfixiante. Ken no había parado de entrar y salir del despacho de Barney durante prácticamente toda la semana, visiblemente preocupado, aunque apenas le dedicó ni una palabra a María. Barney estaba igual de tenso; tanto su jefe como

Ken no fueron a la oficina el jueves, y cuando Lynn tampoco apareció ni el jueves ni el viernes, María pensó que a Barney le daría un ataque cuando regresara, ya que Lynn ni tan solo había llamado para avisar de que no iría. Sin embargo, Barney se había limitado a añadir las tareas de Lynn a la lista de María sin ofrecer ninguna explicación ni ningún comentario.

Qué raro.

Sus padres también la preocupaban. Todavía seguían muy apenados por *Copo*. Su padre estaba tan deprimido que había dejado de ir al restaurante, y su madre estaba preocupada por él. María cenó con ellos el martes y el jueves, y Serena el lunes y el miércoles; de camino al combate, ambas habían decidido que tenían que hacer algo, aunque no estaban seguras del qué.

Se suponía que el combate tenía que ser una distracción, o como mínimo eso era lo que María se había dicho a sí misma, y también a Serena. Pero tan pronto como Colin subió al cuadrilátero, sintió un desapacible cosquilleo en el vientre unido a una intensa sensación de remordimiento.

Y eso… ¿qué significaba?

Con sus padres tan apenados, María descartaba la idea de excusarse para no ir a almorzar el domingo, aunque no se sentía en el estado mental adecuado para animar a nadie. Por eso, la visión de Serena en el porche, vibrando con una energía renovada, pilló a María desprevenida. Tan pronto como aparcó, Serena fue a recibirla.

—¿Qué pasa?

—¡Ya sé qué tenemos que hacer! —exclamó Serena—. No sé por qué he tardado tanto en darme cuenta, ¡qué tonta soy! Bueno, la parte positiva es que tanto tú como yo recuperaremos nuestras vidas, quiero decir, quiero a mamá y a papá, pero no puedo venir aquí día sí y día no para cenar con ellos, y encima venir también el domingo a comer. Ya he pasado mucho tiempo con ellos en el restaurante, y necesito un poco de espacio, ¿lo entiendes?

—¿En qué estás pensando?

—Se me ha ocurrido una idea para ayudar a mamá y a papá.

María se apeó del coche.

—¿Cómo están?

—No muy bien.

—Bueno, a ver, cuéntame el plan.

Υ

A pesar de las reservas iniciales, los padres de María no eran la clase de personas que supieran negarse a los deseos de sus hijas, sobre todo cuando ellas se mostraban tan testarudas.

Se subieron al monovolumen de su padre y condujeron hasta la protectora de animales. Al llegar al aparcamiento situado delante del edificio de una planta en el que no había ningún letrero identificativo, María se fijó con qué pocas ganas se bajaron sus padres del vehículo y caminaron hacia la puerta del local, arrastrando los pies.

—Es demasiado pronto —había protestado su madre cuando Serena le planteó la idea.

—Solo vamos a ver qué perros tienen —le aseguró Serena—. Sin ningún compromiso.

La pareja aminoró la marcha y acabó caminando detrás de sus hijas.

—No estoy segura de que sea una buena idea —susurró María, inclinándose hacia Serena—. ¿Y si no tienen un perro que le guste a papá?

—¿Recuerdas que te dije que Steve trabajaba aquí de voluntario? Después de explicarle lo de *Copo*, mencionó que hay un perrito que podría ser perfecto. —Serena bajó más la voz—: Hemos quedado en que nos atenderá él.

257

—¿Y si le compramos otro shih tzu? ¿En la misma tienda donde compraron a *Copo*?

—¿Acaso no es eso lo que estamos haciendo?

—No, si se trata de un perro de otra raza.

María no estaba tan segura de la lógica de Serena, pero no dijo nada más, pues ella sí que parecía del todo confiada. Steve, visiblemente nervioso, salió a recibirlos en cuanto atravesaron la puerta. Después de que Serena le diera un abrazo, presentó el joven a sus padres. Steve los llevó hasta la parte trasera, hasta las jaulas donde estaban los perros.

Todos los animales se pusieron a ladrar de inmediato; el sonido resonaba en las paredes. Pasaron despacio por delante de las primeras jaulas: había un perro que era mezcla de labrador, otro que era mezcla de pitbull y un perrito parecido a un terrier. María se fijó en la apatía de sus padres.

Unos pasos más adelante, Serena y Steve se detuvieron frente a las jaulas más pequeñas.

—¿Y este? —gritó Serena.

Félix y Carmen avanzaron hacia ella, con desgana, como si prefirieran estar en otro lugar. María los siguió de cerca.

—¿Qué os parece? —insistió Serena.

En la jaula, María vio un perrito negro y marrón con una cara que parecía un osito de peluche. Estaba sentado sobre las patas traseras y no ladraba. María tenía que admitir que era la cosa más bonita que había visto en su vida.

—Es un shorkie tzu —explicó Steve—. Es una mezcla de shih tzu y un yorkshire terrier. Es muy dulce, y tiene entre dos y tres años.

Steve abrió la jaula. Metió la mano, cogió al perro y se lo ofreció a Félix.

—¿Le importa sacarlo a pasear fuera del edificio? Seguro que le vendrá bien un poco de aire fresco.

Con aparente reticencia, Félix acarició al perro. Carmen se inclinó con curiosidad para verlo mejor. María observó cómo el perrito lamía los dedos de su padre antes de emitir una especie de gemido al tiempo que bostezaba.

En cuestión de minutos, Félix estaba enamorado del perro, igual que Carmen. Serena los contemplaba, cogida de la mano de Steve, con cara de satisfacción.

María no podía negar que, una vez más, su hermana había acertado.

No le extrañaba que hubiera quedado finalista para la beca. A veces, Serena era increíblemente brillante.

258

Cuando María regresó al trabajo el lunes, el nerviosismo en la oficina era palpable. Todo el mundo estaba tenso. Las asistentes legales cuchicheaban sin parar por encima de las particiones de sus cubículos, y se quedaban calladas cuando alguno de los abogados se acercaba; mientras tanto, María se enteró de que los jefes llevaban desde primera hora de la mañana encerrados en la sala de conferencias, lo cual solo podía significar que se trataba de algo importante.

Lynn seguía ausente por tercer día consecutivo; sin saber qué se suponía que tenía que hacer (Barney se había olvidado de dejarle instrucciones), María asomó la nariz por el despacho de Jill.

Antes de que tuviera tiempo de decir nada, Jill empezó a sacudir la cabeza y a hablar tan alto que se la podía oír desde el pasillo.

—¡Por supuesto que sigue en pie lo de quedar para almorzar! —anunció Jill—. ¡Me muero de ganas de que me cuentes qué tal el fin de semana! ¡Por lo que parece, lo has pasado genial!

Los jefes seguían reunidos a puerta cerrada cuando María se sentó delante de Jill en la mesa de un restaurante cercano.

—¿Se puede saber qué diantre pasa hoy? ¡Es como si hubiera un consejo de guerra en la oficina! ¿Por qué llevan tanto rato reunidos? Nadie parece saber lo que pasa.

Jill resopló.

—De momento no nos han comunicado nada, pero estoy segura de que te habrás dado cuenta de la ausencia de tu asistente legal, ¿no?

—¿Tiene eso algo que ver con lo que pasa?

—Diría que sí —murmuró Jill.

Al ver que la camarera se acercaba a la mesa para tomar nota, Jill se calló. Esperó hasta que la camarera se hubo alejado antes de continuar hablando.

—Lo averiguaremos —dijo—, y te contestaré cuando pueda. Sin embargo, quería comer contigo por otra cosa.

—Sí, claro, dime…

—¿Te gusta trabajar en esta empresa?

—No me quejo. ¿Por qué?

—Porque me preguntaba si estarías dispuesta a dejar tu puesto para ir a trabajar conmigo, en mi propio bufete.

María se quedó tan sorprendida que ni siquiera pudo contestar.

Jill asintió.

—Sé que es una decisión importante, y no tienes que darme una respuesta justo ahora. Pero me gustaría que consideraras la propuesta. Especialmente teniendo en cuenta todo lo que está pasando.

—Pero si aún no sé qué pasa. Y…, un momento, ¿te vas de la empresa?

—Llevamos planeándolo desde que empezaste a trabajar aquí.

—¿Has dicho «llevamos»?

—Sí, Leslie Shaw y yo. Es abogada en el bufete Scanton, Dilly y Marsden. Fuimos juntas a la Facultad de Derecho. Es un lince; no se le escapa una, y nadie la gana en materia de derecho laboral. Me gustaría que la conocieras, si te interesa la idea de trabajar con nosotras, por supuesto. Seguro que te caerá bien. Pero, si no quieres marcharte de la empresa, entonces espero que olvides lo que te he dicho y que no se lo cuentes a nadie. De momento estamos intentando mantener el tema tan en secreto como podemos.

—No diré nada —prometió María, todavía sorprendida por la noticia—. Y claro que quiero conocerla, pero… ¿por qué quieres marcharte?

—Porque la empresa tiene problemas, enormes problemas de dimensiones como los del *Titanic* a punto de chocar contra el iceberg, para que te hagas una idea; los próximos meses no serán fáciles.

—¿Qué quieres decir?

259

—Lynn piensa denunciar a Ken por acoso sexual. Y supongo que hay otras dos, quizá tres, asistentes legales más que también le denunciarán. Por eso los asociados de la empresa llevan toda la mañana reunidos, porque la noticia aparecerá en la prensa, lo que supondrá un revés para la compañía. Por lo que he oído, la mediación de conflictos privada no acabó bien, la semana pasada.

—¿Qué mediación?

—El jueves pasado.

—Eso explica por qué Lynn, Barney y Ken no estaban en la oficina. ¿Cómo es posible que no me haya enterado de nada?

—Porque Lynn todavía no se ha reunido con la EEOC, la Comisión para la Igualdad de Oportunidades en el Empleo.

—Entonces, ¿por qué hubo una mediación de conflictos?

—Porque a Ken lo avisaron hace un par de semanas y ha intentado resolver el tema por todos los medios. ¿No te habías fijado en que lleva unas semanas muy raro? Está muerto de miedo. Estoy segura de que espera que la empresa negocie un acuerdo, y creo que los otros asociados discrepan. Quieren que Ken corra con los gastos del proceso, pero él no puede hacerse cargo.

—¿Cómo es posible que no pueda hacerse cargo de los gastos?

—¿Con dos exmujeres? Además, no es la primera vez que pasa. Ken ya había resarcido los daños en otras ocasiones. Por eso te preguntaba tanto sobre él. Porque eres joven y atractiva, y trabajas en la empresa, o sea, que tienes todos los ingredientes para ser una de las víctimas de Ken. Ese tipo solo piensa con lo que tiene por debajo de la cintura. Además, supongo que Lynn alegará que los otros asociados están confabulados con él, ya que saben exactamente qué clase de hombre es y nunca han hecho nada al respecto. La empresa podría enfrentarse a una indemnización multimillonaria..., y digamos que muchos clientes no querrán que se los asocie con una firma que está en el ojo del huracán por escándalos por acoso sexual. Lo que me lleva de nuevo a formularte la pregunta: ¿te interesaría trabajar con Leslie y conmigo en un nuevo bufete?

María se sentía abrumada.

—No tengo experiencia en derecho laboral...

—Lo entiendo, pero no me preocupa. Eres inteligente y decidida, y aprenderás más rápido de lo que imaginas. El único inconveniente es que, de momento, probablemente no podamos pagarte el mismo salario que ganas ahora, pero tendrás más flexibilidad de horario. Además, dado que estrenarás la empresa con nosotras, tendrás muchas posibilidades de convertirte en asociada.

—¿Cuándo piensas marcharte?

—Dentro de cuatro semanas, a partir del viernes —contestó—. Ya hemos pagado la fianza del alquiler y hemos amueblado la oficina, que está a pocas manzanas de aquí. También hemos completado todos los trámites.

—Estoy segura de que encontrarías a abogados con mucha más experiencia que yo. ¿Por qué has pensado en mí?

—¿Y por qué no? —Jill sonrió—. Somos amigas, y en esta profesión he aprendido que el trabajo es mucho más ameno cuando te gusta la gente con la que has de pasar el día. Estoy harta de Ken y de Barney; no quiero trabajar con gente así nunca más, gracias.

—Me siento… adulada.

—¿Así que lo pensarás? ¿Suponiendo que Leslie y tú os caigáis bien?

—No veo por qué no habríamos de caernos bien. ¿Cómo es Leslie?

Los asociados salieron de la sala de conferencias hacia las tres de la tarde, todos con caras largas. Barney se encerró inmediatamente en su despacho; era evidente que no estaba de humor para hablar. Los otros asociados hicieron lo mismo. Uno a uno, se encerraron en sus respectivos despachos y cerraron la puerta. Como la mayoría de los empleados, María decidió marcharse unos minutos antes; de camino a la salida, se fijó en que el resto del personal parecía nervioso y asustado.

Jill la llamó otra vez después de hablar con Leslie y confirmó los planes para almorzar las tres juntas el miércoles. El entusiasmo de Jill era contagioso, pero la idea también le suscitaba a María cierto temor. Cambiar de bufete, cambiar su área de especialización (otra vez) para ir a trabajar en una empresa emergente le parecía arriesgado, aunque, de repente, quedarse en la empresa donde estaba se le antojaba aún más arriesgado.

María se dio cuenta de que lo que realmente quería era hablar con alguien que no fuera Serena ni sus padres. Se subió al coche y condujo hacia la playa de Wrightsville. Al pasar por delante de la casa de Evan y del gimnasio, buscó el coche de Colin.

El bar en la terraza de Crabby Pete's estaba prácticamente vacío. María se estaba sentando en un taburete cuando Colin la vio, y se fijó en cómo su sorpresa inicial dio paso a un gesto más reservado.

—Hola, Colin. Me alegro de verte.

—Qué sorpresa verte por aquí.

Al verlo de pie detrás de la barra, se dijo que era uno de los hombres más guapos que había conocido, y sintió la misma sensación de remordimiento que el sábado anterior.

NICHOLAS SPARKS

El bar era un buen lugar para hablar; la barrera física entre ellos y el hecho de que Colin estuviera trabajando permitía que la conversación fluyera despacio, sin adoptar un tono excesivamente serio. Colin le resumió el combate con Reese y la insistencia de Evan de que estaba amañado. María le habló del perro que habían adoptado en la perrera, junto con la crisis en la empresa y su nueva oportunidad laboral con Jill.

Como de costumbre, él la escuchó sin interrupciones; como siempre, ella tuvo que sonsacarle explicaciones y pensamientos; pero cuando María le dijo que tenía que marcharse, Colin le pidió a un camarero que lo reemplazara unos minutos para poder acompañarla hasta el coche.

No intentó besarla; cuando ella se dio cuenta de que él no iba a hacerlo, se inclinó y le dio un beso. Mientras saboreaba la familiar calidez de la boca de Colin, se preguntó por qué había considerado necesario apartarse unos días de él.

En casa, el cansancio del día le pasó factura y no tardó en quedarse dormida. Se despertó al oír el sonido del móvil: era Colin, que le enviaba un mensaje para darle las gracias por haber pasado a verlo y le decía que la echaba de menos.

262

El martes, los ánimos en la oficina estaban peor que el lunes. Mientras que los asociados parecían decididos a actuar como si no pasara nada, al personal se le empezaba a agotar la paciencia por el hecho de no disponer de ningún tipo de información. Todos habían empezado a imaginar lo peor, y los rumores comenzaron a correr como la pólvora. María oía susurros sobre despidos; la mayoría de los empleados tenían familia e hipotecas, lo que significaba que se les complicaría la vida de forma considerable.

María intentó mantener la cabeza gacha y concentrarse en el trabajo. Barney estaba callado y alicaído. La necesidad de centrarse hizo que las horas pasaran rápido; cuando salió de la oficina, se dio cuenta de que no había pensado en el acosador ni un solo segundo.

Se preguntó si eso era bueno o malo.

El miércoles, el almuerzo con Leslie y Jill salió incluso mejor de lo que había esperado. Leslie era en muchos aspectos el complemento perfecto para su mejor amiga en la oficina, igual de jovial e irreverente, pero también muy cultivada y solícita. La idea de trabajar con ellas empezó a parecerle demasiado buena para ser verdad. Después del almuerzo, cuando Jill pasó por su despacho para decirle que Leslie había quedado también encantada con la reunión, María sintió un gran alivio. Jill le comentó las condiciones básicas de la oferta, incluido su salario, que era un poco más bajo, pero a esas alturas a María no le importaba. Ajustaría su nivel de vida a la nueva situación.

—Estoy entusiasmada —le dijo a Jill.

Se preguntó qué (si es que había algo) debería revelarle sobre el acosador, o acerca del hecho de que había posibilidades de que ella y Colin volvieran a salir juntos, pero entonces cayó en la cuenta de que ni siquiera le había mencionado que habían roto.

Demasiadas cosas a la vez.

Entre tanto, en Martenson, Hertzberg y Holdman, el nubarrón negro que se cernía sobre la oficina se volvió más denso; mientras ella y Jill caminaban hacia el despacho de Jill, su amiga se inclinó y le dijo al oído:

—No me extrañaría que mañana nos diesen la noticia.

Efectivamente, el jueves por la mañana corrió la noticia de que Lynn se había reunido con la EEOC. A Ken no se le veía por ninguna parte. Aunque se suponía que el informe era confidencial, en una oficina de abogados de alto nivel a los que mucha gente les debía favores, el informe confidencial pronto estuvo en el ordenador de cada empleado. María se unió a sus compañeros y leyó la denuncia de la EEOC, en la que se detallaban toda clase de actuaciones indecorosas. El informe relataba sin ambages y con una gran precisión los frecuentes abusos por parte de Ken, así como su constante lenguaje sexual, incluidas las promesas de escalar puestos en la empresa y de obtener un aumento de sueldo a cambio de determinados favores sexuales. Al ver confirmados sus peores temores, los empleados se movían por la oficina en un estado de tribulación.

María y Jill salieron de la oficina a la hora normal del almuerzo y hablaron sobre cuándo pensaban anunciar que abandonaban la empresa. María se inclinaba por informar a Barney lo antes posible para que no se le complicaran aún más las cosas, quizá dentro de unos días.

—Es exigente, pero también ha sido justo y he aprendido mucho con él —alegó María—. No deseo complicarle aún más la existencia.

—Tienes razón; además, es una persona sensata. Pero podría ser contraproducente. Me pregunto si deberíamos dejar que el ambiente se calme un poco.

—¿Por qué?

—Porque cuando tú y yo anunciemos que nos vamos, quizás otros abogados también decidan abandonar la empresa, lo que provocaría una caída en picado. Nosotras lo anunciamos, los otros también, los clientes se van; entonces, de repente, incluso el personal que deseaba permanecer en la empresa puede quedarse sin trabajo.

263

—Estoy segura de que un montón de gente ya está considerando sus opciones.

—Yo lo haría. Pero no es lo mismo que dimitir.

Al final, acordaron que esperarían dos semanas a partir del viernes, para darle a Barney la oportunidad de encontrar a alguien que las reemplazara. A continuación, la conversación versó sobre la clase de empresa que deseaban crear, qué clase de casos aceptarían, cómo establecerían e incrementarían la clientela, qué probabilidades había de que sus clientes actuales decidieran cambiar de bufete, así como cuánto personal de apoyo iban a necesitar de entrada.

El viernes estalló otra bomba en la oficina cuando se supo que Heather, la asistente legal de Ken, y Gwen, la recepcionista, también habían presentado una denuncia a través de la EEOC. De nuevo, los asociados se parapetaron detrás de puertas cerradas, sin duda enviando miradas asesinas hacia el despacho de Ken.

Uno a uno, los asociados y el personal empezaron a abandonar la oficina, algunos a las tres, otros a las cuatro. Exhausta por la semana, también María decidió marcharse. Después de todo, había quedado con Colin más tarde, y primero necesitaba un poco de aire fresco para desconectar.

264

—Supongo que debe haber sido una semana surrealista —señaló Colin.

—Ha sido… horroroso. Muchos están enfadados y asustados. Y prácticamente todos se sienten perdidos. No se lo esperaban.

Estaban en Pilot House de nuevo; aunque habían hablado por teléfono un par de veces (los dos intentando recuperar poco a poco la normalidad) era la primera vez que María veía a Colin desde que había pasado por Crabby Pete's. Con pantalones vaqueros y camisa blanca con las mangas enrolladas hasta los codos, Colin estaba aún más guapo, si cabía, que el lunes. María se sorprendió del efecto que podía tener estar un tiempo separados.

—¿Y Jill?

—Mi tabla de salvación. Sin su oferta, no sé qué habría hecho. No es que los bufetes contraten a mucha gente, estos días, y probablemente me habría quedado fuera de combate. Y Jill tiene razón. Ya son tres las empleadas que han presentado una denuncia, así que es muy probable que, aunque la empresa encuentre la forma de sobrevivir, todos los asociados estén con el agua al cuello y que durante los próximos años arrastren graves problemas económicos.

—Lo que significa que probablemente estarán angustiados.

—Furiosos, diría yo. Estoy segura de que todos quieren estrangular a Ken.

—¿La empresa no cuenta con un seguro para estas situaciones?

—No están convencidos de que cubra el caso. Ken estaba infringiendo la ley de forma flagrante; según las denuncias, hay grabaciones, mensajes de correo electrónico, notas, incluso una de las asistentes legales tiene un vídeo.

—No pinta bien.

—No —convino María—. Hay mucha gente inocente que sufrirá las consecuencias. No sabes lo afortunada que soy.

—Vale.

—No empieces con el «vale».

Colin sonrió.

—Vale.

Pasaron la noche redescubriéndose el uno al otro. Se quedaron dormidos con los brazos y las piernas entrelazados. Por la mañana, María no sintió ningún remordimiento; se sorprendió al pensar en una posible relación floreciente con Colin. El pensamiento le provocó una extraña y reconfortante sensación. Después de pasar el sábado juntos haciendo volar cometas en la playa, el sentimiento no hizo más que acrecentarse.

El sábado por la noche, María cenó con Jill y Leslie mientras Colin trabajaba. Habían quedado en verse luego en el apartamento de Colin, cuando él acabara su turno. Evan y Lily estaban allí; los cuatro charlaron animadamente hasta pasadas las tres de la madrugada. Sin poder permanecer un minuto más despiertos, Colin y María no hicieron el amor hasta la mañana siguiente.

Aunque ella le invitó a almorzar a casa de sus padres, Colin se disculpó alegando que tenía un montón de exámenes a la vista y que tenía que estudiar antes de trabajar aquella tarde. Cuando llegó a casa de sus padres, María se alegró al ver que *Smoky* —así habían llamado sus padres al nuevo perro— ya tenía su propio collar en forma de estrella, su camita y varios juguetes esparcidos por el suelo del comedor, aunque él parecía más satisfecho cuando podía acurrucarse junto al padre de María. En la cocina, Carmen tarareaba una canción. Por su parte, Serena habló más de Steve que en todos los meses anteriores juntos.

—De acuerdo, quizá lo nuestro va adquiriendo un cariz más serio —admitió, cediendo al final al interrogatorio de su madre.

Ya en la mesa, fue Félix quien preguntó por Steve. María no pudo

265

más que sonreír. Entre su nuevo proyecto laboral, su familia y ahora Colin, no podía pedir más. Mientras despejaban la mesa, María volvió a darse cuenta de que ya no estaba obsesionada por el tipo con la gorra de béisbol, en parte porque el resto de su vida iba viento en popa, pero también porque ese individuo no había dado más señales de vida.

Quería pensar que él había decidido dejarla en paz, que finalmente había desistido de su intento. Pero por más que estaba disfrutando de aquella tregua, no estaba aún lista para creer que la pesadilla se hubiera acabado por completo.

Después de todo, siempre hay lluvia antes de que salga el arcoíris.

Había refrescado demasiado para practicar surf de remo. Como Colin estaba ocupado, María pasó el resto de la tarde y de la noche intentando ponerse al día con los casos pendientes. Sin la ayuda de Lynn y con Barney trabajando a medio gas, el hecho de que pensara marcharse de la empresa dentro de tres semanas le provocaba un sentimiento de culpa, un sentimiento que, aunque no fuera tan fuerte como para hacerla cambiar de opinión, bastaba para ponerse a trabajar con el MacBook. Estuvo redactando documentos hasta que empezó a ver las letras borrosas.

Cuando se despertó a la mañana siguiente, se preguntó qué pasaría aquella semana, si los ánimos del personal seguirían por los suelos y si alguien más había tomado la decisión de marcharse. La mayoría de los asociados estaban tan alicaídos como Barney y Ken, lo que significaba que el trabajo se acumulaba en cada departamento; contratar a nuevos empleados no iba a resultar fácil, sobre todo cuando corriera la voz de que la empresa tenía problemas serios. Sin duda ya había empezado a circular la noticia.

De momento, María decidió que intentaría que su marcha de la empresa afectara a Barney lo menos posible. Se colgó el bolso al hombro, agarró la cartera y se dirigió hacia la puerta. Al abrirla, clavó la vista en el felpudo.

Necesitó un momento para procesar lo que veía antes de quedarse helada.

Una rosa marchita, con los pétalos ennegrecidos, junto con una nota.

«Sabrás qué se siente.»

Casi como si estuviera soñando, sus pies permanecieron anclados al umbral, porque sabía que habría más. En la barandilla cerca de la escalera encontró otra rosa marchita que colgaba bajo el peso de otra tarjeta. Se obligó a mover los pies. Sorteó la rosa sobre el felpudo y se acercó a la barandilla para leer: «¿Por qué la odiabas tanto?».

En la calle no había nadie; el aparcamiento justo enfrente de su puerta estaba vacío. Ningún movimiento sospechoso. María sentía la boca reseca cuando cerró la puerta a su espalda y cogió la rosa del felpudo. Luego desenganchó la rosa que colgaba de la barandilla y se obligó a bajar los peldaños, con la vista fija en su coche.

Tal como temía, las ruedas estaban reventadas. En el cristal delantero había un sobre doblado debajo del limpiaparabrisas.

Más tarde se sorprendería de con qué calma había ido asimilando los descubrimientos y de su lucidez. Cuando cogió el sobre, pensó en las huellas dactilares y en la mejor forma de leer la carta sin borrar pruebas, por lo que agarró el sobre por los pliegues. Sin saber por qué, se dijo que ya sabía que eso iba a suceder.

La carta, escrita en ordenador, era una sola hoja de papel blanco, la clase de papel que se podía adquirir en cualquier tienda de artículos de oficina. La última frase, sin embargo, estaba escrita a mano, con una caligrafía casi infantil.

¿Crees que no sé lo que hiciste? ¿Crees que NO SÉ QUIÉN ESTABA DETRÁS DE TODO ESTO? ¿Crees que no sé lo que piensas, que sabes lo que HICISTE? Has hecho correr LA SANGRE DE UNA INOCENTE. ¡Tu CORAZÓN ESTÁ ENVENENADO y eres un ser DESTRUCTOR! TÚ Y TU VENENO NO OS LIBRARÉIS DEL CASTIGO. Sabrás qué se siente, porque AHORA YO CONTROLO LA SITUACIÓN.

Soy un INOCENTE SUPERVIVIENTE.

Soy TAL COMO SOY. Somos TAL COMO SOMOS.

Cuando terminó de leer la carta, María lo hizo por segunda vez, con el corazón en un puño. La rosa marchita todavía estaba enganchada en el limpiaparabrisas cuando la cogió y la agrupó con las otras rosas hasta formar un ramo macabro.

Dio la espalda al coche y regresó a su casa. Le temblaban las piernas del miedo. Se dio cuenta de que las señales habían sido obvias; simplemente, no les había prestado la debida atención. De repente, los recuerdos se materializaron ante ella como una visión cegadora: el interrogatorio de Gerald Laws por parte de la policía, peinado con la raya perfecta en el medio y sus dientes blancos; Cassie Manning, su joven cara distorsionada por el miedo; Avery, el padre de Cassie, alarmantemente seguro de las intenciones de Laws y poseído por un ímpetu febril; Eleanor, la madre de Cassie, siempre como un ratoncito silencioso y, por encima de todo, asustada. Y, por último, Lester, el hermano nervioso de Cassie, que se mordía las uñas y que le había enviado unas notas terribles después de la muerte de Cassie.

Aquellas horrorosas notas, que reflejaban su rabia ascendente. «Como las cartas de Laws a Cassie mientras cumplía prisión.»

El primer paso en una «pauta»...

Mientras subía las escaleras hacia la puerta, María oyó la melodía de su móvil: Serena. No respondió. Quería llamar a Colin. Necesitaba hablar con él para sentirse segura; en esos momentos, se sentía muy vulnerable. Con manos temblorosas, marcó el número, preguntándose cuánto rato tardaría él en llegar a su casa.

Una «pauta...».

Margolis le había dicho que si decidía declarar sobre lo sucedido, que fuera a verlo, pero ella también quería que Colin estuviera presente. Tenía que contarle a Margolis lo de Gerald Laws y Cassie Manning, la mujer a la que Laws había asesinado. Quería hablarle de los Manning y de todo lo que le había pasado en las últimas semanas. Pero, sobre todo, quería decirle que sabía exactamente quién la estaba acosando, qué sabía qué quería ese desequilibrado.

Capítulo 19

Colin

Desde que había empezado sus estudios en la universidad, Colin nunca se había saltado ni una sola clase, ni mucho menos un día entero. Solo una vez había estado a punto de hacerlo, un día en que su coche no arrancaba, pero hizo autoestop con la mochila cargada de libros de texto y llegó justo unos minutos después de que hubiera empezado la lección.

Por consiguiente, aquella era su primera vez. Tan pronto como María le llamó, corrió a su casa. Leyó la nota; mientras María telefoneaba a Margolis, él llamó a la grúa; solicitó una provista de sistema de elevación, ya que el coche de María se apoyaba en las cuatro llantas. Mientras esperaban que llegara, Colin le preparó a María una taza de té, pero ella solo fue capaz de tomar un par de sorbos antes de apartar la bebida.

Cuando la grúa se hubo marchado, Colin llevó a María a la comisaría de Policía. María se presentó al agente que estaba de servicio en el mostrador; ella y Colin tomaron asiento en la pequeña sala de espera, desde donde se dedicaron a contemplar el ritmo constante pero sin prisas de la comisaría. María aprovechó para llamar y dejar un mensaje a Barney, en el que le decía que llegaría un poco tarde. Margolis estaba sin duda en algún sitio de la comisaría, probablemente sepultado por el montón de papeleo innecesario generado por los incidentes del fin de semana. Como inspector, se encargaba de delitos relevantes; probablemente, se arrepentía de haber retado a María a llamarle si decidía declarar. Los casos de acoso —si lo que le pasaba a María se podía clasificar oficialmente como tal— eran incumbencia de agentes que estaban por debajo de su rango; el hecho de que Colin estuviera con María debía de irritarlo aún más. Los hizo esperar casi noventa minutos antes de aparecer finalmente con una carpeta archivadora bajo el brazo. Le estrechó la mano a María, pero no se la ofreció a Colin. De todos modos, él no se la habría aceptado. No había ningún motivo para fingir que se caían bien.

Margolis pidió hablar con María a solas, pero ella insistió en que quería que Colin estuviera presente. Margolis aceptó contrariado y los condujo hasta una de las salas de interrogatorios. Colin, que había pasado muchas horas en un buen número de comisarías a lo largo de sus años conflictivos, sabía que, en una mañana ajetreada, la sala de interrogatorios era uno de los pocos espacios que ofrecía privacidad en la comisaría.

«Todo un detalle por su parte, aunque sea un desgraciado», pensó Colin.

Después de cerrar la puerta y de indicarles que se sentaran, Margolis dejó la carpeta sobre la mesa, formuló una serie de preguntas generales (el nombre de María, su edad, dirección, etcétera) y empezó a llenar el informe. A continuación, María —en un tono tembloroso, pero con una sorprendente precisión lineal— relató la misma historia que le había contado a Colin en la playa acerca de Cassie Manning y Gerald Laws, así como lo que le había sucedido en las últimas semanas. Estableció paralelismos entre los dos casos antes de entregarle a Margolis la carta que había encontrado en el limpiaparabrisas.

Margolis la leyó despacio, sin decir nada. Después le pidió a María permiso para hacer una fotocopia. Cuando ella accedió, el inspector se levantó de la silla y abandonó la sala. Regresó al cabo de unos segundos con la fotocopia.

—Nos quedaremos la carta original en el archivo, si no le importa —dijo.

La cara de Margolis no expresaba ninguna emoción. Volvió a tomar asiento y leyó la carta por tercera vez antes de hablar.

—¿Está segura de que Lester Manning ha escrito esto?

—Sí —contestó María—. También es el tipo que me ha estado siguiendo.

—Es el hermano de Cassie Manning, ¿verdad?

—Su hermano pequeño.

—¿Por qué cree que es él?

—Porque algunos comentarios que aparecen en la carta ya se los había oído decir antes.

—¿Cuándo?

—Después de la muerte de Cassie. Me envió notas en las que también escribió el mismo tipo de amenazas.

—¿Cómo qué? Le pido que sea más específica.

—La sangre de una inocente. Que mi corazón está envenenado.

Margolis asintió al tiempo que anotaba los datos.

—¿Se refiere al primer grupo de notas o al segundo?

—¿Cómo dice?

—Ha dicho que las notas cambiaron cuando empezó a recibirlas de nuevo. El segundo grupo era más amenazador, más espeluznante.

—Al segundo grupo.

—¿Y cómo sabe que fue él quien le envió las notas?

—¿Quién más podría ser?

Margolis repasó sus apuntes.

—Avery Manning dijo que podría tratarse del novio de Cassie.

—No fue él.

—¿Cómo lo sabe?

—Según la policía, no era un sospechoso creíble. Estaba devastado por el asesinato de Cassie, pero no me echaba la culpa a mí. Incluso negó saber quién era yo.

—¿Habló con él en alguna ocasión?

—No.

Margolis tomó otro apunte.

—¿Recuerda su nombre? ¿O cómo había conocido a Cassie?

María frunció los labios.

—Creo que se llamaba Mike o Matt o Mark... Algo así. Y no, no sé cómo había conocido a Cassie. Pero ¿por qué estamos hablando de él? Estoy segura de que Lester es el que me está acosando. Igual que estoy segura de que fue él quien escribió esas notas en Charlotte.

—¿No me ha dicho que Lester negó haber escrito las notas, cuando la policía le interrogó?

—¡Por supuesto que lo negó!

—¿Y nunca pensó que podría haber sido ese... Michael? ¿El novio?

—¿Por qué haría tal cosa? Ni siquiera me conocía. Le dijo a la policía que él no había escrito las notas.

—Lo mismo alegó Lester.

—¿Me está escuchando? ¡Lester está loco! Las notas son de un desequilibrado. No cuesta tanto atar cabos.

—¿Todavía conserva alguna de esas notas?

María sacudió la cabeza, sin poder ocultar su frustración.

—Las tiré cuando vine a vivir aquí. No quería saber nada de ellas. La policía de Charlotte quizá todavía conserve un par, aunque no estoy segura.

—Cuando dice notas, ¿a qué se refiere?

—A solo una o dos frases.

—Así que... nada parecido a esta.

271

—No. Pero le repito que él usó las mismas palabras y expresiones. Y había dos notas cortas que sí que encajan en la pauta.

—En otras palabras, esta carta es distinta.

—Sí.

Margolis propinó unos golpecitos en el informe con el bolígrafo.

—Vale, digamos que es Lester. Cuando dice que sus notas eran amenazadoras, ¿a qué se refiere? ¿Le decía que iba a hacerle daño de alguna manera?

—No, pero estaba claro que me culpaba de la muerte de su hermana. De hecho, al final, toda la familia acabó por culparme.

—¿Puede describirme a la familia?

—Eran… raros —concretó María—. Me refiero a su forma de ser.

—¿En qué sentido?

Colin se volvió hacia ella con interés, ya que no había oído a María hablar de ellos con ese grado de detalle que le pedía Margolis.

—Avery Manning, el padre, era psiquiatra; desde la primera reunión, dejó claro que se consideraba un experto en materia de conducta criminal. Nunca dejó que Cassie hablara conmigo a solas. Él siempre estaba presente y dominaba las conversaciones. Incluso en el hospital, cuando yo estaba intentando interrogar a Cassie, él contestaba por ella. Llegó un punto en que tuve que pedirle que saliera de la habitación, pero se negó. Lo máximo que hizo fue apartarse en un rincón y prometerme que no intervendría mientras su hija hablaba. Con todo, tenía la impresión de que Cassie medía mucho sus palabras, como si intentara hablar exactamente como su padre quería. Casi como si lo hubieran ensayado. Creo que por eso ella… adornaba su relato, a veces.

—¿Adornaba?

—Cassie me dijo que Laws la había maltratado antes. De haber sido cierto, eso habría sido un dato importante, porque podríamos haber alegado más cargos en la denuncia. Cassie me dijo que Laws la había golpeado en un aparcamiento y que Lester había sido testigo. Tanto la historia de Cassie como la de Lester eran idénticas, casi palabra por palabra, pero, cuando investigamos, nos enteramos de que Laws estaba en otro estado en la fecha y la hora especificadas, lo que quería decir que ambos mentían. Cuando se lo comentamos a Cassie, ella se negó a claudicar, lo que provocó que fuera necesario negociar en los cargos y las penas. El abogado de Laws no habría tenido compasión con ella, si Cassie hubiera tenido que subir al estrado para testificar.

—¿Y la madre?

—Eleanor. Solo la vi dos veces; estaba completamente dominada por Avery. No estoy segura de si dio su opinión; se pasaba todo el tiempo llorando.

Margolis continuó con sus anotaciones mientras María hablaba.

—Hábleme de Lester. ¿Cómo lo describiría?

—Bueno, solo le vi dos veces; en la segunda ocasión, me pareció una persona completamente distinta a la primera. En nuestro primer encuentro, no vi nada fuera de lo normal; parecía un chico del montón. Sin embargo, cuando me reuní con él por segunda vez, después de informarle sobre los cargos contra Laws, cambió de actitud. Casi como... si me tuviera miedo. Farfulló que él no debería estar allí, que nadie de su familia debería estar cerca de mí porque yo era peligrosa. Su padre no paraba de pedirle que se callara; al final se quedó sentado, moviéndose inquieto en la silla y mirándome como si yo fuera el mismísimo diablo.

—¿Sabe el nombre del centro psiquiátrico donde estuvo internado?

—No.

—Pero usted dejó de recibir más notas.

—Después de mudarme aquí. Pero ahora la pesadilla ha vuelto a empezar.

Margolis jugueteó con el bolígrafo antes de coger la carpeta archivadora que había dejado sobre la mesa al entrar.

—Después de recibir su llamada, he solicitado a la policía de Charlotte que me envíe un informe sobre la muerte de Cassie Manning. Todavía estoy a la espera de recibir el informe sobre el arresto inicial de Laws. No he tenido tiempo de investigar el caso con detalle, pero, por lo que he leído, está claro que Gerald Laws mató a Cassie Manning. Además, usted no tomó la decisión que le permitió a Laws acogerse a una pena menor. Fue su jefe. ¿Estoy en lo cierto?

—Sí.

—Entonces, ¿por qué cree que la familia de Manning la culpaba a usted? O, en el caso de Lester, ¿por qué cree que él la consideraba «peligrosa»?

—Porque ellos trataban conmigo. Contaban conmigo para convencer al fiscal del distrito de que había que pedir una pena más elevada. Y, en el caso de Lester, es obvio que ese chico tiene problemas psicológicos. Ya le he dicho que terminó internado en un centro psiquiátrico.

Margolis asintió.

—De acuerdo. Digamos que creo que usted tiene razón en todas sus deducciones y que Lester Manning es el responsable de todo lo que le está pasando. —El inspector se arrellanó en su silla—. Aun así, no estoy seguro de que pueda hacer nada.

—¿Por qué no?

—No le ha visto. Nadie le ha visto. No sabe quién compró las rosas,

273

salvo que no fue su jefe. Nadie vio a Lester meter las rosas en su coche. Lo único que sabe es que el tipo que la invitó a un cóctel en la discoteca era un joven que llevaba una gorra de béisbol. Usted tampoco reconoció al chico que le entregó la cesta con las rosas como Lester. En otras palabras, no tiene ninguna prueba de que se trate de Lester.

—¡Ya le he dicho que en la nota aparecen las mismas frases!

—¿Se refiere a si las comparamos con las notas que ya no tiene? Entiéndame, no le estoy diciendo que no la crea. De hecho, me parece que hay muchas posibilidades de que tenga razón. Pero como exayudante del fiscal del distrito, seguro que sabe lo que significa la frase «más allá de la duda». Y, de momento, no tenemos suficientes pruebas para presentar cargos amparándonos en los estatutos sobre acoso.

—Me vigila, me acecha, conoce todos mis movimientos, todo eso cumple los requisitos de la ley para pedir una orden de alejamiento. Ha escrito una nota que me aterra. Me ha reventado las ruedas del coche. Eso constituye acoso. Sus acciones me han provocado un sufrimiento sustancial, motivo por el que estoy aquí. No hay duda de que me acecha. Y eso es un delito.

274   Margolis enarcó una ceja.

—Muy bien, doña exayudante del fiscal. Pero si en el pasado él negó haber escrito las notas, volverá a hacerlo. Y, entonces, ¿qué?

—¿Qué hay de la pauta? Notas, flores, me sigue a todas partes, flores muertas. Está copiando lo que Laws le hizo a Cassie.

—La pauta es similar, pero no es la misma. Laws envió cartas en las que se identificaba a sí mismo. Usted ha recibido unas notas breves y anónimas. Laws espió a Cassie en un restaurante y se aseguró de que ella supiera que él estaba allí. Alguien la invitó a usted a un cóctel en una discoteca, de forma anónima. Cassie sabía que Laws había enviado las flores. Usted no sabe con absoluta certeza quién le envió las rosas.

—Pero se asemeja mucho.

—Para usted, quizá sí. Pero ante un tribunal es diferente.

—En otras palabras, dado que él ha sido cuidadoso, se saldrá con la suya. ¿Ni siquiera piensa hablar con él?

—No me malinterprete. Intentaré hablar con él.

—¿Intentará?

—Usted da por sentado que él todavía está en la ciudad y que podré encontrarlo. Pero, si está en Charlotte o en otra ciudad, probablemente tendré que derivar el caso a un inspector de la zona en cuestión.

—¿Y qué le dirá si puede dar con él?

—Le haré saber que sé lo que se propone y que, por su propio bien, es mejor que desista o las autoridades intervendrán.

Cuando quedó claro que María no esperaba esa respuesta, Margolis continuó:

—En otras palabras, la creo. Dicho esto, no puedo arrestar a ese individuo solo porque usted crea que fue él quien le envió las rosas. O porque usted crea que fue él quien la invitó al cóctel en la discoteca. O porque usted crea que él puso la nota en su coche. Los dos sabemos que con esas conjeturas no basta. Y al final ese tipo es capaz de hacerle la vida aún más imposible.

—¿Cómo?

Margolis se encogió de hombros.

—Usted ya lo acusó antes, y el padre amenazó con denunciarla, tanto a usted como a la policía. Ahora vuelve a acusarlo. Es posible que él decida denunciarla por acoso.

—¡Eso es ridículo!

—Pero es posible.

—Entonces, ¿qué se supone que he de hacer, si usted no piensa hacer nada para ayudarme?

Margolis se inclinó hacia delante y entrelazó las manos sobre la mesa.

275

—Le he tomado declaración; su informe quedará archivado. Le he dicho que intentaré hablar con él (si lo encuentro), o que algún otro lo hará. Revisaré los informes del arresto de Laws y de la muerte de Cassie. Y averiguaré todo lo que pueda sobre Lester Manning. Hablaré con la policía de Charlotte y les pediré que revisen si aún conservan las viejas notas. Teniendo en cuenta que usted no me ha ofrecido ninguna prueba de que está recibiendo amenazas (y teniendo en cuenta su cuestionable criterio a la hora de elegir novio) diría que es más que suficiente, ¿no le parece?

María se quedó boquiabierta.

—¿Y la orden de alejamiento?

—Es posible conseguirla, pero tanto usted como yo sabemos que no es automática, por todos los motivos que ya hemos comentado. De todos modos, digamos que, por un milagro, un juez se la concede. La ley dice que no es válida a menos que se le pueda notificar a Lester Manning. Lo que, de nuevo, podría o no ser posible.

—En otras palabras, me pide que finja que nada de esto está sucediendo.

—No, le pido que me deje hacer mi trabajo. —Cogió la carpeta—. La mantendré informada de todo lo que descubra.

—No sé por qué he ido a ver a Margolis —se lamentó María en el trayecto de vuelta a casa, con la cara tensa—. ¿Y sabes lo que más me molesta? Que tiene razón. En todo. Y sé que tiene razón. Si un inspector me hubiera presentado un caso como este, le habría dicho que no podíamos hacer nada. No tenemos pruebas, por más que sé que es él.

—Margolis las buscará.

—¿Y qué?

—Quizá sea un desgraciado, pero es astuto. Conseguirá que Lester diga algo que le incrimine.

—¿Y entonces qué? ¿Crees que Margolis lo convencerá para que desista? Pensé que la pesadilla se había acabado cuando me mudé aquí, pero no es así. Sabe dónde vivo. Y estoy segura de que Lester mató a *Copo*. ¡Es posible que haya estado dentro de la casa de mis padres!

Fue la primera vez que Colin la oyó vincular la muerte de *Copo* con todo lo que le estaba ocurriendo; el temor de María le provocó una profunda tristeza.

Aquella pesadilla tenía que terminar. Colin no pensaba entrometerse en el trabajo de Margolis, pero pensaba que no era suficiente. Había llegado el momento de que alguien investigara qué se llevaba Lester entre manos.

276

Después de dejar a María en el trabajo, Colin se puso los auriculares, eligió la música y se instaló delante del ordenador en su casa.

Lester Manning.

Fuera o no cierto, disponer de un nombre le permitía centrarse en la labor: quería descubrir todo lo que pudiera acerca de ese tipo.

El único problema era que sin acceso directo a las bases de datos del Gobierno o a los informes oficiales, no podía hacer gran cosa. En la guía telefónica no aparecía nadie llamado Lester Manning, en Carolina del Norte, ni tampoco consiguió dar con un número de móvil. Había dos Lester Manning en Facebook: uno vivía en Aurora, Colorado, y el otro en Madison, Wisconsin; el primero era un adolescente; el segundo, un cuarentón. Instagram, Twitter y Snapchat no sirvieron de nada, ni tampoco una búsqueda general en Google usando el nombre y la ciudad de Charlotte en varias combinaciones.

Había algunas páginas web que ofrecían la promesa de más información —número de teléfono, la dirección más reciente e información similar— a cambio de una tarifa; tras debatirse, introdujo el número de su tarjeta de crédito y esperó. Afortunadamente, apareció una dirección en Charlotte.

Encontró más información sobre Avery Manning, incluido un número de teléfono en Charlotte a nombre de un tal doctor Avery Manning junto con la misma dirección que había encontrado para Lester.

¿Padre e hijo vivían juntos? ¿O la información estaba desfasada?

También encontró algunos artículos sobre el padre. El más reciente confirmaba la información de María de que a Manning le habían retirado la licencia durante dieciocho meses, por lo visto, por malas prácticas con unos cuantos pacientes. El caso más destacado era un joven que se había suicidado. Según el artículo, Manning se equivocó al diagnosticar el trastorno de déficit de atención que sufría el paciente y le recetó Adderall. Otros de sus pacientes alegaban que su condición había empeorado mientras estaban en tratamiento. Si la fecha de la suspensión era correcta, entonces Avery Manning todavía estaba inhabilitado para practicar.

Interesante.

También había una fotografía: un hombre de cincuenta y tantos años, con la cara enjuta, el pelo rubio y ralo, y ojos azul claro, mirando hacia un punto lejano; para Colin, podría haber pasado por un macilento enterrador. No podía imaginarse sentado durante una hora al lado de ese tipo, soltándole todas sus vivencias y esperando conmiseración por su parte.

En otro artículo se mencionaba el trabajo de Manning con reclusos en prisiones. Manning exponía que muchos prisioneros eran sociópatas sin ninguna posibilidad de rehabilitación. Según él, la encarcelación constituía la solución más pragmática en patologías criminales. Aparte de comentar que Manning se consideraba a sí mismo un experto en conducta criminal, María no había mencionado su trabajo con reclusos. Se preguntó si ella lo sabía.

Indagó un poco más y dio con el obituario de Eleanor Manning, en el que no se mencionaba nada del suicidio, aunque a Colin no le sorprendió. La mayoría de la gente no quería que ese dato se hiciera público. También leyó que había sido madre de tres hijos y que de su familia quedaban solo su esposo y un hijo. Había oído hablar de Cassie, pero ¿había otro hijo?

Revisó media docena de artículos sobre Avery Manning antes de dar con la respuesta: en una entrevista sobre el tema de la depresión, Avery explicaba que su esposa había luchado contra la depresión desde que su hijo Alexander Charles Manning había fallecido en un accidente de tráfico cuando tenía seis años.

Alex. Cassie. Eleanor.

Demasiada tragedia para una familia. Y Lester le echaba las culpas a María por una (quizá dos) de esas muertes.

¿Los ingredientes necesarios para que Lester atormentara y aterrorizara a María?

Sí, las notas originales lo dejaban claro. Igual que la pauta.

Cronológicamente o no, María estaba experimentando los mismos temores que Cassie había sufrido. Y, al igual que María, Colin sabía los pasos y el desenlace de la historia de Cassie.

Paso 1. Después de salir de la cárcel, Laws se vio con Cassie cara a cara.

Paso 2. Cassie había conseguido una orden de alejamiento.

Paso 3. La policía no pudo encontrar a Laws.

Paso 4. Al final, Laws secuestró y asesinó a Cassie.

¿Formaba también el paso cuatro parte del plan de Lester?

Había un salto espectacular entre lo que le estaba pasando a María y el último paso. Atormentar a una víctima era una cosa; asesinarla, otra. Colin no tenía suficiente información sobre Lester como para intentar discernir hasta dónde era capaz de llegar. Eso no significaba, sin embargo, que María tuviera que correr ningún riesgo.

Pasó otra hora investigando, pero no obtuvo nada más. Todo lo que había conseguido era la clase de información que cualquiera podía encontrar. Se preguntó cuál iba a ser el siguiente paso.

¿Qué sabía de Lester? ¿Y qué podía suponer?

Lester tenía coche. O había usado uno.

No era un gran dato, claro, pero se preguntó qué clase de información podría obtener si supiera la matrícula del coche. Tecleó unas palabras clave en el buscador y encontró un par de compañías con acceso a toda clase de información pública, incluidas matriculaciones de coches y matrículas. El servicio era un poco caro, pero quizá sirviera de ayuda. Colin tomó nota de las páginas web por si más adelante las necesitaba.

¿Algo más?

Sí, pensó. Si no se equivocaba, Lester se había escondido en el tejado al otro lado de la calle donde trabajaba María. En cuanto a la casa de María, a Lester le habría sido fácil vigilar sus entradas y salidas, porque ella tenía un horario muy predecible. No tenía que esperar horas y horas a que apareciera; podía haberla observado desde la cafetería que había al otro lado de la calle o desde un coche aparcado cerca. Seguirla hasta el restaurante y la discoteca seguro que también había sido pan comido.

¿Y?

Después de la reunión con Margolis, Colin sabía que necesitaba pruebas que demostraran que Lester estaba acosando a María; se preguntó si debería ir a Charlotte en coche con la esperanza de ponerle una cara a ese nombre. Quizás incluso podría sacarle una foto, eso si encontraba a Lester. Pero, aun así, a lo mejor no bastaba con eso. El dueño de la floristería había admitido que no lo había visto bien. Colin dudaba que la camarera fuera capaz de reconocerlo. Incluso María no lo había reconocido cuando lo había tenido cerca.

Por último, estaba *Copo*. La muerte del perro encajaba en la pauta; cuántas más vueltas le daba, más plausible le parecía que Lester hubiera matado a *Copo* para herir a María y a su familia. Dado que había estado siguiéndola a ella, seguramente sabía dónde vivían sus padres. Pero, además, eso también quería decir que había vigilado a la familia de forma regular. Si no, ¿cómo habría sabido que *Copo* se había quedado solo en casa? María había dicho que Félix llevaba a *Copo* a todas partes, incluso al restaurante, y que sus padres casi nunca lo dejaban en casa.

Pero ¿cómo?

El patio trasero de los Sánchez estaba rodeado por una valla. Y, en un barrio residencial, la gente se habría fijado en un desconocido rondando por ahí con asiduidad.

De eso no le cabía la menor duda.

Al cabo de veinte minutos, Colin estaba conduciendo por el vecindario de los Sánchez, intentando encajar las piezas del rompecabezas.

No vio a nadie en casa de los padres de María. Por lo visto, habían salido. Sin embargo, había movimiento en la calle. Una mujer pasó haciendo *footing* por la acera; un anciano estaba talando el seto en su jardín; un hombre salió en coche del garaje y se alejó conduciendo calle abajo.

Colin dobló la esquina, luego volvió a girar para entrar en la calle paralela a la de los Sánchez. Los patios traseros se juntaban unos contra otros.

Era un barrio con mucha vida, la clase de comunidad donde probablemente los vecinos se ayudaban entre sí.

Sin lugar a dudas, Lester no habría pasado desapercibido.

A menos que...

Aminoró la marcha mientras se acercaba a las casas aledañas a la de los Sánchez por la parte trasera. Ahí estaba la respuesta.

La casa justo detrás de la de los padres de María estaba en venta.

Y no solo eso, sino que también parecía desocupada.

279

Ⲩ

Cuando, aquella tarde, fue a buscarla al trabajo, María se mostró reservada. Su conversación fue inconexa. Estaba claro que quería evitar hablar de Lester o de Margolis.

Ella quería pasar la noche en casa de sus padres, así que Colin la llevó a su casa y esperó fuera mientras ella preparaba una bolsa con lo necesario para una noche. A continuación, la acompañó al taller donde la grúa había dejado el coche para que le cambiaran las ruedas, y esperó a que María se hubiera marchado antes de abandonar el aparcamiento. Le habría gustado seguirla, pero sabía que eso solo conseguiría ponerla más nerviosa. En lugar de hacerlo, le pidió que le enviara un mensaje cuando llegara a casa de sus padres. Al cabo de quince minutos, María le comunicó que había llegado.

Aunque ella no dijo nada, Colin estaba seguro de que se había pasado todo el rato mirando por el espejo retrovisor mientras conducía hasta casa de sus padres, preguntándose si Lester la estaba siguiendo.

Colin esperó hasta medianoche para regresar al barrio de los Sánchez, sin poder quitarse a Lester Manning de la cabeza.

Vestido de negro, aparcó a unas manzanas y se acercó a la casa desocupada. En la mochila llevaba una pequeña linterna, un par de destornilladores y una pequeña palanca. Sin embargo, si Lester había estado muchas veces dentro de aquella casa —o si era un experto reventando cerraduras o tenía una llave—, probablemente Colin podría entrar a través de la misma puerta o ventana que Lester había forzado. Quizá la puerta principal no estaba cerrada con llave; a menos que los dueños se hubieran dado cuenta, no habría habido modo de que Lester pudiera volver a cerrarla con llave después de haberla forzado.

Pronto lo averiguaría.

¿Y si Lester estaba allí aquella noche, porque sabía que María no estaba en su casa?

Por más que a Colin le habría gustado tomarse la justicia por su mano, llamaría a Margolis. Quizá podrían acusar a Lester de allanamiento de morada, además de acoso.

La calle estaba vacía y en silencio. A través de los resquicios en las cortinas de las casas cercanas, Colin podía ver el resplandor de algún televisor encendido, aunque estaba casi seguro de que la mayoría de los vecinos ya dormían.

Llegó a la casa desocupada; le bastó una sola ojeada a la puerta principal para ver que estaba cerrada con candado, cortesía del dueño o de la empresa inmobiliaria. No había ninguna ventana entreabierta en el porche ni marcas de que alguien las hubiera forzado con una palanca.

Pero cuando llegó a la parte trasera de la casa, lo descubrió.

La ventana de una habitación, a metro y medio de altura, estaba cerrada, aunque no del todo. Vio señales de una palanca en el marco, sin duda para quitar la mosquitera. Para Colin era fácil escalar hasta allí, a pesar de la distancia desde el suelo, pero ¿para Lester? Echó un vistazo a su alrededor y se fijó en un viejo tablero de plástico unido a dos bancos, el típico set de pícnic infantil. La hierba debajo de la mesilla estaba aplanada y amarillenta, señal de que no hacía mucho alguien la había movido.

¡Bingo!

Con la ayuda del destornillador, sacó la mosquitera, luego abrió un poco más la ventana antes de empujarla del todo con las manos.

De un salto se metió dentro.

Avanzó por la casa a oscuras. Se dio cuenta de que la distribución del espacio era muy parecida a la de la casa de los padres de María, con ventanas en la cocina y un comedor que ofrecía una vista abierta del porche trasero de los Sánchez. Pero la vista era casi demasiado perfecta, tanto hacia un lado como hacia el otro. Colin sabía que Lester no querría que lo descubrieran.

Lo que dejaba solo una posibilidad.

Atravesó el corto pasillo y entró en la única habitación situada en la parte lateral de la casa. A diferencia de las de la cocina y del comedor, aquella ventana que ofrecía una vista del porche trasero de los Sánchez tenía cortinas. Encendió la linterna y examinó la estancia.

Había muescas cerca de la ventana y huellas en el suelo.

Lester Manning había estado allí.

Y cabía la posibilidad de que regresara.

De camino a su casa, Colin cayó en la cuenta de que se le había olvidado confirmar algo importante.

¿Dónde había aparcado Lester?

Le parecía improbable que lo hubiera hecho al lado de la casa desocupada, o en la calle, delante de la vivienda de algún vecino. Alguien podría haberse fijado en el coche, sobre todo porque mucha gente quería aparcar su coche justo delante de su casa. Sin embargo, seguro que Lester no quería aparcar demasiado lejos.

Dio media vuelta y regresó al vecindario, sin estar muy seguro de lo que esperaba encontrar, hasta que dio con un parque en el que

281

había un campo de hierba, columpios para los niños y unos bancos debajo de varios robles. Al otro lado de la calle había diez o doce coches aparcados; junto al parque había otros siete. Esos vehículos aparcados allí a altas horas de la noche sugerían que pertenecían a la gente que vivía al otro lado de la calle; podían ser de vecinos que tenían varios coches y no el suficiente espacio donde aparcarlos.

Otro coche más ahí aparcado pasaría desapercibido. Era ideal para Lester. Colin estaba seguro de que había vuelto a dar en el blanco. Sacó el móvil del bolsillo e hizo fotos a los vehículos aparcados y a las matrículas. Quería saber qué coches eran de gente del vecindario. Mientras tomaba las fotos, sus pensamientos empezaron a confluir.

Quería saber qué aspecto tenía Lester.

Quería encontrar el coche y la matrícula de Lester.

Quería saber si Lester se hospedaba en algún lugar de la zona. De ser así, ¿dónde?

Después, quería dedicar unos días a observar y aprender todo lo que pudiera de ese tipo.

—¿Con qué fin? —preguntó Evan, mirándolo con suspicacia en la mesa de la cocina.

Lily ya dormía en su habitación.

—Margolis dijo que necesitaba una prueba. Conseguiré esa prueba.

—¿Estás seguro de que no lo haces porque quieres darle una paliza a ese desequilibrado?

—Sí.

—¿Sí, quieres darle una paliza a ese desequilibrado, o sí, no vas a darle una paliza a ese desgraciado, aunque te mueras de ganas de hacerlo?

—No pienso acercarme a él.

—Buena idea. Porque te meterías en un gravísimo problema.

—Sí.

—¿Y cómo piensas dar con él? ¿Piensas instalarte en el parque y vigilar todos los coches que te parezcan sospechosos?

—Es posible.

—¿Porque crees que Lester podría volver a aparcar allí algún día?

—Sí.

—¿Y cómo sabrás qué coche es del vecindario y qué coche no?

—Perseverancia.

Evan se quedó callado un momento.

—Todavía creo que sería mejor que dejes que Margolis haga su trabajo.

Colin asintió.

—Vale.

Al día siguiente, después de dormir apenas unas horas, Colin regresó al barrio de los Sánchez con una libreta. Aparcó a escasas manzanas y se dirigió al parque. Llevaba una estera para hacer ejercicios en el suelo mientras esperaba.

Era temprano, el sol todavía no había salido; todos los coches que había visto la noche anterior seguían allí aparcados.

Había transcurrido más de una hora cuando la primera persona salió de una de las casas, se metió en un coche y se marchó. Colin anotó la marca, el modelo y el color en la libreta. A las siete y media hubo mucha actividad, igual que al cabo de cuarenta y cinco minutos. Otras dos personas cogieron sus coches mientras Colin se preparaba para ir a clase. Solo quedaba un coche rojo —un Hyundai de dos puertas— junto al parque, y otros dos al otro lado de la calle.

Probablemente no significaba nada, pero, de todos modos, anotó la información.

283

De camino a la universidad, pasó por delante de la casa desocupada. La calle estaba vacía y decidió arriesgarse. Paró el coche unas pocas casas más abajo, enfiló hacia la casa y se detuvo junto a la valla.

Echó un vistazo por encima y vio que la mesa de plástico estaba exactamente donde había estado unas horas antes. La ventana también parecía estar tal y como él la había dejado. Si Lester no estaba allí, eso significaba que ninguno de los tres coches aparcados era suyo. Estaba el noventa y nueve por ciento seguro.

En clase, se dio cuenta de que no conseguía seguir con interés las explicaciones de los profesores; tuvo que esmerarse para tomar apuntes. En lugar de estar atento, se preguntaba si debía ir a la última dirección conocida de Lester Manning en Charlotte o continuar vigilando la casa desocupada. O, en el caso de que María decidiera dormir en su casa, si debía vigilar por si Lester merodeaba por la zona.

Todas las opciones le parecían buenas, pero era imposible estar en los tres sitios a la vez.

¿Y si elegía mal?

Continuó dándole vueltas a la cuestión.

Υ

Al salir del campus, regresó al barrio de los Sánchez. El Hyundai rojo seguía aparcado junto al parque; en cambio, ya no estaban los otros dos vehículos al otro lado de la calle.

Aquel coche solo parecía fuera de lugar. De nuevo, cuando se marchó, se detuvo en la casa desocupada y echó un vistazo por encima de la valla. Ningún cambio.

Lester no estaba en la casa desocupada. Eso tenía sentido, ya que ni María ni su familia estaban en casa.

Decidió permanecer tan cerca como fuera posible de María durante los siguientes días.

Si Lester todavía estaba decidido a consumar su venganza, tendría que buscar a María. Y Colin estaría cerca.

La llamó y la invitó a cenar. Por teléfono, María parecía más animada que el día anterior, aunque la notaba tensa. La recogió en su casa después del trabajo y se fueron a un pequeño restaurante cerca de la playa, donde podían disfrutar del relajante sonido de las olas.

De nuevo, ella evitó hablar de Lester o Margolis, y se centró en los planes de Jill para la nueva empresa. El hecho de hablar de la nueva aventura, junto con un par de copas de vino, bastó para distraerla y animarla.

Al regresar a casa de Colin, charlaron con Evan y con Lily. María le estrechó la mano a Colin. A pesar de su relativa calma, había tenido la impresión durante toda la noche de que María no deseaba volver a su casa.

El miércoles por la mañana, Colin echó un vistazo a la casa desocupada. También paseó por el parque y volvió a anotar las idas y venidas de los coches aparcados. Justo cuando empezaba a pensar que Lester había abandonado su punto de observación en la casa o que quizá aparcaba en otro sitio, el miércoles por la noche hubo un cambio: el Hyundai rojo no estaba junto al parque.

Quizá no fuera nada, pero ya era hora de que investigara quién era el dueño a partir de la matrícula. Sus pesquisas fueron una pérdida de tiempo.

Como los otros vehículos, pertenecía a uno de los vecinos.

El jueves por la mañana, Colin y María estaban disfrutando de un desayuno a base de claras de huevo, copos de avena y fruta en casa de Colin. Ella le contó que había quedado con Jill y Leslie para cenar; luego pensaba quedarse a dormir en casa de sus padres.

—Están preocupados por mí —explicó, pero Colin sabía que todavía no estaba preparada para regresar a su casa sola, sobre todo dado que Colin tenía que trabajar—. Creo que también están preocupados por Serena.

—¿Por qué?

—Porque les he dicho que he estado durmiendo en su casa las últimas noches. No me atrevo a decirles que he estado contigo; no estamos casados, y mis padres son de la vieja escuela. Sé que no te gustan las mentiras, pero en estos momentos no podría enfrentarme a la decepción de mi madre, con todo lo que está pasando.

—No he dicho nada.

—Lo sé. Pero puedo leer tus pensamientos, que debería ser honesta con ellos y eso.

Colin sonrió.

—Vale. ¿Alguna noticia de Margolis?

María sacudió la cabeza.

—Todavía no. Y no estoy segura de si eso es bueno o malo.

—Supongo que significa que no tiene información.

—Lo que se podría clasificar como malo —apuntó ella—. Su idea de cómo abordar el problema no me inspiró mucha confianza. Por lo que veo, todavía no ha hecho nada.

285

Colin asintió, dejando entender que él había estado pensando lo mismo. De todos modos, no era lo que María quería oír, así que Colin cambió de tema.

—Mañana será el gran día.

—¿A qué te refieres?

—¿No anunciarás en la empresa que te vas dentro de dos semanas?

—Ah, sí. —Sonrió ella—. Es mañana, pero me parece extraño, porque casi no pienso en ello, menos cuando estoy con Jill. Es tan surrealista. Hace unas semanas, no podía ni imaginar que estaría a punto de entrar en una nueva empresa.

—¿Qué opinan tus padres?

—Mi madre está entusiasmada, pero mi padre está nervioso. Sabe cuánto cuesta empezar un negocio. Además, le gustaba contarle a la gente que trabajaba en Martenson, Hertzberg y Holdman.

—Aún trabajas para ellos.

—Sí. —Esbozó una sonrisa mordaz—. De momento.

—¿Cómo van los ánimos en la oficina?

Se encogió de hombros.

—Es difícil decirlo. No tan mal como la semana pasada, pero todavía se nota el pesimismo. Los casos se amontonan, y oigo comentarios de que más gente está pensando en marcharse. Es un rumor después de otro. Ayer se murmuraba que la firma estaba a punto de arreglarlo todo (con todas las demandantes), pero creo que solo se trataba de una vana ilusión. Si lees las denuncias de la EEOC, Ken está peor de lo que yo creía que estaba.

—¿Le has contado algo a tus padres acerca de él?

—No me atrevería. Si mi padre lo hubiera sabido, se habría vuelto loco. A veces, la sangre latina puede ser tan peligrosa como la tuya.

—Entonces supongo que hiciste bien al no contarle nada.

—Quizá. Pero tú no hiciste nada.

—No eres mi hija.

María se rio.

—Todavía tiene sus reservas en cuanto a ti. Por tu pasado, quiero decir.

—Vale.

—Y también por cómo eres en el presente.

—Vale.

—Incluso me ha soltado esa idea descabellada de que podrías ser tú quien me estuviera acosando.

—¿Por qué pensaría tal cosa?

—Porque cree que vio tu coche por el barrio cuando salió a pasear al perro, ayer por la mañana. Sé que está preocupado por mí, pero a veces se pasa.

«Como yo.»

Capítulo 20

María

María le dio a Colin un beso de despedida en la puerta de su apartamento. Aunque él se ofreció a seguirla hasta la oficina, tal como había hecho durante toda la semana, ella le dijo que no hacía falta y que se aplicara en sus estudios. En el momento de decirlo, estaba segura de sus palabras, pero, mientras conducía hacia el trabajo, no pudo evitar preguntarse si Lester la estaría siguiendo. Por primera vez desde que se había marchado de Charlotte, sintió que se le aceleraba el corazón sin ninguna razón aparente. En cuestión de segundos, notó que le costaba respirar y se le nubló la vista.

Reaccionó instintivamente y detuvo el vehículo en el arcén, sintiendo una repentina sensación de mareo.

Y una fuerte opresión en el pecho.

«Por el amor de Dios.»

No se encontraba bien.

No podía respirar.

Su visión siguió nublándose y notó que perdía el hilo de sus pensamientos.

Estaba sufriendo un ataque al corazón y necesitaba una ambulancia.

Se iba a morir en el arcén de la carretera.

Su teléfono empezó a sonar, pero solo oyó la melodía varios segundos antes de que el aparato volviera a quedar en silencio. Al cabo de un momento, oyó una campanilla: alguien le estaba enviando un mensaje.

La tensión en los músculos del pecho era insoportable.

No le entraba suficiente aire.

El corazón le seguía latiendo aceleradamente y el terror se apoderó de ella. Estaba segura de que iba a morir.

Apoyó la cabeza en el volante, a la espera del final.

Pero el final no llegaba.

A lo largo de los siguientes minutos notó como si se estuviera muriendo poco a poco, hasta que al final sintió que empezaba a recuperarse.

Al cabo, fue capaz de alzar la cabeza del volante. Su respiración se acompasó y empezó a recuperar la visión. El corazón seguía disparado, pero a menor intensidad.

A los pocos minutos, empezó a sentirse mejor. Todavía temblorosa, pero mejor, y aunque le parecía imposible, comprendió que lo que le había pasado no era un ataque al corazón.

María se dio cuenta de que sus ataques de pánico habían vuelto.

Pasó otra media hora antes de que recuperara totalmente la normalidad; por entonces ya se encontraba en la oficina. Barney no estaba, pero había dejado un nuevo caso para ella (una familia había interpuesto una denuncia al hospital regional por una infección llamada Pseudomonas que había provocado la muerte de un paciente) junto con una nota escrita a toda prisa en la que le pedía que empezara a encontrar las necesarias alegaciones legales para apoyar su defensa.

Estaba considerando el punto de partida de su investigación cuando sonó su móvil. Echó un vistazo, miró la pantalla con más atención para confirmar que no se equivocaba. ¿Serena?

Pulsó el botón para contestar.

—¿Qué tal? ¿Qué pasa?

—¿Estás bien?

—¿Por qué?

—Te he llamado antes, pero no contestabas —gorjeó Serena.

—Lo siento —dijo María, pensando de nuevo en el ataque de pánico—. Estaba conduciendo.

La verdad, aunque no era toda la verdad. Se preguntó qué pensaría Colin al respecto.

—¿Qué tal va la investigación?

—Nada todavía.

—¿Has llamado a Margolis?

—Si no me llama hoy, lo haré yo.

—Yo ya le habría llamado.

—Eres una impaciente. Bueno..., ¿qué quieres?

—¿A qué te refieres?

—Nunca me llamas tan temprano. ¿Cómo es que no estás en clase?

—Empiezo dentro de unos minutos, pero se lo tenía que contar a alguien. Anoche recibí un *e-mail*; soy una de las tres finalistas para la beca. Supongo que la cena en casa de mamá y papá debió de resultar una influencia positiva. Aunque el *e-mail* no lo especificaba directamente, creo que ocupo la *pole position*.

—¿La *pole position*?

—Sí, ya sabes, el primer lugar en la parrilla de salida de una carrera de coches.

—Ya sé lo que es. Solo me parece curioso que tú sepas lo que es.

—Steve sigue las carreras del NASCAR, y me pide que las mire con él.

—¿Así que vuestra relación va en serio?

—No lo sé… Hay un chico monísimo en una de mis clases. El problema es que es un poco mayor y que sale con mi hermana, así que quizá sea un problema, ¿no te parece?

—Es un problema.

—Me alegra que dejaras tu ego a un lado y que quedaras con él.

—No tiene nada que ver con mi ego.

—Ego, encuentro en una pelea de bar, la misma cosa.

—Estás como una regadera, ¿lo sabías?

—A veces —admitió Serena—. Pero de momento funciona.

María se rio.

—Es una gran noticia. Me refiero a lo de la beca.

—Aún no quiero hacerme ilusiones. No se lo digas a mamá ni a papá.

—No fui yo quien se lo dijo la última vez.

—Lo sé. ¿Aún creen que duermes en mi casa?

—Sí, y ahora me toca a mí pedirte que no se lo digas.

Serena se rio.

—No diré nada. Pero estoy segura de que mamá sabe que duermes en casa de Colin. Por supuesto, actúa bajo la consigna «no sabe no contesta», lo que significa que no sacará el tema a relucir esta noche.

—¿Esta noche?

—Sí, esta noche.

—¿Qué pasa esta noche?

—Me tomas el pelo, ¿no? ¿El cumpleaños de mamá? ¿Cena familiar? No me digas que lo habías olvidado.

—¡Vaya!

—¿De veras? ¿No lees mis mensajes en Instagram? ¿Ni mis tuits? Ya sé que estás agobiada con ese asunto tan horrible, pero ¿cómo es posible que olvides el cumpleaños de mamá?

Tendría que cancelar la cena con Jill y Leslie, pero lo comprenderían, seguro.

—Nos veremos en la cena.

289

—¿Irás con Colin?

—Está trabajando. ¿Por qué?

—Porque me preguntaba si invitar a Steve.

—¿Y qué tiene que ver el uno con el otro?

—Es la mar de sencillo. Supongo que papá estará ocupado echando miradas de pocos amigos a Colin, y no podrá acribillar a Steve; además, pensarán que es un chico estupendo, comparado con Colin.

María esbozó una mueca de fastidio.

—No tiene gracia.

Serena volvió a reírse.

—Sí que la tiene.

—Vale, cuelgo.

—¡Nos vemos esta noche!

Tras colgar, María se dio cuenta de que sentía una sensación muy extraña mientras se dirigía al despacho de Jill. No pensaba que Leslie se ofendiera —era un error sin malicia— ni tampoco quería que cuestionara la recomendación de Jill. Pero, cuando expresó sus temores a Jill, su amiga se echó a reír.

—¿Bromeas? ¿Por qué se va a molestar Leslie?

—¿Estás segura?

—¡Por supuesto! Es el cumpleaños de tu madre. ¿Qué se supone que has de hacer?

—De entrada, no haberlo olvidado.

—En eso tienes razón —admitió Jill, y María hizo una mueca.

De repente, volvió a sonar la melodía de su móvil. María se quedó sorprendida. Pensó que sería Serena de nuevo. Iba a descartar contestar cuando se dio cuenta de que no reconocía el número.

—¿Quién es? —se interesó Jill.

—No estoy segura —murmuró María.

Tras debatirse unos segundos, decidió contestar, rezando para que no fuera Lester.

—¿Diga?

No era Lester. Gracias a Dios. Escuchó lo que dijo la voz al otro extremo de la línea.

—De acuerdo. Sí, iré —dijo María.

Colgó, pero continuó con el teléfono en la mano, pensativa. Jill se fijó en su expresión.

—¿Malas noticias? —preguntó su amiga.

—No estoy segura —reconoció María.

Se preguntó si no era hora de contarle a Jill lo que le pasaba: la pesadilla de las últimas dos semanas con Lester Manning y los altibajos con Colin. La idea de contárselo todo no la habría incomodado en el pasado, pero ofrecerle información personal a su futura jefa le parecía... arriesgado, aunque seguramente Jill acabaría por enterarse.

—¿Quién era?

—Un poli, el inspector Margolis. Quería verme.

—¿La policía? ¿Qué pasa?

—Es una larga historia.

Jill se la quedó mirando antes de levantarse de la mesa y atravesar la sala. Cerró la puerta y se dio la vuelta.

—¿Qué pasa? —insistió.

Al final, confiar en Jill fue más fácil de lo que había imaginado. Tanto si se convertía en su futura jefa como si no, Jill era ante todo su amiga; en más de una ocasión, sujetó la mano a María, visiblemente afectada. Cuando María le aseguró que su vida personal no influiría en su habilidad para ayudar a levantar la nueva empresa, Jill sacudió la cabeza.

—En este momento tienes cosas más importantes en las que pensar —dijo—. Leslie y yo podemos encargarnos de lo que queda por hacer. Tú precisas arreglar las cosas y tomarte el tiempo que necesites, para que puedas encontrar la forma de cerrar esta historia. De todos modos, tampoco es que esperemos una avalancha de clientes durante el primer par de meses.

—Espero que se resuelva antes. No creo que pueda soportarlo. Esta mañana he tenido un ataque de pánico.

Jill se quedó un momento callada.

—Te ayudaré en todo lo que pueda. Dime qué necesitas.

Al cabo de un rato, después de salir del despacho de Jill, María se dio cuenta de nuevo de que, aunque fuera a cobrar menos, la decisión de irse a trabajar con Jill no solo había sido la mejor opción posible, sino que de entrada le parecía la mejor decisión laboral que había tomado hasta ese momento en su vida.

No le sirvió, sin embargo, para aliviar la sensación de que el resto de la mañana pasara de una forma tan lenta. Ni tampoco la carga de trabajo. Se preguntaba qué querría decirle Margolis. Apenas podía concentrarse en la investigación para la denuncia del hospital. Al ver que su frustración iba en aumento, dejó el caso a un lado y envió un mensaje a Colin.

Él le contestó que sí, que la vería en la comisaría a las doce y cuarto.

291

María miró el reloj.

A continuación, retomó la denuncia, consciente de que tenía que analizarla con más detenimiento.

Quedaban dos horas para ver a Margolis.

Los minutos avanzaban a paso de tortuga.

Cuando aparcó frente a la comisaría, vio a Colin, que la esperaba junto a la puerta. Iba vestido con camiseta, pantalones cortos y gafas de sol. Ella le saludó al salir del coche e intentó ocultar su nerviosismo, aunque sospechaba que Colin se daría cuenta de todos modos.

Él le dio un beso fugaz antes de empujar la puerta e invitarla a entrar. María tuvo una sensación de *déjà vu* al echar un vistazo al interior. Con todo, a diferencia de su primera visita, Margolis no les hizo esperar mucho. Apenas habían tomado asiento cuando lo vio avanzar con paso decidido desde la parte trasera del edificio. De nuevo, llevaba una carpeta bajo el brazo, que utilizó para indicarles que lo siguieran.

—Vamos, hablaremos en la misma sala que la otra vez.

292

María se alisó la falda mientras se ponía de pie y caminaba junto a Colin. Pasaron por delante de varios policías sentados frente a sus mesas; dejaron atrás al grupo de personas reunidas alrededor de la máquina de café.

Margolis abrió la puerta y señaló hacia las mismas sillas que habían usado antes. Ella y Colin tomaron asiento mientras Margolis se situaba al otro lado de la mesa.

—¿Debería estar preocupada? —soltó María, sin poder contenerse.

—No. Para ser breve le diré que no creo que Lester sea un problema.

—¿Qué quiere decir? —insistió ella.

Margolis dio unos golpecitos con el bolígrafo sobre la carpeta antes de señalar a Colin con el dedo pulgar.

—Veo que insiste en seguir saliendo con este chico conflictivo. No entiendo por qué insiste en que esté presente en nuestros encuentros para hablar del caso. No hay ninguna razón para que él esté aquí.

—Quiero que esté aquí —replicó María—. Y sí, salimos juntos, y bien felices que estamos.

—¿Por qué?

—Me excita su cuerpo y en la cama es una máquina —contestó,

consciente de que no era asunto suyo y sin preocuparse por ocultar su sarcasmo.

Margolis sonrió, aunque no había ni una gota de humor en su rostro.

—Antes de empezar, prefiero dejar claras las normas de esta colaboración. De entrada, el hecho de que usted esté aquí se debe a que le dije que investigaría sus alegaciones, y porque le dije que estaríamos en contacto. Por las ruedas reventadas y el posible caso de acoso, nos hallamos ante una investigación criminal; en dicho caso, los resultados son normalmente secreto de sumario.

»Sin embargo, dado que también se da la posibilidad de solicitar una orden de alejamiento, he decidido reunirme con usted y mantenerla informada sobre aquellas cuestiones que considere oportunas. Además, teniendo en cuenta que Lester Manning no ha recibido la orden de alejamiento todavía, tiene (como cualquier otro ciudadano) derechos en materia de respeto a la privacidad.

»En otras palabras, le informaré sobre lo que creo que es importante, pero quiero que sepa que no le contaré todo lo que sé. También quiero añadir que la mayor parte de las investigaciones que he llevado a cabo han sido por vía telefónica. He tenido que solicitar ayuda a un amigo que es inspector en Charlotte. Y, para serle sincero, no sé si podré seguir pidiéndole más ayuda. Ya se ha tomado muchas molestias. Además, al igual que yo, tienes otros casos que atender. ¿Lo entiende?

—Sí.

—Bien. Primero le comentaré el enfoque que he seguido, y luego cierta información que tengo.

Margolis abrió la carpeta y sacó sus notas.

—Mi primer paso fue familiarizarme con toda la información sobre antecedentes, por lo que examiné archivos relevantes de la policía. Eso incluye todo lo que tiene que ver con el primer ataque a Cassie Manning, el arresto y el encarcelamiento de Gerald Laws, documentos judiciales y, por último, la información referente al asesinato de Cassie Manning. Después, revisé su primera denuncia de acoso (la que usted presentó después de recibir las notas en Charlotte) y hablé con el agente que se encargó del caso. Hasta el martes pasado por la noche, no tuve la impresión de disponer de toda la información básica necesaria.

»En cuanto a Lester Manning, le puedo decir lo que probablemente usted podría averiguar con una simple investigación en archivos públicos. —Bajó la vista otra vez hacia sus apuntes—. Tiene veinticinco años y no está casado. Terminó los estudios de bachille-

293

rato. No posee ninguna propiedad ni tampoco tiene ningún coche a su nombre. Su dirección y su número de teléfono en el listín telefónico es el mismo que el de su padre, si bien no estoy seguro de que pase mucho tiempo en esa dirección.

María iba a hacer una pregunta, pero Margolis alzó la mano para detenerla.

—Deje que termine primero, ¿de acuerdo? Comprenderá por qué le doy toda esa información dentro de un par de minutos. La siguiente información creo que es importante para la orden de alejamiento, aunque no le daré todos los detalles porque pueden o no pueden ser relevantes para futuros casos, ¿entendido?

No esperó a obtener respuesta.

—Desde la muerte de Cassie, Lester ha tenido algunos problemas con la ley. Ha sido arrestado cuatro veces, pero no por ningún altercado violento ni peligroso. Se trata de delitos menores: entrar en propiedades privadas, vandalismo, resistencia a la autoridad, cosas por el estilo. Por lo visto, Lester tiene una debilidad: entrar en casas desocupadas. En todos los casos, al final han retirado las denuncias. No he analizado los motivos, pero, en tales casos, lo normal es que retiren la denuncia si no hay graves desperfectos.

294

A su lado, María vio que Colin se movía inquieto en la silla.

—Aparte de eso, no pude averiguar mucho más, así que llamé al doctor Manning, el padre de Lester. Le dejé un mensaje. Me quedé sorprendido al recibir una llamada suya al cabo de unos minutos. Me identifiqué y le dije que quería hablar con su hijo. He de decir que el doctor Manning se mostró abierto a colaborar desde el principio, incluso más comunicativo de lo que había esperado. Entre otras cosas, al final de nuestra segunda conversación, me dio permiso para transmitirle a usted el contenido de la llamada. ¿Sorprendida?

María abrió la boca, pero la cerró de nuevo, sin saber qué decir.

—¿Debería sorprenderme? —preguntó al final.

—A mí sí que me sorprendió —contestó Margolis—, sobre todo por la forma en que usted había descrito al doctor Manning. De todos modos, cuando le pregunté si sabía dónde podía encontrar a Lester, me preguntó el motivo; le dije que era por un asunto de la policía, a lo que él contestó, y cito textualmente: «¿Está relacionado con María Sánchez?».

Margolis dejó las palabras flotando en el aire antes de proseguir.

—Cuando le pregunté que por qué mencionaba ese nombre, dijo que no era la primera vez que usted acusaba a su hijo de acoso. Dijo que después de que su hija fuera asesinada, usted hizo la misma acusación a partir de unas notas escalofriantes que alguien le había enviado. El doctor Manning insistió en que su hijo no era el responsable de dichas notas, así como que duda de que Lester sea responsable de cualquier cosa de la que usted le acuse ahora. También me pidió que le dijera que, aunque considera que usted se equivocó al optar por pedir cargos menores, es plenamente consciente de que Gerald Laws fue el responsable de la muerte de Cassie. Quiere que sepa que ni él ni su hijo la acusan de lo que pasó.

—Miente.

Margolis ignoró su comentario.

—Me dijo que no está ejerciendo en su consulta privada y que, de momento, está trabajando en Tennessee, en la prisión del estado. Dijo que hace varias semanas que no ha hablado con Lester, pero que este tiene llave de su casa y que, de vez en cuando, se queda en el apartamento situado sobre el garaje. Dijo que probablemente podamos encontrarlo allí. Cuando le pregunté qué quería decir con «de vez en cuando», el doctor Manning se quedó callado un momento; cuando volvió a hablar, tuve la impresión de que había metido el dedo en la llaga. Me dijo que «Lester es un poco nómada» y que a veces no sabe dónde duerme su hijo. Creo que se refería al hábito de Lester de estar en casas desocupadas. Cuando insistí, añadió que él y su hijo tienen poco contacto. Por primera vez, me pareció como... si se disculpara. Me recordó que Lester era un hombre adulto y que tomaba sus propias decisiones, que él poco podía hacer como padre. También añadió que si Lester no estaba en el apartamento, pues que intentara encontrarlo en el trabajo, un lugar llamado Ajax Cleaners. Es una empresa que se dedica a los servicios de limpieza y que tienen como clientela a muchas compañías. Él no tenía el número de teléfono a mano, pero no me costó nada encontrarlo, así que mi siguiente paso fue hablar con el dueño, un tipo llamado Joe Henderson.

Margolis alzó la vista de las notas.

—¿Me sigue, de momento?

María asintió. Margolis continuó.

—Cuando hablé con el señor Henderson, me dijo que Lester no trabaja ni a media ni a jornada completa, que solo le llaman cuando necesitan personal de apoyo, para que cubra un turno si alguien se pone enfermo, por ejemplo.

—¿Cómo se ponen en contacto con él si no tiene teléfono?

—Le hice la misma pregunta. Por lo visto, anuncian los turnos que hay que cubrir en la sección de los empleados de su página web. Henderson dijo que es una forma más fácil de conseguir un listado actualizado de gente disponible y de hacer que estén siempre pen-

295

dientes, en lugar de tener que perseguir a alguien para cubrir los turnos. Me dio la impresión de que no hay mucha gente que mire la lista con frecuencia. De todos modos, a veces Lester había trabajado dos o tres noches por semana; sin embargo, en las últimas dos semanas, no ha trabajado ningún día. Y el señor Henderson tampoco ha tenido noticias de él. Me pareció curioso, así que llamé a la casa un par de veces, pero nadie contestó. Al final le pedí a mi amigo que se pasara por allí: me llamó para decirme que nadie ha estado en la casa ni en el apartamento durante la última semana, como mínimo: había folletos en el buzón y periódicos en el porche. Así que llamé al doctor Manning por segunda vez. Y, en esta ocasión, la cosa se puso interesante.

—¿Porque no pudo dar con él?

—Al contrario —contestó Margolis—. De nuevo, dejé un mensaje. Y, de nuevo, recibí su llamada al cabo de unos minutos. Cuando le dije que su hijo no había ido a trabajar y que tampoco parecía que hubiera estado los últimos días en la casa o en el apartamento, su sorpresa se convirtió en preocupación. Volvió a preguntar por el caso de la policía (todavía no le había explicado nada) y mencioné que estaba inspeccionando un caso de ruedas reventadas. Insistió en que Lester no haría tal cosa. Dijo que su hijo no es violento, al revés, le aterroriza cualquier tipo de conflicto. También admitió que no había sido completamente franco sobre Lester en la primera conversación telefónica. Cuando le pregunté a qué se refería, me dijo que Lester...

—Margolis buscó una página en la carpeta—, sufre un trastorno delirante, más específicamente, «delirios persecutorios encapsulados». Su hijo funciona sin dificultades en la mayoría de los aspectos de su vida durante largos periodos, pero hay veces en que el trastorno entra en una fase más aguda; a veces puede durar más de un mes. En el caso de Lester, tiene sus orígenes en el uso esporádico de drogas ilegales.

Margolis alzó la cabeza.

—El médico me explicó más detalles del trastorno que sufre Lester (de hecho, me explicó más cosas de las que necesitaba saber), pero, básicamente, se puede resumir en que: cuando Lester sufre una fase aguda (cuando el trastorno pasa de la simple paranoia a los delirios), deja de actuar con normalidad, empieza a delirar y a comportarse de forma enajenada. En esos momentos, cree que le persigue la policía y que lo encerrarán en prisión por cualquier motivo el resto de su vida. Está convencido de que quieren hacerle daño y convencido de que harán que otros presos se pongan en contra suya. También tiene los mismos delirios con usted.

—¡Eso es ridículo! ¡Es el quien me acosa!

—Solo le cuento lo que me dijo el doctor. También explicó que a Lester lo han arrestado varias veces. Siempre ha sido durante una fase aguda; por ese motivo se resistió al arresto. La policía usa normalmente una Taser para controlarlo; el doctor Manning añadió que en dos ocasiones Lester fue golpeado por otros presos mientras estaba encerrado. Por cierto, esta última información está vinculada con lo que he dicho antes sobre mis sospechas de por qué retiraron los cargos. Supongo que Lester no era coherente y que no costó tanto que los demandantes se dieran cuenta de ello.

Margolis resopló.

—Pero volviendo al doctor Manning, tal como he dicho, parecía preocupado y dijo que si Lester no estaba en casa o trabajando, era muy probable que atravesara una fase aguda. Eso significaba que podría estar en uno de los siguientes dos lugares: o bien escondido en una casa desocupada, o bien en Plainview, donde hay un centro psiquiátrico. Lester ha ingresado allí bastantes veces de forma voluntaria, con más frecuencia desde la muerte de su madre. En su testamento, ella dejó una gran suma de dinero para cubrir el coste de su tratamiento en dicha institución (que, por cierto, es caro). No conseguí ninguna respuesta por teléfono, así que volví a llamar a mi amigo y le pedí si podía pasarse por Plainview en persona. Lo ha hecho esta mañana, una hora antes de que yo la haya llamado. Y no cabe duda de que Lester Manning está ingresado allí, de forma voluntaria; eso es todo lo que el inspector ha podido decirme. Tan pronto como Lester se ha enterado de que un policía quería hablar con él sobre María Sánchez, le ha entrado un ataque de ansiedad. Mi amigo podía oír los gritos desde el vestíbulo; acto seguido, ha visto que un par de celadores corrían por el pasillo, hacia la dirección de los gritos. Curioso, ¿no le parece?

María no sabía qué decir. En el silencio, oyó la voz de Colin.

—¿Cuándo ingresó en el hospital?

Ella vio que los ojos de Margolis se desviaban hacia Colin.

—No lo sé. Mi amigo no pudo averiguarlo. Los informes médicos son confidenciales: esa clase de información no puede darse sin el consentimiento del paciente, lo que está claro que en ese momento no podía ser. Pero mi amigo sabe lo que hace, por lo que se lo ha preguntado a otro paciente: ese tipo ha dicho que creía que Lester llevaba allí unos cinco o seis días. Por supuesto, teniendo en cuenta la fuente de información, hay que cogerla con pinzas.

»En resumen, es posible que Lester reventara las ruedas y dejara las notas. O quizá estuviera en el centro psiquiátrico. Y si estaba allí, entonces, obviamente, no fue Lester.

—Tiene que ser él —insistió María—. No sé quién más podría ser.

—¿Y Mark Atkinson?

—¿Quién?

—El novio de Cassie. Porque también he investigado a Atkinson. ¿Está o no está desaparecido?

—¿Qué quiere decir?

—Todavía estoy en la primera fase de la investigación, pero esto es lo que puedo decirle: la madre de Mark Atkinson rellenó un informe sobre personas desaparecidas hace un mes. Después de hablar con el agente y justo antes de que la haya llamado para quedar aquí, he hablado con ella para tener más información. Todavía no estoy seguro de mis conclusiones.

»Me dijo que en agosto él le envió un mensaje por correo electrónico diciendo que había conocido a alguien por Internet y que dejaba su trabajo para ir a Toronto a conocer a dicha persona. Su madre no sabía qué pensar, pero, en el mensaje, él le decía que no se preocupara.

»Comentó que había dejado pagado el alquiler y que el resto de las facturas las pagaría por internet. La madre me ha dicho que recibió un par de cartas por correo ordinario en las que él le decía que se iba de viaje con la mujer, una con el matasellos de Michigan y la otra desde Kentucky, pero, según ella, eran cartas, y cito textualmente, "imprecisas, extrañas e impersonales; no las cartas que escribiría mi hijo". Aparte de eso, no ha tenido contacto con él. Y la mujer insiste en que ha desaparecido. Dice que la habría llamado o le habría enviado un mensaje. El hecho de que no haya contactado con ella significa que le ha pasado algo.

Aquella nueva información había dejado aturdida a María. Suerte que estaba sentada para aferrarse a la silla. Incluso Colin parecía no saber qué decir.

Margolis revisó sus apuntes.

—Este es el punto donde me encuentro de la investigación. Si se pregunta cuál será mi siguiente paso, le diré que pienso llamar al doctor otra vez y pedirle que confirme qué día ingresó Lester. O, mejor aún, que le pida a su hijo que dé su consentimiento para que los médicos de Plainview me lo digan. En función de lo que obtenga, seguiré investigando acerca de Mark Atkinson. Aunque, francamente, supone mucho trabajo. Y, de nuevo, no sé cuánto tiempo puedo dedicar a este caso.

—No es Atkinson —repitió María—. Es Lester.

—De ser así, entonces, de momento, no me preocuparía.

—¿Por qué lo dice?

—Se lo acabo de decir: Lester está en el hospital.

—No tiene sentido —le dijo María a Colin.

Estaban en el aparcamiento; el sol intentaba hacerse visible a través de la cadena de nubes.

—Nunca he visto a Mark Atkinson. Nunca he hablado con él. No le conozco. ¿Por qué me acosaría? Ni siquiera salía con Cassie cuando Laws fue a la cárcel. Su nombre no apareció en el caso hasta más tarde. No tiene sentido.

—Lo sé.

—¿Y por qué iba Lester a creer que yo voy a por él?

—Es un delirio.

María desvió la vista. Cuando volvió a hablar, su voz era más baja.

—Odio todo esto. Quiero decir, tengo la impresión de saber menos ahora que antes de venir a la comisaría. No tengo ni idea de qué he de hacer, ni siquiera qué se supone que he de pensar al respecto.

—Yo tampoco sé qué pensar.

Ella sacudió la cabeza.

—Huy, olvidaba una cosa. He tenido que cancelar la cena con Jill y Leslie esta noche porque es el cumpleaños de mi madre. Estaré en casa de mis padres mientras tú estés trabajando.

—¿Quieres que me pase, cuando acabe?

—No, la cena ya se habrá acabado. Mi padre prepara la cena (es la única vez al año que cocina), pero no es una gran celebración. Solo estaremos los cuatro.

—¿Te quedarás a dormir allí? ¿O regresarás a tu casa?

—Creo que me iré a casa. Ya va siendo hora, ¿no te parece?

Colin se quedó un momento callado.

—¿Y si quedamos allí? Quédate en casa de tus padres y yo te llamaré cuando salga del trabajo.

—¿Te importa?

—En absoluto.

María suspiró.

—Siento mucho que esté pasando esto justo al principio de nuestra relación. Siento mucho que tengas que pasar por esta situación tan desagradable.

Colin la besó.

—No podría haber sido de otro modo.

299

Capítulo 21

Colin

Al llegar a casa, Colin sacó el ordenador de la cartera y lo colocó sobre la mesa de la cocina. Estaba confuso por el estado de la investigación; su instinto le decía que tenía que averiguar tanta información como fuera posible.

El primer paso era comprender la forma de pensar de Lester Manning; en otras palabras, esos «delirios persecutorios encapsulados». Le habría gustado preguntarle más sobre ese trastorno a Margolis, pero no era el sitio adecuado. Y María tampoco lo había hecho. Por suerte, había docenas de páginas web sobre el tema. Se pasó la siguiente hora y media leyendo tanta información como pudo.

Tenía la impresión de que el trastorno era similar a la esquizofrenia. No obstante, si bien ciertos síntomas como las alucinaciones y los delirios eran comunes a los dos tipos de pacientes, a un paciente le diagnosticaban esquizofrenia y a otro, en cambio, un trastorno delirante. La esquizofrenia a menudo también incluía habla desorganizada o delirios extraños.

Extraño significaba imposible: el paciente creía que podía volar, oía voces que controlaban sus acciones, o leía la mente a otras personas. Los delirios encapsulados (los que sufría Lester) eran por lo menos plausibles, aunque falsos.

En el caso de Lester, si en realidad sufría un trastorno delirante, tenía sentido que pensara que la policía lo perseguía. Según Avery Manning, la policía había usado Taser y lo había metido en la cárcel; una vez allí, otros presos lo habían golpeado. Y al final habían retirado los cargos, por lo que probablemente Lester creía que nunca debería haber ido a la cárcel.

Colin admitió que su paranoia respecto a María también tenía sentido, si el hecho de ser plausible era el único criterio. María no solo no había logrado proteger a Cassie, sino que si Lester no había escrito las notas (tal como aseguraba el doctor Manning), entonces

María había enviado a la policía a hablar con él sin ningún motivo. No solo una, sino dos veces...

Margolis también tenía razón en cuanto a que una persona con un trastorno podía, por norma general, funcionar de un modo normal, según la gravedad del desorden. El espectro de delirios podía ir desde algo tan simple como ideas de grandeza hasta la psicosis; en otro par de artículos se afirmaba —tal como Manning le había dicho a Margolis— que los delirios no eran fijos e inamovibles. Podían fluctuar en intensidad y podían agravarse por el uso de determinadas drogas.

Sin embargo, por más que le viera el sentido a todo lo que estaba leyendo, y aunque comprendía que Lester creía de verdad sus delirios... había aspectos del trastorno que no encajaban con los actos de ese chico. Si Lester estaba aterrorizado con María, ¿por qué iba a enviarle rosas? ¿O por qué la había invitado a un cóctel? Y si eso significaba que eran alguna especie de sacrificios pacíficos, ¿por qué habría incluido los mensajes? ¿Por qué provocarla si quería que lo dejaran en paz? ¿Y por qué ir hasta Wilmington para hacerlo? ¿No habría deseado mantener tanta distancia de por medio como fuera posible?

Al principio, Colin se había preguntado por qué Margolis se había molestado en investigar a Mark Atkinson, pero el policía era un tipo lo bastante listo como para reconocer las mismas inconsistencias y preguntarse cómo resolverlas. Por ello, había llamado a la madre de Atkinson. A partir de allí, la historia se había enredado más.

«¿Está o no está desaparecido?»

Por más imprecisa que fuera la pregunta, Margolis era exacto en su descripción.

Tras una búsqueda rápida, obtuvo una foto de un póster de personas desaparecidas en Pinterest, sin duda creado por la madre de Atkinson. Salvo por el póster, no encontró nada más. Suponía que podría hacer la misma clase de búsqueda que había hecho con Lester Manning, pero ¿qué sentido tendría? Según Margolis, cualquier información que podía ser útil era imprecisa desde la fecha en que Mark Atkinson se había ido a Toronto. O había desaparecido.

O si no había desaparecido, ¿se escondía, quizá?

Colin tenía la impresión de que Margolis no descartaba aquella posibilidad. El tiempo coincidía demasiado como para no serlo. Pero el razonamiento de María también era válido. ¿Por qué la perseguiría? Según ella, jamás había visto a ese tipo.

Apagó el ordenador y continuó formulándose preguntas. Necesitaba despejar la mente. Solo sabía una forma de conseguirlo.

301

Corrió diez kilómetros hasta el gimnasio y se pasó una hora levantando pesas. Acabó con media hora de práctica con el saco de boxeo. Dado que no había programada ninguna clase, el gimnasio estaba casi vacío. Daly lo vio y le sostuvo el saco unos minutos, pero, salvo por ese rato, Daly se pasó casi todo el rato en el despacho.

Volvió corriendo a casa, se duchó, se puso la ropa para ir a trabajar y se marchó. Mientras conducía volvió a plantearse las preguntas que ya se había formulado antes. Quizá fuera que sus instintos estaban en máxima alerta, pero, por alguna razón, no podía librarse de un presentimiento: algo malo iba a pasar.

Capítulo 22

María

Después de la reunión con Margolis, María regresó a la oficina, con la cabeza embotada de tanta información. Se detuvo para ver a Jill y ponerla al corriente de las novedades, pero esta no había regresado de almorzar, lo que le recordó a María que no había comido. De todos modos, tenía el estómago cerrado.

El estrés. Si continuaba así, tendría que renovar el guardarropa con una talla más pequeña o entrar las costuras de sus vestidos. Todo empezaba a quedarle grande.

Barney estaba por fin de vuelta en la oficina, aunque pasó las siguientes tres horas en su despacho, hablando con cada asistente legal a puerta cerrada. María pensó que debía de estarlas entrevistando para cubrir el puesto de Lynn. Aunque tenía algunas preguntas sobre el caso del hospital, sabía que no era conveniente molestar a Barney, así que empezó a organizar sus preguntas, anotando comentarios en el margen de la denuncia, hasta que oyó unos golpecitos en la puerta. Al alzar la vista vio a Barney de pie en el umbral.

—Hola, María. ¿Te importaría venir a mi despacho? —propuso.

—¡Ah, hola, Barney! —lo saludó ella, mientras volvía a guardar las páginas en la carpeta, con una repentina sensación de alivio—. ¡Perfecto! Quería hablarte de la denuncia. He estado pensando en los diferentes enfoques que podemos dar al caso, pero quería asegurarme de tu estrategia antes de empezar a ahondar en el tema.

—Deja eso de momento —respondió él—. Ya revisaremos el caso más tarde. Ahora quiero que hablemos de otra cuestión en mi despacho.

A pesar de las formas educadas de Barney, había algo en su tono que la puso en alerta mientras se levantaba de la silla. María tuvo el repentino presentimiento de que, fuera cual fuese el tema a tratar, no iba a ser nada bueno.

Barney la siguió medio paso por detrás, evitando incluso hablar de temas triviales, y hasta que llegó a la puerta de su despacho, no se puso a su lado. Siempre tan caballeroso, incluso cuando las aguas estaban revueltas. Abrió la puerta y señaló hacia el sillón alejado de la ventana que estaba frente a su mesa. Hasta que María se acercó más no vio quién ocupaba el otro sillón. Se detuvo en seco.

Ken.

Barney ya estaba rodeando la mesa, enfilando hacia su sillón. Ella continuó de pie, sin moverse, incluso cuando Barney empezó a servir tres vasos de agua de una jarra.

—Por favor —le dijo, invitándola a sentarse—. No tienes que preocuparte por nada. Solo estamos aquí para mantener una conversación amistosa.

«Debería decirle: no, gracias, y salir por la puerta», pensó María. ¿Qué le harían? ¿La despedirían? Sin embargo, los viejos hábitos empezaron a emerger —los de respetar a los mayores y obedecer al jefe— y tomó asiento casi maquinalmente.

—¿Te apetece un poco de agua? —le ofreció Barney.

Por el rabillo del ojo, María podía ver cómo la estudiaba.

—No, gracias —contestó.

Se dijo que todavía podía marcharse, pero…

—Te agradezco que estés aquí, María —dijo Barney, arrastrando las palabras un poco más que de costumbre, con una cadencia más sosegada. Era el mismo tono que utilizaba en los juicios—. Y estoy seguro de que te preguntarás por qué te he pedido que vengas…

—Pensé que habías dicho que querías que «habláramos» de una cuestión —lo interrumpió—. Tú y yo.

Barney la miró estupefacto, sorprendido por la súbita interrupción de María. Pero la sorpresa le duró solo unos instantes. Sonrió.

—¿Cómo dices?

—Has dicho «habláramos», es decir, tú y yo. No has mencionado que habría otra persona.

—Tienes razón —asintió Barney, recuperando el tono suave—. Perdón si me he expresado mal.

Le ofreció la posibilidad de contestar —sin duda esperando a que ella aceptara las excusas—, pero Colin probablemente no habría dicho nada, así que María tampoco lo hizo. «Estoy aprendiendo», pensó.

Barney abrió las manos.

—Entonces, supongo que podemos empezar; no quiero malgastar tu tiempo con preámbulos innecesarios. Lo último que querría es que esta reunión prolongara tu jornada laboral.

—Vale. —María sonrió para sí.

De nuevo, no era la reacción esperada. Barney carraspeó antes de proseguir.

—Estoy seguro de que habrás oído rumores en la oficina sobre graves alegaciones por parte de varias empleadas contra Ken Martenson, unas alegaciones que, por cierto, no se fundamentan en ninguna base sólida.

Barney esperó, pero ella no dijo nada.

—¿Me equivoco? —insistió él al final.

María miró a Ken, luego a Barney de nuevo.

—No estoy segura.

—¿No estás segura de si has oído rumores?

—¡Oh, he oído los rumores! —admitió ella.

—Entonces, ¿de qué no estás segura?

—No estoy segura de si las alegaciones se fundamentan en una base sólida o no.

—Te aseguro, María, que no.

Ella esperó un par de segundos.

—Vale.

Pensó que Colin estaría orgulloso de ella en esos momentos. De repente empezaba a entender cómo el uso de la palabra «vale» alteraba la dinámica de control entre los interlocutores. O, como mínimo, establecía el tono que ella quería, aunque a Barney no le gustara. Era obvio que no, pero él era lo bastante profesional como para mantener la compostura y escudarse en una cadencia más lenta —si cabía—, como si estuviera en una sala de juicios.

—Dado que el señor Martenson es nuestro director asociado, la empresa está dispuesta a rebatir tales alegaciones sin vacilar, en las formas que consideremos más oportunas. Lo cual incluye ir a juicio, si es necesario. Por supuesto, como bien sabes, cuando lo que está en juego es la reputación, los casos como estos suelen resolverse de forma amistosa para evitar procedimientos legales largos, caros y molestos. En el caso que nos ocupa, cualquier acuerdo amistoso no reflejaría la falsedad de las denuncias, pero podría ahorrar tiempo, dinero y cualquier inconveniencia que se derivara de rebatir los cargos. Por supuesto, cualquier acuerdo amistoso (en caso de que se llegue a un acuerdo) sería confidencial.

María asintió al tiempo que pensaba: «¿Por qué no vas al grano de una vez? ¿Por qué me has pedido que venga a tu despacho?».

—Estoy seguro de que no hay necesidad de revisar contigo la reputación estelar del señor Martenson. Los que le conocen bien (gente como tú y como yo) saben que siempre ha obrado en beneficio de la empresa, anteponiendo ese interés a cualquier cosa. Ha hecho grandes sacrificios, y es imposible que sea capaz de hacer nada que pueda poner en riesgo la empresa o su propia reputación. Quiero añadir que las alegaciones son absurdas. En su larga trayectoria como abogado, durante casi tres décadas, nunca ha sufrido ninguna denuncia por acoso sexual ni mucho menos ha acabado en los juzgados por algún tema parecido. Tres décadas de arduo trabajo, ahora cuestionado solo porque hay gente en el mundo demasiado avariciosa.

«Ninguna denuncia ha acabado en los juzgados porque siempre habéis llegado a un acuerdo», pensó María.

—Por desgracia, cuando hay una gran suma de dinero en juego, siempre aparecen tiburones dispuestos a sacar tajada. En algunos casos, esas personas mienten descaradamente; en otros, distorsionan la realidad con una historia que encaje en sus planes. Otras veces, malinterpretan una conducta que el resto del mundo consideraría inofensiva. Creo que en el caso que nos ocupa contiene un poco de los tres ingredientes, lo que ha generado (hablando en términos coloquiales) un festín para los tiburones. Alguna gente (estos avariciosos tiburones) ha olido la sangre y alega que es un derecho adquirido por nacimiento. Pero nuestra justa Constitución no dice que uno pueda apoderarse de los bienes de otro solo porque crea que hace tiempo que debería gozar de tales bienes. ¡Ah, la avaricia, qué mala es! ¡Cuántas veces he visto a gente hundida por ese afán, incluso entre mis amigos. Mis vecinos (unas bellísimas personas, que iban a misa todos los domingos) se vieron sumidos en la miseria por culpa de gentuza avariciosa. Pero en estos años convulsos que nos ha tocado vivir, cada vez siento menos rabia por esa clase de personas; lo que siento es más bien pena. Sus vidas son vacías, y creen que pueden llenar ese vacío con las monedas de los bolsillos de otras personas.

»Lamentablemente, la reputación del señor Martenson ha quedado en entredicho, al igual que el buen nombre de nuestra empresa. Por ello siento la responsabilidad, incluso el deber, de garantizar que tanto el señor Martenson como la empresa reciban la mejor defensa posible.

María pensó que Barney era bueno, aunque estuviera distorsionando la realidad. Podía comprender por qué encandilaba a los jurados.

—Por supuesto, estoy seguro de que tú también defiendes la integridad y que quieres mantener la buena reputación de la empresa. Con todo, he de confesarte que estoy asustado, María; me asusta la reacción de otros empleados, de tus compañeros, tus amigos. Las familias jóvenes con hipotecas y con facturas de la luz, con bebés e hijos adolescentes. Por ellos siento la obligación de usar todas las habilidades que Dios me ha otorgado, con la esperanza de que el bien y la justicia prevalgan por encima del mal y la avaricia. Pero, claro, no soy más que un pobre viejo, desconectado de cómo funciona el mundo hoy día, así que ¿qué sé yo?

Cuando Barney calló después de desempeñar el papel de «hombre atormentado», a María le entraron ganas de aplaudir. En vez de eso, continuó con cara de póquer. Al cabo de un momento, Barney suspiró y continuó.

—Te conozco, María. Y sé que compartes mis preocupaciones. Eres una persona demasiado buena como para que no te asuste lo que pueda pasarles a tus amigos y compañeros de trabajo. Y sé que estarás dispuesta a ayudarnos porque no deseas una clara perversión de la justicia, igual que yo. Nuestra empresa (todos los que la formamos) necesita estar unida contra esos... tiburones hambrientos que se autoengañan al creer que tienen derecho a apoderarse del dinero que tú has ganado con tanto esfuerzo, aunque ellos no hayan hecho nada por ganarlo.

Barney sacudió la cabeza.

—Solo queremos que se sepa la verdad, María. Eso es todo. Así de simple, la verdad y solo la verdad. Y por eso estás aquí, porque necesito tu ayuda.

«Ya me lo esperaba», se dijo María.

—Solo te pedimos lo mismo que hemos pedido al resto de nuestros empleados. Queremos que firmes una declaración jurada en la que expongas la verdad: que respetas mucho al señor Martenson, y que en el tiempo que has estado trabajando en la empresa nunca has presenciado ni has oído hablar de ninguna situación desagradable que vincule al señor Martenson con cualquier posible escenario que pueda considerarse sexualmente ofensivo hacia ninguna empleada. En tu caso, y para nuestras empleadas, también te pedimos que confirmes que nunca has sufrido acoso sexual por parte del señor Martenson.

Por un instante, María se quedó mirando a Barney sin pestañear. Ken se había hundido más en su sillón; antes de que ella pudiera responder, Barney prosiguió.

—Por supuesto, no estás obligada a firmar nada. La elección es tuya y solo tuya. No hay motivos para tener en cuenta los sustentos económicos de otros empleados en esta empresa. Lo único que quiero es que actúes de la forma correcta.

Barney terminó. Bajó los ojos y su cuerpo adoptó una postura más humilde. Barney: el defensor de la justicia en un mundo que ya no comprendía, soportando un peso sobre los hombros que en realidad debería cargar otro. No era de extrañar que tuviera tanto éxito.

Pero a María no se le ocurría nada que decir. Por más persuasivo que fuera Barney... mentía, y él lo sabía. María también sabía que Barney sabía que ella sabía que mentía, lo que significaba que todo aquello era una farsa. Sin duda quería que Ken estuviera presente como una forma de castigo: «¿Te das cuentas hasta qué punto tengo que rebajarme para defenderte?». Por su parte, Ken no había abierto la boca.

Y, sin embargo...

¿Era justo que el resto de sus compañeros —todos inocentes— fueran penalizados? ¿Por un único botarate? ¿Y cuánto dinero pedían las mujeres que lo habían denunciado? Ken la había acosado, y ella había sobrevivido. Dentro de un par de semanas, se olvidaría del tema para siempre. Con los años, igual se convertiría en un tema recurrente de muchas bromas. Ken era un imbécil, pero no era un exhibicionista ni tampoco había intentado aprovecharse de ella cuando habían ido juntos a la conferencia. Era demasiado inseguro —demasiado patético— para ir tan lejos. Por lo menos, con ella. Pero ¿y con las otras chicas a las que había acosado?

No estaba segura. Sintió la necesidad de respirar aire fresco. Suspiró y dijo:

—Lo pensaré.

—Por supuesto —aceptó Barney—. Aprecio tu consideración. Y recuerda: todo el mundo en la empresa, tus compañeros y amigos, solo quieren que hagas lo correcto.

En su despacho, María procuró concentrarse en la denuncia que habían presentado contra el hospital, pero no podía quitarse de la cabeza la conversación que acababa de mantener con Barney; pensaba en las respuestas más acertadas que podría haber dado. Se preguntó qué habría hecho Colin...

—¡Aquí estás!

Sumida en sus pensamientos, María alzó la vista y vio a Jill en el umbral.

—Ah, hola...

—¿Dónde estabas? —quiso saber Jill—. He pasado hace un rato pero no había nadie.

—Barney quería hablar conmigo —contestó.

—De cifras, supongo —dijo Jill al tiempo que cerraba la puerta a su espalda—. ¿Qué tal con el inspector?

María le expuso todo lo que Margolis le había contado. Al igual que María, Jill no sabía qué pensar. Formuló las mismas preguntas que María se había planteado y se quedó con la misma sensación de confusión.

—No sé si son buenas o malas noticias —concluyó Jill al final—. Está todo más enmarañado que esta mañana.

«No es el único problema que tengo», pensó María.

—¿En qué estás pensando?

—¿Qué quieres decir?

—Has cambiado la expresión.

—Ah, pensaba en la reunión con Barney.

—¿Y?

—Ken estaba allí.

Jill asintió.

—¿Por lo de la denuncia?

—Sí.

—A ver si lo averiguo. Barney ha soltado un monólogo…, echando mano de su encanto sureño, y ha empezado a hablar de «hacer lo correcto».

—Le conoces bien.

—Por desgracia, sí. Bueno, ¿te has enterado de algo?

—Quieren presentar un frente unido.

—¡Vaya! ¿Y qué significa eso exactamente?

—Quieren que todas las empleadas firmemos una declaración jurada que diga básicamente que nunca hemos visto a Ken obrar de forma indebida, que es todo un profesional y que nunca nos ha acosado.

—¿Te ha pedido Barney que firmes? ¿O ha insistido en que lo hagas?

—Me lo ha pedido. De hecho, ha dejado muy claro que quiere que sea yo quien decida si firmo o no.

—Eso está bien.

—Sí, supongo.

—¿Por qué dices «supongo»?

María no contestó y Jill la escrutó con interés.

—No me digas que hay más. ¿Hay algo que no me hayas contado esta mañana?

—Bueno…

—A ver si lo adivino. Has sufrido acoso por parte de Ken.

María alzó la vista.

—¿Cómo lo sabes?

—¿Recuerdas uno de nuestros almuerzos, justo cuando empezaste a salir con Colin, en el que yo no paraba de preguntarte si todo iba bien en la oficina? Sabía que habías ido a la conferencia con Ken,

309

y llevo suficiente tiempo en esta empresa como para saber cómo las gasta ese tipo. Por más que me juraste que todo iba bien, yo tenía mis sospechas.

—¿Por qué no dijiste nada?

Jill se encogió de hombros como diciendo: «¿De verdad necesitas que conteste a tu pregunta?».

—Esta empresa apesta. Por eso Leslie y yo queremos fundar algo completamente distinto. No quería meterte la idea en la cabeza si no había sucedido, pero recuerdo que pensé que mis sospechas eran ciertas. Lo que es terrible, claro. Pero me sentí contenta, más o menos, y sé que no debe gustarte en absoluto mi confesión.

—¿Por qué te sentiste contenta?

—Si te hubiera gustado trabajar aquí, no habrías decidido unirte a nosotras. Por supuesto, por entonces no tenía ni idea de las denuncias que iban a presentar varias empleadas.

—¡Me alegra ver que te preocupa mi bienestar!

—No te lo tomes tan a pecho. Eres una mujer fuerte, María. Y, con franqueza, creo que eres mucho más inteligente que Ken. Sabía que encontrarías la forma de mantenerlo a raya.

—Le dije que mi novio, un luchador de artes marciales, era muy celoso.

Jill rio.

—¿Lo ves? Eres mucho más inteligente que Ken. De acuerdo, pero siento curiosidad por la reunión con Barney y Ken, nuestro ilustre líder. Así que Barney te ha pedido que firmes y tú le has dicho que lo pensarás.

María se quedó boquiabierta.

—¿Cómo sabes lo que le he dicho?

—Porque conozco a Barney. Es un lince a la hora de enmascarar la obviedad, mostrándose de parte del bien, para luego añadir unas gotitas de culpabilidad, por si el interlocutor todavía alberga dudas. Es importante que dejes de lado su actuación teatral y que pienses en lo que de verdad sucedió. Y, por cierto, ¿cuándo sucedió?

María le ofreció un resumen de la conferencia (Jill ni siquiera enarcó una ceja), pero, cuando le contó los siguientes encuentros, Jill se quedó boquiabierta.

—Un momento, una cosa es la excusa de «mi esposa no me comprende», pero ¿me estás diciendo que te tocó el pecho?

—Bueno, la clavícula…, y quizás un poco más abajo. Él no…

—Pero sus intenciones eran obvias, ¿no? ¿Y te propuso quedar para almorzar y seguir hablando de «trabajar en equipo»?

—Sí, pero lo frené antes de que se excediera.

—Ven conmigo —le ordenó Jill, sujetando el pomo de la puerta.

—¿Adónde vamos?

—A ver a Barney y a Ken.

—Será mejor que lo olvides... De todas formas, me marcho de la empresa. Y Ken no llegó a tocarme el pecho...

—Bueno, Barney desconoce los detalles. Y estoy segura de que la reunión contigo no solo tenía por objetivo intentar proteger a la empresa, sino también convencerte para que no actúes como las otras mujeres que han presentado denuncias.

María sacudió la cabeza.

—No pienso denunciarle.

—¿Estás segura de que no quieres hacerlo?

María pensó en Barney y en el resto de los empleados de la empresa. Las atenciones de Ken le habían generado estrés, pero la idea de cambiar de empresa y olvidarse del tema le parecía una opción más sensata que seguir adelante con el asunto.

—Sí, estoy segura. De todos modos, me marcho de la empresa.

—Pero ¿no crees que Ken debería pagar por lo que ha hecho? ¿Por lo menos un poco? ¿Por todo el daño que te ha provocado?

—Supongo que sí, pero ya te he dicho que no quiero ir a la EEOC.

Jill sonrió.

—Ellos no lo saben.

—¿Qué vas a decirles?

—Exactamente lo que tú deberías haber dicho. Deja que hable yo. Tú no digas nada, ¿entendido?

María no tuvo tiempo de rechistar. Jill enfiló hacia el despacho de Barney, y tuvo que apretar el paso para seguirla de cerca. La puerta de Barney estaba cerrada, pero eso no amedrentó a Jill.

Barney y Ken, que seguían ocupando los mismos sillones que unos minutos antes, no ocultaron su sorpresa ante la súbita aparición de Jill.

—¿Qué pasa? Estamos reunidos... —empezó a protestar Barney, pero Jill avanzó con paso firme, seguida de cerca por María.

—¿Te importa cerrar la puerta, María? —El tono de Jill era sosegado y profesional.

María se dio cuenta de que nunca la había oído hablar en ese tono.

—¿Me has oído, Jill? —insistió Barney.

—Creo que será mejor que me escuches.

—Dentro de cinco minutos hemos quedado para hablar con otra asistente legal.

—Dile que espere. Estoy segura de que te interesará lo que he de decir. Es sobre las denuncias a Ken, y os afecta a los dos.

Ken permaneció callado y María vio que palidecía. Barney se la quedó mirando fijamente antes de coger el teléfono. María le oyó hacer lo que Jill le había ordenado. Después de colgar, se levantó del sillón.

—Voy a buscar otra silla... —empezó a decir, pero Jill sacudió enérgicamente la cabeza.

—Nos quedaremos de pie —confirmó.

Si bien Ken no comprendió lo que eso quería decir, a María no le quedó ninguna duda de que Barney sí que lo había entendido. Vio que enarcaba levemente las cejas y supuso que estaba haciendo rápidos cálculos mentales. Cualquier otro habría vuelto a sentarse, pero Barney irguió más la espalda; comprendía el valor de mantener el mismo nivel visual.

—¿Dices que es un asunto que afecta a la empresa?

—Lo que he dicho es que os afecta a los dos. Pero sí, en el fondo también afecta a la empresa.

—En tal caso, me alegro de que hayas tomado la iniciativa de venir a verme —contestó Barney, retomando la cadencia edulcorada y arrastrando las palabras—. Acabamos de hablar con María sobre las falsas alegaciones, y estoy seguro de que estás al corriente. Asimismo, confío en que María haga lo correcto.

—No deberías confiar tanto —contraatacó Jill—. Quiero que seáis los primeros en saber que María acaba de informarme de que Ken Martenson ha tenido una conducta con ella que puede describirse de acoso sexual, y que está considerando presentar una denuncia a través de la EEOC como paso preliminar a presentar su propia denuncia.

—¡Eso no es cierto! —explotó Ken.

Eran las primeras palabras que María le había oído pronunciar en todo el día.

Jill se volvió hacia él; sin perder el tono sereno, alegó:

—Le dijiste que debería intentar esforzarse por trabajar en equipo, que tenerte de su parte le ayudaría a escalar puestos, y luego la manoseaste.

—¡Mientes!

—La tocaste de forma indecorosa, en el cuello y en el pecho.

—Solo le..., le toqué el hombro.

—¿Así que admites que la tocaste? ¿Y que no apartaste las manos de ella, aunque María pensó que era un exceso de confianza ofensivo?

Ken se dio cuenta de que probablemente era mejor cerrar la boca;

se volvió hacia Barney. Quizás este estaba enfadado por lo que Jill acababa de decirles, pero no lo demostró.

—María no ha dicho nada sobre acoso sexual durante la reunión, ni siquiera me ha dicho nada en todos los meses que lleva trabajando aquí.

—¿Por qué iba a hacerlo? Ella sabía que tú encubrirías a Ken, tal como hiciste en los casos anteriores de acoso sexual que resolvisteis sin ir a juicio.

Barney resopló.

—Estoy seguro de que se trata de un malentendido y que seremos capaces de solucionar esta cuestión de forma amistosa. No hay motivos para recurrir a amenazas.

—No he recurrido a ninguna amenaza. De hecho, tendrías que estar agradecido de que estemos aquí, en lugar de que los trámites de la denuncia te pillen por sorpresa.

—Y lo estoy —convino él—. Estoy seguro de que podemos abordar el tema de una forma más civilizada si nos sentamos. Me gustaría oír la versión de María.

—Seguro que sí. Te enviaremos su declaración pormenorizada tan pronto como la haya presentado. De momento, yo hablo por ella.

Los ojos de Ken se agrandaron, pero Barney se limitó a mirar a Jill sin perder la compostura.

—¿Sabes que no puedes representar a María por un claro conflicto de intereses?

—Estoy aquí en calidad de amiga.

—No creo que eso cambie las cosas.

—Entonces, ¿qué tal si empezamos con una noticia bomba? Tanto María como yo nos marchamos de la empresa. No teníamos intención de informarte hoy, pero, dado que María piensa tomar represalias, he pensado que será mejor ponerte al corriente de la situación.

Por primera vez, ni Barney sabía qué decir. Miró a Jill, luego a María y de nuevo a Jill.

—¿Dices que os vais de la empresa?

—Sí.

—¿Adónde iréis a trabajar?

—Eso no importa. La cuestión es que estamos hablando de la denuncia que María piensa interponer. Todos sabemos que las alegaciones que han hecho Lynn y las otras empleadas son graves, ¿y puedes imaginar la importancia que adquirirán sus testimonios con la acusación de María?

—Pero yo no he hecho nada —farfulló Ken.

313

Barney le dedicó una mirada gélida.

—¿Crees que alguien te creerá? ¿Después de lo que las demandantes cuenten en el juicio? Pero, claro, no hará falta llegar tan lejos, ¿verdad? Los cuatro sabemos que lo resolveréis de una forma amistosa. Estos casos casi siempre se resuelven del mismo modo. Sin embargo, no estoy segura de que pueda decir lo mismo con María. Estaba muy alterada cuando vino a hablar conmigo. Aunque no sea su consejera en este caso, sospecho que quizás elija llegar hasta el fondo del asunto.

Barney se alisó la americana.

—Entiendo que estáis aquí no solo para informarnos con antelación de que pensáis denunciar a Ken o que os marcháis de la empresa. Supongo que estáis aquí porque queréis resolver el asunto.

—¿Por qué lo supones?

—No ganaríais nada informándonos con antelación sobre vuestra intención de presentar una denuncia con la EEOC.

—Quizá crea que debo un mínimo de lealtad a la empresa.

—Quizá.

—O quizá solo quería que Ken supiera que además de hundir la empresa y de ver cómo se esfuman sus ahorros, probablemente tendrá que vender ese coche tan ostentoso cuando María acabe con él.

Ken soltó un gemido casi imperceptible. Barney no le prestó atención.

—¿Cómo podemos resolver el conflicto?

—Para empezar, María quiere seis semanas de vacaciones este año.

—¿Por qué querría seis semanas de vacaciones si planea marcharse?

—Porque está en su lista de «cosas que hay que hacer antes de morir». Porque Ken es un necio. Porque ayer María vio un arcoíris mientras paseaba por un jardín en el que se había activado el riego automático. Porque María ha tenido que trabajar por las noches y los fines de semana por tu culpa, lo que significa que no ha disfrutado de ningún día libre desde que empezó a trabajar aquí. Lo que quiero decir es que no importan sus motivos. Es una de sus condiciones y punto.

—En su primer año, a los empleados solo les toca una semana de vacaciones.

—Entonces haz una excepción. Vacaciones pagadas, ¿eh? Que añadiréis a su finiquito.

Ken iba a decir algo, pero Barney alzó la mano para que se callara.

—¿Alguna cosa más?

—Sí. Sobre la obligación de informar de su marcha a la empresa con dos semanas de antelación, hoy es el último día de María, es decir, que no volverá. Le pagaréis también esas dos semanas.

Barney parecía haberse tragado un sapo.

—¿Eso es todo? ¿El salario correspondiente a dos meses?

—No, aún no he terminado. Por el sufrimiento mental, necesita una bonificación. Digamos que... el salario correspondiente a tres meses más de trabajo, además de los dos meses.

Barney se quedó un momento callado.

—¿Y a cambio de qué?

—Tendré que hablarlo con ella, pero estoy segura de que nunca más oiréis nada por su parte acerca de la conducta indecorosa de Ken. No habrá informes ni denuncias. El tema quedará zanjado, y cada uno seguirá su camino.

Barney volvió a quedarse callado, probablemente considerando hasta dónde María estaba dispuesta a llegar. Jill, sin embargo, sabía lo que estaba pensando.

—No es un farol, Barney. Ya sabes cómo es Ken. Sabes lo que ha hecho con esas chicas, y sabes que ha acosado sexualmente a María. Es más, sabes que no hablamos de mucho dinero. Básicamente, ella te está ofreciendo una ganga, porque, a pesar del enorme desprecio que siente por Ken, siente un enorme respeto por ti.

—¿Y la declaración jurada?

—Será mejor que no vuelvas a mencionar esa posibilidad. María no mentirá. No firmará una declaración jurada en la que falte a la verdad.

—¿Y si la otra parte gana el proceso judicial?

—Ella estará en Júpiter por entonces, así que no hay motivos para preocuparse.

—¿Cómo dices?

—Perdón. —Sonrió Jill—. Pensaba que nos habíamos adentrado en el mundo de la fantasía.

—¿Fantasía?

—Los dos sabemos que no ganaréis el juicio porque no os arriesgaréis a ir a juicio. Acabaréis por resolverlo fuera de los juzgados. Tenéis que hacerlo, porque, si no, os costará una fortuna, aunque ganarais el caso.

Barney miró a Ken, luego volvió a fijar la vista en Jill.

—¿Puedo preguntar cuáles son tus condiciones, dado que también te marchas de la empresa?

—Solo una, y no se trata de dinero —contestó Jill—. A cambio, me quedaré las próximas dos semanas en la empresa tal como ya planeaba hacer, trabajaré con mis compañeros para asegurarme de que ninguno de mis clientes note la transición.

315

—¿Cuál es esa condición?

—Me gustaría que organizarais una fiesta de despedida en mi honor en la oficina. Nada exagerado, solo un pastel a la hora del almuerzo o algo similar, pero me gustaría tener la oportunidad de despedirme de todo el mundo a la vez. Obviamente, hasta entonces, creo que todos estamos de acuerdo en que lo mejor será que nadie se entere de nuestra marcha. El resto de los empleados ha de saberlo, pero no quiero provocar una estampida de trabajadores que se precipiten hacia las salidas de emergencia. Lo creas o no, espero que resolváis este asunto y que podáis volver a la normalidad lo antes posible y de la forma menos traumática. Aquí dentro hay un montón de gente honrada.

Aunque Barney quizás apreciara los buenos sentimientos de Jill, María vio un gesto de desconfianza mientras él se llevaba la mano a la barbilla.

—Cinco meses pagados para María es un precio bastante alto. Estoy seguro de que los asociados no se mostrarán conformes. Si se tratara de tres meses, es probable que pudiera convencerles...

—No malinterpretes mis expectativas de negociar, porque no estamos negociando. Estas son nuestras condiciones, o las tomas, o las dejas. Nuestra oferta quedará invalidada en el momento en que María y yo salgamos por la puerta, y ella acuda a la EEOC. Con franqueza, María pide mucho menos de lo que tendréis que pagar a las otras empleadas, así que deberías darle las gracias, en lugar de regatear.

Barney se tomó su tiempo antes de contestar.

—De todos modos, tendré que hablar con los otros asociados —alegó al final—. No puedo tomar esta decisión yo solo.

—Seguro que sí que puedes. Ambos sabemos que los asociados seguirán tu consejo, así que ¿qué tal si dejamos de jugar y vamos al grano? ¿Lo aceptas o no?

—¡Cinco meses de salario! —exclamó María.

Estaban de pie en el aparcamiento, cerca del coche de María. Unos minutos antes, había metido todos los objetos personales que tenía en el despacho (básicamente fotografías de la familia y unas pocas que había hecho mientras hacía surf de remo) en una pequeña caja, la había llevado hasta el coche y la había guardado en el maletero. A petición de Barney, no se había despedido de nadie, aunque nadie tampoco parecía haberse dado cuenta de su extraña marcha. Jill la había estado esperando.

—No está mal, ¿eh? —sonrió Jill.

La verdad era que María estaba eufórica. Adiós, Ken; adiós a los fines de semana intentando ponerse al día con todo el trabajo que le asignaba Barney, y cinco meses de salario, directo a su cuenta bancaria. Nunca antes se había sentido tan afortunada; lo que le acababa de pasar era parecido a comprar un número de lotería ganador.

—Todavía no me lo creo.

—Quizás habría podido sacarles más.

—¡Es más que suficiente! Me siento culpable por haber conseguido tanto.

—No te sientas culpable, porque, lo creas o no, has sufrido acoso sexual. Quizá no te parezca tan obvio como a las demás, pero sí que lo has sufrido. Te lo mereces. Y créeme cuando digo que a estas horas Barney respira tranquilo porque se acaba de quitar un enorme peso de encima; si no, ahora no estaríamos aquí de pie, celebrándolo.

—Mil gracias.

—No tienes que agradecerme nada. Si tú hubieras estado en mi lugar, estoy segura de que habrías hecho lo mismo por mí.

—No soy tan buena como tú. Te has enfrentado a Barney y has ganado.

Jill sonrió con timidez.

—¿Y quieres saber lo mejor?

—¿Qué?

—Leslie es mucho (pero mucho) mejor abogada que yo.

La idea le provocó a María una sensación de vértigo.

—Gracias de nuevo por darme la oportunidad de unirme a vosotras.

—De nada. Pero sé que tú también vales mucho.

María señaló hacia el edificio.

—¡Qué raro pensar que mañana no iré a trabajar! Y aún me parece más raro pensar que nunca más volveré a cruzar esa puerta. Ha sucedido tan… rápido.

—¿Como lo que dicen que pasa en un caso de bancarrota, que primero va despacio y luego los acontecimientos se precipitan?

María asintió.

—Supongo que sí. Por más que no me gustara lo que Barney estaba intentando hacer, espero que todo le vaya bien.

—Barney es la clase de abogado por el que nunca has de preocuparte. Pase lo que pase, saldrá del mal trago. ¿Y sabes una cosa? No me extrañaría que también él dejara la empresa.

—¿Por qué iba a hacerlo?

—Porque puede permitírselo. ¿Y tú querrías seguir trabajando con un tipo como Ken?

317

María no contestó, aunque tampoco tenía que hacerlo. Jill tenía razón; mientras María todavía intentaba procesar los hechos del día, de repente volvió a pensar en Lester Manning y en la información que le había dado Margolis. Cruzó los brazos.

—¿Qué harías si estuvieras en mi lugar? Sobre Lester, me refiero —quiso saber María.

—No creo que tengas bastante información como para sacar conclusiones. Sé que probablemente eso no te ayude, pero...

Jill se quedó callada. María no la podía culpar, ya que ni siquiera para ella encajaban las piezas en el rompecabezas.

María condujo a través del intenso tráfico hasta Mayfaire, unas galerías comerciales de lujo. Mientras conducía, intentó procesar el hecho de que no tendría que ir a trabajar al día siguiente, ni tampoco el lunes. La última vez que había estado en una situación similar había sido cuando dejó su puesto de trabajo en Charlotte...

Sacudió la cabeza, intentando apartar aquella idea de la mente. Sabía exactamente a qué la llevarían tales pensamientos, y lo último que quería era pensar en Lester o en el novio o en cualquier otra cosa que Margolis le había contado, ya que eso tampoco la llevaría a ninguna parte. A menos que la confusión fuera un sitio.

«Adiós, Ken», se dijo, con creciente alegría. Adiós a los fines de semana que Barney le echaba por los suelos. Dentro de dos semanas, estaría trabajando con Jill. ¡Y un salario de cinco meses! En el aspecto laboral, dudaba que fuera posible que las cosas le fueran mejor, y eso invitaba a celebrarlo por todo lo alto, incluso con ostentación. Podía cambiar de coche y comprarse un deportivo —siempre y cuando no fuera un Corvette rojo—, pero descartó esa fantasía tan rápido como se había forjado en su mente. María era demasiado espartana y no tenía intención de intentar explicarle a su padre por qué se había comprado un coche en lugar de pagar parte de la deuda que todavía debía a la Facultad de Derecho por sus estudios o de abrir una cuenta de inversión. O simplemente ahorrar el dinero, ya que era probable que en los próximos años tuviera que comprar acciones de la nueva empresa para pasar a ser asociada.

¿Quién habría predicho que, a los treinta y pocos años, podría convertirse en asociada de una empresa de abogados?

Ya había anochecido cuando llegó a Mayfaire. Envió un mensaje a Serena avisando de que llegaría a casa de sus padres a las siete, pero que, si querían, empezaran a cenar sin ella.

Al cabo de unos segundos, su móvil la avisó de que tenía un mensaje. Era Serena: «Yo también llegaré un poco tarde. ¡Por nada del mundo querría que te perdieras ni un segundo de la animada conversación familiar!».

María sonrió. Envió un mensaje a sus padres para informarles de a qué hora llegaría, luego enfiló hacia Williams-Sonoma. Siempre le costaba elegir algo especial para su madre —a Carmen no le gustaba que sus hijas gastaran su dinero por ella—, pero dado que ya había descartado comprarse un coche nuevo, pensó que podría derrochar un poco en unas ollas nuevas y cacerolas. A pesar del restaurante y de su pasión por la cocina, su madre nunca había considerado comprar nuevos utensilios. Usaba los mismos desde que María estudiaba primaria. ¡O quizás incluso desde antes!

La expedición de compras terminó con un mayor derroche del que había planeado. Las ollas y las cacerolas de calidad eran caras, pero María se sentía satisfecha con la elección. Sus padres le habían pagado los estudios, un coche usado cuando se sacó el carné de conducir que le duró hasta que se compró el que conducía ahora, cuatro años de instituto y la mitad de los estudios de la Facultad de Derecho, y nunca antes ella había hecho nada parecido. Sabía que su madre se quejaría (su padre no diría nada), pero se lo merecía.

Guardó los regalos en el maletero, junto a la caja con sus objetos personales. Por suerte, casi no había tráfico en la carretera. Antes de poner el coche en marcha, envió un mensaje a Serena para decirle que llegaría al cabo de quince minutos, y entonces cayó en la cuenta de que no le había contado a Colin lo que había pasado en la oficina. Todavía sentía la necesidad de celebrarlo, ¿y con quién mejor que con él? Más tarde, en el apartamento de Colin o en el suyo... El dinero podía ser afrodisíaco.

Pensó que ya estaría trabajando, le envió un mensaje y le pidió que la llamara cuando tuviera un momento libre. Probablemente trabajaría hasta las diez o las once, lo que le daría a María tiempo después de la cena para ir a su casa, encender un par de velas, quizás incluso tomarse una copa de vino. Sabía que iba a ser una noche larga, pero Colin no tenía clase a la mañana siguiente, y ella no tenía que trabajar, así que... ¿por qué no?

Dejó el móvil en el asiento del copiloto y condujo hacia la casa de sus padres. Al entrar en el vecindario, se preguntó cuántas veces en su vida había tomado aquella curva. «Miles de veces, probablemente», pensó, lo cual la sorprendió, igual que el propio vecindario. Aunque algunos se instalaban y luego se marchaban a otro barrio, no parecía que el paso del tiempo afectara a las casas, y podía vincular cada rincón con una pila de recuerdos: tenderetes de limonada, tar-

319

des de verano con sus patines de cuatro ruedas, los fuegos artificiales del 4 de Julio, ir de casa en casa pidiendo chucherías por Halloween, pasear con las amigas…

La melodía de su móvil la sacó de su ensimismamiento. Miró la pantalla, vio el nombre de Colin y contestó con una sonrisa.

—¿Qué tal? —saludó ella—. Pensaba que no podías hacer llamadas durante las horas de trabajo.

—En teoría no, pero he visto tu mensaje. Le he pedido al otro camarero que me sustituya unos minutos. ¿Va todo bien?

—Sí, estoy bien; ya casi he llegado a casa de mis padres.

—Pensaba que ya estarías allí.

—Me he entretenido comprando un regalo para mi madre —explicó—. Pero ¿a qué no sabes qué ha pasado hoy?

—¿Te ha vuelto a llamar Margolis?

—No, se trata del trabajo —apuntó, y mientras se acercaba a la casa de sus padres, le refirió a Colin lo que había sucedido—. Lo que significa que en estos momentos soy rica.

—Me alegro por ti.

—Le he comprado a mi madre unas ollas preciosas.

—Seguro que le encantarán.

—Cuando se le pase el disgusto de que me haya gastado tanto dinero con ella, seguro que sí. Pero te llamaba porque he decidido que pases esta noche por mi casa.

—¿No habíamos quedado ya así? ¿Que te llamaría antes de salir del trabajo?

—Sí, pero cuando lo decidimos, yo no estaba de humor para celebraciones. En cambio ahora sí que lo estoy, así que quería avisarte con antelación.

—¿Avisarme de qué?

—Bueno, ya que soy rica, quizá me ponga un poco exigente contigo esta noche. Me refiero a exigencias físicas.

Colin rio, y ella se dio cuenta de que a él le gustaba lo que acababa de sugerir.

—Vale.

Un poco más adelante, vio el coche de Serena aparcado justo enfrente de la casa de sus padres. A ambos lados de la calle, las aceras estaban desiertas. En algunas casas se veía luz en el interior —lámparas encendidas y pantallas parpadeantes de televisores—, señal de que las familias se relajaban al final de un largo día.

—Hagas lo que hagas, no dejes que la imaginación te afecte a la hora de concentrarte en el trabajo. No me gustaría que tuvieras problemas con tu jefe.

—Lo intentaré.

Aparcó detrás del coche de Serena y apagó el motor.

—¡Otra cosa! ¿Recuerdas lo que le he contestado a Margolis, cuando me ha preguntado por qué seguía contigo?

—Sí.

María salió del coche y enfiló hacia el maletero.

—Quiero que sepas que todo lo que he dicho es verdad.

Colin volvió a reír.

—Vale.

Abrió el maletero.

—Lo siento, pero he de colgar. Necesitaré las dos manos para coger las ollas.

—Bueno, de todos modos tengo que volver al trabajo.

—Ah, antes de que cuelgues…

Mientras examinaba las cajas, María detectó cierto movimiento a su espalda y se dio la vuelta. Un hombre atravesaba la calle hacia ella, a grandes zancadas. Por un segundo no supo cómo reaccionar. Aquel barrio era un lugar seguro; nunca había oído ningún caso de robo ni de peleas domésticas que hubieran terminado mal, y jamás había sentido miedo. Estaba a escasos metros de la puerta de sus padres, en una calle tan segura que María incluso había dormido en una tienda de campaña instalada en el patio trasero, algunas cálidas noches de verano. Sin embargo, el modo de andar del desconocido le erizó el vello de la nuca, porque instintivamente supo que no se trataba de un vecino.

La oscuridad no le permitía verle el rostro, pero, de repente, la luz que se colaba por la ventana del comedor de la casa de sus padres iluminó la figura entre las sombras. Vio un destello de metal en su mano; al darse cuenta de que era una pistola, el miedo se apoderó de ella. María no podía moverse ni siquiera respirar. Solo oía que Colin pronunciaba su nombre en el teléfono.

Él repitió su nombre una segunda y una tercera vez, en un tono tan preocupado que consiguió arrancarle unas palabras.

—Está aquí —farfulló ella.

—¿Quién está aquí? —preguntó Colin—. ¿Qué pasa?

—Tiene una pistola.

—¿Quién tiene una pistola?

—Lester Manning. Está aquí. Viene a por mí.

321

Capítulo 23

Colin

*E*l susto al oír que María pronunciaba el nombre de Lester le produjo un subidón de adrenalina. La reacción de lucha o huida se apoderó de él. Colin apenas oyó que Lester gritaba algo antes de que se cortara la llamada.

«Lester.»

Al cabo de un segundo, Colin salió disparado del cuarto trasero y atravesó el bar corriendo. Sorteó las mesas y a algunos clientes mientras pulsaba el botón de rellamada del móvil.

Saltó el buzón de voz.

Volvió a llamar.

De nuevo el buzón de voz.

«María está en peligro.»

A su espalda, oyó que su compañero de barra gritaba su nombre. Las camareras alzaron la vista desconcertadas; mientras Colin se precipitaba hacia la salida, el jefe exigió saber qué pasaba.

«Lester tiene una pistola.»

Colin corrió hacia la esquina del edificio. Sus pies resbalaron en la pasarela cubierta parcialmente de arena. Recuperó el equilibrio y, mientras corría calle arriba, iba calculando la ruta más rápida hasta la casa de los padres de María.

Rezando porque no hubiera tráfico.

Rezando porque el coche arrancara.

«¡Por favor, que arranque, por favor!»

Llamaría a la policía desde el coche.

Esquivó a una pareja de ancianos y siguió corriendo como un loco hasta que vio su coche.

Los segundos pasaban implacablemente.

Lester podía haberla obligado a entrar en su coche, tal como Gerald Laws había hecho con Cassie...

Tardaría veinte minutos en llegar.

Pensaba cubrir el trayecto en diez. O incluso en menos.

«Quizá María ya no esté.»

Llegó al coche, saltó dentro y hundió la llave en el contacto, con cuidado para no bloquear el motor; el viejo Camaro cobró vida con un rugido. Colin tomó la curva derrapando, con la vista puesta en los vehículos que tenía delante. Fue acortando el espacio entre ellos y su coche y echó un vistazo a su móvil. Con una mano marcó el 911 y oyó que la operadora le preguntaba el motivo de la llamada de emergencia.

«Un hombre con una pistola, amenazando a una mujer», dijo. «María Sánchez. Un tipo llamado Lester Manning que la había estado acosando la acababa de asaltar frente a la casa de los padres de ella…».

No podía recordar la dirección exacta de memoria, pero le dijo a la operadora los nombres de los padres de María, así como la calle y la transversal. Se identificó a sí mismo, y dijo que estaba en camino hacia el lugar de los hechos. Cuando la operadora le pidió que no interfiriera y que dejara el asunto en manos de la policía, colgó.

Aceleró, con el morro del coche prácticamente pegado al vehículo de delante. El carril de la izquierda estaba bloqueado por un Range Rover negro que circulaba al límite de velocidad permitida, por lo que Colin decidió adelantar a varios coches por la cuneta antes de volver a entrar en la carretera. Pisó el acelerador, pero, al cabo de unos segundos, tuvo que desacelerar porque delante vio un camión y una furgoneta blanca que ocupaban los dos carriles. Volvió a circular por la cuneta y los adelantó sin apenas disminuir la velocidad.

Al llegar al puente, se vio obligado a dar un golpe de volante. Las ruedas derraparon.

Adelantó a más coches conduciendo por el arcén, hasta que por fin llegó a un largo tramo de carretera con menos tráfico. Pisó el acelerador a fondo. La adrenalina le aguzó los sentidos. Agarró con firmeza el volante; su cuerpo respondía en perfecta sincronía con el coche.

Fue incrementando la velocidad: 130, 150, hasta alcanzar los 160 kilómetros por hora. Más adelante, el semáforo se puso rojo. Las luces de freno de los vehículos se iban encendiendo a medida que aminoraban la marcha. Colin no estaba dispuesto a parar.

Irrumpió en el cruce sin frenar, sorteando vehículos y ocupando el carril para las bicicletas cuando lo necesitaba. Tomó una curva, aceleró, vio una larga hilera de coches; al darse cuenta de que no podía adelantarlos, se desvió hacia el aparcamiento de una gasolinera y lo usó a modo de atajo, a casi cincuenta kilómetros por hora. Varias personas tuvieron que apartarse de un salto para que no las atropellara.

La policía iba hacia allí, pero quizá no llegarían a tiempo.

Su mente era como una olla a presión. Se preguntaba si Lester había obligado a María a entrar en su coche a la fuerza, si la había raptado...

O si le había disparado.

Otra curva, esta vez a la izquierda. Por primera vez, se vio obligado a frenar en seco ante un concurrido cruce. Golpeó el volante con desesperación y contuvo el aliento al ver el atasco. Vio que otro conductor también frenaba en seco, y lo esquivó por solo pocos centímetros.

Decidió desviarse por un barrio residencial. Conducía a cien kilómetros por hora, pendiente de no atropellar a ningún niño, peatón o perro que pudiera invadir la calle de repente.

Otra curva. Las ruedas chirriaron y la parte trasera del Camaro culeó a izquierda y derecha. Colin agarró el volante con fuerza para no perder el control. En aquel tramo, los coches aparcados a ambos lados de la calle limitaban la visibilidad, y muy a su pesar tuvo que desacelerar. Un poco más adelante, avistó a una pareja que paseaba con un cochecito por la acera; al otro lado de la calle, a un niño que jugaba a pasarse el balón con su padre; un chico paseaba a su perro con una larga correa extensible...

Otra curva y entró en una calle sin coches, con mejor visibilidad. Colin volvió a pisar el acelerador, hasta que por fin reconoció el vecindario de los Sánchez.

Había tardado nueve minutos.

Emprendió la última recta a la máxima velocidad, y casi chocó contra un Camry azul que se acercaba deprisa por el centro de la calzada en dirección contraria. Colin viró automáticamente hacia la derecha, y lo mismo hizo el otro coche. El Camaro volvió a culear y las ruedas chirriaron sobre el asfalto. Sintió otro subidón de adrenalina; el corazón le latía de forma desbocada. Apenas tuvo tiempo de ver a dos hombres en los asientos delanteros del vehículo, con cara de sobresalto, los ojos muy abiertos, mientras ambos coches pasaban a tan solo unos milímetros uno del otro. Por poco. Por muy poco. Colin aferró el volante con firmeza y recuperó el control.

Ya casi había llegado. La calle de los Sánchez estaba más arriba. Una sola curva más.

En aquel momento, el miedo se apoderó de él.

Rezó para que no fuera demasiado tarde.

A su espalda, oyó una sirena. Por el espejo retrovisor, vio las luces centelleantes de un coche patrulla que entraba en la calle pisándole los talones. Colin aminoró la marcha solo un poco, pero el coche patrulla se acercaba rápido y oyó el pitido de un altavoz.

—¡Detenga el coche ahora mismo!

«¡Y un cuerno! ¡Me importan un bledo las consecuencias!», se dijo.

Capítulo 24

María

María no podía apartar la vista de la pistola... ni del individuo que la sostenía.

Lester Manning.

Margolis se había equivocado. Lester no estaba en el hospital.

Estaba allí, e iba a por ella. La idea la paralizó. Sin poder hacer nada, vio que él le arrebataba el móvil de la mano al tiempo que torcía el gesto en una mueca grotesca.

—¡Basta de llamadas! —bramó, haciendo que ella diera un brinco del susto. El tono era desafinado, nervioso—. ¡No llames a la policía!

Mientras él retrocedía, a María se le agudizaron los sentidos y se fijó en todo: el pelo revuelto y la raída chaqueta de tela resistente, la camisa roja descolorida y los pantalones vaqueros rotos; sus pupilas dilatadas y su respiración agitada. María recordó las palabras de Margolis: trastorno delirante; fase aguda; delirios persecutorios.

Y la pistola. Lester empuñaba una pistola.

Su madre y su padre estaban dentro de casa, igual que Serena. Su familia estaba en peligro; era de noche y no había ningún vecino en la calle...

Debería haber arrancado a correr cuando vio que él se acercaba, volar hacia la puerta principal, entrar deprisa y cerrar con llave. En cambio, se había quedado paralizada, como si sus piernas pertenecieran a otra persona...

—¡Sé lo que hiciste! —siseó él.

Las palabras se le escaparon de forma rápida y casi ininteligible. Mientras él seguía retrocediendo, María vio que se iluminaba la pantalla del móvil y oyó el tono de llamada. Colin. Lester dio un respingo. Miró el teléfono que sostenía en la mano. María vio que Lester pulsaba el botón rojo para cortar la comunicación. Vio que el teléfono volvía a iluminarse y que volvía a sonar. Lester frunció el ceño mientras volvía a pulsar el botón rojo por segunda vez y le gritaba al teléfono como si estuviera vivo.

—¡He dicho que basta de llamadas! ¡No llames a la policía! —Acto seguido se puso a murmurar—: Piensa con claridad, no es real. No, la policía no viene.

Le temblaban las manos mientras miraba el móvil antes de guardarlo en el bolsillo de la chaqueta.

«Por favor, que Colin haya llamado a la policía —pensó María—. Llegarán de un momento a otro. Lo entretendré hasta que lleguen. No actuaré como Cassie. Si me toca, chillaré y lucharé a muerte.»

Pero...

Margolis había dicho que Lester podía funcionar de forma normal a veces; había sido capaz de trabajar a media jornada. Recordó el día en que le conoció: se había comportado de una forma... extraña, pero no psicótica, aunque era evidente que hacía esfuerzos por controlarse. Quizá podía hablar con él..., solo necesitaba mantener la calma.

—Hola, Lester —empezó a decir, procurando mantener la voz tranquila y el tono afable.

Él alzó la vista. Tenía las pupilas enormes.

«No, no enormes. Dilatadas. ¿Por las drogas?»

—«Hola, Lester». ¿Es eso todo lo que se te ocurre decir?

—Quiero que sepas que siento mucho lo de Cassie...

—¡No, no, no! —la cortó, gritando—. ¡No pronuncies su nombre! ¡Está muerta por tu culpa!

María alzó la mano instintivamente. Temió que él reaccionara violentamente; en cambio, Lester retrocedió otro paso. Mientras esperaba que continuara hablando, se dio cuenta de que no parecía enfadado, sino... ¿asustado?

«O paranoico. Y lo último que quiero es provocarlo.»

Ella bajó la vista, con el corazón en un puño. Podía oír la respiración acelerada de Lester a medida que pasaban los segundos. El silencio se hizo insoportable, hasta que él jadeó y dijo en un tono de voz más suave:

—No.

María se dio cuenta de que Lester se estaba calmando porque su respiración ya no era tan agitada. Cuando volvió a hablar, lo hizo con voz temblorosa pero sumisa.

—Está a salvo —dijo él, señalando hacia la casa—. Tu familia. Los he visto a través de la ventana. He visto a tu hermana, cuando entraba. Lo que pase a continuación dependerá de ti.

María contuvo el aliento y no dijo nada. A Lester se le iba aquie-

327

tando la respiración; parecía que estaba haciendo un enorme esfuerzo. No apartaba la vista de ella.

—He venido a hablar. Necesito que oigas lo que tengo que decir. Esta vez me escucharás, ¿verdad?

—Sí.

—Los médicos me dicen que no es real —dijo él—. Me digo que no es real. Pero entonces recuerdo la verdad. Sobre Cassie y mi madre. La policía. Y lo que hicieron. Y sé que tú lo empezaste todo. Los médicos pueden decirme que no es real y que me lo invento, pero sé la verdad. Así que dime: has estado hablando de mí, ¿no es cierto?

Ella no contestó; a Lester se le empezaban a tensar los músculos del cuello.

—No mientas. Recuerda que sé la respuesta.

—Sí —susurró ella.

—Has vuelto a hablar de mí a la policía.

—Sí —repitió ella.

—Por eso ha venido el inspector esta mañana.

«¿Dónde está Colin? ¿Y la policía?» se preguntó María. No sabía si podría mantener a Lester calmado.

—Sí.

328   Él se dio la vuelta, con una mueca de dolor en el rostro.

—Cuando te conocí, quise creerte, cuando me dijiste que estabas haciendo todo lo que podías y que a Cassie no le pasaría nada. Al final entendí que, para ti, Cassie no significaba nada, que solo era otro nombre, que no era nadie. ¡Pero sí que era alguien! ¡Era mi hermana! ¡Tú tenías que protegerla! Pero no lo hiciste. Y entonces...

Lester cerró los ojos con fuerza.

—Cassie cuidaba de mí cuando mi madre se encontraba tan mal que no podía salir de la cama. Me preparaba sopa de pollo y pasta, veíamos la tele juntos y me leía cuentos. ¿Lo sabías? ¡Sí que era alguien! —Se secó la nariz con el reverso de la mano, y cuando continuó, su voz era casi infantil—. Intentamos avisarte de lo que iba a pasar, pero no nos hiciste caso. Cuando Cassie murió, mi madre no pudo soportar el peso de seguir viviendo. Por tu culpa se suicidó. ¿Lo sabías? Di la verdad.

—Sí —admitió ella.

—Lo sabes todo sobre nosotros, ¿verdad, María? Lo sabes todo de mí.

—Sí.

—Y me denunciaste a la policía cuando Cassie murió.

«Porque me enviaste aquellas notas. Porque me estabas amenazando.»

—Sí.

—Y tu novio… Es tu novio, ¿no? ¿El tipo corpulento de la discoteca? Vi cómo se enfadaba después de que yo te invitara a una copa. Quería hacerme daño, ¿verdad?

—Sí.

—Y esta semana has vuelto a hablar de mí a la policía.

«¡Porque me has reventado las ruedas! ¡Porque me estás acosando!»

—Sí.

Lester irguió la espalda.

—Eso es lo que les he dicho a los médicos. Pero no me creen. Nadie me cree. Por lo menos, tú eres sincera. Lo sabía, pero ahora sí estoy más seguro… y puedo notar la diferencia en mí, dentro de mí. Me entiendes, ¿verdad, María?

«No.»

—Sí.

—Se apodera…, el miedo se apodera de mí, quiero decir. Por más que intente combatirlo, se apodera de mí, me consume. Como en estos instantes. Sé que me tienes miedo. ¿Quizás el mismo miedo que sintió Cassie al ver que le habías fallado? —Esperó a oír su respuesta.

—Sí.

María vio que Lester se propinaba unos golpecitos en la pierna con la pistola.

—¿Puedes entender lo que se siente? ¿Al perder una hermana? ¿Y a tu madre? ¿Y ver que alguien como tú denuncia a mi padre? ¿Y luego a mí?

—No puedo imaginar tu sufrimiento.

—¡No! ¡Por supuesto que no puedes! —gritó de repente, fuera de sí.

En ese momento, María oyó el lejano sonido de una sirena.

Lester se puso alerta. La sirena era más audible cada segundo que pasaba. Miró a María con el ceño fruncido.

—¡He dicho que no llames a la policía! ¡He dicho que no llames a la policía! —Su voz se quebró, dejando entrever la rabia y el desconcierto mientras avanzaba un paso hacia ella—. ¡No pienso volver! ¿Me has oído? ¡No pienso volver!

María retrocedió, con las manos en alto.

—De acuerdo…

—¡Me hacen daño! —gritó, avanzando otro paso hacia ella. Se le encendieron las mejillas cuando alargó el cuello hacia ella—. ¡Me aplicaron descargas eléctricas! Y me pusieron en una jaula con animales que me golpearon, ¡y no hicieron nada! ¡Se reían de mí! ¡Para ellos no era más que un juego! ¿Y crees que no sé quién los puso allí?

329

«Dios mío, está perdiendo...»

—¡Fuiste tú! —rugió, vibrando con ira.

María retrocedió, intentando mantener la distancia. Su vista iba de la pistola a Lester, y luego otra vez a la pistola. Él continuaba avanzando mientras ella retrocedía. Estaba a punto de quedar acorralada contra la puerta del garaje.

—¡Tú has llamado a la policía! ¡Siempre vuelves a aparecer en mi vida, pero esta vez no te saldrás con la tuya!

«Serena debe haberlo oído, esta vez —pensó—. O mis padres. Abrirán la puerta en cualquier momento, y Lester se volverá hacia ellos y disparará...»

A pesar de su parálisis física y de la presión mental, María se dio cuenta de que a la primera sirena se le había unido otra más distante, aunque las dos se acercaban. A Lester se le tensó la mandíbula; sus ojos destellaban con la angustia de la traición. Su dedo empezó a moverse, buscando el gatillo; a María la asaltó un único impulso:

«¡Corre, corre, corre!»

Se dio la vuelta y rodeó el coche, luego salió disparada hacia la casa. Oyó que Lester gritaba su nombre en un tono desconcertado; oyó que gruñía antes de ponerse a correr tras ella.

330

«¡Corre!»

Nueve metros, quizá cinco.

La puerta principal empezó a abrirse y una fina línea de luz se esparció por el porche. María estaba segura de que podía oírlo a sus espaldas.

«¡Corre!»

Se impulsó hacia delante, hacia la luz. Podía notar que Lester estaba a punto de darle alcance. En lo que le parecieron unos movimientos a cámara lenta, vio que Serena salía al porche.

«¡Nos matará a las dos!»

De pie, en medio de la luz, Serena no comprendía lo que pasaba. Miró a María con confusión mientras su hermana corría hacia ella.

«¿Eso que noto son sus dedos en mi camisa?»

Quería correr más rápido. Sacó fuerzas de donde no tenía.

—¿María? —gritó Serena.

Solo después, María recordó que Serena había gritado su nombre.

«¡Ya casi he llegado!»

Y entonces, lo consiguió. Agarró a Serena y la empujó hacia dentro, luego cerró la puerta de un portazo.

—¿Qué haces? —gritó Serena, perpleja.

Con manos temblorosas, cerró la puerta con llave, agarró a Serena por la muñeca y la alejó de un tirón.

—¡Aléjate de la puerta! —gritó—. ¡Tiene una pistola!

Serena tropezó cuando María tiró de ella y estuvo a punto de caer al suelo.

—¿Quién tiene una pistola?

—¡Lester!

Arrastró a Serena hasta la cocina, vio a su madre de pie junto al horno, que las miraba con cara de susto. Pero su padre no estaba allí... María miró a un lado y al otro...

«¡Dios mío!».

—¿Dónde está papá?

—¡Un momento! ¿Lester? ¿Lester está aquí? —gritó Serena a su espalda.

—¡Está fuera! —gritó María. Miró asustada hacia la puerta corredera de cristal, esperando que su padre estuviera en el porche—. ¡Lester Manning! ¡El tipo que me está acosando!

«Entrará por la puerta en cualquier momento...»

«Me matará y luego los matará a ellos, y después se suicidará...»

«Como Gerald Laws y Cassie...»

Al ver a su padre en la mesa del porche, con *Smokey* en el regazo, María suspiró un segundo aliviada.

Serena sollozaba. Su madre empezó a hacer preguntas, pero María no parecía entenderla.

331

—¡Callaos de una vez! —gritó al tiempo que abría la puerta corredera—. ¡Entra, papá, deprisa!

Su padre respondió al instante. Se puso de pie de un salto y agarró al perro bajo el brazo.

Serena y su madre se habían quedado calladas. María escuchó con atención. Esperaba oír ruidos en la puerta, o el sonido de los cristales rotos de una ventana.

Silencio.

Serena la miraba angustiada, con el miedo escrito en su cara. Sus padres la miraban boquiabiertos.

Nada. Silencio.

¿Lester había optado por acercarse por la parte trasera?

En el silencio, María volvió a oír las sirenas. Tan cerca como para poder percibirlas perfectamente desde el interior de la casa.

—No lo entiendo —dijo Serena al final, con voz temblorosa y entre lágrimas—. ¿Dónde estaba Lester?

—¡En la calle! —dijo María—. ¡Tú le viste! ¡Detrás de mí!

Pero Serena sacudió la cabeza consternada.

—Te vi corriendo, pero no había nadie detrás de ti. Vi que alguien corría calle abajo, en dirección opuesta...

—¡Tenía una pistola y me perseguía!

—¡No! —insistió Serena—. ¡Nadie te perseguía!

Antes de que María pudiera procesar sus palabras, el sonido de las sirenas inundó la casa. En las paredes se reflejaron las intermitentes luces rojas y azules, siguiendo una pauta rítmica.

«La policía, gracias a Dios», pensó.

En ese momento, la puerta principal se abrió de golpe.

María gritó asustada.

Capítulo 25

Colin

*D*espués de considerar la situación, Colin decidió que había obrado de la forma adecuada. Mientras la adrenalina desaparecía poco a poco, provocándole una sensación de agotamiento y de temblor a la vez, le costaba no pensar en su posición incómoda, tumbado en el suelo boca abajo, con las muñecas esposadas a la espalda, vigilado por cuatro policías con cara de pocos amigos, y con la certeza de pasar el resto de su vida entre rejas.

Quizá debería haber detenido el coche cuando se lo ordenaron.

Y quizá no debería haber frenado en seco detrás del primer coche patrulla que ya estaba frente a la casa de los Sánchez. Y también quizá no debería haber ignorado a los dos agentes de policía que se dirigían hacia la puerta y que le ordenaron que no interfiriera y dejar que ellos se ocuparan de la situación. Si hubiera optado por otras decisiones, probablemente los agentes no le habrían apuntado con sus armas, exponiéndose a una situación en la que podrían haberle disparado con facilidad.

Por suerte, no había tocado a ninguno de los agentes después de echar la puerta abajo de una patada, pero ninguno de ellos parecía dispuesto a escucharle cuando había intentado explicarles lo de la casa desocupada o el parque, unos sitios donde podría haberse escondido Lester después de asaltar a María. Los cuatro agentes parecían demasiado enfadados para prestarle atención. Lo acusaban de rebasar el límite de velocidad, de conducción temeraria, de infringir la normativa, y no iban a contentarse con redactar un par de multas. Lo habían arrestado, lo que significaba que perdería la libertad condicional.

Sus abogados lo defenderían, de eso estaba seguro, pero lo más probable era que la noticia llegara al juez, el mismo juez que, aunque se había mostrado comprensivo y razonable la primera vez, también había mostrado sus dudas de que Colin fuera capaz de rehabilitarse;

seguro que en el juicio se informaría al jurado de ello. Si además añadía que Margolis se personaría como parte acusadora y alegaría que Colin era una persona peligrosa y violenta, la sentencia estaba más que clara.

Prisión.

No tenía miedo de que le encerraran. Por norma general, funcionaba bien en lugares con normas y una estructura rígida, incluso privado de libertad. Sabía cómo hacerse respetar sin meter las narices en las vidas ajenas, mirar hacia otro lado cuando era necesario y mantener el pico cerrado. Sabía que, al cabo de un tiempo, se adaptaría a la nueva rutina. Sobreviviría hasta que llegara el día que lo pusieran en libertad; entonces volvería a empezar. Pero...

María no lo esperaría. Y ya no podría ser maestro de primaria.

No quería pensar en tales cosas. Si se repitiera la situación, volvería a actuar del mismo modo. ¿El acosador de María aparecía con una pistola? Tenía que intentar salvarla. Así de simple. ¿Cómo iba a saber que Lester habría desaparecido cuando él llegara?

Si la policía le hubiera prestado atención, seguro que a esas horas ya habrían dado con Lester. Pero habían perdido unos valiosos minutos posteriores al incidente esposándolo y leyéndole sus derechos; hasta que los agentes no se hubieron calmado, no se interesaron por escuchar a María, que relató los hechos en medio de un ataque de ansiedad, y luego interrogaron a Félix, que dijo que no pensaba presentar cargos por la puerta destrozada y el marco astillado. Serena y Carmen lloraban desconsoladas. Cuando ya era demasiado tarde, Colin vio que dos de los agentes se marchaban en uno de los coches patrulla en busca de Lester. Después, y para sorpresa de Colin, cuando María se cansó de rogarles a los otros dos policías que soltaran a Colin, les pidió que llamaran al inspector Margolis.

Colin cerró los ojos, esperando que Margolis estuviera ocupado.

Al cabo de un momento, uno de los agentes anunció que el inspector estaba en camino.

A Margolis le iba a encantar la escena. Sin duda, esbozaría una de sus sonrisitas de autosatisfacción mientras le soltaba a Colin el sermón de «que conste que ya te lo había advertido, ya sabía que esto pasaría» que probablemente ya estaba ensayando mientras se dirigía hacia allí.

Con todo, no se arrepentía. María y su familia estaban a salvo, y eso era lo que importaba. Eso, y conseguir que Lester no volviera a aparecer... María les había contado a los agentes que Lester se había dado a la fuga cuando había oído las sirenas. Hasta ese momento, sin embargo, María había conseguido mantenerlo calmado hablando con él. O, mejor dicho, dejando que Lester expresara sus desvaríos y ella mostrándose de acuerdo en todo. Pero ¿qué pasaría la próxima vez? ¿Conseguiría aplacar a Lester tan fácilmente? ¿O él la secuestraría y la llevaría a algún lugar donde la policía no pudiera encontrarlos?

A Colin le entraban arcadas ante aquella posibilidad; quería darse de tortas a sí mismo por no haber ido a echar un vistazo al centro psiquiátrico. ¿Cómo se había escapado Lester? Si había recaído en un ataque de delirio cuando el inspector se había personado aquella mañana, ¿cómo era posible que no lo hubieran inmovilizado? ¿O acaso ya no recurrían a esos métodos en los centros psiquiátricos?

Además, había otra cosa que le preocupaba: ¿cómo sabía Lester que María iba a ir a casa de sus padres? Quizá vigiló la oficina y después la casa de ella, y vio que no estaba, pero...

Sus pensamientos se vieron interrumpidos por unas luces de otro coche patrulla; luego por el sonido de un vehículo que aminoraba la marcha. Oyó que frenaba, el ruido de la puerta del coche que se abría y, al cabo de unos segundos, se cerraba con un portazo.

Margolis.

—¿Alguna vez habéis tenido la sensación de que la Navidad ha llegado antes de tiempo? —gorjeó Margolis, mirando a Colin, en el suelo, esposado.

Se acercó al detenido, alzó la vista y miró a María.

—Porque, en mi caso, así es como me siento.

Colin no dijo nada. Cualquier comentario solo empeoraría las cosas.

—Quiero decir: me disponía a comer algo cerca de aquí, a menos de diez minutos, cuando he recibido una llamada urgente en la que se me pedía que viniera de inmediato. ¿Y a quién me encuentro si no a mi viejo amigo Colin? He de admitir que hacía mucho tiempo que no te veía con tan buen aspecto.

Colin creyó ver el reflejo de la mueca de satisfacción de Margolis en sus zapatos lustrados.

—¿Qué has hecho? ¿Te has peleado con tu novia? ¿Quizás has empujado a su madre o a su padre cuando han intentado intervenir? ¿O te has peleado con uno de los agentes, cuando ha intentado calmarte?

Escupió el mondadientes sobre la hierba, muy cerca de la cara de Colin.

—Será mejor que abandones tu voto de silencio y me lo digas. De todas formas, no tardaré ni un minuto en averiguarlo.

335

Colin resopló.

—Infracciones de tráfico —dijo.

Margolis ladeó la cabeza, sorprendido.

—¿En serio?

Colin no respondió, el inspector sacudió la cabeza, con una sonrisita burlona en los labios.

—He de admitir que no me lo esperaba. Pero, bueno, lo acepto de todos modos. Y ahora, si no te importa, quiero hablar con tu novia un momento a solas (si es que aún puedes denominarla «novia», claro). Aunque no le hayas puesto la mano encima, no me parece la clase de chica dispuesta a ir a visitar a su hombre en la cárcel todos los fines de semana, y considero que tengo bastante psicología, para juzgar a las personas.

Cuando Margolis se dio la vuelta y se acercó a María, Colin carraspeó.

—¿Puedo ponerme de pie?

Margolis miró por encima del hombro un par de segundos; luego se encogió de hombros.

—No lo sé. ¿Puedes ponerte de pie?

Colin levantó la cabeza para darse impulso, luego alzó la cadera y propulsó las rodillas hacia atrás en un rápido movimiento. Aterrizó sobre sus pies.

Margolis hizo una señal a uno de los agentes, que había dado un paso hacia Colin, y volvió a sonreír.

—Con movimientos como este, estoy seguro de que todos tus compañeros en la cárcel querrán bailar contigo.

Entonces, se volvió hacia el agente y dijo:

—Pero, antes de que os lo llevéis, dadme unos minutos para que averigüe qué ha pasado.

Colin vio que los dos agentes hablaban en voz baja. Uno de ellos señaló hacia María un par de veces; el otro hacia Colin. Por entonces, un buen número de vecinos había salido de sus casas. Todos estaban de pie en sus jardines o en la calle, estirando el cuello para poder ver mejor. Colin no era el único que se había dado cuenta de ello: Margolis también, y después de un breve intercambio de palabras con la familia, pidió a todo el mundo que volviera a sus casas. Colin se quedó sorprendido al ver que Margolis le hacía una señal para que lo siguiera.

La familia entró en el comedor, seguida de Margolis y de Colin. María repitió la historia desde el principio, incluida una descripción de la indumentaria de Lester, solo que esta vez lo hizo de una forma más lineal. Su familia permanecía de pie, detrás de ella, con más cara de consternación que la propia María, mientras que los dos agentes que habían arrestado a Colin flanqueaban la puerta principal. Colin vio que Margolis tomaba notas. De vez en cuando, Serena intervenía. Margolis dejó que María acabara, y entonces formuló su primera pregunta.

—¿La amenazó directamente con la pistola?

—La tenía en la mano —respondió ella.

—Pero ¿no la alzó? ¿O la apuntó?

—¿Qué diferencia hay? —cuestionó María—. Se presentó aquí con una pistola. Tiene que arrestarlo.

Margolis alzó ambas manos.

—No me malinterprete. Estoy de su parte. Con la admisión por parte de Lester de que fue él quien le envió las rosas a la oficina, quien la invitó a una copa y ahora esto, no hay duda de que usted podrá conseguir una orden de alejamiento. Ningún juez sería capaz de denegar tal petición, y le aseguro que insistiré para que expidan la orden de inmediato. Se lo preguntaba porque estaba intentando determinar si Lester había, además, violado alguna ley relativa a posesión de armas.

—Está mentalmente enfermo. Eso prohíbe que esté en posesión de un arma de fuego en este estado.

—Quizá.

María lo fulminó con la mirada.

—Esta mañana estaba en un centro psiquiátrico. O eso es lo que usted me había dicho.

—No tengo ninguna razón para creer que no estaba allí, y le aseguro que confirmaré que mi amigo inspector no se haya equivocado en cuanto a dicha información. Pero, cuando hablaba de enfermedad mental, lo hacía desde el punto de vista legal. Hasta ahora, no he tenido acceso al historial médico de Lester; en los arrestos anteriores, desestimaron sus problemas psicológicos. No estoy seguro de si esta vez tendrán en cuenta su estado mental. Además, hay una diferencia entre ingresar en un centro psiquiátrico de forma voluntaria o que te envíen allí de forma obligada y contra tu voluntad.

—Creo que está siendo excesivamente tiquismiquis —lo acusó María, con visible frustración—. Le he dicho que está mal de la cabeza. ¡Se puso a hablar al teléfono, por el amor de Dios! Sufre trastornos delirantes, ¡y me ha amenazado con una pistola!

—¿Está segura?

—¿No ha oído mi declaración?

Margolis irguió la espalda en actitud defensiva.

—Para serle sincero, nada de lo que ha dicho indica que él levantara el arma o que pensara utilizarla. Y cuando usted se ha refugiado en su casa, él ha salido corriendo en dirección contraria.

Durante un segundo, María no dijo nada, pero Colin percibió una nota de duda en sus ojos.

—¿Y qué me dice del hecho de que reventara las ruedas de mi coche y me robara el teléfono?

—¿Él ha admitido que había reventado las ruedas?

—No, pero… —María lo miró sin pestañear—. ¿Por qué actúa así? Parece como si buscara excusas para Lester. Es como si buscara alguna razón para no arrestarlo.

—Al contrario. Estoy intentando descubrir algo que sea motivo de arresto. No puedo arrestarlo si no tengo motivos.

—¡Tenía una pistola! ¿Eso no significa nada?

—Sí que sería significativo si hubiera intentado esconderla. O la hubiera amenazado con ella. Pero, según usted, no hizo ni una cosa ni otra.

—Esto es… una locura.

—Es la ley. Por supuesto, si Lester no dispone de permiso para tener un arma, eso sí que sería un motivo que podríamos usar. Pero no bastará para detenerlo durante mucho tiempo. Ni tampoco el hecho de que le haya robado el teléfono.

—¿Y lo de reventar las ruedas?

—¿Lester lo ha admitido? —volvió a preguntar Margolis.

—No, pero…

Margolis resopló.

—Ya sé que la situación le parece frustrante, pero le aseguro que estoy intentando ayudarla. Busco algo que pueda conducir al arresto de Lester, con unos cargos lo bastante graves para que lo encierren.

—Muy bien. Quizá me haya equivocado antes. Ahora recuerdo que él me apuntó con el arma. Me estuvo apuntando todo el tiempo.

Margolis enarcó una ceja.

—¿Está cambiando la versión?

—La estoy corrigiendo —adujo ella.

—De acuerdo. —Él asintió—. Pero antes de que se meta por esa vía, debería saber que la situación puede ser más compleja de lo que cree.

—¿A qué se refiere?

—No estoy en posición de afirmarlo; todavía estamos en la fase inicial de la investigación. De momento, es importante que sepa que estoy analizando el caso desde diferentes ángulos.

«¿Diferentes ángulos?», pensó Colin.

María miró a Colin con cara de no comprender. Luego volvió a observar a Margolis justo en el momento en que alguien llamaba a la puerta. Uno de los agentes que había salido a buscar a Lester asomó la cabeza. Margolis se excusó y salió fuera un minuto, después regresó junto a María y su familia. Los otros dos agentes entraron en el comedor, aunque se quedaron cerca de la puerta.

—Los agentes dicen que no han podido encontrarlo. Han barrido el vecindario un par de veces, han hablado con varias personas que estaban en la calle. Nadie ha visto a Lester.

Colin abrió la boca, pero volvió a cerrarla de inmediato. Margolis se dio cuenta.

—¿Quieres decir algo?

—Me preguntaba si han rastreado el parque, y la casa desocupada que da justo a la parte trasera de esta casa.

Margolis lo miró fijamente.

—¿Por qué?

Colin les contó lo que sabía, así como sus sospechas acerca de la casa desocupada y la posibilidad de que Lester hubiera espiado los movimientos de la familia desde allí. También mencionó que sospechaba que Lester había estado aparcando cerca del parque. Ante el evidente interés de Margolis, Colin admitió que había estado rondando por el vecindario por la noche y a primera hora de la mañana, y que había dedicado un tiempo a investigar varias matrículas. Los padres de María mostraron su malestar ante tales revelaciones. Por su parte, Margolis no alteró en ningún momento su mirada gélida durante toda la exposición.

—¿Y me lo cuentas ahora? O sea, que llevas tiempo jugando a ser detective.

Colin miró a los policías y asintió.

—Les dije a los agentes cuando me arrestaron dónde podía estar Lester. No quisieron escucharme.

El comedor quedó sumido en un incómodo silencio durante unos momentos. Uno de los policías apoyó primero todo el peso de su cuerpo en una pierna y luego en la otra.

—Pero no corría hacia el parque —aventuró Serena con un hilo de voz—. Ni hacia la casa.

—¿Cómo dices? —preguntó Margolis.

—El parque queda a unas pocas calles en esa dirección —apuntó Serena, señalando hacia la dirección de la cocina—. Y a menos que quisiera dar un gran rodeo por toda la manzana, tampoco estaba corriendo hacia la casa desocupada. Corría en dirección contraria.

Margolis asimiló la información antes de excusarse para reunirse un momento con los agentes. Al cabo de unos segundos, dos de los policías se marcharon.

«Ya, media hora más tarde», pensó Colin.

Margolis volvió a poner toda su atención en María.

—Supongamos que Lester ha llegado aquí en coche y, ya que no hay ningún vehículo registrado a su nombre, los dos agentes confirmarán si ha habido alguna denuncia por robo de vehículo o si hay algún modo de encontrar la conexión con Lester. Por supuesto, es posible que a estas horas ya haya escapado en coche o a pie, pero lo importante de momento es que usted está a salvo. ¿Piensa ir a su casa, esta noche?

—Mi hija se quedará con nosotros —anunció Félix—. Y Serena también.

Margolis señaló con el pulgar por encima del hombro.

—La puerta principal está reventada.

—Tengo herramientas en el garaje. Improvisaré un apaño, y mañana haré que la reparen.

—¿Tiene alarma?

—Sí —dijo él—. Aunque casi nunca la tenemos conectada.

—Conéctela esta noche por precaución.

—¿Y el derecho a protección por parte de la policía? —preguntó Serena—. Me refiero a que un agente se quede aquí, con nosotros.

—No puedo asignarles un agente por varios motivos. Le dejo que elija el que más le guste: recortes de presupuesto, no disponemos de suficiente personal, límites en las horas extras de trabajo, y que además todavía no disponemos de una orden de alejamiento. Pero llamaré a mi superior. Estoy seguro de que podré conseguir que un coche patrulla pase por aquí varias veces esta noche.

—¿Y si Lester regresa?

—No creo que lo haga.

—¿Por qué?

—Porque tiene miedo de la policía, y seguro que sabe que habrá agentes rondando por aquí.

—A menos que esté loco y no le importe.

—Hace un rato ha huido —alegó Margolis, pero, al darse cuenta de que su comentario podía parecer un tanto presuntuoso, continuó—: Sé que está asustada y angustiada, señorita Sánchez. Me aseguraré de que un par de agentes patrullen por el vecindario durante una hora o más. ¡Quién sabe! ¡Quizás haya suerte y lo pillen! En tal caso, lo llevarán directamente a la comisaría y yo lo retendré en la sala de interrogatorios hasta que vea qué puedo hacer. Mañana usted pedirá la orden de alejamiento, y la próxima vez que Lester se le acerque, lo arrestaremos.

Colin se fijó en la mezcla de emociones que mostraban los rasgos faciales de María. Ella miró a los agentes cerca de la puerta antes de soltar un largo suspiro.

—¿Puedo hablar con usted a solas?

Margolis se debatió unos segundos, pero al final accedió. Hizo una señal a los agentes para que salieran del comedor, y los dos atravesaron la puerta en silencio. Serena y sus padres enfilaron hacia la cocina. Una vez que estuvieron los tres solos, María suspiró.

—¿Qué le pasará a Colin?

Margolis miró a Colin con desdén.

—¿Qué es lo que quiere saber, exactamente?

—Esperaba que usted hablara con el agente que lo había arrestado y le convenciera para que solo le pusiera una multa o algo parecido. En vez de arrestarlo.

La expresión de Margolis rayaba la incredulidad.

—¿Por qué iba a hacer tal cosa? Por lo que me han dicho, conducía a más de cien por hora por una zona residencial. Ha estado a punto de chocar contra otro vehículo y se ha negado a detenerse cuando la policía se lo ha ordenado. —Sacudió la cabeza—. Y cuando ha llegado aquí, ha desafiado a los agentes al desobedecer la orden de mantenerse al margen, y con su actuación ha empeorado el desenlace.

—Yo estaba en peligro. Usted habría hecho lo mismo si hubiera creído que una persona querida corría peligro.

—Debería haber dejado que la policía se encargara de la situación. Y con su conducción temeraria ha puesto en peligro la vida de otras personas.

—¡Lester tenía una pistola, por el amor de Dios!

—Otro motivo más para dejar que la policía se encargara del caso.

—¡No es justo... y usted lo sabe! —gritó María sulfurada—. Quiero decir, ¿enviarlo a la cárcel? ¿Por exceder el límite de velocidad?

«He hecho mucho más que eso. Los agentes solo me han visto durante los dos últimos minutos de mi carrera», pensó Colin.

—Él es responsable de sus acciones —advirtió Margolis—. No olvide que los agentes tuvieron que desenfundar las armas. Alguien podría haber resultado herido. Usted, o incluso su familia podrían haber estado en peligro.

—Pero, cuando Colin ha sabido que yo estaba a salvo, se ha entregado sin ofrecer resistencia. No ha alzado la voz, no se ha resistido. ¿De verdad desea arruinar el resto de su vida solo porque conducía como un loco para rescatarme?

341

—La decisión no está en mis manos. —Margolis se encogió de hombros.

—No, pero tengo la impresión de que le escucharán. —María se llevó las manos a los labios, deseando que Margolis la mirara a los ojos—. Sé que no se fía de Colin, y que cree que estaría mejor encerrado en la cárcel. Y si hubiera forcejeado con los agentes, hubiera opuesto resistencia al arresto o hubiera cometido alguna estupidez, no le pediría que interviniera. Pero no ha sucedido nada de eso, y usted no me parece una persona irrazonable ni imperiosamente vengativa. —Vaciló antes de continuar—. Me gustaría creer que no me equivoco en mis impresiones. Por favor...

Durante un larguísimo momento, Margolis se la quedó mirando sin parpadear y sin moverse. Luego, sin decir palabra, se dirigió hacia la puerta.

Al cabo de cinco minutos, Colin estaba de pie junto al sofá, frotándose las muñecas que hasta hacía poco habían estado esposadas.

—Gracias por interceder por mí —dijo él.

—De nada.

—Todavía no puedo creer que te haya escuchado.

—Yo sí. Él sabía que era justo. Y el agente que te había arrestado no se ha mostrado en desacuerdo. Después de haber oído toda la historia, no parecía que le quedaran ganas de arrestarte.

Colin señaló hacia la puerta.

—Siento mucho lo de la puerta. Os pagaré una nueva.

—A mi padre no le importa. De verdad, está demasiado consternado con la idea de que Lester haya estado espiando a la familia como para preocuparse por una puerta.

—¿Qué tal si le ayudo a reforzarla esta noche?

Cuando ella asintió, Colin la siguió hasta el garaje y regresó con dos tablas de madera, un martillo y clavos. María le sostuvo las tablas; cuando estuvieron bien clavadas, le dio un abrazo. Se quedaron abrazados durante un rato. Cuando se separaron, ella le preguntó:

—¿Qué vas a hacer ahora?

—Primero, llamar a mi jefe para contarle lo que ha pasado y saber si estoy despedido. Luego, supongo que me quedaré vigilando fuera el resto de la noche. Quiero estar aquí por si Lester aparece de nuevo.

Ella asintió.

—¿A qué crees que se refería Margolis cuando ha dicho que estaba analizando la cuestión desde diferentes ángulos? Lester ha admitido ser el artífice de casi todo...

Colin se encogió de hombros.

—No tengo ni idea. ¿Quizás algo referente a Mark, el novio de Cassie, ya que ha desaparecido del mapa?

Colin estaba poniendo a María al corriente de lo poco que había averiguado cuando Félix entró en el comedor, acompañado por Carmen. La madre de María le ofreció a Colin un vaso de agua fría mientras Félix inspeccionaba el trabajo que había hecho con las tablas en la puerta.

—Siento mucho lo de la puerta —se disculpó Colin, avergonzado—. Le he dicho a María que les pagaré una nueva.

Félix asintió.

—Has hecho un buen trabajo. Las tablas están bien clavadas. —Dio un paso hacia Colin y lo miró a los ojos, con expresión afectuosa—. Quería darte las gracias por venir tan rápido cuando has sabido que María estaba en peligro. Y por llamar a la policía.

—De nada.

Carmen se colocó al lado de su marido mientras este continuaba hablando. Detrás de ellos, Colin podía ver a Serena en la cocina, que escuchaba a su padre con atención.

—Cuando te conocí, te juzgué mal. María me dijo que se sentía segura contigo, ahora comprendo el porqué.

343

Al oír aquello, María le cogió la mano a Colin.

—He oído que le decías a María que pensabas quedarte ahí fuera esta noche, por si Lester regresa.

—Sí.

—Siento decirte que no estoy de acuerdo.

Colin miró a Félix, sin decir nada.

—Deberías estar dentro, no fuera. Como nuestro invitado.

Colin notó que María le estrujaba los dedos. Entonces, a pesar de todo lo sucedido, no pudo evitar sonreír.

—Vale.

Colin se paseaba por el comedor, mirando de vez en cuando a través de las cortinas de la ventana de la fachada principal y luego hacía lo mismo a través de las ventanas de la cocina.

Ninguna señal de Lester.

Margolis había cumplido su palabra. Un coche patrulla pasó por delante de la casa cuatro veces, dos mientras el resto de la familia todavía estaba despierta y otras dos cuando todos se habían ya acostado. María había sido la que se había quedado más rato despierta, sentada con Colin hasta un poco más de la una de la madrugada. Antes de irse a dormir, Félix le dijo a Colin que se levantaría a las cuatro para relevarlo, para que pudiera dormir un poco.

Aquellas horas a solas fueron muy positivas para él, ya que pudo procesar todo lo que había pasado aquella noche. Todavía tenía más preguntas que respuestas, ya que nada tenía sentido. Si, por ejemplo, Lester estaba delirando hasta el punto de creer que María iba a por él, entonces ese temor debería haberlo mantenido alejado de María, en lugar de acercarse a ella de forma reiterada.

Pero ¿no había admitido Lester que había estado acosando a María?

¿Y por qué Margolis le había dicho a María que estaba analizando el caso desde «diferentes ángulos»?

Había otra pregunta que no podía quitarse de la cabeza: ¿por qué Lester había admitido que le había enviado las rosas y que la había invitado a una copa en la discoteca, pero no había admitido que había reventado las ruedas? ¿Lester había conducido hasta allí? Y de ser así, ¿de dónde había sacado el coche? Si había dejado el vehículo en el parque, pero había salido corriendo en dirección opuesta, ¿adónde iba? ¿Y por qué la policía no había dado con él? Además, de nuevo se preguntó cómo sabía Lester que María estaría en casa de sus padres si ella misma se había olvidado del cumpleaños de su madre.

344

Cuanta más información tenía, más desconcertado se sentía.

—Me estás poniendo nerviosa —protestó María—. Estoy segura de que hundirás el suelo si sigues paseándote arriba y abajo sin descanso.

Colin alzó la vista y vio a María en pijama en medio del pasillo.

—¿Te he despertado?

—No, no podía dormir.

—¿Qué hora es?

—Un poco más de las tres —dijo María.

Avanzó hasta el sofá, se sentó y propinó unas palmadas en el cojín que tenía a su lado. Cuando Colin se sentó, ella apoyó la cabeza en su hombro mientras él la rodeaba con un brazo.

—Deberías intentar dormir un poco —sugirió ella.

—Solo falta una hora para que tu padre me releve.

—No creo que esté dormido. Probablemente se habrá pasado las horas dando vueltas en la cama, como yo. —Le dio un beso en la mejilla—. Me alegro de que estés aquí, y mis padres también se alegran. Antes de acostarse, me han pedido disculpas por la forma en que te han tratado hasta ahora.

—No tienen por qué disculparse. Han sido muy amables, incluso después de que haya destrozado la puerta de su casa de una patada.

Ella se encogió de hombros.

—Para ser sincera, fue una entrada impresionante. Las puertas normalmente sirven para mantener a la gente fuera, pero esta no te ha detenido. Se sienten mejor, sabiendo que estás aquí.

Colin asintió. La luz de la luna se filtraba a través de un resquicio entre las cortinas, bañando el comedor con un tenue brillo plateado.

—Quería decirte que has sido muy valiente ante Lester. No todo el mundo habría sabido mantener la calma.

—No estaba calmada. Estaba aterrorizada. Hace un rato, en mi habitación, cada vez que cerraba los ojos seguía viendo su cara. Y era tan… extraño. Seguía teniendo la impresión de que él estaba más asustado de mí que yo de él, a pesar de que era él quien empuñaba una pistola.

—Yo tampoco lo entiendo.

—Ojalá la policía lo hubiera encontrado. Detesto pensar que anda por ahí suelto…, siguiéndome, acechando, planeando y escondiéndose. ¿De qué servirá una orden de alejamiento si no pueden entregársela? ¿Y si aparece otra vez antes de que se la den? He pensado en irme de la ciudad, pero ¿y si me sigue? ¿O si logra dar conmigo? Quiero decir, ni tan solo yo sabía que iba a venir aquí esta noche, así que ¿cómo lo sabía él?

—Yo también me he estado planteando las mismas preguntas.

—¿Qué se supone que he de hacer? Solo deseo sentirme… a salvo.

—Tengo una idea. Quizá sea un tanto exagerada, pero…

—¿De qué se trata?

Colin le contó su plan.

345

Capítulo 26

María

María estaba durmiendo en el sofá cuando Colin le dio un beso de despedida y le susurró que volvería a las ocho. Apenas fue consciente cuando él salió por la puerta del garaje, procurando no hacer ruido. Por suerte, consiguió dormir unas horas antes de que los sonidos de la casa la despertaran.

Durante el desayuno, explicó a su familia los planes de Colin. Los tres la escucharon con atención. Sus padres habrían preferido que María se quedara allí, para no perderla de vista, pero comprendían el razonamiento de Colin y aceptaron la decisión de su hija. Solo le pidieron que les llamara para saber cómo estaba.

Colin se presentó en casa de los padres de María hacia las ocho con un teléfono móvil desechable y siguió a María en coche hasta su casa. Una vez allí, ella se duchó, se puso unos vaqueros, una camiseta blanca y un par de botas negras, luego preparó una bolsa con todo lo necesario para pasar una noche fuera. A las nueve fueron al juzgado, donde María rellenó los papeles para solicitar una orden de alejamiento. Margolis había cumplido su palabra: el oficinista dijo que haría lo posible para que el juez la firmara antes de la tarde.

María usó el móvil desechable para enviar un mensaje a Margolis con su nuevo número de teléfono, y le pidió que la mantuviera informada sobre cualquier progreso en la investigación.

Para su sorpresa, Margolis la llamó al cabo de media hora y le propuso reunirse con ella en una cafetería.

—Está tan solo a un par de manzanas del juzgado, y podremos hablar en privado —le dijo de forma críptica.

María sentía que se había quitado un peso de encima al rellenar el formulario para obtener la orden de alejamiento y decidió seguir adelante con el plan de Colin. Por primera vez desde que había empezado aquella pesadilla, María había decidido actuar en lugar de esperar. Aunque no tenían ninguna garantía de que la policía pudiera entregarle la orden de alejamiento a Lester, el hecho de tomar la iniciativa le permitía sentirse un poco más dueña de la situación.

En la cafetería, ella y Colin se sentaron a una mesa del fondo, a la espera de que llegara Margolis.

Cuando el inspector atravesó la puerta media hora más tarde, solo necesitó un segundo para distinguir a la pareja. Mientras sorteaba las mesas, María se fijó en cómo se le aferraba la tela de la chaqueta a los bíceps. Igual que Colin, parecía pasar muchas horas en el gimnasio.

Margolis se detuvo un momento ante la caja registradora para pedir una taza de café. A continuación, enfiló hacia la mesa que ellos ocupaban. Aunque no estaba del todo segura, le pareció ver menos desprecio en los ojos del inspector cuando miró a Colin.

—¿Ha tenido algún problema para solicitar la orden de alejamiento?

—No —contestó María—. Y gracias por su ayuda. Era evidente que estaban informados de que pasaría por allí.

Él asintió.

—El juez Carson estará hoy en el juzgado. Le he pedido a su secretaria que le diga que no demore la ejecución de la orden. Si al final del día no la han llamado, avíseme.

—De acuerdo —convino ella.

347

La camarera se acercó a la mesa y depositó la taza de café. Margolis esperó hasta que se hubo alejado para volver a hablar.

—¿Qué tal ha pasado la noche? —le preguntó a María.

—No he dormido bien, si se refiere a eso. Pero, por lo menos, Lester no volvió a aparecer.

Margolis asintió.

—Esta mañana he hablado con los agentes que han patrullado por la zona y tampoco le han visto. Pero aparecerá. Un tipo como él muestra una propensión a llamar la atención y a poner nerviosa a la gente, lo que significa que seguro que recibiremos alguna llamada. Confío en que alguien nos avise cuando aparezca.

—Si es que todavía está en la ciudad —apostilló ella—. Quizás haya regresado a Charlotte, o quién sabe dónde puede estar.

—Lo que está claro es que ya no está en el centro psiquiátrico. Los he llamado esta mañana, y no hay rastro de él. También quiero que sepa que le he pedido a mi amigo que visite la casa de los Manning esta mañana. Tampoco hay señales de Lester allí, ni en el apartamento del garaje ni en la casa.

María asintió.

—Por otro lado —continuó Margolis—, he hablado con el Departamento del *Sheriff*, y están de acuerdo en que entreguemos a

Lester la orden de alejamiento cuando lo encontremos. Son buenas noticias. No siempre es fácil. Pero no me gustaría que lo localizáramos y no pudiéramos darle la orden por falta de un representante de la justicia disponible, y que Lester volviera a esfumarse antes de que pudiéramos hacer nada.

—Entonces, ¿cuál es el plan? —preguntó María—. ¿Esperar hasta que aparezca?

—No estoy seguro de que haya otra opción. Solo intento sacar el máximo provecho, dadas las circunstancias.

—¿Por eso me ha propuesto quedar aquí? ¿Para decirme que no han encontrado a Lester?

—No —contestó Margolis—. He conseguido una información interesante y quería compartirla con usted.

—Pensaba que no estaba en condiciones de hablar de la investigación.

—Tiene razón, lo que significa que tengo que limitar parte de lo que he de contarle. Sin embargo, quería hablar con usted porque necesito su ayuda.

—¿Por qué?

—Porque cuánto más investigo este caso, menos sentido le encuentro. Espero que usted pueda ayudarme a encajar algunas piezas.

«Bienvenido a mi mundo», pensó María.

Margolis continuó.

—Sobre lo que pasó anoche, le dije que buscaría posibles infracciones de las leyes de tenencia de armas. Pero, como todo lo demás en este caso, lo que parecía obvio no lo es. Lester no tiene permiso de armas. Tampoco ha comprado ningún arma, lo que me ha parecido que sería una fantástica noticia para usted. Sin embargo, por lo visto, Avery Manning, el padre, tiene permiso para tener una pistola que compró hace años.

—¿Y?

—El problema es que Lester y Avery, padre e hijo, viven en la misma dirección. No es ilegal tomar prestada la pistola de otra persona si dicha persona ha dado su consentimiento. Así que no puedo perseguir esa vía, a menos que Avery Manning no le haya dado permiso a Lester. Pero el asunto todavía se complica más.

—¿Por qué?

—Avery Manning ha venido a verme esta mañana —soltó la información y se quedó unos momentos callado antes de proseguir—. Por eso he llegado tarde a la cafetería. He pensado que sería mejor hablar con él antes que con usted. La historia aún se complica más.

—¿Por qué?

—Es posible que la pistola fuera una réplica.

—¿Cómo dice?

Margolis cogió la cucharilla y removió el café mientras seguía hablando:

—Empecemos por el principio, ¿de acuerdo? Cuando el doctor Manning se ha sentado delante de mí, lo primero que he pensado es que tenía muy mal aspecto, pero lo he entendido cuando me ha dicho que ha conducido desde Tennessee. El hombre estaba angustiado. Debe haber gastado un paquete entero de goma de mascar mientras hablábamos. No paraba de mascar y escupir un chicle tras otro, aunque no ha mostrado ninguna intención de controlar la conversación, lo cual me ha sorprendido (lo digo por la forma en que usted lo describió). Pero sigamos: le he preguntado a qué se debía su visita, e inmediatamente me ha dicho que Lester se había ido de Plainview, y que estaba preocupado por si se le ocurría ir a verla. Me ha rogado que la avise y que le diga que, en el caso de que Lester se le acerque, no dude en llamar a la policía. Después ha dicho que su hijo estaba pasando por una fase aguda de delirio, y que lleva años en tratamiento por dicho trastorno, y blablablá. Más o menos, lo mismo que ya me había contado antes.

—Pero ayer ni siquiera estaba seguro de si su hijo estaba en el centro psiquiátrico —argumentó María.

Margolis tomó un sorbo de café.

—Me dijo que le llamaron del centro tan pronto como se dieron cuenta de que Lester había desaparecido (él es la persona de contacto en caso de emergencia). Por lo visto, cuando Lester no se presentó a la consulta de la asistente social a la hora prevista, el personal pasó un par de horas buscándolo por todas partes hasta llegar a la conclusión de que se había ido del centro. Entonces fue cuando llamaron al doctor Manning.

—Pero ¿cómo es posible? Es un centro psiquiátrico. ¿No vigilan a sus pacientes?

—Según el doctor Manning, Lester ha estado ingresado tantas veces como para saber las rutinas, y conoce bien al personal. El director también ha resaltado que no había razones para desconfiar de Lester. Lester había ingresado de forma voluntaria, y nunca antes se había escapado. Es posible que Lester usara el coche de alguien, o que alguien pasara a recogerlo, y que de allí fuera hasta Wilmington. Obviamente, tenía una pistola escondida. ¿Qué puedo decir? Es un paranoico.

—Si el doctor Manning quería avisarme, ¿por qué no le llamó a usted tan pronto se enteró de que Lester se había escapado?

349

—Lo hizo —contestó Margolis, con una expresión que daba a entender que estaba tan sorprendido como ella—. Me dejó un mensaje de voz anoche, pero, por desgracia, no lo he escuchado hasta esta mañana, después de haberme reunido con él. De todos modos, no sé hasta qué punto habría servido de algo. Me llamó después de que Lester hubiera estado con usted.

María asintió.

—Le he dicho al doctor Manning que Lester no solo la había asaltado a usted en plena calle, sino que además tenía un arma. Entonces se ha puesto aún más nervioso. Ha necesitado un rato para calmarse, y después ha insistido en que la pistola que empuñaba Lester no podía ser de verdad.

—¡Claro! ¿Qué iba a decir?

—Yo también he pensado lo mismo. Le he preguntado cómo podía estar tan seguro, y me ha dicho que solo tiene dos armas de fuego: una vieja escopeta que tiene desde que era niño y que según él quizá ni siquiera funciona, y la pistola que ya he mencionado antes, que la tiene guardada en el maletero del coche, en una caja cerrada bajo llave. Ha añadido que ni se le ocurriría dejarla en casa, donde Lester pudiera cogerla.

—¡Sé lo que vi!

—No lo dudo, pero permítame que acabe —le pidió Margolis—. El doctor Manning me ha dicho que si bien Lester no tiene un arma de verdad, sí que tiene una pistola de aire comprimido. Me ha contado que fue él quien se la compró cuando Lester era un adolescente, y cree que está en una de las cajas en el desván, junto con otros viejos trastos de su hijo. Según él, es posible que Lester la cogiera un día sin que él se diera cuenta. Así que la pregunta que quiero hacerle es si es posible que Lester empuñara una pistola de aire comprimido.

María intentó visualizar de nuevo la pistola, pero no consiguió hacerlo con la precisión de detalle que Margolis le exigía.

—No lo sé —admitió—. A mí no me pareció un juguete.

—No me extraña. El mismo color, el mismo tamaño; además, ya era de noche y usted estaba aterrorizada. ¿Quién sabe? Aunque eso explicaría por qué Lester no levantó la pistola en ningún momento. Porque pensó que usted se daría cuenta de que la boca del cañón era demasiado pequeña.

María ponderó la posibilidad antes de sacudir enérgicamente la cabeza.

—De todos modos, eso no significa que la pistola de Lester fuera de juguete. Podría haberla comprado en cualquier sitio. No es imposible.

—Estoy de acuerdo —convino Margolis—. De momento, no descarto ninguna posibilidad.

—¿Y cómo sabe que el doctor Manning decía la verdad acerca de su pistola?

—Porque me la ha enseñado antes de irse. Y sí, la tenía guardada en una caja bajo llave en el maletero. —María no dijo nada y Margolis continuó—: Hay algo más que debería saber.

—¿Qué?

Margolis sacó una carpeta; de su interior extrajo un formulario de admisión del centro psiquiátrico Plainview. Se lo pasó a María por encima de la mesa.

—Lester Manning estaba en el centro la noche en que le reventaron a usted las ruedas. Esta mañana he recibido este fax del centro psiquiátrico. Fíjese en la fecha en que Lester ingresó en Plainview.

María miró el documento que tenía delante de sus ojos con incredulidad.

—¿Está seguro de que este documento no está manipulado?

—Estoy seguro. El doctor Manning cursó la solicitud mientras estaba conmigo, y el fax ha llegado al cabo de unos minutos, directamente del centro.

—¿No es posible que Lester se escapara? ¿Tal como hizo ayer?

351

—No, esa noche no. Según el informe, estuvo en su habitación todo el tiempo. El celador pasó por su cuarto cada treinta minutos.

María no dijo nada. En el silencio, Margolis tomó un sorbo de café.

—Por eso quería hablar con usted. Si Lester no le reventó las ruedas, ¿quién podría haberlo hecho? Cuando le he planteado la pregunta al doctor Manning, me ha contestado que Mark Atkinson.

—¿Por qué?

—Porque quizás Atkinson esté intentando incriminar a Lester.

—Eso no tiene sentido.

—Quizás… a menos que Atkinson tenga un motivo, lo que parece ser el móvil. Lester fue quien le presentó a Cassie.

María necesitó unos segundos para asimilar la información.

—¿Lester y Atkinson se conocían?

—Los dos trabajan para la misma empresa. O, por lo menos, trabajaban. Según el doctor Manning, después de que Cassie muriera, Lester y Atkinson se pelearon. Lester acusó a Atkinson de no haber sabido proteger a Cassie cuando apareció Laws, le llamó cobarde, y se enzarzaron en una pelea. No hay información sobre lo que pasó, lo que es normal; en muchos casos similares, nadie llama a la policía. En resumidas cuentas, según el doctor Manning, Atkinson detesta a Lester.

—¿Y usted cree que es cierto?

—No estoy seguro de la pelea, pero es cierto que Lester y Atkinson trabajaban juntos. Después de hablar con usted ayer, me entrevisté con la madre de Atkinson, y luego con el supervisor de la empresa de limpieza. A eso me refería cuando le dije que estaba analizando el caso desde diferentes ángulos. Porque hay algo en la forma en que Atkinson desapareció de la ciudad que no me gusta. Puedo aceptar que se marchara para conocer a la mujer de sus sueños (hay tipos capaces de cometer tamaña estupidez), pero ¿que no haya contactado con su madre salvo por un par de cartas que ni siquiera estaban escritas de su puño y letra? ¿Ni llamadas ni mensajes a sus amigos? ¿Justo cuando está pasando todo este lío? No sé…, algo huele mal.

—Todavía no entiendo los motivos que podría tener Atkinson para acosarme. Ya le he dicho que nunca he visto a ese tipo.

—¿Es posible que esté enfadado por el mismo motivo que usted cree que lo está Lester? ¿Porque Laws salió de la cárcel y mató a Cassie? ¿Y que le eche a usted la culpa?

—Quizás… —admitió María despacio—. Pero… es Lester quien me está acosando. Fue él quien me envió las flores y me invitó a una copa. Lester es quien me asaltó anoche delante de la casa de mis padres…

352

—Exacto —convino Margolis—. Por eso me pregunto si el doctor Manning no se estará equivocando acerca de la relación entre Lester y Atkinson. Si no se equivoca y Atkinson está intentando incriminar a Lester, ¿cómo ha conseguido que Lester actúe y que todavía no lo hayan arrestado? Sobre todo si tenemos en cuenta lo que pasó anoche. Si descartamos esa posibilidad, aún quedan otras dos opciones. La primera es que Lester supiera que Atkinson planeaba acosarla y decidiera actuar del mismo modo. En tal caso, inevitablemente surge la pregunta de cómo sabía Lester lo que Atkinson planeaba, y entonces destapamos la caja de los truenos. Pero, si decidimos descartar esa opción, aún queda otra.

María miró a Margolis sin pestañear, casi con miedo a oír lo que él iba a decirle a continuación.

—¿Y si Lester y Atkinson están compinchados?

María intentaba asimilar las ideas de Margolis, sin decir nada.

—Ya sé lo que piensa —prosiguió el inspector—, y a mí también me parece descabellado, pero de las tres explicaciones es la única que me parece que tiene un poco de sentido.

—Todavía no estoy segura de por qué cree que Atkinson podría estar implicado. Quizá Lester pagó a alguien para que reventara las ruedas y dejara una nota porque sabía que tendría la coartada perfecta. Porque el resto de los hechos apunta a que Lester está actuando solo.

—No todo —apostilló Margolis—. Veamos, he revisado las matrículas de los coches aparcados cerca del parque, tal y como sugirió Colin. Y una de ellas despertó mis sospechas.

—¿Por qué?

—Porque el coche está registrado a nombre de Mark Atkinson.

—¿Te parece que tiene sentido? —le preguntó María a Colin después de que Margolis se hubiera marchado—. Me refiero a que Lester y Atkinson estén compinchados.

—No lo sé —admitió Colin.

María sacudió la cabeza.

—Es Lester. Y actúa solo. Seguro. —Incluso a sus oídos, le pareció que estaba intentando convencerse a sí misma—. Y si están compinchados, ¿por qué está el coche de Atkinson aún en el parque? ¿Cómo se marcharon de aquí, si Lester no tiene coche?

—Tal como Margolis sugirió anoche, quizá Lester robó uno.

María sacudió la cabeza.

—Todo es tan confuso… Es como una de esas muñecas rusas: abres una y encuentras otra dentro, y la secuencia parece no tener fin. ¿Qué se supone que he de hacer? ¿Y si el inspector descubre algo que implica a Atkinson? ¿Se supone que he de solicitar otra orden de alejamiento también para Atkinson?

353

—A lo mejor sí.

¿Y si tampoco encuentran a Atkinson? ¡Ni siquiera su madre sabe dónde está! ¿De qué servirá una orden de alejamiento si no pueden entregársela?

Colin no contestó, pero notó que María no necesitaba una respuesta. La presión mental era descomunal; sus palabras reflejaban su confusión.

—¡Quién sabe dónde estará Lester! Pero es la misma situación. ¿De qué sirve una orden de alejamiento si tampoco pueden encontrar a Lester?

—Lo encontrarán.

—¿Cómo?

En lugar de contestar, Colin le cogió la mano.

—De momento, creo que lo mejor que podemos hacer es seguir adelante con nuestro plan, sobre todo porque es posible que haya dos personas implicadas en lugar de una sola.

—¿Crees que es posible que sean dos las personas que me siguen?

—Sí. Hasta que no sepamos lo que pasa realmente, lo único que podemos hacer es protegerte.

Después de dejar el coche de María en su casa, Colin y ella fueron en el Camaro hasta Independence Mall, un centro comercial. Dieron un rodeo por carreteras secundarias e hicieron muchos cambios de dirección. Aunque parecía que nadie los seguía, no querían correr ningún riesgo.

En el centro comercial, pasaron cuarenta minutos paseando tranquilamente, cogidos de la mano. De vez en cuando, deshacían el camino y se dedicaban a estudiar las caras de la gente, aunque María no estaba segura de la efectividad de aquella idea. Sabía qué aspecto tenía Lester, pero Atkinson era un misterio. Colin había hecho una búsqueda en el ordenador en casa de María aquella mañana y le había mostrado el póster de personas desaparecidas colgado en Pinterest. María se fijó con gran interés en la foto de Atkinson. Tenía unas facciones muy vulgares, de las que no destacarían en medio de una multitud; además, pensó que podía haberse cambiado el color del pelo. O haberse dejado bigote, o afeitado la cabeza.

354 Mientras paseaban por el centro comercial, María no podía zafarse de las teorías de Margolis. Una tras otra, iban desfilando por su mente:

Atkinson intentando incriminar a Lester. Lester intentando incriminar a Atkinson. Lester y Atkinson compinchados. ¿O acaso Lester actuaba solo mientras Atkinson se había fugado con una chica? Y en tal caso, ¿el coche era una mera coincidencia?

¿Cómo saberlo? Cualquier teoría, por más que se interpretara con la debida lógica, se desintegraba en algún punto a lo largo del proceso.

Al final, y siguiendo el plan de Colin, se dirigieron hacia una tienda de ropa femenina. Allí, María eligió unas blusas, sin prestar mucha atención, aunque fingió estar muy interesada en la selección. Colin permanecía de pie a su lado, dando su opinión sobre las prendas de forma relajada. A las doce en punto, María le dijo a Colin que quería probarse algunas prendas y se dirigió a los probadores.

—Solo tardaré unos minutos —le dijo ella.

Tan pronto como entró en la zona de los probadores, Lily asomó la cabeza por una de las cabinas. María se metió en la misma cabina y se fijó en la indumentaria de Lily: zapatos rojos con un tacón de vértigo, pantalones vaqueros, blusa roja y un clavel en el pelo. En la mano llevaba un par de gafas de sol de gran tamaño y un juego de llaves; en el suelo había un bolso azul marino y una bolsa de plástico de una tienda.

—Hola, cielo. ¿Cómo estás? —la saludó Lily al tiempo que le estrechaba las manos—. Ya sé que esto es una pesadilla para ti, y no puedo ni imaginar cómo consigues mantener la entereza, y que encima sigas tan guapa como la primera vez que te vi. Si yo estuviera en tu lugar, tendría la piel reseca de tanto estrés.

«Lo dudo», pensó María. Lily era la clase de chica que probablemente nunca había tenido ni un puntito negro de acné en la vida. Pero le agradecía el cumplido.

—Gracias. No sé cómo agradecerte todo lo que estás haciendo…

—¡No digas eso! —exclamó Lily—. Soy tu amiga, y para eso están los amigos, ¿no? Sobre todo en una situación tan terrible como la que estás pasando.

—No he visto a Evan —apuntó María.

—Ha ido a la zona de restaurantes hace unos minutos. Probablemente esté comiendo algo nada saludable, pero, teniendo en cuenta que se ha portado como un campeón en la gestión de todo este asunto, he decidido que no le echaré la bronca sobre sus pésimos hábitos alimentarios.

—¿Crees que todo saldrá bien?

—¡Claro que sí! —gorjeó Lily—. La gente ve lo que espera ver; lo aprendí en las clases de teatro. Tuve a la mejor profesora del mundo, por cierto. Pero ya hablaremos de esa historia otro día. Colin y Evan están pendientes del reloj mientras tú y yo estamos aquí charlando. —Le entregó a María el bolso, las gafas de sol y las llaves de su coche—. La peluca y la ropa están dentro del bolso. Estoy segura de que te quedará perfecto. Me parece que tenemos la misma talla.

«No lo creo, aunque tampoco es que haya una diferencia increíble», pensó María.

—¿Dónde has conseguido la peluca?

—En una tienda especializada. No es perfecta. No es posible obtener una buena réplica en tan poco tiempo, pero servirá para el propósito.

María echó un vistazo al interior del bolso.

—Ya te pagaré todo esto…

—¡Ni hablar! Y, aunque lo que te voy a decir pueda sonarte fuera de lugar, dadas las circunstancias, he de admitir que el montaje para actuar de forma clandestina esta mañana ha sido interesante, como en una película de acción. Bueno, vayamos al grano… y no olvides el clavel. Es la clase de detalle en el que se fija la gente. Le enviaré un mensaje a Evan, y estará aquí dentro de unos minutos.

355

María salió de la cabina de Lily y se metió en la que había al lado. En el bolso encontró la misma ropa que Lily llevaba puesta, junto con una peluca rubia y un clavel rojo. María se puso la indumentaria y la peluca, y se pasó un minuto ajustándose la ropa. Hundió el clavel en la peluca, en el mismo sitio que Lily llevaba el suyo; después se puso las gafas de sol.

Así de cerca, no se parecía en absoluto a Lily. Pero, desde cierta distancia, quizá...

Se calzó los zapatos rojos de tacón; entonces, exactamente a las doce y cuarto, salió del probador. Evan se le acercó a grandes zancadas.

—¿Qué tal, Lily? —la saludó mientras se acercaba—. ¿Has encontrado algo de tu gusto?

De soslayo, María vio que Colin fingía prestar atención a la pantalla de su móvil.

María sacudió la cabeza. Evan se inclinó y le dio un beso en la mejilla antes de ofrecerle la mano. Salieron de la tienda con paso tranquilo, luego se alejaron por los pasillos, hacia la salida del centro comercial.

El coche de Lily estaba aparcado cerca. María pulsó el botón del llavero, abrió la puerta y se sentó ante el volante mientras Evan ocupaba el asiento del pasajero. María echó un vistazo al reloj.

En la tienda de ropa femenina, María vio que Lily salía al cabo de dos minutos, vestida con la ropa que María había llevado puesta y con una peluca oscura. Colin le estrechó la mano y la guio hacia otra tienda, en la que Lily se metió en el probador y se cambió de nuevo de ropa con su indumentaria original. El plan era que Lily se marchara en el coche de Evan. Colin, por su parte, se iría en su coche solo, como si María no hubiera estado nunca con él en el centro comercial.

María pensó que probablemente todo aquel numerito era innecesario. Pero sabía que la palabra clave era «probablemente». Si había dos personas que la estaban siguiendo, ni ella ni Colin debían correr ningún riesgo, y el objetivo era que nadie fuera capaz de encontrarla, por lo que pensaba esconderse en un lugar donde nunca había estado antes.

En el apartamento de Lily.

María puso el coche en marcha y salió del aparcamiento. Nadie salió de la tienda tras ella, ni tampoco ningún coche abandonó el aparcamiento en el mismo momento. Dio una vuelta alrededor del centro comercial, siguiendo las instrucciones de Evan, y se detuvo frente a otra de las entradas del centro comercial. Evan se apeó del coche.

—Gracias —dijo ella.

—No hay de qué —contestó Evan—. Y, recuerda: estás totalmente a salvo. Lily y yo no tardaremos en reunirnos contigo con todas tus cosas, ¿de acuerdo?

Ella asintió, visiblemente nerviosa. Al cabo de un minuto, abandonó la amplia zona del aparcamiento del centro comercial y se perdió en la carretera principal. Tal como llevaba haciendo en las últimas semanas, dio bastantes vueltas sin apartar la vista del espejo retrovisor, hasta que notó que empezaba a disiparse su nerviosismo.

Nadie podía seguirla. Estaba convencida.

Bueno, casi convencida.

Últimamente, nada le parecía del todo seguro.

El apartamento de Lily estaba a menos de un kilómetro de Crabby Pete's; tenía aparcamiento privado y unas espectaculares vistas al océano desde las ventanas del comedor. Estaba decorado con buen gusto, en tonos blancos, amarillos y azules, lo cual no la sorprendió. María se sintió cómoda desde el primer momento; pasó unos minutos contemplando la playa desde la ventana. Luego corrió las cortinas y fue hacia el sofá.

Se tumbó, suspiró y pensó que no le sentaría nada mal una pequeña siesta. En aquel instante, el teléfono que Colin le había entregado empezó a sonar; al contestar reconoció la voz de Margolis. 357

—Un par de cosas. He llamado a mi amigo el inspector de Charlotte y le he dejado un mensaje para ver si podemos conseguir que corra la voz de que estamos buscando a Atkinson, ya sea a través de su madre o por el vecindario, como parte del plan. Lo más importante es que también quería decirle que ya han expedido la orden de alejamiento. Estoy esperando recibir el documento de un momento a otro.

—Gracias —dijo ella.

Sin embargo, María no comentó lo que ya era obvio: que todavía tenían que encontrar a Lester para entregarle la orden. Y quizás obtener otra orden para Atkinson. Cuando colgó, llamó a Colin para contarle las novedades, luego también puso al corriente a sus padres. Necesitó varios minutos para calmar a su madre preocupada, y cuando por fin pudo colgar el teléfono, volvió a darse cuenta de lo cansada que se sentía. Como si hubiera estado corriendo sin parar durante días, lo que, en cierto sentido, era cierto.

Cerró de nuevo los ojos, pero no consiguió conciliar el sueño de inmediato. La conversación con Margolis, aunque breve, había provocado otra tanda de preguntas. Con todo, al final el cansancio la venció y se quedó dormida.

Capítulo 27

Colin

*D*espués de colgar el teléfono, Colin recogió las bolsas de María del coche, se puso los auriculares y escuchó un poco de música mientras llevaba el ordenador de María a la mesa del comedor. Quería confirmar una cosa; aunque podría haberles mencionado la idea a María o a Margolis mientras estaban en la cafetería, al final optó por no hacerlo. Era una apuesta arriesgada, pero ahora que ya disponían de la orden de alejamiento, pensó que no perdía nada por confirmarlo. No importaba si Atkinson estaba o no implicado; de momento, la prioridad era encontrar a Lester.

Se le había ocurrido aquella mañana. Después de despedirse de María con un beso, de camino al coche, había intentado hallar la lógica a la información de que disponían: que la orden del juez no tendría valor a menos que pudieran encontrar a Lester; que el tiempo era oro; que Lester era peligroso; que había asaltado a María con una pistola y la había aterrorizado; y, por supuesto, que se había llevado su teléfono...

«Su teléfono...»

De repente, le vino a la mente un recuerdo, una imagen de la primera noche que había conocido a María, bajo la lluvia, cuando él se detuvo para ayudarla a cambiar la rueda. Ella se mostró esquiva a causa de su aspecto terrible después de la pelea, y le pidió si podía usar su teléfono porque no sabía dónde había dejado el suyo. Ella había farfullado cosas inconexas, pero también había dicho algo... ¿Qué había dicho, exactamente?

Colin se paró junto al coche, intentando recordar.

«No es que lo haya perdido... O me lo he dejado en el trabajo, o en casa de mis padres, pero no lo sabré hasta que tenga mi MacBook. Utilizo la opción "Buscar mi teléfono". Me refiero a la aplicación.

Puedo saber dónde está mi móvil porque lo tengo sincronizado con el ordenador.»

Eso significaba que él también podía intentar averiguar dónde estaba el teléfono de María.

Le sorprendía que a Margolis no se le hubiera ocurrido tal opción. O quizá sí que lo había pensado y ya había hecho la prueba, pero el resultado había sido infructuoso porque Lester se había desprendido del teléfono o lo había apagado, o se había acabado la batería. O quizás eso constituía la clase de información confidencial que Margolis no tenía permiso para compartir. De todos modos, habían pasado tantas cosas que cabía la posibilidad de que a Margolis se le hubiera escapado ese cabo suelto.

Colin no quería hacerse ilusiones —había pocas posibilidades de éxito, y lo sabía—, pero después de un par de clics en el cursor, su corazón empezó a latir de forma acelerada cuando comprendió lo que veía. El teléfono seguía encendido, y la batería tenía suficiente carga como para informar que estaba en una casa en Robins Lane, en Shallotte, un pueblo situado al sudeste de Wilmington, cerca de Holden Beach. Shallotte estaba a unos cuarenta y cinco minutos de allí. Colin fijó la vista en la ubicación para confirmar si el teléfono estaba todavía en movimiento.

No lo estaba. La información le permitía seguir los movimientos previos del teléfono; un par de clics después, supo que el teléfono había ido directamente desde la casa de los Sánchez hasta la casa en Robins Lane, sin detenerse en ningún otro lugar.

Curioso. Sí, muy curioso, aunque todavía no pudiera interpretarse como una prueba. Quizá Lester sabía que rastrearían el teléfono y lo había tirado dentro del vehículo de otra persona o en la banqueta trasera de una camioneta mientras huía. O quizá se había desprendido de él y alguien lo había encontrado.

O quizá Lester estaba en una fase de delirio tan aguda que ni siquiera había pensado en todas esas posibilidades.

No había forma de estar seguro, pero valía la pena intentarlo...

Se debatió entre llamar a Margolis o no, pero al final pensó que probablemente sería mejor asegurarse antes de hacerlo. Shallotte no estaba ni siquiera en el mismo condado, y no quería malgastar el tiempo de Margolis, si no era una buena pista...

Sintió unos golpecitos en el hombro y dio un respingo. Al darse la vuelta, vio a Evan, de pie, a su lado. Colin se quitó los auriculares.

—No estarás pensando hacer lo que creo que estás pensando, ¿verdad? —insinuó Evan.

—¿Qué haces aquí? No te he oído entrar.

—He llamado, pero no has contestado. He asomado la nariz, te he visto con el ordenador de María, me he preguntado si planeabas hacer alguna estupidez y he decidido preguntártelo directamente, por si las moscas.

—No es una estupidez. Estaba rastreando el móvil de María —explicó.

—Lo sé —respondió Evan, al tiempo que señalaba hacia el ordenador—. Puedo ver la pantalla. ¿Cuándo se te ha ocurrido hacerlo?

—Esta mañana, cuando me he marchado de la casa de sus padres.

—Muy perspicaz. ¿Has llamado a Margolis?

—No.

—¿Por qué no?

—Porque has entrado tú. No he tenido tiempo de hacerlo.

—Bueno, pues llámale ahora —sugirió Evan.

Colin no hizo ningún gesto para coger el teléfono y Evan resopló.

—A eso me refería cuando he dicho que esperaba que no estuvieras planeando alguna estupidez. Porque no pensabas llamarle, ¿verdad? Ibas a confirmarlo tú mismo, antes de llamarle.

—Quizá no sea Lester.

—¿Y? Deja que Margolis lo confirme. Por lo menos, el teléfono de María está allí, y podrá recuperarlo. ¿Y acaso necesito recordarte que se trata de un asunto que está en manos de la policía? Tienes que dejar que Margolis haga su trabajo. Has de llamarle.

—Lo haré. Cuando esté seguro de que es una buena pista.

—¿Sabes qué pienso? Que mientes.

—No miento.

—Quizás a mí no. Pero, de momento, creo que te mientes a ti mismo. Esto no tiene nada que ver con malgastar el tiempo de Margolis. La verdad es que creo que buscas tener el papel protagonista en esta historia. Creo que quieres ver a Lester para ponerle cara a un nombre. Creo que estás cabreado y que te has habituado a solucionar las cosas a tu manera. Y creo que quieres ser un héroe, como con la idea de sacar fotos desde una azotea, o anoche, cuando derribaste la puerta de la casa de los padres de María de una patada, a pesar de que la policía ya estaba allí.

Colin tenía que admitir que Evan podía tener razón.

—¿Y?

—Que cometes un error.

—Si descubro que es Lester, llamaré a Margolis.

—¿Y cómo piensas hacerlo? ¿Piensas llamar a la puerta y preguntar si Lester está en casa? ¿Acercarte con sigilo e intentar echar un vistazo a través de las ventanas? ¿Esperar a que él salga a lavar su coche? ¿Pasarle una nota por debajo de la puerta?

—Ya pensaré en algo cuando esté allí.

—¡Oh, un plan fantástico! —espetó Evan—. Porque cuando ideas un plan, siempre sale bien, ¿verdad? ¿Has olvidado que Lester va armado? ¿Y que podrías verte metido en una situación peligrosa que quizá podrías evitar? ¿O que puedes empeorar más las cosas? ¿Y si Lester te ve? Podría salir corriendo, y entonces aún sería más difícil dar con él en el futuro.

—O quizá ya esté planeando huir, y yo pueda seguirlo.

Evan apoyó ambas manos en el respaldo de la silla de Colin.

—No te convenceré, ¿verdad?

—No.

—Entonces espera a que lleve a Lily de vuelta a casa e iré contigo.

—No.

—¿Por qué no?

—Porque no hay motivos para que vayas conmigo.

Evan soltó la silla e irguió la espalda.

—No lo hagas —dijo al final—. Por tu propio bien, llama a Margolis.

Sin duda, para enfatizar su petición, Evan agarró el ordenador de María y lo guardó en una de las bolsas que había cerca de la puerta. Tomó el resto de las pertenencias de María y abandonó el apartamento de Colin dando un portazo.

Colin lo vio marchar sin decir ni una palabra.

Quince minutos más tarde, en el coche, de camino a Shallotte, Colin pensó en todas las cosas que le había dicho Evan.

¿Por qué iba solo? ¿Por qué no había avisado a Margolis? ¿Qué esperaba conseguir?

Porque, tal como Evan había sugerido, la situación se había convertido en un tema personal. Quería tener la oportunidad de poner cara a un nombre, quería ver con sus propios ojos qué aspecto tenía ese tipo. Quería ser testigo de cómo Margolis le entregaba la orden de alejamiento, y luego hallar el modo de no perderlo de vista, aunque tampoco pensaba comentarle sus planes a Margolis. Pensaba que había llegado el momento de que Lester empezara a mirar hacia atrás, por si alguien lo seguía, en vez de que fuera María la que siempre mirara hacia atrás con miedo. Si era Lester, claro...

Con todo, Evan le había recordado el riesgo que corría si algo salía mal. Valoraba a Evan por esos detalles; sabía que tenía que ir con cuidado. El mínimo error y acabaría dando con los huesos en la cárcel. Se prometió a sí mismo que lo único que haría sería vigilarlo. Aunque Lester se marchara en coche, no pensaba ponerle la mano encima. Con todo, Colin empezó a notar un subidón de adrenalina.

Se obligó a respirar hondo y despacio.

Atravesó Wilmington respetando los semáforos en rojo, hasta que llegó a la autopista 17. Había grabado la dirección de Robins Lane en su móvil; en la pantalla vio las indicaciones para llegar a su destino. Siguió las instrucciones verbales. Un poco después de las dos de la tarde tomaba las últimas curvas antes de entrar en una zona residencial que, de entrada, le recordó al barrio donde vivían los padres de María. Pero solo a primera vista. Allí las casas eran más pequeñas y no estaban tan bien conservadas; en muchas de ellas, la hierba estaba demasiado crecida, y había bastantes carteles de EN VENTA, lo que le daba a la zona una sensación transitoria. La clase de vecindario donde nadie conocía a los vecinos y donde nadie se quedaba mucho tiempo.

¿Ideal para alguien que tuviera la intención de esconderse?

Quizá.

362

Aparcó detrás de una vieja furgoneta destartalada frente a un pequeño bungaló en alquiler, situado a escasos metros de la dirección que aparecía en la pantalla de su móvil. Se trataba de otro bungaló, con un pequeño porche en la fachada principal. Desde su posición, Colin podía ver la puerta y una de las paredes laterales de la vivienda, donde una ventana con las cortinas cerradas daba directamente a la casa vecina. Se acercó con sigilo, asomó la cabeza y vio que por el otro lado del bungaló sobresalía el morro de un coche azul, aunque no distinguía el modelo.

¿Había alguien en casa? Tenía que haber alguien. El coche de Atkinson seguía aparcado en el parque. O, por lo menos, según Margolis, unas horas antes estaba allí.

Deseó haber llevado consigo el ordenador de María. Le habría sido de gran ayuda para asegurarse de que el teléfono seguía allí. Se preguntó si debía llamar a Evan para preguntárselo, pero su amigo usaría la oportunidad para aleccionarlo otra vez, y no estaba de humor para sermones. Además, lo más probable era que Evan y Lily ya se hubieran ido al apartamento de esta con las cosas de María. Lo que significaba que lo único que podía hacer era observar, con la esperanza de que Lester se aventurara a salir tarde o temprano.

Aunque, tal como Evan le había recordado, todavía no sabía qué aspecto tenía Lester.

Echó un vistazo a su teléfono y vio que eran casi las tres. Se había pasado una hora vigilando. Aún no había ninguna señal de movimiento detrás de las cortinas del bungaló; nadie había salido. El coche azul seguía aparcado en el mismo sitio.

Además, ningún vecino parecía haberse fijado en él. Un par de personas pasaron caminando cerca de su coche; unos chiquillos habían pasado también corriendo, chutando un balón de fútbol. Vio a un cartero por la calle y se le ocurrió que quizá podría averiguar el nombre del inquilino si miraba el buzón, pero sus esperanzas se desvanecieron rápidamente, ya que el cartero pasó de largo sin acercarse a la casa.

Qué extraño. Se había detenido en todas las viviendas de aquella manzana, excepto en el bungaló. Quizá no significaba nada.

O quizá significaba que quienquiera que vivía allí no recibía cartas, porque las cartas se las enviaban a otra dirección.

Se quedó pensativo unos momentos.

Los minutos seguían pasando. Ya eran las cuatro. Colin empezaba a impacientarse. Necesitaba hacer... algo. Se preguntó de nuevo si debía llamar a Margolis. También se preguntó si debía arriesgarse a llamar a la puerta. Confiaba en no perder el mundo de vista y reaccionar de forma violenta. O, por lo menos, eso era lo que esperaba.

Volvió al coche, respiró hondo y despacio, y dio un respingo cuando sonó su teléfono. Un mensaje de Evan.

«¿Qué haces?»

Colin le contestó: «Nada».

Pasó otra hora. Las cinco de la tarde. El sol empezaba su lento descenso, todavía brillante pero iniciando el ocaso gradual del atardecer. Colin se preguntó si encenderían las luces en el interior del bungaló. Todavía no estaba seguro de si había alguien ahí dentro.

Su teléfono volvió a sonar. Otra vez Evan.

«Estaré contigo en menos de un minuto. Ya casi estoy junto a tu coche», rezaba el texto.

Colin frunció el ceño. Miró por encima del hombro y vio que Evan se acercaba por detrás. De un salto, su amigo se metió dentro del vehículo y cerró la puerta, luego subió la ventanilla. Colin hizo lo mismo.

—Sabía que estabas aquí. Sabía cuáles eran tus intenciones. ¿Y te atreves a mentir en el texto que me has enviado, con eso de que no estás haciendo nada?

—No te he mentido. No estoy haciendo nada.

—Has venido aquí. Estás vigilando la casa, esperando que salga Lester. Eso es algo.

—Todavía no le he visto.

—Bueno, ¿cuál es el plan?

—Todavía no lo sé —contestó Colin—. ¿Cómo está María?

—La hemos encontrado dormida en el sofá, pero, tan pronto como se ha despertado, Lily se ha puesto a hablarle de nuestros planes de boda. He pensado que sería mejor que yo confirmara qué hacías, ya que Lily puede pasarse horas hablando de ese tema...

En ese momento, Colin vio un leve movimiento en la parte frontal del bungaló. La puerta se abrió. Un hombre apareció en el porche, con una lata en la mano.

—¡Agáchate! —susurró Colin al tiempo que él también se agachaba—. ¡No te muevas!

Evan obedeció.

—¿Por qué?

Colin asomó un poco la cabeza por encima del tablero sin contestar. Necesitaba verlo más de cerca. El hombre se había colocado en medio del porche, con la puerta abierta a su espalda. Colin lo estudió con interés mientras intentaba visualizar la imagen de Atkinson. No era él, seguro. Acto seguido, intentó recordar la descripción de María sobre cómo iba vestido Lester la noche anterior.

«Una camisa roja descolorida y pantalones vaqueros rotos.»

«Sí», pensó Colin, la misma indumentaria.

«¿Lester?»

Tenía que serlo. Colin sintió otro subidón de adrenalina. Lester estaba en el bungaló. No se había cambiado de ropa...

Al cabo de unos segundos, Lester dio media vuelta y volvió a entrar, luego cerró la puerta tras él.

—¿Es él? —susurró Evan.

—Sí —afirmó Colin—, es él.

—Y ahora llamarás a Margolis, ¿de acuerdo? ¿Tal como dijiste que harías?

—Vale —cedió Colin.

Por teléfono, después de maldecir a Colin por ocultarle información, Margolis espetó que se ponía en camino y que llegaría lo antes posible. Le pidió que no siguiera a Lester ni a ningún otro sospechoso que saliera de la casa, y le exigió que dejara que él se encargara del asunto. Le juró que si se atrevía a salir del coche, encontraría la forma de arrestarlo, porque empezaba a hartarse de que actuara como si supiera lo que hacía. Le dedicó unas cuantas imprecaciones; cuando Colin dio por terminada la llamada, Evan lo miró con inquietud.

—Ya te dije que no le haría la menor gracia —comentó Evan.

—Vale.

—¿Y no te importa?

—¿Por qué habría de importarme?

—Porque ese hombre puede arruinarte la vida.

—Solo si cometo alguna tontería y me meto en un lío.

—¿Cómo, por ejemplo, interferir en los asuntos de la policía?

—Estoy sentado en mi coche. Le he llamado con la información necesaria. No estoy interfiriendo. Soy un testigo potencial. Me dijo lo que había que hacer, y lo he hecho.

Evan cambió de posición, incómodo.

—¿Puedo volverme a sentar? Tengo calambres en la pierna.

—No sé por qué sigues agachado.

Al cabo de cuarenta minutos, Margolis detuvo su sedán junto al coche de Colin y bajó la ventana del pasajero.

—Te dije que te largaras de aquí —lo conminó Margolis.

—No, no lo ha hecho —puntualizó Colin—. Me ha dicho que no salga del coche y que no siga a Lester ni a ningún sospechoso.

—Te crees muy listo, ¿eh?

—No.

—Pues es lo que parece. Anoche evité que te arrestaran, ¿y tú vas y te olvidas de mencionar esta idea genial que se te ha ocurrido esta mañana? ¿Qué quieres, volver a desempeñar el papel del justiciero de la ley?

—María le contó que Lester se había llevado su iPhone. Es muy fácil rastrear un iPhone. Pensaba que a usted ya se le habría ocurrido.

La expresión de la cara de Margolis revelaba que se le había pasado por alto aquella obviedad.

Rápidamente, recuperó la compostura y espetó:

—Lo creas o no, mi mundo no gira en torno a ti y a tu novia. Tengo otros casos. Casos importantes. Iba a hacer el rastreo cuando encontrara el momento oportuno.

«Ya, seguro», pensó Colin.

—¿Piensa recuperar el teléfono de María?

—Si Lester lo tiene, sí. No tengo ninguna prueba de que lo tenga, salvo tu palabra.

—Hace un par de horas, el teléfono estaba ahí dentro —intervino Evan—. Me he asegurado antes de venir hacia aquí.

Margolis miró a Evan sin parpadear, con evidente exasperación, antes de sacudir la cabeza.

—Recuperaré el teléfono —refunfuñó Margolis—. Y ahora largaos. Los dos. No os quiero aquí, ni al uno ni al otro. Ya me encargo yo.

Subió la ventana, soltó el freno y dejó que el vehículo se deslizara antes de detenerlo justo delante del bungaló. Colin observó cómo Margolis salía del coche, se tomaba un momento para examinar el espacio antes de rodear el coche en dirección al porche.

Mientras subía los peldaños, se volvió hacia Colin e hizo un gesto con el pulgar, indicándole que se marchara.

«De acuerdo», se dijo Colin. Hizo girar la llave de arranque, pero ni un rugido, solo silencio. El motor estaba completamente muerto. Colin volvió a intentarlo con el mismo resultado. Silencio absoluto.

—A ver si lo averiguo —dijo Evan—. Tu coche se acaba de morir.

—Es lo que parece.

—A Margolis no le hará ninguna gracia.

—No puedo hacer nada.

Estaba hablando con Evan mientras mantenía la vista fija en Margolis, quien todavía no había llamado a la puerta. En vez de eso, el inspector se alejó hasta la otra punta del porche para echar un vistazo al coche aparcado al otro lado. Cuando se dio la vuelta, a Colin le pareció ver una mueca de confusión en la cara de Margolis mientras este enfilaba por fin hacia la puerta. Vaciló antes de llamar. Tras una larga pausa, Margolis asió el pomo y lo hizo girar. Abrió la puerta levemente.

«Alguien debe haberle dicho que pase, que la puerta estaba abierta», pensó Colin.

Margolis habló a través de la puerta entreabierta, luego sacó la placa mientras atravesaba el umbral, y desapareció de la vista…

—Vayamos a mi coche —sugirió Evan—. Será mejor que no estemos aquí cuando salga Margolis. Sé que te odia, pero no quiero darle motivos para que te odie todavía más. Ni tampoco para que me odie a mí. Tiene pinta de ser un tipo con muy mala leche.

Colin no dijo nada. Pensaba en la expresión que había visto en la cara de Margolis justo antes de que llamara a la puerta. Margolis había visto algo, algo que… ¿le había parecido raro? ¿Quizás algo que no esperaba?

¿Y por qué Lester lo habría invitado a pasar, si tenía esa paranoia con la policía?

—Algo va mal —murmuró Colin, articulando sus pensamientos de forma automática, incluso antes de darse cuenta de que los había expresado en voz alta.

Evan lo miró perplejo.

—¿De qué estás hablando? —preguntó.

En ese instante, Colin oyó el estruendo de un arma de fuego, un disparo, y luego otro, en rápida sucesión, fuertes y explosivos.

Colin iba a abrir la puerta cuando Margolis apareció en el umbral, con la chaqueta y la camisa manchadas de sangre y con la mano en el cuello. Se tambaleó en el porche y cayó de espaldas por los peldaños.

Lester salió al porche, gritando de forma incoherente, con el arma en la mano. Con la cara teñida de miedo y de rabia, alzó la pistola y apuntó a Margolis con mano temblorosa. Volvió a gritar y bajó el arma antes de volverla a levantar…

Colin corrió hacia el bungaló, acortando el camino por el jardín de la casa vecina, escondiéndose detrás de un pequeño seto, hasta llegar al porche. Casi estaba encima de Lester. Su objetivo. Solo a escasos pasos.

367

Lester seguía apuntando a Margolis con el arma sin apretar el gatillo. Tenía la cara roja, los ojos inyectados en sangre. Fuera de control. Gritaba a Margolis: «¡No ha sido culpa mía! ¡Yo no he hecho nada! ¡No pienso volver a la cárcel! ¡Sé lo que está haciendo María!».

Lester se acercó a los peldaños, acortando la distancia entre él y Margolis mientras seguía empuñando el arma con mano temblorosa. De repente, Lester detectó cierto movimiento por el rabillo del ojo. Se dio la vuelta bruscamente y apuntó hacia la dirección de Colin…

Demasiado tarde.

Colin saltó por encima de la barandilla del porche y se abalanzó sobre él con los brazos extendidos. La pistola salió volando y aterrizó en el porche.

Colin superaba a Lester en unos veinte kilos; notó cómo a este se le rompían las costillas al impactar contra el suelo bajo el peso de Colin. Lester aulló en un grito agónico.

Colin no perdió ni un segundo. Con Lester inmovilizado bajo su cuerpo, pasó inmediatamente el brazo alrededor de su garganta, y luego hizo una llave con la otra mano. Lester empezó a retorcerse, con el cuello apresado entre los bíceps y el antebrazo de Colin. Este aplicó una fuerte presión sobre la arteria carótida mientras Lester intentaba zafarse frenéticamente de su agresor.

Al cabo de unos segundos, Lester quedó con los ojos en blanco; de repente, dejó de moverse.

Colin siguió aplicando presión, la suficiente como para dejar inconsciente a Lester un buen rato. A continuación, corrió al lado de Margolis.

El inspector todavía respiraba, pero no se movía. Estaba más blanco que el papel. Colin intentó entender qué era lo que tenía ante los ojos. Le habían disparado dos veces, en el estómago y en el cuello, y estaba perdiendo mucha sangre.

Colin se quitó la camisa y la rasgó por la mitad mientras Evan se le acercaba corriendo, con el semblante desencajado.

—¡Santo Cielo! ¿Qué hacemos?

—¡Llama al 911! —gritó Colin, intentando controlar su propio estado de pánico, consciente de que más que nunca necesitaba pensar con claridad—. ¡Rápido! ¡Que envíen una ambulancia!

Colin no sabía nada sobre heridas de bala, pero, si Margolis seguía desangrándose, no sobreviviría. Dado que la herida del cuello tenía peor aspecto, Colin empezó a aplicar presión en su cuello. La sangre empapó inmediatamente la tela de la camisa. Colin hizo lo mismo con la herida del estómago, donde la sangre había formado un charco debajo del cuerpo del inspector.

La cara de Margolis empezó a adoptar un tono cetrino.

Colin podía oír a Evan, que gritaba a través del teléfono que habían disparado a un poli, que necesitaban una ambulancia urgentemente.

—¡Date prisa, Evan! —gritó Colin—. ¡Necesito tu ayuda!

Evan colgó y miró a Margolis como si pensara que se iba a morir. Por el rabillo del ojo, Colin vio que Lester ladeaba la cabeza. Se estaba despertando.

—¡Coge las esposas! —ordenó a Evan—. ¡Asegúrate de que Lester no escape!

Evan, que todavía mantenía la vista clavada en Margolis, parecía paralizado. Colin podía notar la sangre que seguía empapando los restos de su camisa. Podía notar el calor en la mano; sus dedos estaban rojos y pegajosos.

—¡Evan! —gritó Colin—. ¡Coge las esposas del cinturón de Margolis! ¡Date prisa!

Evan sacudió la cabeza y empezó a retirar las esposas con manos temblorosas.

—¡Y luego vuelve aquí tan rápido como puedas! —gritó Colin—. ¡Necesito tu ayuda!

Evan corrió hacia Lester, cerró una de las esposas alrededor de la muñeca de Lester y luego arrastró el cuerpo hasta la barandilla, donde cerró la otra esposa alrededor de uno de los barrotes. Lester gimió, empezando a recuperar la conciencia mientras Evan se alejaba de él. Evan cayó de rodillas cerca de Margolis, con los ojos abiertos como platos.

—¿Qué hago?

—Encárgate de la herida del estómago…, donde está mi mano. ¡Aprieta fuerte!

Aunque Margolis ya no perdía tanta sangre, su respiración era más superficial…

Evan hizo lo que Colin le ordenaba. Colin puso las dos manos en la herida del cuello. Al cabo de unos segundos, Colin oyó las primeras sirenas; después, un estruendo; mientras rezaba para que llegaran lo antes posible, no paraba de repetir: «No te mueras, no te mueras. Por favor, no te mueras…».

En el porche, Lester gimió de nuevo, parpadeó y abrió unos ojos desenfocados.

Un ayudante del *sheriff* fue el primero en llegar, seguido rápidamente por un agente del Departamento de la Policía de Shallotte. Ambos frenaron en seco en mitad de la calle, saltaron de sus respectivos coches y corrieron hacia ellos, con las armas desenfundadas, sin saber qué hacer.

—¡Han disparado al inspector Margolis! —gritó Colin mientras se acercaban—. ¡El tipo con las esposas es quien le ha disparado!

Tanto el agente como el ayudante del *sheriff* miraron hacia el porche. Colin procuró mantener un tono sereno.

—La pistola está en el porche. No podemos dejar que el inspector pierda más sangre. ¡Por favor, llamen a una ambulancia! ¡Rápido! ¡No sé cuánto tiempo aguantará!

El agente se acercó al porche mientras el ayudante del *sheriff* corría hacia su coche y gritaba por la radio que había un policía herido y que enviaran una ambulancia urgentemente. Tanto Colin como Evan seguían aplicando presión en las heridas; Evan empezaba a recuperar el color en las mejillas.

Al cabo de unos minutos, llegó la ambulancia. Dos enfermeros saltaron y cogieron la camilla con rapidez. Colocaron a Margolis en ella y lo subieron a la parte trasera del vehículo. Uno de los enfermeros saltó al volante mientras el otro se quedaba al lado del inspector. El vehículo se puso en marcha, escoltado por el coche de policía y el del *sheriff*. Las sirenas aullaban. Solo entonces Colin empezó a recuperar el mundo que había perdido de vista.

Podía notar el temblor en las extremidades; los nervios empeza-

369

ban a destensarse. Las manos y las muñecas estaban adormecidas con la extraña sensación de que la sangre no las irrigaba. La camisa de Evan parecía que la hubieran metido en un barreño para teñirla de color rojo. Evan se alejó, se inclinó y vomitó.

Uno de los policías que se había quedado con ellos fue hasta su coche y regresó con un par de camisetas blancas. Le pasó una a Colin y la otra a Evan. Antes de prestar declaración, Colin cogió el teléfono para llamar a María y contarle lo que había sucedido.

Mientras hablaba, no podía quitarse a Margolis de la cabeza.

Durante la siguiente hora, en que el cielo se oscureció hasta quedar completamente negro, fueron llegando más coches de policía. Varios agentes habían entrado en el bungaló, igual que un inspector de Wilmington y el *sheriff* del condado.

Lester deliraba. Gritaba cosas sin sentido y se resistió al arresto hasta que por fin consiguieron meterlo a la fuerza en la parte trasera de uno de los coches patrulla para llevarlo a la cárcel.

Colin declaró ante el *sheriff*, un oficial de la policía de Shallotte y el inspector Wright de Wilmington. Los tres le hicieron un sinfín de preguntas. Luego le tocó el turno a Evan. Ambos admitieron que no tenían ni idea de lo que había pasado cuando Margolis había entrado en la vivienda, solo que no había transcurrido mucho rato antes de que oyeran los disparos. Colin también les dijo que Lester podría haber rematado a Margolis, pero que no lo hizo.

Más tarde, después de que a él y a Evan les dieran permiso para marcharse, Colin llamó a María para decirle que iba a casa a cambiarse, pero que quería que Lily la llevara en coche al hospital para que pudieran verse allí. Mientras hablaba con ella, oyó que un agente le comentaba al inspector Wright y al *sheriff* que la casa estaba vacía, y que parecía como si Lester hubiera estado viviendo allí solo.

Después de hablar con María, Colin enfiló hacia el bungaló, preguntándose por el paradero de Atkinson. Y por qué, de nuevo, si Lester estaba tan paranoico, había dejado entrar a Margolis.

—¿Estás listo para que nos vayamos? —preguntó Evan, interrumpiendo sus pensamientos—. Necesito largarme de aquí, ducharme y cambiarme.

—Sí —dijo Colin—. Vamos.

—¿Qué quieres hacer con tu coche?

Colin desvió la vista hacia el Camaro.

—Ya me encargaré de eso más tarde. De momento, no tengo energía para pensar en mi coche.

Evan debió haber visto algo extraño en su expresión.

—¿Estás seguro de que es una buena idea que vayamos al hospital?

Para Colin, no era tanto una elección como una obligación.

—Quiero saber si Margolis sobrevivirá.

371

Capítulo 28

María

*D*esde la llamada de Colin, la mente de María no había reposado ni un momento, intentando encajar en el rompecabezas todo lo que había sucedido.

Colin creía haber descubierto el paradero de Lester y había ido hasta allí para confirmar sus sospechas. Lester había disparado a Margolis. Lester había apuntado a Colin. Este había reducido a Lester. Colin y Evan habían intentado salvar la vida del inspector. A Margolis se lo habían llevado en una ambulancia. Lester se había resistido al arresto, gritando que sabía lo que había hecho María.

«Lester.»

Desde el primer momento no había dudado de que era Lester, y que era peligroso. Por eso no podía dejar de repetirse con gran alivio que ya estaba entre rejas. Esta vez no había desaparecido ni había huido; esta vez lo habían apresado, y había disparado a un poli, así que no había forma de que pudiera seguir acosándola.

«Pero ¿y Atkinson?», inquirió su vocecita interior.

No quería pensar en eso. Sin embargo, no estaba segura de qué pensar. Todavía había piezas que no encajaban...

Todo aquello la superaba. Lo que acababa de pasar era terrible, más que terrible. Se le formaba un nudo en el pecho al pensar que Colin y Evan se hubieran visto atrapados en medio de aquel infierno.

María pensó que Lily debía de estar experimentando la misma mezcla de emociones angustiosas; apenas había hablado desde que habían llegado al hospital unos minutos antes, y no paraba de mirar hacia el aparcamiento, pendiente por si veía llegar el coche de Evan. María tenía la impresión de que Lily necesitaba ver, tocar y abrazar a su novio, como para autoconvencerse de que Evan estaba bien.

Y Colin...

Por supuesto que era Colin quien había encontrado a Lester; por supuesto que había sido él quien había corrido hacia Lester cuando este último le apuntaba con la pistola; por supuesto que lo había derribado sin resultar herido en el proceso. Y ahora, por supuesto, Lester estaba encerrado; aunque ella sentía un gran alivio, también la asaltaba un enorme sentimiento de rabia. De preocupación, también, por Margolis, y le costaba entender cómo era posible que Lester hubiera sido más hábil que el inspector. María le había dicho a Margolis que Lester era peligroso; le había dicho que tenía un arma. Entonces, ¿por qué no la había escuchado? ¿Por qué no había sido más cauto? ¿Cómo era posible que Lester le hubiera disparado? No lo entendía, y Colin tampoco. Cuando habían hablado antes, Colin le había dicho que no sabía si Margolis sobreviviría al trayecto hasta el hospital. Pero María pensó que Margolis debía haber sobrevivido.

Mientras esperaba con Lily en el hospital, habían entrado media docena de policías y todos seguían allí, lo que significaba que el inspector seguía vivo, ¿no?

Le daba miedo preguntar.

Cuando por fin vio el coche de Evan que entraba en el aparcamiento del hospital, María apenas podía mantener en orden sus pensamientos. Siguió a Lily hacia el exterior; tan pronto como Colin se apeó, lo rodeó con sus brazos y lo estrechó con fuerza.

373

Los cuatro entraron en el hospital, preguntaron por Margolis y subieron en ascensor hasta la segunda planta. Allí les indicaron que siguieran por el pasillo hasta el área de espera de cirugía, que estaba abarrotada de policías y de unas pocas personas que parecían amigos o familia. Algunos, con las caras sombrías y desalentadas, se volvieron hacia ellos.

Evan se acercó más a Colin y le susurró:

—Quizá no deberíamos estar aquí.

La cara de Colin no expresaba ningún sentimiento.

—No le habrían disparado si yo no lo hubiera avisado.

—No es culpa tuya —dijo Evan.

—Tiene razón —apuntó Lily—. Lester es el culpable, tú no.

A pesar de sus palabras de tranquilidad, María sabía que Colin todavía estaba intentando convencerse a sí mismo de lo mismo, aunque no lo conseguía.

—¿Veis a alguien a quien podamos preguntarle por el estado de Margolis? No veo a ninguna enfermera —dijo Evan.

—Allí. —Colin señaló hacia un hombre de unos cuarenta años, con el pelo gris muy corto.

El hombre los vio y se dirigió hacia ellos.

—¿Quién es? —susurró María.

—El inspector Wright —contestó Colin—. Ha sido uno de los que me ha tomado declaración hace un rato, y también a Evan.

Cuando Wright se acercó, les tendió la mano; tanto Colin como Evan se la estrecharon.

—No esperaba veros aquí —dijo Wright.

—Quería saber cómo está —confesó Colin.

—Hace apenas unos minutos que he llegado, pero de momento no hemos recibido el parte médico. Lo único que sabemos es que sigue en el quirófano. Ya sabéis que estaba en muy mal estado cuando llegó.

Colin asintió, y Wright señaló hacia otra área de la sala.

—Ya sé que esto es muy duro, Colin —murmuró Wright—, pero me preguntaba si podrías sacar fuerzas para un último esfuerzo. Hay alguien que ha preguntado por ti porque quiere hablar contigo.

—¿Quién? —se interesó Colin.

—La mujer de Pete, Rachel.

María vio que la expresión de Colin se mantenía inalterable.

—No creo que sea una buena idea.

—Por favor —suplicó Wright—. Para ella es importante.

Colin se tomó un momento antes de contestar.

374 —Vale.

Wright se dio la vuelta, enfiló hacia la otra punta de la sala, se detuvo delante de una atractiva mujer morena que estaba rodeada por media docena de personas. El inspector señaló hacia Colin y Evan. Rachel Margolis se excusó inmediatamente del grupo y caminó hacia ellos. Mientras se acercaba, María se dio cuenta de que la mujer había estado llorando. Tenía los ojos enrojecidos y el rímel corrido. Parecía que le costaba mantener la entereza.

Wright hizo las presentaciones y Rachel les ofreció una leve sonrisa que no mostraba otra cosa que tristeza.

—Larry me ha dicho que habéis salvado la vida a mi marido —dijo la mujer.

—Siento muchísimo lo que le ha sucedido —expresó Colin.

—Yo también —contestó ella—. Yo..., bueno... —resopló antes de frotarse los ojos—. Quería daros las gracias a los dos. Por no haber perdido el valor, porque no os habéis dejado arrastrar por el pánico, por llamar a la ambulancia. Por aplicarle presión en las heridas. Los enfermeros me contaron que de no haber sido por vuestra intervención, Pete no habría sobrevivido. Si no hubierais estado allí...

—Estaba a punto de romper a llorar; pronunciaba las palabras con tanta emoción que a María se le formó un nudo en la garganta—. Bueno..., yo... —Suspiró angustiada, intentando no desmoronar-

se—. Quiero que sepáis que es un tipo duro de roer y que sobrevivirá. Es una de las personas más fuertes que he...

—Lo es —admitió Colin.

María tuvo la impresión de que Rachel Margolis no había oído a
Colin, porque, en realidad, no oía a nadie. La señora Margolis solo
estaba hablando para sí misma.

Las horas pasaban. María se sentó al lado de Colin, a la espera de
recibir información. Evan y Lily se habían ido a la cafetería unos minutos antes. María escuchaba las conversaciones en la sala, que poco
a poco se iban trocando en murmullos de preocupación. La gente entraba y salía de la sala de espera.

Colin permanecía callado como de costumbre. De vez en cuando,
un agente o un inspector se les acercaba para darle las gracias a Colin y estrecharle la mano. Aunque él se mostraba cortés en sus respuestas, María sabía que se sentía incómodo porque todavía se culpaba a sí mismo de lo que había sucedido, aunque nadie más pareciera
hacerlo.

Sin embargo, la sorprendía la intensidad del sentimiento de culpa de Colin. Desde el primer momento había quedado claro que Colin y Margolis se profesaban mutua antipatía. Le parecía una para-
doja; aunque quería sacar a Colin de aquella sala e incitarlo a hablar
de sus sentimientos, sabía que él quería pasar por el mal trago solo.
Al final, se inclinó hacia él.

—¿Estarás bien si salgo un rato al pasillo? Quiero llamar a mis padres y a Serena. Estoy segura de que se estarán preguntando qué pasa.

Cuando Colin asintió, ella le dio un beso en la mejilla. Acto seguido, abandonó el área de espera y salió al pasillo, en busca de un
rincón más tranquilo donde disponer de cierta privacidad. En el teléfono, sus padres parecían tan preocupados como el resto de las personas de la sala de espera; la acribillaron con docenas de preguntas.
Hacia el final de la conversación, su madre comentó que había preparado la cena y le preguntó si pasaría con Colin, junto con Evan y
Lily. Lo dijo de tal modo que a María le resultó imposible decir que
no. Además, después de todo lo que había pasado, también deseaba
ver a su familia.

De vuelta a la sala de espera, vio que Colin seguía en el mismo
asiento. Continuaba sin hablar, pero, tan pronto como ella se sentó a
su lado, él le cogió la mano y se la estrechó con vigor. Lily y Evan regresaron de la cafetería; al cabo de poco, por fin apareció el cirujano
en la sala.

375

Desde su posición, María vio que Rachel Margolis se dirigía hacia él, con el inspector Wright a su lado. La sala quedó sumida en un incómodo silencio, todos preocupados, todos con necesidad de saber. Era imposible no oír al doctor, incluso desde lejos.

—Ha sobrevivido a la operación —anunció—, pero la lesión es más grave de lo que esperábamos. Asimismo, el proceso se ha complicado por la gran pérdida de sangre, y durante unas horas su vida ha pendido de un hilo. Sin embargo, en estos momentos, sus constantes vitales son estables, bajas, pero estables.

—¿Cuándo podré verle? —preguntó Rachel Margolis.

—Quiero mantenerlo en observación durante otro par de horas —contestó el médico—. Si todo sigue igual, y espero que así sea, podrá verle unos minutos esta misma noche.

—Pero se recuperará, ¿verdad?

«La pregunta del millón», pensó María.

El médico ya parecía esperar la pregunta, y contestó en el mismo tono profesional.

—Tal como he dicho, de momento está estable, pero ha de comprender que su esposo todavía está en una situación crítica. Las próximas horas serán cruciales para saber algo más, y espero poder darle una respuesta más clara mañana.

Rachel Margolis tragó saliva.

—Solo quiero saber qué debo decirles a nuestros hijos, cuando regrese a casa.

«¿Hijos? ¿Margolis tiene hijos?», pensó María.

El médico habló en un tono más suave.

—Dígales la verdad, que su padre ha sobrevivido a la operación y que no tardarán en tener más noticias. —La miró a los ojos—. Por favor, comprenda, señora Margolis, que su marido ha sufrido un gran trauma y que de momento necesita respiración asistida...

Cuando el cirujano empezó a ofrecer más detalles de las lesiones de Margolis, María no pudo soportarlo por más tiempo. Apartó la vista y oyó la voz de Colin.

—Vamos —le susurró él, sin duda pensando lo mismo que ella—. Esos detalles no son de nuestra incumbencia. Démosles un poco de privacidad.

María y Colin se levantaron; Evan y Lily los siguieron. Los cuatro abandonaron la sala. Cuando estuvieron fuera, María les contó que había llamado a sus padres y que su madre los había invitado a cenar.

—Sé que probablemente estáis exhaustos y que vosotros dos acabáis de venir de la cafetería, pero mi madre ha preparado la cena y...

—Vale —aceptó Colin—. Yo todavía he de volver a recuperar mi coche esta noche, pero puedo hacerlo más tarde.

María se marchó con Colin en el coche de Evan. Este y Lily los seguían en el coche de Lily; cuando aparcaron delante de la casa de los Sánchez, Serena ya los esperaba en el porche, junto con sus padres. Tan pronto como María se apeó, Serena la envolvió con su abrazo.

—Mamá y papá estaban terriblemente preocupados por vosotros. Mamá lleva horas en la cocina, y papá no ha parado de mirar por la ventana. ¿Estáis bien?

—No mucho, la verdad —admitió María.

—Pienso que necesitaréis unas buenas vacaciones, cuando todo esto se acabe.

A pesar de las circunstancias, María rio.

—Es probable.

Después de Serena, María abrazó a sus padres, luego les presentó a Evan y a Lily. María se quedó sorprendida —al igual que sus padres y Serena— de que Lily hablara español, aunque con un gracioso acento sureño. Dado que la puerta principal seguía inutilizable por las tablas, entraron por la puerta del garaje. En la cocina se sentaron alrededor de una mesa que pronto empezó a cubrirse con platos de comida.

Mientras cenaban, María contó a su familia su encuentro anterior con Margolis. Colin les refirió lo que había sucedido después. Cada dos frases, hacía una pausa, para que María pudiera traducir sus palabras a su madre. Evan añadió algunos detalles, sobre todo en lo referente al enfrentamiento con Lester.

—Así que Lester está arrestado, ¿no? —quiso saber Félix, cuando Colin terminó—. No lo soltarán, supongo.

—Disparó a un policía —indicó Evan—. No creo que vuelva a pisar la calle.

Félix asintió.

—Eso espero.

—¿Y Atkinson? —intervino Serena—. ¿No has dicho que estaba compinchado con Lester?

—No lo sé. Margolis estaba investigando el vínculo. Por lo visto, se conocían, pero no acabo de encontrarle el sentido —contestó María.

—Entonces, ¿quién te reventó las ruedas? —insistió Serena.

—Quizá Lester pagó a algún crío para que lo hiciera, porque sabía que, si él estaba en el centro psiquiátrico, tendría una coartada.

377

—¿Y el coche aparcado junto al parque?

—Quizá Lester lo tomara prestado. —María se encogió de hombros—. No lo sé.

—Si Atkinson todavía está libre, ¿qué piensas hacer?

—No lo sé —repitió María, con una evidente frustración en su tono.

Sabía que todavía quedaban muchas preguntas sin respuesta, incluso después de lo que había pasado, pero...

—Lester era quien me preocupaba —confesó—. Era él quien me daba miedo, y tanto si está compinchado con Atkinson como si no, la única cosa que sé es que Lester ya no podrá acosarme, y que...

Cuando María se calló, Serena sacudió la cabeza.

—Siento hacerte tantas preguntas, pero es que todavía estoy...

—Preocupada. —Félix terminó la frase por ella.

«Yo también, y Colin también, pero...», pensó María.

Sus pensamientos se vieron interrumpidos por el tono amortiguado del teléfono de Serena. Serena lo sacó del bolsillo y envió la llamada al buzón de voz, con una expresión esperanzada y preocupada a la vez.

—¿Quién era? —preguntó Félix.

—Charles Alexander —contestó Serena.

—Es un poco tarde para llamarte, ¿no? Quizá sea importante —insistió Félix.

—Ya hablaré con él mañana.

—No seas tonta; llámale ahora —la animó María, agradecida por la distracción—. Tal como ha dicho papá, podría ser importante.

No quería pensar más en Atkinson ni en Lester, ni tampoco tenía energías para seguir enfrentándose a más preguntas. Apenas se sentía con fuerzas para procesar lo que había sucedido en las últimas horas...

Serena dudó unos segundos, preguntándose si era correcto llamar a Alexander, dadas las circunstancias. Al final pulsó el botón verde. La mesa se quedó en silencio mientras ella paseaba por la cocina con el móvil pegado a la oreja.

—¿Charles Alexander? ¿Dónde he oído ese nombre antes? —susurró Colin.

—Es el director de la beca. Creo que ya te lo conté —le contestó María en un susurro.

—¿Qué pasa? —quiso saber Evan; cuando Lily se inclinó para escuchar mejor, María los puso al corriente.

Entre tanto, Serena había empezado a asentir con la cabeza. Cuando al final se dio la vuelta, María vio su amplia sonrisa.

—¿De verdad? ¿He ganado? —preguntó Serena.

María vio que su madre agarraba de repente la mano de su padre.

Mientras tanto, Serena seguía hablando, sin poder mantener el tono de voz bajo.

—Por supuesto —dijo—. Muy bien... Mañana por la noche... A las siete... Muchísimas gracias....

Cuando Serena colgó, sus padres la miraron esperanzados.

—Supongo que ya lo habréis oído, ¿no?

—¡Enhorabuena! —exclamó Félix, levantándose de la mesa—. ¡Qué buena noticia!

Carmen también se levantó al tiempo que expresaba lo orgullosa que estaba de su hija. Durante los siguientes minutos, mientras todo eran abrazos y sonrisas, la ansiedad por lo que había sucedido dio paso a algo maravilloso, un sentimiento que María no quería que tocara a su fin.

Después de la cena, Colin, Evan y Lily se despidieron y fueron a buscar el coche del primero. Carmen y Félix salieron a pasear el perro por el vecindario. María y Serena se quedaron solas en la cocina, lavando los platos.

—¿Estás nerviosa por la entrevista? —le preguntó María.

Serena asintió mientras secaba un plato.

—Un poco. El periodista irá con un fotógrafo. No me gusta que me hagan fotos.

—¿Bromeas? ¡Eres la reina de los *selfies*!

—Pero eso es diferente. Los *selfies* son para mis amigos. No es como que uno aparezca en el periódico.

—¿Cuándo saldrá el reportaje?

—Cree que el lunes —contestó Serena—, que será cuando se haga el anuncio oficial.

—¿Habrá un banquete o una presentación?

—No estoy segura —vaciló Serena—. No se me ha ocurrido preguntar. Me he puesto bastante nerviosa y... estaba emocionada.

María sonrió mientras aclaraba un plato y se lo pasaba a Serena.

—Cuando lo sepas, me avisas. Me gustaría ir. Estoy segura de que papá y mamá también querrán ir.

Serena apiló el plato seco sobre los otros antes de decir:

—Cuando te estaba haciendo todas esas preguntas..., siento haber sido tan insistente. No era consciente de que no era lo más oportuno en esos momentos.

—No pasa nada —respondió María—. Ya me gustaría tener todas las respuestas, pero no es así.

379

—¿Te quedarás aquí una temporada? Ya sabes que papá y mamá quieren que te quedes.

—Sí, lo sé. Y sí. Pero antes tendré que pasar por mi casa para recoger algunas cosas.

—Pensaba que ya habías preparado una maleta porque ibas a quedarte en el apartamento de Lily.

—Solo pensaba quedarme una noche, así que necesitaré más ropa. Además, quiero coger mi coche.

—¿Quieres que te lleve ahora?

—No. Ya me llevará Colin cuando vuelva.

—¿A qué hora esperas que esté de vuelta?

—No lo sé. A las once y media, supongo, o a las doce menos cuarto.

—Es muy tarde. ¿No estás cansada?

—Exhausta —admitió María.

—Entonces, ¿por qué no te llevo yo ahora? —volvió a ofrecer Serena.

De repente, miró a María a los ojos y rectificó:

—¡Ah! Ya lo entiendo. De acuerdo.

—¿Qué es lo que entiendes?

—Que necesitas estar a solas con Colin. Olvida mi propuesta. ¡Qué tonta de no haberme dado cuenta!

—¿De qué estás hablando?

—Bueno, sabiendo que estarás bajo la atenta mirada de nuestros progenitores durante los próximos días… y sabiendo que Colin no solo ha encontrado a Lester, sino que también lo ha reducido y que no hay nada más sexi que eso…, y sabiendo que necesitas desahogarte después de un día horrible… Digamos que comprendo por qué quieres un poco de intimidad con él.

—Te he dicho que solo necesito ir a buscar más ropa.

—¿Alguna prenda en particular?

María rio.

—¡Qué mal pensada eres!

—Lo siento. No puedo evitarlo. Pero admítelo. Tengo razón. ¿A que sí?

María no contestó, aunque no hacía falta que lo hiciera. Las dos sabían la respuesta.

Capítulo 29

Colin

Mientras Lily regresaba a su apartamento en la playa, Colin condujo con Evan primero a un supermercado de la cadena Walmart —un lugar que siempre estaba abierto y donde encontró todo lo que necesitaba— y después a Shallotte, donde Evan aparcó detrás del Camaro. Colin abrió el capó y empezó a aflojar las abrazaderas de la batería.

—¿Por qué crees que es la batería? Hace tiempo que tu coche tiene problemas para arrancar.

—No se me ocurre qué más puede ser. He cambiado el alternador y el botón de arranque.

—¿No deberías haber cambiado la batería primero?

—Lo hice. Puse una nueva hace unos meses. Igual era defectuosa.

—Para que lo sepas, no pienso volver a traerte aquí mañana, si tu coche no arranca. He quedado con Lily en su casa, y hemos decidido que no saldremos de la cama en todo el día. Quiero ver qué tal funciona eso de ser un héroe. Creo que me encontrará incluso más atractivo que de costumbre.

Colin sonrió mientras aflojaba las abrazaderas. A continuación, sacó la vieja batería y colocó la nueva.

—Quería preguntarte algo —continuó Evan—. Y recuerda que quien te lo pregunta es alguien que te ha visto cometer muchas estupideces. ¿Pero hoy? Aún no puedo creer cómo has sido capaz de enfrentarte a Lester. Saltar la barandilla y abalanzarte sobre él como si fueras un enorme oso cuando él empuñaba una pistola. ¿Sabes? Me pregunto si estás bien de la cabeza. ¿En qué diantre estabas pensando?

—No pensaba.

—Me lo imaginaba. Claro, es uno de tus problemas. De verdad, deberías empezar a pensar antes de actuar. Ya te dije que no fueras a Shallotte.

Colin levantó la vista.

—¿Adónde quieres llegar?

—A que, a pesar de tu estupidez y posible majadería, hoy me he sentido orgulloso de ti. Y no solo porque has acabado salvando la vida de Margolis.

—¿Por qué?

—Porque no has matado a Lester cuando has tenido la oportunidad. Podrías haberlo destrozado o estrangulado. Pero no lo has hecho.

Colin terminó de fijar las abrazaderas.

—¿Me estás diciendo que te sientes orgulloso de mí porque no he matado a Lester?

—Eso es —afirmó Evan—, sobre todo porque, de haberlo hecho, probablemente podrías haber salido airoso, dadas las circunstancias. Lester había disparado a un poli. Iba armado y era peligroso. No creo que nadie se hubiera atrevido a presentar cargos contra ti si te hubieras dejado llevar por la furia. Así que mi pregunta es por qué no lo has matado.

Colin reflexionó unos instantes antes de sacudir la cabeza.

—No lo sé.

—Cuando lo sepas, me lo dices. Para mí, la respuesta es obvia, dado que nunca he matado a nadie. No va conmigo. No sería capaz de hacerlo, pero tú eres diferente. Y, por si sientes curiosidad, también he de decirte que respeto esta faceta de Colin que es mucho más interesante que la anterior.

—Siempre me has respetado.

—Siempre me has gustado, pero a veces te he tenido un poco de miedo —admitió Evan—. Existe una clara diferencia. —Señaló hacia la batería, con ganas de zanjar el tema—. ¿Qué tal si miras si funciona?

Colin se dirigió a la puerta del conductor y se sentó detrás del volante. No estaba seguro sobre qué podía esperar; se sorprendió al ver que el Camaro rugía al primer intento. En ese momento, sus ojos se desviaron sin querer hacia el bungaló, y vio que la policía había precintado la mitad del terreno y el porche.

—¡Qué alivio! —suspiró Evan—. ¿Sabes qué? Ya que funciona, me voy. Pero intenta no meterte en problemas, ¿de acuerdo? Parece que la mala suerte te persigue últimamente.

Colin no contestó. En lugar de eso, continuó con la vista fija en el bungaló; necesitó unos segundos para darse cuenta de que algo había cambiado en la escena. O, mejor dicho, algo había desaparecido. Pensó que era posible que la policía se lo hubiera llevado porque era una prueba. Quizás había restos de sangre, o quizás uno de los disparos había impactado en él y la policía necesitaba la bala para la prueba de balística...

—¿Me escuchas? —preguntó Evan.

—No.

—¿Qué estás mirando con tanto interés?

—¿Recuerdas las preguntas que ha hecho Serena? —dijo Colin, evitando la pregunta—. ¿Sobre la intervención de Atkinson es este caso?

—Sí, lo recuerdo, ¿por qué?

—Creo que hay muchas posibilidades de que esté implicado.

—¿Porque su coche estaba aparcado cerca del parque? ¿Y porque Lester no había reventado las ruedas?

—No solo por esos motivos. Estaba pensando en el coche que vi antes, el que estaba aparcado junto al bungaló.

Evan se dio la vuelta, luego retrocedió un paso para disponer de un mejor ángulo de visión.

—¿Qué coche? —preguntó al final, con curiosidad.

—El coche que estaba ahí aparcado —contestó Colin, con un gesto pensativo—. Ha desaparecido.

Colin regresó a la casa de los Sánchez unos minutos antes de la medianoche. María estaba sentada con sus padres en el comedor. Colin la miró cuando ella se puso de pie. María dijo algo en español a su madre —probablemente que no tardaría en volver— y los dos salieron de la casa, hacia el coche de Colin.

—¿Dónde está Serena?

—Se ha ido a dormir.

—¿También se quedará aquí?

—Solo esta noche. Mis padres me han dicho que tú también puedes quedarte a dormir, si quieres. Pero, dado que tendrías que dormir en el sofá, les he dicho que probablemente prefieras irte a tu casa.

—Podrías venir conmigo.

—La propuesta es tentadora —dijo ella—, pero...

—No te preocupes, lo entiendo —contesto él.

Al llegar al coche, Colin le abrió la puerta.

—Por cierto, ¿qué le pasaba a tu coche?

—La batería.

—Así que yo tenía razón, ¿eh? Supongo que eso significa que deberías prestar más atención a lo que digo.

—Vale.

De camino hacia la casa de María, Colin le contó lo del coche junto al bungaló.

383

—Quizá se lo ha llevado la policía.

—Quizá.

—¿Crees que Atkinson ha regresado para llevárselo?

—No lo sé. Mañana preguntaré al inspector Wright. Quizá no me lo diga, pero, teniendo en cuenta que he salvado la vida de Margolis hasta que ha llegado la ambulancia, espero que lo haga. De un modo u otro, seguro que él lo sabe.

María se volvió hacia la ventana mientras recorrían las calles vacías.

—Todavía no puedo creer que Lester le disparara.

—Si hubieras estado allí, lo habrías creído. Estaba fuera de sí. Como ido.

—¿Crees que le sacarán información?

Colin consideró la pregunta.

—Sí. Cuando recupere la lucidez. Pero no sé cuánto tardará en lograrlo.

—Sé que ya no podrá seguir acosándome, pero...

María se detuvo antes de pronunciar el nombre de Atkinson, aunque no hacía falta que lo hiciera. Colin no pensaba correr ningún riesgo. Dio un amplio rodeo para llegar a casa de María, alerta ante cualquier vehículo sospechoso. María sabía lo que él hacía y no dijo nada al respecto.

Pasada la medianoche, aparcaron por fin en un espacio reservado para visitantes frente al complejo residencial. Colin estaba alerta ante cualquier movimiento, pero todo parecía tranquilo cuando subieron los peldaños hasta la casa de María.

Allí, sin embargo, Colin y María se quedaron de piedra.

Los dos lo vieron a la vez: alguien había forzado la cerradura de la puerta, que esta estaba parcialmente abierta.

La casa estaba patas arriba.

Mientras Colin observaba cómo María se paseaba por el comedor como una autómata, sin parar de llorar, examinando los desperfectos, notó que crecía su propia sensación de indignación.

Los sofás y los cojines estaban rajados, la mesa volcada, las sillas ladeadas sobre patas rotas, las lámparas destrozadas, las fotografías también. Entraron en la cocina. Todo lo que había dentro de la nevera estaba esparcido por el suelo. Sus muebles, sus pertenencias, su casa... Todo destrozado.

En la habitación, el colchón también estaba rajado por la mitad, la consola volcada y los cajones rotos. Había otra lámpara destrozada. Por el suelo había botes vacíos de espray rojo; habían rociado toda su ropa del armario con pintura.

«Esta es la cara de la ira», pensó Colin.

Quienquiera que hubiera cometido aquella atrocidad estaba tan fuera de control como Lester, o quizá más. A Colin cada vez le costaba más controlar su furia. Quería machacar al tipo que había hecho aquello, matarlo...

A su lado, María jadeó. Sus sollozos habían ascendido de tono hasta volverse casi histéricos. Colin la estrechó entre sus brazos mientras se fijaba en las palabras pintadas en la pared de la habitación.

«Ahora sabrás qué se siente.»

Colin llamó al 911 y luego al inspector Wright. No esperaba tener suerte, pero Wright contestó al segundo timbre. Después de que Colin le contara lo que había sucedido, el policía le dijo que iba hacia allí, que quería ver los desperfectos con sus propios ojos.

María le pidió a Colin que llamara a sus padres; aunque ellos insistieron en ir a su casa, María negó efusivamente con la cabeza. Colin lo comprendía. De momento, no estaba en condiciones de enfrentarse a los temores y preocupaciones de sus padres, encima de toda la presión que ya sufría. A duras penas podía mantener la integridad. Colin les dijo a los padres de María que ella tenía que hablar con la policía y les aseguró que no permitiría que le pasara nada a su hija.

Al cabo de unos minutos, llegaron dos agentes, que se encargaron de tomarle declaración a María, aunque poca cosa pudo decirles. Sin embargo, hubo más suerte con uno de los vecinos que vivía en la casa vecina y que explicó que había vuelto a su casa un par de horas antes y que estaba seguro de que la puerta no estaba entreabierta. Había visto luz. Y no, no había oído nada, salvo por la música, que pensó que estaba excesivamente alta. Incluso había pensado en ir a ver a María para pedirle que bajara el volumen, pero el sonido cesó al poco rato.

Después de que María recuperara la compostura, Wright volvió a interrogarla. Revisó la declaración del vecino con los agentes de la policía; después habló con María y con Colin. A María le costaba mantener el hilo de la conversación. Colin repitió casi todo lo que ya le había contado a Wright unas horas antes de Shallotte, mientras hacía un enorme esfuerzo por contener las ganas de propinar un puñetazo o una patada a cualquier objeto.

Colin quería encontrar a Atkinson, incluso más de lo que había deseado dar con Lester.

Y quería matarlo.

Ya casi eran las dos de la madrugada cuando Wright les dijo que podían irse, y los acompañó hasta el coche de Colin. Este sabía que María no estaba en condiciones de conducir, y ella no protestó. Cuando llegaron al automóvil, Wright le estrechó la mano a Colin al tiempo que lo miraba fijamente.

—Un momento —dijo el inspector de repente—, no sé cómo no había caído antes, pero ya sé quién eres.

—¿Quién soy? —preguntó Colin, desconcertado.

—Eres el tipo que Pete cree que debería estar en la cárcel. El que se mete en berenjenales y siempre va atizando a la gente.

—Eso es cosa del pasado.

—Quizá Lester Manning no opine lo mismo. Aunque me importa un comino lo que piense Lester Manning.

—¿Sabe cuándo se irán los agentes de mi casa? ¿Y cuándo podré volver? —preguntó María.

386 —Se trata de un acto vandálico, pero no es la escena de un crimen —reconoció Wright—. Con todo, los del Departamento Forense necesitarán su tiempo para hacer bien su trabajo. Supongo que no podrás volver hasta mañana a media mañana, como mínimo. Te lo confirmaré cuando lo sepa, ¿de acuerdo?

María asintió. Colin deseaba poder hacer algo más por ella, pero, sin embargo...

—¿Sabe si la policía se ha incautado del coche que estaba aparcado junto al bungaló, como una prueba? —se interesó.

Wright frunció el ceño.

—No tengo ni idea. ¿Por qué?

Colin se lo contó.

Wright se encogió de hombros.

—Es posible. De todos modos, veré qué puedo averiguar. —Se volvió hacia María, y luego otra vez hacia Colin—. ¿O por casualidad no sabréis el nombre del inspector en Charlotte con el que Pete estaba trabajando?

—No —contestó Colin—. Margolis no mencionó su nombre.

—De acuerdo. Ya lo averiguaré. No me costará hallar la respuesta. Una última pregunta: ¿dónde piensas pasar la noche, María?

—En casa de mis padres —contestó María—. ¿Por qué?

—Lo suponía —dijo Wright—. Por eso quería preguntar. En

esta clase de incidentes, la gente suele ir a dormir a casa de algún amigo o familiar. Si me permites mi opinión, no estoy seguro de que sea una buena idea.

—¿Por qué no?

—Porque, en estos momentos, no sé qué es capaz de hacer Atkinson, y eso me pone nervioso. Es evidente que te sigue; por la forma en que ha destrozado tu casa, no solo es peligroso, sino que está enfadado y preparado para arrasarlo todo. Te sugeriría que fueras a dormir a otro sitio, esta noche.

—¿Dónde?

—¿Qué tal el hotel Hilton? Conozco a varios empleados y estoy seguro de que te conseguirán una habitación, junto con la protección de la policía. Aunque solo sea por esta noche. Ha sido un día muy duro; ambos necesitáis descansar. No digo que vaya a pasar nada, pero es mejor adoptar precauciones, ¿me entendéis?

—Margolis dijo que no podía ofrecernos protección policial —contestó María.

—Pero estoy hablando de mí. Yo vigilaré vuestra habitación esta noche. Ya estoy fuera de mi turno, así que no me importa.

—¿Por qué nos hace este favor? —preguntó Colin.

Wright se volvió hacia Colin y simplemente contestó:

—Porque le has salvado la vida a mi amigo.

Capítulo 30

María

*E*n el coche, María llamó a sus padres y les comunicó el cambio de última hora, luego se dedicó a mirar con aire ausente el sedán del inspector que iba delante de ellos y que los guiaba hasta el hotel, situado a escasas manzanas de la casa de María.

Wright debía haberlo organizado todo mientras conducía, porque, cuando llegaron, la llave estaba lista en el mostrador de recepción. Subió con ellos en el ascensor y los acompañó hasta el final del pasillo, donde alguien había dejado una silla plegable al lado de la puerta. Les entregó la llave de la habitación.

—No me moveré de aquí, así que no os preocupéis.

Cuando María se tumbó en la cama al lado de Colin, se dio cuenta de lo cansada que estaba. Un par de horas antes, se había imaginado que harían el amor, pero estaba demasiado agotada para ello. Colin parecía sentirse exactamente igual. Apoyó el brazo en el hombro de Colin, se enroscó a él: tan pronto como notó la calidez de su cuerpo, se quedó dormida.

Cuando volvió a abrir los ojos, los rayos de sol ya se filtraban entre la separación de las cortinas. Al darse la vuelta, se dio cuenta de que Colin no estaba tumbado a su lado: lo vio cepillándose los dientes en el cuarto de baño.

Echó un vistazo al reloj y se sorprendió: eran casi las once. Se incorporó de la cama de un salto, pensando que sus padres debían estar angustiadísimos.

Cogió el teléfono y vio un mensaje de Serena.

«Colin ha llamado y ha dicho que estabas durmiendo. Me ha contado lo que pasó. Ven a casa cuando te despiertes. ¡Papá se ha ocupado de todo!»

María frunció el ceño.

—¿Colin?

—Un momento —murmuró él, asomando la cabeza por el umbral.

Ella vio su boca llena de pasta dentífrica, junto con más pasta en su dedo. Él se enjuagó, salió del cuarto de baño y avanzó hacia la cama.

—¿Has usado el dedo como cepillo de dientes?

Él se sentó a su lado.

—No he traído cepillo.

—Podrías haber usado el mío.

—Gérmenes —dijo él al tiempo que le guiñaba el ojo—. Has dormido bastantes horas. Ya he llamado a tus padres.

—Lo sé. Serena me ha enviado un mensaje. ¿Qué pasa?

—Es una sorpresa.

—No estoy para más sorpresas.

—Esta te gustará.

—¿Llevas mucho rato despierto?

—Un par de horas. Pero me he quedado en la cama hasta hace veinte minutos.

—¿Qué hacías?

—Pensar.

No hacía falta preguntar sobre qué. María ya sabía la respuesta; después de ducharse juntos, se vistieron y salieron de la habitación. En el pasillo, vieron a Wright, sentado en la silla plegable.

—¿Os importa si vamos a tomar una taza de café? —sugirió el inspector.

389

—Para empezar —dijo Wright—, ya puedes volver a tu casa. La policía forense ya ha terminado. Supongo que te alegrarás por la noticia, por si necesitas pasar para buscar más ropa o lo que sea.

«Si es que queda algo que aún pueda usar», pensó María.

—¿Han encontrado algo? —se interesó ella.

—No hay ninguna pista, salvo por las latas de pintura, y no había ni una sola huella en esas latas. Atkinson debe haber actuado con guantes. En cuanto a las muestras de pelo, eso llevará un poco más de tiempo, pero no tenemos garantías. El análisis de las muestras de pelo es siempre complicado, a menos que encontremos ADN en la raíz.

María asintió, intentando no pensar en las imágenes que había visto la noche anterior.

—También me he dedicado a hacer más llamadas, esta mañana —anunció Wright, mientras removía el azúcar y la espuma del café.

María se fijó en las ojeras bajo los ojos inyectados en sangre del inspector.

—De momento, nadie ha podido hablar con Lester. No hacía ni

diez minutos que había llegado a la comisaría cuando se presentó su abogado; al poco rato, apareció también su padre y exigió lo mismo que el abogado: hablar con él, pero no pudieron hacerlo, porque Lester estaba atado a una camilla en la enfermería, bajo tratamiento. Todavía sigue sedado. El consenso general es que está más loco que una cabra. Según los agentes, tan pronto vio la celda, se puso a dar alaridos. Se resistió a los policías e intentó morderlos.

Wright hizo una pausa para tomar un sorbo del café.

—Cuando por fin lograron someterlo y encerrarlo, empezó a dar patadas a la puerta y golpes de cabeza contra la pared. Loco de atar. Incluso asustó a los otros presos, así que tuvieron que cambiarlo de celda. Al final llamaron al médico, que le administró un sedante. Fueron necesarios cinco agentes para reducirlo; justo entonces fue cuando llegó el abogado, quien amenazó con denunciar a la policía por violación de los derechos humanos. Por suerte todo está grabado, así que es imposible que Lester pueda quedar en libertad. Quería que lo supieras, María. Eso no sucederá, por más que el abogado diga lo que quiera. Lester ha disparado a un poli. De todos modos, la cuestión es que todavía nadie ha podido hablar con él.

María asintió, medio aturdida.

—¿Cómo está…?

—¿Pete? Ha sobrevivido esta noche. Su estado sigue siendo crítico, pero de momento está estable, y sus constantes vitales están mejorando. Su esposa está esperanzada de que recupere la conciencia hoy mismo (el médico dijo que era posible), pero habrá que esperar. Rachel ha podido pasar un rato con él esta mañana. Sus hijos también. Por supuesto, para los chicos ha sido un tanto traumático. Solo tienen nueve y once años, y él es su héroe, ¿sabéis? Después del café, iré al hospital, a ver si me dejan entrar a verlo un rato, o por lo menos, a estar con Rachel.

Como María no contestó, Wright hizo girar la taza de café varias veces sobre la mesa.

—También he investigado sobre el coche que había aparcado junto al bungaló. Recuerdo que lo vi. Y, en respuesta a tu pregunta, la policía de Shallotte no se llevó el vehículo. Ni tampoco nadie del Departamento del *Sheriff*. Lo que significa que Atkinson apareció después de que la policía se hubiera marchado y se lo llevó.

—Quizá —dijo Colin.

—¿Quizá? —repitió Wright.

—O quizás había estado allí todo el tiempo. Quizá se ocultó en la parte trasera, cuando Evan y yo estábamos intentando salvar a Margolis. Se mantuvo escondido un rato, hasta que vio que todo el mundo se había ido. Eso explicaría por qué Margolis recibió los disparos. Entró esperando una persona, pero lo sorprendieron dos.

Wright estudió a Colin.

—Cuando Pete hablaba de ti, no tenía la impresión de que le gustaras demasiado.

—No sentimos simpatía el uno por el otro.

Wright enarcó una ceja.

—Entonces, ¿por qué le salvaste la vida?

—No merecía morir.

Wright se volvió hacia María.

—¿Siempre es así, este chico?

—Sí —contestó ella con una triste sonrisa, luego cambió de tema.

—Todavía no entiendo cómo o por qué Lester y Atkinson se han compinchado para acosarme...

—Todavía hay más —la interrumpió Wright, al tiempo que alzaba la palma de la mano para detenerla—. Ese es el otro tema del que quería hablarte. He llamado al inspector en Charlotte que trabajaba con Pete. Se llama Tony Roberts; cuando le he explicado lo que le ha pasado a Pete, me ha contado que ayer hablaron, pero que todavía no había tenido tiempo de dedicarse a Atkinson.

»Por supuesto, con lo que ha pasado, el caso ha cobrado una nueva dimensión, así que Roberts ha llamado a la madre de Atkinson, ha pasado a recogerla y han ido juntos al apartamento de su hijo. Ella ha conseguido convencer al casero para que dejara entrar a Roberts. Sigue abierto el informe de personas desaparecidas, aunque de momento nadie la cree, y ella es la pariente más cercana. La cuestión es que se ha alegrado mucho al ver que Roberts le ofrecía ayuda para encontrar a su hijo, y este ha dado en el blanco. Por lo visto, el portátil de Atkinson todavía estaba allí, y el inspector ha tenido acceso a su contenido.

—¿Y?

Wright miró a María.

—Hay documentos sobre ti. Un montón de información. Sobre tu pasado, tus notas en la escuela, información sobre tu familia, dónde vives y trabajas, tu rutina diaria. Incluso tiene información sobre Colin. Y fotos, también.

—¿Fotos?

—Cientos. Paseando, de compras, en la tabla de surf de remo. Incluso mientras trabajabas. Al parecer, lleva tiempo espiándote y siguiéndote. Sí, espiándote. Roberts se ha llevado el portátil como prueba incriminatoria, a pesar de las protestas vehementes de la se-

391

ñora Atkinson. Tan pronto como se ha dado cuenta de lo que pasaba, ha intentado retirar su consentimiento sobre examinar el apartamento, pero ya era tarde, y Roberts tenía el portátil en la mano.

»Los abogados de la defensa alegarán que fue apropiación indebida, pero hay un informe de personas desaparecidas, la madre de Atkinson había dado su consentimiento y la prueba estaba allí delante, a simple vista. Roberts incluso tiene una grabación de la señora Atkinson cuando le ha pedido que accediera al contenido del ordenador. Con este material, seguro que conseguiremos que Lester hable. Con abogado o no, Lester acabará por cantar. Los locos suelen acabar por soltarlo todo, en especial cuando recuperan la lucidez, porque se sienten culpables.

María no estaba segura de si eso era cierto, pero…

—¿Por qué Atkinson quiere hacerme daño?

—No puedo darte una respuesta certera. Lo que sí puedo decirte es que también había información sobre Cassie Manning en el portátil, pero tú ya estás al corriente de esa cuestión.

—¿Saben dónde está Atkinson, ahora?

—No. Tenemos una orden de busca y captura, pero de momento nadie sabe dónde está. Repito que espero que Lester nos ayude en la investigación con más datos, aunque no sé cuándo será posible. Quizá tarde un día, o quizá varios; quizás una semana, y entonces todavía tendremos que negociar con el abogado y con su padre, que seguro que le aconsejarán que no conteste a ninguna pregunta. Por eso deberías plantearte dónde querrás pasar los próximos días. Si estuviera en tu lugar, no me pasearía mucho por Wilmington.

—Se suponía que iba a ir a casa de mis padres, hoy. Estoy convencida de que estaré a salvo.

Wright no parecía tan seguro.

—La decisión es tuya. Pero ten cuidado. A juzgar por lo que me ha dicho Roberts, Atkinson no solo es peligroso, sino que es posible que esté tan loco como Lester. Así que apunta mi número de teléfono. Quiero que me llames inmediatamente, si ves algo que te parece fuera de lo normal o si de repente recuerdas alguna información que pueda ser relevante, ¿entendido?

Si la intención de Wright era asustarla, lo había conseguido. Pero después de la noche pasada, María estaría asustada pasara lo que pasara, hasta que capturaran a Atkinson.

Subieron al coche; mientras Colin conducía hacia la casa de los padres de María, cogió el teléfono.

—¿A quién llamas?

—A Evan. Quiero saber si está ocupado, hoy.

—¿Por qué?

—Porque cuando te deje en casa de tus padres, me gustaría volver a la tuya. Ahora que la policía forense ya ha terminado, quiero limpiarlo todo. Incluso igual me animo a pintar.

—No tienes que hacerlo.

—Lo sé, pero quiero hacerlo. No necesitas volver a pasar por el trauma de ver tu casa destrozada. De todos modos, es probable que acabara volviéndome loco si me quedara sentado todo el día con los brazos cruzados.

—Pero te ocupará muchas horas…

—No tanto. Tu casa no es tan grande.

—Quizá debería ir contigo. No es tu responsabilidad.

—Ya te he dicho que no quiero que vuelvas a pasar por ese trance. Además, deberías estar con tu familia.

Colin tenía razón y era todo un detalle que se lo ofreciera, pero María estaba a punto de decir que no cuando él se volvió.

—Por favor, quiero hacerlo.

Su tono conmovió a María; terminó por ceder, aunque a regañadientes. Colin llamó a Evan y puso el altavoz. Probablemente no debería sorprenderle que fuera Lily quien contestara.

Colin le contó lo que había sucedido la noche anterior y preguntó si Evan estaba disponible para ayudarle a sacar los muebles más pesados. Antes de que hubiera terminado, Lily lo interrumpió.

—Iremos los dos. ¡Ni se te ocurra prohibirme que vaya! No teníamos nada planeado para esta tarde, así que será un placer ayudarte.

A lo lejos, María oyó la voz de Evan.

—¿Ayudar en qué?

—A ordenar el apartamento de María. ¡Y yo me pondré esos pantalones cortos tan monos que me compré y que me muero de ganas de estrenar! Quizá sean excesivamente cortos y un tanto ajustados, pero me parece la oportunidad perfecta para lucirlos.

A lo lejos, Evan se quedó un momento en silencio.

—¿A qué hora vamos?

Cuando colgaron, María miró a Colin.

—Me gustan tus amigos.

—No están mal, ¿verdad?

A dos manzanas antes de llegar al vecindario de sus padres, María comprendió el sentido del mensaje de Serena.

393

Su tío Tito estaba en el parque, chutando un balón de fútbol con el tío José y varios primos; cuando sus dos tíos los saludaron, supo que en realidad lo que estaban haciendo era vigilar.

Sus primos Pedro, Juan y Ángel estaban sentados en las hamacas del jardín delantero; algunos de sus primos más jóvenes estaban en la calle, jugando al béisbol. A ambos lados había varios coches que María reconoció de inmediato, ocupando toda la acera hasta la esquina.

«¡Cielos, ha venido toda mi familia!», pensó, y aunque los últimos días habían sido un verdadero calvario, no pudo evitar sonreír.

A pesar de las reticencias de Colin, María lo arrastró hasta la casa. En el interior había unas treinta o cuarenta personas, y otras veinte en el jardín trasero. Hombres y mujeres, niños, jóvenes...

Serena se acercó con paso veloz.

—Menuda locura, ¿eh? ¡Papá ha cerrado el restaurante, hoy! ¿A que parece imposible?

—No creo que fuera necesario que vinieran todos...

—Él no les ha pedido que vengan, pero, poco a poco, han ido llegando cuando se han enterado de lo que ha sucedido. Seguro que los vecinos se habrán preguntado qué pasaba, pero papá ha salido a explicarles que íbamos a celebrar una reunión familiar. A partir de hoy, habrá una patrulla formada por miembros de la familia rondando por el barrio hasta que Atkinson esté entre rejas, pero actuarán con disimulo. Han decidido que se organizarán por turnos.

—¿Por mí?

Serena sonrió.

—Es nuestra familia.

Colin se quedó media hora antes de que pudiera escabullirse. Todo el mundo quería conocerle, aunque muchos de los comentarios fueran en español.

Mientras María lo acompañaba al coche, no pudo evitar pensar que, después de todo, era muy afortunada.

—Sigo pensando que debería ir contigo —dijo ella.

—Dudo que tus padres dejen que te vayas.

—Probablemente no —admitió ella—. Estoy segura de que mi padre estará mirando por la ventana en este momento. Por si acaso.

—Entonces supongo que será mejor que no te dé un beso.

—Sí, será mejor —dijo ella—. Y, por favor, trae a Evan y a Lily a cenar, ¿de acuerdo? Quiero que el resto de la familia los conozca también a ellos.

Colin no regresó a la casa de los Sánchez hasta las cinco y media. Algunos de los miembros de la familia ya se habían ido, pero la mayoría se habían quedado. Por su parte, Lily se sintió muy cómoda desde el momento en que se apeó del coche, aunque Colin y Evan parecían un poco amedrentados.

—¡Qué muestra más bella de amor y de solidaridad! —exclamó Lily mientras besaba a María—. ¡Me muero de ganas de conocer a todos los miembros de tu maravillosa familia!

El acento español sureño de Lily hizo las delicias de todo el mundo, del mismo modo que le había pasado a María; mientras su familia se arremolinaba alrededor de ella y de Evan, María rescató a Colin y salieron al porche de la parte trasera.

—¿Qué tal ha ido? —se interesó ella.

—Todavía necesito aplicar una última capa de pintura a la pared, pero la primera ha servido para cubrir el espray rojo. Hemos tirado todo lo que estaba roto, pero hemos conservado algunas cosas que podrían repararse sin dificultad. No estoy seguro de si podremos salvar tu ropa. —Cuando ella asintió, él continuó—: ¿Has oído alguna noticia más sobre Margolis o sobre Atkinson?

—No —contestó ella—. He estado pendiente por si recibía mensajes en el móvil, pero no sé nada.

Colin echó un vistazo a su alrededor.

—¿Dónde está Serena?

—Se ha marchado unos minutos antes de que llegarais. Esta noche tiene la entrevista y quería prepararse. —María le cogió la mano—. Pareces cansado.

—Estoy bien.

—Ha sido más duro de lo que pensabas, ¿no?

—No, pero me ha costado horrores mantener la rabia a raya.

—Te entiendo. A mí me pasa lo mismo.

Después de las debidas presentaciones de la familia, Lily y Evan se unieron a Colin y a María en la mesa del porche.

—Gracias por ayudar a poner orden en mi casa —dijo María.

—Ha sido un placer —gorjeó Lily—. Y he de decir que la ubicación es magnífica. Evan y yo estábamos pensando en mudarnos más cerca del centro, pero él dice que no podría vivir sin cortar el césped.

—Ya no me ocupo de eso, es Colin quien corta el césped. Yo odio cortar el césped —refunfuñó Evan.

—¡Chist! —lo reprendió Lily—. Solo era una broma. Pero deberías saber que el ejercicio físico añade un toque muy atractivo a los hombres.

—¿Qué crees que he estado haciendo hoy?

—A eso me refiero precisamente. Tenías un aspecto muy seductor cuando retirabas los muebles, ¿sabes?

La puerta del porche se abrió, y apareció Carmen, con una bandeja con platos y cubiertos, a la que luego siguieron otras bandejas con platos de comida que ocuparon más de la mitad de la mesa. La cocinera no solo había estado ocupada todo el día entre fogones, sino que la mayoría de los parientes también habían traído comida.

—Espero que tengáis hambre —dijo Carmen en inglés.

Había demasiada comida. Como siempre. Aunque Colin ya se lo esperaba, tanto Evan como Lily parecían impresionados.

—Mil gracias, mamá —le agradeció María, que, de repente, se sentía emocionada ante aquellas muestras de amor por parte de su madre—. Te quiero.

Capítulo 31

Colin

*T*ras la cena, Colin se paseó por el jardín delantero; quería estar un rato a solas. Dos de los tíos de María se hallaban sentados en las hamacas, de cara a la calle, y saludaron a Colin con educación. Este revivió la destrucción que había visto en casa de María, intentando encajar la conexión entre Atkinson y Lester.

Ambos habían trabajado juntos. Lester había presentado su hermana a Atkinson. Y aunque María creía que Lester le había estado enviando los mensajes, el doctor Manning había sugerido que Atkinson era el responsable.

Le parecía extraño que Atkinson hubiera desaparecido poco tiempo después de que empezara el acoso a María. Por lo visto, había reventado las ruedas, pero ¿quién de los dos había matado a *Copo*? Lester había disparado a Margolis; Atkinson había retirado el coche del bungaló y después había arrasado la casa de María. Dada la gran cantidad de información encontrada en el ordenador de Atkinson, su implicación en el caso de María parecía más que clara, pero había ciertos detalles que todavía lo desconcertaban.

El doctor Manning había mencionado un altercado entre Lester y Atkinson. Y había dicho que los dos se habían peleado, pero ¿cuándo habían recuperado la relación? ¿Quién coordinaba el acoso? ¿Por qué había insistido el doctor Manning en que Atkinson intentaba implicar a Lester, cuando parecía obvio que estaban compinchados? Y si estaban compinchados, ¿por qué habían ido con dos coches a casa de los Sánchez la noche en que Lester había asaltado a María?

Y, sin embargo…, mientras Colin limpiaba la casa de María, había recordado una conversación con el inspector Wright; se había dado cuenta de que no había ninguna prueba concluyente de que Atkinson hubiera sido el artífice del destrozo en la casa de María. Tampoco había ninguna prueba definitiva que demostrara que había reventado las ruedas. A pesar del contenido hallado en su ordenador,

María nunca había tenido ninguna relación con él, ni siquiera le había visto. María había dicho desde el principio que no le parecía lógico que Atkinson la estuviera acosando, lo que significaba...

«¿Qué?»

Si en realidad Atkinson se había ido para ver a una mujer, y Lester sabía que Atkinson no estaría en la ciudad... Lester podría haber introducido información en el ordenador de Atkinson y haber cogido su coche mientras este estaba ausente. Lester podría haber pagado a un chico —tal como María había sugerido la noche anterior— para que reventara las ruedas del coche. Quizás incluso para que destrozara su casa. Sería el escenario perfecto..., siempre y cuando uno creyera que Lester era capaz de planear algo tan intrincado. En función del comportamiento que Colin había visto en el bungaló y por la forma en que Wright había descrito las acciones de Lester en la comisaría, parecía impensable. Y dado que, por lo visto, Atkinson había llevado a Lester de vuelta a Shallotte después de que amenazara a María con una pistola, Atkinson tenía que haber estado cerca. Seguro que estaban compinchados. Colin pensó que Lester debió asustarse al oír las sirenas. Atkinson también las oyó, también se asustó, recogió a Lester y los dos se largaron juntos del vecindario. Seguramente condujeron de forma temeraria, como Colin, pero en la dirección opuesta...

¿Como el coche con el que Colin había estado a punto de chocar a tan solo unas manzanas de la casa de los Sánchez?

Colin se detuvo, pensando que había dado en el clavo; se esforzó por recordar exactamente lo que había visto. El coche que iba a gran velocidad hacia él, que esquivó en el último instante, los vehículos casi rozándose. Dos hombres en la parte delantera. ¿Qué clase de coche?

Un Camry.

Azul.

Cogió el teléfono y llamó al inspector Wright, que contestó al segundo tono.

—¿Se sabe algo de Margolis? —preguntó Colin.

—Está mejor. O eso es lo que dicen. Todavía está en la Unidad de Cuidados Intensivos y sigue inconsciente. ¿Qué tal va todo?

—Bien. María está a salvo.

—¿Y esta noche?

—Se quedará en casa de sus padres. Está bien protegida.

—Si tú lo dices... ¿Qué quieres?

—Es posible que Atkinson conduzca un Camry azul. Bastante nuevo.

—¿Qué te hace pensar en tal posibilidad?

Colin se lo dijo.

—No recordarás la matrícula, por casualidad.

—No.

—De acuerdo. No es mucho, pero haré que corra la noticia. Todo el mundo quiere encontrar a ese tipo, cuanto antes mejor.

Colin colgó. En cierto modo, estaba seguro de que Lester iba en el Camry azul aquella noche. Tenía la certeza, aunque no podía explicar el motivo, a no ser que fuera porque su subconsciente estaba funcionando mejor que su mente consciente, al entender que las respuestas estaban allí, que solo era necesario escarbar un poco.

—¿Qué haces aquí fuera? —preguntó Evan, mientras se unía a su amigo en el jardín.

—Pensar —contestó Colin.

Eran las seis y media. El atardecer había dado paso a la noche. El aire otoñal hacía descender la temperatura a medida que caían las sombras.

—Lo suponía. He visto que te salía humo de la cabeza.

Colin sonrió.

—Acabo de hablar con el inspector Wright —explicó, y luego le refirió la conversación—. ¿Qué haces aquí?

—Carmen es encantadora, pero su comida es bastante picante. Lily me ha pedido que vaya a buscar chicles en la guantera, para el aliento. La verdad es que siempre quiere tener el aliento fresco, que le huela a menta, porque, según ella, un aliento que no huela a menta no es muy femenino. —Se encogió de hombros—. Por cierto, ¿qué te parece todo esto? Me refiero a la familia de María.

—Creo que son fantásticos.

—Es bastante sorprendente, ¿no? Toda su extensa familia ha venido a defenderla.

Colin asintió.

—En mi caso, no creo ni que viniera mi familia más cercana.

Evan enarcó una ceja.

—No te engañes. Si las cosas se pusieran feas, incluso tu familia formaría una piña.

—Los amigos también —admitió Colin—. Gracias por tu ayuda hoy. Sé que querías pasar el día en la cama con Lily.

—De nada. —Evan se encogió de hombros—. De todos modos, seguro que no lo habría conseguido. No podía dejar de pensar en Margolis, lo que me ha puesto de un pésimo humor. Todavía no puedo entender cómo es posible que dejara que Lester le atacara.

399

Colin hizo una pausa.

—Cuando estaba en el porche, ¿no te pareció como si estuviera desconcertado?

—Parecía cabreado —puntualizó Evan—. Porque todavía no nos habíamos ido. Todo está tan liado... Ni siquiera estoy seguro de qué pasó. Mira, ya ni siquiera recuerdo por qué he salido hace un rato y por qué estoy aquí contigo.

—Has salido a buscar chicles para Lily —le recordó Colin.

—¡Ah, sí, es verdad! De menta. —Evan enfiló hacia el coche, pero se detuvo y miró a Colin—. ¿Quieres uno?

—No —contestó Colin.

«Pero el doctor Manning probablemente...»

Colin no estaba seguro de por qué le había venido a la mente la descripción de Margolis sobre la manía compulsiva de Manning de mascar chicle, pero, después de considerarlo, sacudió la cabeza y decidió volver a entrar con Evan y reunirse con la familia de María. Tenía que admitir que eran encantadores. Le impresionaba lo unidos que estaban. En tiempos de crisis, la familia era a veces lo único que uno tenía. Incluso el doctor Manning protegía a Lester. Había hablado con Margolis, se había personado en la comisaría, y también había avisado inmediatamente al abogado, ya que Lester no estaba en condiciones de hacerlo.

Pero... ¿Cómo se había enterado el doctor Manning del arresto de Lester? Wright había dicho que el abogado se había presentado al cabo de diez minutos de que Lester ingresara en comisaría. Colin sabía por experiencia que era casi imposible conseguir un abogado con tanta celeridad, sobre todo un viernes por la noche después de que cerraran los comercios. Lo que quería decir que el doctor Manning había sabido que Lester estaba arrestado incluso antes de que su hijo llegara a la comisaría. Era casi como si estuviera allí...

¿Y hubiera aparcado al lado del bungaló?

«No», se dijo Colin. Margolis habría reconocido el coche. Había visto el coche del doctor Manning aquel mismo día por la mañana, cuando le había enseñado la pistola que guardaba en el maletero. Y de haber sido el coche del doctor Manning el que estaba aparcado junto al bungaló, Margolis probablemente se habría mostrado...

«¿Desconcertado?»

Colin se detuvo en seco. No, no era posible. Pero...

Las familias forman piña... Padre e hijo... Lester y el doctor Manning... El doctor Manning mascando todo un paquete de chicles mientras hablaba con Margolis...

Colin se esforzó por recordar. Le faltaba un detalle. ¿Y...?

¿No se había fijado en un puñado de papeles de chicle esparcidos por la azotea del edificio justo enfrente de la oficina de María?

Colin casi no podía respirar. No eran Atkinson y Lester. Eran padre e hijo, formando piña. De repente, las respuestas empezaron a aflorar en cascada en su mente con tanta rapidez como Colin formulaba las preguntas.

¿Por qué Margolis no había obrado con más cautela en el bungaló?

Porque había visto que Avery Manning, el padre, ya estaba allí.

—¿Y la pistola de Lester?

El doctor Manning le había dicho a Margolis que probablemente fuera una réplica.

¿Por qué había entrado Margolis?

Porque el doctor Manning le había dicho que entrara, asegurándole que todo estaba bajo control.

«Encaja. Todo encaja», pensó. Por fin.

Pero Lester estaba arrestado.

Solo porque Colin había estado allí para reducirlo. Si no, Lester habría escapado.

Pero Lester podía hablar.

El abogado que el doctor Manning había contratado se aseguraría de que no lo hiciera.

Pero el doctor Manning había dejado un mensaje a Margolis, en el que le pedía que avisara a María…

Después de los hechos. Demasiado tarde para poder hacer nada.

¿Y Atkinson?

¿El hombre que había fallado al no intervenir cuando Laws secuestró a Cassie? ¿Al que el doctor Manning seguramente también creía que merecía ser castigado?

Pero el portátil de Atkinson… Las fotos, los documentos…

De ese modo, Atkinson se convertía en el sospechoso perfecto.

Colin agarró el móvil. La verdad era tan obvia que no comprendía cómo se le había podido escapar hasta ese momento.

¿Quién tenía el conocimiento y la capacidad suficiente para manipular a Lester?

El doctor Manning, el psiquiatra.

¿Cómo había aparecido el nombre de Atkinson en primer lugar?

Por el doctor Manning.

¿Y la pauta que había seguido Laws para acosar a Cassie?

El doctor Manning conocía todos los detalles.

Colin oyó una voz al otro lado de la línea. Wright, que parecía ocupado y estresado.

—¿Otra vez tú? ¿Qué quieres? —preguntó Wright.

—¡Mire si el doctor Manning tiene un Camry azul!

Wright titubeó.

—Un momento. ¿Por qué?

—¡Haga que alguien confirme el dato mientras hablamos! ¡Hágalo, por favor, es importante!

Colin oyó que Wright le pedía a otro agente que se encargara de la comprobación; después, le expuso sus deducciones. Cuando terminó, Wright se quedó callado un momento.

—Suena un tanto forzado, ¿no crees? Pero, si tienes razón, Margolis podrá aclararlo tan pronto como recupere el sentido. Además...

Wright parecía estar reflexionando acerca de sus propias dudas.

—¿Sí?

—No es como si el doctor Manning se estuviera escondiendo. Al revés, estuvo en la comisaría anoche y ha estado en el hospital hoy...

—¿En el hospital? —repitió Colin, sintiendo una creciente sensación de pánico.

—Ha hablado con Rachel. Quería disculparse por lo que su hijo había hecho y ha preguntado si podía hablar con Pete, para disculparse.

—¡No deje que se acerque a Margolis! —gritó Colin. El pánico amenazaba con asfixiarlo.

—Tranquilo —contestó Wright—. Manning no ha podido verle. Ni siquiera yo he podido. Solo la familia tiene permiso para entrar en la UCI...

—¡Manning ha ido al hospital a matarlo! —lo interrumpió Colin—. ¡Es médico! ¡Sabrá cómo hacerlo para que parezca una muerte natural!

—¿No te parece que estás dejándote llevar?

—¡Lester no disparó a Margolis! ¡Fue el doctor Manning! Lester tenía a Margolis en su objetivo, pero no podía apretar el gatillo. Si no me cree, pida que examinen las manos de Lester en busca de restos de pólvora.

—De nada servirá. Es demasiado tarde. Esas pruebas se vuelven menos efectivas con cada hora que pasa...

—¡Sé que no me equivoco!

Wright se quedó callado un largo momento.

—De acuerdo..., pero ¿y el ordenador de Atkinson?

—Atkinson está muerto —afirmó Colin con repentina seguridad—. El doctor Manning lo mató. Hizo que pareciera que se había ido de viaje, cogió su coche, dejó pruebas en el ordenador, lo convirtió en el principal sospechoso; lo planeó todo.

Wright no dijo nada. Tras un momento de silencio, Colin oyó el sonido sofocado del inspector, que hablaba con otra persona. Colin notó que incrementaba su frustración hasta que Wright retomó la conversación telefónica, en un tono que parecía sorprendido.

—El doctor Manning tiene un Camry azul —anunció lentamente— y… Tengo que irme… Quiero verificar si el Camry estaba en el bungaló…

Wright colgó sin terminar la frase.

Colin se apresuró a explicar sus conclusiones a María, que seguía en el porche con Evan y Lily, sus padres y unos cuantos familiares. Mientras le contaba los hallazgos, María escuchó en silencio. Al final, entornó los ojos; aunque las revelaciones le parecían terriblemente amenazadoras, Colin vio una especie de paz en su rostro, al saber por fin la verdad. Sus familiares, entre tanto, permanecían en silencio, todos a la espera de la reacción de María.

—Vale —dijo María al final—. ¿Qué hacemos ahora?

—Supongo que Wright dictará una orden de busca y captura del doctor Manning y hará todo lo que los polis suelen hacer para hallar a un sospechoso y progresar en el caso.

María reflexionó unos instantes.

—Pero ¿y la pauta? —se atrevió a preguntar—. Quiero decir, si el doctor Manning quería que yo experimentara todo lo que Laws le había hecho a Cassie, ¿por qué destrozó mi casa anoche? Tenía que saber que de ese modo se complicaban sus posibilidades de acercarse a mí. ¿Y por qué Lester no me secuestró cuando tuvo la oportunidad…?

«De golpearme, quizá quemarme viva, y luego suicidarse»: no hizo falta que especificara esa parte. Colin recordaba lo que Laws había hecho, pero sabía que el doctor Manning no planeaba suicidarse. Habría querido que el cuerpo de Atkinson apareciera entre las cenizas, con lo que el caso quedaría cerrado y el doctor Manning sería un hombre libre. Colin sacudió la cabeza.

—No lo sé —admitió.

Las siete en punto. La noche se iba cerrando más, con tan solo el tenue brillo de la luna nueva en el horizonte.

Mientras, la familia, organizada por Félix, empezó a considerar planes adicionales para proteger a María. Colin entró en la cocina y sacó un vaso del armario. Tenía mucha sed, pero también quería estar solo para plantearse las preguntas de María.

403

Se acercó a la nevera, puso el vaso bajo el dispensador y lo llenó de agua. Se la bebió de un trago y empezó a llenarlo de nuevo, con los ojos clavados en la puerta de la nevera. Estaba adornada con fotos de María y Serena a lo largo de los años, poemas, el certificado de confirmación de María, así como un arcoíris dibujado con lápices de colores, con el nombre de Serena escrito con esmero en una esquina. Algunos papeles habían empezado a adoptar un tono amarillo por las puntas; el único documento reciente era la carta que Serena había recibido de la Fundación Charles Alexander. Estaba en la esquina superior derecha, solapando una postal en la que se veía la catedral metropolitana de Ciudad de México. Mientras Colin contemplaba el membrete de la carta, tuvo de nuevo una sensación extraña; aquel nombre le sonaba.

Sin embargo…

La pregunta de María le había provocado un enorme malestar. ¿Por qué el doctor Manning había destrozado su casa? Si quería que María experimentara todo lo que había sufrido Cassie, entonces, ¿por qué desviarse de la pauta en ese momento? ¿Y por qué había pintado las palabras «Ahora sabrás qué se siente» en su habitación, cuando con su acto vandálico lo único que conseguía era que María fuera más inaccesible? Suponía que era posible que el doctor Manning se hubiera asustado o hubiera perdido el control después de que arrestaran a Lester. Colin quería creer esa posibilidad, intentó obligarse a creerla, pero no lo consiguió. Tenía la impresión de que se le escapaba algún detalle. O bien le faltaba una pieza del rompecabezas, o bien al doctor Manning ya no le interesaba acosar a María…

Pero ¿por qué había perdido el interés?

Se volvió hacia la nevera, se sirvió otro vaso de agua, consolándose con la idea de que, incluso sin respuestas, María no solo estaba a salvo, sino que seguiría a salvo hasta que arrestaran al doctor Manning. Colin y la familia de María se asegurarían de ello. Sus familiares aportaban una sensación de fortaleza infranqueable a la hora de proteger a una persona vulnerable. En aquel momento, todos estaban allí, con ella, vigilando…

Sin embargo, en ese instante, se dio cuenta de que se equivocaba. No todos estaban allí. Faltaba un miembro… Y el doctor Manning ya no parecía mostrar interés en seguir acosando a María…

¿Porque María nunca había constituido la pieza clave en la recta final de la partida del doctor Manning?

En la mente de Colin, las respuestas empezaron a cobrar forma con rapidez, con una pasmosa claridad… El nombre del membrete y por qué le parecía tan familiar…, por qué el doctor Manning había arrasado la casa de María…, cómo sabía Lester lo del cumpleaños de Carmen…, el verdadero sentido detrás de las palabras que el doctor Manning había pintado en la habitación de María.

«Ahora sabrás qué se siente.»

El vaso se le cayó de las manos. Colin salió disparado de la cocina, atravesó el comedor y el corto pasillo hasta la habitación de María. Vio el portátil en una de las bolsas. Lo sacó corriendo y alzó la tapa al tiempo que pensaba: «No, no, no… por favor, Dios mío… dime que esta vez me equivoco…».

No había ninguna página web disponible. Solo un mensaje que decía que la página ya no existía y que el nombre del dominio estaba disponible.

«No, no, no…».

Escribió el nombre de Avery Manning y reconoció los mismos enlaces que había examinado después de que él y María se reunieran con Margolis la primera vez. Recordó el enlace que incluía la foto de Avery Manning e hizo clic sobre el enlace mientras regresaba corriendo al comedor. Alzó la cabeza y vio a Carmen, pero no a Félix.

—¡Carmen! —gritó, esperando que ella fuera capaz de entender lo que le decía.

Los familiares se volvieron hacia él, alarmados. Colin ni los miró; tampoco prestó atención a la súbita expresión de miedo en la cara de Carmen. Por el rabillo del ojo, vio que se abría la puerta corredera del porche y que María entraba.

En ese momento, Colin ya se había colocado al lado de Carmen. Alzó el ordenador y señaló hacia la foto.

—¿Le reconoce? —inquirió Colin, hablando alto y rápido, con cara de pánico—. ¿Es este el hombre que vino a cenar, el director de la fundación?

Carmen empezó a sacudir la cabeza.

—No… No entiendo… Habla más despacio, por favor.

—¿Qué pasa? —gritó María—. ¿Qué estás haciendo, Colin? ¡La estás asustando!

—¡Es él! —gritó Colin.

—¿Quién? —María chilló, presa del mismo pánico que Colin—. ¿Qué pasa?

En ese momento, Félix atravesó corriendo la puerta corredera, seguido por Evan, Lily y más familiares.

—¡Mírelo! —suplicó Colin a Carmen, señalando la fotografía y bajando la voz, intentando sin éxito mostrarse más calmado—. ¡Mire la foto! ¡El director! ¿Es él? ¿Es él quien vino a cenar a su casa?

405

—¡Mira la foto, mamá! —tradujo María, acercándose a ella—. ¿Es este hombre el director de la fundación, el que vino a casa a cenar?

Los ojos de Carmen se movieron aterrorizados de Colin a María antes de fijar la vista en la foto de la pantalla. Tras un momento, empezó a asentir con la cabeza.

—¡Sí! —afirmó Carmen, a punto de romper a llorar—. ¡Charles Alexander! ¡Es él, el director! ¡Estuvo aquí, en esta casa!

—¡Colin! —chilló María, agarrándole el brazo.

Él se volvió hacia ella y la miró con los ojos llenos de pánico.

—¿Dónde está Serena? ¿Dónde está? —gritó asustado.

—En la entrevista, ya lo sabes… ¿Qué pasa?

—¿Dónde era la entrevista?

—¡No lo sé! Supongo que en la oficina de la fundación…

—¿Dónde está la oficina? —seguía gritando Colin.

—En el paseo marítimo… —tartamudeó María—. En la vieja zona comercial, no en el casco antiguo. ¡Dime qué pasa!

«Edificios abandonados, edificios embargados…, fuego…», pensó Colin. Los pensamientos se amontonaban en su mente con celeridad. Al doctor Manning ya no le importaba seguir acosando a María… María tenía que saber «qué se siente», porque no solo se trataba de conseguir que María sufriera la misma experiencia terrorífica de Cassie, sino que también se trataba de castigarla, de hacerle sentir lo mismo que habían sentido el doctor Manning y Lester después del asesinato de un ser amado.

«Santo Cielo.»

—¡Llama a la policía! ¡Llama al 911! —gritó Colin.

—¡Cuéntame qué te pasa! —gritó María.

—¡Avery Manning se ha hecho pasar por Charles Alexander! —explicó Colin, con la angustiosa sensación de que se les acababa el tiempo, consciente de que no podía dedicarse a dar muchas más explicaciones—. El doctor Manning tenía un hijo que se llamaba Alexander Charles. ¡No existe esa fundación! ¡Ni la beca! ¡El doctor Manning se lo inventó! ¡Tú no eras el objetivo! ¡El objetivo es Serena! Ella está con él en estos momentos… Necesito saber dónde está exactamente…

María lo comprendió todo al instante. Empezó a temblar cuando Colin la cogió de la mano y tiró de ella para dirigirse corriendo hacia la puerta que daba al garaje. Él apenas oyó que María gritaba «¡Llamad a la policía! ¡Es urgente! ¡Llamad al 911!» por encima de su hombro, mientras corrían hacia el coche de Colin.

María se metió dentro. Colin estaba corriendo hacia la puerta del conductor cuando oyó que Evan gritaba que ellos también iban.

Colin agarró el volante mientras le pedía a María a gritos que llamara al detective Wright. Hizo girar la llave; el motor cobró vida y las ruedas chirriaron sobre el asfalto mientras se alejaba a toda velocidad de la casa. Por el espejo retrovisor vio los faros de otros vehículos que lo seguían a la carrera: Evan y Lily, más otros familiares de María.

—¿Dónde ha dicho Serena que era la entrevista? —preguntó Colin mientras María esperaba que Wright contestara.

—No lo recuerdo…, no lo recuerdo…

—¡Piensa! ¿Te dijo la dirección?

—Creo que la anoté, pero no sé…

Colin pisó el acelerador a fondo y el motor rugió. El coche se zarandeó al tomar la primera curva. Colin intentaba zafarse del pensamiento de que quizá llegarían demasiado tarde; se maldecía por no haberlo averiguado antes. Los faros en el espejo retrovisor se volvían cada vez más pequeños, mientras el velocímetro marcaba ciento diez, luego ciento treinta.

Pisó el freno y el Camaro patinó sobre la carretera antes de esquivar un vehículo que venía de frente. Sin acobardarse, Colin volvió a acelerar, apenas consciente de que María estaba gritando por el teléfono al inspector Wright.

Colin siguió acelerando, rozando los ciento sesenta kilómetros por hora, con una sensación de *déjà vu* mientras invadía el carril para las bicicletas y aminoraba la marcha sin detenerse en los semáforos en rojo. Daba bocinazos, lanzaba ráfagas con las luces largas y acortaba el camino a través de aparcamientos, mientras los segundos seguían pasando.

María ya había terminado de hablar con el inspector Wright y se puso a marcar el número de Serena, una y otra vez.

—¡Serena no contesta! —gritó aterrorizada.

—¡Averigua cuándo ha salido del campus! —gritó Colin.

—Pero… ¿cómo?

—¡No lo sé!

Colin cambió de carril, se saltó otro semáforo en rojo y echó un vistazo por el espejo retrovisor. Los faros de Evan quedaban tan lejos que apenas eran visibles. Agarró el volante con fuerza, furioso consigo mismo por haber sido tan estúpido, por no haber sabido ver la obviedad. Pensó en Serena; se dijo que llegaría a tiempo para salvarla.

Tenía que llegar a tiempo.

Charles Alexander. Alexander Charles. Había visto el nombre en el ordenador, y la relación estaba allí, delante de sus narices, en la ne-

407

vera, en el maldito membrete de la carta. ¡Serena incluso había mencionado el nombre durante la cena! Era obvio. Colin no podía comprender por qué había tardado tanto en atar cabos. Si le pasaba algo a Serena porque él había sido tan obtuso...

Apenas oyó que María gritaba el nombre de Steve en el teléfono... Oyó que le pedía si sabía a qué hora se había ido Serena... Oyó que María decía que Serena había salido a las 18.40.

—¿Qué hora es? —preguntó Colin, conduciendo tan rápido que no se atrevía a apartar los ojos de la carretera ni un segundo—. ¡Mira la hora en tu móvil!

—Son las siete y doce minutos...

«Quizá Serena todavía no haya llegado...»

«O igual ya está allí...»

Colin rechinó los dientes. Tenía la mandíbula inferior completamente tensa, mientras pensaba que si le pasaba algo a Serena...

Perseguiría al doctor Manning hasta los confines de la Tierra. Ese hombre merecía morir. En aquel instante, los pensamientos de Colin empezaron a aguzarse mientras sentía la necesidad visceral, casi tangible, de matarlo.

El velocímetro alcanzó los ciento noventa kilómetros por hora. Preso de una rabia incontenible, Colin solo podía pensar: «¡Vamos, vamos, vamos!».

Capítulo 32

María

Colin conducía tan rápido que las imágenes que veía por la ventana pasaban borrosas. A pesar del cinturón de seguridad, María saltaba de un lado al otro cuando él tomaba una curva, frenaba o aceleraba. Sin embargo, en lo único en que podía pensar era en Serena, y en que su hermana había sido el objetivo de aquel juego macabro desde el principio.

La beca falsa, las entrevistas para ganarse poco a poco su confianza…

El doctor Manning lo había planeado todo. Había seguido a Serena. La había acosado, no solo en persona, sino también a través de las redes sociales. Había ido a cenar con la familia porque sabía que María no estaría allí… Serena había contado a todo el mundo que María tenía una cita. Avery Manning sabía que María celebraría el cumpleaños de su madre porque Serena también lo había anunciado. Mientras asimilaba todos los detalles, María se sintió presa de una creciente sensación de pánico que pugnaba por ahogarla. Cada vez le costaba más respirar, mientras los músculos del pecho empezaban a contraerse. Intentó no prestar atención a los síntomas; por experiencias pasadas sabía que estaba sufriendo un ataque de pánico, pero intentó seguir pensando en Serena. ¿Y si llegaban tarde? ¿Y si el doctor Manning la había secuestrado y le hacía lo mismo que le habían hecho a Cassie?

María visualizó las fotos de la escena del crimen de Laws. De repente, los pulmones se le obturaron aún más; a duras penas podía respirar. Se dijo que solo era un ataque de pánico, pero, mientras intentaba sin éxito recuperar el aliento, supo que se equivocaba. No era un ataque de pánico. No era lo mismo que en las otras ocasiones. De repente, sintió un intenso dolor en el pecho, que le bajaba por el brazo.

«¡Dios mío! ¡Estoy sufriendo un ataque al corazón!», pensó.

Colin pisó el freno, María salió propulsada hacia delante y sufrió el fuerte tirón del cinturón de seguridad. Al cabo de unos momentos, le pasó lo mismo en otra curva y se golpeó la cabeza contra la ventana. María apenas sintió el dolor. Solo podía pensar en la presión que notaba en el pecho y en que casi no podía respirar. Intentó gritar, pero no salió ningún sonido de su boca. En aquel instante, apenas fue consciente de que el teléfono empezaba a vibrar, avisando de que acababa de recibir un mensaje, pero el pensamiento se desvaneció inmediatamente mientras el mundo empezaba a volverse negro a su alrededor.

—¡María! ¿Qué te pasa? —gritó Colin—. ¿Estás bien?

«Estoy sufriendo un ataque al corazón. ¡Me muero!», intentó decir ella al mismo tiempo que se le cerraban los ojos. Pero las palabras seguían sin aflorar. No podía respirar, el corazón le fallaba; aunque oyó que Colin repetía su nombre, le pareció como si sonara bajo el agua y muy lejos. No podía comprender por qué Colin no hacía nada, por qué no la ayudaba. Necesitaba llamar a una ambulancia y llevarla al hospital...

Sus pensamientos se vieron interrumpidos cuando salió otra vez propulsada hacia delante y volvió a notar el fuerte tirón del cinturón de seguridad. Al cabo de unos segundos, empezó a temblar de forma incontrolable.

—¡No pierdas el control, María! —le suplicó Colin—. ¡Estás sufriendo un ataque de pánico!

«¡No es un ataque de pánico! ¡Esta vez va en serio! ¿No lo ves?», gritó su mente mientras luchaba por respirar, preguntándose por qué diantre él no la ayudaba.

—¡María! ¡Escúchame, María! —gritó Colin—. ¡Necesito saber dónde está Serena! ¡Manning está con ella en estos momentos! ¡Necesito tu ayuda! ¡Serena necesita tu ayuda!

«Serena...»

María abrió los ojos instintivamente al oír el nombre de su hermana e intentó incorporarse, centrarse, pero era demasiado tarde...

—¡María!

En aquella ocasión, fue el sonido de su propio nombre lo que la sobresaltó. «Colin me está hablando», pensó. «Serena», pensó. «El doctor Manning», pensó. Con un gran esfuerzo, fue capaz de mantener los ojos abiertos, aunque seguía sin poder respirar y se sentía mareada. «Pero..., Serena... Por Dios, Serena necesita...»

Ayuda.

Cada célula de su cuerpo seguía pregonando su inminente muerte, enturbiando la realidad de la situación. Luchó por recuperar la claridad; se obligó a pensar en Serena. Sabía que se dirigían al paseo marítimo a salvar a su hermana y que su móvil había vibrado con un mensaje de texto.

Le dio la vuelta al móvil, miró la pantalla e intentó leer lo que ponía...

«Lo siento. Tenía el móvil en silencio. Estoy caminando, voy a la entrevista. ¡Deséame suerte!»

Serena. Su hermana todavía estaba viva y ellos corrían para salvarla. María se obligó a respirar hondo, a intentar recuperar el aliento, poco a poco.

«Solo es un ataque de pánico. Lo superaré...», se dijo.

Pero su cuerpo todavía se revelaba, por más que su mente había empezado a aguzarse. Le temblaban las manos y no podía mover bien los dedos. Fue capaz de pulsar el botón de volver a llamar, pero saltó el buzón de voz de Serena. Entre tanto, Colin continuaba gritándole desde el asiento del conductor, incluso mientras el coche patinaba al tomar otra curva...

—¡María! ¿Estás bien? ¡Dime que estás bien!

Aunque necesitó un momento, se fijó en que habían llegado a South Front Street y que iban en la dirección correcta.

—Estoy bien —balbuceó—, solo necesito un minuto.

Todavía estaba intentando recobrar el aliento, sorprendida de haber recuperado la capacidad de hablar. De repente, se dio cuenta de que podía respirar.

Colin la miró de reojo antes de volver a clavar la vista en la carretera, sin dejar de pisar el acelerador.

—¿Cuánto falta? ¡Necesito saber dónde está!

—No lo sé —farfulló María, con un hilo de voz—. A unas pocas manzanas de aquí. —Tosió.

Se sentía mareada. Su cuerpo intentaba reanimarse.

—¿Estás segura?

¿Lo estaba? Miró la calle con atención. Quería estar segura.

—Sí.

—¿A la izquierda o a la derecha?

—Izquierda —contestó María.

Se obligó a ponerse más recta, con la espalda más erguida. Su cuerpo seguía temblando.

Colin aceleró hasta el siguiente cruce. María se fijó en media docena de barracas en sombras y casitas para barcas a la vera del río. Las luces de las farolas de la calle apenas conseguían taladrar la oscuridad. Al llegar a la siguiente manzana, Colin levantó el pie del acelerador y empezó a aminorar la marcha, hasta otro cruce. Allí, la

411

arquitectura cambiaba de forma radical; los edificios con el tejado plano quedaban prensados entre sí como hileras de casas, algunas construcciones estaban en mejores condiciones que otras. Había luz en algunas plantas, si bien la mayoría estaban a oscuras; en las aceras había pocos coches y grandes huecos vacíos. No había tráfico en ninguna dirección. Al pasar por delante de otra manzana, María tuvo la impresión de que la zona empezaba a parecerle más familiar; supo que estaban cerca, aunque luchaba contra un repentino sentimiento de rabia y de culpa por haberse dejado llevar por un ataque de pánico en el peor momento posible, cuando Serena la necesitaba más que nunca.

Se recordó que había estado allí antes. A pesar de que su cuerpo seguía ofreciendo resistencia, se obligó a respirar hondo mientras escrutaba los edificios. No estaba segura de cuál era el que buscaba, ya que el día que fue a recoger a Serena en aquella zona no había prestado mucha atención. Recordaba que la había estado esperando en una intersección y que había unos albañiles que la miraban desde el otro lado de la calle... Se concentró, vio un edificio con un andamio en la esquina y, entonces, al otro lado de la calle, el coche de Serena...

412
—¡Allí está! —exclamó al tiempo que señalaba—. ¡El edificio de cuatro plantas en la esquina!

Colin frenó en seco. Saltó del coche y empezó a correr, sin esperar a María, que intentaba abrir la puerta con manos temblorosas, furiosa porque su cuerpo no parecía recuperar la estabilidad. No le podía fallar. No en ese momento. Por fin, con un empujón, consiguió abrir la puerta. Se puso de pie y empezó a moverse, con dificultad.

Por entonces, Colin ya había llegado a la puerta del edificio. María vio que forcejeaba para abrirla. Debía de estar cerrada con llave. Cuando María alzó la vista, contó siete u ocho oficinas que todavía estaban iluminadas en varias plantas. Colin golpeó el cristal que había al lado del pomo. Por sus movimientos bruscos, sabía que pretendía romper el cristal y entrar a la fuerza, pero María supo instintivamente que Serena no estaba en el edificio. Ni tampoco el doctor Manning. Él lo había planeado todo con excesivo esmero como para cometer un error al final. Había sido demasiado meticuloso y había demasiada gente en el edificio, demasiados testigos potenciales, demasiadas cosas que podían salir mal. Pensó que seguramente el doctor Manning había estado esperando a Serena en la acera de enfrente del edificio y que probablemente le había soltado una excusa sobre una cañería que se había reventado o algo parecido, por lo que harían la entrevista en otro sitio. Sabía que él optaría por un lugar apartado, donde no pudieran pillarle, un lugar que pudiera incendiarse fácilmente.

—¡Colin! —intentó gritar.

El sonido salió apagado. Intentó hacerle señales con los brazos, pero el mareo volvió de golpe y se tambaleó.

—¡Colin! —volvió a gritar.

Esta vez él oyó su voz y corrió hacia ella.

—¡La puerta tiene uno de esos malditos códigos de números! ¡No hay ninguna placa de la fundación, así que he pulsado todos los botones, pero nadie contesta!

—Serena no está ahí dentro. —A María le costaba horrores hablar sin que se le trabara la lengua—. Manning la ha llevado a otro sitio. Hay demasiada gente ahí dentro, demasiada gente que todavía está trabajando.

—Si ella ha venido en su coche...

—En el mensaje de texto decía que iba caminando a la entrevista.

—¿Dónde está el coche de Manning? No lo veo.

—Mira al otro lado de la esquina —resolló María, todavía luchando contra la sensación de mareo—. Probablemente haya aparcado allí. Si busca un sitio solitario, es posible que la haya llevado a una de las barracas o de las casitas para barcas cerca del río. ¡Deprisa! —gimoteó ella, sintiendo que iba a desplomarse—. ¡Ve! Yo llamaré a la policía...

«Y a mis padres, a mis familiares, a Lily y a todo el mundo que cogió los coches para seguirnos», pensó.

Colin corrió como un loco hacia el cruce, sin estar seguro. Quería confiar en María, pero...

—¿Cómo sabes que es allí donde estarán?

María se preguntó cuánto tiempo tardaría la policía en llegar. Recordó la cabaña junto al lago donde Cassie fue asesinada, recordó las barracas y las casitas para barcas tan típicas en esa zona del río Cape Fear.

—Porque Laws habría ido allí —contestó.

413

Capítulo 33

Colin

A María no le había fallado el instinto. Colin encontró el Camry azul aparcado en la calle que había a la vuelta de la esquina del edificio. Un terreno con maleza se extendía hacia las orillas lodosas del río Cape Fear, un vacío totalmente a oscuras delante de él, negro como la boca del lobo.

La calle daba paso a una carretera de tierra que se bifurcaba a derecha e izquierda hacia la orilla. Uno de los caminos llevaba a un pequeño fondeadero abandonado, con una estructura de metal oxidada que servía de hogar a diversas barcas, protegidas por una valla no muy alta.

En la otra dirección había dos graneros en ruinas, con una separación de unos cincuenta metros entre ellos. Las estructuras parecían abandonadas, con tablas rotas y la pintura ajada, rodeadas por maleza y enredaderas. Colin aminoró la marcha, intentando frenéticamente averiguar dónde había llevado Manning a Serena. En ese instante, vio un rayo de luz que surgía de forma intermitente entre las tablas del edificio abandonado a la izquierda, que desaparecía y reaparecía.

¿El destello de una linterna?

Se apartó del camino de tierra y tomó un atajo por la hierba, que en algunos trozos estaba tan crecida que le llegaba hasta la rodilla. Deseó poder avanzar más deprisa. Esperaba no llegar demasiado tarde. Todavía no sabía qué iba a hacer o qué iba a encontrar.

Al llegar al edificio donde había visto la luz, se escondió junto a la pared. De cerca, constató que la estructura había sido una vez un almacén de hielo, probablemente usado por los pescadores para cargar bloques de hielo en las barcas para mantener la pesca fresca.

No había ninguna puerta en ese lado del edificio, pero, a través de una ventana cerrada con tablones, Colin vio una luz débil e intermitente. Empezó a avanzar con paso cauteloso, alejándose del río, esperando encontrar la puerta, cuando, de repente, oyó un grito en el interior de la estructura.

Serena...

El sonido despertó su furia. Corrió hacia la esquina, pero la puerta estaba obstruida. Corrió hacia el otro lado, y vio otra ventana cerrada con tablones. Solo le quedaba una opción. Asomó la cabeza por la esquina e inmediatamente descubrió la puerta que buscaba. Agarró el pomo. Cerrada. En aquel instante, oyó otro grito de Serena.

Retrocedió para coger carrerilla y embistió la puerta con una enérgica patada. El marco se astilló; la puerta cedió un poco. Bastó con otra fuerte patada para derribarla. En las siguientes décimas de segundo, vio a Serena atada a una silla en el centro de una habitación tenuemente iluminada, con el doctor Manning a su lado; sostenía una linterna en la mano. En un rincón había una forma parecida a un cadáver, rodeada de latas de pintura oxidadas. Serena tenía la cara amoratada y sangrando. Tanto Serena como el doctor Manning gritaron con sorpresa cuando Colin apareció en el umbral. Un rayo de luz iluminó a Colin directamente a los ojos.

Cegado y desorientado, se abalanzó hacia delante, en la dirección en que había visto al doctor Manning. Extendió los brazos, pero Manning se apartó. Colin notó el fuerte impacto en la mano de la linterna de metal y oyó el crujido de sus huesos. La combinación de susto y de intenso dolor evitó que reaccionara con la debida celeridad. Mientras Serena gritaba de nuevo, Colin se retorció. Intentó embestir a Manning con el hombro. Demasiado tarde. Manning le asestó un fortísimo golpe en la sien con la linterna. El impacto hizo que Colin lo viera todo de color negro. Su cuerpo se quedó rígido y le flaquearon las piernas; cayó de rodillas, mientras su mente intentaba procesar qué había sucedido. El instinto y la experiencia lo impulsaron a levantarse rápido; después de años de entreno, los movimientos deberían haber sido automáticos, pero su cuerpo no respondía.

Sintió otro duro golpe en el cráneo, que envió un intenso ramalazo de dolor por todo el cuerpo. Su mente oscilaba peligrosamente en el margen del pensamiento coherente; lo único que percibía era dolor y confusión.

El tiempo parecía resquebrajarse, fragmentarse. El constante pitido en los oídos apenas le dejaba oír el sonido de alguien que lloraba y gritaba..., suplicaba... La voz de una mujer... y la de un hombre...

La oscuridad lo rodeó por completo; el dolor se expandió por todo su cuerpo como una ola.

Ya apenas reconocía el sonido de unos sollozos y unas palabras. Cuando reconoció su nombre, consiguió con gran esfuerzo abrir un ojo. El mundo aparecía borroso, como en un sueño enmarañado por una capa de niebla, pero cuando le pareció ver a María atada a una silla, la imagen le bastó para comprender qué había sucedido y dónde estaba.

No, no era María. Era Serena.

Pero Colin todavía no podía moverse. Todavía no podía enfocar la visión. Distinguió al doctor Manning, que se movía cerca de la pared más alejada. Llevaba algo rojo y cuadrado en las manos. Colin oía los continuos alaridos de Serena; de repente, su olfato se impregnó del fuerte olor a gasolina. Aturdido, vio que Manning lanzaba la lata al suelo. Colin vio una chispa de luz, una cerilla, que dibujaba un arco en el aire en su trayecto hacia el suelo. Oyó el chasquido del fuego, como un fluido ligero sobre el carbón. Vio que las llamas empezaban a lamer las paredes, las viejas tablas de madera tan secas como la yesca. El calor iba en aumento. El humo se volvió más espeso.

Intentó mover las manos, intentó mover las piernas, pero solo notó insensibilidad, parálisis. En la boca tenía un gusto metálico, a cobre. Apenas distinguió un movimiento fugaz cuando Manning pasó a su lado, hacia la puerta que Colin había derribado.

Las llamas ya alcanzaban el techo. Los gritos de Serena eran de puro terror. La oyó toser una vez, luego otra. Colin deseaba moverse y se preguntó por qué su cuerpo no respondía. Por fin, su brazo izquierdo avanzó un milímetro hacia delante, luego el derecho. Los colocó debajo del cuerpo e intentó alzarse, pero la mano cedió por los huesos rotos. Colin gritó y se golpeó el pecho contra el suelo. El dolor encendió su rabia hasta convertirla en ira, activando su sed de violencia y de venganza.

Se puso a cuatro patas y lentamente consiguió levantarse. La cabeza le daba vueltas; le fallaba el equilibrio. Dio un paso y se tambaleó. Le escocían los ojos por el humo; se le llenaron de lágrimas. Los alaridos de Serena habían dado paso a una tos incontrolable; Colin sentía que no podía respirar. Las llamas se habían expandido por el resto de las paredes, rodeándolos. El calor era intenso, el humo empezaba a teñirse de negro y le taponaba los pulmones. Colin dio dos pasos, tambaleándose, hasta llegar a Serena. Se fijó en la cortina de macramé hecha jirones con la que Manning había envuelto todo el cuerpo de la chica y la había atado a la silla. Sabía que con una mano no podría deshacer esa maraña de cuerdas a tiempo; examinó el espacio a su alrededor, en busca de un cuchillo, un hacha, un objeto afilado…

Colin oyó un fuerte crujido, seguido por un estruendo. El tejado del almacén se combó súbitamente; saltaron chispas por doquier.

Una viga de madera se desplomó a escasos metros de ellos. Y luego otra, que cayó más cerca. A lo largo de tres paredes, las llamas parecían multiplicarse; el calor era tan intenso que Colin sentía como si tuviera la ropa ardiendo. Con pánico, agarró la silla con Serena apresada y la levantó, pero el intenso dolor en la mano rota provocó que la mente se le quedara unos momentos en blanco. Una furia incontenible se apoderó de él. Podía soportar el dolor; sabía cómo sacar partido de él, e intentó adaptarse, pero su mano rota no respondía.

Incapaz de cargar con Serena, no le quedaba otra opción. Había cinco, quizá seis pasos hasta la puerta. Agarró la silla por el respaldo con la mano sana y empezó a arrastrarla hacia el umbral. Necesitaba llegar antes de que las llamas lo hicieran. Arrastró el peso sacando fuerzas de flaqueza, cada movimiento enviaba una ráfaga de dolor agónico a su mano y a su cabeza.

Atravesó el umbral tambaleándose. El humo y el calor los siguieron hasta el exterior; sabía que necesitaba alejar a Serena a una distancia segura del humo. No podía arrastrarla a través de la hierba ni del lodo, pero a su derecha vio un camino de tierra y fue hacia aquella dirección, hacia el otro edificio. A sus espaldas, el fuego había engullido casi por completo el almacén de hielo; el bufido de las llamas ascendió de volumen, el continuo pitido en sus oídos era insoportable. Continuó avanzando y solo descansó cuando notó que disminuía la sensación de calor.

Serena no paraba de toser; en la oscuridad, su piel había adoptado un tono azulado. Sabía que ella necesitaba una ambulancia. Necesitaba oxígeno. Y todavía tenía que desatarla de la silla. No vio nada que pudiera usar para cortar las cuerdas. Se preguntó si en el otro edificio habría algún objeto punzante. Justo cuando se disponía a ir hacia allí, vio una figura que emergía por la esquina y se colocaba en posición para disparar. El largo cañón de una escopeta reflejaba el fuego…

«La escopeta que Margolis había mencionado, la que Manning había dicho que quizá no funcionaba…»

Colin derribó la silla con Serena y se colocó encima para protegerla en el mismo instante en que oyó el estampido. Manning había disparado desde unos treinta y cinco metros, probando suerte desde la máxima distancia posible para dar en el blanco: falló el objetivo. El segundo disparo fue más preciso. Colin notó que la bala le rasgaba la piel del hombro y la parte superior de la espalda. Empezó a brotar sangre. De nuevo se sintió mareado, pero luchó por mantenerse consciente mientras veía la imagen borrosa de Manning, que corría hacia su coche.

No había forma de darle alcance. La figura de Manning desapareció sin que Colin pudiera hacer nada. Se preguntó por qué tardaba tanto la policía en llegar y rezó porque lo capturaran.

Sus pensamientos se vieron enturbiados por un rugido, cuando el almacén de hielo se derrumbó, pasto de las llamas, con un estruendo ensordecedor, casi como si fuera un ser vivo que gritara en agonía. Una de las paredes explotó, enviando trozos de madera incandescentes y chispas hacia ellos. Colin apenas podía oír a Serena llorando y tosiendo; se dio cuenta de que todavía estaban en peligro, demasiado cerca del fuego. No había forma de seguir arrastrándola más lejos, pero podía conseguir ayuda. Con gran esfuerzo, consiguió ponerse de pie. Necesitaba llegar a un lugar donde alguien pudiera verlo. Avanzó unos veinte pasos a trompicones. Seguía perdiendo sangre; tenía el brazo y la mano izquierda inutilizados, sus terminaciones nerviosas irradiaban agonía.

Por entonces, Manning había llegado a su coche. Colin vio que se encendían los faros. El Camry derrapó en la cuneta, se dirigía directamente hacia él.

Y hacia Serena.

Colin sabía que no podría esquivar el vehículo. Serena estaba inmovilizada. Y Manning sabía exactamente dónde estaba.

Apretó los dientes y corrió tan rápido como pudo, alejándose de Serena, con la esperanza de que Manning lo siguiera. Pero los faros seguían apuntando hacia la dirección donde estaba Serena. Sin saber qué más podía hacer, Colin se detuvo, alzó el brazo derecho y empezó a agitarlo, intentando captar la atención de Manning.

Lo consiguió.

El Camry viró inmediatamente: se alejó de Serena, se dirigió hacia Colin, acelerando y acortando la distancia. El almacén de hielo seguía rugiendo de una forma espeluznante, como si lanzara aullidos de agonía mientras el fuego lo consumía. Colin corría tambaleándose, intentando alejarse de Serena, consciente de que solo le quedaban unos segundos de vida, consciente de que iba a morir. Ya casi tenía el Camry encima cuando, de repente, el terreno frente a sus ojos se iluminó con otro par de faros que se acercaban veloces desde algún punto detrás de él.

Apenas vio la imagen fugaz del Prius de Evan cuando este chocó contra el Camry con una fuerza arrolladora que empujó a los dos coches hacia el fuego. El Camry se incrustó en la esquina del almacén de hielo; el Prius lo empujaba por la fuerza de la inercia. El tejado del edificio empezó a hundirse mientras las llamas se expandían hacia el cielo.

Colin intentó correr, pero sus piernas cedieron. La sangre seguía brotando por las heridas; mientras yacía tumbado en el suelo, notó que de nuevo le invadía la sensación de mareo. En ese instante empezó a oír sirenas, que competían con los aullidos del fuego. Pensó que llegaban demasiado tarde, que no sobreviviría, pero eso no le importaba. No podía apartar los ojos del Prius, con la esperanza de ver que Evan abría la puerta o que bajaba la ventanilla. Evan y Lily podrían escapar del fuego si se movían con rapidez, pero las posibilidades eran escasas.

Tenía que llegar hasta ellos. Intentó levantarse por segunda vez. Al alzar la cabeza empezó a verlo todo negro. Le pareció distinguir el centelleo de las luces rojas y azules en las calles laterales, así como unos enormes focos que se acercaban a él. Oyó voces de pánico que gritaban su nombre y el de Serena. Colin quería responder, gritar que se dieran prisa, que Evan y Lily necesitaban ayuda, pero de su boca solo se escapó un ronco susurro.

Entonces oyó a María; la oyó gritar su nombre y llegar a su lado.

—¡Estoy aquí! —gritó—. ¡Aguanta! ¡Ya viene la ambulancia!

Incluso en ese momento, Colin no pudo contestar. Todo a su alrededor había empezado a perder intensidad; las imágenes se fragmentaban; nada tenía sentido. En un instante, el Prius acabó engullido por las llamas. Cuando volvió a abrir los ojos, solo quedaba la mitad del coche. Le pareció ver la puerta del pasajero arrancada, pero había demasiado humo y ninguna señal de movimiento, así que no podía estar seguro. Notó que perdía el conocimiento. Rezó por que los dos mejores amigos que había tenido en la vida hubieran conseguido escapar.

Epílogo

*E*l mes de abril nunca dejaba de sorprender a María. A pesar de que se había criado en el sur y sabía lo que podía esperar, siempre había varios días espectaculares, perfectos, en los que parecía que cualquier cosa fuera posible. El cielo azul sin una sola nube daría la bienvenida a las praderas verdes que se habían mantenido parduzcas durante el invierno; de repente, el mundo estallaría de color. Los cornejos, los cerezos y las azaleas florecerían por toda la ciudad, mientras que los tulipanes inundarían los jardines cuidados con tanto esmero. Las mañanas serían frías, pero la temperatura ascendería durante el día, cuando el sol brillara en el cielo.

Aquel era uno de esos efímeros días primaverales; mientras María permanecía de pie en medio del césped cuidado con tanto mimo, se fijó en Serena, que departía animadamente con un grupo de gente que María no conocía, con una amplia sonrisa jovial en la cara. Era difícil creer que hasta hacía poco le hubiera costado tanto recuperar la sonrisa. Durante meses, Serena había sufrido pesadillas acerca de su calvario. Cuando se miraba al espejo, veía los morados y cortes que Manning le había hecho mientras estaba atada a la silla. Dos de los cortes le habían dejado cicatrices (una cerca del ojo, la otra en la mandíbula), pero ya empezaban a desdibujarse. Otro año más y María dudaba de que nadie se diera cuenta de esas señales en su cara, a menos que supieran exactamente dónde buscarlas. Pero eso también querría decir que tendrían que recordar aquella noche horrible, unos recuerdos que siempre conllevarían dolor.

Tuvieron que pasar dos semanas antes de que el inspector Wright, junto con un Pete Margolis todavía convaleciente, se reunieran con María y admitieran que Colin había tenido razón en todo. Encontraron los restos del cadáver de Atkinson entre los escombros del almacén de hielo quemado. La prueba de balística demostró que la bala en la cabeza de Atkinson era del arma que había estado en posesión de Lester. El fuego impidió determinar exactamente cuándo lo mataron, aunque los forenses sospechaban que había sido durante los días en que desapareció. A partir de unos mechones de pelo de Atkinson con las puntas congeladas, determinaron que su cuerpo había permanecido en un enorme congelador vacío en el garaje del doctor Manning en Charlotte. La investigación de las cuentas bancarias de Manning mostró numerosas retiradas de dinero en efectivo, las cifras coincidían con las cantidades que habían sido transferidas a las cuentas de Atkinson para pagar sus facturas, y también confirmaban el alquiler del bungaló en Shallotte.

Encontraron huellas dactilares de Lester en el coche de Atkinson. Y los forenses esperaban que Lester aportara más respuestas. Sin embargo, no pudo ser. Después de pasar tres días en enfermería bajo constante supervisión, Lester fue evaluado por un psiquiatra que decidió que estaba listo para regresar a su celda, bajo la debida atención. Aquel mismo día, se reunió con su abogado, quien informó que su cliente, aunque bajo los efectos de una fuerte medicación y consternado por la muerte de su padre, parecía estar bastante lúcido. Lester accedió a que los inspectores lo interrogaran al día siguiente, siempre y cuando su abogado estuviera presente. Lo enviaron de vuelta a su celda, donde comió todo lo que le sirvieron en una bandeja. Las grabaciones de vídeo demostraban que los guardias habían pasado cada quince o veinte minutos por su celda. Pese a ello, Lester consiguió ahorcarse usando las tiras de una sábana que había anudado. Cuando los guardias se dieron cuenta, ya era demasiado tarde.

A veces María se preguntaba si Lester había sido en realidad un cómplice o si simplemente había sido otra víctima del doctor Manning. O quizás ambas cosas. Pete Margolis admitió, después de despertar del estado de coma, que no estaba seguro de quién le había disparado. El doctor Manning lo había invitado a entrar, pero Margolis solo vio por un momento el cañón de una pistola que asomaba por el hueco de la puerta de un armario antes de recibir el impacto. De lo único que María estaba segura era de que tanto Lester como el doctor Manning estaban muertos, y de que ninguno de los dos volvería a hacerle daño. Pero, a pesar de todo lo que les habían hecho a ella y a Serena, a veces sentía pena y dolor por la familia Manning. Un hijo joven que había fallecido en un accidente de tráfico, una hermana mayor asesinada, una madre que, después de luchar durante años contra la depresión, se había suicidado... Se preguntó en quién se habría convertido si todas esas cosas le hubieran sucedido a ella, o si Serena hubiera muerto aquella noche en el almacén de hielo.

Miró por encima del hombro y examinó al numeroso grupo de

gente congregado en el jardín. En silencio les agradeció que estuvieran allí. Su madre y su padre intentaban mantener sus instintos protectores a raya; su trabajo con Jill era muy satisfactorio y había usado parte de su finiquito para reformar la casa y comprarse un nuevo guardarropa (y todavía le había quedado suficiente dinero para satisfacer algún que otro capricho; la pasada semana había ido a una tienda de fotografía y se había enamorado de una carísima lente UV). Además, el agua estaba a una temperatura ideal y su tabla de surf de remo la llamaba...

La boda había sido espectacular; con Lily como organizadora de todos los detalles, María no esperaba menos. Aunque Wilmington siempre sería su hogar, María podía ver que Charleston tenía sus encantos. Lily parecía etérea en su traje de novia, una confección de satén vaporoso, diminutas perlas marinas y delicado encaje. Evan se había quedado ensimismado mirándola durante toda la ceremonia en la iglesia St. Michael's. La vieja estructura religiosa en Charleston era el lugar preferido para celebrar bodas por las familias más aristocráticas de la ciudad, pero cuando Lily comentó: «No puedo creer que nadie quiera casarse en otro lugar», lo soltó de una forma que parecía lógica y sincera en lugar de pedante.

En aquella noche espantosa, Lily había escapado ilesa de milagro. Evan, en cambio, había sido menos afortunado. Salió con quemaduras de segundo grado en la espalda y un par de huesos rotos en la pierna. Tuvo que llevar escayola durante casi dos meses; hacía poco que había empezado a caminar otra vez sin cojear, en parte debido a su nuevo programa de ejercicios. Sus sesiones de entrenamiento no estaban a la altura de las de Colin, pero le confesó a María que se estaba ejercitando duro y que esperaba que Lily se diera cuenta de cómo había fortalecido los bíceps durante su luna de miel en las Bahamas.

Los dos tenían un par de ángeles de la guarda. María lo creyó cuando vio salir a Lily y a Evan del Prius aquella noche. Le daba igual si alguien se reía ante tal idea.

Estaba segura.

Detrás de ella, el banquete de boda estaba en plena efervescencia. Los actos solemnes habían dado paso a la fiesta. Lily quería que la recepción se celebrara en la espaciosa segunda residencia de sus padres, a orillas del río Ashley. Y, por lo que podía ver, no habían reparado en gastos. Una majestuosa pérgola blanca brillaba con intrincadas luces encordadas; los invitados bailaban sobre un suelo de parqué frente a una banda formada por diez músicos. La comida había sido preparada por uno de los restaurantes más lujosos de la ciudad; los adornos florales eran verdaderas piezas de arte. María sabía que ella nunca tendría una boda como aquella; no era su estilo. Mientras tuviera a sus amigos y a su familia cerca (y quizás un par de piñatas para los invitados más jóvenes) sería feliz.

Tampoco era que se planteara casarse pronto. El tema no había salido todavía a colación. Y no tenía ninguna intención de preguntar a Colin directamente. En muchos sentidos, Colin no había cambiado en absoluto. Sabía que él le sería sincero. Y no estaba segura de si estaba preparada para oír la respuesta. Quizá le soltaría una indirecta cuando se presentara la ocasión. Con todo, a veces la idea la ponía nerviosa.

Colin no había conseguido volver a recuperar su rutina hasta hacía muy poco tiempo, pero a veces se sentía frustrado al ver que no era capaz de hacer las cosas que solía hacer antes, como, por ejemplo, los entrenos de artes marciales. Los médicos insistían en que necesitaría como mínimo otros seis meses. Las heridas de bala le habían desgarrado parte de un músculo del hombro, dejando unas grandes cicatrices y una debilidad que quizá sería permanente. Ya le habían operado la mano una vez, y había otra operación prevista para dentro de unos pocos meses. La herida que más había preocupado a los médicos, sin embargo, había sido la fractura craneal; se había pasado cuatro días en la UCI, junto a Pete Margolis.

423

Margolis había sido el primero en hablar con Colin cuando este recuperó la conciencia.

—Me han dicho que me salvaste la vida —le dijo—, pero no creas ni por un momento que eso cambie nada de tu trato de favor. Pienso seguir vigilándote.

—Vale —consiguió contestar Colin con voz ronca.

—También me han contado que el doctor Manning te dejó hecho unos zorros y que Evan fue quien logró detenerlo. Me cuesta imaginar la escena.

—Vale —repitió Colin.

—Mi esposa me dijo que te habías interesado por mi estado y habías pasado por el hospital. También me dijo que fuiste muy educado. Y mi amigo Larry cree que eres un tipo muy listo.

Con la garganta reseca, en aquella ocasión Colin se limitó a carraspear.

Margolis sacudió la cabeza y suspiró.

—Hazme un favor y mantente alejado de cualquier lío, ¿entendido? ¡Ah! Y una cosa más. —Por fin esbozó una sonrisa—. Gracias.

Desde entonces, Margolis no había dejado de pasar ni un solo día sin ir a ver a Colin.

María notó que Colin se le acercaba por la espalda y luego sintió su brazo alrededor de la cintura. Se apoyó en él.

—Aquí estás; te estaba buscando —dijo él.

—Es tan bonito el paisaje, junto al agua… —comentó ella.

María se dio la vuelta y lo abrazó.

—¿Te puedo pedir algo? —le susurró él, con la boca pegada a su pelo.

Cuando ella se apartó y lo miró desconcertada, él prosiguió:

—Me gustaría que conocieras a mis padres.

María abrió mucho los ojos.

—¿Están aquí? ¿Por qué no me lo habías dicho?

—Quería hablar con ellos primero. Para ver en qué términos está nuestra relación.

—¿Y?

—Son buenas personas. Les he hablado de ti. Me han preguntado si podían conocerte, pero les he dicho que primero tenía que consultarte.

—Por supuesto que quiero conocer a tus padres. ¿Por qué crees que tenías que consultarme?

—No sabía qué otra cosa decir. Nunca les he presentado a ninguna chica.

—¿Nunca? ¡Vaya! Eso significa que soy un poco especial para ti.

—Lo eres.

—Entonces, preséntame a tus padres. Ya que soy tan especial que estás loco por mí y probablemente no puedas imaginar la vida sin mí. De hecho, es posible que pienses que soy tu media naranja, ¿no?

Colin sonrió y la miró a los ojos.

—Vale.

424

Agradecimientos

Cada novela entraña su propia serie de retos, y esta no ha sido una excepción. Como siempre, he contado con el inestimable apoyo de muchas personas que me han ayudado a superar todos los retos.

Quiero dar las gracias:

A CATHY, que sigue siendo una magnífica amiga. Siempre la querré.

A nuestros hijos —MILES, RYAN, LANDON, LEXIE y SAVANNAH— por la alegría que aportan continuamente a mi vida.

A THERESA PARK, mi fabulosa agente literaria, mánager y productora asociada, que siempre está ahí para escucharme y aportar consejos constructivos cuando más los necesito. No sé qué haría sin ella.

A JAMIE RAAB, mi formidable editora, que hace maravillas con mis manuscritos. Hemos trabajado juntos en todos los libros, y me considero afortunado no solo de contar con su experiencia, sino también por su amistad incondicional.

A HOWIE SANDERS y KEYA KHAYATIAN, mis agentes cinematográficos en Utah. No solo son verdaderos profesionales, sino que además son creativos, inteligentes y divertidos.

A SCOTT SCHWIMER, mi abogado bromista, uno de los mejores amigos que tengo en el mundo; mi vida se ha enriquecido con su presencia.

A STACEY LEVIN, que dirige mi productora de televisión; una persona con un talento increíble, un gran instinto y pasión por su trabajo. Gracias también a ERIKA MCGRATH y COREY HANLEY por sus aptitudes en las mismas áreas. LARRY SALZ en Utah, mi agente televisivo, que mantiene el complejo engranaje funcionando con tanta precisión como es posible. Aprecio mucho tu trabajo.

A DENISE DINOVI, la productora de *El mensaje*, *Un paseo para recordar*, *Noches de tormenta*, *Hasta que te encuentre*, y *Lo mejor de mí*, con quien he tenido la suerte de colaborar. Sus instintos son infalibles. Siempre me he considerado muy afortunado de poder trabajar con ella. Mil gracias también a ALISON GREENSPAN, por todo lo que has hecho con estos memorables proyectos.

A MARTY BOWEN, el productor de *El viaje más largo*, *Un lugar donde refugiarse* y *Querido John*, por su encomiable labor, creatividad, humor y amistad. Siempre es un placer trabajar contigo. Gracias también a WYCK GODFREY, que colabora con Marty en todos sus proyectos.

A MICHAEL NYMAN, CATHERINE OLIM, JILL FRITZO y MICHAEL GEISER en PMK-BNC, mis publicistas, unos grandes profesionales que además se han convertido en buenos amigos.

A LAQUISHE WRIGHT —también conocida simplemente como Q— que se encarga de mi perfil en las redes sociales. No solo desempeña un trabajo increíble, sino que es una persona con la que me gusta pasar tiempo. MOLLIE SMITH, que se ocupa de mi página web personal. Sin las dos, sería imposible mantener a la gente al día sobre lo que pasa en mi mundo.

A MICHAEL PIETSCH en Hachette Book Group, merece mi más sincera gratitud por todo lo que hace para que mis novelas sean un éxito. Es un honor trabajar contigo.

A PETER SAFRAN, el productor de *En nombre del amor*, por su entusiasmo y conocimientos, y por acoger a mi equipo en su apasionante mundo.

A ELIZABETH GABLER, que tiene una increíble pasión por lo que hace, y el talento para conseguir que funcione. *El viaje más largo* ha sido una película bella y especial. Asimismo, gracias a ERIN SIMINOFF por su extraordinario empeño en lograr que el proyecto fuera un éxito. Me ha encantado trabajar con las dos.

A TUCKER TOOLEY, a quien considero un amigo. Me honra contar con tu apoyo incondicinal en mi trabajo.

A RYAN KAVANAUGH y ROBBY BRENNER en Relativity Media, por las numerosas adaptaciones cinematográficas de mis obras. Ha sido fabuloso trabajar con los dos.

A COURTENAY VALENTI en Warner Bros, por ayudarme a emprender la faceta de Hollywood en mi trayectoria. Siempre es un placer quedar contigo cuando paso por allí con un nuevo proyecto.

A EMILY SWEET en Park Literary Group, siempre dispuesta a echar una mano en cualquier tema. Mil gracias por asumir el mando de mi fundación de forma temporal, y por escucharme siempre.

A ABBY KOONS en Park Literary Group, por gestionar mis derechos internacionales de forma tan eficiente. Estoy al tanto del increíble trabajo que haces. Eres la mejor, y soy el primero en comprenderlo.

A ANDREA MAI en Park Literary Group, por todo lo que haces con nuestros asociados minoristas. Ha sido una relación laboral extraordinaria, y he de admitir que estoy impresionado por tu entusiasmo y tesón. Muchas gracias a ALEXANDRA GREENE, que no solo examina cualquier contrato, sino que además posee unos increíbles instintos creativos. Sin las dos, no estaría donde estoy.

Mi gratitud también a BRIAN McLENDON, AMANDA PRITZKER y MADDIE CALDWELL en Grand Central Publishing; vuestro entusiasmo y empeño son muy importantes para mí.

A PAM POPE y OSCARA STEVICK, mis contables, han sido una bendición durante tantos años, no solo por su trabajo sino también por su amistad. Sois magníficos.

A TIA SCOTT, mi secretaria. No solo es una buena amiga, sino que también consigue que mi vida sea más fácil. Aprecio mucho lo que haces.

ANDREW SOMMERS siempre ha sido mi tabla de salvación y lleva a cabo un importante servicio en un área muy compleja y delicada de mi vida. Gracias también a HANNAH MENSCH por todo lo que has hecho este año.

427

A MICHAEL ARMENTROUT y KYLE HADDAD-FONDA, por su magnífico trabajo en la Nicholas Sparks Foundation. Mil gracias.

A TRACEY LORENTZEN, antes en Utah, y a DAVID HERRIN, mi oráculo en Utah, tienen unos talentos y habilidades únicos, y me he beneficiado mucho de su experiencia.

A DWIGHT CARLBLOM y DAVID WANG, que dirigen la Epiphany School of Global Studies. Son unos grandes educadores. Gracias por vuestra labor.

A MICHAEL, *STICK*, SMITH, un amigo, que siempre ha estado a mi lado para escucharme y ofrecerme su apoyo. Es posible que los próximos años sean interesantes y divertidos, ¿no te parece?

A JEFF VAN WIE, mi amigo desde los años universitarios. Gracias por estar siempre a mi lado.

A MICAH SPARKS, mi hermano, el mejor hermano que uno pueda tener. A ver si este año podemos hacer algún viaje juntos, ¿de acuerdo?

A DAVID BUCHALTER, quien me ayuda a preparar todas mis presentaciones. Nunca falla. Gracias por todo.

A ERIC COLLINS, por ayudarme de una forma que no puedo expresar con palabras. Lo mismo con JILL COMPTON. Gracias.

A PETE KNAPP y DANNY HERTZ, que siempre están ahí para echarme una mano en todo lo posible. ¡Gracias, chicos!

A otros amigos, con los que siempre es un placer hablar; la clase de amigos que hacen que la vida valga la pena: TODD y KARY WAGNER, DAVID GEFFERN, ANJANETTE SCHMELTZER, CHELSEA KANE, SLADE SMILEY, JIM TYLER, PAT ARMENTROUT, DREW y BRITTANY BREES, SCOTT EASTWOOD y BRITT ROBERSTON.

ESTE LIBRO UTILIZA EL TIPO ALDUS, QUE TOMA SU NOMBRE
DEL VANGUARDISTA IMPRESOR DEL RENACIMIENTO
ITALIANO, ALDUS MANUTIUS. HERMANN ZAPF
DISEÑÓ EL TIPO ALDUS PARA LA IMPRENTA
STEMPEL EN 1954, COMO UNA RÉPLICA
MÁS LIGERA Y ELEGANTE DEL
POPULAR TIPO
PALATINO

Otros títulos del autor

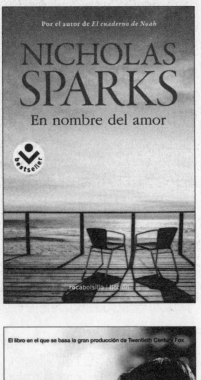

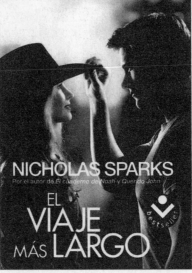

Nicholas Sparks nació en
Estados Unidos en la Nochevieja de 1965. Su
primer éxito fue *El cuaderno de Noah* al que
siguió *Mensaje en una botella*, que han sido
llevadas al cine, al igual que otros de sus éxitos
como *Noches de tormenta*, *Querido John* y
El viaje más largo.

#Sparks
@NicholasSparks
www.nicholassparks.es